KB099795

나는 인생길을 걷는 나그네

나는 인생길을 걷는 나그네

발행일 2020년 4월 20일

지은이 김명돌
펴낸이 손형국
펴낸곳 (주)북랩
편집인 선일영 편집 강대건, 최예은, 최승헌, 김경무, 이예지
디자인 이현수, 김민하, 한수희, 김윤주, 허지혜 제작 박기성, 황동현, 구성우, 장홍석
마케팅 김회란, 박진관, 조하라, 장은별
출판등록 2004. 12. 1(제2012-000051호)
주소 서울특별시 금천구 가산디지털 1로 168, 우림라이온스밸리 B동 B113~114호, C동 B101호
홈페이지 www.book.co.kr
전화번호 (02)2026-5777 팩스 (02)2026-5747

ISBN 979-11-6539-171-3 03810 (종이책) 979-11-6539-172-0 05810 (전자책)

이 도서의 국립중앙도서관 출판예정도서목록(CIP)은 서지정보유통지원시스템 홈페이지(http://seoji.nl.go.kr)와 국가자료공동목록시스템(http://www.nl.go.kr/kolisnet)에서 이용하실 수 있습니다.

고난으로 가득한 삶을 여행하는 사람들에게 전하는

60개의 희망 메시지

북랩book Lab

책머리에

내 고향은 정신문화의 수도 경북 안동이다. 안동 상인은 무뚝뚝하기로 소문이 났다. 하루는 사장둑 넘어 신시장에서 하얀 두루마기에 갓을 쓴 노인이 길바닥에 새로 짠 노란 멍석을 깔고 앉아 그걸 팔고 있었다. 지나가는 사람이 물었다.

"이 멍석이 얼마요?"

"천사백 원 전에는 안 팝니더!"

"천사백 원이라구요? 천오백 원도 아니고 이천 원도 아니고 왜 꼭 천사백 원입니까?"

"내가 이걸 짜느라 꼬박 열나흘 걸렸으니 천사백 원 받지요."

1973년 미당 서정주가 안동 장터 구경을 하다가 있었던 일이다. '내가 비록 장사를 할망정 본디 신분은 선비이다. 내가 장사꾼티를 내면 사람들이 나를 깔볼 것이다. 이문을 남기려 하면 나를 장사꾼으로 보고 값을 더 깎으려 할 것이니, 그래서 체면도 깎이고 물건값마저 깎인다면 이런 낭패가 어디 있겠는가? 그러니 아예 최저가를 정해놓고 그것이라도 지키겠다.'라는 것이다.

이 책은 모두 60개의 이야기로 이루어져 있다. 나의 60년 기록이니 1년에 제목 하나를 붙인 것이다. 내 나이가 우리 나이로 62세이니 〈책머리에〉와 〈에필로그〉를 붙여서 모두 62개가 되었다. 나도 안동 양반이다.

이제 회갑(回甲)에서 진갑(進甲)으로 나아가며 지나온 60년을 회상하고 다가올 60년 인생길로 진격한다. 그 길은 과연 어디로 향할까?

《참을 수 없는 존재의 가벼움》에서 밀란 쿤테라는 인생을 묵직하게 선택할 것인지 가볍게 선택할 것인지에 대한 새로운 문제를 제기한다.

경중(輕重)!

묵직한 삶은 진지하게 고민하며 단순한 일상도 철학적 사유를 담으려 하고, 뭔가 의미를 부여하며 사는 인생이다. 배울 게 있고 가치 있어 보이지만 재미있지는 않다.

가벼운 삶은 진지함이 좀 부족해 보이고 인생을 즉흥적이고 순간의 선택으로 살아가지만, 무척 유쾌하고 인생을 즐길 줄 안다. 철학이나 사상과는 거리가 좀 있고 크게 배울 점은 없다.

짐이 무거우면 무거울수록, 삶은 보다 생생하고 진실해진다. 반면 짐이 완전히 없다면 인간 존재는 공기보다 가벼워지고 날아가 버린다. 그렇다면 나는 무엇을 택할까? 묵직함? 아니면 가벼움? 쏟아지는 인생의 무게에 무거운 질문이 가볍게 쏟아진다.

'내 인생은 무거운가, 가벼운가? 나는 어떻게 살아왔을까? 가볍게, 아니면 무겁게?'라는 생각에 돌아보면, 아무래도 20대와 30대의 젊은 날은 너무 무거웠고, 40대와 50대에는 점점 가벼워졌다.

그리고 이제 회갑을 맞이한 인생의 길목에 서서 힘겨웠던 젊은 날의 그 시절과 비교적 풍요로운 현재의 삶, 두 인생을 반추해본다. 언제나 시간이 부족했던 생활, 자리를 잡아야 했고 확실히 지켜야 했던, 발걸음이 분주했던 날들이었다. 시간의 물결 속으로 떠밀려 들어가 끝없이 움직이고 더 빨리 뛰어다녀야 했던 시절, 질주에 채찍질을 더해야 했던 시절에서 이제 망중한을 즐기는 여행자로 변신한 삶이 고맙고 다행스럽다.

내 인생은 무거운 곳에서 점점 가벼운 쪽으로 나아가고 있다. 무거운 질문이 가벼운 발걸음으로 이어진다. 미쳐야 미칠 수 있으니 미치지 않으면 미칠 수 없었던(不狂不及) 바빴던 나날, 미친놈이 아니면 미칠 수 없는 황홀감에 이르러 미칠 것만 같다. 인생의 능선에서 생의 찬가를 부른다.

2019년 10월의 마지막 날 출근길, 건강검진 결과를 보기 위해 분당서울대학교병원을 찾았다. 60년간 사용한 내 몸의 상태를 확인하러 가는 길이었다. 결과는 모두 '정상'이고 '균형'이었다. 험하게 사용해 온 육체에게 미안한 마음이 있었는데, 면죄부를 받았으니 커다란 상을 받은 듯이 기뻤다.

11월 1일. 드디어 60번째 맞이하는 생일 아침, 돼지해가 육십갑자 한 바퀴 돌아 회갑(回甲)이 되는 날이 밝아왔다.

출근길, 만물이 신선했다. 하늘이, 태양이, 구름이, 바람이, 산이, 오고가는 사람들이 모두 싱그러운 장면으로 스쳐 갔다. 이 세상에 사람으로 태어난 것이 감사했다. 뼈와 살과 피와 숨결을 준 부모님과 고향에 감사했다. 경제적 자유와 배움의 한을 풀어준 모든 인연에 감사했다. 모든 것이 기적 같은 삶이었다. 60년 전에는 빈손이었다. 하지만 60년이 지난 지금 나는 너무나 많은 것을 가졌다. 비록 내가 이 세상에 태어날 때 함께 했던 아홉 명의 가족 중 조부모님과 부모님, 세 형제는 이 세상을 떠났지만, 새로운 가족들이 탄생했다.

인생의 능선에서 바라보는 지나온 세월은 눈물겹게 걸어온 하나의 기적이었다. 길은 험했고 삶은 외로웠다. 고군분투, 악전고투, 분골쇄신한 삶이었다. 열정의 피와 노력의 땀과 정성의 눈물로 걸어온 도전의 길이었다.

나는 허무주의자였고, 늘 외로웠고 슬펐다. 어디로 가야 할지, 어떻게 살아야 할지 막막했다. 이렇게 살고 싶지는 않았다. 인생을 이렇게 마무리하고 싶지는 않았다. 젊은 날, '나이 들어 초라한 삶을 살고 있다면 얼마나 인생을 허무하게 여길까?'라는 생각을 하면서 번민하며 괴로워했다. 그렇다고 죽을 수는 없었다. 나에게는 어머니가 계셨다. 어머니를 슬프게 해서는 안 되었다. 나는 일어서야 했다. 그때마다 '일어나!'를 외치며 이를 악물고 '열심히 살아가자.'라고 다짐했다. 돌에 걸려 넘어지는 것은 내 잘못이 아닐지라도, 일어서지 않는 것은 분명 내 잘못이라는 생각이 들었다. 나는 포기할 수 없었다. 나는 절대로 포기할 수 없었다. 나는 그렇게 다시 살아야 했다. '이왕 살아야 한다면 벌떡 일어서야지.'라고 생각했다. 그리고 오늘에 이르렀다. 작은 결실을 맺었다. 이제는 자족(自足)하고 지족(知足)하는 마음으로 살아갈 것이라 다짐한다.

저녁 시간, 분당에서 조촐한 식사 자리를 가졌다. 고향에서는 아우의 회갑을 축하해 주기 위해 형님과 형수님이 올라왔다. 가족과 회사의 직원들, 평소 가깝게 지내는 의리의 형제들, 모두 30여 명이 함께 했다. 어느덧 의젓해진 큰아들이 사회를 보았다. 눈물겹도록 행복한 밤이었다.

다음 날인 11월 2일 토요일 아침, 대구 팔공산으로 출발했다. 1978년 졸업한 안동고등학교 3학년 4반 '반창회'가 있는 날이었다. 졸업한 지 42년 만에 담임이셨던 오장환 선생님을 모시고 처음 만나는 반창회, 기다려지고 설레었던 순간이 현실로 다가왔다. 연회장소인 팔공산에서 오후 4시에 모이기로 했고, 나는 대구 대봉동에 계신 선생님을 댁으로 모시러 갔다. 선생님은 건강하셨고 동안(童顔)이셨다. 연회장에서 한 제자는 선생님이 아닌 오랜만에 만나는 친구로 여기고 결례를 범하는 재미있는 장면도 연출됐다.

42년 만에 만나는 스승과 18명의 제자. 팔공산의 밤은 깊고도 아름다웠다. 밤 11시경 선생님을 숙소에 모셔드리고 다시 친구들에게 돌아오는 길. 밤하늘의 별들은 너무나 초롱초롱했다. 새벽 2시가 넘어도 우리들의 대화는 이어졌다. 그리고 2020년 10월의 마지막 날에 고향 안동에서 다시 만나기로 기약을 했다. 선생님은 말씀하셨다.

"명돌아, 나는 네가 분명히 잘 될 줄 알았다. 고맙다. 언제나 열심이었던 네가 이렇게 잘 살아주어서 정말 고맙다."

산을 오를 땐 골짜기에서 능선까지가 힘이 든다. 능선에 오르면 시원한 바람이 불어오면서 사방팔방 산 너머 산이 보이고 저 멀리 정상이 보인다. 그리고 능선에서 걸어온 길을 돌아본다. 저 깊은 골짜기에서 여기까지 힘겹게 올라왔구나, 하면서 자신에게 찬사를 보낸다. 치열하게 오르지 않으면 도달할 수 없는 산의 능선, 인생의 길목에서 저 멀리 정상을 바라보며 생각에 잠긴다. 이제 어떻게 오를지, 얼마나 빨리, 혹은 얼마나 느리게 올라갈지를.

가을은 생동하는 봄과 열정의 여름이 지나간 계절, 다가올 추위를 대비하고 기다리는 계절이다. 인생의 가을에서 꿈과 야망을 성취하기 위해 숨을 헐떡이며 달려온 젊음의 계절을 돌아본다. 이제는 조금이나마 편안하고 안정된 새로운 지경에서 지나간 겨울과 봄과 여름을 반추하며 다가오는 황혼의 계절을 준비한다.

흔히 인생은 60부터라고 한다. 100세 철학자 김형석 교수는 '60부터 75세까지가 가장 행복했던 시절'이라고 말한다. 인생의 능선에서 이제는 내가 나를 믿어도 될 정도로 철든 나이가 되었다. 20대, 30대에 나를 괴롭힌 가장 큰 생각은, 내가 50대나 60대가 되어도 지금처럼 번민하고 방황하고 살지나 않을까 하는 불안과 두려움이었다. 그런 생각은 바른길에서 잠시 벗어나도 다시 가야 할 길을 향해 가도록 삶의 원심력과 구심력을 제공해 주었다.

100세 시대. 이제 60대에 접어들면서 80대가 되면 어떤 삶의 의미와 보람을 남기게 될 것인가, 그러기 위해서는 어떻게 살아야 할 것인가를 생각해 본다.

나폴레옹은 "오늘의 불행은 언젠가 내가 잘못 보낸 시간의 보복."이라고 말한다. 그렇다면 오늘 내가 즐겁게 사는 것은 시간의 축복인가. 오늘 내가 즐기고 겪고 있는 모든 일은 과거 내가 살아온 시간의 대가다. 현재가 과거의 열정과 노력을 직시하고, 자신을 쓰다듬으며 칭찬하고, 현재가 과거의 잘못을 직시하고, 과거가 현재에게 사과하라며 과거의 잘못을 묻는다. 신은 인간이 감사하면 더욱 축복을 하고, 잘못을 회개하고 뉘우치면 용서를 한다. 시간 역시 제로베이스에서 새롭게 시작한다. 인생은 모든 순간이 새로운 출발점이다. 순간은 영원으로 이어지고, 인생은 영화처럼 한 장면 한 장면이 모여 긴 일생으로 이어진다. 점이 선이 되고 선이 면이 되고 원이 된다.

청춘이라 생각했는데, 어느덧 이순을 넘어 환갑이 되었다. 잘못된 시간이 폭풍이 되어 몰아치지 않을까 겸허한 마음으로 다시 과거의 시간을 돌아본다. 인생의 능선에서 남은 세월이 언제까지인지는 알 수 없지만, 아직은 잘못된 과거를 바로잡을 시간이 있다. 그러나 현재 잘못을 범한다면 훗날에는 다시 바로잡을 시간이 별로 없을 것이다. 이제는 살얼음판을 걸어가듯 조심하고 경계해서 걸어야 한다. 과거, 현재, 미래를 생각해 볼 수 있는 능선에서 살아온 역사인 과거에게 감사하며 선물로 주어진 현재를 즐겁고 순수하게 가꾸어 미래에게 꿈과 희망을 헌사하고 싶다.

기해년, 황금돼지해가 밝았다. 기해년에 태어나서 다시 기해년이 돌아왔는데, 명색이 여행 작가인 내가 그냥 지나칠 수는 없었다. 그래서 60년을 살아온 눈물 젖은 소풍 같은 인생의 여정을 글로 정리해 보았다. 스콧 니어링은 "자서전은 살아오면서 얻은 경험과 지식을 자신을 중심으로 그려내는 보고서와 같은 것이다."라고 했다. 자서전이라고 하기에는 거창하지만, 이 책은 두 발로 걸어온 생의 여로를 온몸으로 쓴 자서전이다. 부끄럽고 용기가 없어 차마 이야기하지 못한 부분은 용서를 구하며 내 마음 저 깊숙한 곳에 비밀스럽게 숨겨두었다. 그리고 어제는 큰아들이 결혼을 했다. 이 글이 늦어진 이유이기도 하다. 축하할 일이다.

미당 서정주는 시 〈자화상〉에서 '스물세 해 동안 나를 키운 건 팔할이 바람'이라고 노래했다. 나는 말한다. "지난 육십 년 동안 나를 키운 건 팔 할이 엄마의 눈물."이라고. 이 책에는 나와 내 어머니와 아버지, 형제들과 처자식의 이야기가 많다. 그들은 나의 뿌리요, 그 뿌리에서 난 가지들이기 때문이다. 인생의 소중한 만남의 주인공인 그들과 한 시대를 함께 살아온 1959년생 벗들에게 이 책을 바친다.

나는 여행을 좋아하고 여행의 추억을 자신의 미라로 남기다 보니 어느 날 여행 작가가 되어 있었다. 이제 60년 동안 인생을 여행한 글을 마무리한다. 인내하고 도전했던 그 날이 있었기에 누리는 가을의 향연, 인생의 길목에서 세상에 태어나 만난 모든 인연에게 고개 숙여 감사한다.

2020년 2월 2일 새벽

김명돌

차 례

나는 걷는다

1. 새해 아침

2019년 1월 1일 새벽 2시, 성판악 주차장은 이미 아수라장, 등산로는 빙판이다. 수많은 랜턴이 길을 밝히고 사람들은 제각기 새해 소망을 담아 한 걸음 한 걸음 발걸음을 옮긴다. 해발 750㎙에서 시작하는 성판악 탐방로. 어둠 속의 새하얀 겨울 세상이다.

한라산 일출 산행, 새해 첫날만 허락되는 한라산 풍경. 조상 3대가 덕을 쌓아 하늘이 허락해야만 일출을 볼 수 있다고 한다. 오늘은 과연 일출을 볼 수 있을까. 설레는 가슴으로 진달래밭을 지나서 백록담의 가파른 나무계단을 걸어 올라간다. 정상이 얼마 남지 않은 길 사이사이에 사람들은 벌써 일출을 바라보기 위해 자리를 잡는다. 해 뜨기 직전이 가장 춥다고 하던가, 코끝을 얼리는 추위에 세찬 바람이 스쳐 간다.

6시 50분. 드디어 정상, 백록담에 도착한다. 일출까지는 50분 정도 기다려야 한다. 기다림은 설렘의 시간. 기다림은 그리움의 또 다른 표현. 새해 일출이 그리워진다. 영주십경 중 하나인 녹담만설, 하얀 눈에 덮인 백록담의 모습이 아직은 어둠 속에 있어 희미하다. 거센 바람이 불어와 날아갈 것만 같은 전망 좋은 자리에서 여명의 동쪽 하늘을 바라본다.

일출을 기다리는 저 사람들은 검푸른 바다를 바라보며 무엇을 생각할까? 무엇을 기원할까? 독일의 소설가 리히터는 "사람은 자신

이 희망하는 사람이 된다."라고 했는데, 이들의 기원은 과연 희망하고 믿는 대로 이루어질 것인가?

사람들은 푸른 하늘과 푸른 바다가 맞닿은 곳을 수평선이라 부르고, 푸른 하늘과 끝없는 대지가 맞닿은 곳을 지평선이라 부른다. 그리고 결코 어우러질 수 없을 것 같은 하늘과 바다와 대지가 만나고 섞이는 그곳을 지상의 낙원이자 이상적인 공간으로 여긴다. 신비로운 그곳으로 해가 뜨고 해가 진다.

새해 아침, 오늘의 태양은 일상의 태양이 아닌 특별한 태양이다. 희망을 기원하고 에너지를 재충전하는 새로운 한 해의 여정을 함께하는 친구요, 안내자요, 조력자다. 사람들은 신선한 아침의 태양으로부터 자신을 바꾸고 완성해 가는 에너지를 보충하고, 몸과 마음과 영혼의 위로를 받고자 한다. 아침이면 대지를 밝게 비추며 떠오르는 태양은 그 빛으로 인류에게 안정감과 따뜻함을 가져다주고 어둠, 혹한, 밤의 맹수로부터 지켜주었다.

태양은 태양신으로 숭배를 받아온 경이로운 존재다. 인류는 동서양을 막론하고 태양을 숭배했다. 고대 이집트에서는 태양신 호루스에 대한 숭배 사상을 가졌고, 잉카 제국이나 아즈텍 문명에서는 태양신에게 살아있는 인간의 심장을 바쳤다. 오늘날에는 비록 태양을 신으로 섬기지 않지만, 태양은 여전히 인류와 모든 생명체에게 생명의 빛을 주고 정기를 주는 감사의 존재다. 그래서 새해 첫날에 떠오르는 태양을 보고 사람들은 종교를 초월해서 간절한 마음으로 기도한다. J. 옥스님은 "세상이 시작된 이래 태양이 그 빛을 비추지 않은 적이 없다. 하지만 우리는 태양의 모습을 보지 못하면 자주 그의 변덕을 불평한다. 그러나 진실로 비난받아야 할 것은 구름이지 태양이 아니다. 구름 뒤에서도 태양은 늘 비추고 있으니까."라고 말한다. 언제나 태양은 구름 뒤에서 빛을 발하고, 모든 밤의 끝에는 반드시 태양이 찾아온다. 희망 없는 절망이 없듯 태양이 오지 않는 밤은 없다.

드디어 동남쪽 운해 너머로 붉은빛이 서서히 타오르기 시작한다. 어둠에서 나온 빛이 서서히 어둠을 밝힌다. 어둠을 밝히지 않는 빛은 더 이상 빛이 아니라고 하듯, 세상을 밝히며 태양이 떠오른다. 황금빛 바다가 왕관을 쓴 듯한 태양을 토해낸다. 온 누리에 빛과 생명을 주는 불덩어리가 고개를 내민다. 바다가 둥글고 빛나는 붉은 알 하나를 부화한다. 찬란한 태양이 금빛 햇살을 내린다. 괴테는 "태양이 뜨면 먼지도 빛난다!"라고 하지 않았던가. 바닷물도 빛이 나고, 하늘도 빛이 나고, 구름도 빛이 나고, 노을도 빛이 나고, 달도 빛이 나고, 별도 빛이 나고, 온 세상이 빛이 나고, 사람들도 빛이 난다. 백록담도 황홀한 자태를 드러낸다. 거울로 보는 듯 희미했던 백록담이 얼굴을 맞대고 보는 듯 선명하다. 눈부시게 아름다워 함부로 범접할 수 없는 신비한 기운이 감돈다.

제주의 중앙부에 솟아 있어 제주가 한눈에 보이는 한라산 정상, 화구호인 백록담을 중심으로 동서로 약 14.4㎞, 남북으로 약 9.8㎞ 뻗어있는 한라산의 전경이 시원스레 펼쳐진다. 하늘이, 구름이, 바다가, 오름이, 제주도가 보이고, 눈으로 덮인 사라오름이 귀엽게 다가온다.

구름 물결 저 끝에서 한 점 붉은 알이 찬란한 모습을 드러낸다.

운해가 태양을 부화한다. 일출의 장관이 펼쳐진다. 순간, "새해 복 많이 받으세요!"라는 탄성의 물결이 한라산, 백록담 여기저기에서 울려 퍼진다. 이쪽저쪽에서 감격스런 외침이 한목소리로 인사한다.

거친 바람이 불어오는 한라산 정상의 새해 아침!

운해 위에 펼쳐지는 일출의 장관을 바라보며 희망찬 새해를 기원하는 사람들, 모두의 소원이 이루어지기를 바라며 나도 손을 모으고 마음을 모으고 정성을 모은다.

태양의 광선에 마음을 실어 한라산에서 백두산으로 달려간다. 한라산이 백두산을 만나고, 백두산이 한라산을 반겨준다. 백두산

천지(天池)가 한라산 백록담으로 흘러들고 백록담이 천지를 맞이한다. 남과 북이 하나가 되고 북과 남이 형제가 된다. 너와 내가 우리가 되고 분단의 철책이 무너지고 한반도가 하나가 된다.

2019년 새해 아침, 구름 한 점 없이 맑고 선명한 푸른 하늘이 푸른 바다보다 더 푸르게 펼쳐진다. 시원한 공기가 코를 통해 폐로 스며들고, 폐를 통해 뇌로 파고드는 느낌이 상쾌하고 유쾌하고 경쾌하고 통쾌하다. 장엄한 태양이 아득하게 펼쳐진 구름바다 위로 뜨거운 광선을 쏘아 올리며 점점 자신의 존재를 드러낸다. 지구의, 제주도의, 한라산의 모든 생명이 잠에서 깨어난다. 새해의 이상향이 새 하늘에 그려진다. 우주에 있는 모든 행성 가운데 하나의 행성, 지구에만 생명이 존재한다. 지구는 행운의 행성이고, 그 행성에서 살아가는 인간은 행운의 존재다. 약 50억 년 전 지구가 태어날 무렵 소행성이 지구에 충돌하고, 이로 인해 지구의 각도가 꺾여 태양으로부터 23.5도 기울은 이 거대한 사건은 기적으로 나타났다. 기운 각도 때문에 계절이 나타났고, 극도의 더위와 추위가 생겨났다. 그리고 절정의 아름다운 경관이 생겨났다. 이것들은 지구에 생명이 사는데 최적의 조건이 되었다. 인간을 포함한 지구의 모든 생명체는 태양으로부터 생명력을 얻는다. 눈 부신 태양이 찬 기운을 뚫고 강렬하게 빛을 내린다.

'철새는 날아가고' 엘 콘도 파사(El Condor Pasa)의 애잔한 음률이 휴대폰을 타고 울린다. 둘째 아들이다. 오고가는 덕담, 새해 소망을 나누며 아버지와 아들로 살아가는 이 세상의 인연에 감사한다.

아름다운 광경 앞에서 떠오르는 얼굴은 정녕 사랑하는 사람이라, 그리운 얼굴들이 스쳐 간다. 그들을 위해서 마음을 모은다. 지구상에서 이런 행운을 맛볼 수 있는 사람은 얼마나 될까. 나는 진정 행운아요, 풍운아다.

일찍 일어난 부지런한 새 한 마리가 추위도 아랑곳없이 머리 위를 맴돈다. 소원을 전해주기 위해서 날아온 하늘의 전령인가 하다가 히말라야 트레킹에서 만난 설산조(雪山鳥)가 떠오른다.

히말라야 설산에는 혹독한 추위에도 집 없이 사는 새가 있다. 설산조 또는 한고조(寒苦鳥)라 불리는 새다. 결심을 행동으로 옮기지 못하여 추위에 괴로워하는 새, 중국에서는 추워서 미친 듯이 울부짖는 새라 하여 한호조(寒号鳥)라고 한다.

설산조는 둥지를 틀지 않기 때문에 밤이면 사나운 눈바람을 그대로 맞고 온몸이 얼어붙는 괴로움을 겪는다. 그래서 밤마다 '날이 밝으면 꼭 아늑한 둥지를 짓겠다!'라고 다짐한다. 그러나 날이 밝으면 햇볕에 꽁꽁 얼어붙은 몸이 녹듯 그 다짐도 사르르 녹아내린다. 그리고 또다시 밤이 찾아오면 추위에 뼈마디가 얼어붙는 고통을 겪는다. 그래서 한고조(寒苦鳥)다. 작심삼일보다 더한 작심 하룻밤의 새, 그래서 작심삼일보다 더한 말이 "너는 한고조다!"라는 말이다.

새해가 되면 사람들은 새로운 깨달음으로 새로운 결심, 새로운 각오를 한다. 하지만 행동하지 않는 각오는 아무런 소용이 없다. 백문(百聞)이 불여일견(不如一見)이요, 백견이 불여일각(覺)이요, 백각이 불여일행(行)이다. 백번 깨달아도 행동하지 않으면 의미가 없다. 사후약방문이라, 처방으로 약을 받아들고도 먹지 않고 슬그머니 버린다. 소 잃고 이제라도 외양간 고쳐야지 하다가도 슬그머니 넘어간다. 그러면서 삶의 무상함만을 노래한다. 설산조는 평생을 그렇게 살다가 죽는다. 어찌 설산조처럼 살아갈 수 있을까. 일신우일신 하며 좀 더 성숙한 모습으로 변해가야지. 한라산 정상에서 설산조의 아픔을 되새긴다.

인생 경쟁의 승패는 공평하게 주어진 시간 속에서 누가 얼마나 최선을 다했는지에 따라 결정된다. 새해 첫날 추운 겨울, 한라산에서 존재의 욕구, 자아실현의 욕구, 호모 루덴스의 욕구를 충족하며 행복에 젖는다. 돈 되는 일보다 돈 안 되는 일을 하면서 느끼는 성취감이 더 인간적이다. 생존에서 벗어나 놀이를 즐기는 순간, 인간은 비로소 인간다워진다.

잘 보낸 하루가 행복한 잠을 가져오고, 잘 산 인생은 행복한 죽음을 가져온다. 잠은 휴식이요, 죽음은 영원한 휴식이다. 휴식(休息)은 사람(人)이 나무(木) 아래에서 스스로(自)의 마음(心)을 들여다보는 인생의 디저트 같은 시간이다. 일상에서 탈출하는 여행의 시간은 생활에 활력을 주지만, 인생의 주식(主食)은 그래도 하루하루 살아가는 평범한 일상이다. 크로노스의 시간은 모두에게 공평하게 주어지는 시간이고, 카이로스의 시간은 특별한 기회의 시간이다. 시간을 어떻게 운용하는가에 따라 삶이 달라진다. 짜릿한 카이로스의 시간도 소중하지만, 크로노스의 시간 속에 재미와 즐거움을 경험할 줄 알면 진정 행복한 사람이다.

새해 첫날 아침, 기해년을 맞이하는 기해년 생 황금돼지띠 사나이가 한라산에서 인생을 찬미한다. 한라산 구름 위에서 아름다운 풍광에 젖다가 이제 돌아선다. 이별이 아쉬워 뒤돌아보고 또 돌아보고, '한라산 정상' 표석 또한 아쉬운지 배웅을 한다. 회자정리 거자필반(會者定離 去者必返)이니, 이별은 또 다른 만남을 기약한다. 펼쳐진 구름바다와 어우러진 새파란 하늘, 아침 햇살 속에서 느림의 미학을 즐기며 12시경에 성판악에 도착한다.

새해 첫날의 기적! 한라산의 품에서 황금돼지는 구름을 타고 나르는 신선이 되어 〈기해년, 새해 아침〉을 노래하며 마냥 행복했다.

황금돼지 소요유하는/ 햇빛 가득한 한라산
마음의 길을 걸어가는/ 천상에서 유배 온 신선
하나 된 신선과 황금돼지의/ 정겨운 동행
백록담을 누비는/ 그들의 우정

여명이 밝아오며/ 운해가 알 하나를 부화하고
대망의 기해년이/ 화사하게 피어난다.
황금돼지야/ 한라산 신선과 더불어
새해에는 신명 나게/ 한 판 노올~자!

2. 60년 전에는 내가 너였는데!

2019년은 기해년(己亥年), 나는 60년 전 기해년에 태어났다. 1959년생의 2019년은 60갑자가 한 바퀴 돌아 다시 태어난 회갑의 해다. 나아가 그냥 돼지해도 아닌 재물과 행운의 상징인 황금돼지라는 긍정적인 기운이 가득한 해다. 길상(吉相)의 동물인 돼지. 게다가 황금이란 수식어까지 붙은 황금돼지의 해인 2019년. 지나온 60년을 되돌아보는 인생의 길목에서 2019년을 '힐링의 해'로 삼아 새로운 인생을 시작한다.

나는 1959년 11월 5일(음력 10월 5일), 이 세상에 태어났다. 아직 6.25 전쟁의 상흔이 남아 있고, 사라호 태풍으로 폐허가 된 대한민국 경상북도 안동의 일직면 운산리 시골 마을에서 5형제 가운데 넷째 아들로 태어났다. 그해 박항서 감독이, 배우 박상원이, 가수 이문세와 김흥국이, 그리고 지구상의 수많은 동갑내기 친구가 이 세상에 태어났다. 그리고 60년의 세월이 흘렀다. 천지는 개벽했고, 상상을 초월하는 수많은 역사의 크고 작은 사건이 일어났다. 가장 획기적인 사건은 '60년 전에는 내가 너였는데, 이제는 네가 내가 되었다.'는 것이다.

서산대사(1520~1604)는 1604년 1월 묘향산 원적암에서 설법을 마치고 자신의 영정(影幀)을 꺼내 그 뒷면에 "80년 전에는 네가 나이더니 80년 후에는 내가 너로구나(八十年前渠是我 八十年後我是渠)."라는 시를 적어 유정과 처영에게 전하게 하고 가부좌를 한 채로 입적했다. 만공 스님은 입적하기 전 시자들에게 물을 떠 오라고 해서 목욕 후 거울에 비친 얼굴을 쳐다보며 껄껄 웃었다.

"자네와 내가 이별할 인연이 다 되었나 보오. 그럼 잘 있게."

태어날 때의 얼굴과 이 세상을 떠날 때의 얼굴은 다르다. 얼굴은 얼이 통하는 굴, 얼의 통로다. 봄, 여름, 가을, 겨울, 계절이 바뀌듯 얼굴의 풍경도 나이에 따라 바뀐다. 얼굴은 한 인간의 역사이고, 궤적이고, 풍경이고, 삶의 현장이다. 사람들은 인생의 길 위에서 얼굴이 변해간다. 나 또한 길 위에서 해마다, 날마다 나의 얼굴을 성형한다. 그렇게 60년간 변해왔다.

1959년의 대한민국은 암울했다. 1945년 일제강점기에서 해방된 한반도에 1948년 대한민국 정부가 수립되었다. 1950년 6월 25일 한국전쟁이 시작되었고, 1953년 7월 27일 정전협정이 맺어졌다. 3년간의 전쟁으로 대한민국은 잿더미가 되어 통곡의 땅으로 변했고, 폐허의 땅에 1956년부터 베이비붐 세대가 태어나기 시작했다.

연도별 신생아 수 통계를 보면 1956년생 711,500명, 57년 723,900명, 58년 758,000명, 59년 784,100명, 60년 792,350명, 61년 804,000명, 62년 858,700명이었다. 이후 1971년생이 1,024,773명으로 정점을 찍고 점차 하락하여 2017년 357,771명, 2018년 322,826명으로 인구 절벽을 마주했다. 출산율이 0.88명으로 지구상에서 유일하게 1점대 이하로 출산율이 떨어진 국가로 등극했다.

1959년생 공무원은 자신이 태어났던 황금돼지해를 마지막으로 대거 정년퇴직한다. 1955년부터 1963년 사이에 태어나 한국경제의 고도 성장기를 이끌었던 베이비부머 세대, 그 가운데 1959년생은 100세 시대가 찾아옴에 따라 재취업의 묘한 감정을 가지고 있다. 자녀의 취업난이 해결되기를 기원하는 1959년생은 자신이 황금돼지와 같은 큰 행운이나 재물을 거머쥐기보다 자녀의 취업 문제가 잘 해결되기를 바라고 있다.

1959년생은 한국의 근현대사를 이뤄내기 위한 슬픈 역사를 다 맞은 세대, 격동의 세월을 살아오며 절묘한 운명의 갈림길에 서 있는, 마지막으로 부모에게 효도하는 세대이면서 처음으로 자식들에게 버림받는 세대이다. 한 직장에 너무 오래 머물면 자식들은 어떻게 해야 할 것인가 하는 고민에 자녀들이 직장을 갖는 게 자신이 갖고 있는 것보다 더 행복하게 여기는 세대이기도 하다. 그리고 이제는 하고 싶은 일, 잘하는 일을 하고 살아도 되는 나이이다.

1959년은 목요일로 시작하는 평년으로 대한민국 최초로 원자로 기공식이 열렸고, 진보당 당수 조봉암이 간첩이란 누명을 쓴 채 형장의 이슬로 사라졌다. 자유당 전당대회에서 이승만을 대통령 후보로, 이기붕을 부통령 후보로 선출하였고, 민주당은 정·부통령 후보 지명대회에서 조봉옥을 대통령 후보로, 장면을 부통령 후보로 각각 선출하였다.

1959년 9월 추석 연휴였던 한반도에 갑작스런 폭우와 함께 강풍이 몰아쳤다. 사라호 태풍이 몰려온 것이다. 그리고 삼남 지방은 924명의 사망자와 함께 커다란 피해를 입었다. 또한 1959년은 국산 라디오가 나온 해이고, 초등학교 무상교육이 시행된 해다.

세계적으로는 국제연합이 제정한 '국제 기념의 해'가 시작되었는데, 최초로 정해진 명칭은 '세계 난민의 해'였다. 1월 6일 피델 카스트로가 이끄는 쿠바의 사회주의 반군의 공산 혁명을 시작으로 세계의 역사는 흘러갔고, 티베트의 달라이 라마 14세는 인도로 망명을 떠났다. 일본의 아키히토 황태자가 평민 출신의 쇼다 미치코와 결혼했고, 하와이가 주로 승격되어 미국의 50번째 주가 되었다. 소련의 달 탐사위성 루나-3이 달의 뒷면 사진을 촬영하여 전송하는데 성공했다.

대한민국은 6.25 전쟁 직후 폐허가 되었으나, 60년대 이후 경제개발의 신화를 써왔다. 한국전쟁 직후인 1953년의 대한민국은 1인당 국민총소득(GNI) 67달러에 불과한 세계 최빈국이었다. 1960년 기준으로 인구 약 2,500만 명, GNI 80달러, 국내총소득 20억 달러였던 세계 최빈국 대한민국. 1962년 GNI는 110달러로 지금 세계 최빈국에 속하는 아프리카의 가나나 가봉보다 소득 수준이 떨어졌다. 하지만 그해 경제개발 5개년 계획이 시작되었고, 기초적인 산업의 토대가 형성되면서 비약적인 발전을 시작했다. 한국 경제의 첫 번째 롤 모델은 필리핀이었지만, 1970년에 필리핀을 추월했고, 1965년만 해도 국내총생산이 남한의 2배 이상이었던 북한을 70년대 초 추월했으며, 70년대 후반에는 60년대 초만 해도 1인당 소득 수준이 아시아에서 일본 다음으로 높은 나라였던 말레이시아를 추월했다. 2005년에는 1인당 GNI가 1만 6,291달러로 아시아의 네 마리의 용 가운데 하나인 대만(1만 5,676)을 처음 앞질렀다. 그리고 2006년, 드디어 2만 달러를 넘어섰다.

대한민국은 선진국들이 200년에 걸쳐 이룬 산업화와 민주화를

50년 만에 이룬 나라, 2차 세계대전 이후에 독립하거나 새로 탄생한 85개국 가운데 '20-50클럽(1인당 소득 2만 달러, 인구 5000만 명)'에 가입한 유일한 나라, 한 마디로 '미꾸라지가 용이 된 나라'가 되었다. G7 중에서 인구 5,000만 명이 안 되는 캐나다를 제외하면 6개국이 '20-50클럽'에 가입한 상태였으며 대한민국이 세계에서 7번째로 '20-50클럽'에 가입했다. 세계적 석학 수준의 경제학자들은 이를 '기적'이라고 했다. 그리고 2018년에는 드디어 1인당 국민소득이 사상 처음 3만 달러를 돌파하면서 선진국 반열에 올라섰다. 인구 5천만 이상이면서 1인당 GNI가 3만 달러 이상인 '30-50클럽'에 진입했다. 그리고 2019년 3월 기준 국내총생산이 1조 53억 달러로 세계 11위, 국민들이 얼마나 잘 사는지를 따지는 1인당 국민소득은 3만 1940달러로 세계 29위이다.

2000년부터는 OECD 공적개발원조 수혜국의 지위를 벗어나 원조하는 국가에 합류했다. 최빈국 수준의 원조 수혜국이 원조하는 국가로 바뀐 세계 유일의 국가가 된 것이다. '한강의 기적', '기적 중의 기적'을 이룬 위대한 대한민국이 되었다. 이렇게 위대한 기적 앞에서 나쁜 정치인들은 이 나라가 '헬 조선'이라고 젊은이들을 선동한다.

대한민국의 변화와 더불어 우리 집은 '동네에서 가장 가난한 돌네집'에서 '동네에서 가장 부유한 돌네집'으로, 엄마는 '동네에서 가장 불쌍한 여인'에서 '동네에서 가장 행복한 할머니'로 바뀌었다. 내가 태어나던 그때 그 시절, 나는 가난했고, 우리 집은 가난했다. 이웃 사람들 또한 대부분 가난했다.

초등학교 3학년 시절로 기억이 난다. 학교에 갈 때면 가장 친한 친구('백곰'이라는 별명을 가진 상학이)의 집에 들러 같이 가자고 했다. 그러면 식사를 하던 친구 엄마는 굳이 방으로 들어오라고 하시곤 "밥 안 먹었지?"라며 밥을 챙겨주셨다. 밥을 먹고 왔다고 해도 억지로 주시기에 부득이 또 아침밥을 먹은 적도 있었다. 그래서 수업 시간에 선생님께 '밥을 먹었는데 어른이 또 밥을 먹으라고 하면 이럴 때는 어떻게 해야 하는지'를 여쭤봤다.

나는 내가 세상에서 제일 가난하고 불행한 사람인 줄 알았다. 철이 들어 나보다 더 힘들고 어려운 사람들이 있다는 사실을 알았다. 남의 불행이 나에게 위로가 되었지만, 그래도 나는 가난에서 탈출하고 싶었다. 가난은 나를 너무 슬프게 하고 너무 아프게 했다. 특히 가난은 엄마를 너무 많이 울렸다. 나는 엄마의 눈물을 닦아드리기 위해 중학교 2학년 때 가난에서 탈출하기로 결심했고, 그 방법은 공부라고 생각했다. 가난은 일찍 철이 들게 했다. 나는 열심히 공부했다. 3학년 때는 1등도 하고 장학생이 되었다. 담임선생님은 집안이 가난하니까 국비 장학생인 경북 구미의 금오공고로 가라고 권유했지만, 나를 아끼시던 다른 선생님은 "인생의 꿈을 높이 펼치기 위해서는 그러지 말라."라고 만류했다. 고마운 말씀이었다. 그리고 경북 북부 지방의 명문이라는 안동고등학교에 진학했다. 엄마는 너무 좋아하셨다. 하지만 아버지는 안동의 신생 고등학교 교장 선생님에게 "3년 장학생으로, 대학에 가면 특별 장학생으로 지원하겠다."라는 제의를 받고 이를 받아들이셨다. 엄마는 이때, "남들은 가고 싶어도 못 가는 안동고등학교를 갔는데 무슨 일이 있어도 공부시킬 테니까 안 된다!"라고 하시며 학교를 찾아가서 아버지의 결정을 철회했다. 천만다행이었다. 지금도 엄마에게 감사한다.

인생의 커다란 축복은 탄생, 만남, 그리고 죽음이다. 사람으로 태어나서 수많은 인연을 만나면서 살다가 어느 날엔가 마무리를 하고 홀연히 떠날 수 있다는 사실이 얼마나 신비로운가. 플라톤은 "남자로 태어났고, 문명화된 그리스에서 태어났고, 소크라테스의 제자가 된 것이 최고의 행운."이라고 했다. 나는 남자로 태어났고, 대한민국의 안동에서 태어났고, 내 엄마의 아들로 태어난 것을 가장 커다란 축복으로 여긴다. 태어나는 것은 나의 선택이 아닌 부모의 쾌락의 산물이지만, 엄마의 선택은 내 인생에 결정적인 순간에 항상 영향을 미쳤다. 초등학교에 입학하기 전 겨울, 마을 앞 냇가에서 얼음물에 빠져 죽을 뻔한 상황에서 엄마가 뛰어들어 구출했다. 엄마는 내게 두 번의 생명을 주셨다. 고등학교 입학, 세무사 개업을 어디에서 하느냐, 엄마의 장례식을 어디에서 치르느냐에 이르기까지, 소중한 순간에 엄마는 늘 함께했다. 그래서 나의 60년 이야기는 엄마로 시작해서 "엄마, 심부름 잘 하고 왔습니다!"로 마무리할 것이다.

내가 이 세상에 태어날 때 가족은 모두 9명이었다. 할아버지와 두 할머니, 아버지와 어머니, 그리고 세 형이 있었다. 이후 두 동생이 태어났지만 여동생은 일찍 죽었고 남동생이 함께 살았다. 60년이 지난 지금, 이제 형님 한 분만 남고 모두 다 흙으로 돌아갔다. 그와 동시에 새로운 가족이 생겼다.

나의 가족 개념은 내 부모님을 기준으로 한다. 조카들이, 조카의 배우자들이, 그리고 아이들이 생겼다. 2019년 11월에 태어난 질녀의 아이를 마지막으로 가족은 모두 24명이 되었다. '돌네 아부지와 돌네 엄마'의 종족 보존은 제대로 이루어졌다.

"아버지, 어머니! 60년 전, 당신의 아들로 나에게 뼈와 살과 피를 주어 이 세상에 태어나게 해주셔서 정말 감사드립니다."

그리고 나는 살아 있는 내 인생의 〈오늘〉을 노래한다.

오늘
남은 생애의 첫날
나는 새롭게 다짐하리.

또 하루
시작할 때마다
생명 있음에 감사하고

또 하루
다가올 때마다

사랑하며 살리라고

오늘
어제에게 미소 짓고
내일에게 인사하리.

오늘
깨어나 잠들 때까지
두 팔로 감싸 안으리.

3. 나는 돌(乭)이다!

어느 농장의 주인이 딸의 결혼식을 올리기로 했다. 그 사실이 알려지자 가축들은 불안과 공포에 떨었다. 반드시 누군가가 희생양이 되어 잔칫상에 올라가야 하기 때문이다. 동물들은 회의를 열어 이 농장에서 주인에게 가장 필요하지 않은 존재가 제물이 되기로 했다. 먼저 황소가 나섰다.

"나는 주인님이 농사를 짓는데 기여하고 있다."

이번에는 개가 말했다.

"도둑을 누가 막는가?"

고양이도 외쳤다.

"나는 곡식을 훔쳐 먹는 쥐를 잡는다."

닭도 목을 길게 뽑으며 말했다.

"새벽을 알리고 달걀을 제공하는 일을 누가 하는가?"

하지만 말없이 눈물만 흘리고 있는 한 동물이 있었다. 그것은 바로 돼지였다. 먹고 하는 일 없어서 쓸모없다고 여겨졌던 돼지, 돼지는 잔치에 쓸모가 있었다. 장자의 '쓸모없음의 쓸모 있음'이다. 세상에 쓸모없는 존재는 없나니 돼지는 인류를 위해 머리에서 족발까지 모든 것을 주었다.

조선 초기의 문신 서거정(1420~1488)은 《태평한화골계전》에서 "극락에는 삶은 돼지머리와 해맑은 삼해주(三亥酒)가 있는가? 만일 그런 것들이 없다면 비록 극락이라 하더라도 나는 가지 않겠네."라고 하며 돼지를 극락세계의 첫 번째 조건으로 꼽았다.

조선시대에 빠지지 않는 음식이 돼지고기였다. 돼지 '해(亥)'는 돼지 모양을 본떠 머리와 몸통(女), 다리와 꼬리(人)까지 완벽하게 그렸다. 남녀가 애정에 힘쓰는 모습으로 '애정이 좋은 부부'를 의미한다. 그래서 자식을 많이 낳는 복을 누린다. 강한 번식력을 가진 돼지가 풍년이나 번창을 가져온다는 인식이 현재까지 전해지고 있다. 그래선가? 나는 아들이 셋이나 있다. 또한 돼지 돈(豚)과 돈(金)은 발음이 같아 돼지는 재물, 복의 상징물로 전해졌다.

나는 육십갑자로 기해년, 돼지해에 태어났다. 2019년 현재 우리 나이로 만 60세, 환갑이다. 육십갑자(六十甲子)는 '갑을병정무기경신임계'의 십천간(十天干)과 '자축인묘진사오미신유술해'의 십이지지(十二地支)의 차례를 맞추어 쓴 것으로, 60년을 일주(一週)로 한 것을 말한다. 천간은 그대로 두고 지지가 다섯 번 돌면 60갑자가 완성된다. 천간의 처음 글자인 '甲'자와 지지의 처음 글자인 '子'를 시작으로 천간과 지지를 순서대로 배합하여 60개가 조직되므로 갑자에서 시작하여 갑자로 돌아오기까지 60개의 조합이 있어야 하는 것이다. 그래서 갑이 다시 돌아왔다는 환갑(還甲), 회갑(回甲)이라는 용어는 자기가 태어난 해가 다시 돌아왔다는 것을 의미한다.

기해년, 돼지해에 이 세상에 태어난 내 이름은 명돌이다. 우리 집은 아들 오 형제였고, 나는 그 중 넷째 아들이었으며, 이름은 수돌(壽乭), 태돌(太乭), 삼돌(三乭), 명돌(明乭), 귀돌(貴乭)로 모두 '돌'자로 끝이 났다. 그래서 동네 사람들은 '돌네집'이라고 불렀다. 모든 이름에는 그 의미가 있고 바람이 있다. 삼라만상의 존재에는 그 이름을 붙인 사람의 뜻이 있고, 이유가 있고, 소망이 있다. 꽃말도 마찬가지다. 이름 없는 잡초는 없다. 자신이 모를 뿐 모든 존재는 이름을 지은 자의 의미가 있다. 똥은 한자로 똥 분(糞)으로, 쌀 미(米)와 다를 이(異)로 구성되어 똥은 쌀의 다른 모습이란 의미를 지닌다. 이는 거름에서 곡식을 거쳐, 다시 밥에서 거름으로 돌아가는 끝없는 순환을 뜻하며, 하찮은 사물들의 존재 가치도 깨닫게 한다.

우리 형제들의 이름은 경주 김 씨 계림군파의 '기(基)' 자 항렬임에도 불구하고 '돌(乭)' 자 돌림을 사용하여 이름을 지은 것에는 이유가 있었으니, 자식이 귀하고 명(命)이 짧은 집안에서 이름을 천하게 지어 귀신이 빨리 잡아가지 못하도록 하기 위함이란 깊은 의미가 있었다. 고종 임금의 어릴 때 이름이 '개똥이'인 것과 같다.

어린 시절 자라면서 '쇠돌이, 차돌이, 돌삐' 등의 별명으로 많은 놀림을 당했지만, 이름에는 부모님의 사랑이 있었다. 그것은 마치 수십 년이 지난 뒤 꺼내 보라며 맡긴 밀봉한 편지 같았다. 나는 명돌(明乭)이란 이름이 싫지 않았다. 언제나 단단하고 강인하게 살라는 의미로, '유명하라'는 의미로 받아들여서 이름을 통해 자기 의지를 키웠다.

나는 세 아들의 아버지로서 아들들의 이름을 진혁(鎭赫), 진세(鎭世), 진교(鎭教)로 짓고, 이 세상에 태어나 우리 집안의 혈통을 확실하게 남겨 두었다. 아들들 또한 어느 날 아버지가 지은 이름의 의미를 되새기리라 믿는다. 부모의 소망이 의식적이든 무의식적이든 이름에 나타난다면, 그 소망을 깨닫고 바라는 바대로 살아가는 것은 효(孝)라고 할 수 있다. '孝'는 '老+子'로, 이는 노인을 업고 있는 자식의 모습이 아닌가.

이름(名)은 그 사람의 모든 것을 나타낸다. 이름을 더럽히는 것은 불명예요, 이름을 빛내는 것은 명예로운 것이다. 옛사람들은 이름을 신성시하고 이름을 목숨처럼 지켰다. 이름은 그 사람의 또 하나의 목숨이었다. 그래서 함부로 사용하거나 부르지 않았다. 이름은 부모, 조부모 등이 지어준다. 태어난 아이의 이름을 지을 때는 그 아이의 사주에 맞춰 지었고, 그래서 이름에는 그 사람의 운명이 담겨 있다고 믿었다. 이름을 신성시하여 함부로 드러내거나 부르지 않는 것을 불문율로 여겼기에 본명 대신 아명, 자, 호와 같은 별명을 지어 사용하였다. 아명은 어릴 때 불리는 이름이고, 성년이 되어서는 자, 그리고 호를, 죽어서는 시호를 붙였다.

이순신의 아버지 이정(李貞)은 네 아들의 이름을 항렬인 '신(臣)'자를 돌림으로 하여 맏이는 고대 중국 삼황(三皇) 오제(五帝)의 복희씨(伏羲氏)에서 딴 희신(羲臣), 둘째는 요(堯)임금에서 딴 요신(堯臣)이라 하였고, 순신(舜臣)은 순(舜)임금에서, 아우 우신(禹臣)은 하(夏) 왕조의 시조인 우(禹)임금에서 따 왔다. 삼황오제는 중국의 신화와 고대사의 전설적인 인물이었으니, 하급 무관직인 아버지는 아들들이 전설적인 인물로 살아주기를 바라는 소망을 담았을 것이다. 아들의 이름을 희신, 요신, 순신, 우신이라 이름 지은 데서 당시의 조선시대를 요순시대를 만드는데 일조하는 신하가 되라는 아버지의 꿈과 기대를 읽을 수 있다. 그리고 그 기대는 이순신에 의해 이루어졌다. 이순신은 신이 우리 민족에게 내려준 최고의 선물이고 축복이었다.

아버지의 위대한 꿈이 이루어졌다.

> 이화에 월백하고 은한이 삼경인제
> 일지춘심을 자규야 알랴만은
> 다정도 병인양 하여 잠 못 들어 하노라

내가 좋아하는 〈다정가(多情歌)〉를 지은 이조년(1269~1343)은 고려 말의 문신이다. 혼란한 정국의 기개가 있던 선비로 5형제의 막내였다. 형들은 이백년, 이천년, 이만년, 이억년이었다. 아우가 있었다면 경년, 해년으로 이어갔을 것이다. 아버지 이장경은 자식들의 무궁무진한 입신양명을 기원하며 이름을 지었다. 실제로 5형제 모두 문과에 급제했으며, 특히 이조년의 손자 중 이인복, 이인민, 이인임은 당시 정국을 좌지우지했다.

조선 중기 때 의정부 우참찬 오억령, 대사헌 오백령 형제는 이조년 형제들을 떠올리게 한다. 이조년의 형제들과는 순서가 반대로 오억령(1552~1668)이 형이고, 이어 오만령, 오천령 없이 곧바로 오백령(1560~1633)으로 내려온다는 차이가 있다. 그사이에 난 두 형제가 조졸(早卒)했을 가능성이 있다.

이조년, 오억령 형제 모두 돌림자가 년(年)이나 령(齡)인 것을 보면 부모가 자식들의 출세보다는 무병장수를 기원해서 지었는지도 모를 일이다. 모든 사람의 이름에는 그 부모들의 꿈이 녹아있기 때문이다.

조선 초 문신이자 세종의 아랫동서인 강석덕은 아들 둘을 두었다. 강희안, 강희맹이었다. 감히 공자의 이름의 '공'자를 따올 수는 없어 공자가 아꼈던 제자 안회의 '안'자와 아성 맹자의 '맹'자를 따서 이름을 강희안, 강희맹이라 지었다. 강희안은 관찰사 등을 지냈고 시, 그림, 글씨에 뛰어나 세종 때부터 안견, 최경과 더불어 '삼절'로 꼽혔다. 아우 강희맹은 성종 때 정승 바로 아래인 의정부 좌찬성까지 올랐다.

성종 때의 승지로 지내며 폐비 윤 씨에게 사약을 전달했다는 이유로 연산군 때 정치보복 대상 1호가 되었던 비운의 예조판서 이세좌는 주역의 세계를 담고 싶은 꿈이 있었다. 그래서 주역의 4대 원리인 '원형이정(元亨利貞)'에서 '이'만 같은 뜻의 '의(義)'로 바꿔 네 아들의 이름을 이수원, 이수형, 이수의, 이수정으로 지었다. 그러나 네 아들은 아버지 이세좌의 죄에 연좌되어 동시에 목이 달아났다. 하지만 이수정의 둘째 아들이 명종 때 영의정에 오르게 되니, 바로 명재상 이준경이다. 이세좌의 꿈은 대를 건너뛰어 실현되었다.

퇴계 이황은 제자 이덕홍에게 "너는 너의 이름의 뜻을 알고 있느냐?" 하고 물었다. 이덕홍이 "저는 모릅니다." 하고 답하자 이황은, "덕자는 행을 따르고 곧음을 따르고 마음을 따르는 것이니, 곧 '곧은 마음을 행한다.'는 말이다. 옛사람은 이름을 지을 때에 반드시 그 사람에게 관계를 주는 것이다. 너도 이름을 본받아라."라고 하였다.

윤동주의 아명(兒名)은 해환이고, 동생 윤일주는 달환, 어릴 때 죽은 동생은 별환이었으니, 이는 해처럼, 달처럼, 별처럼 빛나라는 아버지 윤영석의 바람이 깃들어 있었다. 윤동주는 겨레의 역사에 길이길이 남아 해처럼 빛나고 있다.

이 대지에 살았던 이들의 이름 중 어떤 사람들보다도 독특하고 기억에 오래 남을 이름은 인디언들의 이름이다. 인디언들은 태어난 직후에는 이름이 주어지지 않다가 나중에 이름을 얻게 되는데, 보통 명성이나 업적에 따라 이름이 주어진다. 어떤 부족은 새로운 공적을 쌓을 때마다 새 이름을 얻는다. '늑대와 춤을', '빗속을 걷다', '바람의 아들', '어디로 갈지 몰라', '가기 싫다', '아직 끝내지 못한 일' 등 인디언들의 세계는 신비한 이름으로 가득 차 있다.

사람은 저마다 이름을 가진 꽃이다. 저마다 다른 모습을 가지고 다른 향기를 내뿜는 꽃이다. 세월은 가고 꽃은 시든다. 아직 지지 않은 꽃이라면 마음껏 이름에 걸 맞는 절정의 순간을 향유해야 한다. 비단옷 아끼지 말고 그대의 젊은 날 꽃다운 시절을 아끼라고 하지 않았는가. 명돌(明乭)이란 이름의 꽃이 내뿜는 향기를 향유하는 절정의 시절을 달려간다.

인생길에서 만나는 돌, 그것은 생각하기 나름이다. 나그네의 발부리에 노여움과 아픔을 주는 걸림돌은 '다른 산 보잘것없는 돌이라도 옥을 갈 수 있음이로다.'라는 타산지석(他山之石)의 교훈을 준다. 길을 가다 돌을 만나면 강자는 디딤돌로 삼지만 약자는 걸림돌로 여긴다. 고통은 약일 수도, 병일 수도 있다. 나는 가끔, "길을 가다가 명돌을 만나면 지혜로운 자는 금강석으로 여기지만, 어리석은 자는 구르는 돌로 취급하며 그 가치를 알아보지 못한다."라고 농담을 한다. 걸림돌에 넘어진 발걸음은 기회의 강 앞에서 망연자실한다. 하지만 지난날 실패를 만든 걸림돌이 강물에 몸을 던지더니 디딤돌이 되어 자신을 밟고 지나가라고 한다. 디딤돌이 된 걸림돌, 위기는 곧 기회의 다른 이름이다. 돌에 걸려서 넘어진 것은 자신의 잘못이 아닐 수 있지만, 일어나지 않는 것은 분명 자신의 잘못이다. 도산 안창호는 "모난 돌이나 둥근 돌이나 다 쓰이는 곳이 있는 법, 사람의 성격이 나와 같지 않다 하여 나무랄 일이 아니다."라고 말했다. 검(劍)은 숫돌이 필요하고 돌머리에는 책이 필요하다.

성경에는 다윗과 골리앗의 싸움이 나온다. 꼬마 소년 다윗이 거인 골리앗을 물리칠 것이라고 생각한 사람은 아무도 없었다. 다윗의 무기는 고작 다섯 개의 작은 돌이 전부인 돌팔매였다. 사람들은 다윗에게 충고했다.

"골리앗은 너무 크고 강하다(too big to hit)."

하지만 다윗의 생각은 달랐다.

"그는 몸집이 너무 커서 돌팔매가 빗나갈 수가 없다(too big to miss)."

사람들은 골리앗의 커다란 몸집에 겁을 먹었지만, 다윗은 골리앗의 큰 체구가 오히려 돌팔매에 맞을 가능성이 높다고 생각했다. 과연 다윗의 돌은 천하무적 골리앗의 머리에 명중했다. 그리고 다윗은 왕이 되었다. 골리앗을 쓰러뜨린 매끄러운 돌 다섯 개는 다윗을 왕으로 만들었다.

디딤돌, 걸림돌, 조약돌, 몽돌, 징검돌, 부싯돌, 섬돌, 귓돌, 모퉁이돌 등 다양한 돌이 있다. 그중 조약돌, 몽돌, 명돌은 모두 세파를 겪고 난 다음 만들어진 귀한 돌이다.

어느 날, 남한강 상류의 제천천 삼탄유원지의 '명돌(明乭) 마을'에서 나는 자신의 모든 것을 세상에 바치고 빈손으로 떠난 잔칫집 돼지처럼 살고자 〈나는 명돌이다〉를 외쳤다.

나는 돌이다
생각하는 사람/ 생각하는 돌
나는 돌이다.
한낮의 태양 아래/ 열정이 꽃핀 돌
석양이 질 때면/ 노을에 젖는 돌
어둠이 찾아오면/ 번민하는 돌
별이 빛나는 밤이면/ 절망에 우는 돌
닭 우는 새벽이면/ 하늘로 향하는 돌
여명이 밝아오면/ 희망이 솟는 돌
아침 해가 떠오르면/ 일어서 외치는 돌

"나는 명돌(明乭)이다!"

明ᄒᆞᆫ마을

4. 나의 살던 고향은

옛날 옛적에 산골 밭 가운데 시냇가에 한 노인이 살고 있었다. 노인은 시냇가에 물레방아를 만들어 사람들의 쌀을 찧어주고 조금의 사례금으로 생계를 유지했다. 노인은 편안했고 만족하며 살았다. 어느 날 그는 쌀을 찧는 절굿공이와 절구에 감사하는 마음이 생겨났다. 그래서 종이돈을 싸서 절굿공이 앞에서 경건하게 향을 피우고 무릎 꿇고 절을 하였다. 그러던 어느 날 노인은 절굿공이가 하는 일은 물레방아가 돌아가기 때문에 일어나는 것임을 깨닫고 술과 음식을 준비해 물레방아를 향해 감사의 절을 올렸다. 그 후 노인은 졸졸 흐르는 물을 보고 갑자기 머리가 탁 트이며 만일 물은 없고 물레방아만 있다면 어떻게 되었을까 생각해 보았다. 노인은 정말로 감사의 절을 하려면 모든 동작의 근원이 되는 물에게 절을 해야 한다는 생각이 들었다. 생각이 여기에 이르자 노인은 마침내 세상의 이치를 깨달았다.

중국 북주의 유신(513~581)은 멸망한 조국 양나라와 고향을 생각하며 "과일을 먹을 때는 그 열매를 맺은 나무를 생각하고, 물을 마실 때는 그 물의 근원을 생각하네."라고 음수사원(飮水思源)을 말했다. 나무는 한 치에서 시작하여 천 길에 이른다. 천 길도 한 치에서 시작한다. 사람은 그 근본을 잊어서는 안 된다.

도연명은 "새는 옛 숲을 그리워하고, 고기는 옛 못을 생각한다."

라고 하며 〈귀거래사(歸去來辭)〉를 노래했다. 여우도 죽을 때는 자기가 태어난 곳을 향해 머리를 돌리며(首丘初心) 고향을 잊지 않는다. 태어난 자리로 돌아가려는 본능은 짐승이나 조류, 어류에도 있으니, 호마는 북풍에 의지하고 월조는 남쪽 가지에 둥지를 튼다.

연어는 동양과 서양을 누비며 고향을 찾아온다. 세계의 해양은 말라카해협을 기준으로 '동양'과 '서양'으로 나눈다. 중국에서 보았을 때 말라카해협 너머 서쪽으로 가는 해로(海路) 혹은 그 해로를 통해 도착하는 지역을 서양이라 불렀고, 반대로 말라카해협 동쪽을 동양이라 불렀다. 연어는 북태평양의 베링해와 캄차카반도를 거치는 장장 16,000㎞를 모천회귀(母川回歸)의 본능에 따라 시속 200~300㎞ 속도로 헤엄쳐 고향으로 찾아온다.

고향은 인생의 아침이고 저녁이다. 사람은 고향의 하늘과 뒷동산, 마을을 흐르는 시냇물이 키운다. 동쪽 하늘에서 떠오르는 태양이 꿈을 키우고, 서산 너머로 미소 짓는 석양은 욕심을 지운다. 괴테는 "자기 인생의 맨 마지막을 맨 처음과 맺을 수 있는 사람은 행복하다."라고 말한다. 결국 빈손으로 왔다가 빈손으로 가는 것이 인생이다. 사람은 필요한 것을 찾아 세계를 돌아다니다가 고향에 와서 그것을 발견한다. 사람들이 찾아 헤맨 그 파랑새는 고향에 있으니, 고향은 어머니요 집이다. 아침에 나갔다가 저녁에 돌아오는 안식처다. 세상에 발자국을 남기며 돌아다니다가 인생의 그림자가 점점 길어지는 황혼 무렵에 다시 돌아갈 안락의 보금자리다. 인생의 황혼은 지난날이 꿈결처럼 희미하게 스쳐 지나가고 추억만이 놀랍도록 아름답게 다가오는 시절이다. 그래서 어제의 눈물과 회한으로 얼룩지기도 하고, 편안한 미소로 다가올 다음 세상을 기대하게 도 한다.

고향은 사랑하는 사람들, 정든 산하와 오랫동안 떨어져 세계의 한 끝에서 다른 끝까지 누비며 유랑하는 발걸음을 옮기다가 불현듯 다시 돌아가 머물고 싶은 그런 곳이다. 왜 인간은 고향으로 돌아가고 싶어 하고, 그 애틋한 감정을 즐길까. 고향을 되돌아보며 성찰하는 자세로 현재를 살고 미래를 계획하라는 뜻일지도 모른다.

고향은 영원한 힘의 샘이다. 향수는 인간의 원초적 감정이다. 그래서 인간은 영원한 향수의 동물이다. 청마 유치환은 휘날리는 깃발에서 노스탤지어의 손수건을 보았다. 아련한 추억이 있는 고향은 유토피아가 아닌 '고향피아'로, 누구나 언젠가는 영원히 돌아가기를 꿈꾼다. 모두 다 돌아갈 수는 없지만, 나그네 길의 끝은 영원한 귀향이다.

내 고향은 경북 안동의 일직면 운산리이다. 역사적으로 '안동(安東)'은 태조 왕건의 고려 창업과 관련한 '안어대동(安於大東)'에서, '일직(一直)'은 고려 말 홍건적의 난으로 공민왕의 안동 피난 때 충신 '일직 손가'의 중시조 손홍량(1287~1397)에서 비롯된 지명이다. 정신문화의 수도 안동은 이렇게 고려 때 시작이 된다. 운산리(雲山里)는 구름도 쉬어 넘는 푸른 산이 있는 배산임수의 마을이다. 지금 이 마을의 이장은 서울에서 귀향한 나의 형님이다.

청산(青山)은 일직면의 운산리, 구미리, 구천리에 걸쳐 있는, 소나무가 우거져 푸른 산이다. 높이가 70m, 길이가 300m나 되는 절벽이 일(一)자 모양으로 되어 있고, 청산의 양쪽 아래에는 '미천(眉川)'이라 부르는 내(川)가 산을 휘감고 태극 모양으로 하회마을이나 회룡포처럼 휘돌아 흐른다.

낙동강의 지류인 미천에는 어린 시절 추억이 많다. 여름이면 수영하면서 고기 잡고, 겨울이면 얼음판에서 썰매를 타고 놀았다. 냇가 잔디밭에서는 수영을 하다 말고 팬티만 입고 씨름과 기마전 등을 했다. 지금도 고향에 가면 미천을 따라 6㎞ 산책로를 뛰고 걸으며 자주 아련한 추억 여행을 떠난다.

청산에 올라서 바라보면 시야가 확 트여서 주변 경관이 멋있다. 멀리 열차가 다니는 운산역이 있고, 마을과 예배당이 가까이 보인다. 청산 오른쪽에는 들판이 있고 '가난에서 탈출하는 길은 공부'라고 결심했던 중학교가 있다. 왼쪽 강 건너편에도 과수원과 논이 넓게 펼쳐져 있고 산 밑에는 엄마가 태어나신 외가 마을 구천리가 있다. 엄마가 막내라서 외할아버지, 외할머니는 뵌 적이 없다. 갓 쓰고 하얗게 수염을 기르신 외삼촌을 보고 외할아버지라고 착각했던 어릴 적 기억이 있다.

청산에는 소나무에 시체만 걸어도 발복이 되었다는 명당이 많아서 안동 권 씨, 안동 김 씨 등 양반들의 묘지가 많았는데, 명나라의 이여송이 혈을 끊어 길을 만들어서 언제부터인가 인재가 나지 않는다고 한다. 청산의 끝 쪽에는 바위가 마당처럼 넓게 생겼다 하여 부르는 '마당바위'가 있다. 바위에는 발자국같이 패인 자리가 있는데, 장수가 백마 타고 하늘로 올라갔다는 전설이 있어 어릴 적 라디오 프로그램 '전설 따라 삼천리'에 소개된 적도 있다. 임진왜란 때 왜군이 평화롭던 마을을 짓밟아 민심이 거칠어졌다가 전쟁이 끝나자 모든 마을 사람이 마당바위에 모여 축제처럼 들떠 즐거워했다고 한다. 예전에는 마당바위에 촛물이 많이 엉겨있었다. 새해 첫날과 정월대보름이면 수십여 명의 주민이 떠오르는 해와 대보름달을 맞이하며 마음의 소원을 빌었다. 어릴 적 어머니를 따라 마당바위에서 소원을 빌었고, 어른이 되어 이제는 아이들을 데리고 가서 가끔 소원을 빌었다. 나는 많은 사람을 청산의 마당바위로 안내했다. 그곳은 나에게 있어 신성한 곳이었다.

내 고향집은 바로 청산에 있다. 청산의 목을 끊어서 도로를 만든 돌고개 옆에 있다. 이 길을 만들 때 돌이 너무 많아서 돌고개라 하는데, 겨울이면 유난히도 차가운 북풍이 몰아치고 추웠다. 고등학교 3학년 때 시장터에서 이사를 왔다. 고추밭에 방 두 칸 허름한 벽돌집을 짓고 리어카에 짐을 실어 울면서 이사를 했다. 실의에 빠져 며칠간 학교에 결석하고 운산교회에서 공부를 했다. 담임선생님은 내가 다시 학교에 나오도록 친구 희진이를 보냈다. 고등학교를 졸업한 그해, 청산의 겨울은 몹시 추웠다. 청산은 그렇게 내게로 다가왔다. 나는 내 의지와 상관없이 청산으로 갔고, 청산은 내 인생에서 가장 소중한 친구가 되었다. 우리의 아름다운 동행이 시작되었다.

청산의 집 뒤쪽에는 공동묘지가 있었다. 시골의 깊은 밤, 무덤 위에는 불빛이 옮겨 다녔다. 어린 시절에는 귀신이라며 '토째비(도깨비)'가 나온다고 무서워했다.

청산으로 이사 온 후, 밤이면 집에서 떨어진 화장실 가는 것이 힘들었다. 온 세상이 캄캄한 밤, 별만이 반짝이는 추운 겨울밤에 공동묘지 앞 화장실 문을 열면 묘지가 보이고, 문을 닫으면 칠흑 같은 어둠에 갇혔다. 화장실 밑에서 손으로 궁둥이를 닦아주다가 팔을 잘린 후 "내 손 내놓아라." 하는 그 시절 귀신 이야기까지 떠올리면, 말 그대로 섬뜩해서 머리칼이 곤두섰다. 시간이 흐른 뒤 무덤은 친구가 되었다. 임자 없는 전망 좋은 무덤가를 베개 삼아 파란 하늘에 흘러가는 흰 구름을 바라보며 책을 읽었다. 바람이 불면 문이 덜커덩거리며 금방이라도 귀신이 나올 것 같던 상여를 보관하던 곳집도 자연스레 편해졌다.

주말이면 책을 가지고 산으로 올라갔다. 청산에 누워 하늘을 바라보고 흐르는 미천을 내려다보았다. 그러다가 대학 진학을 못하고 마을의 부잣집 아이들 공부를 가르쳤다. 그중 한 가정이 청산의 끝에 있는 과수원집이었다. 매일 오후 초등학생 형제를 가르치기 위해 걸어서 청산을 오갔다. 산길로 왕복 3㎞ 정도의 거리였다. 아이들과 친하게 지내며 때로는 아이들이 못 가게 해서 함께 잠을 자기도 했다. 그때 부잣집의 하얀 쌀밥을 실컷 먹었다. 때로는 과수원에서 아이들과 함께 일을 돕기도 했다. 즐거운 시간이었다. 당시로는 큰돈을 주었던 고마운 아주머니, "지금 부모님을 이렇게 돕는 것도 좋지만, 밑 빠진 독에 물 붓기보다는 더 크게 부모님 도울 계획을 해야 한다."고 조언해 주셨던 고마운 분, 지금은 아이들과 함께 어디에 살고 있을까. 얼굴들이 아련히 스쳐 간다. 하지만 실의에 젖어 있던 그 시절, 나는 청산을 걸으며 많이 울었다. 하늘을 보고 절규했다. 세상을 향해 고함을 쳤다. 청산에 엎드려 볼을 비비며 흐느꼈다. 그러면 가슴이 시원해졌다.

나는 60년 인생살이 가운데 고향에서 20년, 떠돌이로 20년, 그리고 용인에서 20년을 살았다. 나는 21세에 고향을 떠나서 단지 고향을 오고 갈 뿐, 아직 고향으로 돌아가지 못하고 있다. 하지만 세상에 나와 살아가면서 대구로, 서울로, 경기도로 이리저리 돌아다니며 살았지만, 나의 중심은 언제나 고향에 있었다. 고향이 구심력, 원심력으로 끌어당기고 나는 항상 그 주위를 맴돌고 있었다. 세상이 아무리 넓어도 온 세상의 중심은 나 자신이고, 나의 고향이고, 그 근원은 엄마이며, 그 속에 깃든 아득한 추억이었다. 추억의 고향은 언제나 '나 돌아가리라~' 하는 희망의 샘이었다.

세상의 바다를 떠다니다가 다시 돌아가 정박하고 쉴 수 있는 정든 고향이 있다는 것은 언제나 축복이요 기쁨이었다.

사람들은 태어나는 순간, 자신의 의지와는 아무 상관 없이 낯선 세계로 던져진다. 탄생은 자신의 선택과는 아무런 상관없지만, 그곳이 고향이 된다. 고향은 삶의 출발이자 시원이다. 그런 의미에서 현대인들은 대부분 고향을 상실하고 망향의 세월을 보내고 살아간다. 한편으로는, 내가 태어난 장소인 고향을 넘어 '내가 살아가는 이곳을 고향으로 여겨 사랑하고 이웃을 사랑한다는 고향학(故鄕學)'을 가진다면, '그때 거기'가 아닌 '지금 여기'를 살아가는 삶의 지혜가 된다.

어릴 적 청산과의 만남은 젊은 날 산행을 좋아하게 된 계기가 되었다. 세월이 지나 대한민국 100대 명산을 등산하고, 백두대간을 종주하고, 한라산에서 백두산으로, 붕정만리 히말라야, 로키, 알프스 등의 트레킹으로 이어졌다. 세월 속에 성취한 산행의 일신우일신의 쾌거였다. 그리고 깨달았다. 세상의 처처(處處)가 청산(靑山)이라는 것을. 에도 시대 말기의 시승(詩僧) 월성은 "인간 세상 어디든지 청산이 있는 것을."이라고 노래했고, 모택동은 고향을 떠나면서 "청산은 도처에 있다."라는 시(詩)로 아버지에게 자신의 뜻을 밝혔다.

대장부가 조롱박처럼 한 곳에 머물지 않고 천하를 다니며 큰 뜻을 펼쳐야 한다는 사상은 동양의 유구한 전통이었다. 안중근 의사는 "남아가 육대주에 뜻을 세웠으니, 일을 이루지 않으면 죽어도 돌아가지 않으리."라는 시를 남겼고, 윤봉길 의사는 '장부출가생불환(丈夫出家生不還)'이라는 글을 남겼다.

고향이 세계이고 세계가 고향이다. 하나는 전체로, 전체는 하나로 연결되어 있다. 고향이 청산이고 발길 닿는 모든 세계가 청산이다.

나는 지금도 가끔 청산의 양지바른 곳에 앉아서 나 자신의 영혼을 돌아본다. 말을 타고 한참을 달리다가 멈춰 서서 자신의 영혼이 달려오기를 기다리던 어느 인디언처럼. 영혼을 찾아 자기를 돌아보는 침묵의 시간이 없다면 어떻게 인간의 삶이라 할 수 있는가. 나는 햇살 비취는 청산에 앉아 자연을 응시하고 고요히 자신을 성찰한다. 계절의 변화도, 하늘의 달라짐도 바라보고, 푸른 먼바다를 항해하며 어디서 와서 어디로 가는지 고요히 자신을 응시해 본다. 그리고 나 자신을 알고, 나 자신이 되는 법을 배우고, 나 자신과 가장 가까운 친구가 되는 법을 배운다. 그리고 나 자신의 길을 간다. 나는 누구인가. 그리고 나는 다름 아닌 내가 걸어온 세계라는 것을 깨닫는다. 자신의 뿌리인 고향에서 시작하여 자신의 보물, 자신의 마음을 찾아 전보다 나은 삶을 살아가는 것, 그것이 21세기의 연금술이라고 깨닫는다.

내 마음에 살아있는 고향, 기쁨과 평안이 함께하는 고향으로의 회귀, 귀향은 과연 언제나 가능할까. 살아생전일까, 죽은 후일까. 흙에서 와서 흙으로 돌아가는 죽음이야말로 진정한 귀향이 아닐까.

삶이 어디로 가고 있는지, 어디로 갈지 알고 싶다면 미래의 계획보다는 현재의 시간, 돈, 에너지 등 자원을 어디에 할당하고 있는지 보면 된다. 피와 땀과 눈물을 투자할 장소에 대해 내리는 결정이 미래에 되고자 하는 사람과 일치하지 않는다면 결코 스스로 되고자 하는 사람이 될 수 없다.

2019년 10월 3일 개천절, 이제 곧 100주년을 맞이하는 일직초등학교 총동창회장에 취임하면서 고향을 오가며 고향을 위해 무엇을 할까 노래한다.

나의 살던 고향은 꽃피는 산골
복숭아꽃 살구꽃 아기 진달래
울긋불긋 꽃 대궐 차리인 동네
그 속에서 놀던 때가 그립습니다.

5. 비 오는 날의 단상(斷想)

'비'라는 짧은 단어는 긍정적이기도 하면서 부정적인 역할을 한다. 비의 한자인 '우(雨)' 자는 하늘에서 비가 내리는 모습이다. 강 '강(江)' 자는 하늘과 땅이 비로 연결되어 흐르는 모습이다. 바다 '해(海)' 자는 바다가 모든 물의 어머니라는 의미다.

물은 순환한다. 바다에서 태양열로 수증기가 하늘로 올라가 구름이 되고, 구름은 바람을 타고 대지로 날아와서 비를 뿌린다. 빗물은 냇물이 되고 강물이 되어 다시 바다로 흘러간다. 비가 오면 하늘은 지상과 더 가깝게 낮아지고, 모든 사물은 더 좁은 지평 안에 갇혀 더 많은 자리를 차지하게 된다. 비는 고개를 숙이고 시들어 있던 나뭇잎들이 줄기 위에서 다시 몸을 일으켜 생생하게 빛나는 초록으로 치장하게 한다. 비가 오면 이끼와 잔디는 에메랄드빛으로 뒤덮인다.

비는 지구의 생명수요 청소부다. 오염에 찌든 공기와 산하, 대지와 인간의 마음마저 깨끗이 씻어낸다. 지구는 비를 통해 생명력을 유지한다. 지구상의 모든 동식물은 빗물의 혜택을 누린다. 물이 흐르면 생명이 흐른다. 물은 생명이 그 생명을 이어가는 데 있어서 없어서는 안 되는, 생명 그 자체다. 그래서 생원지수(生源之水)라고 하지 않던가. 말 그대로 물은 생명의 원천이다.

영국의 시인 바이런과 셸리는 1816년 여름 스위스 제네바의 한 별장에서 함께 지냈다. 그동안 비는 쉴 새 없이 내렸고, 이들은 결국 별장에 갇히게 되었다. 바이런은 셸리에게 괴기소설을 쓸 것을 제안했고, 이들은 서로에게 간섭을 하기보다는 자기 자신의 작품 세계에 몰입했다. 이들이 만들어낸 작품은 후에 '드라큘라 백작', '프랑케슈타인' 등으로 발전해 세상에 알려지게 되었다.

1888년 겨울, 화가 고갱과 고흐는 프랑스 남부의 아를에 있는 '노란집'이라는 작업실에서 두 달간 함께 생활을 했다. 아를은 1년에 300일 이상 태양이 작열하는 곳이었지만, 이들이 함께 생활한 11월에서 12월 사이에는 20일 넘게 비가 내렸다. 겨울비에 갇힌 이들은 서로의 모습을 그려주기도 하고 자화상을 헌정하면서 유쾌한 시간을 보내기도 했다. 하지만 점차 서로의 작품에 간섭하면서 갈등의 골이 깊어지기 시작했고, 드디어 고갱이 그린 '해바라기를 그리는 고흐'에 대해 고흐가 비난을 퍼부으면서 둘 간의 관계는 돌이킬 수 없게 악화되었다. 급기야 고흐는 자신의 왼쪽 귀를 잘라버리는 발작을 일으켰다.

한편 보들레르는 비 내리는 도시의 풍경을 눈물과 빗물을 혼동하는 우울한 상징으로 묘사했다.

> 도시에 비가 내리듯
> 내 마음에도 비가 내리네.
> 가슴을 파고드는
> 이 울적함은 무엇일까?

비는 대지의 시다. 회색빛 하늘에서 하염없이 비가 내리면 아무 이유 없이 슬픔이, 낭만이, 우울이 밀려온다.

걷기 여행을 좋아했던 영국의 낭만주의 시인 워즈워스는 살아가면서 겪는 모든 체험의 흔적을 시간의 점이라 했다. 인생의 체험이나 인간적 자극, 책을 통한 지적 깨달음 등은 모두 시간의 점으로 몸과 마음에 기억이 된다. 이런 시간의 점이 모여 선이 되고, 선이 모여 면이 된다. 한 인간의 면모는 그 사람이 살아오면서 겪은 수많은 체험의 점이 선으로 연결되고, 면으로 나타나 특유의 면모와 품격으로 되살아난 것이다.

사람들은 똑같은 세월의 흐름 속에 있으면서도 저마다 경험하고 생각하는 내용에 차이가 많다. 그리고 저마다의 경험과 생각을 각자의 인생이라고 한다. 얼굴이 서로 다른 것처럼 각각의 인생은 전혀 다른 내용을 지니게 된다.

삶에는 시간의 점이 있다. 바로 순간이다. “나는 생각한다. 고로 나는 존재한다.”라는 데카르트의 말처럼 순간순간 생각한다. 나는 누구일까? 나는 무엇일까? ‘나? 나? 나? 나? 나? 나? 나?’ 내가 생각한 시상(詩想), 내가 단상한 추억, 내가 연상한 모든 언어가 바로 내가 된다. 내가 좋아하는, 내가 싫어하는 단어들이 뇌리에 추억으로 스쳐 가며 나의 사상이 인생길에서 아름다운 공상(空想)의 세계로 나래를 편다.

나는 비를 좋아한다. 비 오는 날의 단상은 내 인생에 남다르게 다가온다. 비는 추억의 선상에서 영혼의 여행을 가능케 하고, 이 지성의 여행은 영혼을 그 본성대로 확장시킨다. 비는 다정한 친구처럼 나의 상황에 맞춰준다. 비가 올 때면 아름다운 여인의 우는 모습이 보인다. 그녀가 비를 맞으며 애절해 보일수록 더욱 아름다워 보인다. 비 오는 날이면 처마에 앉아 내리는 비를 바라보던 어린 시절이 그리워지고, 환자가 약을 먹는 것처럼 추억을 마셔야 마음의 상처가 치유된다. 비 오는 날 그리운 사람들을 만나면 못다 나눈 정을 나누면서 삶을 예찬한다.

비가 오면 나는 엄마 생각이 난다. 엄마의 눈물이 생각나고, 마치 엄마가 우는 모습을 보는 것 같다. 비가 오면 어린 시절 따뜻한 엄마의 장터국밥이 그리워진다. 국밥과 막걸리를 팔아 식구들의 양식을 마련해야 하는 엄마의 장날이 생각난다. 초등학교 3~4학년 시절 장날 비가 오면 교실 창밖으로 슬픔에 젖은 엄마의 얼굴이 스쳐 갔다. 다음 장날까지 양식을 마련할 수 없기 때문이었다. 먹을거리가 없던 그 시절, 장날만큼은 국밥을 먹을 수 있었고, 그리하여 튼튼한 몸을 가질 수 있었다. 지금도 장날 내리는 비는 처절하게 아

름답다. 그래서 비 오는 장날이면 막걸리를 마시고 추억을 마신다.

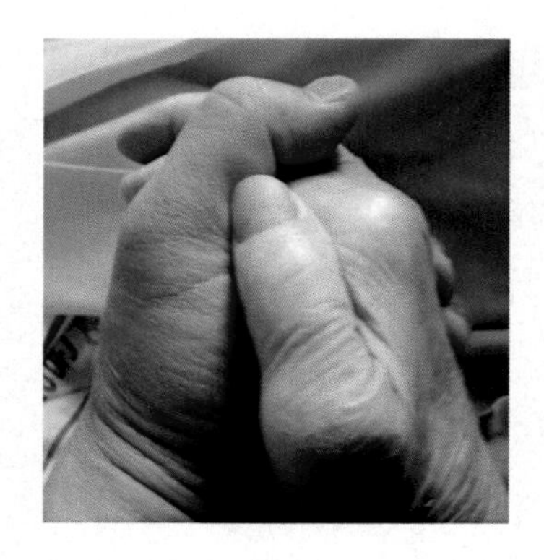

비 오는 날이면 때로는 슬픈 기억이 솟아오른다. 오래전 아팠던 상처들이 슬금슬금 기어 나와 알 수 없는 심연으로 자신을 이끌어간다. 비 오는 낯선 거리에서 한 잔 술을 마시며 다짐도 하고 방황도 했던 시절이 스쳐 간다.

고등학생 시절, 비 오는 추석 성묫길, 경북 의성의 산골짜기에 이름도 얼굴도 모르는 증조할머니 무덤 앞에서 "할머니! 이 가난의 질곡에서, 한 맺힌 수렁에서 벗어날 수 있도록 저 열심히 공부할 테니 도와주세요!"라며 기원하던 눈물 젖은 그날이 떠오른다. 추억 속의 비 오는 날은 슬픔이 한(恨)으로 쌓이는 날이었다.

20대 후반의 비 오는 등산길, 대구의 팔공산 염불암 처마 밑에 앉아 하염없이 눈물을 흘리면서, 내가 믿는 신은 나에게 무관심하건만, 차마 부처님에게 자비를 구하는 절을 올리지 못하는 자신의 처지가 가여워서 눈물을 흘렸다.

2010년 국토종주의 아침, 억수 같이 비가 쏟아지는 인적 없는 장흥의 정남진 바닷가에서 외로이 떠돌았다. 갈매기만 있을 뿐, 비 내리는 먼바다를 바라보며 상념에 잠겼다. 포장마차 조개구이에 소주를 곁들여 마실 때 비바람이 파도 소리에 밀려들어 오고, 정남진 바다 위로 쏟아지는 빗소리가 마음 저 깊은 곳까지 깨끗이 씻어 냈다.

"비야 더욱 쏟아져라. 저 바다가 넘쳐흐르도록 쏟아져라. 하늘의 뚫린 구멍으로 폭포수같이 내리부어라. 그러면 노아의 홍수마냥 세상이 깨끗해지고 내 마음의 결이 펴지려는가?"라며 나는 고함쳤다.

도보 여행의 낯선 길. 깊은 새벽, 빗소리에 잠이 깨어 빗소리를 들으며, 왜 이럴까, 눈가에 이슬이 맺혔다. 소리 없이 눈물이 흘러내렸다. 입안에서 가벼운 신음이 흘러나오고, 이어 눈물은 폭포수가 되어 쏟아져 내렸으며, 이윽고 통곡으로 변했다. 비를 동반한 마음의 폭풍이 지나가면 지극한 평온이 밀려왔다.

비 오는 날이면 마음에도 비가 오며 추억들이 소나기처럼 쏟아졌다. 비가 오면 나는 춤을 추며 빗속을 걸어갔다. '저 길 끝에 지상낙원이 기다리고 있는, 이것이 바로 나의 길이다.'라고 생각하면 나의 발걸음에 행복한 비가 함께했다. 빗속에서 나는 밝고 기쁨에 차서 웃었다. 작은 '우산 속'이 작은 '천국 속'으로 변했다. 급기야 천국에서 탈출하여 내리는 비와 하나가 되었다. 비는 눈물을 씻어주었다. 영혼의 세척제인 눈물을 씻어주는 비는 신의 선물이었다. 빗물인지 눈물인지 무아경을 헤매다 보니 인생은 축복으로 다가왔다. 한 맺힌 눈물이 되었던 슬픔의 비가 그렇게 행복의 단비가 되었다.

나는 비를 좋아한다. 내가 길을 가면 기우제를 지내지 않아도 반드시 비가 내린다. 하늘이 나에게 그날의 깨달음을 일깨워주기 위해서다. 그러면 내리는 비와 옛일을 회상하며 대화를 나눈다.

옛사람들은 봄비는 일비, 여름비는 잠비, 가을비는 떡비, 겨울비는 술비라고 했다. 나는 비 오는 날이 좋다. 봄에 오는 비는 포근해서 좋고, 여름비는 시원해서 좋다. 가을비는 쓸쓸해서 좋고, 겨울비는 적적해서 좋다. 좋다는 뜻의 선(善), 아름답다는 뜻의 미(美)는 똑같이 양(羊)에서부터 나왔다. 애초 같은 뜻이었다. 그래서 좋은 것은 아름다운 것이다. 그래서 비는 착하고 아름답다.

갑자기 마음에 비바람이 몰아친다. 비가 오고 바람이 분다. 비바람이 마음을 적신다. 쏟아지는 비를 맞으며 춤을 춘다. 덩실덩실 춤을 춘다. 불광불급, 미치지 않으면 미칠 수 없는 인생길에서 신바람이 나서 눈물이 난다. 빗물이 눈물을 씻는다. 대지에 〈비가 내리니〉 마음에도 비가 내린다. 빗물이 눈물이 되어 영혼을 세척한다.

대지에 비가 내리니
마음에도 비가 내리네.
가슴을 파고드는
이 울적함은 무엇일까.
아마도 추억의 상흔 때문이리라.

대지에 비가 내리니
마음에도 비가 내리네.
가슴을 파고드는
이 기쁨은 무엇일까.
아마도 추억의 상흔 덕분이리라.

하늘에서 내려오는
이 마법의 수정구슬은
아무 이유 없이
멜랑콜리, 우울, 슬픔을 부추기고

아무 이유 없이

맑음, 희망, 생명을 선물한다.

비 오는 날의 발걸음에는 활기보다는 무거움이 깔려 있다. 그러면 '이것은 아니다!' 하며 다시 힘차게 걸어간다. 그러면 마음도 다시 밝아진다. 마음이 걸음걸이를 만들고, 걸음걸이가 다시 마음을 만든다. 사람의 걸음걸이는 천차만별 각양각색이다. 어떤 사람의 걸음걸이는 세련되고 당차며, 어떤 사람의 걸음걸이는 패배자의 걸음걸이다. 갈 길 잃어 방황하는 자의 걸음걸이와 목표를 향해 힘차게 나아가는 자의 걸음걸이는 분명히 다르다. 그 걸음걸이가 하루아침에 이루어진 것이 아니니 곧 인생의 반영이라 할 수 있다. 자연스런 자신의 걸음걸이를 보는 것은 자신의 인생을 보는 것과 같다. 자신이 내딛는 한 걸음 한 걸음이 인생을 만드는 과정이라 생각하면 함부로 내딛을 수가 없다. 제대로 걷는 한 걸음이 인생이 된다면 오직 그것에만 집중하여 당당하고 의연하게 발걸음을 내딛을 일이다.

빗속을 걸어가는 발걸음에는 활력이 넘쳐야 한다. 즐풍목우(櫛風沐雨)라, 머리털은 바람으로 빗질하고 몸은 빗물로 목욕하는 방랑의 세월을 걸어가며 가야 할 그 길을 잃어버리지 않기 위해 노력해야 한다. 이 세상에서 중요한 것은 어디에 서 있는가 하는 문제가 아니라, 어디로 가고 있는가 하는 방향성이다. 인간은 끈질기게 살아남도록 만들어졌다. 그것이 인간의 존재를 확인하는 방법이다.

비 오는 날의 단상은 현재에서 과거로, 미래에서 현재를 거쳐 과거로 돌아가게 한다. 과거와 미래가 겹치는 아름다운 순간들로 다가온다.

내 마음에 하늘과 땅을 연결하는 비가 온다. 비는 영혼의 여행을 가능케 한다. 비는 감각에 기분 좋게 미친다. 비 오는 날은 슬퍼서 좋다. 비 오는 날은 아파서 좋다. 비 오는 날은 기뻐서 좋다. 비가 오면, 나는 영혼의 산책을 간다. 그리고 비에게 묻는다.

"비여, 그대는 누구인가?"

비는 대답한다.

"나는 대지를 적시는 시(詩)라오. 나는 지구의 메마름과 미물들, 그리고 먼지를 적시러 내려온다오. 나 없이는 모든 것이 미생의 숨어 있는 씨앗일 뿐, 나는 언제나 밤낮으로 나의 근원에 생명을 돌려주어 맑고 아름답게 만든다오."

비가 오면 나는 비를 맞으며 웃는다. 인생의 능선에서 비 오는 날을 관조한다. 비가 오면 걷고 싶고, 비가 오면 어디론가 가고 싶다. 비가 오면 외로워지고, 비가 오면 그리워진다. 비 오는 날은 그 누군가와 말없이 술잔을 기울이며 마음을 나누고 싶다. 아니 혼자라도 좋다. 비가 있으니까. 내리는 비가 불러주는 엄마가 있으니까. 비 오는 장날, 엄마의 눈물이 있으니까.

나는 날이 몹시 흐리면 비가 오면 좋겠다는 생각을 하며 마음의 기우제를 지낸다. 인디언들이 기우제를 지내면 반드시 비가 온다. 비가 올 때까지 기우제를 지내니까. 비를 기다리는 인디언 오오담족이 노래를 부른다.

저 산 가장자리에 구름이 걸려 있네.
그곳에 구름과 함께 내 가슴도 걸려 있네.
저 산 가장자리에 구름이 떨고 있네.
그곳에 구름과 함께 내 가슴도 떨고 있네.

6. 젊은 날의 초상(肖像)

인생은 편력의 길을 가고 순례의 길을 가는 여행이다. 무거운 짐을 지고 먼 길을 가야 하는 방랑길, 아름다운 소풍 길이다. 광명의 길, 암흑의 길, 승리의 길, 파멸의 길, 절망의 길, 희망의 길, 고난의 길, 시련의 길, 영광과 환희의 길을 가는 희노애락애오욕이 담긴 인생의 종합선물세트를 지닌 나그네의 여정이다.

사람은 자신이 생각한 대로 인생의 길을 간다. 생각한 대로 말하며 행동하고, 이는 습관이 되고, 제2의 천성이 된다. 항상 새로운 삶을 추구하며 하나를 성취하면 새로운 하나의 목표를 세우고, 성취하면 또 하나의 목표를 세운다. 목표를 세우면 다음에는 목표가 자신을 이끈다. 무엇보다 행복한 것은 목적지에 도착하는 것보다 목적지를 향해 한 걸음 한 걸음 내딛는 발걸음의 과정이다. 새로운 목적지는 등대의 역할을 하며 자신이 가야 할 길을 안내한다. 때로는 한 잔 술과 더불어 게으른 시간을 보내지만, 이는 마중물의 역할을 한다. 때로는 고통스런 순간들도 있지만, 그 고통은 영혼을 세척하는 윤활유다. 진정한 자아를 돌아보기 위한 부단한 훈련과 인내심과 노력은 그 자체로 기쁨이다.

가난했던 어린 시절의 농촌 생활, 농사일도 그다지 없었지만, 공부를 한다고 하면 부모님은 청산에 있는 밭에 데려가지 않으셨다. 가장 하기 싫고 힘든 일은 고추밭에서 오리걸음으로 풀을 뽑는 것과 뜨거운 여름날 고추 따는 일이었다. 겨울을 나기 위한 땔나무를 하기 위해 부모님을 도와 먼 산길을 헤매기도 했다. 처음에는 힘든 농사일을 하기 싫어서 공부한다고 꾀를 부리곤 했는데, 중학생이 되면서부터는 가난이 싫어서 공부를 했다. 어릴 적 우리 집은 시골 장터에 있었기에 엄마는 5일 장날이면 국밥에 막걸리를 파셨다. 그리고 다음 장날까지 식구들이 먹을 보리쌀 등 양식을 마련하셨다. 당시 가족은 할아버지와 할머니 두 분, 부모님과 아들 5형제, 모두 열 식구의 대가족이었다. 장날 저녁이면 시끌벅적했던 장터는 적막해지고, 아버지를 비롯한 시골 장꾼들의 술 취한 목소리와 노랫가락이 울려 퍼졌다. 그리고 어김없이 빚 받으러 오는 사람들, 다음 장날에는 꼭 갚겠다며 머리 숙여 사정하는 엄마의 모습이 슬프게 그려졌다.

장날 비가 오면 엄마는 망연자실했다. 비 오는 장날이면 초등학교 때부터 창밖을 내다보며 슬퍼하고 있을 엄마 생각이 났다. 초등학교 3학년 때 밀린 육성회비를 가져가야 한다고 엄마에게 생떼를 썼다. 엄마는 돈이 없으니 다음에 주겠다고 했고, 나는 계속해서 떼를 썼다. 엄마는 결국 눈물을 흘렸고, 나도 울면서 학교로 뛰어갔다. 수없이 엄마를 울렸겠지만, 내가 울린 엄마의 눈물을 보는 처음이자 마지막 기억이다.

가난은 일찍 철이 들게 하여 중학교 2학년 때 '가난에서 탈출할 방법은 공부밖에 없다.'라는 생각을 하고 나는 열심히 공부하기 시작했다. 장학생이 되었고, 시험만 보면 1등. 나는 공부에 신이 났고 엄마는 기뻐하셨다. 상장으로 방의 벽을 도배하다시피 붙여놓으면 장날에 찾아오는 손님들이 이를 보고 "이 집 아들 공부 잘하네." 했고, 엄마는 매우 좋아하셨다. 엄마는 "힘든 중에도 너희들 때문에 산다."며 희망을 가지셨다. 엄마의 희망, 엄마의 칭찬은 나로 하여금 더욱 분발하게 했다. 엄마에게 칭찬받고 싶었고, 엄마에게 희망과 위로를 드리고 싶었다. 칭찬은 고래는 물론 돌마저 춤추게 했고, 나는 엄마를 위해서라면 무엇이든 할 수 있었다.

경북 지방의 명문인 안동고등학교에 입학했고 엄마는 매우 기뻐하셨다. "시골에서 한두 번 일등 아니해 본 사람은 못 오는 학교이니, 예전에 공부 잘했다고 뻐기지 말라."라는 선생님의 말씀을 증명하기라도 하듯, 고등학교 첫 시험 성적은 중상층이었다. 자존심도 상했고, 부모님께 성적표를 보여 드릴 수가 없었다. 도시 학생들에 비해 상대적으로 부족한 영어와 수학을 열심히 공부한 결과, 2학년에 올라가면서 상위권으로 올라섰다.

2학년이 되면서 선배의 소개로 초등학생 형제를 가르치는 가정교사를 했다. 3학년에 올라가면서 장학금을 받았다. '안풍기계제작소'라는 회사에서 1학년에서 2학년, 2학년에서 3학년에 올라가는 학생 1명씩에게 주는 장학금이었다. 나를 아껴주신 오장환 담임선생님께 참으로 감사했다.

1981년 안동세무서에 근무하던 어느 날, 고등학교 선배와 세무조사를 나갔다. 회사에 가서 보니 나에게 장학금을 주었던 그 회사였다. 상무인 아들이 "사장님은 연로하셔서 병환으로 서울에 입원해 있다."라고 했다. 세무조사를 시작하면서 차마 몇 해 전 장학금을 받은 학생이라고 밝히지 못했다. 고맙다고 인사도 드리지 못했다. 훌륭한 사람이 되어 보은을 하기는커녕, 말단 세무공무원이 되어 세무조사를 하러 나왔다는 사실이 죄송하고 슬펐다. 술을 마시며 며칠을 고민을 하다가 선배님께 사실대로 이야기했다. 편의를 봐 드릴 수 있어서 사람으로서의 도리는 했다는 위안으로 마음을 달랬지만, 소설 같은 인연이 슬펐다.

'누군가를 돕는다는 것.' 이때의 일은 내 인생에 커다란 의미를 주었다. 은혜를 느끼는 것을 감은(感恩), 은혜를 갚는 것을 보은(報恩), 은혜에 감사하는 것을 사은(謝恩), 은혜를 잊어버리는 것은 망은(忘恩), 은혜를 배신하는 것을 배은(背恩)이라고 한다. 나는 그분들에 대한 고마움을 지금도 잊지 못한다. 그래서 지금도 소외된 이웃에게 작은 봉사를 하는 것이 곧 그분들이 주신 은혜를 갚는 일이라고 여긴다.

고등학교 3학년 초까지, 어린 시절에 살던 장터의 집은 교회에서 불과 50여 미터 떨어진 가까운 곳에 있었다. 먹을 것이 없던 그 시절, 크리스마스가 오면 교회에 가서 맛있는 것을 얻어먹었다. 그리고는 "예배당에 오라 하더니 눈 감으라 해놓고 신발 훔쳐 가더라." 하며 교회에 다니는 아이들을 놀렸다. 시골의 중학교는 미션 스쿨이었다. 성경을 배우며 그때부터 교회에 제대로 다니기 시작했다. 괴롭고 힘든 일이 있으면 캄캄한 밤에 혼자 교회 마룻바닥에 무릎 꿇고 눈물을 흘리며 간절히 기도했다. 어린 나이였지만 교회는 마음의 위로와 평화를 주었고, 성경에서 만나는 예수의 고난과 십자가, 눈물로 구하는 기도를 통해서 나 자신은 성숙해 갔다. 중학교를 졸업하면서 많은 상을 받았지만, '가장 믿음이 좋은 학생에게 주는 상'을 받게 되었을 때가 가장 기뻤다. 그때 부상(副賞)으로 받은 책 '한국기독교 100년 순교자 열전'은 당시 읽고 또 읽었다. 이후 고등학교 들어가서도 신앙생활을 하면서 세례를 받고, 3학년 때는 교회 학생회장으로도 활동했다. 그리고 그 해 가까운 친구의 죽음으로 "친구를 대신해서 신학교에 가서 목사가 되겠다."라고 서원(誓願)을 하게 되었고, 이후 내 삶에 큰 변화가 왔다. 결국 신학교를 가지 못해 방황하고 괴로워하는 청산의 외롭고 가여운 한 마리 작은 새가 되었다. 그리고 교회 대신 청산이 더욱 좋은 친구요, 안식처가 되었다. 그날 이후 청산은 나의 소중한 벗이 되었다. 실의에 빠져 청산의 절벽에 앉아 먼 하늘을 바라보았다.

나는 내 인생이 어디로 흘러갈 것인지, 어디로 가야 하는지 몰라 방황했다. 번민하는 마음은 황량한 사막 한가운데 버려지고 망망대해에 떠다녔다. 길 잃은 한 마리 사슴처럼 가여웠다. 그럴 때면 청산에 올라 눈물을 흘렸다. 청산 끝자락 마당바위에 올라 소리 내어 울었다. 큰소리로 신을 원망하고 세상을 원망하며 울부짖었다.

그러던 어느 날, 파란 하늘 아래 펼쳐진 산과 들판, 절벽 아래를 흐르는 물을 바라보며 리처드 바크의 《갈매기의 꿈》의 주인공인 갈매기 조나단이 스쳐 갔다. 외롭고 힘들었던 그 시절 조나단은 나의 멘토, 나의 길잡이가 되어 주었다.

1978년 일 년의 세월을 청산에서 오롯이 보내고, 대학 진학의 꿈을 접고 대구시 공무원 시험에 합격했을 때, 엄마는 너무너무 좋아하셨다. 고등학교 다닐 때 엄마는 아들에게 "안동 교대를 졸업하고 초등학교 선생이 되었으면…." 하는 말씀을 하셨지만, 대학 진학을 포기한 나는 공무원으로 세상에 진출했다. 그리고 엄마는 가난으로 아들 대학 보내지 못했다는 아픈 한을 품으셨다.

1979년 2월, 대구시 공무원으로 첫 발령을 받았다. 대구시청 인사과에서는 성적이 우수하니 시청이나 구청, 어디든지 원하는 곳에 배치해주겠다고 했지만, 나는 고향의 이웃 형이 있는 수성동사무소를 지원했다. 그리고 어느 날 새벽, 새마을 깃발을 도로에 달면서 '내가 지금 도대체 무엇을 하고 있는가?' 생각하며 눈물을 흘렸다.

첫 월급을 받아서 시골집 부엌에서 엄마에게 전하던 생각이 눈에 서린다. 공무원으로 자취생활을 하면서도 주인집 중학생의 과외교사를 했다. 이처럼 내게는 일찍이 가르치는 선생의 자질이 있어서 훗날 대학에서 10년 이상 겸임교수로 강의를 하게 되었는지 모르겠지만, 그때는 너무나 슬픈 시절이었다.

나는 1979년 4월, 총무처에서 시행하는 국가공무원 세무직 1회에 응시했고, 합격했다. 그리고 79년 11월 26일 안동세무서로 발령을 받았다. 역사적인 세금과의 인연이 시작되었다. 엄마는 아주 좋아하셨다. 안동세무서에 근무하면서 가장 먼저 한 일은 5일 장날 엄마의 국밥 장사 사업자등록 폐업 신고였다. 청산으로 이사 오니 우시장도 따라와서 계속했던 28년간의 엄마의 장날 국밥과 막걸리 장사는 그렇게 해서 드디어 끝을 맺었다.

나의 세무공무원과의 인연은 엄마의 국밥 장사로 시작됐다. 세금을 내지 못해 집으로 찾아온 두 명의 세무공무원에게 "다음에 세금을 꼭 내겠다."라고 사정하는 엄마의 모습, 그것이 내가 처음 만난 세무공무원이었고, 미래의 나의 모습이었다. 당시 얼마 되지 않는 공무원 월급봉투였지만, 엄마에게 드릴 때 그 기쁨은 이루 말할 수가 없었다. 그러나 마음으로는 너무나 힘이 들었던 스물한 살. 친구들은 대학에서 공부를 하는 그 나이에 나는 돈을 벌어야 했고, 그 길은 남들이 가지 않은 특별한 길이 되어 젊은 날의 방황과 좌절로 다가왔다.

1983년 1월 2일 추운 겨울 새벽, 군 복무를 마치고 세무공무원 복직 발령을 받아 대구로 가기 위해 이불 보따리를 지고 버스에 올랐다. 시골의 버스정류장에서 엄마와 헤어졌다. 나에게는 새로운 삶을 찾아가는 새해 벽두의 희망찬 출발이었지만, 엄마에게는 이제 정말 아들을 품에서 떠나보내는 이별의 순간이었다. 얼마 후 다시 시골집을 찾았을 때 아버지는 말씀하셨다.

"네 엄마가 그날 너를 보내고 돌아와 '우리 명돌이 다 커서 이제

진짜 멀리 갔다.' 하며 얼마나 많이 울었는지 모른다."

아버지가 짓궂게 말씀하시자 엄마는 쑥스러워하셨다.

"엄마, 걱정하지 마. 내가 엄마 보고 싶어서라도 집에 안 오곤 못 버텨. 엄마 보러 자주자주 올 테니까 걱정하지 마."

나는 그렇게 엄마를 위로했다. 그랬다. 나는 그 길로 완전히 엄마의 품을 떠난 것이었다. 내 나이 스물다섯, 나의 20대는 대구에서 본격적으로 시작되었다. 대구에서는 산과 술과 책을 벗 삼아 젊은 날을 보냈다. 대구에서 만난 소중한 인연들, 산을 가르쳐주고 술을 가르쳐준 한성대 형님, 류병하 형님 등 선배님들, 함께 젊은 날의 꿈과 낭만을 즐겼던 친구인 허정무, 이종오 등을 생각하면 절로 미소가 지어진다.

1986년 9월, 지방의 우수인력을 수도권으로 대폭 전보하는 국세청 인사를 통해 의정부세무서로 발령을 받았고, 수도권 생활이 시작되었다. 그리고 흐르는 세월 속에 가난에서 벗어났고, 대학 공부도 마침으로써 한풀이는 끝났다. 열등감은 끝없이 자존감을 짓밟았고, 결국은 열정의 피와 노력의 땀과 눈물의 정성으로 열등감을 극복했다. 결핍과 열등감은 분골쇄신, 악전고투하는 힘의 원동력이었다. 빠른 길로 오지 못하고 돌아왔지만, 그 길 또한 길이었다. 곧장 왔으면 보지 못할 절망과 좌절의 풍경을 보면서 힘을 기르고 내공을 쌓으려 노력했다. 한 걸음, 한 계단 그 전부가 땀과 눈물의 결정체였다.

40대 중반인 2003년. 안동고등학교 개교기념일인 10월 3일, 서울에서 여행사를 경영하는 가까운 친구 김영일 대표가 모교의 체육대회 행사에 가자고 해서 안동으로 내려갔다. 전날 저녁, 전국에서 모인 동창생을 모처럼 만났다. 반갑고 정겨웠다. 다음 날, 학교를 졸업한 지 25년 만에 처음 방문했다. 학교는 낙동강 건너편 산기슭으로 이전을 한 상태였다. 개회식 행사가 진행되는 동안 고등학교 시절의 지나간 일이 주마등처럼 스쳐 가며 눈가에는 눈물이 그치지 않았다. 나는, 내 마음은 그렇게 다시 학교로 돌아왔다. 초라한 발걸음으로 차마 찾지 못했던 모교를 친구의 손을 잡고 다시 찾아온 것이다. 그리고 고등학교 시절 받은 장학금에 복리 이자(?)를 계산하여 모교에 '청산학습실'을 개소했다. 2007년 '청산으로 가는 길' 도보여행 때는 600명 학생이 1인당 책 한 권을 살 수 있을 정도의 금액을 장학금으로 기탁했다. 당시 학교운영위원장이었던 친구 한신철의 배려가 있어 이제는 전부 아름다운 추억으로 남았다. 이후 다시 장학금을 냈는데, 1억 원이 넘는 장학금을 모교에 낼 수 있는 자신이 대견했다. 젊은 날의 초상을 회상하며 시인이 된 돌이 〈인생〉을 노래한다.

> 지금은 전설처럼 지나가 버린/ '그때 거기의 나'가
> 오늘을 살아가는/ '지금 여기의 나'에게 묻는다.
> 젊은 날 밝은 태양 아래에서/ 그대는 무엇을 하고 살았느냐고.
> '지금 여기의 나'가 답한다.

'그때 거기의 나' 앞에 펼쳐진 길은/ 외롭고 고단한 술한 번민의 나날들,

극복의 길은 피 끓는 용기와 변화에 있었고/ 결국 '지금 여기의 나'에 이르렀다.

추억은 아름다운 것,/ 실패도 과오도 '그때 거기의 나'를 이루는
보배로운 사연들./ 나는 그것들을 결코 후회하지 않는다.

나는 주어진 나의 길을 성실히 걸었다./ 하지만 다시는
외롭고 슬픈 그 길을/ 차마 이제는 걷고 싶지 않다.

7. 니 내한테 시집 온나!

1988년 정월 대보름날, 당시 의정부 세무서에 근무하던 나는 남양주의 수락산(640.5㎧)으로 월출산행을 갔다. 춥고 어두운 밤 랜턴을 켜고 가는 나 홀로 산행이었다. 아무도 없는 정상에서 떠오르는 둥근 달을 바라보며, 청산의 마당바위에서 하듯 나는 산에서 달님에게 고개를 숙였다. 부모님과 형제들의 건강을 기원하고 '작년에는 형이 결혼했으니 올해는 내가 결혼할 수 있도록' 소원을 빌었다.

어린 시절, 엄마를 따라 청산의 마당바위에 가서 보름달을 보고 소원을 빌었다. 당시 마당바위에는 많은 어른이 모여 보름달을 보고 기원을 했다. 어느 해, 친구의 엄마와 함께 마당바위에서 기원을 하고는 친구에게 전화를 했다.

"자네가 잘 먹고 잘 사는 것은 자네 엄마가 그렇게 기원을 하시는 덕분이니 엄마에게 더 잘하게."

산에서 내려와 버스를 타고 의정부 자취방으로 돌아오는 길, 밤길을 걷다가 공중전화 박스에서 고향의 엄마에게 전화를 했다.

"엄마, 방금 산에 가서 보름달 보고 올해는 장가가게 해 달라고 소원을 빌었다!"

엄마는 놀라며 말했다.

"아이고 야야, 나도 마당바위에 가서 올해는 니 장가보내 달라고 빌었는데…"

그리고 나는 그해 뜨거운 8월의 여름날, 드디어 장가가는데 성공했다.

내게는 절친한 고등학교 친구가 다섯 명 있다. 육송회(六松會)라는 이름으로 지금까지 변치 않는 우정을 나누고 있다. 20대 중반의 어느 겨울날, 대구에서 국세공무원으로 근무할 당시 안동의 시골에 있는 친구 집으로 놀러 갔다. 친구에게는 여동생이 셋이 있었다. 당시 나의 꿈은 결혼해서 행복한 가정을 만들고 싶다는 것. 평소 부러웠고 하늘 아래 가장 행복해 보이는 친구의 가정이었기에 나는 친구에게 잠자리에서 얘기했다.

"내일 니 동생하고 데이트해도 될까?"

"원하면 마음대로 해!"

다음 날 아침, 여동생에게 말했다.

"오빠하고 시내 데이트하러 가자."

착한 동생은 순순히 따라나섰고, 우리는 안동댐의 민속촌으로 갔다. 월영교 건너편 민속촌의 석빙고 앞, 낙동강이 유유히 흘러가는 모습을 바라보던 나는 다짜고짜 여동생을 껴안으며 말했다.

"니, 내한테 시집 온나!"

동생은 대답도 못하고 가녀린 새처럼 떨었다. 나는 대구로 돌아갔고, 동생은 안동에 있었기에 우리는 자주 만날 수 없었다. 그러던 중에 나는 의정부로 올라왔고, 동생은 대구의 유치원 교사로 근무를 하게 됐다. 우리는 여전히 자주 만날 수 없었다. 그렇게 4년 정도가 지난 1988년 1월, 우리가 사귄다는 사실을 알고 있는 친구의 어머니가 안동에서 전화를 하셨다.

"자네, 올해는 결혼할 건가? 그러면 유치원 교사 그만하게 하고…."

"알겠습니다. 금년에는 결혼하겠습니다."

그리고 나는 정월 대보름날 수락산에 올랐던 것이다.

금년에는 결혼을 하기로 하고 우리는 서울과 대구를 오가며 가끔 데이트를 했다. 데이트 장소는 주로 산과 술집이었다. 결혼을 하고 난 뒤 아내는 "데이트라고 해봐야 산하고 술집에 간 추억밖에 없어."라고 말했다. 그해 여름날 토요일, 나는 의정부에서, 아내는 대구에서 출발하여 월악산 산행을 약속하고 충주 시외버스터미널에서 만나기로 했다. 밤이 늦은 시간까지 버스정류장에서 기다렸지만 아내는 나타나지 않았다. 대구에서 함께 살고 있던 처제에게 전화를 하니 분명히 출발했다고 했다. 밤이 깊어갔다. 어느덧 버스는 끊기고 터미널에는 적막감이 감돌았다. 휴대폰이 없던 시절이었고, 아내와 처제는 자취생활을 하고 있어서 전화가 없었기에 주인집으로 계속해서 전화를 했는데, 밤이 깊어서 더 이상 전화를 할 수도 없었다.

걱정이 되었지만 밤 12시가 넘어서 인근 여관에 들어가서 잠을 청했다. 아침 시각, 혼자서라도 월악산 산행을 하기로 하고 시내버스 정류장으로 갔다. 정류장에 도착했을 때 반가운 얼굴이 저기 멀리서 걸어오고 있었다. 반가웠다. 우리는 그렇게 우연히 만나서 추억의 산행을 했다. 결혼을 앞두고 아내에게 부탁을 했다.

"내게는 부족해도 이해할 터이니, 내 엄마에게는 잘해 드려라."

1988년 8월 하순 뜨거운 여름날 결혼을 하고 의정부에 신혼살림

을 차렸다. 신혼여행은 한라산 등반이었다. 등산복에 배낭을 메고 떠나는 괴짜 신혼부부. 장모님은 "평생 한 번뿐인 신혼여행인데 예쁜 옷 입혀 데려가게."라고 하셨지만, 나는 "인생은 등산, 결혼은 새로운 산행의 시작."이라며 강행했다. 영실코스로 올라가 한라산 정상에 섰다. 약 3㎞ 되는 백록담 둘레를 한 바퀴 돌아서 분화구로 내려갔다. 백록담에는 물이 조금밖에 없었다. 백록담 물로 손과 이마의 땀을 씻었다. 지금은 상상도 할 수 없는 일이지만, 당시는 등산 인구가 많지 않았기 때문에 백록담에 가까이 가는 것이 허용되던 시절이었다.

산에서 내려오니 기다리던 택시기사가 "신혼여행을 등산복 차림으로 와서 한라산에 오르는 분은 처음 보았습니다."라고 하며 반가이 맞아주었다.

우리는 낡고 오래된 허름한 연립주택 3층에 신혼살림을 차리고 새로운 삶을 시작했다. 이후 두 아들이 태어났고, 독실한 기독교 집안에서 자란 내성적인 아내는 전혀 다른 환경, 다른 세계의 시집살이, 남편살이를 힘들어했다. 친오빠처럼 착하게만 생각했던 신랑이 호랑이처럼 보였기에 훗날 "무서운 아버지(늑대) 피해 시집왔는데 더 무서운 신랑(호랑이)을 만났다."라고 했다.

1994년 어느 날, 부산의 큰형님 댁에 머물고 있는 엄마를 뵈러 갔다. 아침이면 형님 내외는 회사에 가고 엄마 혼자만 항상 아파트에 계셨다. 엄마는 1992년 중풍으로 쓰러져서 반신불수가 되신 탓에 혼자서는 거동이 어려웠다. 나는 가여운 엄마를 등에 업고 집을 나섰다. 택시를 타고 구포역으로 갔다. 수원행 열차표를 끊고 플랫폼에서 엄마를 업고 열차가 오기를 기다렸다. 열차는 달렸고, 창밖을 바라보며 엄마 몰래 하염없이 눈물을 흘렸다. 어두움이 찾아오는 시각, 엄마를 업고 수원역을 빠져나와 택시를 타고 경기도 이천의 집으로 향했다.

그렇게 엄마를 모시고 온 지 얼마 되지 않은 날이었다. 토요일 아침 시간, 엄마는 주방에 있는 아내에게 "함께 식사하자."라고 하셨다. 아내는 못 들었는지 대답이 없었다. 엄마가 다시 말씀하셨지만 반응이 없었다. 아내 곁으로 가서 "엄마 얘기를 못 들었느냐."라고 물었다. 아내는 대답이 없었다. 감히 엄마의 말씀에 대답이 없다니, 순간 화가 났다. 아내를 서재로 데려갔다. 결혼 후 처음으로 큰소리를 쳤다. 아내는 앉아서 말없이 울기만 했다. 어린 두 아들이 와서 엄마를 안고 함께 울었다. 엄마는 거실을 기어 와서 방문을 두드리시며, "네가 그러면 나는 죽는다. 제발 그러지 마라." 하시며 우셨다.

잠시 후, 울던 아내는 책갈피 속에서 편지를 꺼내주었다. 10여 장이나 되는 장문의 편지였다. 지난 6년간의 결혼 생활 이야기였다.

말없이 아내의 글을 읽었다.

'내 남편에게 아내는 없고, 엄마와 형제들만 있다.'는 내용이었다. '매일같이 엄마 생각에 눈물짓는 남편, 형제들 일로 잠 못 이루고 고민하는 남편에게 자신은 아무런 의미도 없다.'는 이야기였다. 우리 둘은 엄마 앞에 무릎을 꿇었다. 그날 이후 말없이 침묵으로 일관하는 아내의 마음을 이해하기로 했다. 이해하고 나니 아내가 가여웠고, 내 마음에는 여유가 생겼다.

당시 고향집에 가면 30분 거리에 있는 처가에도 반드시 들렀다. 아버지와 엄마 두 분을 남겨두고 고향집을 나설 때면 일직초등학교 커브에서 집이 보이지 않을 때까지 나는 침묵 속에 눈시울을 붉혔다. 고향집을 떠날 때면 항상 그랬다.

시집에서 엄마에게 대하는 아내의 정성에 불만이 있던 어느 날, 처가에 들러 장모님 앞에 무릎을 꿇었다. 그리고 "이 사람이 엄마를 섬기는 마음이 부족하여 너무 마음이 아프고 서운합니다."라고 말씀드렸다. 장모님은 아내의 등을 때리시며, "왜 그러느냐."며 우셨다. "정말 미안하네." 하시며 우셨다. 아내도 울었다. 우리는 모두 함께 울었다.

고등학교 시절, 친구의 집에 가면 화목한 기독교 집안 분위기가 너무나 부러웠다. 장모님은 너무나 좋으신 7남매의 어머니였고, 나의 어머니였다. '실상은 아내보고 결혼했다고 하기보다는 장모님 보고 결혼했다.'고 하면, 모두가 웃으며 동의했다. 젊은 날, 독실한 크리스천인 장모님이 불러주신 유일한 대중가요는 '꽃 중의 꽃'이었다. 꺾이지 않고 예쁜 꽃이 계속 피기 때문에 정원수나 자연 담장으로 심는 나라 꽃 무궁화처럼, 장모님은 아름답고 행복한 가정을 꾸미셨다.

많은 세월이 흐른 지금, 장모님에게 지면으로 그날의 일들에 대하여 사죄의 말씀을 드린다.

"어머님, 그날 마음 아프게 해드린데 대한 사죄와 항상 기도해 주심에 감사의 인사를 드립니다. 미안합니다. 정말 고맙습니다. 그리고 비록 지면이지만 장모님의 애창곡을 불러드립니다."

꽃 중의 꽃 무궁화꽃 / 삼천만의 가슴에
피었네 피었네 / 영원히 피었네
백두산 산상봉에 / 한라산 언덕 위에
민족의 얼이 되어 / 아름답게 피었네

세상의 법보다는 신앙의 양심으로 예수를 믿고 의지하며 살아가는 처가의 모든 인연이 지닌 따뜻한 가족 간의 사랑은 언제나 고마웠다.

시인이 〈사랑은〉을 노래한다.

마음을 여는 문의 손잡이는
마음 안쪽에 있으니

마음의 주인만이
마음을 열 수 있지만

사랑은 만능열쇠처럼
어떠한 마음도 열 수 있다네.

2007년, '청산으로 가는 길' 용인에서 안동으로 도보여행을 할 즈음, 가끔 나는 아내에게 "지금까지 지내오면서 마음은 힘들어도 말없이 참고 따라준 당신이 고맙다. 아이들 셋 건강하게 잘 키우고, 가정을 평안하게 꾸며준 당신이 정말 고맙다. 부모님께 대하는 것이라든가 모든 것이 비록 적극적이지는 않지만, 조용히 내조해준 당신이 있어 오늘의 내가 있고, 우리들이 있기에 정말 고맙다."라고 말했다.

그리고 결혼 후 30년이 지난 2019년, 나는 아내에게 "젊은 날 나의 꿈 '행복한 가정 만들기'를 함께 이루어줘서 정말 고맙다. 결혼하고 10년 힘들었고, 나머지 20년 행복했고, 앞으로 남은 세월 행복할 것이니, 투자로 치면 당신 매우 잘한 것이야. 다음 생에도 우리 또 만날까?"라고 말했다. 그러자 아내는 웃으며 "이번 생에 한 번 살아봤으니 다음 생에는 더 좋은 여자 만나서 살라."라고 말했다.

몇 해 전, 세 아들을 데리고 35년의 세월이 흐른 역사의 현장 석빙고를 찾아가서 옛날 얘기를 해주었다. 180㎝의 키를 지닌 건장한 세 아들은 웃었다. 그리고 2019년, 큰아들은 결혼을 약속한 서울 여인을 낙동강이 흐르는 석빙고에 데려가서 '여기가 아버지와 어머니의 그렇고 그런 현장'이라고 너스레를 떨었다고 한다. 우리 큰아들 만세다.

이 자서전은 원래 2019년 12월 31일 청산 고향집에서 마무리했다가 1월 초 아프리카 여행을 다녀와서 약간의 내용을 추가하여 2020년 1월 25일 설날 아침에 마무리하였다. 그러나 생각이 바뀌어 나와 우리 가족에게 가장 커다란 역사적 의미가 있는 2월 1일, 큰아들 진혁이의 결혼식을 추가하여 이제 글을 마쳤다. 큰아들이 장가가는 날, 나는 〈혼주 인사말〉을 하며 자축했다.

저는 경북 안동이 고향으로 딸 없는 5형제 집안의 넷째 아들인데, 저에게는 또 딸이 없이 큰놈은 아들, 둘째는 머스마, 셋째는 고추로 아들만 셋이 있습니다. 그런데 오늘 사돈어른의 큰딸을 제가 딸로 맞이하게 되었으니 얼마나 기쁘겠습니까. 한편 사돈은 딸 둘을 두고 계시는데, 오늘 아들을 맞이하게 되었으니 또한 얼마나 기쁘시겠습니까.

하객 여러분!

사돈 내외와 저희 내외에게 아들, 딸 얻어서 축하한다는 뜨거운 우정의 박수를 부탁드립니다.

드디어 나에게도 딸이 생겼다!

8. 나의 결심

세계 최초로 히말라야를 정복한 힐러리 경은 "도전이야말로 인간의 본질."이라고 했다. 빛나는 생을 창조하기 위해서는 불굴의 의지로 도전하고 노력해야 한다. 사람은 자신이 심은 대로 거둔다. 콩을 심으면 콩을 거두고, 오이를 심으면 오이를 거둔다. 종두득두(種豆得豆)요, 종과득과(種瓜得瓜)다. 용은 용을 낳고, 봉은 봉을 낳는다. 용생용(龍生龍)이요, 봉생봉(鳳生鳳)이다. 왕대밭에 왕대 나고 쑥대밭에 쑥대 난다. 눈물로 씨를 뿌리면 기쁨으로 단을 거둔다.

나는 내 인생의 대지에 사랑을 심고 희망을 심고 용기와 환희를 심었다. 정성으로 씨앗을 뿌리고, 열심히 가꾸어 열매를 거두었다. 고진감래라, 참고 견디며 열심히 하면 그 열매는 달다는 믿음으로 도전하면서 열심히 살았다. '지성이면 감천이다.', '하늘은 스스로 돕는 자를 돕는다.'는 말을 확신했고, '자조의 정신이 영웅보다 강하다.'고 생각했다. 일신우일신을 좌우명으로 향하가 아닌 향상, 퇴보가 아닌 진보의 삶을 살기 위해 노력했다. 때로는 좌절감을 느끼며 방황을 하다가도 결코 포기할 수 없다는, 멋있게 일어나야 한다는, 그리고 일어날 수 있다는 의지와 신념을 가졌다. 나아가 믿는 대로, 원하는 모습대로 이루어진 결과를 상상하며 성취감을 가불하여 맛보며 열심히 살아왔다.

생각한 대로 살 것인가 아니면 사는 대로 생각할 것인가를 생각했고, 내가 생각하지 않으면 남의 생각대로 살아야 한다고 생각했다. 자신을 위해, 세상을 위해 할 수 있는 가장 훌륭한 일은 자신을 최대한 실현하는 일이라고 생각했다. 그래서 항상 일신우일신의 마음으로 목표를 세웠다. 목표는 내가 세웠지만, 세워진 목표는 나를 이끌었다.

목표는 성취감을 주었고, 하나씩 이루어가는 성취감은 희열을 주고 자긍심과 자족감, 자존감을 주었다. 방황하지 않게 하고, 시간을 허비하지 않게 하고, 쉽게 포기하지 않게 하였다. 오히려 시련과 역경을 헤치고 나아가는 자신의 건강한 모습에 기뻐했다. 성취하고 성공한 자신의 모습은 피와 땀과 눈물을 감내하게 했다. 영혼을 세척하는 정열의 눈물은 인간이 뿜어내는 아름다운 보석이었다. 인생은 예술, 나는 내 인생의 조각가였다. 내 인생은 내가 만들어내는 작품이니 무엇을 조각할지는 순전히 나의 선택이었다.

나는 세 아들의 아버지로 살아간다. 오 형제 가운데 넷째로 태어나서 다시 아들 삼 형제를 두었으니, 집안에 참으로 여자가 귀하다. 아이들이 아직 어릴 때, 토요일은 거실에서 가족 모두 함께 자는 날이었다. 그러면 아내는 "오늘도 매운 고추밭에서 자네." 했고, 우리는 모두 웃었다. 바쁜 가운데서도 수요일은 가정의 날로 정해서 일찍 귀가했다. 아이들이 자라면서 오히려 아이들이 바빠진 탓에 자연스레 가정의 날은 없어지고, 대신 일요일 저녁은 모두 함께 외식하는 날로 바뀌었다. 큰아들이 결혼한 지금, 이제는 매월 마지막 토요일을 '가족의 날'로 정했다.

2019년 5월 8일, 분당의 단골 횟집에서 아내와 두 아들과 함께 자리했다. 막내는 20일 전인 지난 4월에 독도 경비대로 군에 입대했다.

외대 로스쿨을 졸업한 큰아들의 변호사 시험 합격을 축하하는 자리였다. 둘째 진세는 고려대학교 경영학과 4년 전액 장학생으로 입학하고 졸업한 후 2018년 한국산업은행에 취업을 했다.

"큰아들! 축하해, 고마워. 진세, 너도 새삼 축하해. 변호사 되고, 금융공기업 취업하고, 둘 다 고마워. 그런데 오늘은 어버이날이니까, 그 선물만 해도 좋지만 그래도 너희 둘이서 처음으로 저녁 식사 한 번 사 봐!"

"알겠습니다."

"그런데 내가 편지를 가져왔다. 16년 전 어버이날에 너희들이 쓴 편지."

"예?"

"내가 읽어 줄게. 먼저 큰아들 편지부터. 네가 중2 때 쓴 편지야."

부모님께. 안녕하세요?

저 진혁이에요. 편지 쓰는 것도 오랜만이라서 편지 쓰는 방법도 생각이 안 나네요. 요즘은 안 그래도 둘만 있을 때도 말썽이었는데 진교까지 있으니 더 힘드시죠? 그래도 재미있는 것도 있겠죠? 저는 진교가 있어서 힘든 것도 있지만 재미있는 게 더 많은 것 같아요.

아빠, 아빠는 아직도 공부를 하시고 시험을 보시며 사시죠? 항상 우리 말을 잘 들어주시고 같이 놀려고 하는 아빠가 좋아요. 비록 제가 뭔가를 할 때 설교 같은 것을 하시면 싫지만요. 아직도 아빠가 열심히 공부하고 시험 보는 것처럼 열심히 저도 공부해서 시험을 잘 볼 수 있게 노력해 볼게요.

엄마, 저는 엄마가 알아서 챙겨주시고 언제나 신경 써 주셔서 고마워요. 진교가 말썽을 피워도 귀엽죠? 엄마가 신경 써주시는 만큼 저도 공부 열심히 할게요. 그리고 진교랑도 같이 있으면서 엄마 덜 힘들게 할게요.

부모님 항상 건강하시고 행복하게 살아가요.

2003년 5월 3일 토요일

진혁 드림

"다음은 진세 너의 편지다. 2003년이니까, 네가 초등학교 5학년 때 쓴 편지야."

부모님께. 안녕하세요?

저 진세예요. 이제 어버이날이 되었군요. 어버이날 저는 큰 선물

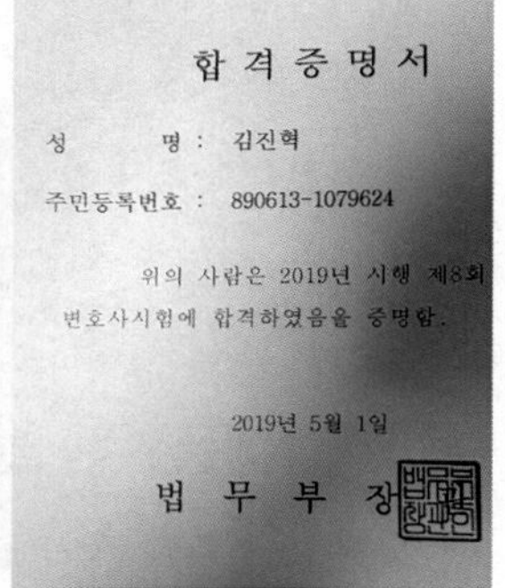

합 격 증 명 서

성 명 : 김진혁

주민등록번호 : 890613-1079624

위의 사람은 2019년 시행 제8회 변호사시험에 합격하였음을 증명함.

2019년 5월 1일

법 무 부 장

도 준비하지 못하고 오히려 부모님께서 저를 놀이공원에 보내주시네요. 이런 점에서 저는 항상 부모님을 존경하고 감사합니다. 하지만 저는 큰 선물을 준비하지 못했습니다. 저의 정성이 들어있는 카네이션과 편지를 드리겠습니다. 그리고 제 몸에 장애가 없어서 카네이션을 만들 수 있었습니다. 저를 몸에 장애 없이 낳으시고 항상 저를 좋은 데도 구경시켜 주셔서 감사합니다. 지금은 제가 어리기 때문에 부모님처럼 부모님을 좋은데 구경시켜 주지도 못하고 보살필 수 없지만, 나중에 저 혼자 힘으로 세상에 설 때 어버이날 말고 다른 날에도 항상 부모님을 생각하고 은혜를 갚을게요. 자신은 없지만.... 그리고 항상 건강하세요.

2003년 5월 11일
진세 올림

"이제 1993년, 아버지가 34세에 쓴 〈나의 결심〉을 읽어주마. 내 인생의 가장 추운 겨울에 책상에 이를 써 붙여놓고 신조로 삼아 살았다."

나의 결심

1. 나는 항상 희망을 품고 있어 내일이 기다려진다.
2. 나는 항상 개척자의 늠름한 혼을 가지고 있어 극한 상황을 극복한다.
3. 내 몸에선 강철 같은 강인한 냄새가 풍긴다.

4. 나는 용기와 지혜를 힘껏 발휘해서 수많은 곤란을 극복한다.
5. 나의 마음은 버드나무와 같이 유연하여 늘 따뜻한 정을 잃지 않는다.
6. 내 몸은 두터운 고무 벽과 같아서 어떠한 압력에도 내 심장을 지킨다.
7. 나는 내가 아주 싫어하는 일도 웃으며 할 줄 아는 여유 있는 사람이다.
8. 나는 내 아이들을 훌륭하게 키우는 선한 아버지임을 자랑스럽게 생각한다.
9. 나는 내 인생을 아름답게 조각하는 내 인생의 조각가임을 항상 자부한다.

1993년 4월 23일

김명돌

"진혁이, 진세야! 고맙다. 너희들이 어릴 때 어버이날에 쓴 편지, 오늘로써 그때 너희들이 엄마와 아버지에게 '열심히 공부하고 은혜를 갚겠다'고 한 그 약속, 지킨 걸로 인정해 줄게. 엄마, 아버지에게 이제 부채는 없다. 이제는 사회인으로서 멋있게 홀로서기를 하는 거야. 나 또한 서른네 살에 쓴 〈나의 결심〉, '내 아이들을 훌륭하게 키우는 선한 아버지임을 자랑스럽게 생각한다.'는 결심, 오늘 이룩한 것으로 여길 거야. 훌륭하게 키웠고 자랑스럽게 생각한다. 기쁘고 후련하다. 잘 성장해줘서 정말 고맙다. 진교는 작년에 처음으로 아버지에게 편지를 썼다. 들어보렴."

To. 아빠

60번째 생신을 맞이하신 아버지, 생신을 진심으로 축하드립니다.

제가 비록 많이 해드린 것은 없지만 이때까지 저를 부족하지 않게 지원해 주시고 키워주셔서 정말 감사합니다. 그리고 남은 대학 생활 열심히 해서 취업할 때까지 더 노력하겠습니다. 그리고 이때까지 받은 은혜를 잊지 않고 갚기 위해 열심히 노력하겠습니다.

가정을 위해 항상 노력하시는 아버지,

생신 축하드리며 오래오래 건강하고 화목하게 지내시길 바라며 더 효도하는 아들이 되겠습니다.

2018년 11월 11일

진교 올림

소주를 한 잔 부딪히고 나는 다시 말했다.

"막내가 대학생이 되니까 편지도 쓰고 흐뭇하다. 아버지의 일기에 2016년 5월 9일의 기록이 있다. 고등학교 2학년인 막내 진교가 처음 자발적으로 아버지의 서재로 와서 아버지 앞에 마주 앉았다. 그리고 밤 11시까지 1시간 이상 세상사는 이야기로 인생수업을 하고 갔다. 고마웠다. 그때 아버지 심정은 '아들아! 아버지 책꽂이의 책을 읽으며 아버지의 마음을 더 많이 이해해 주면 좋겠다.'는 것이었다. 진교는 몸이 아파서 오랫동안 병원에 다니다가 너희 할머니가 돌아가시는 2012년부터 괜찮아졌다. 할머니가 진교의 병을 가져가신 거지. 약했던 아들이 동국대학교 체육교육학과에 다니다가 경쟁을 뚫고 역사적 의미가 있는 독도 경비대로 자원 복무를 하고 있다는 사실은, 정말 기적 같은 이야기지."

어느 날, 휴대폰에 <Web 발신>이 수신되었다.

"NH비씨 김○돌님, 다나 000,000원(10/10 18:15) 본인 미사용 시 연락요망."

즉시 '우리 가족' 카톡방에 올렸다. 대화 내용이다.

본인 : 누가 사용했지?

둘째 아들 : 저는 아닙니다~

큰아들 : 저도 아닙니다.

막내 : 저도 아닙니다.

아내 : 내가 사용했어요.

본인 : 독도 경비대 진교도 동참했네. 독도에도 카드 쓸 데가 있기는 한가 보지? ㅋ

독도 경비대에 있는 막내아들, 자기가 어떻게 카드를 사용한단 말인가? 다 커버린 아들의 재미있는 위트였다. 아이들은 부모가 쏘아 올린 화살이라, 〈나의 결심〉은 아들들에게서 결실을 맺었고, 나는 자랑한다.

"21세기 대한민국에서 세 아들을 군대에 보낸 아버지가 있으면 나와 보라 그래!"

1996년 세무사 시험 공부를 할 때는 책상머리맡에 '눈물로 씨를 뿌린 자는 기쁨으로 단을 거둔다.', '내년에 합격하고 백두산을 간다.'라는 두 문장을 써 붙였다. 나는 기쁨으로 단을 거두었고, 백두산을 다녀왔다. 믿는 대로 되었다. 내가 목표를 정했지만, 다음에는 목표가 나를 이끌었다. 내가 결심을 하고 글을 썼지만, 다음에는 그 글이 등불이 되어 나를 이끌었다. 〈나의 결심〉은 나의 등불이 되어 어둠 속의 나를 이끌었다. 결심은 방향을 안내하는 희망의 등대, 오늘 나는 무엇을 결심할까. 시인이 〈청춘〉을 노래한다.

사람은 세월만으로는 늙지 않으리.
꿈과 이상이 없을 때 늙어간다.

가는 세월은 이마에 주름을 만들지만
열정이 식으면 마음에 주름이 생긴다.

청춘은 인생의 봄날이니
봄날은 언제나 마음에 있다.

나의 결심 나의 도전은 계속되리니
나는 백 살 청춘으로 죽고 싶다.

9. 합격수기

1998년 4월호 공인회계사·세무사 수험지도지 《국가고시》에 '사랑과 인내와 감사로'라는 제목으로 실린 합격수기이다.

1. 좌절과 환희

합격자 발표를 목전에 둔 어느 날 오후, 전화기에 울리는 소리.

"뭐하고 있냐? 공부 좀 더해야겠다. 자네 이름이 없어."

딸가닥. 온몸이 무너져 내리고 심한 허탈감 엄습. 낌새를 느낀 듯 아내는 옆방에서 흐느낀다. 아내를 위로해 주고 발길을 소주집으로 향했다. 마셨다. 마셔야만 했다. 그리고는 흠뻑 취했다. 후회, 탄식, 자위, 그리고 배회하다가 새벽녘에 돌아와 아이 방에서 혼자 취침.

"아빠, 어제 낮에 전화한 아빠 친구분이 집으로 전화해 달라고 그러셨어요."

아침 시간 진세(일곱 살짜리 꼬마)의 목소리. 순간 술과 잠이 일시에 달아나고 전화기를 집어 들었다.

"어제는 장난이었어. 축하해."

오, 하느님! 지옥과 천국을 오가는 느낌.

"여보. 합격이야!"

아내의 미소. 마음 졸이신 부모님, 형제들에게 전화. 이어서 걸려오는 여러 곳에서의 축하 전화들.

"고생 많았다. 너의 합격이 누구보다도 기쁘다."

멀리 혹은 가까이 있는 친구, 동료들. 따르릉!

"아빠가 전화 받으세요. 또 아빠 축하 전화예요."

진혁이(아홉 살), 진세 두 아들의 아빠 사랑.

2. 고시원으로

1996년 10월 31일 직장생활 청산. 소주집에 모인 십여 명에 가까운 술 무리. 아쉬움과 격려의 시간. 11월 2일, 이불 보따리 책 보따리 싣고 목사님께 방문하여 기도로 재무장. 군대 보내는 기분이시라는 목사님의 말씀. 오후 시간, 신촌의 어느 고시원에 도착. 말로만 듣던 고시원. 한 평 남짓한 방, 1인용 철제 침대, 책상 하나. 남은 시간 앞으로 8개월. 고독한 싸움의 시작. 무릎 꿇고 기도했다.

"주님, 이제 이곳에서 이 일을 이루게 하소서. 부족함에도 이루게 마시고 참으로 합격할 수 있는 능력에 이르도록 지혜와 명철을 더 하소서…."

숱한 아픔과 시련, 작은 한풀이, 명예 회복, 사랑하는 이들의 마음을 아프게 한 데 대한 속죄와 보은…. 처음으로 주어진 기회, 각오와 다짐.

96년 시험 합격자 발표 전이라 고시원은 조용했다.

(…중략…)

겨울이 깊어가고 고시원에도 식구들이 늘어났다. 낯선 얼굴. 그중 40대 후반의 빡빡머리 사나이 등장. 정말 고마운 분이었다. 처음에는 다음 기회를 보라는 이야기. 나중에는 빠르게 향상되는 진도에 희망의 박수, 그리고 조언.

하루하루 고시원 생활도 익숙해지고 매일 저녁 꼬마들과 나누던 전화 통화도 점점 뜸해져 갔다. 하지만 일주일에 한 번씩은 빨래 가방을 옆에 끼고 집으로. 거의 항상 밤에 집에 도착. 아이들과 함께 장난. 다음 날 오후 이별. 다음 주에는 오지 말아야지, 자신과의 싸움. 그러나 아이들을 보고 싶다는 유혹. 함께 할 수 없는 미안함.

"아빠, 하룻밤 더 자고 가면 안 돼요? 아빠, 오늘 집에 오면 안 돼요?"

3~4. 학습 방법, 시행착오

(생략)

5. 맺음말

(…전략…)

돌아보면 짧은 8개월, 그러나 당시는 길고도 힘든 시간이었다. 때로는 꼭 이렇게 해야 하나 하는 회의도, 나약함도, 서글픔도 있었다. 추운 겨울에 이은 아름다운 봄. 나는 한 번에 합격했다(회계학 66.6, 세법 1부 64, 세법 2부 66, 평균 65.6 커트라인 55.6, 수석 69.5 10위권).

"눈물을 흘리며 씨를 뿌리는 자는 기쁨으로 거두리로다."

"내년 여름에는 백두산을 가자."

힘들 때면 쳐다보던 책상 위의 노랫가락. 올해는 결혼 10주년, 합격하면 아내와 백두산 여행을 약속했다(IMF?).

'모든 것이 합력하여 선을 이룬다.'는 성경 말씀. 작은 기쁨 뒤에는 고마운 이들의 사랑과 정성과 기도의 힘이 있었다. 나를 사랑하고 또 내가 사랑하는 모든 분에게 지면을 빌어 머리 숙여 깊이 감사드린다.

"나의 힘이 되신 여호와여 내가 주를 사랑하나이다."

합격했음에도 불구하고 낙방이라고 장난을 친 류병하 형님은 세무사 시험을 총괄하는 세무공무원 교육원에 근무하고 있었기에 나의 합격 여부를 미리 알 수 있는 위치에 있었다. 아직 합격자가 확정되기 전이었지만, 우수한 성적이었기에 미리 연락을 해주었던 것이다. 대구에서 산을 가르치고 술을 가르쳐 주었던 그 형님은 지금 광교세무법인 대표 세무사로 함께 세무사 인생을 살아가고 있다. 아직도 그날을 얘기하면서.

8개월간이라는 비록 짧은 시간이었지만, 커트라인을 10점이나 상회하는 성적으로 합격한 나는 마음의 여유가 생겨서 "너무 열심히 했다."라며 농담을 하곤 했다. 합격 소식을 접한 나는 당장 청산의 엄마에게 달려갔다. 그리고 엄마와 뜨거운 포옹을 나누었다. 겨울바람 불어오는 청산에 오르니 지난 일들이 주마등처럼 스쳐 가며 눈물이 흘러내렸다. 갈매기 조나단 리빙스턴의 꿈이 스쳐 가고, 니체의 초인이 다가왔다.

"진리의 골짜기를 찾으려거든 당신의 눈에서 눈물이 쏟아져야만 한다. 당신의 마음이 터질 만큼 괴로움을 느껴야 한다. 그래야 풍성하고 빛나는 내면생활을 갖게 될 것이다. 슬픔과 괴로움 속에서 기쁨을 찾지 못한다면 인생의 지혜에 도달하기 힘들 것이다. 그러니까 참된 인생을 살고 있다고 결코 말할 수가 없다. 슬픔과 괴로움에 대한 투쟁의 과정이 인생의 길이다. 안락과 행복은 당신에게서 모든 적극성을 빼앗아 가고 말 것이다."라고 하는 쇼펜하우어의 말이 귓전에 들려왔다.

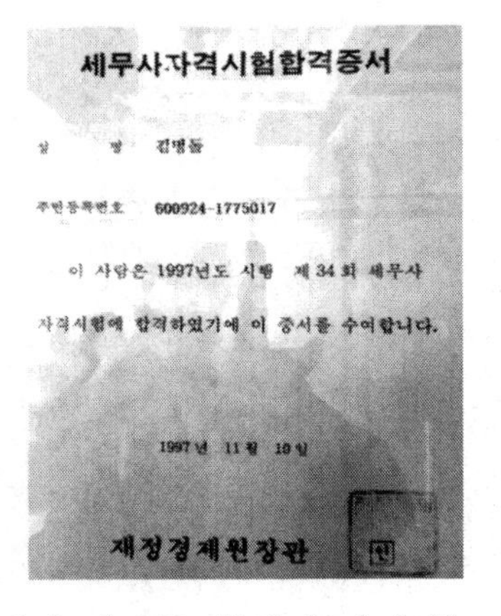

세무사자격시험합격증서

성 명 김명돌

주민등록번호 600924-1775017

이 사람은 1997년도 시행 제 34 회 세무사 자격시험에 합격하였기에 이 증서를 수여합니다.

1997년 11월 19일

재정경제원장관 (인)

이력서 한 줄에 수많은 사연이 담겨 있듯이, 세무사 합격증서 한 장은 내 인생의 전환점이 되었다. 이는 내 인생의 도약하는 발판이 되었다. 인생의 길이 바뀌는 순간 세상은 달라졌다. 하나의 꿈이 이루어지는 순간, 꿈 너머 새로운 희망이 다가왔다. 인내는 썼고 그 열매는 달았다. 일신우일신, 끊임없는 전진이 시작되었다. 퇴보가 아닌 진보를, 향하가 아닌 향상을 해야 했다. 세상은 빠르게 변화하므로 정체해 있다는 것은 뒤로 처지는 것이었다.

산다는 것은 끊임없이 나아가야 하는 것. 앞에는 산이 있고, 언덕이 있고, 냇물이 있고, 진흙탕도 있다. 노력은 재능이라는 비단 위에 한 땀 한 땀 꽃무늬를 수놓는 경건한 몸과 마음의 노동이다. 인생의 열매란 노력하고 수고한 어떤 과정을 거쳐 마지막에 드러나는 결과물이다. 피와 땀과 눈물이란 3대 액체를 필요로 하는 노력 없이 얻어지는 것은 없다. 무언가 열심히 추구해서 얻는 유형, 무형의 열매는 다음 행보의 발판이 된다. 그리고 그 위에서 새로운 도약의 길을 간다. 세무사 자격증을 취득한 내 인생의 서른아홉 살은 찬란한 희망을 향해 나아가는 새로운 도약의 시작이었다. 그리고 나는 〈희망〉을 노래했다.

희망은 날개를 가지고
영혼 속에 머물며
활기찬 노래를 부른다.

비바람 폭풍우 몰아치면
더욱 세차게 날갯짓 하여
더 높이 비상한다.

어느 순간에도
절망을 이겨낼 수 있도록
날개를 퍼덕이며
인내와 용기를 준다.

희망 없는 절망은 없나니
희망은 가난한 자의 양식
힘겨운 세상일수록
더욱 세차게 달려야 한다.

인생은 연속되는 시험의 과정, 나는 합격의 기쁨을 누리면서 한 계단 또 한 계단 지식과 경험의 새로운 세상의 계단을 올라갔다. 7월에 세무사 시험을 치른 나는 연이어 공인중개사 시험공부를 하였다. 이미 공부로 단련된 머리였기에 새로운 지식을 알아가는 공인중개사 준비도 재미있게 여겨졌다. 그러던 중에 세무사 시험 합격자 발표가 났지만, 나는 공인중개사 시험을 치렀다. 그 결과 평균 60점 합격에 70점이 넘는 점수로 합격했다. 두 달간의 공부 결과로 8회 공인중개사 시험에 합격했다. 이후 세무사를 개업하고 독학사 시험에 합격하여 학위를 취득하는 등, 나의 공부, 나의 도전은 계속되었다.

나는 끊임없이 욕망을 추구한다. 욕망을 욕망한다. 인간의 욕망은 바로 그의 운명이다. 왜냐하면 그의 욕망이 다름 아닌 그의 의지이기 때문이다. 그리고 그의 의지가 곧 그의 행위이며, 그의 행위가 곧 그가 받게 될 결과물이다. 그것이 좋은 것이든 나쁜 것이든, 인간은 그가 집착하는 욕망에 따라 행동한다. 죽은 다음에 그는 그가 평소에 익힌 행위의 미묘한 인상을 마음에 지닌 채 다음 세상으로 넘어간다. 그리고 그의 행위의 열매를 그곳에서 거둔 다음, 그는 이 행위의 세계로 다시 돌아온다. 이와 같이 욕망을 가진 자는 윤회를 계속할 수밖에 없다.

욕망은 하고자 하는 바람이다. 욕망이 있어야 발전이 있다. 하지만 집착은 버려야 한다. 능력 밖의 것을 원하는 욕망은 탐욕이다. 과욕은 불행의 원천이니 과욕을 버리고 분수를 알고 분수를 지켜야 한다. 때로는 족한 줄 알고 모든 일에 막힘이 없는 자유자재인(自由自在人)이 되어야 한다. 나의 합격 수기는 계속해서 미래로, 미래로 나아간다.

10. 아빠! 하룻밤만 더 자고 가면 안 돼요?

내가 걱정하지 않아도 봄이 오면 복사꽃이 피고, 여름이 오면 소낙비가 오고, 가을이 오면 단풍이 아름답고, 겨울이면 하얀 대지에 눈꽃이 핀다. 하지만 사람들은 내가 없어도 세상은 순리대로 간다는 사실을 알지 못하고 세상 걱정 다 하듯 하루에도 오만가지 부질없는 근심 걱정을 하며 살아간다. 나 또한 젊은 날 수많은 번뇌를 안고, 근심걱정으로 눈물을 지으며, 벗어날 길이 없는 캄캄한 어둠 속에서 방황했고 방랑했다. 그리고 1997년 한 해가 저물어가는 서른아홉 살의 겨울, 나는 길고 긴 어둠의 불편지대인 동굴에서 탈출하여 세무사로서 새로운 삶을 시작했다. 이는 안락지대에서 안주하지 않고 꿈을 잃지 않은 결과였다. 절망 가운데서 포기하지 않은 꿈, 비록 소박한 꿈이었지만, 그 꿈은 꿈 너머의 꿈으로 향하는 위대한 꿈이었다. 꿈을 이루기 위해서는 외로움을 견뎌내야 했다. 외로움은 다른 것으로 대체가 되지만, 그리움은 대체가 불가능하기에 그리움을 마음에 그리며 오직 인내해야 했다.

1996년 11월 26일, 신촌의 고시원에서 쓴 〈그리움〉이다. 그때가 고시원에 들어간 지 25일째 되는 날이었다.

한 평 남짓 작은 방에 한 몸뚱이 밀어 넣고/ 넘기는 책장에 혼을 묻고 십지마는

열려진 문틈사이 세상만사 들어오니/ 갇힌 몸 남겨두고 마음은

날아가네

겨울의 입구에서 추위를 맛보는데/ 어디선가 까치 소리 깊은 상념 갖다주네

그 겨울 그 추위는 가히 얼마나 추웠던가./ 오는 봄소식에 떠나버린 날들이네

아침부터 보고 싶은 사랑하는 아이들 얼굴/ 점심 먹고 배불러도 마음은 허전하네

까치야 너는 어이 외로움을 더하느냐/ 따뜻한 내 집에서 얼은 마음 녹이고 싶다

가자가자 어서어서 그리운 내 집으로/ 그날은 자유 없어 가고파도 못 갔지만

이제는 언제라도 보고 싶은 마음 들면/ 안아보고 얼러보고 얼씨구나 좋구나.

백척간두의 벼랑에서, 더 이상 선택의 여지가 없는 극한 상황에서 세무사 자격시험 합격은 극복해야 할 지상과제였다. 하지만 장애물이 많았다. 최고의 장애물은 아이들을 보고 싶어 하는 마음, 그리고 가족에 대한 그리움이었다. 그날 이후 살아가면서, “아빠! 하룻밤만 더 자고 가면 안 돼요?”라고 하는 두 아들의 애절한 목소리가 늘 귓가를 떠나지 않는 울림으로 다가왔다.

새벽 2시 취침, 7시 기상의 규칙은 고시원에서 생활하는 8개월간 지켜졌고, 단단한 하체는 물렁살이 되고 체중은 8kg이나 감량되었다. 그 결과 눈물로 뿌린 씨앗이 기쁨의 단으로 수확되었다. 고통

없이는 아무것도 이루어질 수 없는 법. 외로움과 그리움의 대가는 합격의 기쁨이었다. 이별의 고통은 더욱 커다란 정을 나눌 수 있는 토양을 만들어 주었고, 우리는 그 위에서 마음껏 웃으면서 뛰고 뒹굴고 얼싸안았다. 그리움은 새로운 인생의 근간이 되었다.

사람들은 안락한 삶을 열망하는 이와 끊임없이 변화를 위해 도전하고 힘겨운 삶 속에서 희열을 느끼는 이, 이렇게 두 부류로 나눌 수 있다. 바이킹은 북풍에 시달릴 때 더 큰 배를 제작한다. '나는 이렇게 내 삶을 마칠 수 없다. 말년에 내 인생이 얼마나 허무하게 느껴질 것인가.'라며, 인생의 실패자가 된 노인의 모습을 상상하니 결코 포기할 수 없었다. 20년 뒤, 30년 뒤를 상상하자 획기적인 전환점이 필요함을 느꼈다. 잃어버린 꿈을 찾을 수 있는 길은 세무사 자격증이었다. 스물한 살의 나이로 세무공무원이 되어 지내 온 세월, 내가 가장 잘 할 수 있는 일이 세무사였다. 그러자면 세무사 시험에 합격해야 했다.

한 평 남짓한 신촌의 고시원에서 이어진 8개월간의 고독한 싸움. 주변에서 하는 "이번에는 늦었으니 포기하라."라는 말을 뒤로 하고 치열하게 공부했다. 고시원에 들어가는 날, 어둠의 벽으로 둘러싸인 공간에서 "이곳에서 원하는 바를 이룰 수 있게 지혜와 명철을 주소서." 하며 무릎 꿇고 기도했다. 한겨울 추위가 몰아쳤을 때 함께 공부하는 사람들이 따뜻한 아래층으로 내려오라고 했지만, 첫날의 기도를 상기하며 추운 겨울을 혼자서 보냈다.

사랑하는 아이들을 보고 싶다는 유혹, 그리고 가족과 함께할 수 없다는 미안함이 너무 힘들었다. 주말에 빨래를 들고 집에 오면, 고시원에 돌아갈 무렵 두 아들은 "아빠, 하룻밤만 더 자고 가면 안 돼요?" 하며 매달렸다. 다시 고시원으로 돌아가야 하는 발걸음은 무거웠고, 귓전을 울리는 아이들의 목소리가 가슴을 아프게 했다. '아이들이 보고 싶어도 이번 주말에는 집에 가지 말고 공부해야지.' 하며 다짐을 하지만, 막상 주말이 오면 참지 못하고 집으로 달려갔다.

세무사 시험 합격은 백척간두에서 벗어나는 길이었다. 합격은 지옥에서, 절망의 늪에서 벗어나는 탈출이었다. 잃어버린 자신을 찾아 순례자의 길로 들어서는 천국의 열쇠였다. 추운 그해 겨울, 고시원에서 또는 지하철역에서 '내년 겨울에는 다시 이곳에 있지 않기를! 내년 겨울에는 이런 모습으로 살아가지 않기를!' 하며 얼마나 간절히 바랐던가. 꿈은 이뤄져 단 한 번의 도전으로 합격을 했다. 세무사로서의 시작은 인생의 새로운 도전이요 전환점이었다. 세무사 시험 합격은 기쁨의 길, 영광의 길로 나아가는 문턱이었다.

1997년 11월, 세무사 자격증을 받고 개업을 위한 장소를 선정해야 했다. 어디에서 개업을 할 것인가, 심각하게 고민하다가 고향인 안동에서 개업하기로 결심을 했다. 아내는 불만스러워했지만, 엄마를 생각하는 내 마음을 이해하기에 차마 말을 하지 못했다. 안동으로 내려가서 세무서에 근무하는 친구를 만나고 사업하는 친구들을 만났다. 친구들은 가능하면 안동보다는 시장이 넓은 수도권에서 하기를 권유했다. 하지만 나는 엄마를 보살피는 일이 중요하다고 생각했다.

어느 날, 엄마는 얘기를 좀 하자고 하시더니 진지하게 말씀하셨다.

"왜 요즘 안동에 자주 내려와 있는데? 혹시 안동에서 사무실 차린다고 그라나? 니 왜 안동에서 할라 그카노. 내 때문에 그라나. 가라. 안 된다. 모두가 아이들 공부 시킨다고 도시로 나갈라 카는데, 니는 그라만 안 된다. 안 된다. 애비야, 절대 그라만 안 된다. 그라면 내가 편할 줄 알지? 아이다. 절대 아이다. 니 그라면 내 마음이 너무 아파진다."

나는 아무 말도 할 수 없었다. 가까스로 엄마에게 말했다.

"지금 아니면 시골에 내려올 수 없을 것 같아요."

엄마는 단숨에 말을 끊었다.

"아이다. 니는 절대로 안동으로 오면 안 된다. 거기서 살아라. 내하고 니 아부지 하고 걱정하지 마라. 우리 걱정 절대로 하지 마라."

결국 엄마의 말씀에 승복할 수밖에 없었다. 1992년 말 엄마는 뇌출혈로 쓰러졌고, 신체의 반쪽이 마비되어 지팡이에 의지해 가까스로 일어나 걸을 수 있는 불편한 몸으로 당시 고향에서 아버지와 생활하고 계셨다. 엄마의 반대는 강경하셨다. 평소 부모님 모시고 고향에서 살고 싶은 마음이 있었으나 함께 살지 못해 죄스러웠지만, 결국 나는 발길을 돌려야 했다.

장 폴 사르트르는 "인생은 B(Birth)와 D(Death) 사이의 C(Choice)."라고 하지 않았던가. 그때 만약 안동에서 세무사 개업을 했으면 어떻게 되었을까. 생각해 보면 답이 저절로 나왔다. 나의 인생, 아내와 아이들의 인생은 지금과는 전혀 다른 방향으로 나아갔을 것이다. 오늘날 내가 가진 주변의 모든 풍요로운 현실은 바로 그때 엄마의 희생 위에서 이루어진 것임을 깨닫는다. 그래서 아내와 아이들에게 가끔 말한다.

"그때 할머니가 말리지 않으셨으면 너희들은 안동에서 초등학교, 중학교와 고등학교를 다녔을 것이고, 중3 때 미국 유학이라던가, 이런 것은 상상도 못했을 것이다. 오늘 너희들이 누리는 많은 것 중 특히 경제적인 자유와 편리함은 그때 할머니의 말씀 덕분이다. 그러니 할머니에게 항상 감사하는 마음을 가져야 한다."

다시 경기도로 돌아온 나는 1997년 12월, IMF 한파가 대한민국을 강타할 때 아직 시골 정취가 물씬 풍기는 용인에서 세무사로서의 새로운 인생을 시작했다. 고통과 절망의 긴 터널을 지나 가슴 가득 부푼 꿈을 안고 용인에서 세무사로 창업했다. 용인을 선택한 이유는 순전히 '고향 가는 가까운 곳. 그리고 시골 같다.'는 이유였다. 인연이라고는 전혀 없는 생면부지의 지역이었다.

명지대 사거리 4층 건물의 한쪽 모퉁이. 너무나 초라했지만 가슴은 벅찼다. 가족들만의 조촐한 개업식으로 시작했다. "시작은 미약하나 나중은 심히 창대하리라."라는 말씀으로 고(故) 이송신 목사님의 축복을 받았다. 지금도 그때의 액자가 사무실 정면에 걸려 있다.

분당에서 용인으로 출근하는 아침 시간, 동쪽 하늘에 떠오르는 태양을 보면 언제나 심장이 뜨거워졌다. 황혼이 깃드는 퇴근 시간, 서산에 지는 석양은 언제나 하루의 노고를 위로하며 가족에게로 돌아가는 나의 등을 두드려 주었다.

새로운 인생, 세상은 싱그러웠고, 하얀 종이 위에 그려가는 삶은 아름다운 꿈의 전시장이었다. 새로운 도전은 시작되었다. 하나의 꿈이 이뤄지고, 꿈 너머 또 새로운 꿈을 가졌다.

용인은 나에게 기회의 땅, 축복의 땅이 되었다. 2001년 중앙고속도로가 개통되었을 때, 나는 너무나 반가웠다. 용인에서 고향 가는 길이 더욱 가까워졌다. 마치 나의 고향 가는 길, 엄마에게 가는 길을 만들어준 것 마냥 좋아했다. 문경새재를 넘어 3시간 이상 소요되던 시간이 고속도로 죽령 터널을 지나면 2시간으로 충분했다.

용인에서 점심식사 후 시골집으로 가서 엄마와 저녁 식사를 하고, "엄마 갈게!" 하고 다시 돌아오는 행운을 누렸다. 꿈만 같았다.

2002년 청산에 하얀 이층집을 지을 때는 일주일에 네 번을 다녀오기도 했다. 고향으로 오가는 고속도로를 다니며 안동에서 용인 사이의 경치가 좋은 열 군데를 선정해 보기도 했다. 이는 축복이었다. 엄마와 함께 할 수 있도록 해준 '길의 혁명', '속도의 혁명'이었다.

안동, 용인, 분당을 오가며 세무사로 지낸 20여 년이 지난 지금, 힘들고 가슴 아픈 날들은 가고 이제는 평범한 일상으로 주어진 현실에 자족하고 감사하면서 날마다 새로운 길로 나아간다.

세네카는 "목표라는 항구를 모르는 사람에게 순풍은 불지 않는다."고 말한다. 누구에게나 삶이라는 여정을 가면서 목표도, 계획도 없이 방황하던 때가 있다. 목표를 향한 욕망의 의지를 불태울 때 미래의 삶은 달라진다. 강한 자기 욕망이 동기부여가 되어 보다 나은 내일을 창조한다. 과도하게 탐닉하지만 않는다면 욕망은 삶에 의욕과 활기를 제공하는 원천이 된다. 수행자가 아니라면 욕망의 과도한 억제는 오히려 생기 없는 무미건조한 삶을 초래할 수 있다. 음식에 소금을 집어넣으면 간이 맞아 맛있게 먹을 수 있지만, 소금에 음식을 넣으면 짜서 먹을 수가 없다. 인간의 욕망도 마찬가지다. 삶 속에 욕망을 넣어야지, 욕망 속에 삶을 집어넣으면 안 된다. 삶 속에 가미된 적당한 욕망은 인생의 조미료다. 욕망을 갖되 욕망의 주인이 되어야지 욕망의 노예가 되지 말아야 한다.

나의 성공은 나의 욕망을 만족하는 일이다. 세상에는 나보다 부자인 사람도 많고, 나보다 더 많이 배우고 잘난 사람도 많다. 때문에 내 욕망은 어디까지나 절대적인 만족이지, 상대적인 만족이 아니다. 욕망은 끝이 없다. 희망을 가장한 욕망은 절망으로 간다. 더 많이 가지고 더 많이 공부한 사람들과 비교하면 내가 가진 것은 지극히 미미하다. 그러나 안분지족(安分知足)하고 수분지족(守分知足)하며 살아간다. 분수 밖의 욕심을 버리고 맑고 깨끗한 마음으로 삶이란 길을 간다. 노자는 "지족불욕(知足不辱), 지지불태(知止不殆)."라고 했으니, 족한 줄을 알고 그칠 줄을 알라는 것이다. 나는 어린 시절, 젊은 날의 슬픔을 선명하게 기억한다. 능선에 올라선 지금, 그래서

'이만하면 됐다.'며 자족할 줄 안다.

내 귓가에 지금도 들려온다.

"아빠, 하룻밤만 더 자고 가면 안 돼요?"

11. 사랑과 인내와 감사로!

중국의 춘추시대 노나라에 도척(盜跖)이라는 큰 도둑이 있었다. 도척에게는 성(聖), 지(智), 용(勇), 의(義), 인(仁)이라는 도(道)가 있었다. 사람의 간도 회로 썰어서 먹었다는 악명 높은 도척에게도 지향하는 도둑의 덕목이 있는데, 이 험한 세상 살아가며 자신을 이끄는 계율 하나 없다면 어찌할까. 바다를 항해하는 뱃사람에게는 등대가 필요하고, 인생의 길에는 꿈과 희망이 필요하다. 나아가 뚜렷한 가치관과 신념이 있어야 한다. 개인에게는 좌우명이, 집에는 가훈이, 회사에는 사훈이 필요하다. 그래서 우리 집 가훈은 '사랑과 인내와 감사로'이고, 나의 좌우명이자 사훈은 '일신우일신'이다.

2010년 마라도에서 강원도 고성 통일전망대까지 국토종주를 할 때 진부령 용소계곡 민박집에서 아침 식사 후 길을 나서려는데 할아버지가 차 한잔하고 가라며 집 안으로 들어오라 하신다. 들어서자 거실 한 모퉁이에 '꿈을 가진다. 나를 사랑한다. 소신껏 일한다.' 라는 가훈(家訓)이 걸려 있다. 가훈이라니? 노부부의 집에서 발견한 가훈이 신비로웠다. '꿈을 가진다.'는 할아버지의 꿈은 무엇일까? '나를 사랑한다.'에서는 이기(利己)가 아닌 애기(愛己)의 품격이, '소신껏 일한다.'는 가훈에서 할아버지의 자존감이 느껴졌다.

우리 집 가훈인 '사랑과 인내와 감사로'는 큰아들 진혁이가 분당에서 초등학교에 입학할 무렵인 1995년에 정했다. '항상 사랑하고,

항상 인내하고, 항상 감사하라.'라는 의미였다. 고통과 절망마저 사랑하고, 변장한 축복인 고난과 역경을 인내하고 범사에 감사하라는 것이니, 사랑과 인내와 감사, 이는 행복한 인생을 살아가는데 필요한 '만능열쇠'라 생각했다. 이는 아이들보다는 먼저 자신이 그렇게 살고 싶다는, 살겠다는, 그런 가정을 꾸미겠다는 각오와 결심이었다.

탈무드에는 세상에 강한 것이 12가지 있다고 한다. '돌이 강하고, 돌을 깨는 쇠가 강하고, 쇠를 녹이는 불이 강하고, 불을 끄는 물이 강하고, 물을 흡수하는 구름이 강하고, 구름을 날리는 바람이 강하고, 아무리 거세게 불어도 존재 자체를 날릴 수 없는 인간이 강하고, 인간을 두렵게 만드는 공포가 강하고, 공포를 제거해 주는 술이 강하고, 술을 깨도록 해주는 잠이 강하고, 영원히 잠을 자는 죽음이 강하고, 죽음보다 강한 것이 사랑.'이라고 했다.

사랑이란 무엇인가? 사랑은 '사람'의 'ㅁ'이 살아가면서 세파에 깎여 'ㅇ'으로 변한 것이다. 칼릴 지브란은 "사랑은 금관을 씌우기도 하지만 십자가에 못 박기도 한다."라고 말한다. 또 "사랑은 여린 가지를 어루만지기도 하지만, 대지에 박힌 뿌리를 뒤흔들기도 한다."라고도 말한다.

어느 날, 강들이 모여 서로 자기의 업적을 자랑했다. 먼저 나일강이 긴 목을 빼고 거만하게 말했다.

"나는 매일 4천 마일 이상을 여행하지. 나보다 더 긴 강은 없을걸?"

그러자 다뉴브강이 입을 삐죽였다.

"나는 매일 무거운 짐을 나르고 있지. 내 품에 안긴 저 많은 배를 보렴."

옆에서 조용히 듣고 있던 갠지스강이 점잖게 타일렀다.

"이 어리석은 친구들아. 사람들이 몸을 씻기 위해 거룩한 나에게 몰려들고 있어. 사람들의 죄를 씻어주는 내가 최고의 강 아닌가?"

세 강의 다툼을 지켜보던 작은 개울이 말했다.

"나는 자랑할 것이 없네요. 다만 저는 비가 오면 그 물을 저장했다가 논밭으로 흘려보내요. 그러면 논밭에 곡식과 과일이 열려 사람들이 양식으로 삼지요. 저는 단지 물을 흘려보내는 작은 개울이랍니다."

사랑은 작은 개울과 같다. 사랑은 결코 자랑하지 않는다. 예수는

"네 이웃을 네 몸과 같이 사랑하라."라고 가르친다. 네 몸을 사랑하듯 네 이웃을 사랑하라는 말이니, 이는 애기(愛己)보다 애타(愛他)를 먼저 하라는 말이 아니다. 애기애타(愛己愛他), 먼저 자신을 사랑하고, 가족을 사랑하고, 이웃을 사랑하고, 나아가 원수를 사랑하고, 생명이 있는 모든 것을 사랑하고, 존재하는 모든 것을 사랑하고, 자신의 슬픈 운명마저 사랑하라는 의미다.

내가 나를 사랑하지 않는데 과연 누가 나를 사랑할 것이며, 내가 내 가족을 사랑하지 않는데 누가 내 가족을 사랑할 것인가. 먼저 내 마음에 평화가 있어야 남에게 나누어 줄 수 있으니, 애타보다 애기를 우선해야 한다. 그리고 더욱 커다란 것으로 사랑할 수 있도록 사랑의 힘을 길러야 한다.

니체는 "인간의 위대성을 나타내는 나의 공식은 운명애이다. 필연적인 것은 감내하고 사랑해야 한다."라고 하면서 운명을 사랑하라고 말한다. 자신에게 주어진 운명을 거부하지 않고 스스로 극복해 나갈 때, 운명과 맞설 힘을 얻는다. 피할 수 없는 운명이라면 그저 체념하거나 순응할 것이 아니라 감사하면서 받아들이고 맞서야만 행복을 만들 수 있다.

나는 새해 설날이면 아이들에게 세뱃돈을 주기 전에 옛사람들이 세뱃돈이 아닌 일자훈, 혹은 삼자훈을 주었듯이 삼자훈(三字訓)을 먼저 준다. 그중 자주 얘기하는 삼자훈은 행중신(幸中辛)과 인중도(忍中刀)이다. 행복과 고생은 백지 한 장 차이, 한 글자 차이라고. 고생할 신(辛) 위에 한 일(一) 자 한 글자를 붙여서 행복할 행(幸) 자가 된다. 행복(幸)에는 고생(辛)이 들어있다. 때문에 행중신(幸中辛)이다.

행복은 쓰라린 고통을 품고 있다. 참을 인(忍) 자에는 칼 도(刀) 자가 들어있다. 칼을 쓰고 싶은 마음마저 들 때 참는 것이 진정으로 참는 것이니, 참고 인내하라는 의미다.

이태백(701~762)은 젊은 날 훌륭한 스승을 만나 산중에서 공부를 하다가 싫증을 느껴 스승에게 아무 말도 하지 않고 산에서 내려와 버렸다. 터덜터덜 냇가에 이르렀을 때, 바위에 도끼를 열심히 갈고 있는 할머니를 보고 의아해서 물었다.

"할머니, 지금 뭐하세요?"

"바늘을 만들기 위해 도끼를 갈고 있는 중이라네."

"그렇게 큰 도끼를 갈아서 어느 세월에 만들겠어요?"

"인내하면서 중도에 포기하지 않으면 반드시 만들 수 있을 거야."

깨달은 바가 있어서 이태백은 다시 산으로 올라갔다. 검술을 익히며 협객의 꿈을 키웠던 이태백은 25세 이후 그의 발자취가 닿지 않은 곳이 없을 정도로 중국 각지를 유랑하며 한평생을 하늘에서 귀양 온 신선으로 보냈다. 이태백의 방랑은 단순한 방랑이 아니라 정신의 자유를 찾아가는 대붕(大鵬)의 비상(飛上)이었다.

거듭나기 위해 가을 나무는 잎을 떨어뜨리고 여름 매미는 허물을 벗어 던지듯이, 묵은 때를 벗기고 신선한 호흡을 위해 정체성과 방향성, 참다운 가치를 찾아가야 한다. "아무리 짧은 산책길이라도 불굴의 모험정신으로 나서라.", "익숙한 길을 거부하고 끊임없이 새로운 풍경으로 나아가라."라는 헨리 데이비드 소로우의 말처럼 푸른 바다에 배를 띄워 낯선 항해를 시작한 나그네는 길 위에서 길을 찾는다.

젊은 날의 시련은 인생의 강한 뿌리이다. 나무의 줄기는 하늘 높이 밝은 곳으로 올라가려 하지만, 그 뿌리는 점점 강하게 땅속 아래로, 어두운 쪽으로 향한다. 하늘은 나무줄기의 길이고 땅은 나무뿌리의 길이다.

자연은 나무와 풀잎이 하늘을 향하도록 펼쳐 놓았지만, 인간은 발아래를 바라본다. 고개 들어 하늘을 바라보아야 한다. 인간은 수목과도 같다. 인간은 똑바로 판자를 만들 수 없을 만큼 옹이가 많은 나무로 만들어졌다. 나무의 옹이는 고난의 증표이듯 고난 속에 인생의 기쁨이 있으니, 고난은 변장한 축복이다. 고난이 심할수록 가슴이 뛰어야 하고, 필요한 일을 견디어 나아갈 뿐 아니라 그 고난을 사랑해야 한다. 위대한 인간은 역경을 극복할 줄 아는 동시에 그 역경을 경력으로 만들어 사랑할 줄 아는 사람이다. 인생에 있어서 모든 고난이 자취를 감추었던 때를 상상해 보면 참으로 을씨년스럽기 짝이 없다. 풍파는 언제나 전진하는 자의 벗이다. 풍파 없는 항해라… 얼마나 단조로운가! 거친 파도는 유능한 선장을 만든다. 인내는 쓰지만 그 열매는 달다. 눈물로 씨를 뿌리는 자, 기쁨으로 단을 거둔다. 와신상담, 고진감래다. 인간만이 이 세상에서 깊이 고뇌하기에 인간은 웃음을 발명하지 않을 수 없었다. 가장 불행하고 가장 우울한 동물이 그래서 가장 쾌활한 동물이 되었다.

인간은 인간사의 리듬에 맞춰 살아간다. 그렇기에 건강한 삶의 리듬을 욕망해야지, 그냥저냥 살아서는 안 된다. 비가 없이는 무지개를 볼 수 없다. 고난과 역경까지 즐기며, 감사하며 살아야 한다.

헬렌 켈러는 "내가 사흘 동안만 볼 수 있다면 얼마나 좋을까."라면서 "내가 사흘간 볼 수 있다면 첫날에는 나를 가르쳐준 선생님을 찾아가 그분의 얼굴을 보겠습니다. 그리고 산으로 가서 아름다운 꽃과 풀과 빛나는 노을을 보고 싶습니다. 둘째 날에는 새벽에 일찍 일어나 먼동이 트는 모습을 보고 싶습니다. 저녁에는 영롱하게 빛나는 하늘의 별을 보겠습니다. 셋째 날에는 아침 일찍 큰길로 나아가 부지런히 출근하는 사람들의 활기찬 모습을 보고 싶습니다. 점심때는 아름다운 영화를 보고, 저녁에는 화려한 네온사인과 쇼윈도의 상품을 구경하고, 저녁에 집에 돌아와 사흘간 눈을 뜨게 해주신 하느님께 감사의 기도를 드리고 싶습니다."라고 말했다.

헬렌 켈러는 우리가 감사할 것이 얼마나 많은지를 깨우쳐준다. 감사할 수 있다는 것은 마음의 평화가 있다는 것, 감사하는 마음만큼 따스한 마음은 없다. 헬렌 켈러의 소망은 지극히 평범하고 소박한 것으로, 누구나 매일 누리고 사는 것이다. 그래서 내가 받은 축복, 즐거움의 요소가 얼마나 많은가를 돌아보게 한다.

사람의 품격은 감사가 만든다. 감사는 마음의 화장이다. 행복은 감사에 비례한다. 행복해서 감사하는 것이 아니라 감사해서 행복한 것. 감사는 행복의 다른 이름이다. 감사의 마력은 상당하다. 성숙한 리더들은 역경이나 불운에 부딪혀도 오히려 감사한다는 공통점을 가지고 있다. 감사할 줄 아는 사람이 반드시 성공(행복)하는 것은 아니지만, 감사할 줄 모르는 사람은 결코 성공(행복)할 수 없다. 당연한 일은 줄고, 감사할 일이 많아진다면 반드시 성공할 것이다. 감사의 감(感)에는 입 구(口)가, 사(謝)에는 말씀 언(言)이 들어있다.

'감사하다'는 말을 입으로 자꾸 말해야 한다. 세종대왕의 리더십은 '칭찬 경영'이었으니, 칭찬 밑에는 항상 감사가 깔려 있었다.

인생은 장미의 화원도 아니고 전쟁터도 아니다. 인생에서 사색해야 할 가장 중요한 일은 "어떻게 살 것인가."라고 소크라테스는 말한다. 누구나 행복을 추구한다. 행복은 환경의 결과가 아닌 마음의 상태이다. 행복한 성격은 억대 연봉보다 인생을 더욱 풍족하게 한다. 버려지거나 낭비되는 축복, 그 축복을 깨달을 수만 있다면 얼마나 더 행복해할 수 있을까! 고마움을 아는 것은 행복의 첩경이다. 매일 같이 습관처럼 "감사합니다!"를 외친다면 불행해질 수가 없다.

태양의, 바람의, 나무의… 자연의 존재의 고마움을 느끼면서 걸으면 철든 인간이다. 행복은 감사의 문으로 들어와서 불평의 문으로 나간다. 오늘의 고난과 역경도 감사의 씨앗이다.

마르쿠스 아우렐리우스 황제는 "머지않아 너는 어느 곳에도 존재하지 않게 될 것이다. 네가 지금 보고 있는 것 중에는 그 어느 것도, 지금 살아 있는 사람 중에 그 누구도 그렇게 되지 않는 존재는 없다."라고 말한다. 살아있는 자들의 숙명, 살아있다는 사실에 감사하며 환호해야 한다. 시인이 〈존재의 이유〉를 노래한다.

> 누가 울리기 전에는
> 종은 종이 아니다.
> 누가 부르기 전에는
> 노래는 노래가 아니다.

누가 운항하기 전에는
배는 배가 아니다.
누군가 그리워하기 전에는
사랑은 사랑이 아니다.

종은 울리기 위해
노래는 부르기 위해
배는 항해하기 위해
사람은
사랑하고 인내하고 감사하기 위해
이 세상에
존재하고 존재한다.

내일은 없다. 날이 새면 내일 또한 오늘이다. 오늘을 사랑해야 한다. 오늘 사랑하고, 오늘 인내하고, 오늘 감사해야 한다. 그것이 인간의 존재 이유이다. 신기루 같은 내일이 아닌 바로 오늘 사랑하고 인내하고 감사해야 한다. 오늘은 살아온 날 중 가장 나이 먹은 날이다. 오늘은 남은 내 인생의 첫날이다. 오늘은 남은 내 인생에서 가장 젊은 날이다. 남은 내 인생의 첫날, 오늘도 젊음의 뜨거운 심장으로 감사하면서 춤을 추며 신선한 호흡으로 살아간다.

'사랑과 인내와 감사로'를 등대로 삼아 인생이란 뱃길을 달려간다.

12. 아름다운 대한민국

1997년 12월, 세무사 개업 준비로 한창 바쁠 무렵 부산에 있는 고려신학대학교 의대 교목인 황수섭 목사님에게서 전화가 왔다.

"동생, 아들 쌍둥이를 입양하고 싶은데 어떻게 생각해?"

갑작스런 물음에 나는 당황했다.

"형님, 예쁜 딸인 아름이, 다운이나 잘 키우시지 갑자기 무슨 입양입니까? 저는 반대입니다."

우선 반대부터 했다. 황 목사님은 항상 천진난만 스타일로 밝고 환한 모습이었으나, 경제적으로는 아주 궁색했다. 그런 현실적인 생각이 먼저 스쳐 갔다.

그 몇 해 전 경기도 광주의 광림수도원에서 300여 명의 목사 세미나가 있었다. 당시 개척교회를 창립했던 황 목사님을 따라 나는 무자격자인 평신도로서는 유일하게 은밀히 참석했다.

늦은 밤 철야기도 시간, 목사들이 참회하고 간증하는 시간을 가졌다. 그날 밤, 황 목사님은 울었다. 아주 많이 흐느껴 울었다. 그래서 곁에 있는 나도 울었다. 평소 신 앞에만 서면 울보인 나도 실컷 울었다. 다음 날 궁금했다. 황 목사님의 눈물은 무슨 이유 때문이었을까. 그 이전에도 그 이후에도 볼 수 없었던 황 목사님의 눈물이었다. 그래서 물었다. 왜 그렇게 많이 울었냐고. 황 목사님은 미소 지으며 말했다.

"경제적인 자유를 얻고 싶다. 하나님께서 다 예비하시고 채워주심을 믿지만, 인간적인 마음으로는 몹시 힘들다. 그러나 어젯밤 기도를 통해서 응답을 받았고, 이제는 마음의 자유를 얻었다."

황 목사님의 아픔이 내게 전해져오며 내 가슴에 전율이 흘렀다. 황 목사님에게도 '돈'이 문제였던 것이다. 가난! 그것은 내 엄마의 한이었고, '가난에서의 탈출'은 가난으로 인해 인생의 진로가 바뀐 나의 한풀이였다. 그날 나는 황 목사님에게서 나와 같은 아픔을 느꼈다.

2017년 7월, 스페인 산티아고 순례를 마치고 산티아고대성당에서 미사를 볼 때였다. 길에서 만나 대화를 나누며 친근해진 두 수녀와 함께였다. 발 디딜 틈도 없이 수많은 인파로 가득한 가운데 미사가 엄숙하게 진행되었다. 주임 사제의 강론 시간, 알아들을 수 없는 스페인 말, 하지만 순례자들을 향한 격려와 축복의 말씀이라 짐작한다. 가톨릭 미사를 드린 적이 없었던 나는 수녀들이 하는 대로 앉았다가 일어섰다가를 따라 하며, 함께 무릎 꿇고 기도했다. 순간, 젊은 수녀가 한없이 흐느꼈다. 뭘까, 왜일까 하는 생각이 들었다. 그때, 태양이 내리쬐는 카미노의 한낮의 뜨거움보다도 더 뜨거운 무엇인가가 울컥하며 내 마음에 일어나고, 카미노에서 흘렸던 땀과 눈물이 온몸에 일어났다. 내 눈에서도 눈물이 흘러내렸다. 수녀의 흐느낌에서 잊을 수가 없는 엄마의 눈물, 내 자신이 그날 흘린 눈물, 황수섭 목사님의 눈물이 오버랩 되며 눈물이 솟구쳤다. 수녀는 왜 울었을까. 수녀의 눈물, 알 수가 없었다. 오직 신만이 아시리라. 시인이 〈눈물〉을 노래한다.

십자가는 높은 곳에 있고
2020년에 '2' 자 형상으로
그 앞에 무릎 꿇은
간절한 영혼이

흐르는 눈물을
뚝뚝
떨어뜨리며
슬프게 기도한다.

얼마나 무거운
눈물이기에
얼굴도 들지 못하고
울고 있다.

바닥 모를 슬픔이
온몸을 허물고
허리도 펴지 못한 채
엎드려 울고 있다.

눈물이 있어 다행이다.
영혼을 세척하는
눈물마저 없었다면
그 사연들 어찌 다 했을까.

황수섭 목사님은 경북 안동에서 태어나 안동고등학교를 졸업하고 부산 고려신학대학교와 동 대학원을 졸업했다. 평소 운동을 좋아하고 음악을 좋아하는 부드러운 남자, 개구쟁이같이 장난을 좋아하는 목사이자 자상한 아버지이며 남편이었다. "어릴 때의 꿈이 목사였고, 지금도 목사이고, 앞으로도 목사."라며 늘 목사임을 자랑했던 예수의 제자다.

황 목사님의 동생 황완섭은 안동고등학교 일학년 때부터 가장 친하게 지낸 내 친구였다. 고등학생으로 안동 시내에서 자취생활을 하던 집이 서당골에 있는 완섭이의 집 옆이라 우리는 매일 자전거를 타고 함께 학교를 오갔고, 때로는 완섭이네 골방에서 함께 공부를 했고, 교회에서 신앙생활을 함께 했다. 수영을 못 하는 완섭이를 시골 냇가로 데려가서 가르쳐 주기도 했다. 그런 완섭이의 꿈도 제 형을 따라 목사였다.

고등학교 3학년 여름방학을 마치고 첫 월요일에 학교를 갔는데, 친구들이 완섭이가 수영을 하다가 죽었다고 했다. 나는 교무실로 가서 완섭이의 집으로 전화를 했다. 장로님이시자 연로하신 완섭이의 아버지께서 "완섭이는 먼저 하늘나라로 갔다."라고 담담하게 말씀하셨다. 훗날 완섭이의 아버지와 어머니가 소천하셨을 때, 나는 완섭이 대신 상복을 입고 상주로서 장례에 참여했다.

나는 학교 건물 뒤편에서 혼자 울고 또 울었다. 그때 가까이 지내던 친구 희진이가 찾아와서 완섭이의 시신을 찾았다고 전해주었다.

우리는 함께 안동고등학교 인근의 선어대라는 곳으로 갔다. 완섭이는 강가에 누워서 하얀 천에 가려져 있었다. 친구의 주검 앞에서 나는 하염없이 울었다. 수영을 가르쳐 준 것을 한없이 자책했다.

전날 오후, 안동 시내의 남문교회에 다니는 완섭이는 교회 친구들과 함께 나의 자취방으로 찾아와 수영하러 가자고 했다고 자취방 주인아주머니가 전해 주었다. 그때 나는 시골 교회의 학생회 회장이었고, 교회에 가느라 자취방에 없었다. 평소 완섭이를 잘 아는 주인아주머니는 "네가 없기를 다행이었다. 함께 수영했으면 완섭이 구한다고 너도 빠져 죽었을 것이니까."라고 말씀하셨다.

완섭이의 시신을 학교 인근의 야산에 묻고 비석을 세우고 우리는 이별했다. 대구에서 공무원 생활을 하다가 안동에 가면 가끔씩 찾아갔다. 하지만 어느 날, '이제는 완섭이를 보내야겠다.'고 생각하고 마지막으로 찾아가서 인사를 나누었다. 그게 42년 전의 이야기다.

친구의 죽음은 내게 큰 충격이었고, 나로 하여금 친구를 대신해 신학교에 가도록 수련회에서 간증하게 했다. 방향의 전환이자 방황의 시작이었다. 경제적이고 현실적인 벽이 가로막고 있었고, 결국 모든 꿈은 사라졌다. 길 잃은 외톨이가 되어 어두운 산길을 헤매며 울부짖었다. 완섭이 대신 신학교에 가겠다고 서원했던 것은 내 인생의 진로를 바꾸었다. 그리고 40년이 지난 2018년 2월, 신학대학교 대학원 목회학과를 졸업하면서 마침내 이루어냈다.

폭설이 내린 12월의 어느 날, 황 목사님은 서울의 북악 스카이웨이 인근에 있는 수녀원에 아이들을 보러 간다며 분당으로 와서 우리 집에서 함께 잤고 다음 날 나와 함께 갔다. 그리고 결국 두 아이를 입양했다. 목사님이 입양을 했으니 내게도 조카가 둘이나 생겼다. 축하해주고 함께 기뻐했다. 아이들 이름은 '대한', '민국'이었다. '아름'이와 '다운'이의 동생 '대한'이와 '민국'이를 입양해서 황수섭 목사님은 '아름다운 대한민국'의 아버지, 국부(國父)가 되었다.

얼마 후 아내와 함께 조카들을 보기 위해 부산으로 갔다. 나는 쌍둥이 아이들을 보면서 "축복받은 대한민국."이라고 말했다. 훌륭한 부모님을 만났기 때문이다.

황 목사님은 쌍둥이 아들을 데려올 때 수녀원에 지불해야 할 돈이 없어서 외상으로 데려왔다. 아들이 쌍둥이라 데려가는 사람이 없어서 입양이 어려웠는데, 그것으로도 모자라 입양을 하는데 돈을 주고 아이들을 데려온다는 사실이 개탄스러웠다. 그 사실을 알게 된 나와 아내는 돌아오는 기차에서 의논했다.

1998년 2월, 대한민국에서는 IMF 한파를 극복하기 위해 금 모으기 운동이 한창이었다. 나 자신과 아내의 결혼반지, 두 아이의 돌반지 등을 내놓았다. 금을 판 돈을 쌍둥이 아이들 입양 외상값(?)에 보태기로 했다. 황 목사님께 전화했다.

"형님, 아이들 정말 잘 데려왔습니다. 그놈들도 복이 많고 형님, 형수님, 정말 존경스럽습니다. 그래서 나라 경제 살리기 금모으기

캠페인에 참여한 금값이 곧 입금될 것 같은데, 그 돈은 대한, 민국이의 입양을 위해 쓰겠습니다. 대한민국을 위해서 내놓은 금, 대한민국의 입양을 위해 쓰겠습니다."

"우와! 그거 말 되네. 고맙다!"

1999년 가정의 달인 5월 초, KBS 방송국의 PD로부터 전화가 왔다.

"부산의 황수섭 목사님 쌍둥이 아들 공개 입양한 사실, 아시지요?"

"그런데요, 어쩐 일이십니까?

"황 목사님에게 방송 출연을 요청하면서 입양에 가장 반대한 사람이 누구냐고 하니까 김 선생님 얘기를 하셨습니다. 이후에는 가장 적극적인 후원자로 바뀌셨다고요?"

"예. 쑥스럽지만 그렇습니다."

"그럼 가정의 달을 맞이하여 KBS에서 입양 문제를 주제로 해서 두 시간 동안 생방송을 하는데 출연해주셨으면 합니다. 있었던 일을 그대로만 말씀하시면 됩니다."

나는 그렇게 해서 '대한민국 입양'의 가장 나쁜 사람에서 가장 좋은 사람이 된, 극과 극을 달리는 인물로 방송에 출연했다. 이후 황 목사님은 《우리는 3대3 가족》이라는 책을 출간했는데, 딸 둘 있는 부부가 아들 쌍둥이를 입양하면서 '남녀 3대3'이 되어 감동적인 삶을 사는 이야기다. 주인공은 안동 양반이자 목사인 황수섭, 착하고 고운 부산 출신의 여인 김인혜와 그 일당들, 아름이, 다운이, 대한

이, 민국이니 곧 '아름다운 대한민국'이다. 그리고 부부는 국부(國父)와 국모(國母)가 되었다.

황 목사님은 당시 공개 입양에 대한 전문가로서 서울과 부산을 오가며 매스컴, 교회, 대학 등에서 활발한 강연 활동을 하였다.

2007년 7월, 내가 초대회장으로 창립한 용인 카네기 총동문회 조찬 세미나에 황 목사님을 초청 연사로 모셔 '아름다운 인생'이란 제목으로 특강을 개최했다. 전부 아름다운 시간이었다. 황 목사님은 대한민국 공개 입양 문화의 선도자로 공적을 인정받아 국무총리 표창, 보건복지부 장관상 등 많은 상을 받았다.

"내가 이런 상을 받는 데는 주위 분들의 도움이 큰데, 특히 너한테 고맙다."라며 자랑 겸 소감을 이야기하는 황 목사님은 진정한 봉사자의 삶을 살고 있는 이 시대의 영원한 천진난만 목사였다.

세월이 흘러 대한이와 민국이는 아버지가 다닌 고신대학교를 다니고 군 복무도 마친 어엿한 성인이 되었다. 좋은 부모 만나서 착하고 의젓하게 커가는 모습을 보면 아이들이 축복을 받았다는 사실이 실감이 난다.

황 목사님은 지금 고신 의대 정년퇴직을 하고 수십 년간 주말마다 봉사를 하러 가던 가덕도 소양무지개동산의 교회에서 담임목사를 하고 있다. 황 목사님의 고아들을 향한 끝없는 애정에 감동을 받은 나는 2010년 6월 소양무지개동산의 도서관 리모델링 사업을 할 수 있도록 7천만 원의 성금을 보내어 고아들을 위한 도서관을 개관했다. 지형식 원장님은 도서관 이름에 내 고향 뒷산의 청산이자 나의 호(號)인 청산(青山)을 붙여 '청산홀'이라 명명해 주었다.

아름다운 대한민국의 아버지 황수섭, 비록 피는 나누지 않았지만 나는 그를 좋아하고 존경한다. 교회를 떠나 살아가는 나를 위해 언제나 기도해 주고 권면해 주었던 그 날들을 나는 기억한다. 영원히 순수한 천진난만한 목사, 목사이면서 목사 같지 않은 영혼을 지닌 이 시대의 진정한 목사, 그는 진정 훌륭한 '아름다운 대한민국'의 아버지다.

13. 갈매기의 꿈

바닷가에서 눈보라를 헤치며 한 무리의 갈매기가 날아간다. 조나단 리빙스턴과 그의 제자들이다. 조나단이 새로 온 갈매기에게 꿈을 심어준다.

"너는 여기에서 지금 네 자신일 수 있는, 진정한 자신이 될 수 있는 자유가 있어. 그리고 그것을 가로막는 어떤 것도 없어. 그것이 바로 위대한 갈매기의 법칙이요, 실재하는 법칙인 거야."

"……."

"앞으로 너는 자유롭다 이 말이야!"

제자가 되기 위해 찾아온 상처 입은 영혼의 갈매기에게 조나단은, "진정한 자신이 될 자유가 있다.", "너는 자유롭다."라는 말로 힘과 용기를 북돋우며 생각을 바꿔준다. 자신이 자유롭게 날 수 있고, 자유롭게 사랑할 수 있음을 깨닫고 믿게 된 갈매기는 기쁨에 충만하다. 얽매임의 사슬을 끊어버리고 자유로운 삶을 찾아 나아가는 희망에 가득 차서 출렁이는 바다 위를 날아간다.

어느 날 조나단은 사랑하는 제자 플레처에게 "자유에 닫게 하는 법만이 진정한 법이야. 그 밖의 법은 없는 거야."라고 외치며 먼 길을 떠나는 이별을 고한다. 조나단은 체험 없는 영혼은 새로운 삶을 이루어낼 수 없음을 보여주고, 빛과 향기를 내뿜고 몸이 투명해지면서 공중으로 솟아 가물가물해진다. 조나단이 플레처에게 마지막으로 말을 한다.

"플레처, 너는 너의 눈이 너에게 말하는 것을 믿으면 안 돼. 너의 눈이 보여주는 모든 것은 한계일 뿐이야. 너의 마음이 깨닫도록 하고, 이미 깨달았던 바를 발견해야 해. 그러면 너는 나는 법을 알게 될 거야."

육체의 눈으로 보는 한계를 뛰어넘어 마음의 눈으로 본질의 세계를 바라볼 때 영원한 사랑도, 삶도, 행복도 느낄 수 있음을 가르쳐준 조나단은 하늘 멀리 사라져 갔다.

사람은 책을 쓰고, 한 권의 책은 사람의 운명을 바꾼다. 한 권의 책은 한 사람의 인생을 변화시킬 수 있다. 나는 리처드 바크의 《갈매기의 꿈》이라는 책을 아주 좋아한다. 성경 다음으로 가장 많이 읽은 책이다. 2000년 말에는 《갈매기의 꿈》 300권을 새해 연하장 대신 지인들에게 선물했다. 이 글을 마무리하는 즈음인 2020년 1월 3일에는 일직초등학교 졸업식에 참석하여 총동문회장으로서 축사를 하면서 졸업생 15명에게 《갈매기의 꿈》을 한 권씩 증정했다. 갈매기 조나단의 꿈이 나의 꿈이 되었듯이, 나의 꿈이 어린 후배들의 꿈이 되기를 바라는 마음에서였다.

《갈매기의 꿈》은 자기 자신과의 싸움을 통해 영웅이 되는 여정을 그대로 좇아가는 한 갈매기를 통해 나를 찾아서 떠나고, 나의 한계를 알고 싶어서 도전하게 한다. 먹고 사는 그 자체가 아닌, 좀 더 멋있게 날고, 좀 더 높이, 좀 더 빠르게, 좀 더 자유롭게 나는 것이 주인공 조나단 리빙스턴의 생각이었다. 이 책은 철학과 신념, 그리고 실패 속에서도 스스로에 대한 믿음을 가진 존재(being)로서 생을 누릴 수 있는 즐거움을 준다.

갈매기 조나단은 "우리가 지금 세상에서 아무것도 배우지 못한다면 다음 세상에서도 마찬가지다. 우리는 우리가 원하는 어느 곳이든 갈 자유가 있으며, 있고자 하는 곳에 있을 자유가 있다."라고 말한다. 하찮은 먹이를 얻기 위해 끝없이 고기잡이배와 해변 사이를 단조롭게 오가는 대신, 삶의 이유를 갖게 된 것이다.

"높이 나는 새가 멀리 본다!"라고 외치는 조나단은 쓰레기 더미에서 먹을 것을 뒤지고 서로 싸우는 보통 갈매기와는 달리 '보다 멀리, 보다 높이, 보다 빨리, 보다 자유롭게 날기'를 꿈꾸었다. 인간의 삶도 작고 하찮은 욕심을 포기하면 세상이 한눈에 들어온다. 재물 때문에, 명예와 권력 때문에 창공을 보지 못하고 근심걱정 속에 사는 사람이 얼마나 많은가. 죽은 자의 육신은 벌레에게 먹히고, 산 자의 영혼은 '근심'이라는 벌레에게 먹힌다.

나의 몫은 무엇인가. 나의 재능은 무엇인가. 하고 싶은 일을 하고, 자신을 존중하면서 살아야 한다. 최후의 순간 "너는 너의 삶을 살았느냐?"라는 무서운 질문 앞에서 "예!"라고 답할 수 있어야 한다.

고등학교를 졸업하고 시골에서 부잣집 아이들의 가정교사를 하며 지내던 시절, 나는 청산에 올라 리처드 바크의 《갈매기의 꿈》을 읽으며 꿈과 희망을 가졌다. 방황하고 번민하던 그 시절, 조나단을 만난 것은 내 인생의 행운이었다. 청산의 절벽에 앉아 하늘의 구름을 바라보고 흐르는 강물과 벌판, 저 멀리 산과 마을을 바라보면서 도대체 인생이란 무엇일까, 나는 어떻게 살아야 할까를 생각했다.

나는 청산을 걸으며 울었다. 청산에 엎드려 볼을 비비며 흐느꼈고 하늘을 향해 절규했다. 세상을 향해 고함을 쳤다. 그리고 인간은 '한 마리 새', '날개를 빼앗긴 한 마리의 가녀린 새'라고 생각했다.

신은 인간을 한 마리의 연약한 새로 창조해서 절벽 밑 물가에 버려놓고, "절벽 끝 정상으로 걸어서 올라가라. 그것이 너의 삶이다."라고 명령한다고 생각했다.

새들은 절벽을 기어오른다. 날개가 없어 넘어지고 깨지면서. 더러는 떨어져 상처 입고, 더러는 목숨을 잃는다. 더러는 힘들게 올라가지 않고 명령을 거역하며 아예 밑에서 살고, 더러는 삶을 포기하고 바위에서 뛰어내려 스스로 목숨을 끊기도 한다. 하지만 피와 땀과 눈물을 흘리며 정상까지 올라가는 새가 있으니, 그 새가 바로 초인(超人)이고, 갈매기 조나단 리빙스턴이라 생각했다. 그리고 나는 반드시 조나단처럼, 니체의 초인(超人)처럼 정상까지 올라가 우뚝 서리라 다짐했다.

갈매기 조나단은 무리에서 추방을 당해 외로웠지만 꿈이 있었다. '높이 나는 새가 멀리 본다.'는 꿈이었다. 그래서 좀 더 높이, 좀 더 빨리, 좀 더 멋있게 비행하고자 하는 불굴의 의지로 처절하게 몸부림치며 날았다. 그리고 마침내 조나단은 '초인'이 되어 새로운 하늘, 새로운 땅을 볼 수 있었고, 그 하늘을 자유롭게 날 수 있었다.

나는 지금도 바닷가에서 갈매기를 만나면 언제나 조나단을 생각한다. 바닷가를 걸으면 갈매기들이 엉덩이를 바다 쪽으로 깔고, 바지를 내리고, 바위에 서서 똥을 싸 놓은 모습을 볼 수 있다. 똥 누는 소리가 파도에 실려 출렁인다. 볼일을 다 본 갈매기들은 자기 색깔을 닮은 하얀 똥을 흐뭇하게 바라본다. 바위에 얼룩진 하얀 똥에서 허연 김이 퍼지는 장면을 바라보다가 끼룩끼룩 바다 위를 날아간다. 갈매기가 갈매기의 길을 날아간다. 나는 갈매기들이 하늘을 날며 그리는 형상을 바라본다. 갈매기들의 움직임을 눈으로 좇아간다. 갈매기의 비행에서 갈매기의 눈으로 의미를 찾는다. 갑자기 갈매기가 급상승했다가 급강하한다. 바로 그 순간, 하늘에 환상이 스쳐 간다. 바다는 언제나 넓은 수평선에 환상을 채우는 법. 자신이 갈매기가 되어 힘차게 비상한다. 높이, 아주 높이 날아간다. 창공에, 푸른 바다에 아름다운 자국을 남기며 까마득히 멀리 사라져간다.

갈매기 조나단은 "생각처럼 빨리 날기 위해서는, 그곳이 어디든, 그대는 자신이 이미 그곳에 도착해 있음을 아는 것으로부터 시작하지 않으면 안 된다."라고 말한다. 그래서 꿈 너머 꿈을 바라보며, 이미 그곳에 도착해 즐거움을 맛보고 있는 자신을 발견한다.

인간은 일반적으로 자신이 생각하는 대로 된다. 오랫동안 꿈을 그리는 사람은 그 꿈을 닮아간다. 그래서 꿈이 있어야 한다. 모든 것은 꿈에서 시작되고, 꿈 없이 가능한 일은 없다. 자신의 가치는 자신이 품고 있는 꿈에 의해 결정된다. 우선 무엇이 되고자 하는가를 자신에게 말해야 한다. 위대한 꿈이 위대한 사람을 만든다. 인생의 설계는 자신이 소망하는 미래의 모습을 미리 그려보는 것. 멋진 미래의 모습을 상상하고 그 꿈이 이루어졌다고 생각하면 그 자체로 생활의 활력이 되고 힘이 솟는다. 멋있는 미래의 자신이 오늘의 자신을 보고 있다고 생각하면 힘들고 어려워도 저절로 힘이 솟는다. 이는 최고로 강력한 자기암시다.

새는 하늘을 날고 사람은 길을 걸어간다. 하지만 새들의 천국 뉴질랜드에는 날지 못하는 새가 많다. 천적이 없기 때문이다. 그곳은 들고양이가 최상위 포식자이다. 뉴질랜드의 국조(國鳥)인 키위새도

날지 못해 멸종 위기에 처했고, 결국 국가의 보호를 받고 있다. 날지 못하는 새는 더 이상 새가 아니다. 누구나 무지에서 벗어날 수 있다. 자신이 탁월하고 지성적이며, 뛰어난 존재임을 발견할 수 있다. 누구든지 자유로워질 수 있다. 하지만 꿈이 없으면 아무것도 이룰 수 없다. 그럭저럭 살아갈 뿐이다.

매일 밤 추위에 떨면서 '날이 새면 집을 지어야지.' 결심만 하고 행하지 않았던 히말라야의 설산조(雪山鳥), 중국의 한호조(寒号鳥)는 이미 전설의 새가 되어버렸다.

인간은 누구나 행복을 꿈꾼다. 타인에게도 중요하지만, 자신에게 꿈과 희망을 팔아야 한다. 젊은 날 내 꿈은 '가난에서 탈출하는 것, 대학 공부를 마치는 것, 행복한 가정을 만드는 것'이었다. 나는 젊은 날의 그 꿈을 이루었다. 그리고 일신우일신, 또 다른 꿈 너머 꿈을 이루며 살아가고 있다. 꿈이 없으면 늙은이요, 꿈이 있는 한 영원한 젊은이다.

"이제는 젊었을 때 그렇게 나를 괴롭혔던 고독을 즐긴다."라는 아인슈타인처럼, 나는 마음속 행복 지도를 따라 고독한 길을 걸어왔다. 어디에서 왔는가, 어디로 가야 하는가를 알기 위해 떠나는 자기 성찰의 길을 걸었다. 걸음마다 변화하는 새로운 세계를 구경하면서 길 위에 쏟아지는 힘과 사랑의 빛을 맛보았다. 잊었던 기억을 되살리고, 지극히 평범하고 작은 것에 감동하며, 살아 있음에 감사했다. 새로운 꿈을 향해 끝없이 도전하는 조나단 리빙스턴, 《갈매기의 꿈》은 '나의 꿈'으로 이어졌고, 우리는 40년간 우정을 나누었다. 친구 조나단에게 감사를 전한다.

리처드 바크의 《갈매기의 꿈》, 갈매기 조나단의 꿈이 다가온다. 사랑에 빠지면 세상이 달리 보이고, 만물이 다른 의미로 다가온다. 《갈매기의 꿈》이란 한 권의 책이 한 인간에게 '높이 나는 새가 멀리 본다!'며 40년 넘게 영향을 미치고 있으니, 참으로 지독한 갈매기 사랑이다. 산티아고 가는 길, 스페인 묵시아의 해변에서 순례자가 〈갈매기〉를 노래한다.

여름날의 바닷가
깊어가는 밤
보석 같은 새벽 별빛
폭우처럼 쏟아진다.

여명이 밝아오고
아침노을 물들면
수평선 저 끝에
붉은 해가 돋는다.

저승과 이승을 오가는
전령사 조나단
둥그런 구멍 사이로
날아올라

가슴 가득
꿈을 안고

불그레한

바다를 건너온다.

나는 힘들고 우울할 때면 조나단이 들어갔던 새로운 하늘, 새로운 땅을 떠올리면서 언제나 위로를 받고 새 힘을 얻었다. 조나단의 새로운 세계를 향한 열정은 언제나 내게 더 나은 꿈을 꾸게 했고, 어지러운 현실을 멋있고 힘차게 뚫고 나오도록 했다. 외롭고 힘들었던 그 시절, 그때 조나단을 만난 것은 내 인생의 큰 행운이었다.

"조나단, 고맙다. 너를 잊지 않으마. 너를 통해 마음의 눈이 밝아졌고, 불굴의 의지로 살아올 수 있었던 지난 세월이 있었다. 이제 영원한 하늘을 바라보며 무한한 자유를 누리며 살아갈 수 있도록 희망하네. 내가 세상에 태어나 너를 만날 수 있었던 것은 최고의 행운이었다. 고마워!"

14. 모교 사랑

나는 안동시 일직면에 소재하는 일직초등학교 49회 졸업생으로, 2019년인 올해로 학교를 졸업한 지 47년이 지났고, 10월 3일 개천절 총동문 체육대회 때 정기총회에서 총동문회장으로 선출되었다. 일직초등학교는 2021년이면 대망의 개교 100주년을 맞이하기에 '100주년 기념행사'라는 역사적인 과업이 내 앞에 기다리고 있다.

일직초등학교 교보인 《일직의 메아리》 제16호(2004년 5월 10일)에는 나의 이야기가 실려 있다. 당시 강성걸 교장 선생님의 〈모교 사랑〉이란 제목의 글이다.

얼마 전 여러분들은 경기도 용인시에 단체로 다녀온 일이 있습니다. 우리 지방에서는 보기 어려운 대규모 행사의 마라톤 경기에도 참여해보고, 한국민속촌 관람을 통해 우리 문화에 대한 이해를 높이는 소중한 경험을 해보는 기회를 가지게 된 것은, 그 지방에서 크게 성공한 일직초등학교 졸업생 선배 한 분이 여러분과 부모님

을 초청해 주었기 때문입니다. 그분은 객지에서 온갖 어려움을 이기고 오랜 시간 꾸준히 노력하여 여러 사람이 부러워하는 지위를 얻게 되었고, 그 지역을 위해서 여러 가지 좋은 일을 많이 한다고 합니다. 비록 먼 객지에서 생활하지만 고향을 생각하고 모교를 사랑하는 마음에서 얼굴도 모르는 후배인 여러분을 위해 큰 도움을 준 것입니다.

사람이 살아가면서 평생 동안 잊지 못하는 것이 몇 가지 있습니다. 자기를 낳아주고 길러주신 부모님과 고향, 여러분이 살아가는데 필요한 여러 가지를 일깨워주는 모교와 어릴 적 친구들은 평생 동안 가슴 속에 지니고 살아가는 소중한 것들입니다. 우리가 앞으로 살다 보면 고향을 떠나 객지에서 살아갈 수도 있겠으나, 언제나 잊지 못하는 것은 부모님과 고향이 될 것입니다. 설이나 추석 같은 명절이 되면 천만 명이 넘는 사람이 많은 시간 동안 고생을 하면서도 고향을 찾아와서 잠시나마 부모님과 어릴 적 친구들을 만나고 가는 것이 그 좋은 본보기가 될 것입니다.

고향을 생각하는 마음과 떼어놓을 수 없는 것이 모교, 그중에서도 특히 초등학교에 대한 추억과 사랑일 것입니다. 우리의 소중한 어린 시절을 보냈고, 집에서 가족들의 보살핌만 받고 살다가 처음으로 친구들을 사귀고 사회생활을 익혔으며, 선생님으로부터 살아가는데 필요한 여러 가지를 배운 소중한 곳이기 때문입니다.

(…중략…)

우리 초등학교는 80년이 넘는 긴 역사와 7,000명이 넘는 졸업생을 지닌 훌륭한 학교입니다. 여러분의 선배님 중에는 선배님의 훌륭한 가르침과 모교에 대한 사랑을 가슴에 안고 성실히 노력하여 지역사회와 나라를 위해 바르고 큰일을 하는 분들이 너무도 많이 계십니다.

(…중략…)

여러분도 전통 깊고 훌륭한 일직초등학교를 모교로 가지게 된 것을 자랑스럽게 생각하고, 사랑하는 마음을 가지고 일직초등학교 학생으로서 부끄럽지 않은 행동을 해주시기 바랍니다. 한 걸음 더 나아가서 슬기롭게 배우고 성실히 노력하여 우리의 자랑스러운 모교 일직초등학교의 명예를 드높이는 후배들이 많이 나오길 기대합니다.

당시 교보에는 5학년 김미리 학생이 쓴 동시 〈나현이〉가 실려 있다. 나현이는 내 아우의 딸이니, 예쁜 나의 조카딸이다.

내 친구 나현이는
순수하고 밝은 마음을
마음속에 심고 다녀요.

처음에는 공부도 잘하고 인기도 있어
나현이가 미웠지만
지금은
그 생각이 틀리다는 것을 알았어요.

누구나 도와주고 놀아주는 나현이,
처음 생각을 나는 깊이 반성했어요.

나현이가 우리와 잘 놀아주니
우리 반에는 왕따가 없어요.

나도 나현이처럼 맑고 명랑한
아이가 되고 싶어요.

그리고 〈일직의 메아리〉 제17호(2004년 7월 12일)에 나에 관한 글이 또 실렸다.

제목은 〈자랑스러운 선배의 모교 사랑〉이었다.

일직초등학교 제49회 졸업생인 용인신문사 김명돌(사진, 45세) 회장이 모교와 후배들을 위하여 여러 가지 선행을 베풀고 있어 주위의 칭송이 자자하다. 현재 경기도 용인시에서 용인신문사 회장으로 활동하고 있는 그는 세무사로도 활동하고 있으며, 형편이 어려운 서민들의 세무 상담 활동을 도맡아 해주고 있어 지역사회의 신망이 두텁다고 한다.

김 회장은 금년 5월 2일 용인신문사에서 주최한 '용인관광마라톤대회'에 일직초등학교 재학생 및 지역사회 인사 80여 명을 자비로 초청하여 고향 주민과 후배들의 문화생활에 대한 안목을 넓혀주었고, 이들의 한국민속촌 관람 경비 일체도 부담하여 우리 전통문화에 대한 이해를 높이는 소중한 경험을 가질 수 있도록 배려해

주었다. 그의 모교 사랑은 이에 그치지 않고 모교인 일직초등학교에 새로 도서관이 개설된다는 소식을 접하고 학생 1인당 도서 1권에 해당하는 148권(120만 원 상당)을 기증하여 후배들의 독서 생활 지도에 큰 도움을 주었다. 이러한 김 회장의 따뜻한 고향 사랑의 마음은 후배와 지역민들에게 모교와 고향에 대한 긍지와 자부심을 높여 주었을 뿐만 아니라 더불어 살아가는 인성교육의 중요한 밑거름이 된다는 점에서 그 의의가 아주 크다고 하겠다.

그리고 나는 초등학교 3, 4, 5, 6학년 후배들로부터 수십 통의 감사 편지를 받았다. 15년이 흐른 이 글을 쓰는 지금도 그때 받은 편지를 읽으면 미소를 금할 수가 없다.

나는 ○○라고 해요. 버스비도 내주시고 마라톤도 하게 해주어

서 감사해요. 밥이랑 간식을 사주시는데 은혜를 갚고 싶어요. 김명돌 사장님 때문에 민속촌에 가서 구경도 하고 놀이기구도 태워주셔서 친구들과 신나게 재미있게 놀았어요. 김명돌 사장님, 다음에 또 만났으면 좋겠어요. 이만 안녕히 계세요.

2004년 5월 8일 3학년 ○○올림

안녕하세요? 김명돌 사장님. 우리를 마라톤에 초대하여 주셔서 감사합니다. 우리는 사장님께 해준 것이 없어서 우리는 이렇게 사장님에게 편지를 씁니다. 사장님! 사장님도 우리 학교 졸업생이죠? 나도 이 학교에서 졸업할 거예요. 우리 때문에 돈을 많이 쓰셨죠? 한국민속촌도 가게 해 주셨고 마라톤이랑 점심도, 또 우리가 타고 가고 하는 차, 아주 돈이 많이 들었네요. 우리도 나중에 무엇을 해드릴게요. 사실 용인은 재미없을 거라 생각했는데.... 너무 재미있었어요. 우리는 해드릴 것이 없는데 죄송합니다. 해드릴 것이 없어서....

2004년 5월 7일 4학년 이○○ 올림

회장님 안녕하세요? 저는 김○○라고 합니다. 이렇게 저희 학교에 책을 보내주셔서 감사합니다. 그것도 150권이나 보내주셔서 다시 한번 감사하다고 인사드립니다. 또 용인 마라톤도 저희 일직초등학교를 초대해 주셨지요? 그 덕분에 우리 촌 아이들이 처음으로 서울 구경을 해보네요. 놀이기구 자유이용권도 주셔서 저희는 재미있게 보내고 왔습니다. 회장님께서 저희 일직초등학교를 졸업하셨다는 것은 알고 있지만, 그래도 저희 일직초등학교를 도와주셔서 저희 일직초등학교는 더욱 발전하는 것 같아요. 그럼 이만 줄이겠습니다.

2004년 6월 24일 회장님을 존경하는 5학년 김○○ 드림

안녕하십니까? 저는 일직초등학교에 다니는 김○○라고 합니다. 선생님의 말씀을 들으니 회장님께서 우리 학교에 150권 정도의 도서를 기증하셨다고 들었습니다. 회장님, 저희 이제부터 책을 더욱 더 열심히 읽도록 노력을 하겠습니다. 도서실 청소도 열심히 하고, 책을 읽고 나서는 제자리에 꽂아놓고 회장님께서 보내주신 책도 열심히 읽겠습니다. 아이들의 말씀을 들어보니 회장님께서는 5학년 김나현이의 큰 아빠라고 하더군요. 앞으로는 나현이에게 그전보다 더 잘해주어야겠다는 생각이 들어요. 회장님! 전에 마라톤대회도 보내주시고, 한국민속촌에도 놀러 가게 해 주시고, 거기에다가 도서도 기증해주시다니 정말 감사해요. 아! 회장님이 아니라 이제부터는 선배님이라고 불러야겠네요. 저희 6학년도 곧 있으면 졸업을 하니까요. 선배님, 정말 감사해요. 저희 학교에 좋은 일들 해주시고.... 다시 한번 더 감사하다고 올립니다. 그리고 항상 건강하세요. 그럼 이만 줄입니다.

2004년 6월 22일 화요일 김○○ 올림

그리고 당시 5학년이었던 사랑하는 나의 조카딸 나현이의 편지다.

안녕하세요? 큰아빠, 저 조카 나현이예요. 큰아빠! 저요, 용인 마라톤대회에 갔을 때 큰아빠께서 마이크 잡으시고 인사하실 때

저 정말 큰아빠가 자랑스러웠어요. 그리고 5㎞나 뛰게 해 주신 것도 감사합니다. 저는 5㎞ 뛰면서 하나도 힘들지 않았어요. 왜냐하면 큰아빠에 대한 뿌듯함 때문이라고나 할까요? 또 한국민속촌에 가서 우리들이 즐거움을 가득 누릴 수 있게 큰아빠께서 자유이용권을 해주신 것도 감사합니다. 저는 그때 놀이기구를 타면서 저도 큰아빠처럼 훌륭한 사람이 되어야겠다고 생각했어요. 한국민속촌을 나오면서 다음에도 이런 기회가 있었으면 하는 아쉬움을 남기고 갔습니다. 그러나 큰아빠께서 서점을 하시는 둘째 큰아빠와 의논하셔서 책 150권을 우리 학교에 기증하셨다니까 정말 좋습니다. 저 그 책 많이 읽어서 우리나라 짊어지고 나갈 자랑스러운 어린이가 되고, 큰아빠처럼 남에게 베풀 수 있는 마음으로 늘 살아가겠습니다.

2004년 6월 23일 수요일

큰아빠를 자랑스럽게 생각하는 나현 올림

이제 나는 2019년 10월 3일 총회에서 일직초등학교 총동창회장에 선출되었으니 그야말로 가문의 영광이다. 총동창회장으로서, 아버지가 졸업하셨고 우리 5형제가 졸업하였고, 조카 나현이와 진철이가 졸업한 일직초등학교의 다가오는 2021년 100주년 행사를 준비해야 한다.

백 년의 발자취를 돌아보고 미래로 나아가는 막중한 과업을 하는 그 시간은 재미있고 의미 있는 시간이 될 것이라는 생각에 가슴이 설렌다. 47년 전 졸업한 코흘리개가 세월이 흘러 환갑을 맞이하는 나이에 '나의 사랑, 일직초등학교'의 아름다운 추억을 마신다.

15. 青山으로 가는 길 (1)

걷기 여행은 미지의 길을 가는 춤이요, 멜로디요, 온몸으로 쓰는 글이다. 아름다운 해방이요, 경이로운 견문이요, 추억의 시간이요, 동경의 실현이다. 시공의 만남과 이별을 통해서 화원을 아름답게 가꾸는 인연의 산실이다. 걷기 여행을 즐길 줄 아는 것은 축복이다. 물속에 있는 물고기는 자신의 모습을 볼 수 없다. 흐르는 물은 거울이 되지 못하지만, 멈춰 있는 물에는 모든 사물이 비춘다.

2007년 새해 벽두에 나는 색다른 계획에 도전했다. 생업의 터전이 있는 용인의 세무법인 청산(青山, 현 광교세무법인)을 출발하여 안동 시골집까지 가는 도보여행을 떠나기로 한 것이다. 총거리 261㎞, 9일간의 여정이었다. 걸어서 청산으로 가는 것은 분명 멋있는 일이었다. 보름 전쯤 결심을 하고 나니 가슴이 설레고 시작하는 날이 기다려졌다. 인터넷으로 도보여행 준비물을 검색하며 정보를 수집했다. 도보여행 경험을 소재로 한 유명한 서적도 있었으나 읽지 않기로 했다. 감정의 차용이 아닌 자신만의 느낌을 갖고 싶어서였다.

출발 전날, 잠을 이루지 못했다. 배낭에 챙겨두었던 법정 스님의 잠언집 《살아있는 것은 다 행복하라》를 꺼내 읽었다. 여러 번 읽어 보았지만 늘 감상이 새로웠다. 서문을 다시 읽어 내려가던 중 뜨겁게 가슴에 와닿는 글이 있었다. 인간의 소원을 들어준다는 보름달이 떠오르기를 기다리던 스님, 보름달이 앞산 봉우리에 떠오르자 합장하고 마음속 기도를 올리던 스님, 스님의 기도는 '살아있는 것은 다 행복하라.'였다. 순간, 이번 여행을 통해 '스쳐 가는 모든 인연의 행복을 기원하자.'는 거창한 생각을 했다.

제1일 탈출(脫出)

출발 당일인 1월 2일 오전, 밤새 잠 못 이루고 연말 과로 탓인지 갑자기 감기 몸살이 찾아왔다. 서둘러 병원에 들러 주사를 맞고 약을 준비했다. 의사는 다음 기회로 미룰 것을 권했지만, 귀에 들어오지 않았다. 상공회의소에서 주최하는 신년하례회에 참석하고는 옷을 갈아입고 배낭을 짊어졌다.

세무법인 청산(靑山) 사무실에서 12시 50분, 시무식 겸 출정식을 하고 염려스러운 듯 쳐다보는 직원들을 뒤로하고 '靑山으로 가는 길'의 첫걸음을 내딛었다. 천 리 길도 집 앞에서 한 걸음부터라고 하듯 한 걸음을 시작했다. 바람은 차가웠지만 온몸과 마음에는 흥분의 열기가 흘렀다. 이천을 향해 힘차게 걸어갔다. 빨리 용인을 벗어나고 싶었다. 가능하면 자동차가 덜 다니는 옛 국도를 따라 걸었다. 쉬지 않고 걸었다. 서산의 해가 넘어가고 어둠이 재빠르게 자리를 차지했다. 가로등 너머 이천시가지의 불빛이 보였다. 첫날이 어둠 속으로 지나갔다.

사람들이 동굴 깊숙이 갇혀 있다. 그들은 느릿느릿 주위를 서성거리며 벽 저편의 그림자를 쳐다보고 있었으며, 이들에게는 이 음침한 동굴을 벗어나려는 그 어떤 기미도 없었다. 이들에게 누군가 "현재의 속박에서 벗어나야 한다."라고 재촉했지만, 모두가 냉담했다. 이들은 현실 세계에서 무척이나 만족하는 것처럼 보였다. 그때 한 사내가 혼자서 이곳을 탈출하려 한다. 어둠 속에서 미끄러지고 넘어지면서 거의 직각에 가까운 바위 표면도 기어 올라간다. 멍들고, 피 흘리고, 무릎이 까지면서, 드디어 그는 동굴에서 빠져나와 진짜 세상의 빛 속으로 합류한다. 눈 부신 세계를 발견한 그는 다시 동굴로 돌아간다. 동굴 속 사람들에게 새로운 세상을 알리기 위해서다. 하지만 동굴 속 사람들은 그의 이야기에 냉담하다.

플라톤의 〈공화국〉에 실려 있는 내용이다. 동굴은 안락지대를 의미한다. 동굴에서의 탈출은 안락지대에서의 탈출을 의미한다. 안락지대는 독과 양분이 공존하는 마음의 감옥이다. 변화의 불편지대를 거치지 않고는 그 어떤 것도 나아질 수 없다. 고통 없이는 아무것도 얻을 수 없다. 'no pain no gain'이다. 고통에는 뜻이 있다. 생명(生命)은 '생(生)은 명령(命令)'이란 말이다. 삶은 선택이 아니라 사명이다. 안락지대에서의 탈출, 그것은 살아있다는 존재의 의미를 부여한다.

나의 좌우명은 일신우일신이다. 50년 가까이, 지금까지 자신을 가두었던 모든 안락지대에서 탈출하여 靑山으로 가는 길에 버리고 또 버리는 동굴에서의 탈출의 길을 간다.

제2일 회상(回想)

1월 3일, 자고 나니 감기몸살은 몸에서 도망을 쳤다. 가벼운 발걸음으로 길을 나섰다. 하이닉스를 지나면 대월면 사동리다. 큰길에서 500m 정도 떨어진 옛 아파트를 찾아간다. 15~6년 전인 90년, 91년에 시내의 이천 세무서에 근무하면서 1년간 살았던 논 가운데 있는 농촌아파트다. 둘째 진세가 태어났고, 큰아들을 데리고 걸어 다녔던 시골길의 추억이 스쳐 간다. 감회가 새로웠다. 아파트 논바닥을 거닐며 잠시 그 시절을 회상하다가 길을 재촉한다. 장호원을 지나고 경기도와 충청도의 경계인 다리를 건너 감곡면에 도착했다.

충청도에 들어섰다. 이제는 정말 먼 길을 가고 있다는 실감이 났다. 온천으로 유명한 아우 상식이의 고향 마을 앙성 온천에서 여장을 풀고 추위에 얼은 몸을 녹였다.

사람들은 살면서 세 권의 책을 쓴다. 이미 적은 과거의 책, 지금 쓰고 있는 현재의 책, 그리고 아직 쓰지 않은 미래의 책이다. 과거의 책을 보면서 걸었다. 어린 시절의 추억에서부터 웃고 울며 살아온 회상의 그림자가 주마등처럼 스쳐 갔다.

제3일 참회(慙悔)

1월 4일, 충주의 조정지댐과 탄금대를 지나서 충주역에 이르는 길이다. 한적한 시골 마을을 지날 때 평소 가까이 지내는 용인 YMCA 이사장님의 전화가 왔다. 걱정이 되어서 어제도 그제도 전화하셨다. 오늘은 걸으면서 자기반성을 하면 어떻겠냐고 웃으면서 말씀하셨다. '그래, 오늘은 반성하고 참회하는 날로 하자.'고 생각하면서 잘못된 지난날을 돌아보았다. '용서와 자비를 구하자면 참회부터 해야지.'라며 알고 지은 죄, 모르고 지은 죄를 참회하는 마음으로 한 걸음 한 걸음 걸었다. 어두운 저녁 시간 충주역 대합실, 오고가는 사람들과 오고가는 열차의 몸짓을 바라보았다. 셋째 날 밤은 충주역 플랫폼의 어둠과 불빛 속으로 빠르게 깊어갔다.

제4일 자비(慈悲)

1월 5일, 충주역에서 수안보를 지나 문경새재를 넘어서 조령관문 아래 주차장까지 가는 여정이었다. 나그네를 불쌍히 여기는 수안보 '옛날집' 아주머니의 따뜻한 정을 느끼며 두부찌개에 소주를 한 병 곁들여 민생고를 해결했다. 조령고개를 지나며 이화여대 수련원에 이르자 어둠이 밀려왔다. 택시를 불러 타고 수안보 콘도에서 여장을 풀었다. 살아있는 모든 것뿐만이 아니라 신의 뜻으로 존재하는 모든 만물에게 신의 자비와 은총을 구했다.

제5일 동행(同行)

1월 6일, 대한(大寒)이가 소한(小寒)이 집에 놀러 왔다가 얼어 죽는다는 소한이다. 문경새재의 조령관문을 넘어 문경 KBS 세트장까지 가는 길. 일정이 가장 짧은 날이다. 10시가 지나자 눈이 내리기 시작하는데, 말 그대로 폭설이다. 온 산은 이내 하얗게 변해버렸다. 조령 3관문(조령관) 주막집에서 음악이 흘러나왔다. 10여 년 전 비

오는 날 고향으로 가다가 혼자 들러서 김영동의 '바람의 소리'에 심취해 그 후 가끔 여기를 찾았다. 직접 만든 동동주가 맛있다고 자랑하는 주막집 아저씨와 주거니 받거니 하다 보니 두 통이나 마셨다. 길을 나서니 눈은 금세 푹푹 쌓이고 바람은 대단했다. 설국(雪國)의 황제가 되어 아름다운 세상을 걸으면서 나 자신과 동행했다. 내가 나에게 말했다.

"우와! 너, 정말 멋있다!"

제6일 정진(精進)

1월 7일, 하늘은 구름 한 점 없이 푸르고 길은 꽁꽁 얼어 붙어버렸다. 이제 '경상도 말을 처음 듣는' 문경(聞慶)에 들어왔으니 경상도 길. 오늘은 점촌까지 가는 여정이다. 새재 할매집에서 해장국으로 아침 식사를 하고, 할머니가 윤보선 전 대통령, 욘사마 배용준과 찍은 사진을 보고 영남 선비와 사진 찍기를 청해 할머니와 사진을 찍었다. 청운각(靑雲閣)에 들러 존경하는 고(故) 박정희 대통령에게 참배하고 길을 나섰다. '하면 된다!'라고 하셨으니, 정진하고 정진하리라 다짐하고 또 다짐했다. 상주에 있는 두 친구가 소식을 듣고 달려왔다. 점촌을 벗어나면 여행 원칙 위반이라 했건만, 결국 납치 당해 상주의 '복터진 집'에 마주 앉았다. 그날 밤 복(福) 터진 집에서 복요리에 복(覆)분자를 곁들여 복(福) 받으면서 복(腹) 터지게 먹고 마시고 요절복통, 포복절도했다.

제7일 염원(念願)

1월 8일, 추위는 여전히 맹위를 떨쳤다. 예천까지 가는 날, 벌써 가슴이 설렌다. 점촌 장날이라 장꾼들의 준비가 한창이다. 장터에서 자란 어린 시절을 회상하며 걷다가 해장국으로 아침 식사를 먹고 나오는데, 호떡집이 보였다. 호떡! 먹을 것이 별로 없던 중3 시절, 공부하는 아들에게 엄마가 해주시는 야식이 호떡이었다. 나도 동생도 호떡을 너무나 좋아했다. 동생은 호떡이 먹고 싶으면 "형이 호떡을 먹고 싶어 한다."라며 엄마에게 호떡을 구워달라고 했다. 호떡을 두 개나 먹고 나니 배가 불렀다.

예천에 도착하자 안동에서 소식을 들은 친구 신철, 용군, 기동이 셋이 먼저 와서 기다리고 있었다. 고마웠다. 새해를 시작하며 떠난 여행길, 일보, 일보 진일보할 때마다 마음의 소원이 이루어지기를 빌었다. 특히 안동의 각기 다른 병원에 입원해 계시는 어머니와 아버지의 쾌유를 염원하는 마음으로 걸었다.

제8일, 귀향(歸鄕)

1월 9일, 드디어 안동에 들어간다는 생각에 새벽에 목욕을 하고 출발했다. 새가 하늘을 날고 물고기가 물속을 헤엄치듯 나그네의 발걸음은 가볍게 움직였다. '靑山으로 가는 길' 삼각 깃발에 가볍게 입맞춤을 했다. 여행 중 깃발은 상징이고, 생명이고, 힘이었다. 볼수록 정겨운 멋진 친구였다. 오후 4시경, 마침내 안동 시내의 용군이 사무실에 도착했다. 미리 예약해 둔 하회마을의 민박집으로 갔다. 어두운 하회마을의 골목길, 강둑길을 걸으니 수많은 별이 빛을 쏟아냈다. 한국에서도 가장 한국적인 마을에서, 용인에서 격려차 찾아온 친구들과 막걸리를 마시고 우정을 마시고 달빛과 별빛을 마시고 고향 내음을 마시며 밤은 서서히 취해갔다.

제9일 靑山으로

1월 10일 마지막 날, 평화로운 아침의 하회마을을 한 바퀴 산책하고 민박집 아주머니가 정성껏 차려준 황태해장국과 간고등어로 식사를 하고 길을 나섰다. 안동고등학교 운영위원장인 신철이가 11시 10분까지 학교에 들렀다가 집으로 가라고 전화를 해서 학교로 향했다. 시간이 촉박했다. 낙동강 강변을 따라 뛰었다. 도보여행에서 뛰다니, 이게 무슨 일이란 말인가. 얼굴에는 땀이 비 오듯 흘러내렸다. 산 밑에 비마(飛馬)의 기상이 넘치는 학교가 눈에 들어왔다. '휴~ 다 왔구나.' 하면서 커브를 돌아 정문을 들어서는 순간, 너무나도 놀라운 광경이 눈앞에 펼쳐졌다. 수많은 학생과 교직원이 꽃다발과 '김명돌 선배님 환영!'이라는 피켓을 들고 기다리고 있었다. 도열한 채 환영하는 후배들 사이를 손을 흔들고 악수를 하며 걸어올라가는 그 순간의 느낌. 그것은 정말 꿈이고 환상이었다. 정녕 잊지 못할 아름답고, 멋지고, 감동적인 순간이었다.

1977년 봄, 3학년이 되어 교장실에서 장학금을 받았다. 2005년 가을, 두 번째 찾은 교장실에서 28년 전에 받은 장학금에 복리이자(?)를 계산하여 장학금을 전달했다. 3학년 전용 '靑山 학습실'이 만들어졌고, 내 마음은 더할 수 없는 기쁨을 누렸다. 세 번째 찾은 교장실에서 재학생 600명이 1인당 책 한 권을 받을 수 있는 금액에 해당하는 장학금을 전달하기로 약속하고 다시 길을 나섰다.

남은 길은 시골집까지 15㎞. 영호루에 올라 낙동강과 시내를 둘러보고 한티재를 올라가는데 순간, 하얀 승용차가 앞에 멈추었다. 아우였다. "뒷모습이 형을 닮아서!"라고 말한 아우는 놀라움을 금치 못했다. 아우를 먼저 보내고 한티재를 넘어 무릉의 노인전문 병원으로 들어갔다. 그곳에 어머니가 입원해 계셨다. 의사는 여러 번 보았는데도 내 차림새에 놀라며 처음에는 알아보지 못했다. 어머니의 쾌유를 비는 마음으로 용인에서 9일간 걸어왔노라고 말하며 더 많은 관심을 부탁했다.

어머니의 병실로 올라가고 싶었지만 놀라실까 봐 돌아서 나왔다. 멀리서 병원을 향해 두 손 모아 합장하고 기도했다.

"엄마, 오래오래 사세요!"

어린 시절 다니던 일직초등학교를 지날 때, 서산에 황혼의 붉은 노을이 아름답게 반겼다. 저기 멀리 靑山이 보였다. 靑山의 하얀 집이 다가왔다. 아우와 조카 나현이와 진철이가 나를 반기기 위해 집에서 나오는 모습이 보였다. 환한 미소로 박수를 치면서 나온다. 큰길에서 부둥켜안았다.

드디어 청산에 왔다. 청산에서 청산별곡이 울려 퍼졌다.

> 살어리 살어리랐다. 청산에 살어리랐다.
> 머루랑 다래랑 먹고 청산에 살어리랐다.
> 얄리얄리 얄랑셩 얄리얄리 얄랑셩
> 얄리얄리 얄랑셩 얄리얄리 얄랑셩

청산으로 가는 길은 나그네의 길이며 유목민의 길이다. 고향으로 가는 길이며, 어머니의 품으로 돌아가는 길이다. 16년간 반신불수의 몸으로 살아오신 어머니를 위해 걸어온 길이다.

정자에는 신철이를 비롯한 안동고등학교 친구들이 걸어준 현수막이 바람에 날리고 있었다.

"김명돌, 용인에서 안동까지 260㎞ 도보여행을 완주하다!"

16. 엄마야 靑山 살자!

하느님께서 아기 천사에게 지상으로 내려가라고 명령하자 겁에 질린 아기 천사가 말했다.

"지상에는 도둑도 많고, 차도 많이 다니고, 전쟁도 있다는데, 제가 어떻게 그런 위험한 인간 세상에서 살 수 있겠습니까?"

하느님이 대답하셨다.

"너는 혼자가 아니다. 너에게는 항상 너를 지켜주는 수호천사가 기다리고 있을 것이다."

그런데 벌써 아기 천사는 하늘에서 땅으로 떨어지고 있었다. 아기 천사는 다급하게 소리쳤다.

"하느님, 하느님! 수호천사의 이름을 가르쳐 주셔야 만날 수 있지요!"

하느님은 크게 웃으면서 말씀하셨다.

"수호천사의 이름은 '엄마'라고 한단다."

인간이 만든 가장 위대하고 아름다운 낱말은 '엄마'다. 모든 인간에게 있어 존재의 고향은 엄마다. 엄마의 품에서 사랑을 배우고, 희생을 배우고, 용서를 배우고, 기도를 배운다. 이 험한 세상을 살아갈 때에 가장 영향을 주는 이는 엄마다. 가장 기쁠 때도, 슬플 때도, 가장 아프고 힘들 때도, 전쟁터에서 죽을 때도 부르는 이름이 엄마다. 엄마는 사랑과 희생의 상징이다. 신은 사랑이 무엇인지를 보여주기 위해, 당신이 너무 바쁜 나머지 자신을 대신할 존재로 엄마를 만들었다고 하던가. 갓 태어난 아이의 손가락이 열 개인 것은 엄마의 뱃속에 태아로 있을 때 아이가 한 달 두 달 헤아린 결과이니, 열 손가락을 볼 때마다 엄마의 은혜를 잊어서는 안 된다.

백 명의 스승보다 한 명의 어머니가 낫다고 한다. 링컨은 "나의 존재, 나의 희망, 이 모든 것은 천사와 같은 내 어머니에게서 받은 것이다."라고 말한다. 율곡의 어머니, 퇴계의 어머니, 맹자의 어머니, 에디슨의 어머니, 성 어거스틴의 어머니, 셰익스피어의 어머니, 위인들에게는 모두 위대한 어머니가 있었다. 어머니는 가장 위대한 스승이다. 어머니는 자식의 운명에 결정적인 영향을 끼친다. 어머니는 자식을 쏘아 올리는 활이다. 자식은 어머니가 쏜 화살이 되어 과녁을 향해 날아간다. 눈물로, 마음의 기도로 기른 자식은 망하지 않는다. 셰익스피어는 "약한 자여, 그대 이름은 여자다."라고 했지만 빅토르 위고는 "여자는 약하지만 어머니는 강하다."라고 말했다.

나의 엄마는 16세에 한 살 어린 아버지에게 시집와서 6남 1녀를 낳으셨다. 세 아들과 딸을 먼저 보내고, 2008년에는 아버지를 먼저 보낸 후 83세의 일기로 세상을 떠나셨다. 엄마는 1992년에 쓰러지셔서 2012년에 돌아가셨으니, 20년을 반신불수의 불편한 몸으로 지내셨다.

어릴 적 기억 속의 엄마는 눈물의 화신이었다. 울고 있는 엄마를 껴안으면 엄마의 눈물은 자연스레 나의 눈물이 되었다. 엄마의 한은 나의 한이 되었고, 엄마의 소망은 나의 소망이 되었다. 엄마는 내게 신앙이었고 종교였다. 엄마에게 나는 믿음이었고 희망이었다.

엄마는 내가 하는 모든 일에 신뢰와 기대를 가졌다. 고단한 삶 속에서도 한없는 사랑으로 감싸 안으신 엄마는 내게 있어 열심히 살아야 할 이유였고 힘의 원천이었다.

엄마의 믿음은 꽃을 피우고 열매를 맺었다. 흐르는 세월 속에 엄마의 몸은 비록 상하였지만, 나는 엄마 마음의 한과 눈물을 닦아드렸다. 그리고 어느 날, 엄마는 "이제 공부 그만하고, 잠 좀 많이 자고, 아이들과 재미있게 살아라."라고 말씀하셨다. 엄마의 말씀이 마음속에 와닿았다. 그것은 엄마가 해주신 최고의 칭찬이었다. 엄마는 80세가 넘자 시력도 많이 약해져서 불편해하시며, "옛말이 그른 게 없다고 했는데, 있다. 중풍 들면 삼 일 만에 안 죽으면 석 달 만에 죽고, 석 달 만에 안 죽으면 삼 년 만에 죽는다고 했는데, 내가 너무 오래 살아서 고생시킨다."라고 웃으며 말씀하셨다.

먼 옛날 소크라테스는 "어떻게 살아야 할지를 생각하는 것이 이성을 가진 자에게 주어진 가장 중요한 사명."이라고 역설하며 철학의 방향을 자연 탐구에서 내면 탐구로 180도 전환했다. 나는 '내가 무엇을 해야 하는가. 내가 생사를 걸고 해야 할 신성한 의무가 무엇인가.'를 생각하며 살아왔다. 그것은 엄마를 기쁘게 해드리는 일이었다. 엄마의 한을 풀어드리고 엄마의 눈물을 닦아드리는 일이었다. '엄마라면 어떻게 할까?'라며 엄마의 생각을 기준으로 살아가는 일이었다.

엄마는 나에게 신이었고, 우상이었다. 소중한 내 사랑이었다. 青山으로 가는 길은 사랑하는 엄마에게 가는 길이었다. 엄마를 생각하고, 엄마에게 "니, 참 잘했다!"라는 칭찬을 받으러 가는 길이었다.

2007년 10월의 마지막 날 부른 사모곡이다.

어머니,

깊어가는 가을, 10월의 마지막 날 새벽 시간입니다. 어머니, 감사합니다. 고맙습니다. 어머니는 낳으시고 길러주셨습니다. 어머니는 아낌없이 주는 나무이셨습니다. 어머니는 이 세상에서 가장 위대한 분이셨습니다. 어머니는 제게 있어 열심히 살아야 할 이유였습니다. 어머니는 이 험한 세상을 개척해 가는 힘의 원천이었습니다. 어머니는 추억이고 그리움이었습니다.

어머니, 아직도 선명하게 기억합니다. 대학 진학을 못하고 집에 있었던 스무 살 때, 어머니와 껴안고 수없이 울었던 그때를 말입니다. 그때마다 저는 청산에 올라가 하늘을 보고 부르짖고 절규했습니다. 어떻게 살아야 하는지 앞날이 막막했습니다.

대구시 공무원에 합격했을 때 어머니는 너무너무 좋아하셨습니다. 첫 월급 받고 시골집 부엌에서 어머니에게 전하던 생각이 납니다. 세무공무원으로 안동에 왔을 때도 어머니는 너무 좋아하셨습니다.

1983년 1월 2일 새벽, 군 복무를 마치고 북대구 세무서로 발령받아 이불 보따리를 둘러메고 시골 버스정류장에서 어머니와 헤어지던 그때도 엊그제 같습니다. 저를 보내주시고 "이제 명돌이는 품 안에서 아주 떠나갔구나!" 하시며 집에 가서 그렇게 많이 우셨다고, 아버지가 훗날 놀리셨지요. 저는 어머니의 곁을 떠나 살면서 한시도 어머니를 잊어본 적이 없었습니다. 어머니를 생각하며 수없는 밤을 눈물로 보냈습니다. 둘째 아들 진세가 중학교 때 자기는 결혼하면 자식을 많이 낳겠다고 해서 이유를 물었습니다. 그러자 "그럼 그중에서 아빠 같은 효자가 하나는 있겠지요." 하는 것이었습니다.

그래서 웃었습니다.

어머니!

어머니의 눈물은 내 삶에 있어 힘의 원천이었으며, 좌절하거나 포기하지 말고 열심히 살아야 할 이유였습니다. 어머니는 한풀이를 하고 기쁘게 해드려야 할 궁극의 대상이었습니다. 젊은 날, 지난 세월 어머니가 돌아가시는 상상만 해도 절로 눈물이 쏟아지곤 했습니다. 오랫동안 이 세상에서 함께 살아준 어머니가 고맙습니다. 신은 자신을 대신해서 사랑의 화신으로 어머니를 보내주었다고 하지 않던가요. 언젠가는 헤어져야 할 이 땅의 인연 속에 눈물 많은 어머니는 나를 낳아주고 길러주고 힘과 용기를 북돋아주며 슬픔과 눈물을 가르쳐준, 살아있는 신이었습니다.

비록 몸은 불편하시지만 오래오래 살아 계세요. 어머니는 제가 열심히 살아야 할 이유이기 때문입니다. 어머니는 이 험한 세상을 살아가기 위한 힘의 원천이기 때문입니다.

어린 시절, 어머니가 학교를 다니지 못하여서 글을 모르시는 것이 내심 부끄러웠던 적이 있었습니다. 미안합니다. 하지만 추위에 얼어붙은 얼굴, 거친 손, 볼품 없는 시골 여인이었더라도 제게는 천하제일 미인이셨습니다. 결혼 초, 어머니를 안고 얼굴을 비비고 뽀뽀한다고 아내가 많이 놀렸습니다. 지금도 놀리고 있습니다. 어머니는 제가 하는 모든 것에 대하여 기뻐하고 흐뭇해하셨습니다. 어머니가 그렇게 얘기하실 때면 아내는 웃으며 질투(?)하곤 했답니다.

저는 어머니가 쓰러져 병이 나신 것을 제 탓이라고 여기고 있습니다. 어머니는 제 걱정을 많이 하셨지요. 어머니 가슴에는 바람 잘 날이 없으셨지요. 집안에는 맏아들이 잘 살아야 한다며 부산의 큰아들 염려 많이 하셨지요. 오래전 어느 추운 겨울날 새벽, 어머니는 둘째 아들 걱정하시며 마당에서 정한수 떠놓고 빌기도 하셨지요. 막내 걱정도 참으로 많이 하셨습니다. 그런데 못생긴 나무가 산을 지킨다는 말처럼, 말썽 많은 막내가 지금은 어머니 곁을 지키니 얼마나 좋으십니까. 자식들을 걱정하는 어머니의 마음은 자식들로 하여금 깊은 형제의 정을 갖도록 하셨지요.

어머니와 함께했던 진해군항제, 거제도, 경주 여행은 참으로 행복했습니다. 어머니를 모시고 해외여행을 한 번도 하지 못한 것이 후회스럽고 아쉬운 마음입니다. 용서하세요. 지금은 어머니가 살이 많이 줄어서 업고 다니기도 쉬우니 한 번 알아보도록 하겠습니다.

어머니!

어머니가 계시는 青山의 시골집을 보면 가슴 저 깊은 곳에서부터 제 자신 흐뭇한 마음입니다. 북풍한설 몰아치던 옛집을 허물고 새하얀 2층집을 지어 어머니와 아버지, 막내 가족이 살고 있기 때문입니다. 추위는 어머니 건강에 좋지 않습니다. 시골집에 갈 때면 '어머니 모시고 여기 와서 살아볼까?' 하다가도 그럴 수 없는 현실에 그냥 웃고 맙니다.

집에 놀러 오는 엄마 친구, 할머니들은 "동네에서 가장 가난한 돌네집이 동네에서 가장 부러워하는 돌네집이 되었다. 동네에서 가장 고생 많이 한 여인이 동네에서 가장 부러운 할머니가 되었다."라고 자주 말씀하십니다. 뒷집 아저씨에게 30년 전에 팔았던 밭을 다시 사 드릴 때 기뻐하시는 어머니를 보고 저 또한 너무나 행복했습니다.

어머니!

靑山의 발에 있는 조부모 산소 옆에는 부모님, 그리고 우리 형제가 앞으로 묻힐 무덤 자리가 있지요. 어느 날엔가 어머니가 돌아가시고 저 또한 어머니 곁에 묻혀 그때는 어머니 곁을 지키겠습니다. 靑山에서 백골이 썩어 없어지면 흙이 되어서라도 어머니 곁을 떠나지 않겠습니다. 엄마와 靑山에서 영원히, 영원히 살겠습니다. 어머니와의 이승에서의 만남, 너무나 감사했습니다. 남은 생애 함께 행복하게 살다가 못다 한 정은 다음 생애에 다시 만나 누리도록 하시지요. 어머니, 갑자기 눈물이 흘러내립니다. 큰절 올리며 이제 어머니께 드리는 사모곡을 마치겠습니다.

청산에는 조부모님과 아버지, 아우의 무덤이 있다. 집 가까운 곳에 무덤이 있어서 더 많이 생각나고, 그래서 더 많이 슬퍼할 것이라며 주변에서 만류했지만, 오히려 더욱 처절하게 삶을 사랑하고 살아가는 계기가 된다.

추석이면 무덤가에 앉아 술과 음식을 먹으며 아이들에게 조부모와 아버지와 엄마, 아우의 생전 이야기를 들려준다. 청산에는 내가 묻힐 자리도 예비되어 있다. 아이들에게 "여기가 아버지가 묻힐 자리."라고 말한다. 세월이 흐르면 내가 무덤 속에 있을 것이고, 내 아이들이 자신의 아이들에게 할아버지와 할머니, 나의 이야기를 들려줄 것이다. 살아 숨 쉬는 동안 더욱 사랑하며 살 일이다. 죽은 뒤에는 무슨 소용이 있는가. 돌아가시기 전 해인 2011년, 추석 명절을 보내기 위해 병원에서 나오신 엄마는 청산의 시골집에서 말씀하셨다.

"내 병원에 언제 처음 갔노. 한 2년 넘었지?"

"그래, 엄마. 병원에 왔다 갔다 다니시다가 아예 입원한 지는 한 2년 넘은 것 같다."

"내 오래 살았다. 잘 살았다. 이제 나도 갈 때가 됐다. 니 돈 못 벌었으면 나는 벌써 죽어 저기 묻혔을 텐데."

"엄마는 별말씀을! 엄마는 오래오래 살아야 돼! 엄마가 없으면 내가 어떻게 살아. 엄마는 어디 특별히 아픈 데도 없고, 오래 사실 거야. 항상 즐겁고 기쁘게. 알았지 엄마?"

엄마는 돌아누우며 말씀하셨다.

"그래, 알았다."

영원한 이별을 생각하는 엄마의 마음을 느끼는 순간, 눈물이 맺혔다.

지금, 엄마가 안 계시는 이 세상이 문득 가볍게 느껴진다. 엄마의 육신이 청산의 집 옆에 묻혀 있고 함께 했던 기억이 무성하건만, 굴레를 벗어나 날아오를 것만 같은 자유로움이 스쳐 간다. 하지만 엄마는 여전히 생에 개입하며 길을 인도할 것이고, 아들은 기쁘게 그 길을 걸어, 훗날 저세상에서 다시 만나는 날 기쁨으로 포옹하며 칭찬받을 것이다.

그리운 엄마, 엄마가 보고 싶다. 내 삶에 있어 신앙이고 종교였던 내 엄마는 결국 세상을 떠나셨다. 영원히 살아계실 것 같았던 내 엄마도 결국 다른 엄마처럼 한 줌 흙으로 돌아가셨다. 엄마의 심부름을 열심히 했지만, 아직도 해야 할 심부름이 남아있다. 심부름을 마치고 돌아가는 날 다시 만나서 "엄마 심부름 잘 하고 왔습니다!"라고 하면서 어리광을 부리며 자랑할 장면을 떠올리며 미소 짓는다.

청산으로 가는 길은 진정한 내 마음의 순례의 길, 엄마에게 가는 길이었다. 청산으로 가는 길에서, 청산에서 살았던 추억을 음미하고 세상에서 살았던 세월을 회상했다. 청산에 도착한 나는 '청산별곡'을 불렀다. 그리고 이제 다시 나는 '엄마야 청산 살자'를 노래한다.

엄마야 형제야 청산 살자
산에는 꽃 피고 새가 울고
그 옛날 추억들이 살아서 날리는
엄마야 형제야 청산 살자

엄마야 형제야 청산 살자
소나무와 진달래가 어우러지고
한과 눈물이 기쁨이 되는
엄마야 형제야 청산 살자

17. 靑山으로 가는 길 (2)

2007년 12월 27일, 용인에서 세무사를 시작한 지 10주년이 되는 날, 나는 10주년 행사와 연초의 도보여행기 《청산으로 가는 길》 출판기념회를 열었다. 안동의 하회탈춤공연단과 세계적인 장승 명인 김종흥 님을 초청하여 용인 시민들에게 안동 문화를 소개했다. 당시 시장님과 많은 분이 공연을 관람했다. 추억에 남는 뜻 있는 행사였다.

그리고 12월 31일 오후, 용인에서 출발하는 버스를 타고 안동에 도착했다. 큰아들 진혁이, 아들의 친구 충일이, 친구의 아들인 중학생 기웅이가 동행했다. 안동에서 용인으로 다시 걸어가는 '靑山으로 가는 길' 제2탄을 걸어가기 위해서였다. 안동터미널에서 기다리는 아우의 승용차를 타고 아이들과 안동댐에서 헛제삿밥을 먹고 월영교를 걷다가 청산의 집으로 들어갔다.

2008년 1월 1일, 안동을 출발해서 용인으로 걸어가는 8일간의 도보여행을 시작했다. 세상이 청산이요, 발길 닫는 처처가 청산이라, 생업의 터전인 용인 또한 마음의 청산이기에 이번 도보여행 또한 '靑山으로 가는 길'이었다.

새해 첫날 이른 새벽, 어느새 깨어 계시는 아버지와 엄마에게 새해 인사를 드리고 청산 끝에 있는 마당바위를 향해 어둠 속에서 길을 나섰다. 청산 하늘의 별빛이 유난히도 반짝였다.

청산의 능선을 따라 걸어가면 산의 양쪽 아래에는 강이 흐른다. 청산의 남쪽에서 흘러 동쪽의 산 끝을 돌아 서쪽으로, 그리고 북쪽으로 수태극을 그리며 하회처럼 돌아 흘러 낙동강으로 합류한다. 남쪽은 깎아지른 절벽이고 북쪽 면은 소나무들이 사시사철 푸르다. 그래서 靑山이다. 청산의 끝자락에는 커다란 과수원이 있었다. 과수원집은 고등학교를 졸업하고 1년간 가정교사로 일하며 초등학생 형제를 가르쳤던 부잣집이었다. 매일같이 청산을 걸어 아이들을 만나러 갔다. 두 아이는 무척이나 나를 따랐다. 가끔씩은 아이들이 "집에 가지 말고 자고 가라."라며 떼를 써서, 나를 가운데 두고 함께 잠을 잤다. 그때 청산을 걸으며 열두 개의 자살고개를 선정했다. 많이 울었다. 청산에 엎드려 흐느꼈다. 그러면 가슴이 시원해졌다. 그리고는 다짐했다. 성공하리라 맹세했다.

청산에 책을 들고 앉으면 시름을 잊고 행복했다. 청산의 절벽에 앉아 하늘의 구름을 바라보고 흐르는 강물과 벌판을, 저 멀리 산과 마을을 바라보며 도대체 인생이란 무엇일까 생각했다. 그리고는 인간은 '한 마리의 새', '날개를 빼앗긴 한 마리의 약한 새'라고 생각했다. 그 시절 갈매기 조나단의 꿈, 《갈매기의 꿈》이 나의 꿈이 되었다.

마당바위에 도착하자 서서히 여명이 밝아왔다. 우리 외에도 여러 사람이 일출을 기다리고 있었다. 오래전 라디오 방송 '전설 따라 삼천리'에도 소개된 적이 있는 마당바위에서 추위에 떨며 해가 솟아오르기를 기다렸다. 아이들 모두 자못 엄숙했다. 뒤늦게 아우가 나타났다.

드디어 세상이 밝아오고, 2008년 새해를 여는 태양이 솟아올랐다. 우리는 모두 침묵의 기도로 간절히 소원을 빌었다. 그리고 한 순간 "새해 복 많이 받으세요!"라고 인사를 나누며 서로 포옹을 했다. 아우와도 뜨거운 포옹을 나누었다. 아우가 새해에는 더욱 행복하기를 간절한 마음으로 바랐다. 그리고 그것이 이 세상에서 한 아우와의 마지막 포옹이었다.

아침 식사를 하고 부모님께 인사를 드리고 도보여행 길을 나섰다. 염려하실까 봐 부모님께는 비밀로 했다. 시골집에서 영주·단양·제천·충주·원주·여주·이천을 거쳐 용인의 세무법인 靑山에 도착하는 '靑山으로 가는 길' 2탄. 배낭에 다시 '靑山으로 가는 길' 삼각 깃발을 꽂고 길을 나섰다. 발걸음은 이내 세찬 겨울바람의 환영을 받았다. 어릴 적부터 느껴왔던 소위 '돌고개의 칼바람'이었다. 일직초등학교를 지나고 암산 스케이트장에서는 얼음 위를 걸어서 한티재를 넘어갔다. 길을 우회하여 진주의 촉석루, 밀양의 영남루와 더불어 영남의 3대 누각으로 불리는 유서 깊은 영호루에서 낙동강 건너의 안동 시가지를 바라보며 문화해설사가 되어 아이들에게 안동의 역사를 풀어나갔다. 고려 공민왕의 몽진, 삼봉 정도전, 퇴계 이황을 비롯한 수많은 시인묵객이 다녀간 발자취가 선연히 다가왔다.

아이들은 잘 걸었고, 우리는 추위에도 아랑곳없이 도보여행의 즐거움을 누렸다. 시내를 지나면서 점심식사 장소를 찾았으나 새해 첫날 아침이라 음식점이 모두 문을 닫은 상태였다. 이러다가 굶는 것 아닌가 할 무렵, 시내를 벗어나기 직전 문이 열린 식당이 있어 따뜻한 된장찌개로 얼어버린 속을 풀었다. 우리의 행색을 본 아주머니는 궁금해했고, 용인까지 도보여행을 한다고 하자 자신의 친정 집이 용인이라며 반색했다. 아주머니의 푸짐한 후의를 맛보고 다시 발걸음을 옮겼다.

동자승과 제비의 전설이 깃든 '제비원'을 지나자 아이들에게 서서히 변화가 왔다. 뒤처지는가 하면 다리를 절룩거렸다. 여행이 극기 훈련으로 바뀌고, 드디어 고행이 시작되었다. 서후면을 지나면서 송어장이 있는 길가 포장마차에서 따뜻한 음료를 마시며 휴식을 취했다. 이후 진혁이와 충일이는 고통을 호소하기 시작했다.

오후 5시, 오늘의 목적지인 북후면 옹천의 처가 앞 길가에 도착했다. "6시까지는 걸어야 하는데 어떻게 할 거냐."라고 물으니 큰 아이들은 고개를 흔들며 반대를 했고 막내 기웅이는 "아저씨가 원하면 계속 가겠다."라고 했다. 그러자 큰 아이들은 웃으며 "우우우!" 야유를 보냈다. 34㎞의 하루 일정을 마치고 놀라시는 장인어른과 장모님께 새해 인사를 드린 후 저녁 식사를 위해 송어횟집에 둘러앉았다. 오늘 하루 도보여행에 대한 소감을 물으니 이리 답한다.

큰아들, "열심히 책 읽고, 특히 문학이나 역사에 대한 공부를 하겠습니다."

충일이, "수능 성적이 마음에 들지 않아서 복잡한 마음을 비우러 왔는데 좋은 것으로 많이 채워갑니다. 감사합니다."

기웅이, "첫째, 공부도 운동도 열심히 해서 문무를 겸비한 강하고 멋있는 사나이가 되겠습니다. 둘째, 엄마의 도움을 받기보다는 홀로서기를 해서 스스로 열심히 공부를 하겠습니다. 셋째, 책을 많이 읽겠습니다."

걸으면서 중2답지 않게 어른스러운 기웅이와 많은 이야기를 나누었다. 자신의 장단점을 이야기해보라고 할 때는, "아빠하고는 이런 이야기를 해본 적이 없었어요."라며 "단점은 손톱을 물어뜯고 다리를 흔드는 버릇이 있는 것. 장점은 제가 착해요. 그리고 내년에 다시 하게 되면 이틀에 도전할래요."라고 한다. 훗날 고등학생이 된 기웅이는 제주도에서 나 홀로 도보여행을 하는 훌륭한 제자(?)로 성장했다.

저녁 시간, 똘망똘망 기웅이를 데려가기 위해 용인에서 기웅이의 아버지 류경희가 오고, 처갓집 이층의 시골 밤은 정담으로 훈훈하게 깊어갔다. 밤하늘의 별들은 시샘을 하며 졸지도 않고 밤새도록 반짝였다.

1월 2일 이튿날 아침, 류경희는 아이들을 모두 데리고 떠났고 유랑자는 죽령고개를 향해 나 홀로 길을 걸어간다. "원수와 함께 가면 지척도 천 리 길이요, 좋은 친구와 함께 가면 먼 길도 가볍게 느껴진다."라고 한다. 아프리카 속담에도 "멀리 가려면 함께 가라."라고 한다. 하지만 나는 홀로 길을 간다. 길은 홀로 홀가분하게 떠나는 것이 현명하다는 자신만의 진실. 침묵의 시간을 갖기에는 혼자가 좋다. 어디에도 매이거나 물들지 않고, 자유롭고, 순수하고, 흔들리지 않는 게 나 홀로 여행이다. 어느 정도의 시간이든 일상적인 것에서 벗어나 자신의 그림자만 데리고 훨훨 가는 것. 그것이 홀로의 멋이고, 맛이고, 여유다. 스스로를 운수야인(雲水野人)이라 하는 중국의 방랑자 명료자는 말한다.

"지금은 다만 천애(天涯)의 재물이라곤 몸뚱이 하나밖에 없네. 심신의 무거운 노고 없이 경쾌한 오늘날, 인생의 낙은 내가 살아가는 동안 계속되지 않겠는가. 대충 옷 한 벌 차려입고 가고 싶은데 가고, 자고 싶은 데서 자며, 묻지도 말고, 울지도 말고, 허탄해 하지도 말며 묵묵히 길을 나서 다시 걸어가느니, 여행이란 결국 눈을 열고 눈으로 보는, 마음을 열고 마음으로 느끼며 영혼의 소리를 듣는 것. 마음과 영혼 속에 있는 모든 것을 비우고 길을 떠났을 때 진정

새롭고 신선한 것으로 채울 수 있다. 방랑의 목적은 결국 도를 배우는 것. 방랑이 깊어갈수록 영혼의 도는 더욱 깊어가며 삶을 풍요롭게 한다."

나 홀로 도보여행은 영주를 지나서 풍기온천에서 온천욕을 하고, 다음날 죽령고개 옛길로 넘어갔다. 온천에서 옷을 벗었을 때 세찬 바람으로 인해 하체는 놀랄 정도로 시퍼렇게 변해 있었다. 남들이 볼까 조심스레 숨겼지만, 욕탕에서 한 아저씨가 묻는다.

"배낭 메고 걸어오는 것을 보았는데, 어디서 오셨어요?"

죽령 휴게소에서 따뜻한 국물로 속을 풀면서 가게 주인에게 "안동에서 용인까지 걸어간다."라고 했더니 주인 왈, "저기 저 아저씨는 제천에서 부산까지 걸어간다."라고 했다. 순간, 눈이 마주친 나그네와 악수를 통해 인사를 나누고는 서로의 길을 간다.

정도전의 전설이 있는 단양의 도담삼봉을 지나고 제천 시내와 울고 넘는 박달재를 넘어 목계나루터로 갔다. 충주 출신 신경림 시인의 '목계장터' 시비(詩碑)에서 "하늘은 날더러 구름이 되라 하고 땅은 날더러 바람이 되라 하네."라는 노래가 들려오고, 이어서 바람결에 나옹선사의 "청산은 말없이 살라 하고 창공은 티 없이 살라 하네."라는 노래가 들려온다.

제천에서부터 위로와 격려를 하려는 손님들이 찾아왔고, 목계나루터에서는 충주가 고향인 용인 카네기 총동문회 윤대혁 회장님이, 여주를 지나고 이천에 도착했을 때는 정기종 회장님과 많은 지인이 찾아왔다.

용인에 도착하는 날, 양지면에서부터 기다리던 지인들이 세무법인 靑山 사무실까지 8㎞ 정도를 함께 걸어주었다. 모두가 진심으로 고마운 인생길의 동무들이었다.

1월 8일 오후 4시, 드디어 세무법인 靑山 사무실에 도착했다. 직원들의 환호 속에 늦은 시무식을 하고 희망찬 새해를 기원했다. 창업한 지 22년이 지난 2019년 말 현재, 정미옥 사무장, 유은순 실장, 민윤희 부장은 20년 이상 근무하고 있고, 10년 이상 근무한 직원들도 10명 가까이 된다. 모두가 靑山에서 하나 된 고맙고 정든 식구들이다.

어둠이 서서히 내리는 시각, 최종 목적지 '靑山으로 가는 길'이라는 상호를 가진 채식 요리 전문점을 향해 출발했다. 태성고등학교를 지나 현충탑에서 묵념을 올리고 노고봉 중앙공원으로 올라 저녁노을에 물든 산길을 걸어 환영회가 열리는 '靑山으로 가는 길'에 도착했다. 정겨운 카네기클럽 회원들이 많이 모여 성대한 환영을 해주었다.

나는 용인에 카네기 과정을 도입한 초대 총동문회장이었다. 현수막이 걸리고, 연주를 하고, 꽃다발을 목에 걸고, 여성 예총회장의 뜨거운 포옹을 선물로 받고… 한마디로 난리법석이었다. 돌아보면, 참으로 행복한 순간이었다. 항상 청년 같은 기개를 지니신 정기종 회장님은 "많이 걸었으니 도가니를 보호해야 한다."라고 하시며 도가니 세트를 선물로 주셨다. 시인이신 송산 정선화 형님은 〈참 소중한 네가 돌아온다고〉라는 자작시를 낭송해 주셨다.

참 소중한 네가 돌아온다기에
손잡고 나가보니 환하게 웃는 모습의
참 소중한 네가 있어
우린 손잡고 반가워했지.

그곳 청산에 두고 온 마음도
함께 이곳에 온 거니
다시 돌아온 수염 덥수룩한
소중한 너의 모습이 장하다.

컬컬한 너털웃음과 함께 온
소중한 너의 모습이 보고 싶었다.
몸이 균형을 잃었다고 생각되면
반대쪽으로 몸을 기울여 균형을 잡듯이
언제 오나 기다렸는데
이제 오는구나.

이제 이곳도 고향이려니
이제 이곳도 소중한 네가 사는 곳이려니
마음 새기며 청산을 이곳으로 옮겨 놓게나.

김명돌 회장님께 드리는 글
2008년 1월 8일 '청산으로 가는 길'에서

그랬다. 일본의 시인 월성(1817~1856)은 "남아가 뜻을 세워 고향 떠나가니/ 학문을 이루기 전에는 돌아오지 않으리라/ 살다 죽을 곳이 어디 고향뿐이런가/ 인간 세상 어디든지 청산이 있는 것을"이라고 노래했다.

큰 뜻을 펼칠 무대인 청산은 도처에 있다. 청산은 마음이 머무는 그곳이다. 발길이 닿는 모든 곳일 수도 있다. 옛 시인묵객들처럼 청산은 이상향이고 유토피아다.

인간 세상 어디에든지 청산이 있다. 나는 어디에서나 청산별곡을 부른다. 돌아보면 2008년 '青山으로 가는 길'은 꿈결 같은 행복한 여정이었다.

18. 아우야, 아우야!

2007년 추석 전야, 둥근 달이 환하게 청산을 비추고 있었다. 추석과 설날 전날은 어릴 적 친구들이 모여 술 한잔에 추억을 담아 마시는 날이라, 가벼운 취기를 느끼며 돌아와서 청류정 정자에 앉아 있었다. 달빛이 너무나도 아름다운 청산의 밤이었다.

새벽 두 시. 인기척이 느껴지고, 모임을 마치고 돌아오는 아우의 모습이 보였다. 우리는 정자에 앉아 이런저런 살아온 이야기, 살아가는 이야기, 살아갈 이야기를 나누었다. 당시 시골집에는 부모님과 부산에서 고향으로 돌아오신 큰형님 내외, 그리고 아우의 가족들이 살고 있었다. 아우는 마음을 잡지 못하고 하는 일 없이 방황하고 있었다. 나는 아우에게 말했다.

"내 나이 오십에 부모님 봉양은 당연하다 하고, 너를 어떻게 도와야 네가 스스로 안정적으로 살아갈 수 있을까 항상 고민하고 있어."

"그래서 우리 식구들 모두 형 좋아하잖아. 형! 내 가족 살 집 따로 지어준다고 했잖아. 어서 하나 지어줘!"

그렇게 말하며 아우는 겸연쩍은 듯 웃었다. 아우는 큰형님이 귀향하면서 심적으로 스트레스를 받고 있었다. 나는 아우의 등을 가볍게 치며 웃었다.

"그래, 알았어."

그날 밤 우리는 청산에 소박하지만 그림 같은 또 하나의 집을 짓기로 약속을 했고, 한가위 둥근 달도 환한 빛으로 포근하게 우리 형제를 감싸 안았다. 그리고 넉 달 후, 아우는 차가운 주검으로 변해 청산에 영원한 안식처를 짓고 평안히 누웠다.

2007년 말, 부모님 두 분은 함께 청산의 집에 계셨다. 아버지는 술을 절제하셨고, 두 분은 다정한 모습으로 새해를 맞이하셨다. 2008년 새해 첫날 새벽, 불이 켜진 두 분의 방문을 열고 들어선 나는 다정하게 새해 인사를 드렸다. 아버지와는 악수를 하고 어머니와 포옹했다. 아버지는 새벽에 벌써 면도하고 세수하셔서 한층 건강미가 넘쳐 보였다. 지난 추석 이후 3개월간 술을 안 드신 아버지께서는 걷기, 자전거 타기 등으로 건강관리를 하고 계셨다.

"아버지, 어머니 두 분 백 세까지는 충분히 사시겠네요." 하고 새해 기분 좋은 덕담을 주고받았다. 두 분은 정겨웠다. 아버지는 술을 끊고 생의 애착을 느끼시며 어머니께 잘 해드렸다. 두 분이 이런 모습으로 오래오래 사시면 얼마나 좋을까. TV에서는 아름다운 금강산의 사계절이 방영되고 있었다. 우리 함께 금강산 구경 가자고 제안했다. 아버지는 몹시 좋아하셨다. 모처럼 따뜻한 아버지, 건강하고 멋진 아버지의 모습을 보고 청산으로 올라갔다. 새해 일출을 보기 위해서였다.

희미한 별빛이 서서히 자취를 감출 때 마당바위에서 일출을 기다리는 마을 사람들과 새해 인사를 나누었다. 잠시 후 숲속에서 반가운 얼굴이 보였다. 아우가 웃으며 나타났다. 이윽고 멀리 동쪽 산 위로 태양이 조금씩, 조금씩 붉은 얼굴을 내밀었다. 탄성이 터져 나왔다. 우리는 두 손을 모았다. 간절한 마음으로 기원했다. 특히 올 한 해도 부모님께서 건강하게 잘 지내시기를 기원했다. 아우가 웃으며 다가왔다.

"형, 새해 건강하고 하는 일마다 뜻하시는 소원대로 다 이루세요. 나도 잘 할 테니까 너무 야단치지 말고…."

"그래. 우리 새해 좋은 일 많이 생기고 건강하게 잘 지내자."

우리는 굳은 악수를 하고 껴안았다. 아우는 키가 너무 커서 내가 품에 안겼다. 우리는 가슴 가득 새 희망을 안고 산에서 내려왔다.

아침 식사 후, 용인으로 가는 8일간의 도보여행을 시작하는 발걸음을 내디뎠다.

"형 참 대단해요." 하며 환하게 웃는 아우와 악수를 하고 청산을 떠나왔다. 손을 흔들며 서 있는 아우를 뒤돌아보며 잠시 동안의 작별의 미소를 보냈다. 그러나 그렇게 본 아우의 모습이 이 세상에서 만나는 마지막 모습이 되었다.

한 달 후, 아우는 홀연히 딴 세상으로 가버렸다. 이별의 말 한마디 남기지 않고 가버렸다. 잠이 들었다가 그 길로 다시는 돌아오지 못할 아주 먼 영면(永眠)의 길을 떠나버렸다. 비통했다. 참으로 비통해서 눈물이 쏟아지고 가슴이 찢어졌다.

아침 7시, 휴대폰에서 '엘 콘도 파사'가 흘러나왔다. 아우의 죽음! 믿을 수가 없었다. 미친 듯이 고향으로 달려가 아우의 주검을 보았다. 아우는 잠들어 있었다. 사랑하는 이들과 모든 것을 남겨두고 홀연히 가버렸다. 그렇게 갑자기 가버릴 줄 어찌 상상이나 할 수 있었겠는가. 망연자실. 눈물이 앞섰다. 참담하고 슬픈 자책감으로 아우를 보냈다. 아우의 가슴을 아프게 했던 일들이 스쳐 갔다. 아우를 야단쳤던 일들이 후회스럽게 다가왔다.

아우는 평생을 곁에서 가깝게 지냈다. 경제적으로 자립을 못해 항상 어려워했고, 나의 도움을 필요로 했다. 이렇게 가버릴 줄 알았다면 더 따스하게 잘해줄 걸 하는 회한이 밀려왔다. 언제까지나 함께 있을 줄 알았는데…. 먼저 가버릴 줄 알았다면 더욱 정겹게 지냈을 것을 하는 후회가 가슴을 짓눌러 괴로웠다. 얼굴이 퉁퉁 부어오르도록 눈물을 흘렸다. 우리 가족의 청산 공동묘지 입구에 서열이 꼴찌인 막내가 제일 먼저 자리를 잡았다.

내 인생의 스무 살은 특별한 추억이 있는 해였다. 그해 네 살 아래 아우는 중3이었는데, 추석 명절 뒤 돈을 벌겠다면서 친구 따라 몰래 대구로 갔다. 부모님은 걱정하셨고, 나는 무작정 대구 시내에서 아우를 찾아다녔다. 당시만 해도 대구는 예비고사(수능)를 치기 위해 한 번 가본 것이 전부였기에 나는 대구 지리를 몰랐다. 단지 아우의 친구가 '북대구'의 자전거 점포에서 일하고 있다는 소문만 듣고 찾아 나섰다. 사막에서 바늘 찾기나 마찬가지였다. 하루 종일 자전거 점포만 찾아다녔다.

해 질 무렵, '이제 어떻게 하나, 안동으로 가야 하나, 엄마가 낙심할 텐데. 아니면 잠은 어디서 자지?' 하는 숱한 상념이 스쳐 갔다. 그때 멀리 자전거 점포에서 일하는 아우의 친구를 발견했다. 전율이 흘렀다. 아우의 친구는 놀랐다. 아우가 일하는 자전거 점포로 함께 갔다. 멀리 아우가 도로에서 일하는 모습이 보였다. 눈물이 났다. 순간, 아우는 나를 발견하고 도망치기 시작했다. 달렸다. 소리를 지르며 달렸다. 도심의 대활극 끝에 아우는 멈춰 섰고, 우리는 손잡고 저녁 식사를 하러 갔다.

안동으로 오는 차편이 끊겨 대구에서 잠을 자야 했기에 당시 이소룡이 주연하는 마지막 영화 '사망유희'를 관람하고, 술집에서 웨이터로 일하는 친구 덕분에 함께 술집에서 잠을 자고 다음 날 돌아왔다. 어머니와 아버지는 눈물로 반가워하셨다. 나는 아우를 야단치지 않았다. 아우를 껴안아 주었다. 아우는 가난이 무엇인지 알고 있었기 때문이다. 서글펐다.

이후 아우는 죽는 날까지 나와 경제공동체였다. 세무공무원으로 대구에 있을 때부터 대부분 함께 살았다. 의정부 신혼집에서도 함께 살았다. 취업을 했다가 나중에는 형이 경영하는 서울 용산의 국제서적에서 일했다. 아우는 서울 생활에 적응하기 힘들어했다. 아우는 결혼을 하게 되었고, 나는 의정부에 레스토랑을 차려주었다. 그 결과는 참담했다. 문을 닫을 위기에 처했다. 당시 시골에는 몸이 불편하신 어머니와 매일 술에 취해 사시는 아버지 두 분이 계셨기에, 두 분의 생활을 살피기 위해 내가 부지런히 시골집을 드나들 때였다. 계속되는 시골 나들이가 때로는 힘이 들었다.

나는 아우에게 제안했다.

"네가 평생 먹고살 수 있도록 해줄 테니까, 시골로 내려가라."

아우는 제수씨와 의논 끝에 시골로 내려가기로 했다. 비록 도시 생활에 잘 적응을 못한다 해도 시골로 내려갈 결심을 한 것에 나는 매우 감격했다. 특히 제수씨에게 고마움을 표했다. 아우가 시골로 내려가고 부모님을 봉양하면서 마음의 여유를 갖게 되어 참으로 좋았다. 부모님도 아주 좋아하셨다. 이는 모두에게 탁월한 선택이었다.

2002년, 정든 헌 집을 헐고 그 자리에 하얀 2층집을 새로 지었다. 청산 언덕에 부모님이 평안히 여생을 누리시고 아우의 가족이 쾌적하게 살 수 있는 집을 지은 것이다. 이는 내 평생에 가장 잘한 열 가지 일 중 하나이다. 그리고 아우가 오리집을 경영할 수 있도록 별도로 건물을 지었다. 부모님도 아우도 모두가 행복했다. 하지만 아우의 영업은 형편이 그리 좋지 못했고, 시골 생활에 서서히 불편을 느끼기 시작했다. 그런 와중에 부산에서 생활하던 큰형님이 귀향하여 집으로 왔으니, 아우의 방황은 점차 깊어졌다.

2003년 여름의 보름날 아우에게 쓴 편지다.

좋아하는 내 아우, 그리고 제수씨에게

저 산마루 위 밝은 달을 오래간만에 바라본다. 형이 생활하는 용인의 역삼동, 그 역삼동 주민자치센터에서 영월 주천강가 조용한 곳에서 워크샵을 하고 있는 밤이다. 아우에게는 다소 생소할지 모르겠지만, 지난 DJ정권에서 주민자치센터라는, 주민이 자발적으로 자신들의 좀 더 나은 삶을 위해 공동체 생활을 할 수 있는 조직을 만들고 동사무소 행정과 연계하여 추진, 발전할 수 있도록 만들었다. 형은 그 일원으로서 오늘 이곳에서 강의를 하고 약 30여 명의 일행과 좋은 밤을 보내고 있다. 그리고 프로그램의 한 과정으로 누군가에게 꼭 편지를 쓰라고 하는구나. 엄마에게 할까 하다가 그대들에게 쓴다. 시원한 바람이 불어오는 야외 불

빛 아래 엎드려서 모두 자기가 사랑하는 사람들에게 편지를 쓰고 있다.

아우야! 그리고 제수씨!

새로운 시작을 위해 힘차게 내달리는 그대들에게 힘찬 박수를 보낸다. 그리고 이전의 어둡고 힘들었던 삶의 질곡에서 벗어나 희망찬 삶을 살아가기 바란다. 착한 사람들은 행복을 누릴 수 있어야 인과응보의 원칙이 적용되고 세상이 공평하다고 하겠지만…. 내 사랑하는 아우와 제수씨! 마냥 착하기만 하고, 그래서 슬프기만 한 그대들이 이제 좀 밝고 즐겁게 살아가면 좋겠다.

형은 항상 미안한 마음이다. 부모님을 모시고 생활하는 그대 부부의 삶이 얼마나 고맙고 감사하겠냐마는, 경제적으로 약간의 도움을 준다는 이유로 때로는 간섭하고 질책한 적도 많았다. 그래도 성질부리면서 형의 마음을 이해해준 아우의 너그러움이 고맙다. 이제 제수씨와 더불어 시골의 삶을 새삼 재미있게 느끼며 살아가면 좋겠다. 농사는 우리들의 몫은 아니었던 것 같고, 오리, 닭고기, 그리고 안동의 음식을 연구하고 개발하여 사업 성공하면 좋겠다.

우리가 어린 시절 함께 생활한 것을 제외하고는 지난 일 년간 정말 거의 매주 만났다. 형은 너무 흘가분하다. 우리 엄마의 소원이신 가난에서 벗어났고, 이제 언덕 위에 하얀 집도 짓고, 자네의 새로운 일터도 만들었다. 그리고 형 개인적으로도 한 맺힌 대학교 졸업장을 엄마에게 드릴 수 있게 되었다. 내 아내와 아이들 모두 건강하고, 그래서 형은 너무나 즐겁다.

우리의 어린 시절은 너무나 힘들고 어려웠다. 그러나 오늘은, 나이 들어 여유로울 수도 있겠지만 열심히 살아옴으로 인해 많은 것이 변했다. 우리 건강하게 살자. 그리고 열심히 살자. 지난 세월 가난하고 힘들었기에 오늘 우리에게 주어진 삶을 즐거워하자. 오래간만에 잔디밭에 앉아 글을 쓰니 감회가 새롭다. 벌써 둥근 달은 자리를 옮겨 새로운 모습으로 밤을 밝혀준다. 우리 집 뒷산, 청산의 밤도 깊어가겠지.

아버지, 엄마, 그리고 아우의 가족들.

고향 청산에서 오래오래 이 세상의 베이스캠프를 지키면서, 삶의 현장을 지키는 또 다른 3형제를 위해 기도하고 성원해주면 좋겠다. 그리고 내일 또 밝고 환한 태양을 맞이하면 좋겠다. 아우와 제수씨, 그리고 부모님, 우리 모든 가족에게 언제나 신의 가호가 함께 하길 빌며.

2003년 여름의 보름날

2008년 1월의 마지막 날. 아우는 술을 마시고 9시경 집으로 돌아와서 잠이 들었고, 그 길로 다시는 못 올 머나먼 길로 떠나갔다. 이승에서의 영원한 이별이었다.

아우의 장례를 치르고 집으로 오니 뜻밖의 상황이 펼쳐졌다. 아우가 죽은 날 대구에서 아우의 차량이 과속운전으로 CCTV에 찍혀 과태료 통지서가 날아온 것이다. 아우의 죽음에 대한 의혹을 풀기 위해 안동경찰서를 찾아갔고, 아우의 전날 행적을 수소문하며 추적했다. 아우를 죽음에 이르게 한 현장에서 진실을 알고는 너무나 허망했다. 의성 고운사 입구에서 교통사고로 머리에 충격을 받았던 것이다.

아우는 그렇게 곁을 떠나갔다. 아우와의 이별을 생각하면 이 글을 쓰는 지금도 눈물이 흐른다. 아우는 그렇게 청산의 무덤에 누워 있다. 아우가 못 견디게 보고 싶은 날, 청산에 묻혀있는 아우에게 달려갔다. 그러면 하염없이 눈물이 흘러내렸다. 그리고 애타게 불렀다.

"아우야! 아우야! 미안하다. 미안하다. 정말 미안하다. 네 가족들 걱정하지 말고 편히 쉬어라. 언젠가 형이 그곳에 가면 우리 못다 한 정 나누고 잘 지내자. 아우야, 네가 보고 싶구나!"

19. 황성옛터

2008년 1월 말에 아우를 보내고, 뜨거운 7월의 여름날에는 아버지가 갑작스럽게 돌아가셨다. 아버지를 청산에 안장하고 나니 모든 것이 허무했다. 태어난 모든 존재가 사멸한다는 것은 자연의 법칙이고 인연의 법칙이다. 그러나 엄마를 위해, 엄마를 괴롭히시는 아버지에게 잘못한 일들이 후회스럽게 다가왔다. 그것은 그분들의 인생의 몫이었고 인연이었는데, 내가 엄마를 위하고자 아버지에게 불손하게 대했던 일이 과연 잘한 일인가 하는 의문이 일어났다. 하지만 다시 똑같은 상황이 온다 해도 나는 엄마를 위할 것이라는 마음이 드는 것은 어쩔 수가 없다.

"아버지! 이 땅에 낳아주시고 길러주신 은혜 참으로 고맙습니다. 아버지에게 효성을 다 하지 못한 불초한 아들은 용서를 빕니다만, 용서하지 마세요. 다음 생에 만나면 그때 야단 많이 치시고, 그 대신 엄마는 많이 예뻐해 주세요. 아버지와의 인연, 가슴 아프지만 또한 행복했습니다. 다음 세상에서는 더욱 잘 모시겠습니다."

"부모는 죽으면 땅에 묻고 자식은 죽으면 가슴에 묻는다."라는 속담처럼 부모님은 막내아들의 죽음을 몹시 슬퍼하셨다. 자식을 가슴에 묻는 그 아픔을 견디는 게 얼마나 힘이 드실까. 엄마가 충격을 심하게 받아 혹시 건강을 해칠까 걱정이 되어 다시 병원으로 모셨다. 아버지는 아픔과 외로움을 이기시려 끊었던 술을 다시 드시기 시작했다. 그러던 어느 날 아버지에게 전화가 왔다. 아버지가 전화를 하시는 일은 극히 드문 일이었다.

"애비야, 하는 일은 잘 되지? 집에 언제 한번 안 오나? 요즘은 왠지 너희들한테 잘못 한 일들이 자꾸 생각난다."

술을 드시지 않고 전화를 하시는 것도 그렇지만, 아버지에게 처음 들어보는 가슴 뭉클한 말씀이었다.

"예. 곧 한 번 내려갈게요."

그러나 그것은 아버지와의 마지막 대화였다. 술에 장사 없고 세월에 장사 없었다. 며칠 후 아버지는 갑자기 중환자실에 입원하셨고, 그다음 날 파란만장한 삶을 마치고 이 세상을 떠나가셨다. 모든 것이 너무나 갑작스러웠다. 돌아가실 것을 예감하시고 전화를 하신 것이라 생각하니, 그때 당장 내려가서 뵙지 않은 것이 죄스럽고 후회스러웠다.

아버지가 돌아가시고 2년이 지난 추석 때, 엄마는 아버지에 대한 그리움을 담아 말씀하셨다. 엄마는 이제 아버지의 죽음을 자연의 순리로 받아들이셨다.

"너 아부지는 그때 참 희한하게 잘 갔어. 더 사는 것도 힘든 일이야. 돌아가시기 한 열흘 전에 돌아가실 줄 알고 오셨는지 며느리하고 병원에 오셔서는 병실 안으로 들어오지도 않고 문밖에 저기 서서 그냥 웃고만 계셨지. 내가 자꾸 들어오라고 했는데. 그게 너 아부지하고 마지막이었다. 소주 사 오시면 한 잔 먹어보라 말도 안 하시고, 밤새 혼자 드시고, 혼자 취하시고, 깰라 하면 또 드시고… 그렇게 밤새 드시며 즐기셨다. 그래도 내가 심부름시키면 심부름 값

달라하면서 참 잘하셨다. 돌아가시고 지갑에 보니 돈 50만 원을 남기셨더라."

나의 아버지는 술을 좋아하셨고, 밤마다 술을 드시고 아침에는 해장술을 드셨다. 내가 초등학생이던 시절, 아침이면 주전자를 들고 양조장으로 갔다. 형이 하던 일을 물려받았고, 나는 동생에게 다시 물려주었다. 장날은 양조장에 가지 않았다. 장날이면 엄마가 국밥과 막걸리를 팔기 때문에 양조장에서 술을 배달해 주었다.

아버지의 애창곡은 '황성옛터'였다. 아버지는 황성옛터를 매일같이 부르셨다. 거의 매일 술을 드셨고, 거의 매일 황성옛터를 부르셨다. 캄캄한 시골의 밤, 별빛이 반짝이는 시골 장터의 밤하늘에 밤이면 밤마다 구슬픈 황성옛터로 수놓으셨다. 하지만 엄마의 황성옛터는 절망의 황성옛터였다. 어쩌면 내가 이 세상에 태어나서 배운 최초의 대중가요가 황성옛터가 아닌지 모르겠다. 성장하면서 나는 이 노래를 아주 좋아했다. 아버지의 황성옛터가 나의 황성옛터가 되었다. 술 한잔 마시고 허무한 옛 생각이 날 때면 황성옛터를 구성지게 불렀다. 그러면 때로는 눈물이 났다.

황성옛터에 밤이 되니 월색만 고요해/ 폐허에 설은 회포를 말하여 주노라.

아 외롭다 저 나그네 홀로이 잠 못 이뤄/ 구슬픈 벌레 소리에 말없이 눈물져요.

성은 허물어져 빈터인데 방초만 푸르러/ 세상이 허무한 것을 말하여 주노라.
아 가엽다 이내 몸은 그 무엇 찾으려/ 끝없는 꿈의 거리를 헤매어 왔노라.

나는 가리로다 끝이 없이 이 발길 닿는 곳/ 산을 넘고 물을 건너서 정처가 없어도
아 한없는 이 설움을 가슴속 깊이 안고/ 이 몸은 흘러서 가노니 옛터야 잘 있거라.

아버지는 3절까지 부르셨고, 나도 3절까지 가사를 다 외울 정도로 좋아했다. 나그네처럼 살고자 하는 나에게도 어울리는 노래였다. 게다가 내가 존경하는 박정희 대통령의 애창곡도 '황성옛터'였다. 내 형제들도 좋아했으니 '황성옛터'는 이래저래 추억의 노래였다.
아버지는 60대 이후 가끔씩 술을 드시면 강원도 쪽으로 혼자 훌쩍 여행을 가고 싶다고 하셨다. 엄마는 혹시 사고라도 날까 봐 결사반대하셨다. 아버지는 나에게 여러 번 말씀하셨고, 어느 날 여행을 가시라며 여비를 챙겨드렸다. 하지만 막상 아버지는 떠날 용기가 없었는지 그 돈으로 술을 사 드시고 다시는 여행 간다고 하지 않으셨다.

아버지에게는 어머니가 두 분이 계셨다. 낳아주신 어머니와 길러

주신 어머니였다. 아버지를 키워주신 나의 할머니는 아이를 낳을 수가 없었기에, 씨받이로 새 할머니가 들어오셔서 아버지를 낳으셨다. 아버지는 30세가 넘을 때까지 출생의 비밀을 모르셨다. 그리고 어느 날, 생모(生母)가 따로 있다는 사실을 알고 괴로워하다가 할아버지, 할머니에게 진실을 물었다. 처음에는 완강히 부인하던 할아버지와 할머니는 아버지의 목숨을 담보로 한 극한 행동에 사실을 시인했다. 그리고 어느 날, 아버지는 친구와 함께 손수레에 생모를 싣고 오셨다. 그래서 나의 초등학교 시절에는 집에 할머니가 두 분이 계셨다.

두 번째 할머니는 장님이었다. 어린 시절 왜 장님이 되었는지 물었을 때, "아들을 보고도 어머니라고 말하지 못하고 멀리서 바라만 봐야 하는 마음의 병으로 눈이 멀었다."라고 하셨다. 할머니는 참으로 불쌍했다. 첫 할머니는 손자들을 모두 귀여워했고, 나 또한 어릴 적 할머니 품에서 사랑을 받으며 잠을 잔 기억이 있다. 하지만 할머니는 눈먼 할머니를 구박했다. 그런 상황에서 아버지는 매일 술을 드시고 매일 노래를 부리시고 매일 엄마를 괴롭혔다.

아버지는 술만 드시면 "어버이 섬기기를 다하여라./ 지나간 후면 애달프다 어이하리./ 평생에 고쳐 못할 일이 이뿐인가 하노라."라며 정철의 시조를 읊으셨다. 아버지도, 엄마도, 우리 형제들도 모두가 슬프고 괴로웠다.

'이것 또한 지나가리라.' 하는 말처럼, 결국 시간이 이를 해결해 주었다. 죽음은 먼저 둘째 할머니를 모셔 갔고, 할아버지와 할머니를 차례로 모시고 갔다. 청산의 가족 묘지에는 세 분이 나란히 누워 계신다. 그리고 그 곁에 지금은 아버지와 엄마가 누워 계신다.

성묘를 할 때면 아이들은 "왜 할머니가 두 분이세요?" 하고 묻는다. 그러면 슬픈 가족사가 청산에 메아리친다. 무덤은 다음 세상으로 가는 정거장, 이제는 이 세상의 힘든 인연 다 내려놓으시고 다음 세상에서는 행복하고 평안하시기를 기원한다.

어린 시절 나는 아버지가 미웠다. 자신의 처지를 한탄하며 뒤늦게 술을 배운 아버지는 술을 드시면 폭력적이었다. 자식들에게는 그러지 않으셨지만, 술을 드시면 엄마를 괴롭혔다. 욕하고 때렸다. "제발 엄마를 때리지 마세요!"라며 매달리고 애원했다. 그러나 소용이 없었다. 교회에 가서 울면서 기도했다.

"하나님, 제발 아부지가 엄마 안 때리게 해주세요."

"하나님, 우리 아부지 좀 데려가 주세요."

하나님은 응답이 없으셨고, 아버지는 변함이 없으셨다. '내가 어른이 되고 힘이 강해지면 절대 엄마를 못 때리게 해야지.'라고 맹세하고 다짐했다. 고등학생이 되고 난 뒤부터 안동 시내에서 자취생활을 하느라 직접 볼 수는 없었지만, 엄마의 얼굴과 몸에는 상처가 계속 생겼다. 고등학교를 졸업하고 내가 집에 있을 때는 조심하셨다. 하지만 세월이 흘러도 아버지의 습관은 변하지 않았다. 식음을 전폐한 과음의 끝은 언제나 죽음 일보 직전이었다. 그러면 아버지는 "한 번만 살려 달라!"라고 하셨다. 그러면 부산으로, 서울로, 형님들의 집으로 가서 몸을 회복하고 다시 시골집으로 돌아오는 반복의 연속이었다.

2000년경, 세무사로 일을 하면서 만난 한림대 교수인 정신과 의

사 부부와 골프를 쳤다. 부끄러웠지만 아버지에 대해 상담을 했다. 두 분은 단호했다. 당장 알코올 전문병원에 입원을 시키라는 것이었다. '아버지가 아니라 환자로 접근하라.'는 것이었다. 엄마와 형님들과 의논하고, 아버지는 안동의 알코올 전문병원에 입원했다. 입원 당시 술에 취해 입원한 사실도 모르시다가 아침에 깨어나서 전화하시더니 당장 집으로 데려가라고 호통을 치셨다. 아버지를 입원시킨 후 심한 자책감에 많이 울었다. 혹시 아버지에 대한 미움을 이렇게 표현하는 것은 아닌지 하는 생각이 들었다.

아버지는 이후 "술을 안 먹겠다."라는 약속을 하셨지만, 퇴원을 하시면 약속을 지키지 못했다. 어떤 때는 술을 끊겠다는 강한 의지를 보이셨지만 이내 무너졌다. 엄마를 괴롭히지만 않으면 굳이 알코올 전문병원에 갈 이유는 없었다. 하지만 술만 드시면 일어서지도, 걷지도 못하고 앉아서 다니시는 반신불수의 엄마를 학대하는 아버지를 엄마 곁에 있게 할 수는 없었다.

엄마 또한 아버지의 퇴원을 반대하셨다. 더 이상 아버지의 시중을 들 수도 없을뿐더러, 아버지를 감당할 자신이 없었던 것이다. 엄마는 "내가 죽으면 그때 퇴원하세요."라고 단호하게 말씀하셨다. 그래도 명절이 오면 엄마는 아버지를 퇴원시켜 모셔오라고 제일 먼저 챙기셨다.

2007년. 추석이 찾아오기 며칠 전에 아버지는 퇴원하셨다. 한 달이 넘도록 술을 드시지 않고 자전거를 타고 아침 운동을 하시며 건강관리를 하셨다. 나는 아버지에게 웃으며 칭찬해 드렸다.

"아버지, 정말 제가 보는 아버지의 최고로 멋진 모습입니다."

아버지는 말씀하셨다.

"친구들 모두 세상을 떠나버리고 없다. 내가 마을에서 세 번째 나이 많은 노인이 되어버렸다."

78세인 아버지는 생에 애착을 느끼고 계셨다. 하지만 다음 해 아버지는 갑자기 돌아가셨다. 아버지의 황성옛터는 그렇게 끝이 났다. 인생의 허무를 가르쳐준 노래, 나의 황성옛터는 이제 애절하고 한이 서린 불효자의 노래가 되어 현재도 불리고 있다. 하지만 엄마를 괴롭히는 존재가 있다면 신이라도 용서하지 않겠다는 그 시절의 마음은 여전히 변함이 없다.

2010년 7월 15일, 백두산 등반을 위해 인천국제공항에서 중국 심양으로 가는 비행기에 올랐다. 백두대간 종주, 그 마지막 결산이었다. 환상적인 백두산 트레킹을 마치고 빗속의 단동을 떠나 다시 심양에 도착했을 때는 이미 저녁 9시가 넘은 상태였다. 호텔에서 여장을 푼 일행은 저녁 식사를 하고 그간의 피로를 풀면서 유쾌한 시간을 가졌다.

그리고 호텔로 돌아와서 잠시 다른 방에서 이야기를 나누다가 내 방으로 갔다. 순간, 나는 내 눈을 의심했다. 밤 12시, 객실에는 제사상이 차려져 있었고 일행이 모두 숙연하게 서 있었다. 오늘이 아버지의 기일이라 조금은 무거웠던 내 모습에 일행이 내게 알리지 않고 비밀리에 준비를 한 것이다. 아버지의 상 앞에 무릎을 꿇은 내 눈에서는 눈물이 흘러내렸다. 멀리 중국에서 드리는 아버지를 향한 그리운 마음, 불효자의 눈에서는 눈물이 폭포수처럼 쏟아졌다.

"아버지, 살아생전 잘 모시지 못해 죄송합니다. 용서하시고 편히 쉬세요."

10여 분간의 아버지와의 대화. 이는 아버지에 대한 그리움이었고, 불효자의 통곡이었으며, 아버지와 눈물로 화해하는 소통의 장이었다. 함께 한 고마운 형제들도 모두 아버지에게 예를 갖추고 심양의 밤은 점점 깊어갔다.

귀국해서 이내 고향 청산의 산소를 찾아가서 웃으며 아버지를 만났다. 나는 아버지와 화해했다. 아니, 내 자신과 화해를 했다. 아버지는 나를 미워하신 적이 없으셨다. 아버지는 아들 명돌이를 사랑하였건만, 명돌이는 아버지를 이해하고 포용할 수 없었던 것이었다.

이후 아버지를 찾아가면 우리는 웃으며 만날 수 있었다.

"아버지, 미안합니다. 사랑합니다."

그리고 이제 나의 황성옛터는 더 이상의 한이 사라진 눈물의 황성옛터가 되었다.

20. 나는 달린다!

옛날 옛적 동방삭이라는 사람이 살았다. 동방삭은 저승사자가 잡으러 올 때마다 꾀를 내어 저승사자의 발걸음을 돌리게 만들었다. 어느 때 동방삭이 저승사자를 피해 은신할 곳을 찾다가 '생거진천 사거용인이라고 했으니, 저승사자도 진천으로 날 잡으러 오겠지.'라고 하며 용인의 탄천 부근에 숨었다. 하루는 동방삭이 유유히 노래를 읊조리며 숲속을 걸어가는 중에 푸른 숲의 냇물이 시커먼 먹물로 변해 있는 게 아닌가! 탄천 상류로 거슬러 올라가 보니 한 젊은이가 물에 숯을 씻고 있었다. 동방삭이 물었다.

"왜 숯을 물에 씻고 있소?

젊은이가 대답했다.

"숯이 아무리 검다 한들 이렇게 닦다 보면 언젠가는 희게 되지 않겠소?"

동방삭이 크게 웃으며 말했다.

"내가 지금까지 삼천갑자를 살았건만, 당신같이 숯을 씻어 하얗게 만들려는 우둔한 자는 보지 못했다."

이에 젊은이로 변장한 저승사자는 이 자가 동방삭임을 알고 염라대왕에게 끌고 갔다. 그날 이후 동방삭이 잡혀간 이 하천을 숯내, 곧 탄천(炭川)이라 부르게 되었다.

삼천갑자(1갑자는 60년), 18만 년을 산 동방삭이 염라대왕이 보낸 저승사자에게 탄천에서 잡혀갔다는 전설이다. 흔히 장수한 사람을 뜻하는 동방삭은 중국 전한 무제(BC156~BC87) 때 사람으로, 고대 선녀인 서왕모의 복숭아를 훔쳐 먹었기 때문에 죽지 않고 장수하였다고 한다.

탄천은 용인 법화산에서 발원하여 성남을 관류하여 한강으로 유입되는 약 36㎞의 한강 지류다. 분당의 정자동에서 살아온 지 25년, 탄천과 율동공원, 그리고 불곡산은 아침 여명의 시각이면 달리고 오르면서 언제나 함께하는 놀이터였다. 추운 겨울에도 따스한 봄날에도, 뜨거운 여름에도, 시원한 가을날에도, 나는 달리고 또 달렸다. 비 오는 날에도, 바람 부는 날에도 달리고 또 달렸다. 아이들이 어릴 때는 아이들은 자전거를 타고 나는 달렸다.

고향의 마을 앞을 흘러가는 미천은 어릴 적 나에게 피를 주어 내 혈관에서 흐르고 있고, 용인에서 발원하여 분당을 지나 한강으로 가는 탄천은 나에게 맑은 정신과 건강한 육체를 주었다.

여명과 함께 달리는 그 시간은 항상 나 자신에 대해 생각할 수 있는 시간이었다. 달리기는 언제나 자기 성찰, 자기 개혁의 촉매제였다. 발걸음이 균형을 잡으면 정신도 균형을 이루어 갔다. 달리기는 언제나 새로운 기쁨을 주었다. 운동화를 신고 여명 속으로 뛰어나가 달리면 시원스런 공기가 목구멍을 넘어 폐부를 적셨다. 새로운 아침, 새로운 인생의 시작을 맛보고 희망을 다짐했다.

탄천의 정자역에서 한강까지 하프 코스(21.0975㎞)를 달리고, 분당에서 용인의 회사까지 하프 코스를 달렸다. 한강에 도착하면 느끼는 성취감은 흐뭇했다. 수능을 마친 대학생 큰아들과 함께 달리기도 했다. 한강에 도착해 지친 몸을 쉬게 하고 강바람을 느끼면서 오고가는 사람들의 평화로운 모습을 보고 있으면 한 폭의 아름다운 그림 같았다. 용인의 회사까지 달리면서 회사와 집, 용인과 분당을 연결하는 일체감을 맛보았다. 비 오는 날은 비가 와서 용인으로 달려가고, 눈 오는 날은 눈이 와서 용인으로 달려갔다.

건강한 두 다리에 감사하고 또 감사했다. 평발임에도 불구하고 달리고 걷는데 아무런 불편을 느끼지 않아서 너무나 감사했다. 해외여행을 하면서는 낯선 도시의 아침을 달렸다. 이는 특별한 체험으로, 그들의 아침 일상을 볼 수 있어서 좋았다.

나는 고향에 가면 운동화를 신고 달려 나간다. 의성 고운사를 향해 달리면 왕복 16㎞, 시골의 아름다운 풍경을 달리면 나를 괴롭혔던 모든 번민의 순간이 시시하게 다가오고, 평온이 밀려온다. 그러면 외로운 구름 고운(孤雲) 최치원이 다녀간 고운사의 부처님이 미소를 지으며 반가이 맞아준다. 어느 해 형과도 함께 달렸던 추억이 밀려온다. 기분 좋은 형제의 시간이었다.

내게는 두 살 많은 친구 같은 형이 있다. 내가 이 세상에 태어날 때, 나보다 먼저 형을 낳아준 것을 어머니에게 항상 감사했다. 형이 없었다면 험하고 힘든 이 세상을 어떻게 헤쳐 나왔을까 싶을 정도로 형은 최고의 친구였고, 사랑의 후원자였고, 후견인이었다.

독일의 부총리이자 녹색당 당수였던 요시카 피셔의 《나는 달린다》라는 책을 보내줄 때, 서점을 경영하는 형이 책 표지 뒤에 써서 보내준 글귀를 보면 세월이 지난 지금 새삼 뭉클하고 따뜻한 형의 가슴을 느낀다.

사랑하는 아우!
일과 건강이 함께 조화를 이루는 생활에
소홀하지 않기를 바라고
작은 실천의 계기가 되길.

2000. 11. 11. 兄

우리 형제는 어릴 적부터 운동을 좋아했다. 운동이라고 해봐야 공을 가지고 노는 것이었고, 당시에는 축구가 인기가 있었다. 아우는 초등학교에서 축구 선수를 했다. 축구를 하면 나는 90분 내내 달렸다. 한 경기를 치루고 또 한 경기를 치러도 나는 계속해서 달렸다. 나는 당시 국가대표 선수 가운데 '이영무' 선수를 좋아했다. 또 박지성 선수를 좋아했다. 이들은 모두 심장이 터지도록 끊임없이 달리는 선수들이었다.

어느 날 나는 서울 목동에 살고 있는 형의 집에 갔다가 형과 함께 아침에 안양천을 달렸다. 형은 서울 마라톤대회에 참가한 경력이 있었다. 그 무렵 나는 용인신문사 회장 취임 초기였고, 형과 달리면서 용인신문사에서 지역 마라톤대회를 개최하는 게 좋겠다는 아이디어를 얻게 되었다. 이후 나는 다른 지역의 마라톤 대회에 참가해 달리면서 준비를 했고, 드디어 2003년 제1회 용인 마라톤대회를 개최했다. 처음 개최할 때는 이정문 시장님의 적극적인 도움이 컸다. 세월이 흘러 지금은 비록 관여하지 않지만, 어느새 제16회 대회를 개최하는 것을 보면 가슴이 뿌듯함을 느낀다.

제1회 용인 마라톤대회는 지역에 마라톤 붐을 일으켰다. 많은 마라톤 동호회가 생겨나고 마라톤 인구가 급증했다. 나 자신도 마라톤 클럽에 가입하고 대회에 참가해서 달렸다. 2003년 서울국제마라톤대회를 시작으로 경기마라톤대회, 강릉, 이천, 안동 등을 오가며 수많은 마라톤 대회에 참가했다.

"적게 먹고 많이 움직여라!"

위의 말을 실천해야 건강을 유지할 수 있건만, 나는 많이 먹고 많이 움직였다. 적게 먹고 많이 사용해야 하는데, 창자를 너무 많이 채우는 것이었다. 나는 매일 되풀이 되는 모임과 행사 때문에 도저히 적게 먹을 수가 없었다. 거기에는 어릴 적부터 잘 먹는 습관도 한몫을 하였다. 팽팽하고 볼록한 배를 지닌 나의 모습은 상상만 해도 재미있었다. 하지만 그는 결코 내가 아니다. 내가 생각한 나의 모습이 결코 아니다. 어떻게 씩씩거리는 숨소리를 내는 배불뚝이 인간 나무통이 될 수 있는가?

다시 젊어질 수는 없지만 다시 날씬해질 수는 있다. 그러자면 적게 먹고 엉덩이를 많이 움직여야 한다. 스스로를 강제할 수 있는 목표를 세우고, 그런 목표에 도달할 수 있는 방법을 찾아야 했고, 그러자면 혼자서 즐길 수 있는 생활 수칙을 만들어야만 했다. 모든 새로운 시도의 성공은 시작과 지속하는 것에 있다. 그래서 만든 수칙이 하루 10㎞, 일주일에 5회 최소한 50㎞ 이상 달리는 것이었다. 탄천의 정자역에서 죽전 이마트까지 달려갔다 오면 10㎞였다. 집에서 불곡산을 거쳐 용인의 대지산을 다녀오면 10㎞ 산행이었다. 주중에 적게 달리면 주말에 50㎞를 채웠다. 그럴 때면 나 홀로 한강을 따라 달렸고, 남한산성까지 24㎞ 거리를 산행했다.

즐기면서 하는 운동과 육체를 개조하는 운동에는 분명 차이가 있다. 퍼마시는 술과 음미하는 술의 차이는 소음과 음악만큼이나 크다. 금욕적인 생활에는 노력과 시간이 필요하다. 나는 달렸다. 그리고 또 달렸다. 그리고 또 계속해서 달렸다. 달리기를 할 때면 무아지경의 또 다른 내가 되었다. 육체의 본 모습을 되찾는 것은, 잃어버린 나를 찾는 것만큼이나 가치가 있었다.

나는 달리면서 산소 목욕을 했다. 몸도 마음도 맑아졌다. 달리기는 정신과 육체를 가다듬는 일종의 자아여행이었다. 달리는 거리가 늘수록 몸무게는 계속 줄어들고, 잡다한 번민도 함께 줄어들었다. 칼날같이 추운 겨울, 목표를 향해 달려가는 시간이 가장 아름다운 시간이었다. 과거 자신의 영웅적인 행위를 회상하는 것만큼 달콤한 것은 없다. 그런 즐거움을 누려야 한다. 나는 자신을 위해, 자신을 이기기 위해, 자신을 만나기 위해 달렸다.

건강은 아프지 않은 상태가 아니라 활력적으로 일하고 즐길 수 있는 상태를 의미한다. 행복하고 건강한 삶을 위해서는 운동이 필요하다. 아무리 바쁘더라도 하루 중 자신을 위한, 영혼과 육체를 위한 운동시간을 만들 수 있어야 한다. 달리기는 신발 하나, 가벼운 운동복만 있으면 언제 어디서든 즐길 수 있다. 그러면서 나만의 시간을 가질 수 있다. 그러자면 첫발이 소중하다. 첫발을 내딛는 순간, 나의 삶도 함께 달렸다.

나는 오래 살기 위해 달린 것이 아니라 행복하고 건강한 삶을 살기 위해 완전히 집중해서 달렸다. 생활의 우선순위를 바꾸어 달리는 순간, 나의 인생 또한 바뀌었다. 외적인 자신의 모습을 되찾는 과정에서 내적인 평온과 조화도 찾을 수 있었다. 나는 달리면서 진정한 '내 안의 나'를 찾을 수 있었다. 흐르는 물은 자신의 속도로 달리고, 달팽이도 자신의 속도로 달리는 것처럼 나는 나의 속도로 달린다. 산티아고 가는 길에 수많은 달팽이가 달려가는 모습을 보면서 〈나는 달린다!〉를 외쳤다.

어디로 가는지
가야 하는지
알 수 없는 길

시속 6m

달팽이 한 마리가
전속력으로
달려가고 있다.

마라톤은 훈련한 만큼 달릴 수 있다. 인생 마라톤 또한 자신이 훈련한 만큼만 뛸 수 있다. 어느 날, "세상에, 너 어떻게 살았니?"라고 물을 수 있으려면 자신이 변해야 한다. 완전히 다른 목표, 완전히 다른 계획, 완전히 다른 생활의 우선순위, 완전히 다른 생활 습관, 그리고 흔들림 없는 인내와 끈기… 이 모든 것이 뭉쳐야 한 개인의 완전한 변화와 개혁을 이룰 수 있다. 그러자면 노력할 것은 노력하고 포기할 것은 포기해야 한다. 그리고 하나를 성취하면 다음 단계로 업그레이드를 해야 한다.

'이제 더 무엇을 하지? 다음에 무엇을 해야 하지?'

C. 슈르츠는 "이상은 별과 같아서 당신 손으로 그것을 만질 수는 없을 것이다. 그러나 당신은 바다를 항해하는 선원처럼 이상을 안내자로 삼아 당신의 운명에 다다를 수 있을 것이다."라고 말한다. 건강한 몸과 마음은 행복한 인생을 살아가는데 가장 소중한 자산이다.

진시황은 영원히 살고 싶어 신하들에게 불로초를 구해오라고 명을 내렸지만, 결국 49세의 나이로 세상을 떠났다. 역사상 중국 황제들의 평균 수명은 39세였고, 로마제국의 황제들은 37세, 조선의 왕들은 평균 47세를 살았다. 천하를 호령하는 권력을 가지고도 50세를 살지 못하는 인생이었다.

부처는 80세에 죽음을 앞두고 "나는 아무것도 말하지 않았다. 내가 걸어 온 길을 보라." 하고는 열반했다. 그리고 임종을 보지 못한 가섭존자가 오자 발을 내밀었다. 내 발자국을 보고, 내 삶을 배워 따라오라는 가르침이었다.

인생은 아침이슬과 같고, 한 조각구름이 생겼다가 사라지는 것과 같다. 인생은 한날의 꿈이다. 일장춘몽이요, 남가일몽이다. 구운몽이요, 호접몽이요, 조신지몽이다.

선택의 광장인 인생에서 지혜로운 선택을 해야 한다. 그리고 힘차고 아름답게, 멋있고 행복한 인생을 살아야 한다. 하늘에서 소풍을 온 나그네의 향연을 즐겨야 한다. 인생의 덧없음을 알고 겸허히 살아가는 지혜를 가져 아름다운 마무리를 해야 하는 것이다.

오래 살기 위해서가 아니라 건강하게 살기 위해, "걸음아 날 살려라!" 하고 달려야 한다. "앉으면 죽고 걸으면 산다!"라고 외치면서 걸어야 한다.

마라톤에서 우승한 인간 기관차 에밀자 토펙은 말한다.

"물고기는 헤엄치고, 새는 날고, 인간은 달린다."

21. 배움의 길

인류를 사상적으로 지배해 온 위대한 경전 중 하나인 논어의 첫 장 첫 구절은 아래와 같다.

> 자왈, "학이시습지(學而時習之)면 불역열호(不亦說乎)."
> 공자께서 말씀하시길, "배우고 제때에 그것을 실행하면 즐겁지 않겠는가!"

이 글은 2001년 3월, 독학을 통해 학사학위를 취득하고 동국대학교 대학원 석사과정에 입학한 후에 쓴 〈가장 높이 나는 새가 가장 멀리 본다!〉라는 제목의 글이다.

> 2000년 12월의 어느 날 출근길.
> "여보, 오늘 학위취득 시험 결과통지서가 오는 날인데 전화 부탁해요."
> 12월의 쌀쌀한 날씨지만 마음은 뜨겁고 발걸음은 가벼웠다. 종합시험 응시 후 줄곧 좋은 결과가 나올 것이라고 기대했기 때문이다. 오후 시간, 휴대폰에서 '엘 콘도 파사'가 흘러나왔다.
> "축하해요. 합격이에요."
> 아내의 목소리가 날아갈 듯 가볍다.
> "그래, 고마워. 당신 수고했어."

얼마나 오랫동안 갈망하고 기다렸던 순간인가.

"하나님, 정말 감사합니다."

가난은 사람을 강하게도 하지만 큰 불편을 제공하기도 하고, 삶의 진로를 변경하게도 한다. 안동고등학교에서 장학생을 할 만큼 우수한 학생이었는데, 가난으로 대학 진학을 하지 못하고 공무원 생활을 시작하면서 사회로 나아가게 되어 밀려오는 좌절과 낙담은 이루 말할 수 없었다. 가까운 친구들의 대학 생활이 부러웠고, 가슴 깊이 한이 맺혔다. 어머니는 똑똑한 아들 대학에 보내지 못한 가난에 힘들어하셨고, 죄의식을 느끼시곤 하셨다. 어릴 적 "빚 없이 살아보는 게 소원."이라는 어머니의 말씀을 자주 들었다. 대학 진학의 꿈은 접었지만 어머니의 "빚 없이 살아가고 싶다."라는 소원은 이루어 드릴 수 있었다. 79년 2월, 첫 월급을 받아서 시골집의 부엌에서 어머니께 드리던 기억이 생생하게 스쳐간다.

1997년 말 용인에 세무사 사무소를 열게 되면서 대학 진학이라는 한풀이에 대해 생각해 보았다. 4년 동안 야간대학을 다니자니 세월이 아까웠다. 독학을 통한 학사제도가 있다는 것을 알고 공부를 시작했다. 1학년 과정인 교양과정, 2학년 과정인 기초과정, 3학년 과정인 전공심화과정 인정시험을 차례로 마치고 마침내 2000년 학위취득 종합시험을 앞두게 되었다.

마지막 한 판 승부. 학위를 취득하고 대학원에 진학하면 부모님은 얼마나 기뻐하실까 생각하니 벌써부터 가슴이 설렜다. 진혁이, 진세, 진교 세 아들의 자랑스러운 아버지가 되기 위해서라도, 가난으로 포기해야 했던 가슴 아픈 이야기를 멋있게 딛고 일어나는 아버지의 모습을 보여주기 위해서라도 열심히 공부해야 했다. 40이 넘은 나이에 독서실로, 도서관으로 책가방을 들고 공부하러 다녔다.

당시 고향집에는 몸이 불편한 부모님 두 분이 계셨고, 걱정스런 마음에 자주 찾아뵈었다. 어느 일요일 날, 안동을 다녀오는 고속도로에서 종합시험 응시 접수일이 금요일까지라는 사실이 문득 떠올랐다. 몸이 불편한 부모님 생각에 갑자기 고향을 찾는다고 원서 접수를 잊어버린 것이다. 월요일인 다음 날 아침, 일찍 주관기관인 수원에 있는 방송통신대학교를 방문했다. 원서 마감이 되어 지난주 이미 서울 본교에 보냈다고 했다. 그 길로 서울을 향했다. 담당자가 출장 중이라 만나지 못했다. 그다음 날 다시 찾아가서 시험을 치를 수 있도록 원서 접수를 받아줄 것을 간곡히 부탁했다. 그러자 "원서 마감 후에 찾아오는 사람이 어디 제정신이냐?"라며 마치 정신 나간 이상한 사람 취급을 하며 거부했다. 돌아온 후 다음 날 다시 찾아갔다. 자존심을 굽히고 공부를 하고 싶어 하는 마음을 헤아려 줄 것을 부탁하며 매달렸다. 지독히 모욕적인 언사를 들으면서도 포기하지 않았다. 결국 원서를 접수해 주었다. 어렵게 얻은 시험 기회를 놓칠 수 없어서 더욱 열심히 공부했다.

시험을 마치고 돌아오는 발걸음은 너무나 가벼웠다. 아쉬움은 있지만, 평균 60점은 훨씬 넘을 것이라는 자신감이 있었기 때문이다.

2000년 12월은 너무나 아름다웠다. 어머니, 아버지도 몹시 기뻐하셨다. 가슴 한쪽, 자식에 대한 미안함이 대견스러움으로 변하면서 그렇게도 좋아하셨다. 동생의 아픔을 알고 있는 작은 형은 흔쾌히 대학원 입학금을 내주었다. 대학을 다니지 못한 것이 한으로 남아있다는 것을 알고 있는 아내 또한 기뻐했다. 남편이 하는 일에 항상 말없이 지켜보며 아내는 내조했다. 나는 이제 대학원생이 되어 대학교 교정에서 공부를 할 수 있게 되었다.

세월이 흘러서 용인에서 서울까지 동국대학교 대학원에 다닌 결과 졸업하고 석사학위를 취득했다. 그리고 이 글은 2003년 8월 말 석사학위를 취득한 다음 날 아침 고향 청산에 도착해서 쓴 글이다.

꼭두새벽, 잠든 도시 분당을 뒤로하고 멀리 안동으로 가기 위해 고속도로에 오른다. 칠흑 같은 어둠을 뚫고 잠시 세상을 벗어나기 위한 순례의 길. 어머니에게 가는 길을 떠나는 나그네가 되어 고속도로를 질주한다. 용인을 지날 때 짙은 안개가 서두르지 말라며 소맷자락을 잡는다.

마흔다섯의 나이, 세무공무원과 세무사 등 세금의 길을 천직으로 걸어온 25년 세월이다. 79년 11월, 안동세무서 부가가치세과에 첫 발령을 받고 한 일은 어머니가 지난 25년간 해오신 시골 장날 국밥과 막걸리 장사 폐업 신고였다. 먹을 것이 부족했던 어린 시절, 그래도 5일에 한 번 장날이 되면 맛있는 고깃국을 먹을 수 있었다. 그래선지 우리 형제들은 시골 친구 중에서 비교적 운동을 잘했다. 축구, 씨름 등등. 하지만 비 오는 장날은 슬펐다. 이미 끓여놓은 국밥을 팔지 못하는 어머니의 한숨은 깊어지고, 다음 장날까지 생계를 위해 어머니는 이웃집에 돈을 빌리러 갔다. 그리고 장날 오후면 어김없이 빚 받으러 사람들이 찾아왔다.

초등학교 3학년 때 일이다. 육성회비가 밀려 어머니에게 울며 떼를 썼다. 다음에 주겠노라고 달래시던 어머니는 결국 눈물을 흘리셨고, 어린 마음이었지만 어머니의 눈물을 보고 마음이 아파서 울면서 학교로 뛰어갔다. 당시 어머니의 소원은 '빚 없이 살아보는 것'이었다. 다행히 아들이 공무원이 되면서 형편은 조금씩 나아졌다. 호사다마(好事多魔)라던가, 어머니는 92년 고혈압으로 쓰러졌고, 반신불수의 불편한 몸으로 지내게 되셨지만, “마음은 그 어느 때보다 편안하고 행복하다.”라고 하셨다.

물론 가끔 “내가 왜 이래 됐나.” 하셨지만.

한참을 달리다 보니 먼 동녘 하늘에 여명이 밝아온다. 마치 깊은 절망에서 희망의 빛이 보이듯이 조금씩 날이 밝아온다. ‘실패는 성공의 어머니’라고 하듯이 ‘어둠은 빛의 어머니’이다. 빛은 어둠에서 나와서 어둠을 밝힌다. “잔잔한 바다에서는 유능한 뱃사공이 만들어지지 않는다.”라는 바이킹의 격언처럼 젊은 날의 수많은 좌절과 번민의 세파는 오히려 내가 더욱 강인하고 굳센 의지를 가지도록 만들었다. 사는 이유를 아는 사람은 어떠한 고난과 역경도 헤쳐나갈 수 있다고 믿었다. 사는 이유, 그 중심에는 어머니가 있었다. 어머니는 내가 열심히 살아야 할 이유였다. 좌절하고 슬플 때, 방황하고 포기하고 싶을 때 추억 속의 어머니는 내 손을 잡고 새로운 힘과 용기를 주었다.

어머니에게는 두 가지의 한(恨)이 있었다. 하나는 빚 없이 살아보는 것. 이는 오래전 풀어드렸다. 또 하나는 가난으로 아들을 공부시키지 못한 한이었다. 그 한을 진작 야간대학이라도 다녀서 풀어드려야 했건만, 그렇지를 못했다. 서른아홉 살인 97년 12월, 용인에 세무사사무소를 개업하고 나서 4년의 정규대학 과정은 너무 길어서 독학을 통한 학사학위를 준비해 2년 만에 마쳤다. 그리고 다시 서울로 대학원을 다녀서 졸업하고 석사학위를 받았다. 오늘, 동국대학교 총장이 수여하는 '명예학위증'을 전해드리기 위해서 청산으로 달려가고 있다. 청산의 아침햇살 아래에서 어머니와 함께 지난날의 한을 날려 보내기 위해서. 차를 타고 달려가는 고속도로 위에 여명이 밝아오고, 마침내 붉은 태양이 떠오르고 있다. 그 위로 어머니의 목소리가 들려온다.

"애비야! 그래, 수고했다. 이제는 공부 그만하고 아~들하고 며느리하고 재미있게 살아라. 잠도 좀 자고."

어머니 만세.

이 땅의 모든 어머니 만세! 만만세다!

다음 날, 동네 반장님과 어머니 친구인 이웃 어른들을 모시고 잔치를 베풀었다. 반장님은 동국대학교 총장이 주는 명예졸업장을 대신 어머니에게 수여했다. 어르신들은 모두 나를 칭찬해주었다. 어머니는 "애비야! 그래 수고했다. 이제는 공부 그만하고 아~들하고 며느리하고 재미있게 살아라. 잠도 좀 자고."라고 하셨다. 나는 그렇게 하리라 생각했지만, 결국 멈추지 않고 다시 공부를 시작했다. 세월은 흘러 2009년 용인대학교에서 경영학 박사학위를 받았다. 논문 제목은 〈종교단체에 대한 과세제도〉로, 평소 관심이 많은 종교와 세금에 대한 이야기였다. 종교단체의 세금에 대한 대한민국 두 번째 박사학위 논문이었다.

용인에 온 지 12년, 고졸이란 학력에서 박사학위까지 일신우일신하는 열정으로 열심히 배움의 길을 달려왔다. 그 사이에 경희대학교 행정대학원 부동산전문가 과정, 용인대학교에서 최고경영자과

정을 수료했으며, 2005년 데일 카네기 최고경영자과정을 용인에 도입하여 초대 총동문회장까지 역임했다. 그리고 용인카네기 총동문회는 2019년 말 현재 45회를 수료하고 천여 명의 동문들을 돌파하여 명실공히 최대 CEO 단체로 지역사회에서 다양한 활동을 전개하고 있다. 이는 용인에서 이룩한 자랑스러운 개인적 업적 열 개 중 하나로 손꼽는다.

2014년 다시 배움의 길을 가기 위해 다시 중앙총신대학원 대학교 목회학과 석사과정에 입학했다. 그리고 2018년 2월 졸업했다. '목사고시'에 합격했고 목회학 석사학위를 받았다. 사람들은 신기해하며 '목사로서 교회를 개척할 거냐?'라고 했지만 그런 계획은 아니었다. 단지 신학을 공부하고 싶었고, 예수에 대해, 예수의 사랑과 고난에 대해, 예수의 가르침에 대해 더 많이 알고 싶었다.

모든 성공한 사람의 배후에는 열등감이라는 후원자가 있다. 자존감이 열등감이 될 때 느끼는 고통은 크다. 열등감은 자만심을 멀리하게 하고 악전고투, 분골쇄신하는 분발의 원천이 된다. 공자는 "사람은 모두 비슷한 성품을 지니고 태어나지만, 공부하는 습관에 따라 인생이 달라진다."라고 말한다. 공자는 누구보다 헝그리정신이 강했다. 그는 가난 때문에 늘 배움에 굶주렸다. 그래서 공자는 어느 것 하나 소홀히 여기지 않고 배움의 기회로 삼았다. 그야말로 스승도 없이 홀로 피나는 노력으로 예법과 학문에 정통하게 되었다.

학교 졸업장은 열등감의 시작이었고, 분발심의 근원이었다. 돌아가는 우회의 길, 멀고도 아픈 길이었지만 그 길 또한 인생의 길이었다. 대학을 가지 못해 한이 맺히고 가슴 아팠던 시절은 이제 모두 지나갔다. 1997년 고등학교 졸업이라는 학력으로 용인에 와서 박사학위와 두 개의 석사학위를 받았고, 지난해까지 10여 년 넘게 대학에서 객원교수로 강의를 했으니, 한 마디로 '인생 역전'이라 할 만하다. 모든 것에 감사할 따름이다.

이제 엄마의 한과 나의 한풀이는 모두 끝났다. 하지만 가슴 속에는 그때의 아팠던 추억이 지금도 너무나 아름답게 남아있다. 배움의 길에서 〈배움의 길〉을 노래한다.

길 밖에서 길을 보면
길 아닌 길이 없다.
비바람 눈보라에
슬퍼 절망하지만

지나온 세월
걸어온 이 길, 저 길
백척간두의 길
그 길 또한 길이었으니

생애의 팔 할이
엄마의 눈물이었으면
나머지 이 할은
희망이었다.

괴나리봇짐 둘러메고

톱날 같은 눈물 끊어내며

방황하고 방랑했던

배움의 길에서

이제 돌아와

자유와 평안 누리리.

장자는 "사람이 배우지 않음은 아무 재주 없이 하늘에 오르려는 것과 같고, 배워서 멀리 알면 구름을 헤치고 푸른 하늘을 보는 것과 같으며, 높은 산에 올라 사방의 바다를 바라보는 것과 같다."라고 말한다. 이처럼 배움의 길은 삶의 깊이를 더해준다. 흙이 많을수록 조각은 더 커지고 섬세해지며, 재료가 많을수록 인생에서 다양한 창작품을 만들 수 있다. 나의 배움의 길은 죽는 날까지 계속되리니, 그것이 삶의 의미요, 재미요, 흥미요, 취미요, 진미이기 때문이다.

22. 나비야 청산가자 (1)

2010년 초 마라도에서 통일전망대까지 25일간의 790㎞ 국토종주를 마치고 출간한 《나비야 청산가자》의 '책머리에' 글이다.

초등학생 막내아들에게 요즘 장기 두는 법을 가르치면서 장기 한 판을 두면 책 한 권 읽기로 약속을 하고 제 형들에게 읽혔던 '만화 삼국지'와 '만화 초한지'를 읽히고 있다. 장기판에는 항우의 초나라와 유방의 한나라가 등장하며, 이들의 전쟁인 초한전은 인간에게 수많은 교훈을 준다. 역발산기개세 항우가 진나라 도읍 함

양에 입성하여 황제 자영을 죽인 후 아방궁에 불을 지르고 금은 보화와 미녀를 거두어 고향인 강동으로 금의환향하고 싶어 했다. 이때 신하 한생이, "이곳에 도읍을 정하고 천하를 호령하시옵소서."라고 하자 항우는 멀리 동쪽 고향 하늘을 바라보며 말했다.

"부귀한 몸이 되어 고향으로 돌아가지 않는 것은 '비단옷을 입고 밤길을 가는 것(錦衣夜行)'과 같아서 누가 알아줄 것인가."

초한전에서 승리하여 항우를 죽이고 천하를 통일하고 7년 후, 유방은 반란을 일으킨 경포를 물리치고 개선하여 돌아가는 중에 그립던 고향 패(沛)에 들렀다. 역사적인 금의환향이었다. 고향에서 거나하게 술에 취한 유방은 축(비파처럼 생긴 악기)을 두드리며 흥겹게 노래를 불렀다.

큰 람 불고 구름 높이 오르니
위풍을 천하에 떨치고 고향에 돌아왔네.
용맹한 인재들 사방을 지켜 태평천하를 이룩하리.

용인에서 생업의 터전을 잡은 지 10년이 되는 해, 배낭을 메고 고향 안동을 찾아가는 나 홀로 도보여행을 했다. 2007년 1월 2일부터 9일간의 260㎞ 도보여행이었다. 가난과 배움의 질곡에서 벗어나서 자족하는 가운데 지난날을 회상하고 새로운 내일을 염원하며 그리운 어머니와 고향을 찾아가는 금의환향(?)의 길이었다. 21세에 고향을 떠나 30여 년이 지나서 '나 돌아가리라~' 하는 귀거래사를 부르며 유유자적 나그네 되어 가는 길이었다.

다음 해인 2008년 1월 1일에는 8일간 280㎞를 걷는 두 번째 도보여행을 시작했다. 안동에서 다시 용인으로 올라오는 나 홀로 도보여행이었다. 지난해는 과거에 급제하여 문경새재를 넘어가는 입신양명(立身揚名)한 선비의 마음이었다면, 이번에는 청운의 꿈을 안고 죽령고개를 넘어오는 한가로운 선비의 마음이었다. 이는 '생거진천 사거용인'이 '생거용인 사거용인'이 되어 살기 좋은 고장임을 자랑하는 용인에서 소중한 인연들과 더불어 여유롭고 아름답게 사는 새로운 삶을 꿈꾸는 여행이었다.

눈보라 몰아치는 두 번의 여정에서 이룬 도전과 성취는 보다 확장된 새로운 꿈을 꾸게 했으니, 바로 장대한 국토종단의 도보여행이었다. 그리고 결국 2010년 2월 세 번째 나 홀로 도보여행 '마라도에서 고성 통일전망대까지' 25일간 790㎞를 걷는 국토종단을 실행에 옮겼으니, 실로 괄목할 만한 발전이었다. "천 리 길도 한 걸음부터."라는 만고의 진리를 '2천 리를 한 걸음씩' 걸으면서 실증했다. 티끌 모아 태산을 이루는 적소성대(積小成大)요, 두 발로 걷는 한 걸음의 위대함을 깨닫는 쾌거였다.

일찍이 산을 좋아하고 여행을 좋아하는 역마살이 끼어 있는지 마음이 내키면 일상의 얽매임에서 벗어나 훌쩍 어디론가 멀리 자유롭게 훨훨 날아다니곤 했다.

국토종단! 이는 신선한 착상이었다. 김삿갓 등 선각자들을 흉내내며 바람처럼 구름처럼 주유천하를 하고 싶었다. 여러 가지 장애물이 있었지만 언제나 포기해야 할 기회비용은 있는 법. 큰아들이 휴가를 마치고 다녀가는 날을 길을 떠나는 그 날로 잡았다.

"나는 오후에 제주도로 간다. 제주에서 다시 배를 타고 해남 땅끝마을로 와서 걸어서 네가 있는 군부대로 갈게. 너를 면회하고 고성 통일전망대까지 갈 생각이다.”

그렇게 여행은 시작되었다. 구체적인 여행코스도, 일정도 없었다. 시작은 제주도에서, 다시 해남의 땅끝으로, 인제 원통의 군부대에 들러 통일전망대로 가는 길이었다. 발길이 닿는 대로, 마음이 내키는 대로 이리저리 떠돌다가 날이 저물면 가까운 곳에서 숙소를 정하자는 생각이었다.

시작이 반이라, 하늘을 날고 바다를 건너서 땅끝의 해안가를 걸었다. 하루하루 시간이 가면서 자연스레 코스가 결정되고, 여행의 멋은 깊어갔다. 최남단 바닷가에서 설렘과 흥분으로 시작한 여행은 전라도, 충청도, 강원도 내륙을 거쳐 최북단의 동해바다에서 절정에 이르고, 통일전망대에 도착하는 그 날은 의도적으로 미루어 갔다. 아쉬움으로 인해 도저히 여행을 마무리할 수가 없었다. 하루 40㎞를 걷던 발걸음은 겨우 10㎞로 줄어들고, 몸과 마음은 구만 리 창천을 날고 망망대해를 떠돌며 흘러, 흘러갔다.

통일전망대로 가는 날, 하늘은 동장군(冬將軍)을 보내어 하얀 꽃가루를 날리며 내가 가는 길을 축복해 주었다. 하늘도, 바다도, 대지도 하얗게 뒤덮인 순백의 세계를 만끽하며 더 이상은 갈 수 없는 그곳, 통일전망대에서 금강산을 바라보고 해금강을 바라보았다. 그리고 통일을 기원하며 두 손을 모으고 마음을 모았다. 감격의 눈물이 흘러내렸다.

그렇게 국토종단의 도보여행은 끝이 났다. 감동적인 내 인생의 아주 특별한 여행은 끝을 맺었다. 그리고 그날은 내 인생에서 역사적인 특별한 날이 되었다. 하지만 내 마음은 벌써 '다음 목표는?' 하며 더욱 큰 새로운 시작을 구상하는 것으로 전이되었다.

일신우일신! 창조적인 변화, 그리고 소박한 도전의 열정은 오늘의 나를 만들었다. 백척간두(百尺竿頭)에서 때로는 좌절하거나 포기하고도 싶었지만, '고지가 저긴데!' 하는 생각에 그 끝을 보고 싶었다. 그리고 그곳에 다다르면 끝은 없었다. 끝도 없고 시작도 없었다. 시작은 끝이었고, 끝은 곧 시작이었다. 끝도 시작도 결국 작위적인 표현일 뿐이었다.

여행은 세상의 학교요, 몸으로 체득하는 책이다. 여행에서 만나는 모든 인연은 세상을 가르쳐주고 보여주는 스승이다. 여행은 자신을 객관화시켜준다. 나무가 아니라 숲을 보게 한다. 물속에 있는 물고기는 자신의 모습을 볼 수 없다. 여행은 객관화된 자신을 발견하는 계기가 된다. 몸은 우리 국토라는 공간의 길을 걸었지만, 마음은 우리 민족의 역사와 문화를, 지나가는 고장의 향토사를, 수많은 시인묵객과 민초, 나 자신의 가족사와 개인사를 만났다. 그리고 함께 소리 내어 웃고 울었다. 시간과 공간을 초월해서 내 마음이 담긴 나만의 길을 걸었다. '나비야 청산가자! 범나비야 너도 가자!'라고 노래하며 청산을 찾아가는 자유의 길, 편력의 길을 갔다.

현재는 과거의 산물이요, 미래는 현재의 결과이다. 미래의 행복과 불행은 오늘을 살아가는 결과물이다. 이는 운명의 그림자가 아닌 선택의 의지에 달려 있다. 끝없는 도전은 인간의 문명을 발전시켰다. 창조적인 변화를 추구하고 도전하는 국가와 사람만이 새로운 하늘, 새로운 땅을 만날 수 있었다. 열심히 달려온 지난날이었다.

대한민국 국토를 종단하는 나 홀로 도보여행은 고행의 길이었고, 성찰의 길이었으며, 순례자의 길이었다. 회상의 길이었고, 참회의 길이었으며, 정진의 길이었다. 뿌리를 찾아가고 어머니를 만나는 귀향의 길이었다. 그리고 청산에서 먼저 세상을 떠나신 그리운 아버지를 만나고 사랑하는 아우를 만나 목 놓아 울었다.

사람의 일생은 유한하다. 진시황제는 불로초를 구하고, 부활을 기대한 파라오는 미라를 만들었지만, 모두 아침이슬 같은 나그네 된 짧은 생을 살다가 갔다. 영원한 것은 없으며 모든 것은 잊혀져 가고 사라진다. 흔히 '호랑이는 죽어 가죽을 남기고 사람은 이름을 남긴다(虎死留皮 人死留名).'라고 한다. 글을 쓰는 것은 이름을 남기고 생의 자취를 남기는 것이다. '한(恨)이 많은 사람들이 글을 쓴다.'는 말은 자신에게든 타인에게든 하고 싶은 이야기가 많다는 것이다. 나의 2천 리 길 도보여행이 육필로 쓴 글이라면, 이제 이 글을 남겨 지금까지의 삶을 정리하는 미라로 삼고 가슴 아픈 날들을 묻어두고 싶다.

글을 쓰는 것은 길을 걷는 것과 마찬가지로 즐겁고도 외롭고 힘든 여정이었다. '글'의 'ㅡ'받침을 'ㅣ'로 바꾸면 '길'이 된다. 길을 가듯 글을 쓰는 것은 자신과 함께하는 먼 추억여행이요, 희망에 찬 미래를 꿈꾸며 현재라는 길흉화복의 선물을 기뻐하는 여행이다. 보석 같은 눈물이 있었고, 꿈같은 기대감이 있었으며, 황금과 소금 같은 지금이 있었다. 하지만 이제는 글과 길 위에서 만나는 슬픈 과거의 이야기는 용광로에 녹여서 깊은 저장고에 묻어 두고 싶다. 부끄러워 차마 고백하지 못하는 숱한 이야기처럼.

모든 것이 합력하여 선을 이룬다. 길에서 만나는 자연은 평소의 그것이 아니었다. "내 앞에서도 뒤에서도 걷지 마라. 내가 따르지도, 인도하지 않을 수도 있으니 나의 옆에서 걸어라. 우리는 하나다."라고 하는 인디언 아파치족의 격언처럼 자연은 나와 하나가 되어 경이로운 동행을 했다. 또한 많은 분의 도움이 있었다. 격려와 위로, 스쳐 가는 분들의 따스한 배려, 특히 민통선을 걸을 수 있도록 허락해 주신 사단장님께 고마움을 전한다. 내가 비운 자리를 묵묵히 메워준 모든 인연에게도 감사의 마음을 전한다. 나를 인도한 '보이지 않는 손길'에도 감사하며 두 어깨와 두 다리, 두 평발에게도 사랑의 키스를 보낸다.

김명돌

마라도에서 시작한 국토종주의 마지막 날, 나는 온 세상이 하얗게 눈으로 덮인 통일전망대에 서서 북녘 산하를 바라보며 〈통일전망대에 서서〉를 노래했다.

눈을 들어 북녘 하늘을 바라본다.
하얗게 눈으로 덮인 산하가 보인다.
출렁이는 파도 위로 갈매기 나는 해금강이 보인다.
금강산 일만이천 봉이
백두산이 묘향산이
압록강 두만강이 보인다.

헐벗고 굶주린 동포들이 보이고
서슬 퍼런 이리와 늑대들이 보인다.
참혹한 현실 앞에 갈 길 없어
더욱 애타고 안타깝다.

다시 눈을 들어 남녘 하늘을 바라본다.
땅끝전망대가 보이고
땅의 끝, 바다의 시작이 보인다.
바다 건너 마라도가 보인다.
피안의 땅 복락의 섬 이상향 이어도가 보인다.

이어도와 마라도를 건너
땅끝전망대에 서서
저 멀리 통일전망대를 바라본다.
백두산 묘향산 압록강 두만강을 바라본다.

한 걸음 한 걸음 백만 걸음을 걸어
통일전망대에 서서
저 멀리 땅끝전망대를 바라본다.
마라도와 이어도를 바라본다.

끝은 시작으로 이어지고
시작은 끝으로 이어졌다.
시작은 끝이었고

끝은 시작이었다.

땅끝에서의 첫걸음이
통일전망대에서의
마지막 걸음이
감격으로 서로 만나 울부짖으며
이제 미완의 국토종주를 마친다.

다시 통일전망대에서
이어도를 지나 저 먼바다로 나아가고
땅끝전망대에서
통일전망대를 지나 저 만주 대륙 너머로 나아가는

환희에 찬 그날의 유랑을
염원하며
이제 외로운 나그네의
발길을 멈춘다.

23. 나비야 청산가자 (2)

2010년 2월의 일요일. 첫 휴가를 나온 큰아들 진혁이가 인제 원통의 군부대로 복귀하는 날 나는 국토종주를 떠났다. 아들은 서울에서 친구들과 만나고 오후에 버스를 타고 부대로 가겠다며 집을 나섰다. 버스 승강장에서 우리는 서로의 손을 맞잡고 이별의 아쉬움을 환한 웃음으로 대신했다.

"건강해라. 나는 오후에 제주도로 간다."라고 하는 말에 아들은 "기다릴게요."라며 미소를 지었다. 아들을 태우고 멀어져 가는 버스를 바라보며 손을 흔들다가 집으로 돌아와 배낭을 챙겨서 분당 시외버스 터미널로 갔다. 분당에서 살아온 지도 15년. 처음 와본 터미널이 낯설기만 했다.

청주공항에서 이륙한 비행기는 저녁노을 붉게 물들어 아름다운 하늘을 날아 제주도에 착륙했다. 마라도 자장면 집 기둥에 커다란 펜으로 '김명돌 걸어서 국토종주를 하다.'라고 써 붙이고 출발했건만, 훗날 마라도에서 하룻밤 묵기 위해 다시 찾았을 때는 인테리어 공사로 하얗게 사라졌다.

송악산 선착장에서 세찬 바람을 뚫고 제주항까지 걸었다. 그리고 제주항에서 배를 타고 완도, 보길도를 거쳐 석양이 질 무렵 해남 땅끝마을에 도착했다. 땅끝에서의 하룻밤을 보내고 장엄한 일출을 맞이했다. 그리고 청자의 고장 강진으로, 정남진, 장흥으로 걸어갔다. 세찬 비바람이 몰아치는 바닷가 정남진에서 하루를 쉬면서 비 오는 날의 추억에 취하고 막걸리에 취했다.

다음 날 녹차의 고장 보성으로, 정월 대보름날 잠자리가 없어 어둠 속을 헤매는 나그네를 이웃 마을까지 태워주며 숙소를 구해준 마음씨 고운 청년이 있는 시골 나라 곡성으로, 그날까지 촬영한 카메라를 눈 깜박할 사이에 잃어버린 한국의 미(美) 남원으로, 논개의 고향 장수로, 자연의 나라 무주로, 드디어 전라도를 벗어나 충청도로 들어가는 삼면삼로 영동으로, 휴대폰을 잃어버렸다가 다시 찾은 보은(報恩)의 고장 보은으로, 청정지역 괴산으로, 호반의 도시 충주로, 중앙선의 추억이 있는 원주로, 명품 한우의 고장 횡성으로, 무궁화의 고장 홍천으로, 인제의 원통으로 가서 큰아들이 군복무 중인 서화면 천도리의 군부대를 찾아갔다.

아들과의 만남, 아버지는 "제주도에서 걸어서 부대까지 면회를 가겠다!"라는 약속을 지켰다. 몇 해 후 세종시 인근에서 군 복무 중인 둘째 아들이 "저에게는 걸어서 면회 안 오십니까?"라고 물었고, 미소 짓던 아버지는 승용차를 타고 면회를 갔다.

"지난번 휴가 와서 부대로 복귀할 때 '걸어서 너에게 면회를 갈게.'라고 했는데, 정말 내가 걸어서 오리라고 생각했니?"

"다른 사람이라면 몰라도 아버지는 꼭 오실 줄 알았어요."

키가 180㎝에 가까운 장성한 아들의 표정 속에 어릴 적의 천진난만한 모습이 스쳐 갔다.

첫 아들! 입술로 되뇌기만 해도 뿌듯하고 사랑스런 말이다. "나무의 보배는 열매이고, 인간의 보배는 자식."이라고 했던가. 진혁이는 돌이 지날 무렵부터 나와 많은 여행을 했다. 승용차 조수석에 앉히고 시골집을 찾거나 여행을 할 때면 마음 깊은 곳에서부터 뿌듯한 기분이었다. 첫 아들에 대한 특별한 사랑이랄까? 눈에 넣어도 아프지 않을 아들이었다. 초등학교 입학하기 전, 서울의 강남성모병원에서 '상사시'라는 진단을 받고 수술실로 들어갈 때 진혁이는 내 손을 꼭 잡고 웃었다. "아빠를 믿고 수술실로 가요."라고 하는 아들을 바라보며 가슴을 쓸어내렸다. 하염없이 눈물을 흘렸다. '아이는 앓으면서 자란다.', '아이는 일곱 번 죽을 고비를 넘겨야 한다.'는 옛말은 귀에 들어오지 않았고, 후유증이 있을 수 있다는 의사의 말에 행여 장애가 있으면 어떻게 하나 걱정을 했지만 다행히 완치되었다.

진혁이는 내성적이고 착한 아들로 자랐다. 중학교 3학년 1학기를 마치고 낯선 미국 땅에 교환학생으로 보내놓고, 1년 후 찾아갔을 때 아들이 사는 열악한 환경에 저절로 눈시울이 붉어졌다. 하지만 진혁이는 변해 있었다. 자기표현을 잘 하지 않던 아이였는데 유머가 생겼고, 자기 논리를 가지고 대화를 주도했다. 언어가 통하지 않는 이국땅 정글에서 살아남기 위해 적응한 아들의 멋진 변화였다.

할 수 있을 때 하지 않으면 하려고 할 때 할 수 없게 된다. 한 번 기회를 놓치면 다시는 그 기회를 잡지 못할지도 모른다. 먼 낯선 이국땅에서의 역경이 아들에게는 만조를 타는 기회였다.

진혁이를 데리고 원통에서 부자지간에 즐겁게 이야기꽃을 피우고 있는데 대장금의 친구 지부식이 계속 전화를 한다. "아들 몸보신 시키려고 토종닭 잡아서 백숙 끓이고 있으니 얼른 와!"라며 재촉한다. 고마움에 거절할 수가 없어서 다시 시골을 달리는 완행버스를 타고 원통에서 군부대 앞까지 10여 ㎞를 달려간다. 토종닭을 정성 들여 요리한 닭백숙을 먹고 난 후 포만감을 느끼며 택시를 타

고 다시 원통으로 돌아오면서 아들에게 물어본다.

"이제 모텔에 가서 뭘 먹을까? 먹고 싶은 것 있으면 이야기해 봐."

"치킨이 먹고 싶어요."

"아니, 닭백숙 금방 먹고 또 치킨을?"

"예!"

그러면서 진혁이는 해맑게 웃는다. 그날 밤 우리 부자는 치킨에 생맥주까지 곁들여 밤이 깊도록, 배가 터지도록 먹고 마시고 다정히 잠이 들었다. 원통의 밤은 결코 원통하지 않았다. 아니, 너무나 행복했다. 평화롭게 잠을 자는 아들의 얼굴 위로 보고 싶은 아버지와 아우, 엄마와 형제들의 모습이 스쳐 갔다.

사랑이 인연이면 미움도 인연이다. 영원한 사랑도 영원한 미움도 없다. 사랑과 미움은 모두 마음이 만들어 내는 것, 마음속에서 매일같이 윤회를 거듭한다. 날마다 만나는 사람 모두가 깊은 인연의 존재다. 마음에게 '스치는 인연에게 이전보다 더욱 너그럽고 따뜻하게 대하라.'라고 명을 내린다.

자는 모습이 어릴 때나 지금이나 여전히 껴안아 주고 싶도록 사랑스럽다. '다 큰 아들 얼굴이 꽃같이 보이니 내 병도 중증이구나.' 하고는 혼자서 웃는다. 불을 켜고 글을 쓸까 하다가 곤히 자는 아들을 깨울까 봐 그냥 뒤척이며 이런저런 상념에 잠겨있으니 서서히 날이 밝아 온다.

아침에 목욕탕을 다녀온 후 이틀 전 원통에 왔을 때 들렀던 순대국 집으로 갔다. 아주머니는 내 얼굴을 기억했다. "땅끝에서부터 걸어서 아들 면회를 온 아버지. 아들 생각난다며 군 장병의 식대를 대신 지불한 아버지."라며 반갑게 맞이하고는 진혁이를 보고 웃는다. 진혁이가 옛일을 회상하며 말한다.

"어릴 때 아버지가 가족들을 데리고 순대국 집에 자주 갈 때는 맛을 잘 몰랐는데, 지금은 아주 맛있어요."

그때를 떠올리며 순대국에 막걸리를 한잔한다. 아이들이 어린 시절부터 함께한 분당의 추억이 다가온다. 몇 해 전 아이들과 함께 중국 여행을 갔을 때 "상유천당(上有天堂) 하유소항(下有蘇抗)"이라며 "하늘 위에는 천당이 있고 땅에는 소주와 항주가 있다."며 소주와 항주를 극찬하는 여행 안내인에게 "대한민국에는 '상유천당 하유분당'이 있다."라고 응수했다. "이렇게 좋은 분당에서 살게 해 줘서 고맙습니다."라고 한 고등학생 진혁이의 편지 글 한 토막은 아버지로서 큰 기쁨이었다.

드디어 이별의 시간, 길 위에 서서 아들을 껴안아 본다. 가슴이 뜨거워지고 울컥하며 뭔가가 느껴진다. 헤어져 길을 간다. 아들을 남겨 두고 다시 길을 간다. 가다가 돌아보니 아들은 아버지의 뒷모습을 보고 있다. 손을 흔든다. 다시 길을 가다가 돌아본다. 여전히 아들은 아버지의 뒷모습을 보고 서 있다. 다시 손을 흔든다. 다시 한참을 가다가 돌아보니 그때서야 아들은 자기의 길을 간다. 이제는 내가 멈춰 서서 아들의 뒷모습을 바라본다.

'진혁아, 군 생활 건강하게 잘 해라!'

눈가에 이슬이 맺힌다.

아내는 아침이면 아파트 베란다에 서서 초등학교에 가는 막내 진교의 뒷모습을 물끄러미 바라본다. 아들은 엄마의 그러한 성스러운 모습을 모른다. 어버이 '친(親)' 자는 어버이가 '나무(木)' 위에 '서서(立)' '바라보는(見)' 것을 의미한다. 자녀는 부모의 사랑을 먹고 자란다. 자녀는 부모가 쏘아올린 화살이고 부모의 거울이다.

아내는 새벽에 잠에서 깨어 눈을 뜨면 제일 먼저 무릎 꿇고 엎드려 기도한다. 무엇을 그렇게 간절히 구하는지 물어보지 않았지만 미루어 짐작할 수 있다. 사랑스런 눈길로, 염려스런 마음으로 바라보는 부모의 마음은 신이 인간을 사랑하는 마음의 현현이라고 하지 않는가. '내 부모님도 그렇게 나를 키우셨으니….' 하고 생각한다. 칼릴 지브란은 《예언자》에서 '부모는 자식을 쏘아 올리는 활'이라고 했다. 어머니와 아버지는 누구보다 강인한 활, 눈물의 활로 나를 쏘아 올리셨다. 나 또한 내 방식대로 자식이라는 화살을 쏘아 올린다.

아쉬운 이별의 마음을 담아 나그네가 〈길〉을 노래한다.

지나온 길
아름답고

가야 할 길
생경하다.

원통을 빠르게 벗어나서 설원의 알프스 고성의 진부령으로, 해당화의 호수 화진포를 지나고, 최북단 대진항을 지나서 통일전망대로 가는 길 입구, 금강산 콘도에 숙소를 잡았다.

통일전망대로 가는 날, 새벽부터 대설주의보가 내렸다. 세상은 온통 눈으로 덮여 설국(雪國)이었다. 민통선을 걸을 수 있도록 사단장의 특별허가를 받았고, 관할 기무부대의 사복을 입은 중사가 에스코트를 하기 위해 찾아왔다. 통일전망대로 걸어가는 마지막 날의 도보 향연은 설원의 축제였다.

최남단 마라초등학교와 자매결연을 맺었던 최북단 명파초등학교를 지나, 드디어 더 이상은 북쪽으로 갈 수 없는 통일전망대에 올라섰다. 나의 눈에는 눈시울이 붉어졌다. 마라도에서, 해남의 땅끝에서 다시 끝 아닌 끝 통일전망대까지 걸어왔다. 어른이 되면 기차를 타고 달리고 달려서 마지막 역까지 가고 싶어 했던 어릴 적 나의 꿈은 이제 걸어서 국토를 시작부터 끝까지 종주하는 것으로 승화되어 꿈 너머 꿈을 이루었다.

청산으로 가는 길에서, 국토종주에서, 그리고 백두대간 종주, 4대강 자전거 종주, 해파랑길 종주 등 목표의 끝에 도달했을 때 느끼는 그 쾌감은 언제나 상쾌하고 유쾌하고 통쾌했다. 그 황홀감을 추억하며 다시 흔쾌히 다음 길을 나섰다.

전망대에는 기무부대장과 간부들, 용인에서 눈 덮인 길을 달려온 아우들이 기다리고 있었다. 민통선을 걸을 수 있었던 것은 당시 용인의 기무부대장이었던 친구 권오근 중령의 배려 덕분이었다. 지금은 전역하여 힘겹게 투병생활을 하는 친구에게 신의 가호가 함께 하길 간절히 기원한다.

윤상열, 이영희, 류경희, 이희균, 아우들을 부둥켜안고 감격의 시간을 함께 나누었다. "열흘 이상 면도를 하지 않아 텁수룩하게 자란 수염과 얼굴이 추위에 얼어 불그스름한 모습이 정말 멋있다."라고, "결국 국토종주를 해내고야 마는 형이 자랑스럽다."라고 아우들이 추켜세운다. 전망대 매장의 직원들도 박수를 치며 찬사를 보내니 괜히 으쓱해진다. 또 하나의 금자탑을 이룬 영웅이 된 것 같은 기쁨을 누리며 드디어 해발 70m 통일전망대에 섰다. 16km 앞에 금강산이, 해금강이 보였다. 멀리 백두산이 보였다. 그리고 돌아보니 땅끝마을이 보이고 제주도가 보이고 한라산이 보였다. 그리고 마라도가 다가왔다. 드디어 짜장면 집 기둥에 적어놓은 '김명돌, 마라도에서 통일전망대까지 걸어서 가다!'를 이루었다.

떠나기가 아쉬웠지만 길을 나섰다. 아우들과 거진항으로 갔다. 무용담을 나누고 축배를 마시며 기쁨을 만끽했다. 즐겁고 행복했다. 우리는 다시 눈이 내리는, 하얗게 눈으로 덮인 천년고찰 건봉사로 갔다. 계속해서 눈이 내렸다. 함박눈이 아닌 폭설이 내렸다. 사명대사를 만나고, 부처님의 사리를 만나고, 건봉사를 돌아 나와 진

부령을 넘어 용인으로 가는 길. 설경에 취해 고개 너머 도로변에 차를 멈추었다. 하얗게 뒤덮인 세상을 두고 길을 재촉하지 말자며, 막걸리 한 잔을 나누었다. 날은 어두워지고 쏟아지는 하얀 눈이 마음을, 세상을 밝혀주었다. 일배일배부일배(一杯一杯復一杯). 우리는 마음껏 생을 찬미했다.

늦은 밤, 멀리 내 삶의 터전인 '생거용인 사거용인'의 용인 시가지 불빛이 보였다. '또 미친 병 도졌다!'라며 염려하시던 용인YMCA 박양학 이사장님께 전화했다.

"국토종단의 나그네 여정을 마무리하고 정든 용인 입구에 들어서면서 존경하는 이사장님께 보고 겸 인사 올립니다."

"아빠!"

현관문을 열고 들어서자 막내 진교가 달려 나오며 부르짖는다. 아내와 진세도 뒤를 따라 방에서 나온다. 진교를 꼭 껴안고 수염으로 얼굴을 비빈다.

"으악!"

단말마의 비명을 지르며 진교는 품에서 빠져 나가려고 발버둥을 친다. 드디어 집에 왔다. 내 삶의 안식처, 사랑하는 가족이 있는 내 인생의 보금자리에 돌아왔다.

돌아올 곳이 있어 떠났던 나그네 여정. 돌아올 곳이 없었다면 정녕 얼마나 슬프고 외로웠을까. 내 인생의 베이스캠프, 여행의 최종 목적지, 집으로 왔다. 집에서 집으로, 먼 길을 돌아 다시 집으로 왔다. 김이 무럭무럭 나는 따스한 욕조의 물에 몸을 담았다. 평안했다. 눈가에 이슬이 맺히고 지난 일들이 주마등처럼 스쳐 갔다.

이제 격정의 국토종주를 마무리하고 다시 평범한 일상으로 돌아가야 하고, 여행을 통해 달라지고 변한 모습으로 세상과 만나고 사람들과 만나야 했다. 여행을 하며 만나고, 생각하고, 느끼고, 다짐했던 모든 이야기를 소중하게 가슴에 담고, 스치는 인연에게 여유롭고 따뜻한 미소를 보내고 온기로 만나야 했다. 나의 국토종주는 이제 끝이 났다.

순간, 머릿속을 스쳐 가는 한마디.

'다음은 또 어디로 가지?'

24. 백두대간 가는 길

우리나라의 산맥은 태백산맥을 근간으로 하여 광주산맥, 차령산맥, 소백산맥, 노령산맥으로 이루어진다. 산맥이란, 산지의 산봉우리들이 길게 연속적으로 이루어진 지형이다. 태백산맥은 원산 부근의 추가령곡에서 동해안을 따라 낙동강 하구의 다대포 부근까지 이르는 길이 600㎞의 산맥으로, 한국에서 가장 긴 남북주향의 산맥이다. 그러나 100여 년 전에 살던 우리의 선조들은 그런 산맥을 알지 못한다. 우리가 아는 산맥은 1900년부터 2년간 일본인 고토로 분지로가 한반도를 답사한 후 광맥에 따라 분류, 명명한 지리 인식체계이다. 우리에게는 그 이전에 산맥체계를 수계(水系)와 연결시켜 정리한 분류체계가 있었으니, 바로 백두대간이 그것이다.

백두대간은 백두산(2,744m)에서 두류산(백두산에서 흘러내려온 산)의 다른 이름인 지리산(1,915m)까지 이르는 큰 산줄기다. 백두대간의 출발지이자 민족의 성산(聖山)으로 추앙받는 백두산에서 동해안을 끼고 국토의 척추인 양 이어진 백두대간은 금강산(1,638m)을 지나고, 남한으로 와 향로봉(1,293m)과 진부령(529m), 설악산(1,708m), 오대산(1,563m), 대관령(832m), 두타산(1,353m), 태백산으로 이어 흐르다가 남쪽으로 낙동강의 동쪽 분수 산줄기인 낙동정맥을 형성한다. 대간의 본줄기는 다시 소백산(1,421m)을 지나고, 죽령(689m)과 역사상 최초로 개통된 하늘재(525m), 이화령(548m), 속리산(1,508m)으로 뻗어

한강과 낙동강을 분수했다. 이로부터 다시 금강과 낙동강의 분수령이자 예로부터 영남과 중부지방을 잇는 추풍령(221m), 황학산(1,111m), 삼도봉(1,177m), 덕유산(1,614m), 육십령(734m), 영취산(1,075m)까지 금강의 동쪽 분수산맥을 형성하며, 섬진강의 동쪽 분수령인 지리산에서 총 길이 1,625km에 이르는 백두대간은 끝이 난다.

백두대간을 체계화한 지리책이 바로 《산경표(山經表)》이다. '산은 산으로 이어지고, 산은 물을 넘지 못하며, 산은 인간을 나누고 물은 인간을 잇는다.'는 인문지리적 입장이 산경표의 원리다. 산과 물에 따른 지역 간 문화 차이를 반영하므로 우리의 전통문화와 인문, 지리, 역사를 이해하는데 필수적이다. 산경표의 가장 큰 가치는 오늘의 실제 지형과 일치한다는 것이다.

한반도 지형의 등뼈를 이루며 평균 고도가 1,000m를 넘는 백두대간은 가장 완벽한 자연의 길이다. 대간 능선의 봉우리에서 바라보는 장쾌함은 이루 형용할 수가 없고, 대간의 원시림을 걸으면 태고 시대로 되돌아가는 청량감과 생명력을 느낀다. 대간은 하루를 걸으면 헝클어진 마음이 차분해지고, 이틀을 걸으면 건강한 삶이 되살아난다.

나는 2010년 7월 백두대간 종주를 마쳤고, 이는 산을 좋아하는 산 사나이로서의 최고의 자긍심이고 자랑이었다.

2009년 3월 7일 새벽 지리산 장터목산장, '백두대간의 꿈' 종주팀 7명은 새벽 별빛의 인도를 받으며 눈길을 걸어 천왕봉으로 향했다. 백두대간 종주의 서막을 올리는 첫날, 강풍이 몰아쳤다. 전날, 눈이 쌓인 중산리 등산로로 올라와서 장터목산장에서 밤새 추위에 떨고, 종주의 설렘에 가슴을 떨었다. 새벽하늘에는 별빛이 쏟아졌고 서서히 여명이 밝아왔다. 정상에 도착하니 세찬 바람에 서 있기도 힘이 들었다. 바람을 피해 시산제 준비를 가까스로 마치고 태양이 떠오르기를 기다렸다. 이윽고 천왕봉의 일출이 환상적으로 펼쳐지고 우리 일행은 시산제를 올렸다.

유세차 단기 4342년 3월 7일 오늘, 저희 '백두대간의 꿈' 회원 일동은 이곳 천왕봉에 올라 이 땅의 모든 산하를 굽어보시며 항시 산의 높은 정기를 베푸시는 산신령님께 삼가 고하나이다.

이제 백두대간 종주의 꿈을 안고서, 산을 배우고 산을 닮고자 하는 저희가 대자연의 위엄 앞에 겸손하고 갸륵한 마음으로 이 자리에 섰습니다. 한 달에 두 번 무거운 배낭을 메고 산행을 할 때마다 우리의 발걸음을 지켜보시며 우리의 어깨가 굳건하도록 힘을 주시고, 험한 산과 골짜기를 넘나드는 우리의 다리가 지치지 않도록 하시옵고, 백두대간 종주의 꿈을 가진 우리 회원들의 마음속에 끝나는 날까지 언제나 아름다운 우의와 사랑이 넘치게 하여 주시고, 눈보라 비바람이 몰아쳐도 안전한 산행이 되도록 엎드려 비오니 지켜주시옵소서.

천지신명이시여! 오늘 우리가 올리는 술과 음식은 비록 보잘것 없지만, 우리의 정성으로 마련한 것이오니 어여삐 여기시어 부디 흠향하옵소서!

백두대간 종주는 그렇게 시작되었다. 강추위를 동반한 눈보라, 봄날의 따사로운 햇살과 향기, 한여름의 열기와 온몸을 날려버릴 것 같은 비바람, 아름다운 가을날의 꿈의 단풍길, 하얀 눈으로 수놓은 설산을 걸었다. 새벽 2시에 산행을 시작하여 달과 별을 벗 삼아 캄캄한 어둠을 헤치며 지도 한 장에 의지해 낯선 산길을 걷고 또 걸었다. 그리고 피와 땀과 눈물의 결정체로 드디어 머나먼 국토 대동맥의 끝자락 진부령에 도착했다. 남녘 구간에서도 실질적인 최종 구간은 진부령에서 향로봉이다. 그러나 이 구간은 군부대와 산림청의 허가를 받아야 출입이 가능한 구간으로, 최근에는 출입이 완전히 통제되어 부득이 미시령에서 진부령까지의 구간을 백두대간 마지막 구간으로 하고 있다.

2010년 7월 9일, 마침내 진부령에서 백두대간 종주를 마쳤다. 평균 고도 천 미터가 넘는 산길을 따라 지리산에서 진부령까지 680㎞에 달하는 거리를 32회에 걸쳐 1년 4개월 만에 마쳤다.

마지막 산행은 미시령에서 진부령까지 15.6㎞, 이제 막 비가 그친 새벽 4시경에 산행을 시작했다. 강한 바람이 휘몰아치고 먹구름이 시야를 가리는 캄캄한 미시령을 출발해서 상봉, 신선봉, 대간령, 마산봉(1,052m) 정상을 지나서 10시간의 산행 끝에 오후 2시 진부령고개에 도착했다. 고진감래라, 수많은 역경을 이겨내고 종주를 마친 우리는 서로를 부둥켜안고 벅찬 감동과 감격, 기쁨을 나누었다. 앞선 종주팀들이 기념비를 세우고 북으로 더 나아가지 못한 아쉬움을 달래었듯이, 우리도 준비해 온 현수막을 걸고 정성 들여 차려온 음식을 진열하고 종산제를 올렸다. 속히 남북통일이 되어 금강산을 지나고, 묘향산을 지나서 백두산까지 이어지는 나머지 구간을 종주할 수 있기를 마음을 담아서 기원했다. 더 이상 나아갈 수 없는 진부령 고개에서 우리는 무사히 종주를 마치도록 도와준 양어깨와 두 다리, 의지의 발걸음을 지켜준 백두대간의 산신령님께 눈물로 감사를 드렸다. 특히 총무 류경희는 닭똥 같은 눈물을 뚝뚝 흘렸다. 우리는 '일생을 살아가면서 이보다 값지고 의미 있는 일이 과연 얼마나 더 있을 수 있겠는가!'라며 함께 기뻐하고 즐거워했다.

지난 일들이 주마등처럼 스쳐 갔다. 혹한의 눈보라, 봄날의 꽃향기, 여름날의 태양 아래 땀에 젖은 거친 호흡, 가을날의 고운 단풍, 장엄한 일출, 황혼녘의 석양과 노을, 둥근 보름달, 새벽하늘에 박힌 반짝이는 수많은 보석, 캄캄한 어둠 속을 이마의 랜턴에 의지해 험준한 산속을 헤매던 그 순간은 마치 꿈속에서 맛보는 아름다운 소풍이었다. 홀로 걷던 캄캄한 새벽 깊은 산길, 야수의 울음소리에 머리카락이 곤두서고 온몸이 굳어버리는 공포도 느껴 보았다. 그리고 그 끝은 '나는 드디어 백두대간 종주를 해냈다!'라는 성취감, 자긍심이었다. 어려움 없이 성취되는 것은 없다. 오히려 힘들고 어려웠기에 그 성취는 더욱 보람이 있었다.

누구에게나 역사적인 그날이 있다. 잊을 수 없는 감동과 감격의 순간이 있다. 그날의 순간이 있기에 슬프고 힘든 좌절의 순간에도 다시 일어날 수 있는 희망과 용기를 갖는다. '백두대간 종주'는 바로 '그날 그 순간!'이었다.

첫 산행으로 지리산 중산리에서 장터목산장에 도착하여 하룻밤 묵을 때 춥고 떨리는 몸을 서로의 체온으로 녹이기 위해 밀착한 상태에서 류경희가 물었다.

"형님, '집 나오면 개고생'이라 했는데, 우리가 왜 이 고생을 왜 해야 하지요?"

"재미있잖아?"

정말 그랬다. 우리는 어렵고 힘든 수많은 난관을 즐기면서 재미있게 헤쳐나갔다. 추위에 떨고, 더위에 땀을 흘리며, 때로는 체력의 한계를 느끼면서도 한 걸음 한 걸음 북으로, 북으로 백두대간 가는 길을 전진해 나갔다. 그때마다 우리는 또 한 구간을 해냈다는 성취감을 느끼며 서로에게 힘을 북돋우고 격려하며 자축했다. '피할 수 없는 고통은 즐겨라!'가 아니라 고난과 역경을 찾아다니며 즐기고 재미있어했다.

류경희는 "형님이 '재미있잖아!' 하는 그 말이 처음에는 황당하기까지 했는데, 이제는 정말 고통이 재미있게 느껴진다."라며 산장에서의 첫 날을 회고하면서 함께 웃고는 했다.

우리는 진부령에서 흘린 뜨거운 눈물과 감격을 뒤로하고 가진해수욕장으로 갔다. 자축하기 위해 예약한 식당 앞에는 우리의 이름이 적힌 현수막이 걸려 바람에 날리고 있었다. 그 위로 동해의 조나단과 갈매기가 무리를 지어 날아가며 "차상용, 안종필, 이영희, 유경희, 이희균, 김상식, 그리고 김명돌. 모두 모두 멋있고 자랑스러운 큰일을 해냈다. 그 열정과 노력으로 걸어가는 그대들의 인생행로는 밝고 건강하리라. 그대들의 삶에 행복 가득하길!"이라며 끼룩끼룩 외쳤다.

붕정만리 백두대간 종주를 마친 우리 종주팀은 '백두대간 종주기념패'를 나누었다.

白頭大幹縱走記念牌

民族의 靈山인 智異山에서 始作하여 不屈의 意志로 680㎞를 걸어 陳富嶺까지 白頭大幹을 縱走한 당신이 자랑스럽습니다. 大幹에서 흘린 피와 땀과 눈물, 함께한 友情을 소중히 간직하시고 아름다운 挑戰이 持續되는 빛나는 삶을 기대합니다.

동반자: 김명돌 차상용 안종필 이영희 유경희 이희균 김상식

종주를 마치고 일주일 후인 2010년 7월 15일, 우리는 백두산 등반을 위해 인천국제공항에서 중국 심양으로 가는 비행기에 올랐다. 백두대간 종주, 그 진정한 마지막 결산은 백두산 트레킹이었다. 심양공항에서 다시 버스로 갈아탄 일행은 9시간을 달려 송강하에 도착했다. 날은 이미 캄캄한 밤이 되어 있었다.

다음날 새벽 3시, 간단한 식사를 하고 서파 코스로 등정하기 위해 백두산 하단에 도착했다. 폭우가 내릴 거라는 일기예보에 약간의 무거운 마음을 지닌 채 구름 속으로 걸어 올라갔다. 바람은 강하고 한 치 앞을 분간할 수 없는 먹구름이 시야를 가렸다. 어느 순

간 백두산 천지를 내려다볼 수 있는 능선에 도착했지만, 천지는커녕 백두산에 올랐음에도 백두산조차 볼 수 없었다. 낙심하는 순간 류경희 총무가 "조금 있으면 날이 맑아져 천지를 볼 수 있다고 하늘에서 연락이 왔다."라고 우스갯소리를 했다. 그러자 이영희 산악대장이 "맞아. 지난번 진부령에서 종산제를 지낼 때, 다음 주에 백두산에서 멋진 산행을 할 수 있도록 백두대간의 모든 산신령과 백두산의 산신령께 고했는데, 그 목소리가 아직 여기에 도착을 안 했나 봐. 조금 있으면 산신령께서 도우실 거야."라고 말을 받았다.

우리는 백두산 능선 길을 오르내리며 걸었고, 바람 따라 구름이 오락가락하는 것을 보았다. 그 순간, 거짓말처럼 눈 부신 햇살을 머금은 백두산 천지(天池)가 그 모습을 살짝 드러냈다 사라졌다를 반복했다. 우리는 순간순간 탄성을 질렀다. 한족인 산행안내원이 큰소리를 내면 안 된다고 사전에 주의를 주었지만, 저절로 탄성이 우러나왔다.

드디어 드러나는 파란 하늘 아래에 파랗게 물든 환상적인 천지의 모습에 우리는 감탄하고 감격했다. 시간이 지날수록 구름은 사라지고, 말 그대로 구름 한 점 없는 백두산 둘레길을 돌며 민족의 영산 백두산을 호흡했다. 사진을 촬영하고, 가져간 식사를 하고, 막걸리로 건배를 했다. 즐거웠다. 백두대간 종주의 대미를 장식하는 백두산 등반은 엄숙하고 경건한 일종의 구도 행위였다. '백두산의 위용과 천지를 볼 수 있게 해달라.', '남북통일을 이루어 자유로이 백두산을 찾을 수 있도록 해달라.'며 간절히 기원하는 종교의식이었다. 그리고 그 미완의 소원은 이루어졌다.

백두산 천지는 '용왕담(龍王潭)'이라고도 하며, 수면 고도 2,257m, 둘레 14.4km, 평균 수심 213.3m, 최고 수심 384m로 백두산 산정에 있는 자연 호수다. 금강산은 수많은 선인이 찾았고 문학작품으로 남겨져 전해진다. 그러나 민족의 성산인 백두산은 불과 2~300년 전만 해도 사람이 쉽게 접근할 수 있는 곳이 아니었다. 북방 오지에 있어 17세기 이전에는 백두산에 올라 여행기를 남긴 이가 없었다. 백두산이 본격적으로 작품에 등장하는 시기는 조선 숙종 이후다. 청나라에서 주변 국경선을 확정하려 하자 세인의 관심사가 되었다.

백두산을 직접 탐방하고 쓴 기록으로는 이의철의 《백두산기》가 손꼽힌다. 1751년 40여 명을 동반해 산행을 한 이의철은 날씨가 좋아 경관을 두루 볼 수 있었다. 이후 앞선 자의 산수기는 뒷사람의 등반안내서 구실을 하며 백두산을 오르는 사람들이 생겨났다. 서명응은 1766년 백두산이 있는 갑산에 유배되자 8일 동안 백두산탐방을 하고 《유백두산기》를 썼다. 그는 평생 하고 싶은 일이 세 가지 있었으니 하나는 '주역'에 관한 저술, 그다음은 금강산 등정, 마지막이 백두산 등정이었다고 한다. 서명응은 "운이 좋게도 정상에 올라 천지를 반나절이나 구경했다."라고 기록했다. 그 내용의 일부다.

> 사슴들이 무리를 이루어 물을 마시거나 걷거나 눕거나 달리거나 했다. 검은 곰 두세 마리가 벽을 따라 오르내리고, 괴이한 새 한 쌍이 훨훨 날아 물을 치고 나니 그림 속 풍경을 보는 듯하다.

18세기 후반에도 백두산 등반은 이루기 힘든 소망 중 하나였으며, 감격과 흥분을 동반한 산행이었음을 보여준다. 신광하는 전국의 명산을 두루 여행하였지만, 백두산만큼은 오르지 못해 평소 한스럽게 여기다가 1784년 백두산을 다녀온 뒤 그 체험을 한시로 읊어 《백두록》을 엮었다. 아래는 친구에게 보낸 백두산 체험의 충격이 표현된 편지다.

> 백두산 정상에 올랐더니 천하만사가 까마득히 저절로 잊혀졌소. 세상의 이른바 부귀, 빈천, 사생과 애환이 하나도 내 가슴으로 들어오지 않았고, 제왕과 영웅호걸의 업적이란 것도 그저 미미한 것에 불과하더이다.

겨레의 명산 백두산에 올라 반나절 이상 밝은 하늘 아래 천지 주변을 걸으며 감상을 즐긴 우리 일행은 분명 행운아였다. 일행 중 막내인 김상식은 말했다.

"백두대간을 하면서 처음 가본 지리산 천왕봉에서 시산제를 하고 일출을 보았으니 조상님 3대가 덕을 쌓았고, 처음 가서 본 설악산 대청봉에서 일출을 보았으니 6대가 덕을 쌓았으며, 처음 와서 본 백두산에서 천지를 마음껏 보고 즐기니 9대가 덕을 쌓았습니다."

우리는 모두 환히 웃으며 화답했다.

"그래, 네 말이 맞다!"

북파 방향으로 하산을 하기 전, 우리는 아쉬움을 머금고 천지를 배경으로 단체기념촬영을 하였다. 그리고 다시 천지를 향해 돌아섰다. 엄숙한 마음으로 "동해물과 백두산이 마르고 닳도록~!" 하며 애국가를 불렀다. 목청껏 힘차게 불렀다. 그러나 울먹이는 목소리는 목에 걸려 쉽게 나오지 않았다. 모두의 눈에는 눈물이 하염없이 흘러내렸다. 그리고 우리는 서로를 껴안았다. 왜 눈물을 흘렸는지 서로에게 묻지 않았다. 말하지 않아도 우리는 서로 알고 있었다.

백두대간 종주는 북한 구간을 걷지 못한 미완인 채로 백두산에서 끝이 났다. 그리고 나는 꿈을 꾸었다.

'훗날 발걸음이 다시 금강산을, 묘향산을, 북한의 산하를 지나 백두산으로 향하는 그 날이 오리라. 그렇기에 끝은 없다. 나는 다시 걸을 것이다. 내 나라를 걷고, 세계를 걸을 것이다. 산길을 걷고, 들길을 걸으며, 바닷길을, 초원길을, 그리고 사랑을 배우고, 침묵을

배우고, 소박하고 아름다운 삶을 배우는 자신의 길을 걸어갈 것이다. 나는 아직도 배가 고프다.'

백두대간 가는 길, 지리산에서 시작한 나의 백두대간 종주의 꿈은 그렇게 백두산에서 끝이 났다.

25. 청류정의 노래

공자가 제나라로 가는 도중에 매우 슬프게 곡하는 소리를 들었다. 공자가 나아가서 물었다.

"당신은 무엇을 하는 사람인데 이렇게 슬프게 곡을 하고 있소?"

"제 이름은 구오자입니다. 저는 살면서 세 가지 실책이 있었습니다. 뒤늦게 오늘에야 깨달았으니 뉘우친들 무슨 소용이 있겠습니까? 때문에 슬퍼서 곡을 하고 있습니다."

"세 가지 실책이라니요. 내게 말해주시기를 바라오."

이에 구오자는 길게 한숨을 쉬며 말했다.

"저는 젊어서 학문을 좋아하여 온 천하를 돌아다니다가 고향에 돌아와 보니 부모님이 이미 돌아가셨습니다. 이것이 첫 번째 실책입니다."

구오자는 이어서 말했다.

"장성한 뒤에는 제나라의 임금을 섬겼는데, 임금이 교만하고 사치하여 어진 선비들을 놓침으로써 신하로서의 절조를 완수하지 못했으니, 이것이 두 번째입니다. 또한 나는 평생 친구를 돈후하게 사귀었으나 지금은 모두 떨어져 나갔으니 이것이 세 번째입니다."

그리고 구오자는 말했다.

"나무는 고요히 있고자 하나 바람이 그치지 아니하고, 자식이 부모님께 효도하려고 하나 부모님이 기다려주지 않습니다. 가버리면 다시 오지 않는 것이 세월이며, 다시 뵈올 수 없는 것이 세월입니다."

말을 마친 구오자는 강물에 몸을 던져 죽었다.

시전(詩傳)에는 "아버지 날 낳으시고 어머니 날 기르시니, 애달프고 또 애달프구나. 부모님이시여, 날 기르시느라 얼마나 애쓰셨는가. 그 은혜를 갚으려 하나 하늘보다 더 넓어 끝이 없고여."라고 했다. 나무는 고요히 있고자 하나 바람이 그치지 아니한다. 지나간 일들은 돌이킬 수 없으며, 흘러간 세월은 다시 잡을 수 없다. 세월이 가면 부모님을 뵙고 싶어도 다시 뵈올 수가 없다. 살아생전 자주 찾아뵙고 효도할 일이다.

우리나라에는 오랜 옛날부터 한여름 피서지인 모정(茅亭)과 누정(樓亭)이 있었다. 누정은 누각과 정자를 일컫는 정자식 건물이다. 쌓아 올린 대 위에 세운 건물을 누각이라 한다면, 정자는 밑에 대가 없다고 할 수 있다. 조선시대 누정은 양반 남성들을 위한 곳이었다. 야트막한 구릉이나 산록, 계곡이나 경관 좋은 강변, 절경의 암반 위나 연못가에 누정을 지었다. 음풍농월로 세월을 보내는 특권층에 대한 비판도 따르지만, 자연을 관조하고 조화를 이루고 살아가는 선비들의 멋과 풍류도 있다. 16세기 이후, 특히 연산군에서 중종 대에 이르는 시기에 많이 건립되었는데, 이는 정치세력 간의 권력다툼이 벌어지자 많은 선비가 정계 진출을 단념하고 고향에 내려가 여생을 보내면서 정자를 지었기 때문이다. 이러한 전통은 송나라 때의 대유학자 주희가 무이산에 들어가 무이정사라는 정자를 세워 은거한 것에서 비롯되었다. 퇴계 이황은 도산서당을, 서경덕은 개성의 화담에, 남명 조식은 지리산 자락에, 율곡 이이는 황해도 해주의 석담에 정자를 지어 제자들을 가르쳤다. 이는 선비의 마음가짐은 부귀공명만을 추구하는 것이 아님을 보여준다고도 할 수 있다.

안동의 영호루, 진주의 촉석루, 밀양의 영남루, 울진의 망양정, 간성의 청간정 등 공식 기록에만 885개에 달하는 누정이 전국 곳곳에 있다. 이름난 누정의 편액에는 지금도 당대 일류 문인의 글씨와 문장이 전해져 오고 있으며, 자연 풍광이 좋은 곳에 위치한 누정에서는 주옥같은 시와 산수화가 탄생했다.

모정은 글자 그대로 농민들이 한여름 더위를 피해 잠시 휴식을 위해 사용하는 초가를 얹은 소박한 정자다. 농민들의 휴식처이자 집회소요, 순박한 농민의 숨결이 살아있는 곳이다. 한여름철 김매던 농민들이 점심을 먹고 불볕더위를 피해 눈을 붙이는 요긴한 장소다. 모정은 초가지붕이었으나, 요즈음에는 기와를 얹는 것을 볼 수 있다. 모정은 누정에 비하면 전통의 지속력이 강하다. 시대가 변한 지금도 여전히 생활 속에 살아 숨 쉬는 공간으로 자리 잡고 있다. 비록 초가가 기와로 바뀌었을지라도, 모정이란 이름을 그대로 간직한 채 역사 속에 함께 공존하고 있다.

청산 시골집에는 '청류정(清流亭)'이라는 정자가 있다. 2000년, 경기도 가평산림조합에서 운영하는 정자 짓는 사업팀을 불러서 지었다. '청류정'이라는 이름은 아버지가 다니시던 마을 경로당의 노인회 회장님이 친필로 써서 걸어준 현판 이름이다.

북향을 하고 있는 청산의 집은 전경이 아주 좋다. 멀리 산이 보이고, 집 앞에는 과수원이 있으며, 그 뒤에는 낙동강의 지류인 미천이 흐르고 있다. 왼쪽 앞으로는 중앙선 철길이 있고, 대구~안동 간 4차선 도로가 지나는데 중앙고속도로 남안동 I/C 진입로가 연결되어 있어서 정자에 앉으면 시야가 넓고 경치가 아주 좋다.

정자는 엄마를 위해 지었다. 몸이 불편하신 엄마가 지팡이를 짚고 걸어서 정자에 앉아 바깥 경치를 감상할 수 있도록 하기 위해 지은 정자다. 1992년에 뇌출혈로 쓰러진 엄마는 반신불수의 몸이 되었고 바깥출입이 어려웠다. 지팡이에 의지해 가까운 곳은 갈 수 있었지만, 먼 곳에 가는 것은 누군가의 도움 없이는 불가능했고 자연히 하루 종일 집에만 계셔야 했다.

정자는 외로운 엄마에게 친구였다. 엄마가 홀로 걸어가실 수 있는 휴식처였다. 엄마는 정자에 앉아 멀리 기차가 지나가고 자동차가 다니는 것을 구경하시며, 때로는 옛일을 돌아보고 자식들을 그리워하셨다. 정자는 엄마의 안식처였다. 또한 가족들이 모이는 때면 우리 모두 정자에 앉아 가슴 가득한 정을 나누었다.

30년 가까이 된 예전 집을 허물고 하얀 2층집을 지은 2002년, 정자에게 위기가 닥쳐왔다. 정자가 있던 자리에 집이 들어서야 하니 허물어야 했다. 하지만 그럴 수는 없었다. 궁리 끝에 포크레인 두 대로 정자를 들어서 지금의 자리로 옮기는 것에 성공했다.

새롭게 정자가 앉은 자리는 아주 오래전, 어머니가 시집와서 힘들게 벌어서 장만한 토지였다. 생활이 힘든 부모님은 이 땅을 내가 고등학교에 다니던 30여 년 전에 뒷집 아저씨에게 팔았다. 부모님은 그 땅을 보면서 가끔 아쉬워하셨고, 그럴 때면 나는 '어릴 적 일하던 그 고추밭을 부모님이 살아계실 때 다시 사 드려야겠다.'라고 생각했다.

2000년 어느 날 저녁, 뒷집에 사는 아저씨를 찾아가서 “원하는 대로 드릴 테니 밭을 되팔아 달라.”라고 했고, 거래는 즉석에서 이루어졌다. 부모님에게는 비밀이었지만, 시가의 배 이상을 지불했다. 아버지와 어머니는 몹시 기뻐하셨고, 나는 무슨 큰일을 해낸 듯 자신이 자랑스러웠다. 고토를 회복한 이 토지는 내가 이 세상에 태어나 취득한 최초의 토지였다. 그 땅 위에 지어진 정자에서 2011년 추석날 쓴 글이다.

멜로디가 잠을 깨운다. 추석날 새벽, 시골 청산으로 가야지. 비가 오는 새벽길을 나선다. 혹여 차가 밀릴까 큰아들에게 확인을 부탁한다.

"아버지, 양방향 소통 원할하데요."

"그래!"

용인을 지나 양지 I/C방향, 차량이 늘어난다. 고속도로에 차를 올리자 아뿔싸! 마치 주차장이다. 밀리면 어떠랴. 내 고향을 찾아가는 명절날인데. 21살에 집을 떠나 평소에도 고향집을 찾아갔지만, 명절이면 항상 가슴이 설레고 기다려지는 것은 본능적이다. 느릿느릿 영동고속도로를 지나서 중앙고속도로에 들어서자 길이 뻥 뚫렸다. 도착하니 엄마는 시골집 거실에 계셨다. 다정하게 포옹을 하고 운동복으로 옷을 갈아입는다.

집에서 8㎞ 가까이 떨어진 사찰, 의성 고운사로 달려간다. 신라 말엽 의상조사가 세웠다고 하는 고운사. 천년의 시간을 넘어 불우한 천재, 외로운 사내 고운 최치원을 만나러 달려간다. 한적한 시골길, 한두 번 형하고도 달렸지만, 이 길은 언제나 고즈넉하고 몸과 마음을 홀가분하게 정화해준다.

고운사 입구, 아우의 죽음을 불렀던 사고현장에서 잠시 걸음을 멈추고 돌아본다. 연꽃이 가득한 정자에 앉아서 사색에 잠긴다. 어느 날엔가 아침 조깅을 하고, '다시는 형님의 사생활에 관여하지 않겠습니다!'라며 큰형님과 이 자리에서 대화를 나눴던 기억이 스쳐 간다. 천년고찰 고운사에 들어서서 외로운 구름 고운(孤雲), 높이 떠 흐르는 구름 고운(高雲)을 만나고 돌아서 나온다. 동병상련, 하지만 어찌 시공을 초월할 수 있겠는가. '산은 속을 버린 적이 없건만 속은 산을 버리고(山非離俗俗離山) 도는 사람을 멀리한 적이 없건만 사람이 도를 멀리하는구나(道不遠人人遠道).'라는 최치원의 목소리가 들려온다.

땀 흘려 돌아오는 발걸음, 만물이 새롭고 비 온 뒤의 촉감이 신선하다. "내려올 때 보았네. 올라갈 때 못 본 그 꽃."이라는 어느 시인의 마음을 느끼며 몸과 마음의 주변을 둘러본다. '보이네, 보이네. 그 손길이 보이네.'라며 노래를 부르며 돌아온다.

정자에 앉아 주위를 둘러본다. 강아지만이 소리 내어 끙끙거린다. 방울 소리가 울린다. 청산의 가을, 평화로운 정경이다. 세월은 간다. 계절은 간다. 인간사 모든 일이 구름에 달 가듯이 흘러간다. 너도 가고 나도 가고 모두 다 그렇게, 그렇게 흘러서 간다. 흐르는 세월 속에 엄마는 많이 쇠약해지셨다. 형님은 자신을 스스로 마음의 감옥에 가두시고 힘들어하신다. 하지만 빛이 보인다. 빛은 좋다. 언제나 어둠을 밝히는 빛은 좋다. 형님에 대한 기대와 사랑, 희망은 가난한 자의 양식이라 하지 않는가. 자책하고 후회하는 마음 모두 다 이해할 수는 없다. 하지만 이내, 속히 중심 잡기를 간절히 아주 간절히 구하고 싶다.

임꺽정은 소리나 피리를 잘하는 명인을 납치하여 달밤에 부하들을 모아놓고 연주시킴으로써 감정 공감대로 유대를 지켰던 예인대도(藝人大盜)였다. 슈바이처는 노벨 평화상을 탄 신학자이자 오르간 연주의 대가였고, 처칠 총리는 화가이자 소설 〈사브로라〉를 남긴 작가였다. 파시스트 무솔리니는 〈추기경의 연인〉이라는 소설을 썼다. 모두 제2문화의 위력을 갖고 있다. 나 또한 언젠가 이 정자에서 시를 읊고, 단소와 대금으로 멋스러운 가락을 날리며, 그 옛날을 추억하는 날을 꿈꾸어 본다. 청류정에 청산의 시원한 바람이 추억과 더불어 미소 지으며 스쳐 간다.

추석날, 즐거운 추석이다.

청산에는 언제나 아득한 추억의 강이 흐른다. 청산의 겨울, 집 문을 열고 나서면 하얀 눈이 온 누리를 덮고 있어 순백의 장관을 연출한다. 봄이면 청산의 온갖 꽃과 과수원의 복숭아꽃, 사과꽃 등이 울긋불긋 아름답게 수놓는다. 여름밤, 정자에서 밤하늘의 별을 세노라면 그 유명한 바이칼의 별빛이 무색하다. 또한 비 오는 날에는 정자에서 빗소리를 들으며 사색에 젖거나 멍하니 앉아 있어도 좋고, 책과 막걸리를 벗 삼으면 천하가 내 것인 양 풍류가 따로 없다. 가을이면 마당 가득 굴러 쌓이는 낙엽들이 달팽이 뿔 위에서 살아가는 공허한 삶의 의미를 일깨워 주고, 귀뚜라미 울음소리는 먼 추억 속으로의 여행을 안내한다.

세월이 흘러 정자를 벗 삼던 아버지는 돌아가셨다. 부모님을 모시기 위해 고향으로 돌아온 아우는 아버지보다 먼저 홀연히 머나먼 길을 떠나 이제는 정자가 보이는 아버지 옆에 한 줌의 흙으로 누워 있다. 그리고 4년이 지난 2012년, 엄마는 몸이 더욱 약해져서 집에서 10분 거리에 있는 도립 노인병원을 오가시다가 뜨거운 여름날 가족 묘지의 아버지 곁에 묻히셨다. 엄마와 정자는 그렇게 이별했다. 이후 맏형님과 형수님, 제수씨와 조카 나현이, 진철이가 정자를 돌보며 시골집에 살다가 이제는 모두 떠나가고 작은 형님과 형수님이 정자를 지키고 있다.

정자는 지금도 청산의 시골집 옆에 나란히 자리를 잡고, 스쳐 가는 미풍을 즐기면서 정든 이들을 그리워하며 앉아 있다. 때로는 집안에 경사가 있을 때, '경축 김진태 대위진급!'이라든가, '김진혁, 변호사시험 합격!' 등의 현수막을 거는 역할을 감당하기도 한다.

청산에 해가 뜨고 지고, 밤하늘의 달과 별이 그 빛을 발하다가 날이 밝아 쇠해도 정자는 그 자리에 있다. 흐르는 세월 속에 구름이 흘러가고 바람이 스쳐 가도, 꽃이 피고 지고 계절이 바뀌어도, 비바람 눈보라가 몰아쳐도 정자는 항상 우리 가족사를 보고 듣고 느끼면서 함께 호흡하고 대화하고 정을 나눈다.

황혼이 질 무렵 청류정에 앉아서 서쪽 하늘 붉은 노을을 바라보며 청산별곡을 노래한다.

우러라우러라 새여 자고니러 우러라 새여
널라와 시름한 나도 자고 니러라 우니노라

얄리 얄리 얄랑셩 얄라리얄라

임진강이 내려다보이는 기암절벽 위에 반구정(伴鷗亭)을 지어 관직에서 물러난 후 갈매기를 벗 삼아 여생을 보낸 황희 정승처럼, 귀거래사를 부르며 고향으로 돌아가 청류정에서 한가로움을 맛보며 여생을 보내는 그 날이 언제일까.

아침이 밝아오고 청산의 새들이 지저귀는 아름다운 미래가 신비하게 다가온다.

26. 강 따라 길 따라 (1)

몹시 가난에 쪼들린 한 선비가 밤이면 향을 피우고 하늘에 기도를 올리는데 날이 갈수록 성의를 더하였다. 하루는 저녁에 갑자기 공중에서 소리가 들렸다.

"옥황상제께서 너의 성의를 아시고 나로 하여금 너의 소원을 물어오게 하셨다."

선비가 들뜬 마음으로 답했다.

"제가 하고자 하는 바는 매우 작은 것이요, 감히 과도하게 바라는 것이 아닙니다. 저는 의식이나 조금 넉넉하여 산수 사이에 유유자적하다가 죽으면 만족하겠습니다."

선비의 말을 들은 사자가 공중에서 크게 웃으면서 말했다.

"그것은 천상계 신선들이 즐기는 낙인데 어찌 쉽게 얻을 수 있겠는가? 만일 부귀를 구한다면 가능할 것이다"

허균의 《한정록》에 나오는 이야기이다. 지금은 옛날과 달라 의식이 넉넉하여 마음만 먹으면 아름다운 산수를 마음껏 다녀올 수도 있지만, 그 마음먹기가 어렵다. 돈이 있으면 시간이 없고, 돈과 시간이 있으면 건강이 허락하지 않는다. 다닐 수 있을 때 다녀야지, 다니고 싶을 때 다니는 것은 쉽지 않다. 가슴이 떨릴 때 다녀야지, 다리가 떨리면 다닐 수 없다. 유랑자가 천상계 신선의 영역이라는 산수 유람을 간다. 마음껏 기쁨의 나래를 펼치면서 두 바퀴를 굴리며 달려간다. 2012년 4대강 자전거 종주를 마치고 출간한 《강 따라 길 따라》의 '책머리에' 내용이다.

(...전략...)

2012년 1월 3일, 나는 다시 길을 떠났다. 태양은 지고 싶을 때 지고, 강물은 가고 싶은 곳으로 가듯이 나는 내 마음의 길을 갔다. 임시개통 된 한강과 낙동강, 금강과 영산강 자전거길을 두 바퀴로 달리는 997㎞의 4대강 국토종주였다. 한파주의보가 내린 여명의 바닷가에서 나는 시도했고, 그리고 마침내 도착했다.

삭풍이 몰아치는 경인아라뱃길 아라서해갑문에서 출발해서 21㎞ 거리의 아라바람길을 달려 아라한강갑문에 도착했다.

(...중략...)

그렇게 시작된 여정은 말도 많고 탈도 많은 4대강 개발 현장을 따라 팔당대교에 이르는 56㎞의 한강 종주길과 충주 탄금대로 가는 132㎞의 남한강 종주길을 달리고, 상주 상풍교로 이어진 새재를 넘지 않는 100㎞의 새재자전거길을 지나서, 낙동강을 따라 낙동강하굿둑에 이르는 324㎞의 낙동강 자전거길에서 마무리했다.

길은 다시 대청댐으로 옮겨져 금강하굿둑에 이르는 146㎞의 금강 종주길, 담양댐에서 시작하여 영산강하굿둑까지 133㎞의 영산강 종주길을 달리면서 한겨울에 펼쳐진 912㎞ 거리의 4대강 국토종주를 사실상 마쳤다. 그리고 다시 상풍교에서 내 고향 안동댐에 이르는 85㎞ 낙동강 자전거길을 달렸다. 낙동강은 나의 생명의 젖줄이었기에 내 혈관에는 낙동강이 흐른다. 내 고향집을 향하여 햇살로 물결치는 낙동강을 따라가는 자전거 여행은 4대강 국토종주를 마무리하는 압권이었다.

대한민국에서 태어나 내 나라의 산하를 내 발로 걸어보고 자전거로 달려보는 일은 분명 소중하고 의미 있는 일이다. 정든 고향과 정든 타향을 걸어서 오가고 국토를 종단하면서 분단된 민족의 통일을 기원하고, 백두대간의 근골을 두 발로 걷고 생명의 젖줄인 강을 따라 달리는 일은 자신의 뿌리와 존재에 대한 확인이요, 자기 성찰인 동시에 국가와 사회, 국토와 자연에 대한 사랑이고 관심이다. 내 나라 내 땅의 역사와 문화를 알지 못하고 먼 나라부터 찾는다면 이는 별을 바라보느라 발밑의 꽃을 보지 못하는 처사다.

공식적인 종주가 끝난 후 기회가 있을 때마다 자전거에 몸을 싣고 다시 4대강 길을 나섰다. 눈꽃 덮였던 그 길가에 화사하게 핀 봄꽃을 보면서 탄성을 질렀다. 자전거로 가지 못했던 4대강 인근의 문화유적, 자연유산은 자동차로 찾아갔다. 강을 따라 주변에 자리 잡은 민족의 자취와 현재를 맛보았다.

여행은 세상 속에서 흐르는 물이 되고, 바람이 되고, 풀잎이 되고, 햇살이 되고, 구름이 되고, 자연이 되어 자신의 존재를 잊어버리는 물아일여에 빠지게 했다.

오래전 우리 민족은 맥족이라 했다. 맥은 꿈을 먹고 사는 전설의 동물이다. 꿈을 가져야 한다. 아름다운 꿈은 화려한 인류문화와 문명을 창조하는 모래가 되었다. 꿈이 없는 인생은 거리를 방황하는 삶이다. 그리고 꿈이 이루어지면 새로운 꿈, 꿈 너머 꿈을 향해 가야 한다. 마치 그것이 내가 가야 할 숙명의 길인 것처럼.

집을 짓기 위해서는 먼저 설계를 한다. 설계도 없이는 좋은 집을 지을 수 없다. 인생의 설계는 소망하는 미래의 모습을 미리 그려보는 것이다. 멋진 미래의 모습을 상상하고 그 꿈이 이루어졌다고 생각하면, 그 자체로 기쁨이 되고 자극이 된다. 멋있는 미래의 자신이 오늘의 자신을 보고 있다고 생각하면 힘들고 어려워도 저절로 힘이 솟는다. 고진감래라, 고생 끝에 낙이 있다. 포기하지 않으면 꿈은 이루어진다.

'일신 일일신 우일신'을 꿈꾸며 오늘도 길을 가자! 가자! 가자!

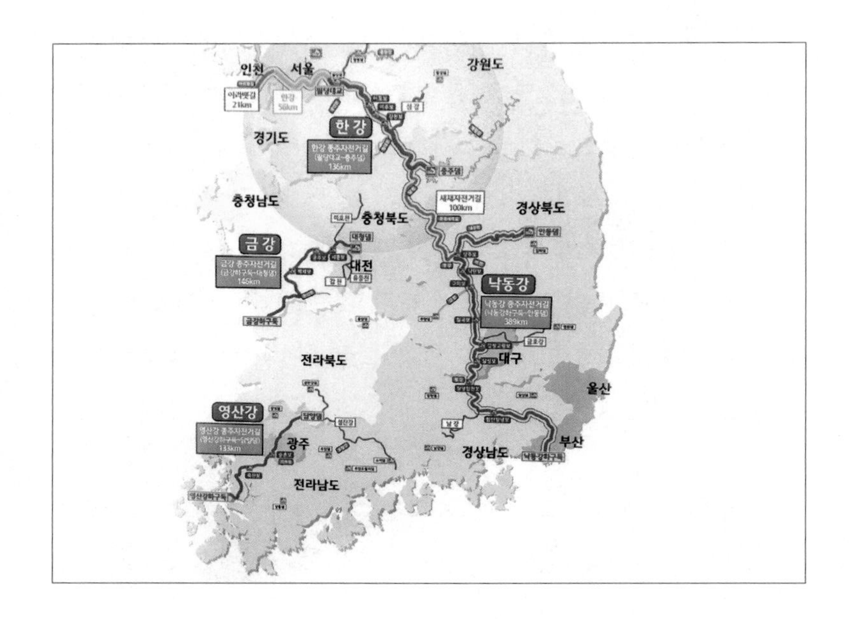

4대강 국토종주 자전거길이 임시 개통됐다는 2011년 연말의 뉴스에 방랑벽이 다시 고개를 내밀었다. '자전거로 강을 따라 국토를 유랑한다?'라는 생각만으로 벌써 가슴이 설 다. 자전거 매장으로 달려가서 먼 길을 함께 떠날 친구를 만났다. 길을 가다가 자전거가 아플 때를 대비해 응급처치까지 교육받은 후 탄천으로 달려갔다. 탄천은 평소 달리고 걷는 사색과 명상의 장소이자 심신의 훈련장이었지만 이제는 자전거다.

얼마 만에 타보는 자전거인지 기억조차 가물가물하다. 이내 엉덩이가 아파왔다. 하지만 마음은 즐거웠다. 시골 장터에서 자전거를 배우면서 수도 없이 넘어졌던 유년기의 추억이 스쳐 갔다. 자전거는 넘어지기를 두려워하면 배울 수 없다. '인생살이 넘어지는 것은 내 잘못이 아닐 수 있지만, 일어나지 않는 것은 분명 내 잘못'이라는 말처럼 넘어지면 일어나고, 그리고 다시 넘어지면서 또 일어나는 법을 배우고, 나아가 넘어지는 법도 배우는 인생의 이치와도 같다.

안전장비를 갖춘 아직은 어색한 모습에, "나, 이상하지 않아?" 하고 물어보면 중학교 1학년인 막내아들은 "괜찮아요! 멋있어요!" 한다. 12월의 바람과 추위를 맛보며 탄천에서 한강을 오가고, 분당에서 용인의 회사를 오가고, 용인시가지를 관통하는 경안천과 금학천을 달리면서 훈련을 했다. 두 발로 걸어가는 도보여행에는 일가견이 있다고 생각했지만, 두 바퀴로 달리는 자전거여행은 아무래도 익숙하지 않았다. 하지만 느림의 미학 도보여행에서 느낄 수 없었던 속도감과 박진감은 신선했다.

'저 하늘과 저 바다 끝에는 무엇이 있을까? 저 지평선 너머에는,

저 산 너머에는, 저 시간의 끝에는, 저 즐거움의 끝에는, 저 고통의 끝에는 무엇이 있을까?'라고 하며 사람들은 끝을 알 수 없는 수많은 길을 따라 생의 여로를 간다. 그리고 그 선택에 따라 자신의 삶을 만들어 간다. 세월(歲月)은 간다. 해와 달이 간다. 시간이 흘러가는 것이 아니라 내가 간다. 자연은 스스로 그런대로 가고, 나는 나대로 간다.

가을이 가고 겨울이 왔다. 한 해가 가고 새로운 인위적인 한 해가 왔다. 새로운 한 해를 시작하는 때, 바다 끝에서 강을 따라가는 먼 길의 시작점에 섰다. "인간사에도 조류가 있다. 만조(滿潮)를 타면 행운을 얻게 되나, 그것을 놓치면 인생의 모든 항해가 얕은 물에 들어가 비운을 맞게 된다."라고 셰익스피어는 말한다. 할 수 있을 때 하지 않으면, 하려고 할 때 할 수 없게 된다. 타이밍과 기회를 놓치면 다시는 그 기회를 잡지 못할지도 모른다. 새해 벽두에 시작하는 자전거 국토종주 도전은 생의 만조를 탈 수 있는 소중한 기회였다.

2012년 1월 2일 오후, 4대강 국토종주 출발지를 확인하기 위해 인천의 아라서해갑문에 도착했다. 출렁이는 바다 위로 소리 내어 이리저리 날아다니는 갈매기들이 서해의 낙조와 어우러져 비경을 연출했다. 아라서해갑문은 영종대교와 인천국제공항을 배경으로 하는 낙조가 환상적이며 갯내음이 물씬 나는 오류동에 위치한 정서진(正西津)에 있다. 관광지로 유명한 강릉의 정동진(正東津)이 서울 광화문의 정 동쪽에 위치해 있다면, 전남 장흥의 정남진(正南津)은 광화문의 정 남쪽에 있고, 정서진은 광화문의 정 서쪽에 있어서 경인운하와 함께 개발된 관광지이다. 광화문의 정 북쪽에는 한반도에서 가장 추운 중강진이 있다.

예상과 달리 출발지는 공사가 아직도 진행 중이었고, 어디가 스타트라인인지 표시도 제대로 되어있지 않은 상태였다. 임시개통이 보여주는 성급한 성과주의, 전시행정의 산물이었다. 하지만 공식개통이 된 후 다시 찾았을 때 '국토종주 4대강 자전거 노선 아라자전거길, 2012년 4월 22일 개통'이라는 표석을 비롯하여 길바닥에는 '가자, 가자, 가자! 바퀴는 굴러가고 강산은 다가온다.', 'START 0M, 'FINISH 633,000M'라는 표식이 반겨주었다. 시작과 끝 지점, 경인아라뱃길 서해갑문에서 부산 낙동강하굿둑에 이르는 거리가 총 633㎞라는 표시였다.

1월 3일, 세찬 바람이 불어오는 여명의 시각에 4대강 국토종주를 시작했다. 아라바람길을 달리고 한강종주자전거길을 달렸다. 남한강종주자전거길을 달릴 때는 눈이 내리기 시작했고, 첫날의 마무리를 하는 양평에 도착했을 때는 폭설이 내렸다. 모텔 주인은 어둠 속에서 자전거를 밀고 들어오는 나를 보고 깜짝 놀랐다.

다음날, 아침 해가 떠오르는 눈 덮인 자전거길을 조심조심 달렸다. 다행히 넘어지지 않고 무사히 남한강자전거길 종주를 마치고 충주역에 도착했다. 청산으로 가는 길 도보여행에서 만난 충주역을 다시 만나서 반가웠다.

다음날, 문경새재자전거길을 달려 이화령 고개 입구에 들어설 때, 땀으로 범벅이 된 귓가 휴대폰에서 '엘 콘도 파사' 음악이 울렸다. 엄마가 입원해 계시는 안동 요양병원의 의사였다. 엄마를 모시고 큰 병원으로 가야 하니 만났으면 했다.

길을 떠날 때는 항상 마지막까지 장애물이 없기를 기도한다. '혹시나!' 하고 염려했던 일이 다가왔다. 내일 찾아가겠다고 했다. 내일은 자전거 종주를 중단할 수밖에 없다. 편찮으신 엄마가 부르신다. 자전거를 끌고 걸어서 올라가는 이화령 고갯길이 멀고도 힘들게 다가오고, 삶의 무게가 짓눌러온다. 엄마의 병세가 염려된다. 올해로 뇌졸중으로 쓰러진 지 만 20년. 불편한 몸이었지만 엄마는 언제나 험한 세상 살아가는 길에 위안을 주는 안식처요, 마음의 고향, 정신의 지주였다.

어두운 밤, 낙동강 칠백 리 표석이 있는 퇴강마을에서 마무리를 했다. 숙소가 없어 퇴강성당에서 소개해 주는 집에서 저녁을 얻어먹고, 택시에는 자전거를 실을 수 없다 해서 부득이 자신의 차로 점촌까지 태워주는 고마운 부부의 인정에 마음 깊이 사례 했다.

다음날 아침, 낙동강을 따라 고향 안동의 엄마에게로 달려갔다. 수술을 받아야 하는데 "위험하다."라는 의사의 말에 즉시 앰뷸런스에 엄마를 모시고 분당 서울대병원으로 이송했다. 엄마는 수술을 받으셨고, 다행히도 경과가 좋았다.

엄마를 안동병원의 요양원에 다시 모셔드리고, 세찬 겨울바람을 맞으면서 다시 '낙동강칠백 리 여기서 시작되다.'라는 표석 앞에 섰다. 퇴강리에서 낙동강종주자전거길의 낮선 거리를 달렸다. 매일같이 익숙한 얼굴에 길든 생활은 어디로 갔는지, 하루 종일을 달려도 아는 사람이 하나도 없다. 바람과 구름, 낯선 얼굴, 낯선 자연이 신선하게 스쳐 간다.

멀리 낙동강을 따라 한 사내가 달려온다. 차가운 강바람과 추위에 퉁퉁 얼어붙은 얼굴의 행복한 수행자가 보인다. 고통스런 표정 속에 평화의 기운이 느껴진다.

"시도하지 않는다면 실패도 없다. 목표를 향한 내면의 허약성을 이겨낼 때 내면의 조절은 있을 수 없으며, 극복하지 못할 장애물도 없다."는 앨버트 하버드의 말처럼 사내는 시도했고, 드디어 도착했다. 더 이상 갈 수 없는 낙동강의 끝에 섰다. 을숙도전망대에 올라 지나온 여정을 회상한다. 낙조를 배경으로 갈매기 날아가는 정서진 서해의 파도 소리가 들려온다. 태백에서 1,300리를 달려온 낙동강의 시작과 끝을 바라본다. 노산 이은상이 〈낙동강〉을 노래한다.

> "잊지 마라, 예서 자란 사나이들아/ 이 강물 네 혈관에 피가 된 줄을/ 오~낙동강 오~낙동강"

먼 길 달려온 신라의 사나이가 먼바다로 나아가는 낙동강을 환송한다.

"잘 가라, 낙동강아! 그리고 먼 훗날 윤회하여 우리 다시 만나자!"

27. 강 따라 길 따라 (2)

강은 바다를 기약하고 물은 하늘을 지향한다. 강은 물이 흐르는 길이다. 강물은 굽이굽이 쉬지 않고 흐른다. 앞 강물 뒷 강물 흐르는 물은 당겨주고 밀어주고 어서 따라오라고, 따라가자고 흘러도 연달아 흐른다. 물은 낮은 곳으로 흐르고 트는 대로 흐른다. 강의 목소리는 물의 목소리요, 물의 소리는 생명이 꿈틀거리는 소리다. '반 병짜리 물이 출렁인다.'는 속담처럼 가벼운 시냇물은 졸졸졸 흐르고,깊은 강물은 소리 없이 흘러간다. 루마니아 망명 작가 게오르규는 "물은 깊을수록 소리가 없다. 때로는 산봉우리에 내리는 눈이 되어, 때로는 서리나 이슬이 되어서 목적지를 향해 가는 것이 물의 성질이다. 아무도 그 뜻을 막을 수 없다."라고 한다.

강은 생명의 젖줄이다. 강은 자연이 인간에게 준 최고의 선물이다. 인류는 지구에 나타난 후 언제부터인가 살기 좋은 강가에 몰려들기 시작했다. 자연스럽게 강을 따라 나라를 세우고 국경을 정했다. 강물은 주변에 자리 잡은 인간들의 정취와 애환, 수천 년의 역사를 끌어안고 흘러간다. 강과 함께 살아가는 인간들의 온갖 사연을 묵묵히 받아들이고 아낌없이 베푼다. 강 주변의 사람들은 강의 젖줄을 통해 피와 살과 사랑과 꿈과 낭만과 애환과 외로움과 번민과 추억을 맛본다. 강이 주는 모든 것을 먹었기에 피에는 강의 혼과 얼이 흐른다. 한강에서 살아온 이들의 피에는 한강의 혼이, 낙동강을 끼고 살아온 사람들의 피에는 낙동강의 얼이, 금강에서 살아온 인간들에게는 금강의 숨결이, 영산강을 마시며 살아온 이들에게는 영산강의 꿈과 희망이 흘러내린다.

2012년 4월 22일. 자전거의 날을 기점으로 총연장 1,757㎞에 이르는 자전거길이 개통되었다. 길이만 보면 경부고속도로의 4배, 호남고속도로의 9배가 넘는다. 전국에는 약 800만 명의 자전거 동호인이 있으며, 그 수는 급속히 증가하고 있다.

사람들은 자전거에 열광하고 있다. 값비싼 장비를 구입하기 위해 지갑을 서슴없이 연다. 추위에도 무더위에도 자전거를 타기 위해 밖으로 향한다. 자전거 예찬론자들은 동그라미 두 개에서 찾은 신세계를 자랑한다. 자전거를 타고 길에 나서면 자연스럽게 자연을 만난다. 비교와 경쟁에서 벗어나 마음을 비운다. 오르막과 내리막을 만난다. 오르고 나서 만나는 내리막은 시원하고 상쾌하다. 인생의 오르막과 내리막의 판박이다. 그래서 자전거에는 인생이 담겨 있다.

자전거는 속도보다 교감이다. 자연처럼 자연스럽게 세상을 만난다. 바람을 가르며 달려가는 짜릿한 즐거움은 걷기, 달리기와는 또 다른 묘미가 있다. 울퉁불퉁한 길에서는 엉덩이가 아프다. 그러면 엉덩이를 살짝 들면서 아픔을 덜하기 위해 일어난다. 그 속에 재미가 있다. 역설의 기쁨이 있다. 자전거를 통해 무한 자유여행을 한다. 더불어 밝고 건강한 좋은 세상을 만든다.

자전거 여행에는 도전이 있고, 추억과 낭만이 있다. 길을 모르고 헤매거나 낯선 거리에서는 더 많은 추억을 남겨준다. 외로움이 밀려올 때 아름다운 풍경이 친구하자며 다가온다. 낯선 장소, 낯선 공간이 익숙해진다. 오늘은 이쪽, 내일은 저쪽. 이리저리 다니면서 자유를 만끽하며 보지 못하던 새로운 세상을 만나고 경험한다. 천천히 달리면 주변 풍경이 느릿느릿 다가온다. 자전거 여행은 운동 목적이든, 유대를 위해서든 또 다른 세상을 보여주는 의미 있는 터닝 포인트 역할을 한다.

2012년 8월 초, 어머니는 83세의 일기로 세상을 떠나셨다. 16세로 시집와서 '돌네 엄마'로서 살아온 한 여인의 삶이 끝이 났다. 어머니를 청산의 아버지 곁에 모셔드리고 8월의 마지막 날 다시 국토종주 마무리 길을 나섰다. 낙동강종주자전거길 잔여구간, 상주와 예천의 풍양을 연결하는 상풍교에서 안동댐까지의 85㎞ 길이었다. 그래야만 진정한 낙동강 자전거 종주가 완성되기 때문이었다. 그리고 그곳에는 내 고향 청산이 있다.

인간은 세상에 태어나 세 권의 책을 쓴다. 이미 적은 과거의 책, 지금 적고 있는 현재의 책, 앞으로 적을 미래의 책이다. 적은 책을 보면서 미래의 책을 구상한다. 그리고 현재의 책을 써 내려간다. 오늘은 어제의 미래이고, 오늘은 내일의 과거이다. 역사는 시간과 공간, 인간이라는 세 사이(間)의 조화과정에서 전개되고 인간의 삶은 시간과 공간이 종횡으로 교차하는 지점에서 씨줄과 날줄로 움직인다. 생물학적으로 사람은 세상이란 공간에 태어나는 순간 길을 걷는다. 그 길 끝에는 청산이 있다. 삶은 청산으로 가는 길이다. 청산은 시작이고 마지막이다. 청산은 삶이고 죽음이다. 청산은 고향이고 어머니다. 청산으로 가는 길은 고향으로 가는 길이고 어머니에게로 가는 길이다.

나무는 뿌리가 없으면 죽고, 물은 근원이 없어지면 끊어진다. 강을 거슬러 올라 나의 생명의 뿌리, 물의 뿌리를 찾아 달린다. 유시유종이라, 만물은 시작이 있고 끝이 있다. 낙동강의 발원지는 황지연못이라고도 하고 너덜샘이라고도 한다. 그러나 둘 다 바다에서 시작한다. 물은 순환한다. 비가 내려 산골의 옹달샘에서 시작한 물은 냇물이 되어 강으로 흐르고, 강물은 바다로 간다. 바다는 다시 수증기로 올라가 구름이 되고, 구름은 바람에 날려 내륙으로 가서 비가 되어 온 대지를 적신다. 다시 빗물이 모여 실개천을 만들고, 시냇물을 만들고, 강물을 만든다. 그리고 큰 물줄기로 몸을 불린 강물은 대지를 적시며 다시 바다로 흘러간다. 바다는 물의 어머니이며 모든 생명의 고향이다. 태초에 모든 생명은 바다에서 시작됐다. 바다에서 태어난 시인이 〈생명〉을 노래한다.

챔피언도 무명시절이 있었으니
인생의 묘미는
한 걸음 한 걸음 앞으로 나아가는데 있다.

무덤에 들어가면 영원히 자고 쉴 수 있으니
오직 저 높은 곳을 향해 걸어가고
자고 쉬는 것은 그때 실컷 즐기자.

생명(生命)은 생의 명령
사람이니 살아야 한다.
신선하고 생동감 있게 살아야 한다.

지난겨울의 눈꽃 대신 무더운 여름날의 꽃이 피어있다. 산에도 강에도 들판에도, 육체에도 정신에도 영혼에도 꽃이 피어난다. 꽃잎이 허공에 날린다. 생의 찬미가 들려온다. 강변의 길가에 코스모스가 활짝 피어있고 꽃잎에 호랑나비가 앉아서 날갯짓을 한다. 자전거를 멈추고 사진을 찍으면서 조심스레 바라본다. 또 한 마리가 날아들어 함께 춤을 춘다. 한참을 바라본다. 상생의 상징인 꽃과 나비, 나비는 꽃의 꿀을 빨고, 대신 꽃술을 옮겨준다. 나비는 하늘과 땅 사이, 꽃과 꽃 사이를 오가며 생명을 꽃피우는 사랑의 전달자이다. 애벌레는 미래에 나비가 되지만 모든 애벌레가 나비가 되지는 않는다. 나비가 되어 아름다운 날개로 날아다니자면, 날기를 간절히 소망해야 한다. 줄무늬 애벌레가 천신만고 끝에 탑의 맨 꼭대기에 올랐을 때 만난 것은 조금도 가까워지지 않는 하늘과 더 이상 오를 수 없는 허공, 그리고 그 공간을 훨훨 날아다니는 한 마리의 아름다운 나비의 모습이다. 나비가 땅의 존재에서 하늘을 마음껏 날 수 있는 존재로 변신할 수 있었던 것은 불확실과 두려움을 딛고 용기 있게 일어설 수 있기 때문이다. 평생 땅을 배로 기어 다니는 애벌레로 살고 죽음을 극복해야만 나비가 될 수 있다.

인기척을 느낀 나비는 부끄러운 듯 날아간다. 훼방꾼이 되었다는 미안함을 안고 길을 나선다. "내가 나비인가, 나비가 나인가."라는 장자의 호접몽이 스쳐 간다. 이덕무는《청장관전서》에서 다정한 친구를 나비와 꽃에 비유하여 "나비가 오면 너무 늦게 온 듯 여기고, 조금 머무르면 안쓰러워하고, 날아가면 못 잊어 하는 꽃의 심정."이라고 한다.

한적한 농촌 마을의 강변과 들녘을 달려 예천을 지나고 다리를 건너 안동으로 들어선다. 하회마을 건너편 부용대에서 하회마을을 내려다본다. 풍산읍을 지나자 안동이 점점 가까워진다. 드디어 내 고향 시골 마을 청산을 끼고 흐르는 사행하천(蛇行河川) 미천이 낙동강으로 유입되는 장면을 낙동강 건너편에서 바라본다.

낙동강 지류인 미천의 냇물은 나를 키웠다. 미천은 의성의 옥산면과 사곡면의 경계에서 발원하여 곡류를 하며 흘러오다가 내 고향인 일직면 운산(雲山)에 이르면서 여러 굽이를 이루어 모양이 눈썹처럼 되었으므로 그 모양을 따 미천(眉川)이라 한다. 수영하고 씨름하고, 기마전하고 얼음을 지치며 철 따라 동무들과 어울려 뛰어놀던 내가 살아온 젖줄 미천이 낙동강으로 유입되는 장면은 기이하고 신비롭다. 미천 냇가 잔디에 누워 밤하늘의 별을 세었고, 기적 소리 울리며 달리는 밤 열차를 바라보면서 '저 기차는 어디로 갈까?', '이 다음에 어른이 되면 저런 기차를 타고 멀리, 끝까지 가봐야지!' 하는 꿈을 꾸었다. 초등학교에 입학하기 전 어느 추운 겨울에는 냇가에서 얼음을 깨트리며 놀다가 미천에 빠져서 죽기 일보 직전까지 몰린 나를 때마침 빨래를 하던 엄마가 구해주어 살아나기도 했다. 엄마는 내게 두 번의 생명을 주셨다. 생명은 생의 명령, 의미 있게 잘 살라며 두 번의 생명을 주신 엄마는 나에게 신앙이고 종교였으니 그 명령에 따라 열심히 살아야 했다. 청산을 감싸고 흐르는 미천이란 시냇물이 낙동강으로 흘러들어가듯 시내 안동고등학교에 입학을 하면서 나의 삶의 공간도 점차 확장되어 갔다. 낙동강의 미천에서 받은 생명의 씨앗이 지금은 분당의 탄천에서 항상 운동하고 사색하며 새로운 꽃을 피우고 있다.

미천을 지나서 갈림길에 섰다. 우회전을 하면 시골집 청산(靑山)으로 가는 길이요, 좌회전을 하면 낙동강자전거길 종점인 안동댐으로 간다. 청산이 더 가까운데도 정든 시골을 뒤로하고 우회하는

산길을 달려간다. 높이 솟은 안동병원이 모습을 드러낸다. 기분 좋게 강변길을 달린다. 병원 앞 코스모스가 붉은색, 분홍색, 노란색, 하얀색, 형형색색으로 꽃밭을 이루며 피어있다.

자전거를 세워두고 사진을 찍는다. 웃으며 바람에 흔들리는 예쁜 코스모스를 찍는다. 아아! 카메라에 담긴 모습은 코스모스가 아닌 엄마! 엄마가 웃고 있다. 코스모스가 엄마가 되어 웃고 있다. 아직 채 한 달이 지나지 않은 이달 초, 안동병원에서 돌아가신 엄마가 마중을 나왔다. 먼 길을 달려온 아들 맞이하러 환한 코스모스가 되어 나오셨다. 엄마 곁에 앉아 부드러운 손길로 엄마를 어루만진다. 보고 싶고 그리운 엄마. 엄마의 온기를 느낀다. 새재자전거길 이화령을 넘어 오를 때 다가온 죽음의 그림자는 끝내 엄마를 데려갔다. 뜨거운 8월, 영원히 가시지 않을 것이라 믿었던 엄마는 가셨다. 세상 모든 엄마가 죽어도 내 엄마는 죽지 않으리라 생각했다. 하지만 아침이슬, 새벽안개와 같이 스러져 가셨다. 엄마는 청산의 아버지 곁에 묻히셨다. 나 또한 언젠가 엄마 곁에 묻힐 것이다. 그리고 그때는 백골이 썩어 흙이 되어도 엄마 곁을 떠나지 않을 것이다. 이승에서의 만남 너무나 감사했다. 나의 삶은 엄마가 쏘아 올린 화살이었다. 눈물이 흘러 강으로 간다. 끝나지 않는 사모곡을 부르며 엄마, 코스모스와 이별을 한다.

안동대교를 지나자 영호루가 다가온다. 홍건적의 난으로 몽진을 왔던 공민왕이 안동을 잊지 못하여 친필로 '映湖樓' 금자 현판을 써서 보내어 누각에 달았다. 노송과 잡목이 우거진 언덕에 북향으로 자리하여 낙동강을 바라보는 영호루는 수많은 시인묵객의 발걸음을 사로잡았다.

베이컨은 "명성은 강물과도 같아서 가볍고 속이 빈 것은 뜨게 하며, 무겁고 실한 것은 가라앉힌다."라고 한다. 시냇물은 강물과 합쳐지고 강물은 바닷물과 합쳐진다. 흘러가는 구름은 바람과 섞이고, 산들은 높은 하늘과 접한다. 햇빛은 대지를 껴안고, 달빛은 바다와 접한다. 사람들의 옛 영광은 모두 어디로 갔는가. 내가 지나온 길이 한눈에 보이고 하늘에는 구름 몇 조각이 흘러간다. 이 세상에 외톨이인 것은 없으나 내가 홀로라면 이 모든 것이 무슨 의미가 있는가? 쓸쓸한 나그네의 마음과 달리 두 바퀴는 바람을 헤치며 낙동강 강변길을 따라 굴러간다.

임청각을 지나고 야경이 아름답고 달빛이 비치는 다리 월영교(月映橋)가 그림처럼 펼쳐진다. 어둠이 밀려올 무렵, 2천 5백 리 4대강 자전거 여행의 종점에 다가선다.

물 박물관 앞에 자리 잡은 낙동강종주자전거길 종착점에 도착했다. '낙동강종주자전거길 기점(안동)'이란 표석이 반겨준다. 드디어 4대강 국토종주 대단원의 막을 내렸다.

두 발로 두 바퀴를 굴리면서 앞바퀴는 핸들의 뜻을 따르고, 뒷바퀴는 앞바퀴를 따라 일체감을 이루며 위대한 항해를 마무리했다. 여전히 한강도, 낙동강도, 금강도, 영산강도 흘러간다. 언제부터인지, 언제까지인지 알 수 없지만 끝없이 흘러간다. 내가, 사람들이 다녀간 것과는 무관하게 무심하게 바다로 흘러간다. 그들이 태어난 그곳으로 회귀한다.

나도 이제 내 고향 집이 있는 청산으로 돌아간다. 새는 옛 숲을 그리워하고 고기는 옛 못을 생각하듯, 영원한 힘의 샘 고향 청산으로 간다. 방랑의 여정이 아름다운 추억으로 다가온다. 저녁노을이 스러지고, 짙어지는 땅거미가 휘감는 청산이 다가오고, 시냇물이 다가온다. 내 삶의 원천인 청산이 보이고, 청산의 하늘이, 청산의 나무가, 청산의 추억이 보인다. 집 앞을 휘감아 흐르는 아름다운 여인의 눈썹 같은 미천의 냇물이 보인다. 하얀 집이 보이고, 대문 밖에서 기다리는 엄마가 보인다. 청산에 도착하자 청산별곡이 울려 퍼진다. 엄마가 넓은 품으로 안아준다. 청산별곡에 맞춰 엄마를 껴안고 덩실덩실 춤을 춘다.

28. 마지막 겨울

2012년 1월 6일, 낙동강 칠백 리 퇴강마을에서 달려온 나는 엄마를 모시고 안동 노인요양병원에서 안동병원의 응급실로, 그리고 중환자실로 옮겨가며 정밀검사를 받았다. 결과는 담도결석, 간경화, 고혈압, 당뇨병이었다.

"여기에서 수술을 할 수도 있지만 장비가 좋은 대학병원으로 가는 것이 좋다. 여기에서 수술 시 과다출혈로 수술 도중 사망 가능성이 높지만, 대학병원에서 내시경으로 하면 그만큼 위험은 줄어든다. 특히 간경화와 고혈압으로 인해 생사가 예측불허."라는 의사의 청천벽력 같은 선언에 머뭇거릴 수가 없었다. 즉시 앰뷸런스로 분당 서울대학교병원으로 출발했다. 앰뷸런스는 빠른 속도로 달렸다. 고속도로를 달리는 위급한 앰뷸런스 소리가 오늘은 타인의 이야기가 아닌 나의 현실이 되어 귓전을 울렸다. 엄마와의 이별이 가까워 오는가, 생각하니 눈가에 이슬이 맺혔다.

분당 서울대학교병원에 도착하여 다시 제반 검사가 진행되고 응급실의 밤은 점점 깊어갔다. 다음날 엄마는 수술실로 옮겨졌다. "못 깨어나실 수도 있습니다."라는 무거운 의사의 말에 함께 있던 형과 나의 눈시울이 붉어졌다. 1시간 남짓 간절한 마음으로 기도했다. 다행이었다. 엄마는 병실로 옮겨지고 우리는 3박 4일을 함께 했다. 엄마는 내가 없으면 불안해하셨다. 어릴 적 내가 엄마에게 그러했듯이, 엄마는 나에게 있어 애기였다. 엄마와 함께 시간을 보낼 수 있는 내 자신이 고마웠다.

"용생용(龍生龍)이요, 봉생봉(鳳生鳳)이다."

오이를 심으면 오이를 얻을 것이요, 콩을 심으면 콩을 얻는다. 내가 내 부모를 섬기지 않는데 내 자녀가 나를 섬길 것인가. 반포효조(反哺孝鳥), 까마귀는 효의 귀감이다. 병실에서 중학교 1학년인 막내와 약속을 했다.

"내가 어릴 적에 할머니 품을 떠나려 하지 않았듯이, 너도 네 엄마 품을 지금까지도 떠나려 하지 않는다. 할머니는 이제 늙고 병이 드셔서 힘이 없기에 아버지가 반대로 할머니를 보살펴드리고 있다. 너도 나중에 네 엄마가 늙고 병이 들면 아버지처럼 네 엄마에게 할 수 있느냐?"

"예."

막내아들은 힘차게 대답했다. 하지만 불리한 기억은 잊어버렸다고 말하며, 항상 자기 좋은 것만 선택하며 기억하는 장난스런 아들이라 알 수가 없다. 자식이 장성하면 부모가 늙고 쇠약해지는 것은 자연의 이치다. 어린아이일 때는 누구나 부모의 도움을 받고 그 품을 떠나지 않으려 한다. 그러면 부모가 노쇠하여 함께 있어 주기를 바랄 때 함께하는 것은 당연하다. 부모가 낳고 기르기에 고심참담했으면, 그 보답을 해야 하는 것은 인륜지사가 아닌가. 자식으로서 생명을 받고 피와 뼈와 살을 받은 그 은혜만 해도 무엇으로 다 갚을 것인가. 생텍쥐베리는 "부모가 우리의 어린 시절을 꾸며 주셨으니, 우리는 그들의 말년을 아름답게 꾸며드려야 한다."라고 말한다.

나는 스물한 살이 되는 1979년 2월에 대구시 공무원으로 자신의 삶을 찾아 고향을 떠났다. 그리고 어느덧 40년의 세월이 지났다. 나는 나 자신이 엄마에게 한 약속을 지켰다. 어디를 가서 생활하던 한 달에 한 번은 시골로 가는 주말을 정하고 지금까지 엄마를 찾아갔다. 지금은 교통이라도 좋지, 당시의 열악한 대중교통 형편으로는 쉽지 않은 일이었다. 의정부 세무서에 근무를 하던 1988년 여름, 결혼을 하고 그해 말 지인을 통해 중고 승용차를 구입했다. 당시 경제적인 형편으로는 엄두를 내기 어려웠지만, 고향 가는 길이 너무 멀었고, 한편 엄마를 태워드리면 너무 좋아하실 것이란 생각이 들었기 때문이다. 공무원 신분으로 승용차를 구입한 나는 주변 사람들의 주목을 받을 수 있었다. 그 당시 모시던 과장님은 "김명돌이 효자야. 부모님 모신다고 차를 사다니!" 하시며 오히려 격려해 주셨다.

인사이동이 있을 때, 엄마에게 조금 더 가까운 곳으로 가기 위해 나는 이천세무서 근무를 희망했다. 중부지방국세청 관내 경기도에 소재하는 곳 중, 안동으로 가는 길이 가장 가까운 세무서가 이천이었다. 그리고 이천에서 큰아들 진혁이와 둘째 진세가 태어났다.

여행의 묘미는 나를 가두는 마음의 감옥에서 벗어나 자유롭게 날아다니는 것이다. 나에게 있어 엄마를 찾아 시골로 가는 길은 한편으로는 나를 찾아가는 길이었다. 청산으로 가는 길은 모든 굴레에서 벗어나 자신의 삶을 돌아보는 시간이었다. 그 길은 고향으로 가는 길 위에서 타향에서의 삶을 돌아보는 시간이었고, 뿌리에서 오는 기운으로 재충전을 하는 시간이었다. 또한 자신을 비판하고, 격려하고, 위로하는 시간이었으며 가정에서, 직장에서, 사회에서 살아가고 있는 자신의 모습을 헤아려 보는 시간이었다. 엄마의 거울에, 추억이 있는 고향의 거울에 자신을 비춰보는 시간이었다. 그러면 바쁘게 살면서 간과해버린 일들이 떠오르고, 자신을 좀 더 객관적으로 바라볼 수 있었다. 또한 미시적인 안목으로 보았던 일들을 더욱 멀리서 볼 수 있었다. 때로는 현미경으로, 때로는 확대경, 망원경으로 자신을 돌아볼 수 있었다.

고향의 엄마를 만나고 돌아오면 언제나 새 힘을 얻었다. 엄마는 언제나 내 힘의 원천이었고, 열심히 살아야 할 이유였다. 엄마를 기쁘게 해드리는 것이 내 삶의 즐거움이요, 지상과제였다. 80이 넘은 엄마의 얼굴은 아주 고왔다. 장난스럽게 "엄마 피부가 소녀 같아요!" 하면 엄마는 놀린다며 웃었다.

내가 어릴 적 엄마의 얼굴은 붉었다. 마치 백인종, 흑인종, 황인종도 아닌 홍인종의 피부처럼 붉었다. 세월이 지나 장미꽃같이 붉은 엄마의 얼굴이 추위에 얼어서 그렇다는 것을 알았다. 겨울에도 몸을 돌보지 않고 일을 하시니 얼굴이 꽁꽁 얼어버렸다. 엄마는 그것을 당연한 것처럼 지내오셨다. 나 또한 어려서 엄마의 얼굴은 당연히 그런 것으로 여겼다. 슬픈 기억이었다. 그러나 그것은 엄마의 훈장이었다. 자식들을 위해 희생한 상처 입은 훈장이었다. 열여섯에 외동아들인 열다섯 신랑에게 시집을 온 엄마는 찢어지게 가난한 삶 속에서 '청양 고추보다 맵다는 시집살이'를 하셨고, 남편의 소설 같은 사연 속에서도 다섯 아들을 키우셨다. 어스름 장날 저녁이면 어김없이 빚을 받으러 사람들이 왔고, 엄마는 돈이 없다고, 다음 장에 벌어서 갚겠다고 사정을 했다. 엄마는 16세에 시집와서 올해로 83세가 되셨다. 시골 처녀로 자라 지금은 노파가 되셨다. 소녀의 피부에서 얼어붙은 중년의 얼굴로, 다시 소녀 같은 피부를 가진 엄마의 삶은 평범하고 고단한 한 여인의 인생 여정이었다.

인간의 가장 큰 세 가지 축복은 탄생과 죽음, 그리고 그 사이에 있는 만남이다. 인간으로 태어난 것, 영원히 살지 않고 언젠가 죽는다는 것, 그리고 만남이다. 세상에 태어나서 처음 만나는 사람은 자기 자신이다. 어머니의 뱃속에서 나와 새로운 세상에서 제일 먼저 경험하는 것은 두려움과 공포에 떠는 자신이다. 그래서 울음을 터뜨린다. 그때 엄마는 포근하게 안아준다. 신은 사랑이 무엇인지를 보여주기 위하여 엄마를 만들었다고 한다. 나에게 있어 엄마는 신이었고 종교였다. 해만 바라보는 애모(愛慕)의 상징 해바라기처럼, '주(主)'만 바라보는 '주바라기', '북쪽'만 바라보는 '북바리기'처럼 나는 엄마만 바라보는 '엄마바라기'였다. 사랑과 희생의 상징인 엄마를 생각하면 언제나 눈시울이 뜨거워졌다.

모든 사람의 존재의 고향은 엄마다. 이 세상에 태어나 최초로 만나는 타인이 엄마다. 가장 기쁘고 감격스러울 때, 가장 슬프고 힘들 때 부르는 이름이 엄마다. 여자는 약하다. 그러나 엄마는 강하다. 인간은 어머니의 품에서 사랑을 배우고, 희생을 배우고, 용서를 배우고, 수고를 배우고, 기도를 배운다. 인간의 낱말 중 가장 위대하고 아름다운 말은 엄마다.

"딸이 없는 집안에는 딸 같은 아들이 있다."라고 하는 말대로, 나는 딸 같은 아들로서 엄마에게 애교(?)를 부렸다. 서른 살 전후까지도 엄마를 껴안고 젖을 만지고 뽀뽀를 했다. 아내는 징그러워(?)했다. 그러나 그것은 가여운 엄마에게 드리는 가슴 아픈 위로와 감사의 표현이었다. 나를 붙들고 힘든 삶의 눈물을 흘리시던 엄마에게 바치는 선물이었다. 외롭고 고된 시집살이, 다섯 아들을 키우는 엄마의 삶은 말 그대로 성전(聖戰)이었다. 아들이 〈엄마〉를 노래한다.

곁에 있어도 항상
그리운 엄마

그리운 얼굴 엄마
그리운 이름 엄마

엄마! 라는 진정어린 말은
저 높은 하늘나라

천사들도
부르고 싶은 노래

퇴원하는 날 오전, 급박한 상황이 발생했다. 엄마가 용변을 보셔서 2인실 병실에 향내가 가득했다. 기저귀를 갈아드려야 했다. 안절부절못하다가 용기를 내어 생전 처음으로 엄마의 기저귀를 갈아드렸다. 40분간에 걸친 어설픈 솜씨였다. 엄마가 부끄러워하실까 싶어 마음이 쓰였다. 예전에는 화장실에서 도와드리면 쑥스러워하던 엄마가 이제는 담담하셨다. 엄마는 여자가 아닌 엄마였다. "요즘 병동에 할머니 병간호하는 사람들은 대개 남자들이예요." 하는 간호사의 말에 변해가는 세태를 느꼈다.

구한말, 경허선사(1849~1912)는 살아생전 아무것에도 걸리지 않는 무애행으로 숱한 일화를 남겼다. 출가하면 부모나 가족을 버리는 수도자들과 달리 경허선사는 어머니를 자신의 거처 가까이에 모시고 수행하였다.

어느 날, 경허는 자신의 어머니를 위해 법문을 한다고 내외에 전하였고, 유명한 고승의 법회라 수많은 대중이 모여들었다. 경허의 어머니가 되시는 할머니는 자신을 위해 하는 특별법문이라 기쁜 마음으로 정성들여 옷을 입고 향을 피웠다.

경허는 대중들 앞에 묵묵히 앉아 있다가 벌떡 일어나 어머니를 위한 법문을 한다며 옷을 벗기 시작했다. 홀딱 벗고 나신이 된 경허는 어머니 앞에서 말하였다.

"어머니, 저를 보십시오."

할머니는 아들의 해괴한 짓을 보고 크게 노하였다.

"도대체 무슨 법문이 이럴 수 있단 말인가?"

할머니는 법석을 박차고 자기 방으로 들어가고 대중들은 홀딱 벗은 큰 스님 앞에서 넋이 나가 쳐다보았다. 아연실색한 회중에게 경허는 크게 웃으며 말하였다.

"내가 아주 어렸을 때에는 이 몸을 벌거벗기고 씻기며 안고 빨고 하시더니, 지금은 어찌 그리 못하실 것인가. 아들인 내가 그때의 나와 무엇이 달라졌다는 말인가."

훌떡 벗음으로 인한 법당의 기운이 장성한 아들과 어린 아들을 구별 짓는 낡은 인식의 허물을 벗기는 순간이었다.

엄마를 모시고 다시 안동으로 와서 안동병원의 요양시설로 모셨다. 이별하지 않을까 하는 두려움, 수술실 앞에서 헤어질 때 이승에서 마지막일 수 있다는 절박함, 다시 만날 것을 바라는 간절한 소망…. 그 모든 것을 담았기 때문일까. 그 후의 만남은 이전의 만남과는 달랐다. 신은 내게 주실 것이 많아서 아직 사랑하는 엄마를 데려가지 않음을 감사했다.

고이 잠든 엄마의 모습을 바라보았다. 4일간의 금식으로 배고픔을 호소하시더니 밥상이 나온 지 한 시간이 넘었는데도 식사도 하시지 않고 곤히 잠만 주무신다. 꿈속에서라도 육신의 고통 잊을 수 있다면, 꿈속에서라도 훨훨 날아다닐 수 있다면, 꿈속에서라도 자유롭게 평안을 누릴 수 있다면 천천히 깨어나시면 좋겠다.

엄마를 그렇게 요양원으로 모셔드리고, 나는 다시 '낙동강 칠백리 여기서 시작되다.' 표석 앞에서 낙동강자전거길을 달려 을숙도로 향했다. 엄마를 가슴에 품고 강을 따라 바다로, 바다로 달려갔다. 세찬 겨울바람이 가슴 속까지 시원하게 밀려들어 왔다.

2012년 엄마 생전의 마지막 겨울, 엄마는 요양원에서 죽음을 향해, 아들은 낙동강을 따라 바다를 향해 달려갔다.

29. 엄마, 잘 가세요!

엄마가 돌아가셨다. 세상 모든 엄마가 다음 세상으로 가듯, 나의 엄마도 별이 되어 먼 길을 떠나셨다. 세상의 모든 엄마가 그러하듯 내 엄마도 흙으로 돌아가셨다. 83세의 나이로 생을 마감하시고 저 세상으로 훨훨 날아가셨다.

폭염으로 뜨거웠던 여름, 마지막 더위가 기승을 부리는 말복이자 입추 날 아침, 불편했던 육신의 옷을 벗어버리고 자유로이, 그리고 평안히 죽음을 맞이하셨다. 안동병원 중환자실에 오신지 한 달. 여러 가지 병명으로 불편하셨지만, 사인은 간신증후군. 간과 신장의 합병증이었다.

2012년 8월 1일, 담당의사는 심각한 표정으로 남은 시간이 1~2주에 불과할 수도 있다고 하였다. 1~2개월도 아니고 1~2주라니! 믿기지 않았고 받아들이기 어려웠다. 눈물이 하염없이 흘러내렸다. 엄마를 면회하고 청산 집으로 가서 큰형님에게 상황을 설명했다. 분당 집으로 올라오는 고속도로. 눈물이 앞을 가렸다. 이제 정말 엄마와 이별을 할 때가 되었단 말인가. 엄마와 함께했던 시간, 소중한 추억들이 스쳐 갔다.

다음날인 8월 2일, 다시 안동으로 갔다. 이제는 엄마 곁을 지키기 위해서였다. 병원의 본부장인 친구와 안동의 친구들이 함께 점심을 하는 자리, 본부장인 친구가 대뜸 묻는다.

"엄마를 병원에서 돌아가시게 할 건가? 인공호흡기는 부착하지 않는다고 의사에게 이야기했는가?"

나름대로 엄마의 상태를 확인한 친구는 엄마의 임종을 병원 중환자실이 아닌 집에서 편안히 맞이할 것과 얼마간의 생명연장을 위한 인공호흡기를 달지 말라고 했다. 이는 모두 엄마를 고통스럽게 하는 것이지 위하는 것이 아니라는 조언이었다. 인공호흡기를 달지 않는 것은 그렇다 하더라도, 집으로 모신다는 것은 치료를 중단하는 것이므로 받아들일 수가 없었다. 살아생전 마지막으로 엄마를 모시고 집에 한 번 다녀오고, 중환자실이 아닌 일반병실로 옮겨서 가족이나 친지들이 자유롭게 내왕하며 엄마와의 이별을 준비하자고 생각했다.

누구에게나 오는 죽음이지만, 막상 엄마에게 이렇게 닥쳐온다는 사실이 슬프고 힘들었다. 엄마에게 집에 다녀오자고 했다. 한 달 전 요양병원에 계실 때 다녀오신 집이었지만 집에 가자는 말에 엄마는 함빡 웃으시며 좋아했다. 10년 가까운 요양병원 생활. 명절이나 원하실 때면 집에 다녀오셨지만, 가끔 말씀하셨다.

"청산에 고래 등 같은 좋은 내 집을 놔두고 내가 왜 여기에 있어야 하는지 속이 상한다."

엄마는 집이 그리웠다. 때로는 말동무가 있는 병원이 좋다며 집에 오셔도 하룻밤만 주무시면 병원으로 데려다 달라고 하셨지만, 엄마는 정든 집이 그리웠다. 자식들을 불편하게 하지 않기 위해 "나는 병원이 좋아!"라고 하셨지만, 엄마는 집에 가고 싶으셨다. 아들, 손자, 며느리와 이웃 친구들이 있고 세월의 정든 흔적이 있는 집을 그리워하셨다.

나는 지난 5월 말부터 아우가 식당으로 운영하던 공간을 리모델링했다. 남은 생애를 함께 살지는 못한다 해도, 더 많은 시간을 엄마 곁에 있기 위해 엄마와 나만의 공간을 청산에 만들기 위해서였다. 최소한 일주일의 반은 엄마를 집으로 모셔 와서 함께 하기로 하고 한 달 전, 병원에서 외출하여 엄마에게 공사가 마무리되기 전 모습을 보여드렸다. 엄마는 좋아하셨다. 이제 그 집이 공사가 끝났으니 집에 가자고 하자 엄마는 정말 좋아하셨다.

8월 3일 금요일, 다음 주 월요일에는 엄마를 모시고 집에 다녀오겠다고 의사에게 허락을 받았다. 친구는 병원 앰뷸런스와 휠체어가 아닌 침상을 이용하도록 배려해 주었다. 침상에서 몸을 일으켜 이동하며 청산에서 집과 주변을 둘러보고 있는 엄마의 모습을 상상하니 가슴에 전율이 흘렀다. 엄마도 나도 빨리 집에 가고 싶었고, 월요일이 기다려졌다. 서울의 형도 반겼기에, 우리는 함께 청산에서 만나기로 하였다.

8월 6일 월요일 아침. 얼굴 보고 싶다는 용인YMCA 박양학 이사장님을 뵙고 설레는 마음으로 고속도로를 달려갔다. 74세의 연세이면서도 청년처럼 활동하는 이사장님은 "어릴 때 돌아가신 어머니."라며 빛바랜 흑백사진을 지갑에서 꺼내 보이시며, "폭염으로 무더운 이 여름날 집에서 장례를 치르면 어머니도 손님도 모두 불편하니 날씨가 선선할 때 돌아가시면 좋겠다."라고 엄마에게 전하라며 농담을 하셨다.

안동의 병실에 도착한 나는 엄마의 모습에 눈을 의심했다. 산소

호흡기를 하고도 가쁜 숨을 몰아쉬고 계셨다. 목에는 가래가 끓고 있었으며 의식은 전혀 없었다. 간호사는 아침부터 상태가 안 좋아졌다고 했다. 의사는 집에 갈 수 없는 것은 물론 일주일을 넘기기 어려울 것 같다고, 일반병실로 옮겨가는 것은 괜찮지만 인공호흡기와 심폐소생술을 하지 않겠다는 동의서를 작성해야 한다고 했다. 청천벽력이었다. 남은 시간 동안 엄마 곁에 자유롭게 있겠다는 생각으로 특실로 병실을 옮겼다.

엄마의 의식이 돌아오지 않는 가운데 저녁 회진시간, 의사는 악화되는 엄마의 상태에 놀라며 인공호흡기를 달지 않으면 오늘을 넘기기 어렵다고 했다.

엄마를 그렇게 빨리 보내드릴 수는 없었다. 인공호흡기를 달면 일주일 정도는 견딜 수 있을 것이라는 말에 다시 중환자실로 갔다.

아아, 이제는 정말 남은 시간이 없구나. 그런 생각을 하니 절박한 심정이 들었다. 엄마를 중환자실에 모셔놓고 청산으로 왔다. 어둠 속에 있는 아버지의 산소에 갔다.

“아버지, 엄마가 이제 머지않아서 아버지에게로 가실 것 같아요. 좋으시지요? 가시면 이젠 잘해주세요!”

아우의 산소를 돌아보며 말했다.

“아우야, 엄마 가시면 너는 좋겠다. 엄마하고 잘 지내!”

그리고 돌아서서 시골집으로 들어서는데 휴대폰이 울렸다. 밤 12시가 다 된 시간, 아내의 전화에 불길한 생각이 스쳐 갔다. 순간, 찢어지는 아내의 목소리가 들려왔다.

“막내가! 막내가!”

아내는 말을 잇지 못했다. 밤 10시경 거실에서 같이 누워 잠을 청했다는 막내가 의식이 점점 흐려지고 심한 경련이 오고 있다고 한다. 아내는 119에 의지해서 분당서울대학교병원 응급실로 갔다. 당혹스러웠다. 어찌해야 하는가. 엄마는 안동에서 사경을 헤매고, 아들은 분당에서 응급실로 실려 가는 위급한 상황이었다. 기다리는 중에 막내의 의식이 조금씩 돌아온다고 해서 안도의 숨을 쉬었다. 불면의 밤, 밤새 뒤척였다.

8월 7일 새벽, 여명이 밝아오고 다시 아버지 산소에 갔다가 돌아오는 순간, 제수씨가 헐레벌떡 뛰어왔다. 엄마의 상태가 안 좋으니 병원에서 빨리 오라 한다고 전했다. 모든 상황이 급작스러웠다.

의사는 임종이 가까워졌고 의식이 없는 상태라고 하였지만, 엄마는 내가 울부짖었을 때, 나현이와 진철이가 애타게 할머니를 불렀을 때, 눈에서 자그마한 눈물방울을 흘렸다. 엄마는 조용히 눈물을 흘리셨다. 엄마는 모든 것을 듣고 계셨고, 알고 계셨다.

평소 엄마는 “내가 죽으면 병원에서 장례를 치를 건가?” 하고 내게 수차례 물었다. 엄마는 집에서 하기를 원하셨다. 나는 약속했다. 병원이 아닌 청산의 집에서 정성 들여 엄마의 장례를 치러 드리겠다고. 엄마와의 약속을 지키기 위해 상조회사에 연락해서 집에서 장례를 하기 위한 준비를 시작했다. 폭염으로 인해 온 나라가 연일 야단이었기에 염려스러웠지만, 상조회사에서는 별문제 없이 준비하겠다고 했다.

엄마가 운명하시기 직전, 형님들은 집에서 장례 모시는 것에 대하여 다시 의논하자고 하셨지만, 나는 일언지하에 엄마의 소원이었으며, 엄마와의 약속을 지키지 않으면 천추의 한이 될 것이라고 말했다. 형님들은 더 이상 아무 말씀이 없었다.

시간이 흘렀다. 엄마를 가운데 두고 마주한 상태에서 작은형은 눈물을 흘리며 다시 내게 장례 이야기를 하였다.

"엄마는 평소 자신은 불편해도 남은 불편하지 않도록 항상 남을 배려하시는 분이었다. 아우와 집에서 장례 치르는 약속을 하셨다고 하지만, 이렇게 무더운 날씨에 우리가 불편한 것은 그렇다고 하더라도 집으로 찾아오는 문상객들이 음식도 제대로 못 먹고 땀을 뻘뻘 흘리며 돌아가는 것을 엄마는 과연 원하실까? 아우야, 엄마 생각은 그렇지 않을 것 같아. 다시 한 번 생각해 봐."

그러했다. 엄마는 자신을 희생하면서까지 남을 배려하는 분이었다. 남에게 불편을 끼치는 일은 상상도 못했다. 과연 지금 엄마가 의식이 있어서 현 상황을 본다면 어떻게 하실까? 순간, '엄마라면 어떻게 할까?' 하는 생각이 스쳐 갔다. 아니, 엄마와의 약속을 지키려는 내 마음을 아시고, 그러지 말라고 형을 통해서 이 순간 말씀하고 계신다는 생각이 스쳐 갔다.

"형, 나는 지금 형의 말이 엄마의 이야기로 들린다. 형, 그렇게 하자. 엄마도 문상객들이 이 무더위에 불편해하는 것을 원치 않으실 거야."

형은 눈물을 흘리며 내게로 다가왔다. 내 눈에서도 눈물이 흘러내렸다. 우리는 서로 껴안았다. 잠시 밖에 나가 있던 큰형님이 들어왔다. 잘했다고 고개를 끄덕였다.

그 순간, 엄마의 심장이 멈추었다. 마치 그 이야기를 듣고 가시려고 기다린 듯. 그때서야 엄마는 이 세상과 이별하였다. 우리는 모두 흐느꼈다. '동네에서 가장 고생 많이 한 여인이 동네에서 가장 부러운 할머니'가 되어, 한도 버리고 슬픔도, 눈물도 다 버리고 고통 없는 저세상으로 가셨다. 나의 신, 나의 우상, 나의 존재 이유가 이승에서는 두 번 다시 보지 못할 머나먼 길을 떠나셨다. 엄마와의 만남이 너무나 감사했다. 아들이 〈울보 천사〉를 노래한다.

내 인생의 팔 할은
엄마의 눈물이 만들었으니
엄마가 세상을 떠났을 때
나는 울었다.

세상의 모든 엄마가
죽음의 길을 가듯
내 엄마도
다시는 못 올 머나먼 길을 가셨다.

엄마를 잃은 자식들이
모두 슬피 울듯이
나도 목 놓아
슬피 울었다.

생전의 엄마는 말씀하셨다.
"이제 공부 그만하고
애들하고 재미있게 놀아라!"라고.
나는 "예!"라고 대답했지만

그것은 하얀 거짓말이었다.
사랑하는 내 엄마를
기쁘게 해드리기 위해
나는 공부하고 또 공부했다.

나의 엄마는
눈물 많은 천사
나는
눈물 많은 애기 천사

우리는 울보 천사였다.

2012년 8월 7일(음력 6월 20일) 08시 49분. 엄마는 영원히 잠드셨다. 83세의 생을 마감하시고 아버지와 막내아우가 있는 피안으로 훨훨 날아가셨다. 폭염으로 뜨거웠던 여름날 아침, 20년간 불편했던 육신의 옷을 버리고 자유로이, 그리고 평안히 임종을 맞이하셨다. 한 많고 눈물 많았던 위대한 여인이 조용히 생애를 마쳤다. 16세에 결혼해서 한 시아버지와 두 시어머니를 모시고 시집살이를 하며, 6남 1녀를 생산해서 3남 1녀는 먼저 보내고 세 아들과 네 며느리, 일곱 손자와 세 명의 손녀, 한 명의 증손자와 한 명의 증손녀를 흔적으로 이 세상에 남기고 생을 마감하셨다.

1992년 12월에 뇌졸중으로 쓰러져 반신불수의 몸이 된 지 20년. 지난 10년은 인근 요양병원과 집을 오가며 생활하셨다. 4년 전인 2008년 7월 아버지를 먼저 보내신 엄마는 "당신이 먼저 죽고 내가 죽어야 한다."라고 평생 입버릇처럼 말씀 하신 대로 그렇게 가셨다. "이제 그만 자는 듯이 죽었으면 좋겠다."라고 말씀하신 대로 자는 듯이 운명하셨다. 이승에서의 석별이었다.

엄마는 흐르는 세월 속에 부서지고 망가지고 부식되어 한 줌의 흙으로 돌아가셨다. 눈물과 한숨 속에서도 희망의 끈을 놓지 않았던 엄마. 엄마를 잃은 슬픔에 목 놓아 울었다. 때로는 "내가 왜 이런 몸이 되었나!" 한탄도 하셨지만, 엄마는 아름답고 평화로우셨다. '젊은 날 가장 불행한 여인이 늙어서 가장 행복한 할머니가 되었다'라는 시골 이웃 할머니들의 말씀에 미소 짓던 엄마, 세상의 모든 엄마가 흙으로 돌아가듯이 엄마도 돌아가셨다. 엄마를 잃은 모든 자식이 애통해 하듯이, 나 또한 애통했다. 이별을 하기엔 아직 너무나 뼈에 사무쳤지만, 엄마는 다시 못 올 머나먼 길을 가셨다. 그러나 가슴으로 부르는 그리운 엄마는 영원히 죽지 않는다.

엄마는 청산의 가족묘지 아버지 곁에 누우셨다. 나도 이 세상에서의 심부름이 끝나면 저세상으로 엄마를 찾아갈 것이다. 살아가는 동안 언제, 어디서, 무엇을 할지라도 엄마는 나와 함께 있을 것이다. 엄마라면 어떻게 할까 생각하면서. 그리고 나는 이제 엄마에게 세상에서 가장 고귀한 감사장을, 특별공로패를 드린다.

"엄마, 다음 세상에는 새(鳥)로 태어나서 훨훨 자유로이 마음껏 날아다니세요."

그리고 엄마에게 이 세상에서의 마지막 작별의 인사를 드린다.

"엄마! 잘 가세요."

30. 세상에서 가장 아름다운 이름

2012년 8월 9일, 엄마는 뜨거운 여름날에 흙 속에 묻히셨다. 그리고 그해 여름은 유난히도 비가 많이 왔다.

2012년 12월 9일, 아직은 완전히 잔디가 자라지 않은 엄마의 무덤에 하얀 눈이 소복이 쌓였다. 눈밭에 무릎 꿇어 절을 드리는데 뜨거운 눈물이 얼었고, 차가운 손이 얼었다. 얼어붙은 무덤 속에 누우신 엄마의 육신은 얼마나 추우실까. 더 이상 아무 고통도 없기를 간절한 마음으로 빌고 또 빌며 발걸음을 돌렸다.

12월 24일, 엄마가 세상을 떠나고 맞이하는 첫 번째 생신이다. 아버지와 함께한 엄마의 산소에는 눈이 하얗게 덮여 있었다. 아버지의 생신은 음력 8월 초닷새, 추석 열흘 전이다. 아버지는 열흘 뒤면 명절이라 자식들 만나면서도 당신 생일에 잔칫상을 차려드리지 않으면 서운해하셨다.

뜨거운 여름이 지나고 눈 내리는 겨울 엄마의 생신. 엄마의 육신은 흙 속에 계시고 나는 엄마와 마음으로 정을 나누었다.

"엄마, 생신 축하해! 명돌이 잘 살게! 엄마, 잘 자!"

2013년 1월 21일 월요일 새벽, 꿈속에 엄마를 만났다. 엄마는 "어딘가를 가야 하는데 배가 고프다."라고 하셨다. 나는 "맛있는 것 사드릴 테니 외식 가자."라고 하다가 잠에서 깨어났다. 꿈속에 만난 선명한 엄마의 모습, 배고프다는 그 말씀에 마음이 아프고 그리움이 밀려왔다. 밖에는 겨울비가 내리고 있었다. 엄마가 보고 싶었다. 엄마도 내가 보고 싶어 찾아오신 것이다. 어제는 용인의 하나애요양병원에서 김종필 아우가 이끄는 '해피봉사팀'과 함께 봉사를 하고 왔다. 가까운 아우인 류경희의 어머니를 위한 행사였고, 두 시간에 걸친 어르신들을 위한 재롱잔치는 많은 생각을 하게 했다. 백발과 노년의 아픈 몸은 누구에게나 오는 인생의 훈장이다. 부모가 모두 돌아가신 지금, 살아계실 때 알았다면 얼마나 좋았을까 하고 생각했다. 그래서 엄마가 찾아오셨는가 하는 생각이 들었다.

출근을 했다가 안동으로 길을 나섰다. 굵은 빗줄기가 쏟아졌다. 강원도에는 40㎝가 넘는 대설주의보가 내렸다. 치악산휴게소에 이르자 비가 눈으로 바뀌면서 하얀 눈으로 덮인 설국이 연출됐다. 비록 길이 미끄러운 불편함은 있었지만, 엄마를 만나기 위해 가는 길목에 하얀 꽃길을 준비한 듯 즐거웠다.

시골로 가는 길! 항상 즐겁지만은 않은 길이었지만, 언제나 자신을 돌아볼 수 있는 시간이었다. 그곳에는 엄마와 아버지, 가족들과 그리운 고향이 있고, 옛 친구들과 어린 시절의 추억이 있다. 삶에 지치고 힘이 들 때, 하고자 하는 일이 잘 되지 않을 때, 어떤 경우든 시골로 가는 길은 삶을 반추하게 하고, 보다 나은 길로 나아가도록 다짐하게 했다. 그러면 가슴 저 깊은 곳에서부터 새로운 힘이 솟아났다. 한편, 삶의 무상함을 느끼며 눈가에 절로 눈물이 쏟아지는 아픔의 시간이기도 했다.

고속도로에 내리던 눈이 다시 비로 바뀌고, 비가 그치는가 싶더니 안동이 가까워지자 다시 비가 내리기 시작했다. 청산에 도착해 문을 열고 들어서니 큰형님은 면도를 하지 않아 덥수룩한 모습으로 잠들어 있다. 집안을 둘러보고 나오는데 형님이 일어나셨다. 엄마에게 다녀오겠다고 인사하고 산소로 갔다. 빗방울이 떨어졌지만 산소 일대는 하얗게 내린 눈이 얼어붙어 있었다. 뽀드득 뽀드득 발소리를 내며 아우를 지나고 엄마, 아버지, 할아버지, 할머니 산소에 이르렀다.

한 손에 우산을 들고 다른 한 손으로 엄마를 쓰다듬었다. “지난 밤 제가 보고 싶어 오셨나?”라고, “새해 들어 오려다가 못 오곤 했건만, 그래서 엄마가 찾아오셨나?”라고 물었고, “그래서 달려왔다.”라고 말했다. 그러자 눈가에도 이슬비가 내렸다. 차가운 눈밭에서 비를 맞으며 무릎 꿇고 절을 했다. 눈물이 흘러내리고 목에서는 폐부에서부터 신음이 흘러나왔다.

"엄마! 잘 지내? 춥지 않아? 보고 싶다. 더 자주 달려와야 하는데 미안. 아버지는 잘 해주시는가? 아버지한테 이제 잔소리는 그만하시고 엄마는 엄마대로 잘 지내야지. 하기야 엄마는 아버지 걱정, 자식 걱정…. 맨날 걱정하는 게 엄마의 삶이었는데. 그곳에는 근심 걱정 없으면 좋겠다. 우리 엄마 편하시게. 꿈에 엄마가 배고프다고 해서 오늘은 빈손이 아니고 뭘 조금 갖고 올까 했는데, 비가 와서 그냥 왔네. 괜찮지? 엄마, 엄마는 아버지하고 막내하고 잘 지내. 나는 형들하고 이 땅에서 잘 지낼게. 형들한테 더 마음 쓰고 제수씨나 조카들한테도 더 잘 할게. 걱정하지 마. 알았지? 엄마, 나 간다. 또 올게. 아마 설에 오겠지. 그때까지 안녕!"

"아버지! 부디 그곳에서는 아픔도 회한도 없이 평안하세요. 이 땅에서의 삶, 얼마나 힘이 드셨습니까? 엄마와 막내, 아버지가 가장 사랑한 소중한 사람들이니 더불어 잘 지내세요. 엄마도 막내도 고단한 삶 살다가 갔으니 아버지가 잘 보살펴 주시고요. 아버지, 불효자식이 용서를 구합니다. 엄마를 힘들게 하는 아버지를 다 이해할 수는 없었습니다. 하지만 진정으로 아버지를 사랑했습니다. 아버지, 용서하십시오. 죄송합니다."

"아우야, 너와의 이별은 너무나 가슴이 아팠고 지금도 생각하면 함께한 시간이 애통하다. 너를 위해 한다는 내 모든 행동이 너를 힘들게 하고, 결국 너를 죽음으로 몰고 간 것이 아닌가 하는 자책감도 든다. 너는 형을 이해해 주리라 믿는다. 하지만 형은 갑작스런 이별에 망연자실하다. 이제 그곳에서는 평안해라. 제수씨와 나현이, 진철이는 내가 잘 보살피마. 나현이는 공부 열심히 하고 제수씨도 성당에서 운영하는 요양원에 취업해서 열심히 산다. 진철이는 조금 더 두고 보아야지. 너를 닮아서 심성이 참 곱다. 훗날 다시 만나면 이제 잔소리 그만할게. '형, 나도 다 컸는데 또 때릴 거예요?' 하며 웃던 모습이 떠오르는구나. 너를 사랑하면서도 제대로 칭찬하고 사랑한다고 안아주지 못한 것이 가슴 아프다. 사랑하지 않으면 잔소리할 일도 없다. 하지만 사랑한다는 이유로 상처를 주는 잔소리를 마음껏 해서는 안 된다는 사실을 절감한다. 그래, 형에게 잔소리 안 들어 좋겠다. 나쁜 자식. 아우야, 갈게. 잘 있어. 안녕."

돌아보고 또 돌아보고 산소를 벗어나니 나현이가 족구장에서 기다리다가 전해준다.

"큰아빠, 제일 큰아빠가 하실 말씀 있데요! 그런데 청소 안 해놓고 있다가 큰아빠 오셔서 들켰다고 엄마한테 많이 혼났어요."

"잘했다. 그럼 혼나야지."

장학금 신청으로 밤늦게까지 인터넷을 하다가 늦잠 잤다고 변명을 늘어놓는다. 귀여운 자식. 이제는 어엿한 숙녀의 모습이다. 아우를 닮아서 키도 크고 예쁘다. 집에 들어가니 형님은 그 사이 막걸리 병도 치우고 거실 정리를 하셨다.

"미안하다. 이런 모습 보여서."

"무슨 말씀을요. 시골 생활에서 막걸리 드시고 하는 것도 삶의 재미지요. 단지 건강 해치지 않도록 적당히만 드십시오."

형님의 모습은 수척하고 야위었다. 마음이 아팠다. 형님은 군대 친구들과 부부동반으로 지리산과 부산 해운대를 다녀오셨고, "아우가 예약해준 한화콘도 덕분에 친구들에게 인기가 있었다."라며 고마워하셨다.

"형님, 콘도는 공짜니까 필요하면 언제든 말씀하십시오."

"그래도 니한테 부담주기 싫다."

"형님, 부담 주는 게 아니라 공짜로 받은 걸 그냥 쓰시면 됩니다. 형님이 쓰시면 저도 기분 좋지요. 형수님하고 이제 여행도 좀 많이 다니세요. 그리고 국가유공자 되신 것, 축하드립니다."

형님과의 대화는 가슴으로 이어지는 형제애였다. 형님의 손을 잡고 몸을 만지면서 나눈 그 시간은 사랑이었고, 용서였고, 이해였고, 화해였고, 회복이었다. 형님의 꿈속에도 최근 엄마가 다녀가셨다고 한다.

"아이고 야야~!"라며 엄마 이야기를 하시는 형님의 눈에서 눈물이 흘러내렸다. 짧은 시간 나눈 할아버지와 할머니, 아버지와 엄마의 이야기였지만, 형님의 마음은 회한으로 요동치고 있었다.

빗줄기는 그치지 않았고 밤이면 눈으로 바뀐다는 예보가 나왔다. '형님과의 정겨운 만남을 원하신 걸까?'라는 생각을 하면서 비 내리는 겨울 고속도로를 달려간다. 산타이고 가는 길에서 나는 평생에 만나본 십자가보다 더 많은 십자가를 만나면서 예수의 사랑과 용서를 깨달았다. 시인의 마음속에 〈용서〉의 노래가 흘러간다.

일요일에는 신에게 용서를 빕니다.

월요일에는 자신에게 용서를 빕니다.

화요일에는 가족에게 용서를 빕니다.

수요일에는 벗들에게 용서를 빕니다.

목요일에는 이웃들에게 용서를 빕니다.
금요일에는 상처 입은 사람들에게 용서를 빕니다.
토요일에는 돌보지 못한 사람들에게 용서를 빕니다.

가장 용서받지 못할 사람은
바로 자기 자신
용서하고 미워하는 바보 같은 자신입니다.
용서를 빌고 또 잘못을 저지르는 자신입니다.

하지만 나는 끝없이
자신을 위해 자신을 용서하고
자신을 위해 타인을 용서합니다.
용서는 사랑입니다.
나는 하늘 아래 모든 인연을 사랑하려 합니다.

고향으로 가는 길. 나는 힘든 일이 있으면 엄마를 찾아갔다. 엄마를 생각하며 고향으로 가는 길은 특별한 의미가 있었다. 아무리 어려운 일이 있어도 엄마를 생각하면 극복해야 했다. 엄마를 찾아가는 길은 삶을 객관화시켜볼 수 있는 기회를 주고, 지혜를 주었다. 엄마는 아무 말씀도 없지만, 엄마를 보고 돌아오면 한없는 위로를 받고 마음의 평정을 찾았다. 하지만 엄마를 뒤로하고 돌아서면 언제나 눈가에 이슬이 맺혔다.

엄마는 가난에서 벗어나고 빚 없이 살아보는 소원을 이루었지만, 자신을 위해 돈을 쓸 줄은 몰랐다. 때로는 엄마를 놀라게 하기 위해 평생 동안 한 번도 만져보시지 못한 현금 뭉치를 드렸다. 엄마의 통장에도 시골 할머니가 만져볼 수 없는 거액을 넣어드렸다. "엄마의 통장에 돈이 있다는 뿌듯함만 느끼시고, 돈을 쓰실 일이 있으면 돈이 필요하다고 말씀하시라."라고 했다. 엄마는 가끔 돈을 두고도 돈이 없다 하시며 돈을 주고 가라고 하셨다. 그러면 알면서도 모른 채 어디에 쓰실 건지 물어보지도 않고 드렸다. 엄마가 필요하시고 기뻐하시면 그것으로 족했다.

수많은 상념이 날리고 눈이 날리는 고속도로. 생업의 터전인 용인의 불빛을 바라보면서 안식처인 분당으로 달려간다. 그리고 며칠 후, 꿈속에서 또 엄마를 만났다.

병실에 누워 있는 깡마른 엄마. 설날이 왔으니 집에 가자고 했다. 꿈속에서 나는 '엄마가 이 세상에서 맞이하는 마지막 설이 될 것이니, 무리를 해서라도 집에 모셔야지.' 했다. 침상의 엄마를 껴안는 순간, 수척한 엄마의 모습에 마지막 설이 겹치며 눈물이 흘러내렸다. 입에서 신음이 나왔다. 오열했다. 그리고 잠에서 깨어났다. 엄마가 이미 돌아가셨다는 생각이 들며 흐느껴 울었다.

엄마 없는 첫 번째 설을 맞이하며 마음 깊은 곳에서 회한이 밀려왔다. 침상에 걸터앉아 엄마를 생각했다. 엄마는 슬픈 설날을 원하지 않으시리라는 생각을 했다. 엄마 없는 설이지만 슬픔보다는 즐거움이 있는, 엄마를 추모하고 아버지를 이야기하는 가족의 축제로 만들자고 생각했다. 그리고 지금까지 명절이면 가족 모두 외식도 하고, 영화도 보고 하는 문화행사를 하고 있다.

나는 엄마를 어머니라고 불러본 적이 없다. 나에게는 어머니가 아닌 엄마가 있었다. 내 나이 쉰네 살이 되어서 엄마가 돌아가시는 순간까지도, 어머니는 엄마였다. 나이가 들어서도 엄마라고 부르는 것이 어색하지 않았다. 사람들 앞에서도 창피하지 않았다. 엄마는 쉰이 넘은 아들을 늘 보고 싶어 했다. 아들이 얼마나 든든하셨는지 돌아가시기 얼마 전 중환자실의 간호사에게, "내 아들 오면 다 일러줄 거니까 나한테 잘못하면 안 돼!"라고 하셨단다. 훗날 간호사는 "선생님이 바로 그 아드님이시냐?"라며 웃었다. 엄마도 나도 거의 애기 수준의 모자지간이었다. 나는 쉰을 넘긴 나이에도 색동옷을 입지는 않았지만 엄마에게 어리광을 부렸다. 어리광을 부리는 아들을 보고 엄마는 웃으며 좋아하셨다. 엄마를 기쁘게 해드리는 일은 곧 나를 위하는 일이었다.

이 땅에 태어나도록 생명을 주시고 바른길로 나아가도록 이끌어 주신 엄마. 나는 엄마에게 사랑과 희생의 힘을 배웠다. 이제는 엄마를 눈으로 볼 수도 없고, 자애로운 목소리를 들을 수도, 손으로 만질 수도, 따스한 품에 안길 수도 없다. 하지만 나는 엄마를 부를 수 있다.

꿈속에서도 부르고 싶은 그 이름.
언제 불러도 참 좋은 그 이름.
세상에서 가장 아름다운 그 이름이다.

"엄마!"

31. 해파랑길 이야기

2014년 7월 29일 흐린 날씨, 먼동이 터온다. 숙소인 콘도에서 택시를 타고 장정(長征)의 출발점인 오륙도 해맞이공원에 도착한다. 아침 바다가 모습을 드러내고, 파도가 바위에 부딪쳐 흰 거품을 내며 출렁인다. '해파랑길 시작지점'이라 적힌 표석 앞에서 왼발은 동해를, 오른발은 남해를 밟고 선다. 동해와 남해가 갈라지는 분기점인 부산시 남구 용호동 북위 35도 1분에 위치한 오륙도 해맞이공원에서 북위 38도 35분에 위치한 고성의 통일전망대를 향하여 해파랑길 770㎞, 동해안 2천 리 꿈의 길을 바라본다.

2010년 겨울, 마라도에서 시작하여 완도와 보길도, 북위 34도 17분에 위치한 해남의 송지면 땅끝마을을 거쳐 산 넘고 물 건너 내륙으로 종단하여 고성 통일전망대에 이르는 790㎞ 국토종주를 행한 지 4년의 세월이 지난 오늘, 다시 동해안 해파랑길을 떠난다.

나는 여름이면 체질적으로 땀을 많이 흘리고 더위를 탄다. 반면 비교적 추위에 강하다. 지금까지는 주로 겨울에 도보여행 길을 나섰다. 매서운 찬바람이 볼을 스치면 바람이 들어오지 않도록 단추를 잠그고 걸어갈 때 진하고 짜릿한 의미를 느꼈다. 그럴 때면 살아 있는 몸과 마음을 느끼면서 희열이 다가왔다. 이왕이면 계절도 혹한으로, 코스도 험한 길로, 주어진 상황에서 육체적으로 좀 더 깊은 수렁으로 자신을 밀어 넣으려는 시도를 했다. 그리고 고통에 상응하는 성취감을 느꼈다. 그런데 이 여름의 도보여행이 얼마나 혹독한지. 더위에 지친 몸과 마음에 경의를 표했다. 《해파랑길 이야기》의 '책머리에' 글이다.

> 해는 하늘 높은 곳에서 비추는 가장 빛나는 별이요, 바다는 땅 아래 가장 낮은 곳에 겸손히 엎드린 물이다. 해는 모든 곳을 비추고 바다는 모든 물을 받아들인다. 사람은 해랑 바다랑 잠시 살다 가는 여행자요, 삶과 죽음 사이를 걸어가는 순례자다.
>
> 시간은 날아서 달아나고 바람은 나뭇잎을 가만히 흔들면서 지나간다. 나이 들어 넥타이와 양복을 벗어 던지고 산으로, 바다로, 강으로, 들판으로 여행을 떠날 수 있다면 진정 얼마나 자유로운 삶인가. 여행은 새로운 시작으로 게으름에서 벗어나게 하고 신선함으로 삶을 채워준다.
>
> 붉은 해랑 벗하고 파란 바다랑 벗하는 '해파랑길'을 걷는 여행은 길 위의 길을 걷는, 사람이 살다 가는 멋 중의 멋이다. 일상에서 벗어나 깨달음의 파도가 밀려오는 그 길에는 햇빛과 별빛을 조명으로 푸른 물결이 춤을 춘다. 손도 없이, 발도 없이 파도가 춤을

춘다. 그러면 나그네도 어울려 온몸으로 춤을 춘다. 해파랑길의 춤은 환희의 춤이요, 고독의 춤이다. 침묵의 춤이요, 영원의 춤이다. 끝없이 펼쳐진 하늘길, 바닷길, 해안길을 따라 덩실덩실 춤을 추며 걷는 길이다.

해파랑길은 화랑의 길이었다. 화랑들은 전국 방방곡곡 깊은 산과 맑은 물을 찾아다니며 풍류도와 도전정신, 그리고 호연지기를 길렀다. 그 가운데에도 삼국을 통일한 뒤 경주에서 금강산까지 이어지는 동해안 길은 화랑들이 가장 선호하던 순례길이었다. 동해안 길은 신라가 통일을 이룬 뒤 넓어진 영토를 잘 통치하기 위해 주요 교통로로 정비한 길이었으며, 동해안을 따라 발해까지 이어지는 주요 교역로였다. 1,300여 년이 지난 오늘날, 그 길은 해파랑길이란 이름으로 다시 태어났다.

동해안 해파랑길은 동해와 남해의 분기점인 부산 오륙도 해맞이공원에서 시작하여 고성 통일전망대까지 이어지는 770㎞의 걷기 길이다. 문화체육관광부의 지원을 받아 19개 기초단체, 4개 광역단체, ㈔한국의 길과 문화가 함께 조성하고 있는 해파랑길은 부산, 울산, 경주, 포항, 영덕, 울진, 삼척-동해, 강릉, 양양-속초, 고성으로 이어지는 10개 구간과 총 50개의 코스로 구성되어 있다. 2009년 12월에 조성을 시작하여 2014년 12월에 개통예정이지만, 이미 2014년 8월에 이 길을 걸은 필자를 비롯하여 많은 걷기 마니아들이 다녀갔다.

동해의 떠오르는 해와 푸른 바다를 동무 삼아 함께 걷는 '해파랑길'의 '해'는 '뜨는 해'와 '바다 해(海)'를, '파'는 '파란 바다'와 '파도'

를, '랑'은 누구누구'랑'이나 무엇무엇'이랑'처럼 함께할 때의 '랑'을 의미한다. 동해와 남해의 분기점인 부산 오륙도 해맞이공원에서 고성 통일전망대까지 이어지는 770㎞의 해파랑길은 부산 갈맷길, 울산 솔마루길, 경주 주상절리길, 포항 감사나눔길, 영덕 블루로드, 울진 관동팔경길, 삼척 수로부인길, 강릉 바우길, 고성 갈래길 등 동해안의 좋은 길들과 하나로 이어져, 해안과 어촌 길이 전체의 65퍼센트를 차지하고, 나머지는 내륙으로 들어가 산과 강과 들, 시골마을을 돌아나오는 걷기 길이다. 지금까지 장거리 트레일로는 백두대간(690㎞), 제주올레길(425㎞), 지리산둘레길(274㎞) 등이 유명하였으나, 해파랑길은 국내 최장거리 트레킹 코스로 과거와 현재, 미래가 함께 숨 쉬고 인문학적으로 역사와 문화, 다양한 이야기를 품고 있고 접근성이 용이하여 앞으로 여행자들에게 뜨거운 각광을 받을 잠재력이 충분하다.

'천 리 길도 한 걸음부터', '티끌 모아 태산'이라는 경구를 의지하여 걸어온 2천 리 길. 달팽이처럼, 거북이처럼, 소처럼 느릿느릿 걸었다. 스스로 고독한 여행자가 되어 길을 걸었다. 홀로는 영혼이 자유로운 사람, 고독은 생각을 키워주고 삶의 차원을 높여주기에 나 홀로 걷는 길이었다. 새는 하늘을 날고, 물고기는 물속을 헤엄치고, 사람은 땅 위를 걷는다. 폭염의 태양 아래에서, 비바람 몰아치는 거친 바닷가에서, 새들이 지저귀는 평온한 숲길에서, 한적한 농촌의 들판에서 자연과 호흡하며 걸었다. 해파랑길 유랑은 절제로 얻은 자유와 현실을 초월하여 은근한 풍취를 즐기며 산수간 경치 좋은 곳에서 술 한잔 마시며 풍류를 즐기는 멋스러운 삶의 노래였다. 세상은 경이로움으로 가득 차 있지만 감상할 여유가 없다. 감동을 찾아, 행복을 찾아가는 길. 해랑 파도랑 나랑 함께하는 그 길은 위대한 여정이었다. 두 발로 걸으며 자신을 객관화시켜 성찰하는 길이었으니 당국자미 방관자청(當局者迷 傍觀者淸)이었다.

고통을 느껴보지 못한 사람은 진정한 쾌락을 느낄 수 없다. 돼지는 넘어져야 하늘을 볼 수 있다. 흐르는 땀방울은 영혼을 세척하는 증류수였다. 한낮의 열기가 대지를 뜨겁게 달굴 때 시작한 해파랑길 종주는, 여름도 휴식을 그리워하며 마지막을 향해서 몸서리칠 때 끝이 났다. 백 년을 산다 해도 삼만육천오백 날에 불과한 인생. 눈 위의 새 발자국같이 사라져 버릴 생의 순간순간을 사랑하며 '카르페 디엠!'을 외치며 걸었다. 해가 뜨고 지고 어김없이 반복적으로 흘러가는 크로노스의 시간 속에서 정신없이 내달리는 삶을 잠시 멈추고, 바람에 맞춰 노래 부르고, 파도에 맞춰 춤을 추며 매 순간 가장 소중한 일인 것처럼 의미를 부여하면서 특별한 감정을 담은 카이로스의 시간으로 멋스런 길을 걸었다.

마라도에서 시작하여 땅끝마을 해남에서 고성의 통일전망대까지 790㎞ 국토종주, 지리산에서 진부령까지 690㎞ 백두대간 종주에서 그랬듯이 이번에도 더 이상 갈 수 없는 분단의 벽, 통일전망대에서 걸음을 멈출 수밖에 없었다. 언제쯤 걸어볼 수 있을까? 저 북녘의 산하를. 통일이 되어 금강산을 지나 백두산까지 1,625㎞ 백두대간을 종주하고, 해금강을 지나 경흥의 서수라까지 해파랑길 2,000㎞ 트레일로 연결되어 걸을 수 있는 그 날을 염원하며 마음의 길을 따라 오늘도 걷는다.

세월이 지나면 꽃도 시들고 인생도 시들어 모두가 흙 속에 묻힌다. 한평생의 숨결과 미소와 눈물을 사랑하고 태양 아래서, 달빛과 별빛 아래서 자유롭게 생을 사랑하며 이 세계로부터 장차 올 세계로 향하는 순례의 행진. 삶은 다른 사람의 고통을 덜어줄 수 있는 한 헛되지 않다. 애타는 가슴 하나라도 달랠 수 있다면 삶은 결코 헛되지 않다. 사람이라면 누구나 나답게 살다가 나답게 죽을 수 있기를 바란다. 나 또한 "인생 한판 잘 놀았다!", "어머니 심부름 잘 하고 이제 만나러 간다!"라고 기쁜 마음으로 이야기할 수 있기를 바랄 뿐이다. 그래서 나는 오늘도 걷는다.

(...후략...)

해파랑길은 해랑 바다랑 더불어 가는 여행이다. 바다와 태양, 그들은 얼마나 오랜 세월을 이렇게 호흡을 나누며 지내 왔을까? 눈부신 태양이 바다를 향해 점점 강렬하게 빛을 내리고, 바다는 그 빛을 받아 반짝인다. 해파랑길은 낮은 곳에 위치하여 모든 물을 포용하는 바다로 가는 노자의 상선약수(上善若水)의 겸손한 여행이다.

바다는 생명의 근원이요, 희망이요, 풍요의 원천이요, 미래요, 세계로 나아가는 길목이요, 민족의 기상이요, 평화의 마당이다.

세상에서 가장 낮은 물은 '바다'이다. 낮기 때문에 바다는 모든 물을 다 받아들인다. 해불양수라, 모든 물을 사양하지 않고 '받아들이기에' 그 이름도 '바다'이다. 큰 강이든 작은 실개천이든, 맑은 물이든 흐린 물이든 가리지 않고 다 받아들임으로써 그 큼을 이룩한다. 바다가 모든 강의 으뜸이 될 수 있는 까닭은 자신을 더 낮추기 때문이다. 그렇기에 빛의 화신인 태양을 부화할 자격을 가진다.

해파랑길을 걸으면서 태양이 한 폭의 그림처럼 떠오르는 장엄한 광경을 많이 만났다. 아침노을이 붉게 물들다가 바다가 태양을 부화하는 그 순간은 참으로 신비로웠다. 동굴이 태양에게 어둠을 가르쳐 주려고 자신의 집에 태양을 초대했는데 동굴로 들어간 태양이 물었다.

"도대체 네가 말하는 어둠이란 게 뭐니?"

태양이 희망의 상징이면 어둠은 절망의 상징이다. 태양이 뜨는 한 어둠은 없다. 희망이 있는 한 절망은 없다. 아침은 희망이 동굴에서 나오는 시각이다.

해파랑길 4코스 울산의 간절곶은 우리나라는 물론 동북아시아 대륙에서 해가 가장 먼저 뜨는 곳이다. 호미곶보다는 1분, 정동진보다는 5분 먼저 떠오른다. 우리나라 지도상으로는 포항의 호미곶이 가장 동쪽으로 튀어나와 있지만, 지구의 자전축이 약간 기울어져 있어서 해가 동쪽이 아니라 남동쪽에서 떠오르기 때문에 실제로 바다가 해를 가장 먼저 부화하는 곳은 호미곶이 아닌 간절곶이다.

옥계장터를 지날 때 장터에서 자란 어린 시절이 떠오르며 과거 속으로 빠져든다. '어제의 좋은 일 두 개나 결코 생기지 않을 내일의 좋은 일 세 개보다, 오늘의 좋은 일 한 개가 낫다.'는 아일랜드 속담이 스쳐 간다. 과거의 추억을 회상하는 것도, 미래를 희망적으로 낙관하는 것도 좋지만, 용인에서 찾아오는 광섭 형과 친구 석윤을 생각하며 눈앞의 옥계시장을 소박하게 즐기면서 걸어간다. 시골

길과 차도를 걸어 '재 너머 사래 긴 밭을 언제 갈려 하는지.' 오늘은 일찌감치 발걸음을 멈추고 먼 길을 달려온 반가운 벗들과 정동진으로 향한다.

이백은 〈산중대작〉에서 "두 사람이 술잔을 마주하니 산꽃이 피네. 한 잔, 또 한 잔, 다시 또 한 잔"이라 노래했고, 나그네는 〈해변대작〉에서

> 세 사람이 술잔을 마주하니
> 갈매기와 파도가 춤을 추네.
> 한 잔, 또 한 잔
> 다시 또 한 잔을 기울이며
> 훈훈한 우정의 오후를 즐기네.

라고 노래한다. 나 홀로 여행에서 입 안에 피었던 곰팡이가 우정의 술로 깨끗이 씻겨나간다. 다음날의 도보여행. 왁자지껄, 분위기가 색다르다. 먼 데서 벗이 해파랑길을 찾아왔으니 어찌 즐겁지 않겠는가. '친구(親舊)'는 '옛(舊)'부터 사랑하여 '나무(木) 위(立)에서 바라보는(見)' 사이이니, 용인에서 함께한 20년 가까운 인연이 새삼 반갑고 고맙다.

정동진 해변의 거대한 해시계에 새겨진 글이 마음으로 다가온다.

> "수천 년간 망망대해에서 방향을 잡게 도와주던 길잡이 별. 항상 같은 자리를 지켜온 변치 않는 영원한 별. 그 북극성과 일직선상에 있는 이곳 정동진 해시계 앞에서 새로운 출발, 희망, 그리고

미래를 약속해 봅니다. 아울러, 시간의 소중함도 가슴속 깊이 담아 봅니다."

"Time and Tide"

"時乎時乎不再來 司馬遷"

사마천이 "시간은 다시 돌아오지 않는다."라고 말한다. 찬란한 태양이 밝은 빛으로 낮의 길잡이를 자처한다면, 어두운 밤하늘을 밝히며 밤의 길잡이를 자처하는 북극성은 태양의 다른 모습으로 길을 안내한다.

해파랑길 종주가 끝나기 전날 축하사절단이 먼 길을 달려왔다. 예정보다 조금 늦어 어두워질 무렵 용인에서 출발한 아우들이 거진항에 도착했다. 이덕무는 "마음에 맞는 계절에 마음에 맞는 친구들과 만나 마음에 맞는 말을 나누며 마음에 맞는 시문(詩文)을 읽으면 이는 최상의 즐거움이지만, 이런 기회는 지극히 드문 것이어서 일생을 통틀어도 모두 몇 번에 불과하다."라고 말한다. 일생에 한 번 걸을 해파랑길을 마음에 맞는 벗들이 찾아와 마음에 맞는 말을 나누며 동행하니 그 기쁨은 최상의 즐거움이다. '야식집'에서 대업을 이뤘다는 축하 현수막을 걸고 사랑과 우정을 나누며 꿈같고 우화 같은 시간을 함께 했다. 자기 집 술을 마시지 않는다는 아주머니는 슈퍼에서 술을 사 와서 함께 했다.

깊어가는 거진항의 밤. 밤하늘인지 검은 바다인지, 별빛인지 고깃배의 불빛인지, 꿈인지 생시인지, 사람인지 나비인지도 모르는 물아일체, 무아지경에서 몰입의 즐거움을 맛보며 해파랑길 삼매경에 빠져 마음과 몸을 흔들며 영원히 잊지 못할 춤을 춘다.

다음날, 통일전망대에 도착했다. 동해안 해파랑길 770㎞를 걸어서 드디어 목적지에 도착했다. 구름 한 점 없는 날씨, DMZ와 남방한계선이 만나는 고성군 현내면 명호리, 해발 70m의 통일전망대에 섰다. 두 손을 모으고 마음을 모으고 뜻을 모은다.

"주님!, 성모 마리아님!, 부처님! 우리의 소원! 통일을 기원합니다!"

부산의 오륙도 해맞이공원에서 경흥의 서수라까지 한반도 해파랑길 2,000㎞, 5천 리를 걸어볼 수 있는 그 날이 속히 오기를 염원하며 나그네는 발걸음은 멈춘다.

"해파랑길에서 한 판 잘 놀았는데, 다음은 어디로 가지?"

32. 달빛 기행

2016년 11월 네팔 카트만두를 통해 히말라야 에베레스트 트레킹을 다녀왔다. 네팔은 산의 나라인 동시에 신의 나라, 부처가 태어난 성자의 나라다. 싯다르타는 기원전 563년경 네팔에 소재한 타라이 중앙의 룸비니 동산, 당시에는 고대 인도의 카필라 왕국이었으며 현재는 네팔 쪽에 위치한 작은 숲에서 태어났다. 부처는 무우수나무 아래에서 태어나 보리수나무 아래에서 성불했고, 사라수나무 아래에서 적멸했다. 29세에 출가하여 35세에 부처가 되었고 80세에 열반했다. 룸비니 동산에서 태어나서 부다가야에서 성불하였고, 녹야원(사르나트)에서 최초의 설법을 하였으며, 쿠시나가라에서 열반하였다. 그 날은 모두 음력 보름날이었고, 그 장소는 모두 불교의 4대 성지가 되었다.

나는 해발 3,700m 고지의 남체 바자르에서 보름날을 맞이하여 트레킹 일행을 데리고 야간 달빛 기행을 하였다. 놀랍고도 환상적인 추억이었다.

매월 보름달이 뜨는 밤이면 달빛 기행을 하는 낭만지기들이 있다. 농협 용인시 시지부장이었던 서은호 형님과 함께 사무실 직원들을 데리고 시작하여 용인을 비롯한 전국의 명소를 떠돌아다닌 지 어느새 6년의 세월이 지났다.

문경새재를 시작으로 용인의 은이성지에서 미리내 성지에 이르는 김대건 신부의 삼덕의 길, 용인의 진산인 석성산 정상 등 용인팔경을 비롯하여 팔당역에서 남한강 자전거길을 걸어 북한강 폐철교를 지나서 양평역까지, 수원화성, 서울 남산도성길, 해운대의 미포에서 달맞이길인 문탠로드를 지나서 송정해수욕장까지, 안동의 병산서원에서 하회마을, 제주도의 다랑쉬오름 등 전국의 수많은 명소를 달빛 기행하였다.

지금은 나라 사랑과 평화통일을 기원하는 마음을 담아 '평화통일기원 달빛 기행단(단장: 황봉현)'이라는 이름으로 매월 보름달이 뜨는 밤이면 낭만적이고 의미 있는 기행을 하고 있다.

강릉의 경포호에는 보름달이 다섯 개가 뜬다. 하늘에 뜨는 달이 하나요, 바다에 하나, 호수에 하나, 술잔에 하나, 그리고 마주앉은 사랑하는 사람의 눈동자에 또 하나의 달이 뜬다. 송강 정철은 경포호의 보름달에 반해 관동팔경의 으뜸으로 꼽았고, 최남선은 '경포월화(鏡浦月華 경포대 수면에 비춰는 달)'를 조선십경의 하나로 꼽았다. 해파랑길 종주가 끝난 후, 보름달이 뜨는 날 달빛 기행 팀원들과 느껴본 경포대의 달빛 기행은 가히 환상적이었다.

이수광은 《지봉유설》에서 "여자가 가장 예쁘고 좋게 보이는 때는 세 가지 위(三上)와 세 가지 아래(三下)에 있을 때인데, 세 가지 위는 누각 위, 담 위, 말 위이고, 세 가지 아래는 발 아래, 촛불 아래, 달빛 아래."라고 했다. 함께 동행한 여인들이 더욱 아름답게 보인 달빛 기행이었다.

2016년 4월의 달빛 기행은 튤립과 불꽃의 축제가 벌어지는 에버랜드에서 이루어졌는데, 달빛과 불빛이 어우러지는 달빛 기행이었다. 수많은 젊음의 인파가 지상의 즐거움을 누리는 애보낙원에서 '템플스테이 달빛 기행', 5월의 달빛 기행을 기획했다. 장소는 용인의 화운사, 추진위원장은 주지 스님과 여고 동창인 옥구슬 님이 맡았다. 달빛 기행의 색다른 변모, 진화였다.

20년 가까이 분당에서 용인을 출퇴근하던, 며느리가 어린아이를 업고 할아버지를 찾았다는 전설의 고개 멱조현, 그 산자락에 위치한 비구니의 도량 화운사. 부처님이 영산회상에서 설법하는 자리에 꽃구름이 일어났다 해서 붙여진 이름이다. 하늘에서 흩어져 내리는 꽃잎들을 바라보던 부처님은 설법을 멈추고 한 송이의 꽃을 주워들어 사람들에게 보였다. 가르침을 통해 깨달음을 얻고자 했던 수많은 사람은 그 뜻을 알 수 없어 수런거리는데, 다만 한 제자가 깨달음의 미소를 지었다. 가섭이었다. 부처님과 가섭의 염화미소와 이심전심이 어린 사찰이자 행복으로 가는 길에 있는 화운사에서 행해지는 이번 템플스테이의 화두는 '행복'이었다. 사찰에는 다음 달 부처님 탄신일 행사 준비로 연등이 가득했다.

숲으로 둘러싸여 포근한 어머니의 품 같은 화운사. 새소리 풀벌레 소리 들려오는 주차장에서 아우들이 동자승마냥 정겹게 뛰어논다. 금강산도 식후경이라, 단정한 복장으로 갈아입은 달빛 도반들은 공양간에 모여 발우공양의 첫 수행을 한다. 먹는 것도 수행의 하나라 쌀 한 톨, 물 한 방울 낭비하지 않는 전통적인 식사법을 통해 자연과 공생해온 불가의 정신을 체험한다. 보름달이 뜨는 밤이면 달빛 따라 진리를 찾아 헤매는 도반들에게 화운사에서의 달빛 기행은 부처님과의 아주 특별한 인연으로 다가온다.

사찰 기슭에 어둠이 내리는 시각, 주지 스님과의 차담을 시작으로 본격적인 템플스테이가 펼쳐진다. 열나흘 번째 날의 둥근 달이 동녘 하늘에서 밝아오는 그때, 극도의 고행에서 벗어나 중도를 택하고 숲 속 깊이 있는 '보리수'를 찾아가 동쪽을 향해 앉아서 성불하기 전에는 결코 자리에서 일어나지 않으리라 결심하는 싯다르타처럼 풋내기 도반들도 자못 엄숙한 모습으로 법당의 주지 스님에게 집중한다.

11살에 상주에서 온 소녀! 선택의 여지가 없는 상황에서 맺어진 불가와의 인연. 화운사라는 절간에서 초·중·고등학교를 다니는 특별한 소녀의 삶. 고아라는 말이 싫었기에 고등학교를 졸업하고 빨리 삭발해서 스님이 되고 싶어 한 소녀. 결국 비구니가 된 오늘까지의 주지 스님이 거쳐온 인생여정. 화운사 창건과 우암거사, 그리고 월조스님과 만공스님의 이야기. 속세를 벗어나 찾아온 일일 도반들과의 문답 속에 진리의 빛 구름이 법당에 훈훈하게 퍼진다.

스님 왈 "산을 좋아하는 사람들은 지혜롭다고 하던가요?"

"자왈, 지자요수 인자요산, 지자동 인자정, 지자락 인자수."라고 하지 않았던가. '물을 좋아하는 사람이 지혜롭건만', 스님의 실수가 인간미를 더한다.

"부처님이 태어난 4월의 보름달이 떠오르는 내일부터 석 달이 특별수련기간인 하안거, 때맞춰 찾아온 의미 있는 템플스테이."라며 '명일명일이 잠도사문'이라는 법어를 남기고 주지 스님은 이튿날 새벽 태국 출국을 위해 법당을 나섰다. 이어서 유진 스님과의 반갑고, 즐겁고, 유익하고, 유쾌한 만남이 부처님의 자비가 어린 법당에서 차를 마시는 것으로 시작된다.

'동사섭(同事攝)' 강의를 진행하는 유진 스님. 막내에게 "막걸리 이야기는 소승은 못들은 걸로 할 테니 알아서 하십시오."라는 말에서 비범함을 느낄 수 있다. 템플스테이를 접수할 때 막내 오충식은 차의 트렁크에 있는 술과 안주를 사찰의 냉장고에 넣기 위해 유진 스님에게 물었다.

"스님, 막걸리와 안주를 가져왔는데, 이따가 먹어도 될까요?"

템플스테이 최고의 어록(?)이 탄생하는 순간이었고, 그에 대한 스님의 명쾌한 답변이었다.

부처와 보살이 중생과 고락과 화복을 함께하며 진리로 이끌어 간다는 동사섭! 평소 템플스테이를 통해 중생들에 대한 이해의 폭이 깊은 내공으로 다져진 유진 스님은 '이 세상에서 가장 원수는?', '이 세상에서 가장 은혜로운 것은?'이라는 질문과 '생각!'이라는 답으로 강의를 시작한다.

'안다 병! 다 안다 병!'을 넘어 '지행득'의 행동으로, 초팔일 연등이 달빛에 비치는 고즈넉한 법당 주변에서 걷기 명상을 하며, 발바닥을 통해서 몸의 감각이 깨어나고, 잡념에서 무념무상으로, 무념무상에서 마음의 감각이 깨어난다. 몸과 마음의 집중을 통해 내면의 소리를 듣는다.

커다란 주전자의 맑은 물이 컵을 가득 채우고, 이어서 맑은 물에 찾아든 잉크물, 잉크물을 씻어내는 맑은 행복의 마중물, '내 마음의 먹물을 씻어내고 상대방 마음의 먹물을 씻어내는' 마중물 시연을 통해, 때 묻은 속세의 마음이 점점 맑아진다. 가진 것과 이룬 것을 보지 않고, 아직 이루지 못한 욕망에 사로잡혀 번뇌에 쌓인 중생들. 맑은 물 명상을 통해 지족, 자족, 상족의 행복을 배운다.

자신을 낮추고 상대를 우러르는 절을 하는 시각, 옥구슬 님에게 절을 하는 자신이 한없이 쑥스러웠건만, 나를 향해 절을 하는 옥구슬 님의 자태가 가슴에 전율을 일으키며 지나간다. 이어진 상대방 끌어안기. 옥구슬 님의 심장에서 생명의 소리를 들으며 살아 있는 모든 존재를 끌어안고, 바람과 구름과 해와 달과 산과 바다와 나아가 생명이 없는 모든 존재까지도 사랑하기를 기도한다.

'영원히 꺼지지 않는 지혜'를 상징하는 연꽃등 두 개를 물 위에 띄운다. 간절한 마음으로 기도한다. 하나는 자신을 위해. 또 하나는 사랑하는 사람을 위해. 그렇게 물 위에 뜬 18개의 연꽃등이 하트를 이루며 '맑은 물 명상의 시간'이 클라이맥스에 오른다.

"막걸리 펼쳐놓고 '원 샷!'만 외치지 말고 배운 바를 복습하라."라는 유진 스님의 시원스런 웃음을 떠올리며, 밤 12시가 지난 시각 도반들은 주차장으로 템플스테이 곡차 여행을 나선다. 둥근 달이 환히 비추는 넓은 주차장. 택시가 한 대 정차해 있고, 검은 물체로 보이는 사람이 어른거린다. 부처님과 함께 동행을 한 우리와 달리 주(酒)님과 동행하다가 이제야 나타난 행동대장 서정안! 선수는 역시 후반전이다.

푸짐한 주안상. 막내의 보시 손길이 모두를 기쁘게 한다. 둘러앉은 열 사람, 열 통의 막걸리가 몸과 마음을 적시고, 엉터리 도반들은 흥에 취하고, 정에 취하고, 술에 취하고, 달빛에 취하고, 부처님의 자비에 취한다. 부처님의 가장 큰 가르침은 자비. 자비는 남을 위한 진실한 사랑이다. 자(慈)는 진실한 우정을, 모든 사람에게 즐거움을 주는 것이요, 비(悲)는 불쌍히 여기는 마음, 중생의 괴로움에 대한 깊은 이해, 동정, 연민의 정이다.

자비는 조건 없이 베푸는 것. 부처님은 재시, 법시, 무외시의 세 보시를 가르쳤다. 물질을, 진리의 말을 무서워 말라고 용기를 주는 보시이다. 가진 것이 아무것도 없다며 슬퍼하는 할머니에게 부처님은 무재칠시로 위로하니, 정다운 얼굴로 대하는 화안시, 사랑의 말로 대하는 언시, 따뜻한 마음으로 대하는 심시, 따뜻한 눈길로 대하는 안시, 몸으로 도와주는 신시, 자리를 양보하는 상좌시, 상대방의 마음을 미리 헤아려 대하는 찰시이다.

서로에게 잔을 권하며 보시를 하는 시각. 하얀 달빛으로 번뇌를 샤워하며 풋내기 도반들의 행복이 막걸리 잔의 '원 샷!'으로 피어올라 꽃구름 사이로 극락이 펼쳐진다. 가난한 산사에 찾아든 양상군자에게 입은 옷마저 홀딱 벗어 주며 "저 달빛마저 줄 수 있었으면!" 하는 노스님의 탄식에 이어 외국 여행에서 돌아왔건만 가족에게 "아직 귀국하지 않았다."라는 하얀 거짓말까지 하며 열성적으로 템플스테이에 참여한 경찰관 태희님의, 새소리가 "홀딱 벗고, 잠만 자고, 밥만 먹고."로 들려 수행을 하던 스님이 결국 실패하고 하산했다는 전설 같은 이야기에, 달밤에 깊이 잠든 화운사가 웃음의 메아리로 가득 찬다.

새벽 2시가 넘어 잠자리로 돌아오는 귓가에 검은등뻐꾸기 울음소리가 들려오고, 씻고 잠자리에 누우니 "홀딱 벗고, 잠만 자고, 밥만 먹고."라는 환청이 끊이질 않는다. 자애로운 모습으로 만나는 사람마다 화안시로 보시하는 은호 대장님의 코고는 소리가 옆방에서 나지막이 들려오고, 이어서 검은등뻐꾸기의 "홀딱 벗고 밥만 먹고 잠만 자고.", "첫차 타고 막차 타고.", "너도 먹고 나도 먹고"라는 울음소리가 만어를 품은 부처님의 설법으로 귓가를 맴돌며 산사에서의 깊은 밤이 새벽으로 치닫는다.

새벽 4시 반. 알람 소리에 일어나 몸과 마음을 씻고, 5시에 시작하는 '108배 염주 꿰기' 시간을 준비한다. 산사에서 마주하는 첫 새벽. 밖으로 나오니 상쾌한 공기가 가슴을 적시고, 거짓말같이 검은등뻐꾸기 울음소리가 귓가에 들려온다.

"홀딱 벗고! 잠만 자고! 밥만 먹고!"

실패한 수행자가 되지 말고 정성껏 108배에 임하라는 계시로 받아들인다. 그리고 마음을 비우고 또 비우며, 이내 비우려는 마음조차도 비운다. 고요한 산사 음악을 배경으로 내레이션에 따라 한 배, 한 배, 또 한 배, 그리고 또 한 배….

절을 할 때마다 염주 한 알을 실에 꿰며 생의 번뇌, 사의 번뇌를 내려놓는다. 절을 하기에 사찰을 절이라 한다든가. 내 몸을 낮추고 내 마음을 낮추는 절을 하며, 몸을 통해 마음의 의식을 깨우는 108배 수행이 무르익어 간다. 경건한 마음으로 영혼의 깊은 울림을 듣는다. 깨달음에 대한 기원을 담아 한 알, 한 알 꿴 구슬이 100개를 넘어서는 순간, 눈가에 이슬이 흘러내린다. 이윽고 108개의 구슬로 내 손에서 꿴 염주를 목에 두르거나 팔에 감으며 난생 첫 경험에 신기해하고 신비로움을 맛본다. 모난 마음이 염주 알을 닮아 둥그렇게 변해간다.

모든 일정을 마치고 웃음 가득 행복 가득한 아침. 공양간으로 간다. 뒤늦게 공양에 합류한 서정안이 비빔밥을 만들고는 사찰에서 감히(?) 계란을 달라며 보살님에게 조른다. 템플스테이의 고마운 조력자인 보살님은 "계란은 어제 저녁 공양에 다 먹었다."라며 웃음으로 맞받는다.

하산 준비를 하며 기다리는 법당. 서정안은 홀로 108배를 시작한다. 조금 하다가 그만두려니 했는데, 진지함이 담겨 있다. 어느 순간 눈물, 콧물을 흘리며 108배 삼매경에 몰입해 마음으로 통곡을 쏟아낸다. '죄가 많은 곳에 은혜가 많다.'고 하던가. 108배를 마친 서정안이 행복한 얼굴로 "달빛가족 모두 예뻐 보입니다."라고 한다. 부처의 눈에는 부처가 보이고 돼지 눈에는 돼지가 보인다고 하더니, 108배를 마친 자신이 무척이나 예뻤나 보다. 키워드 '행복'으로 템플스테이를 시작한 달빛 기행은 이렇게 행복한 대단원의 막을 내렸다.

아제 아제 바라아제 바라승아제 모지 사바하!

33. 일신우일신

유가의 학문적 전승 계보인 '요순우탕문무주공(堯舜禹湯文武主公)'은 '공자-안자-증자-자사-맹자'로 이어지고, 다시 1천 년을 건너뛰어 '주렴계-정명도-정이천-주희'로 이어진다. 태평성대 요순시절을 지나 하 왕조를 세운 우 임금, 은 왕조를 세운 탕 임금과 더불어 문왕, 무왕, 주공은 유가의 도통(道通)이었다. 공자가 성인으로 높였던 주공은 주 왕조를 세운 문왕의 아들이자 중원을 통일한 무왕의 동생이다.

중국 은나라를 세운 탕왕은 세숫대야에 '구일신일일신우일신(苟日新日日新又日新)'의 9자를 새겨놓고 세수를 할 때마다 '날로 새롭게 하며, 나날이 새롭게 하며, 또 날로 새롭게 한다.'라고 다짐했다. 끊임없이 자기 자신을 돌아보고 자기반성을 하는 가운데 새롭게 변화하자는 이를 줄인 말이 '일신우일신'이다.

어느 해 삼성경제연구소에서 국내 CEO들을 대상으로 '오늘의 내가 있기까지 가장 힘이 된 습관'을 사자성어로 물은 결과, 응답자들은 1위로 순망치한을 꼽았다. CEO의 성공비결 2위는 형설지공, 3위 일신우일신, 4위 와신상담, 5위 삼고초려였다. 헨리 데이비드 소로는 탕왕의 욕조에 새겨진 말에 공감을 하면서 "날마다 그대 자신을 완전히 새롭게 하라. 날이면 날마다 새롭게 하고, 영원히 새롭게 하라."라고 하며 아침을 새로운 삶으로의 초대장으로 받아들이며 날마다 걸었다. 나 또한 자신의 내면을 들여다보며 날마다 새로운 아침으로의 초대장을 받고 길을 걸으면서 시인이 되어 〈일신우일신〉을 노래했다.

오늘 또 한 날이 밝아왔다.
어느 길로 가야 할지
더 이상 알 수 없을 그때가
진정한 여행의 시작이다.

하루하루
흐르는 세월 속에
화사한 꽃은 시들고
청춘은 늙음에 굴복한다.

태양도 지구도 존재하는
그 어느 것도 영원할 수 없나니
삶이 부르는 소리 들릴 때마다
언제나 성실히 살아가리.

거친 걸림돌을 디딤돌로 삼아
한 걸음 또 한 걸음 섬돌을 딛고
오늘도 일신우일신
생의 계단을 올라간다.

나의 좌우명은 '일신우일신(日新又日新)'이다. 좌우명은 중국 후한의 학자 최원이 앉은(座) 책상 오른(右)편에 좋은 글귀를 새긴(銘) 쇠붙이를 놓고 이를 늘 바라보면서 마음의 거울로 삼고 행동의 길잡이로 삼았다는 데서 유래했다. 매일 매일 퇴보가 아닌 진보를, 향하가 아닌 향상을 하며, 변화하고 발전된 삶을 살 수 있도록 끊임없이 노력하고 정진하겠다는 의지의 표현이다. 시작은 미약하지만 그 끝은 심히 창대하리라는 희망이요 기대다. 끝없이 발전적 변화를 추구하는 열정을 가지고 살아가겠다는 각오이자, 어제보다는 오늘을, 오늘보다는 새로운 내일을 살겠단 결의다. 진실로 새로워지기 위해서는 날마다 새로워야 하고, 또 나날이 새로워야 한다.

사람은 자신이 생각한 대로 인생의 길을 간다. 생각한 대로 말을 하고 행동하는데, 이는 습관이 되고, 습관은 제2의 천성으로 그의 삶이 된다. 그래서 좋은 습관을 들여야 한다. 내게 있어 일신우일신은 언제나 습관적이고 강한 자기암시로 다가왔다. 힘들고 어렵더라도 포기하지 말라고, 어떤 시련과 고통이 따를지라도 결코 단념하지 말라고, 목표는 나를 채근했다.

인생은 편력의 길을 가고 순례의 길을 가는 여행이다. 무거운 짐을 지고 먼 길을 가야 하는 방랑길이자 아름다운 소풍 길이다. 광명의 길, 암흑의 길, 승리의 길, 파멸의 길, 절망의 길, 희망의 길을 가는 끝없는 유랑이다. 희노애락애오욕의 종합선물세트를 들고서 고난과 시련의 길, 영광과 환희의 길을 가는 나그네 여정이다. 그래서 어제도, 오늘도, 내일도 가야 하는 나의 길은 언제나 새롭다.

영국인들이 호주에 도착했을 때, 점프를 하며 뛰어다니는 캥거루를 보고 신기해하며 원주민에게 그 동물의 이름을 물었다. 원주민은 "캥거루."라고 대답했다. 이는 '모르겠다'라는 뜻이었지만, 결국 그 동물은 '캥거루'란 이름으로 불리게 되었다.

사람은 성인이 되면 태어날 때보다 평균 30배 정도 성장하지만, 캥거루는 가장 크게 1,600배의 성장을 해서 기네스북에 올라있다. 캥거루는 길이 2.5㎝ 정도인 새끼손가락만큼 작게 태어나서 엄마의 육아낭 주머니로 기어 올라가서 젖을 먹는다. 새끼는 주머니에 올라가려고 안간힘을 쓰지만, 어미는 결코 도와주지 않는다. 스스로 올라가려고 몸부림치면서 근육을 키우고, 나중에 빨리 달릴 수 있게 된다. 캥거루는 보통 5~8m 정도 점프를 한다.

용인에 정착한 지 22년. 참으로 많이 변했다. 세상에 변하지 않는 것이 있다면, '모든 것은 변한다는 사실'이다. 용인이 변하고 나 자신이 변했다. 39세의 나이가 61세가 되었다. 외모가 변하고 내면이 변했다. 삶의 자취와 성취가 흐르는 세월 속에 하나하나 괄목상

대하게 성장하고 성숙해져 갔다. 나는 하나하나 작은 목표를 이룰 때마다 새로운 목표를 설정하고, 도전하고, 성취했다. 끊임없이 다음 목표를, 꿈 너머 꿈을 향해 나아갔다.

나는 매일 성장하기 위해 지금까지도 열심히 공부하고 있다. 1997년 10월 세무사 시험에 합격한 나는 그해 11월 공인중개사 시험에 합격했다. 7월에 세무사 시험을 보고 이어서 두 달간 공인중개사 시험을 공부한 것이다. 1999년 경희대학교 행정대학원 부동산 전문가과정을 수료하고 경매컨설턴트 자격증을 취득했다. 2000년 LG화재, 삼성생명 에이전트 시험에 각각 합격했다. 또한 2년간의 공부 끝에 독학에 의한 학사학위, 독학사를 취득했다. 2003년에는 동국대학교 경영대학원(경영학석사)을 졸업했다. 2004년, 용인대학교 최고경영자과정을 수료했다. 2005년, 카네기 최고경영자과정을 용인에 개설하고 수료했다. 2009년, 용인대학교 경영대학원(경영학박사)을 졸업했다. 〈우리나라 종교단체에 대한 과세제도〉라는 논문으로 경영학박사 학위를 받았다. 자신이 제일 잘하고 공부하기 좋아하는 것이 세금과 종교이기에 뿌듯했다.

그 후에도 공부는 이어져 2014년에는 용인상공회의소 경영인 아카데미과정을 수료했고, 2016년에는 사회복지사 2급 자격증을 취득했다. 또한 2018년에는 중앙신학대학교 대학원(목회학석사)을 졸업했다.

세월 따라 일신우일신, 나의 승용차도 달라졌다. 1988년에 첫 차로 포니2 중고차를 구입했다. 이후 프라이드, 세피아, 르망, 크레도스, 소나타, 그랜저, 체어맨, 에쿠스3800, 에쿠스5000, 벤츠AMG로 업그레이드되었다. 200만 원짜리 중고차로 시작하여 2억 원이 넘는 최고급 승용차까지 한 계단 한 계단 올라왔다.

세월 따라 도보여행도 일신우일신하여 두 발로 걸어서 고향과 용인을 오가고, 나아가 국토를 종주하고, 백두대간을 종주하고, 이제는 무대를 세계로 넓혀 히말라야, 캐나다 로키, 스위스와 프랑스의 알프스, 뉴질랜드 밀포드, 아프리카의 사막 등등을 트레킹 했다. 천 리 길도 집 앞의 한 걸음부터 시작하여 이루어진다는 사실을 절감하고 체감했다. 티끌 모아 태산이요, 적소성대요, 우공이산이었다.

다음은 2017년 봄, 용인YMCA 《청년》지에 〈나의 삶과 여행〉이란 제목으로 기고한 글이다.

진실로 새로워지기 위해서는 날마다 새로워야 하고 또 나날이 새로워야 한다. 퇴보가 아닌 진보를, 향하가 아닌 향상을 해야 한다. 일신우일신(日新又日新), 이는 나의 좌우명이자 사훈(社訓)이다. 사람은 자신이 생각한 대로 인생의 길을 간다. 성경에서 "아브라함이 이삭을 낳고 이삭은 야곱을 낳고 야곱은 유다와 그의 형제들을 낳고..." 하듯이, 좋은 생각은 좋은 말을 낳고 좋은 말은 좋은 행동을 낳고 좋은 행동은 좋은 습관을 낳고 좋은 습관은 좋은 신념을 낳고 좋은 신념은 좋은 인격을 낳고 좋은 인격은 좋은 인생을 낳는다.

내게 있어 '일신우일신'이라는 좋은 생각은 언제나 강한 자기암시를 준다. 하나를 성취하면 또 하나의 목표를 세우고, 성취하면 또 새로운 목표를 세웠다. 내가 목표를 세웠지만, 그다음에는 목표가 나를 이끌었다. 어떤 시련과 고통이 따를지라도 결코 단념하지 말라고 목표는 고진감래를 외치며 나를 채근했다.

높이 나는 새는 멀리 본다. 그래서 모두 높이 날기를 열망한다. 하지만 높이 나는 새가 되길 바라면서 그의 고통과 슬픔은 모르고 있다. 비상하여 새로운 하늘과 새로운 땅을 보기 위해서는 피와 땀과 눈물을 감내하는 치열한 몸짓이 따라야 한다. 그리고 성취한 뒤에 오는 허탈감, 외롭고 고독한 아픔 또한 즐길 줄 알아야 한다.

2007년 1월 2일, 나는 색다른 계획에 도전했다. 내 일터가 있는 용인의 세무법인 청산(靑山)에서 출발하여 문경새재를 넘어 안동의 고향집으로 걸어가는 261㎞, 8박 9일의 여정이었다. 추위와는 아랑곳없이 고향집으로 가는 길은 행복했다. 이듬해인 2008년 1월 1일, 다시 새해 벽두의 도보여행을 시작했다. 2007년 여행의 후속편으로 고향에서 출발해 죽령을 넘어 용인으로 오는 260㎞, 7박 8일 간의 도보여행이었다.

고향집과 용인을 오가는 여행은 50년 인생의 중간결산으로 아름다운 사색여행이었다. 일신우일신이라, 두 번의 도보여행은 내게 자신감을 주었고, 2010년 2월 국토종주 도보여행을 시도했다. 최남단 마라도에서 출발하여 최북단 강원도 고성 통일전망대를 향해 가는 여정. 마라도 짜장면 집 기둥에 '김명돌, 걸어서 마라도에서 통일전망대를 가다.'를 새기고 출발하여 통일전망대에 이르기까지 23일 동안 이어진 790㎞의 도보여행은 역사적이었고 감격적이었다. 한 걸음 한 걸음이 백만 걸음이 되어 국토종주 이천 리 길을 걸었다. 국토종주 출발하는 날, 군복무 하는 아들의 휴가 귀대 버스 승차장에서 "마라도에서부터 걸어서 네가 복무 중인 군부대에 면회 갈게."라고 한 약속을 지키기 위해 인제군 서화면 천도리 군부대까지 걸어갔다. 그리고 아들을 만났다. 우리는 힘껏 껴안았다. 마침내 통일전망대에서 폭설이 내려 하얀 눈으로 덮인 금강산과 해금강을 바라보며 눈시울이 뜨거워졌다. 누구나 살아가면서 일생에 특별한 날이 있다. 그날은 내 생애에 있어서 아주 특별한 날이었다.

그리고 2010년 7월, 백두대간 종주를 마무리했다. 지리산 중산리에서 고성의 진부령까지 1년 4개월 동안 총 32회에 걸쳐 680㎞ 거리를 종주한 대장정이었다. 백두대간은 백두산 장군봉에서 지리산 천왕봉까지 한반도 산의 근간을 이루는 1,625㎞ 구간이기에, 백두대간 종주의 대미를 장식하기 위해 백두산 등정을 했다. 푸른 하늘과 푸른 천지를 바라보며 백두산 능선에서 춤을 추었다. 하산 지점, 천지를 바라보며 소리 높여 힘차게 애국가를 불렀다. 그리고 "대한민국 만만세!"를 외쳤다. 눈시울이 뜨거워지는 감격을 느끼며 백두대간 종주를 마무리했다.

2013년 1월 3일, 나는 다시 길을 떠났다. 한파주의보가 내려 삭풍이 몰아치는 서해 정남진에서 시작하여 말도 많고 탈도 많은 4대강 개발 현장을 따라 아라바람길 21㎞, 한강자전거길 56㎞, 남한강자전거길 132㎞, 새재자전거길 100㎞, 낙동강자전거길 324㎞, 금강자전거길 146㎞, 영산강자전거길 133㎞를 달리면서 한겨울에 912㎞ 4대강 국토종주를 사실상 마쳤다. 하지만 상주의 상풍교에서 내 고향 안동댐에 이르는 85㎞의 낙동강자전거길을 달리지 않고서는 미완의 종주라는 생각이 들어, 아직 여름의 열기가 식지 않은 8월 말 낙동강자전거길을 달렸다. 나의 고향은 안동이고, 낙동강은 나의 생명의 젖줄이었다. 내 혈관에 흐르는 낙동강을 따라 내 고향을 향해 햇살로 물결치는 그 길은 너무나 아름다운 여정이었다.

그리고 2014년 7월 27일, 그 뜨거웠던 여름날에는 동해안 해파랑길 도보여행을 감행했다. 해파랑길은 동해와 남해의 분기점인 부산 오륙도 해맞이공원에서 시작하여 고성 통일전망대까지 이어지는 770㎞의 길로, 부산, 울산, 경주, 포항, 영덕, 울진, 삼척-동해, 강릉, 양양-속초, 고성의 10개 구간과 총 50개 코스로 구성되어 있다. 해파랑길은 공식적으로 국내 최장거리 트레킹 코스이기도 하다.

길은 길에 연하여 있기에 2015년 12월 30일 제주도로 갔다. 새해 한라산 일출 산행을 시작으로 425㎞ 제주올레 종주를 마치고, 이후 계절에 따라 한라산 등반 7회, 한라산 둘레길 80㎞, 수십 개의 오름과 곶자왈 등 한 해 동안 제주의 속살을 구석구석 거의 1,000㎞에 이르는 길을 걸었다.

대한민국에서 태어나 내 나라 산하를 두 발로 걸어보고 자전거로 달려보는 일은 분명 소중하고 의미 있는 일이다. 이는 자신의 뿌리와 존재에 대한 확인이요 자기 성찰인 동시에 국가와 사회, 국토와 자연에 대한 사랑이고 관심이다. 내 나라, 내 땅의 역사와 문화와 자연을 알지 못하고 먼 나라부터 찾는다면, 이는 별을 바라보느라 발밑의 꽃을 짓뭉개는 처사나 마찬가지이다.

오래전 우리 민족은 맥족(貊族)이라 했다. 맥(貊)은 꿈을 먹고 사는 전설의 동물이다. 꿈을 가져야 한다. 꿈이 이루어지면 새로운 꿈, 꿈 너머 꿈을 향해 가야 한다. 한 번에 날 수는 없다. 날기 위해서는 먼저 기어야 하고, 일어서 걸어야 하고, 달려야 한다. 천 리 길도 집 앞의 한 걸음에서 시작한다. 티끌 모아 태산이다. 일신우일신으로 달려온 삶, 그 결과가 오늘의 자신이다. 자족(自足)하고 자쾌(自快)하는 아름다운 소풍, '구일신일일신우일신'으로 오늘도 길을 간다. 그리고 묻는다.

"다음은 어디로 갈까?"

나는 오늘도 일신우일신(日新又日新)의 자기 혁신의 길을 간다. 새롭게 펼쳐지는 시간(時間)의 길, 공간(空間)의 길, 인간(人間)의 길을 걸어간다. 이 땅에 잠시 다니러 온 나그네가 풍운아가 되어 바람 따라 구름 따라 자유의 길을 간다.

34. 형제

고산 윤선도가 부산의 기장에 유배되고 3년 후인 1621년 8월, 동생 윤선양이 찾아왔다. 윤선양은 이복형제임에도 형을 지극히 생각했다. 윤선양은 속전(贖錢)을 제안했으나 윤선도는 이를 단호히 거절했다. 모처럼 함께 시간을 보내던 형제에게 야속한 이별의 시간이 다가오고, 고산은 황학대에서 삼성대까지 말을 타고 배웅했다. 만남의 기쁨은 이별의 슬픔이 되어 천 줄기 눈물로 옷자락에 얼룩진 애끓는 슬픔과 한이 되었고, 윤선도는 동생과 헤어지며 애틋한 마음을 담아 〈증별소제(贈別少弟) 이수(二首)〉를 짓는다. 그 가운데 두 번째 시다.

> 내 말은 재촉하고 네 말은 느릿느릿/ 이 길을 어찌 따르지 말라
>
> 너무나도 무정한 짧은 가을 해는/ 이별하는 사람 위해 잠시도 머물지 않네.

형제의 이별. 형제가 고향을 떠나 먼 유배지에서 나누는 이별의 정한이 얼마나 아픈지 어느 누가 쉽게 이해할 수 있겠는가. '내 말은 재촉하고 네 말은 느릿느릿' 동생을 붙잡아두고 싶지만, 무정한 가을 해는 조금도 머물러 주지 않는다.

나주 율정점에서는 유배 길의 정약용과 정약전 형제가 눈물로 헤어진다. 정약용은 강진으로, 정약전은 흑산도로 가고 둘은 이승에서 죽는 날까지 만나지 못한다.

하지만 또 다른 형제의 모습, 불화하는 형제도 있으니 삼국지에 나오는 조조의 큰아들 조비와 조식이다. 조비는 대권을 다투었던 아우 조식을 잡아가둔 후 죽일 구실을 만들기 위해 '형제'를 주제로 시를 짓되 '형제'라는 단어가 들어가서는 안 되고, 여섯 발자국도 여덟 발자국도 아닌 딱 일곱 발자국을 걷는 동안 시를 지어야 한다며 그러지 못할 시에는 죽이겠다고 했다. 이때 조식이 형인 조비를 향하여 지은 시가 유명한 '칠보시(七步詩)'다.

> 콩깍지를 태워 콩을 삶는다./ 콩이 가마솥 안에서 눈물 흘리네.
> 본래는 같은 뿌리에서 생겨났건만/ 어찌 이리도 급하게 달여대는가

나무가 한 뿌리에서 나고 본줄기를 거쳐 가지에 잎이 무성해지듯, 형제도 한 뿌리에서 자라난 줄기고 가지고 잎이다. 낙엽귀근(落葉歸根). 가을이면 잎은 떨어져 뿌리로 돌아간다. 그리고 봄이 오면 다시 새롭고 싱싱한 잎으로 돌아온다. 불교에서는 사람이 죽으면 열반에 들지 않는 이상 쌓은 카르마(業)에 따라 천상, 인간, 아수라, 축생, 아귀, 지옥 중 하나로 다시 태어난다고 가르친다. 윤회의 여섯 과정 가운데 가장 좋은 것은 인간으로 태어나는 것이다. 그래야 깨달아 열반에 들 기회가 있기 때문이다. 천상의 세계는 편한 삶을 사느라 깨달음에 이르려는 마음을 내기 어렵고, 인간 이외의 존재들은 깨달음에 이르기에는 너무 멀리 떨어져 있다. 그러나 인간으로 태어나는 것은 맹귀우목(盲龜遇木)의 확률이다. 조그마한 구멍 하나 뚫린 나무가 망망대해에 떠다니는데, 백 년에 한 번씩 물 위

로 머리를 내미는 눈먼 거북이가 우연히 그 나무구멍으로 머리를 내밀게 되는 것과 같은 확률이다. 인간으로 태어나는 것이 그만큼 어려우니 인생을 소중하게 여기라는 뜻이다.

옷깃만 스쳐도 삼생의 인연, 서로 대화를 나누는 인연을 수십 생의 인연이라 한다. 지구 상 70억이 넘는 사람 가운데 동시대에, 대한민국에 태어나 함께 살아갈 확률은? 부모와 자식의 인연으로, 형제의 인연으로, 친구의 인연으로, 회사의 동료와 이웃으로 만날 확률은 과연 얼마일까?

우리 집은 아들만 오 형제였다. 엄마는 6남 1녀를 낳았지만, 제일 큰 형은 6·25 때 어린 나이로 죽었고, 바로 밑에 여동생 또한 어릴 때 죽었다. 나는 오 형제 중에 넷째였다. 둘째 형이 열아홉 살에 세상을 떠나자 셋째가 되었다. 그때 나는 열다섯 살, 중학교 2학년이었다. 엄마는 슬피 울었다. 초등학교를 졸업하고 어린 나이에 서울로 돈 벌러 간 아들, 명절 때면 찾아오던 아들이 오지 않아 엄마는 명절 때만 되면 아들 생각에 울었다. 어느 날 몸이 아프다고 서울에서 집으로 돌아와 갑자기 다시는 못 돌아올 먼 길을 떠난 아들을 가슴에 묻고 엄마는 울고 또 울었다.

나는 명절 때면 열차를 타고 고향을 찾아오는 형을 마중하기 위해 운산역으로 나갔다. 기차를 타고 서울에서 둘째 형이 오면 나는 집에서 형의 여드름을 짜 주었다. 사람들은 모두 말했다.

"형제 다섯이 다 잘생겼지만, 특히 둘째 태돌이가 인물이 제일 좋았어."

"굳이 얘기하자면 명돌이가 키도 제일 작고 얼굴도 조금 모자라지."

1973년 4월 19일, 형은 먼저 세상을 떠났다. 그만큼 4월은 잔인한 달이었다. 요즘은 구경하기 힘든 장티푸스라는 병으로, 병원에 가서 진료도 한 번 받아보지 못한 형은 죽기 직전 응급상황에서 의성의 공생병원에 갔다가 와서 죽었다. 죽음을 앞둔 형의 힘들어하는 모습을 보고 나는 집 뒤의 담벼락에서 생전 처음 하느님에게 간절하게 기도했다.

"하느님, 제발 형을 살려주세요. 그러면 제가 교회에 정말 열심히 다닐게요."

그러나 형은 죽었다. 아버지 친구들은 형의 시신을 가마니로 둘둘 싸서 지게에 얹어 산에 묻으러 갔다. '자식이 먼저 죽는 것은 불효'라는 관습에 따라 부모님은 함께 가지 않았다. 나는 어른들의 뒤를 살며시 따라가다가 산 밑에서 들켜서 야단맞고 집으로 쫓겨왔다. 친구의 외할아버지 밭에 묻었다는 어른들의 말을 듣고 친구에게 외갓집 밭이 어디 있는지를 알아보라고 했다. 그리고 친구와 함께 형의 무덤을 찾아갔다. 친구의 외갓집 밭 한쪽에 소나무가 있었고 그 아래 형이 묻혀 있는 돌무덤이 있었다. 척박한 산에 돌로 덮여 있는 무덤. 그리고 형의 무덤이라는 표시로 돌에다 대충 새겨 놓은 이름이 있었다. "太乭"이었다.

그 후 형이 생각날 때면 가끔 무덤에 찾아갔다. 세월이 흘러 엄마에게 말했다.

"엄마. 나 둘째 형이 어디 묻혀있는지 아는데, 형의 무덤을 청산의 조부모님 산소 옆으로 옮길까?"

엄마는 잠시 생각을 하시다가 말했다.

"아니다. 생각하면 내 마음만 아플 텐데. 내 죽거든 옮기든지 말든지 니 마음대로 해라.”

엄마가 돌아가시고 형의 무덤을 옮길까 생각도 했지만, 흘러간 세월 속에 그냥 묻어두기로 했다. 매년 4.19 의거가 돌아오면 형이 생각난다. 4월이 오면 나는 형을 생각하며 ‘망향’이란 노래를 자주 불렀다.

> 꽃 피는 봄 사월 돌아오면 내 마음은 푸른 산 저 너머
> 그 어느 산모퉁이에 어여쁜 임 날 기다리는 듯
> 철 따라 핀 진달래 산을 덮고 먼 부엉이

내가 초등학생이었을 때, 큰형이 군 복무를 마치고 부산으로 돈 벌러 가게 되었다. 부산행 열차를 타는 운산역에 네 살 어린 아우와 함께 전송을 나갔다. 기차가 플랫폼에 들어오고, 차를 타고 떠나는 형은 손을 흔들었다. 나도 손을 흔들다가 갑자기 눈물이 솟구쳤다. 집에 돌아온 아우는 엄마에게 나의 흉을 보았다.

"엄마, 큰형이 기차 타고 떠나는데 작은 형이 막 울었다!"

철없는 막내의 이야기에 엄마도 눈시울을 붉혔다. 운산역은 우리 형제들의 만남이 있고 이별이 있는 눈물의 고향역이었다. 명절 때면 고향역에 마중을 나가고 전송을 나갔다. 기쁨으로 만나고 슬픔으로 헤어졌다. 어린 나이에 자연스레 이별의 아픔을 체험했다. 그런 나날이 있어서일까. 살면서 제일 많이 부른 나의 노래, 나의 18번은 나훈아의 '고향역'이었다.

어린 시절 들판을 달리는 밤 열차를 보면서 '나이가 들면 언젠가는 저 열차를 타고 그 끝이 어디인지 끝까지 가 보아야지.' 하는 생각을 가졌다. 별빛만이 세상을 밝히는 고향의 밤을 달려가는 저 열차 안에는 어떤 사람들이 있을까 하는 의문도 가졌다. 그리고 세월이 지나 열차 안에 타고 있는 나는 그 끝을 가 보았다. 지금도 열차를 타면 추억 속 옛 생각이 많이 난다.

우리 형제들은 시골에서 남들이 부러워하는 우애를 나눴다. 하나같이 선이 굵고 제각기 다른 개성을 지녔지만, 형제애만큼은 타인의 부러움을 샀다. 가끔 형의 생일이 되면 엄마에게 이야기했다.

"엄마, 나부터 이 세상에 낳지 않고 형부터 낳아줘서 고마워요."

형들이 있어 그늘이 되었고 위로가 되었으며 더 넓은 세상을 볼 수 있었다.

고등학교를 졸업하고 방황할 무렵, 부산의 해운대에서 구포로 회사를 다니던 큰형님의 자취방에서 잠시 머물렀다. 해운대 바닷가를 거닐며 '고통의 끝은 죽음'이라는 생각을 해보았다. 하지만 좁은 방에 살며 어려운 와중에도 새벽에 일어나 멀리 구포로 버스를 타고 출퇴근하며 열심히 살아가는 20대 후반의 큰형님을 보고 마음을 정리한 뒤 다시 청산으로 돌아왔다. 대학 진학을 포기하고 공무원시험 준비를 하면서 청산에서 시골의 부유한 집 학생들의 공부를 가르쳤다. 새벽부터 저녁까지 바쁜 나날이었고, 수입도 그럭저럭 괜찮아서 엄마에게 도움이 되었다. 그러던 어느 날, 두 살 위인 둘째 형이 군 입영을 앞두고 말했다.

"미안하다. 형이 능력이 없어서. 내가 돈을 벌 수 있었으면 너를 공부시켰을 텐데. 너에게 도움이 안 돼서 정말 미안하다."

형의 말은 내게 너무나 의외였다. 우리는 성인이 되어서도 팔짱을 끼고 마을을 다닐 정도로 친했고, 정겹게 지냈다. 하지만 형이 나를 도울 수 없어서 미안해하고 있을 거라고는 생각하지 못했다. 형의 말은 너무나 감동적이었고 가슴에 찡하게 와 닿았다. 그렇게 형은 군에 입대했고, 그날 이후 형제라면 서로 돕고 위해 주면서 함께 울고 웃어야 한다는 걸 깨우쳤다. '우리 형'은 형제애를 가르쳐준 스승이었다.

세월이 지나 형은 국군 기무부대 부사관으로 복무하다가 전역하고 결혼해서 서울의 충무로에 서점을 개업했다. 개업하는 날, 서점 앞에서 오가는 행인들도 아랑곳하지 않고 나는 큰절을 하며 눈물을 쏟아내었다. 당시 청산 시골집의 엄마는 아들들을 위해 밤마다 정한수를 떠놓고 "비나이다. 비나이다." 하시며 치성을 드리고 있었다.

2017년 가을, 회사 직원들과 함께 베트남 여행을 하면서 동행한 형의 회갑연 만찬 행사에서 아우는 〈형의 회갑〉을 축하하는 시 한 수를 바쳤다.

축하합니다. 형의 60번째 생일을./ 같은 뿌리에서 시작된 소중한 새싹의 인연

줄기와 가지와 허공에 사랑과 추억/ 그 잎과 열매가 무성합니다.

지난 세월 너무나 행복했습니다./ 백척간두에서 항상 버팀목이셨던 형

형의 생일 때면 늘 엄마에게 감사했지요./ 나보다 먼저 형을 낳아주신 것을.

어릴 적부터 일찍이 우애 있기로/ 우리는 소문이 났지요.

오늘날까지도 그 깊은 형제의 정을/ 나눌 수 있어서 행복합니다.

험한 세월 다 이겨내고/ 두 아들 훌륭히 키우신 형님

남은 인생 이백 년, 아니 천년만년/ 해로하시길 기원합니다.

형의 회갑을 맞이하여/ 베트남 여행 동행하니

참 좋습니다./ 즐거운 여행 행복하시길

형님, 형수님!

진한 형제애의 마음을 담아/ 진정으로 축하, 축하드립니다.

사랑합니다! 고맙습니다!

오 형제 중 셋째였던 형은 아들만 둘. 나는 아들만 셋. 우리는 아들 부자다. 아이들이 초·중학생이었던 2003년 봄 방학에 형의 두 아들과 나의 두 아들을 데리고 대마도 역사 탐방을 갔다. 이들이 한 형제처럼 친하게 지내기를 바라며 이전에는 조카들을 데리고 유럽여행도 함께했다.

대마도에서의 밤. 나와 아이들 넷, 우리는 호텔 방에 둘러앉았다.

"나와 내 형이 얼마나 친하게 지내는지 너희는 알고 있겠지?"

"예."

"너희 넷도 죽는 날까지 그렇게 친하게 지낼 수 있겠지?"

"예."

그것은 대마도 여행의 또 다른 목적이었다.

35. 탐라할망, 폭삭 속았수다!

59세 생일에 《탐라할망, 폭삭속았수다!》를 출간하였는데, 그새 2년의 세월이 흘러 내 나이 61세가 되었다. 그리고 61세 생일에 나는 《산티아고 가는 길, 나는 순례자다!》를 출간했다.

61세인 나에게 앞으로 '어디로 가야 할지'를 생각하게 하는 조선의 선비가 있었다. 정조의 탕평을 부정한 죄로 1789년 제주의 대정현에 유배된 유언호는 아들에게 편지를 썼다. 권력도 부귀도 미망일 뿐, 더 늦기 전에 나를 찾겠다는 조선의 선비. 제주도 유배가 아니었다면 얻지 못할 각오였다.

"내가 61세이니 어느새 칠십을 바라보는 나이가 되었구나. 생각해보면, 어릴 적에는 이 정도 나이가 든 사람을 보면 바싹 마르고 검버섯이 핀 늙은이로 알았건만 세월이 흘러 이 지경에 이르렀구나. 하지만 그 속마음을 들여다보면 팔팔한 소년의 마음뿐이다. 남들 눈으로 보면 나이가 육십을 넘겼고 지위가 정승에 올랐으므로 나이에도 벼슬에도 아쉬울 것이 없다 하겠다. 그렇지만 내 스스로 겪어온 일을 돌아보노라니 엉성하고 거칠기가 이보다 심할 수가 없구나. 평생토록 궁색하고 비천하게 지내다 생을 마친 자들과 견주어 보아 낫지 못하니, 좋고 나쁘고를 구분할 것이 무엇이 있겠느냐? 내가 지어야 할 농사를 내가 지어서 내 삶을 보살피고, 내가 가진 책을 내가 읽어서 내가 좋아하는 일을 추구하며, 내가

하고 싶은 일을 내 마음대로 하며 내 인생을 마치려 한다."

사람은 얼마나 오래 사느냐가 아니라 어떻게 사는가가 중요하다. 어떻게 살아야 하는지는 평생을 통해 배워야 하고, 마찬가지로 어떻게 죽는 게 좋은지 알기 위해서도 평생을 배워야 한다. 사람은 혼자 나서, 혼자 가고, 혼자 울고, 혼자 죽는다. 공수래공수거라, 빈손으로 왔다가 빈손으로 가는 인생, 흙에서 와서 흙으로 돌아간다. 중요한 것은 자기 인생인데, 남을 위해 사는 게 오히려 쉬운 일이어서 그런 일은 누구나 잘한다. 인생은 자신을 위해 사는 것, 이기(利

己)가 아닌 애기(愛己)다. 살아있는 동안 나를 사랑하고, 내가 재미있고, 내가 즐겁게 살아야 한다. 죽는 날까지 즐겁고 재미있게 살아야 한다. 그게 다른 사람에게 유익하면 더욱 좋다.

2015년 12월 29일, 나는 '한 달 살이'를 하면서 제주 올레를 걷기 위해 여수에서 배를 타고 제주도로 갔다. 한 해를 보내고 새로운 한 해를 맞이하는 연말연시에 아름다운 제주에서 놀멍, 쉬멍, 걸으멍 하며 자신의 인생을 회상하고 소통하고 격려하고 꿈을 꾸었다.

제주올레 길 위에 인문학을 풀어놓은 《탐라할망, 폭삭속았수다!》의 '책머리에' 글이다.

> 인류 문명의 위대함은 일보다는 놀이에 있다. 인간의 삶이란 그 자체로 놀이판이다. 생존과 상관없는 일에 몰두하고 보람을 찾을 수 있기에 인간은 비로소 인간답다. 인간은 호모 사피엔스, 지혜 있는 인간이기 이전에 호모 루덴스, 놀이하는 인간이다. 즐겁지 않은 놀이는 놀이가 아니다. 걷기 여행은 육체적으로 힘들다. 하지만 정신적으로는 육체의 고통을 초월한 즐겁고 행복한 놀이이다. 힘든 세상사, 삶을 놀이로 즐길 때 비로소 너그러워질 수 있다. 일체유심조라, 마음먹기 달렸으니 삶을 즐겨야 한다. 새장 밖의 새는 안으로 들어가려 하고, 새장 안의 새는 나가고 싶어 한다. 중요한 것은 어디에 있느냐가 아니라 어디를 향해 움직이느냐다. 자유의 길은 왼쪽이나 오른쪽으로 통하는 것이 아니라 자신의 마음으로 통해 있다. 더 좋은 삶을 살고 싶다면 먼저 자기 자신을 바라보고, 삶을 놀이로 즐겨야 한다. 걷기 여행은 자신을 찾아서 삶을 즐기는 최고의 놀이다.

(…중략…)

나는 2015년 12월 31일 올레 1~2코스를 걷고, 2016년 1월 1일 한라산 일출산행, 이후 17일간 425㎞ 제주올레길을 완주했다. 1월 19일 이른 아침, 육지로 가기 위해 제주항에서 승용차를 선적했으나, 풍랑으로 다시 하선하여 이틀 후에야 뭍으로 나올 수 있었다. 그리고 2016년과 2017년 제주를 찾아 계절별로, 코스별로 다시 선택적으로 올레길을 걸었다. 영산 한라산을 코스별로 일곱 차례 산행을 하고, 한라산둘레길 4개 구간을 구간별로 걸었다. 60여 개의 오름을 오르고, 곶자왈을 찾아 원시의 밀림을 누볐다. 총 600㎞ 이상의 제주올레길을 걸었고, 한라산 산행으로 120㎞를 걸었다. 한라산둘레길 80여 ㎞, 곶자왈과 오름을 탐방한 거리 등을 모두 합하면 1,000㎞가 넘는 제주의 길을 걸었다.

해마다 관광객만 1,500만 명이 넘는 섬나라. 놀멍 쉬멍 걸은 만큼 아름다운 제주를 만났다. 걸어가는 길 위에서 제주 사람, 제주 해녀, 제주 자연, 제주 바람, 제주 음식, 제주 언어, 제주 신화, 제주 문화, 제주 역사를 만나고 향유했다. 그리고 그 길 위에서 '참다운 나'를 만났다. 제주의 시공간 속에서 자신을 관찰하고, 성찰하고, 통찰할 수 있었다. 흔히 인생은 고행(苦行)이라 한다. 인생은 고행(孤行), 누구도 대신 걸어줄 수 없는 외로운 여행이다. 고행(苦行)은 고독하게 고뇌하는 고통스런 여행이지만 자신을 찾아가는 관문이다. 고행(苦行)은 고행(鼓行)으로 고행(高行)에 이르는 길, 인생이라는 고해(苦海)를 헤쳐 가는 거룩한 수행이다. 나 홀로 걷기 여행은 '나'를 찾아 고행을 즐기는 최고의 놀이다.

누구에게나 우주의 중심은 자기(自己) 자신(自身)이다. 유랑자의 자유(自由)를 누리며 '나는 누구인가' 하며 자아(自我)를 찾아 사색하면서 스스로를 돌아보는 자성(自省)의 시간을 가지고, 스스로를 믿는 자신(自信)의 감정 위에서, 하늘은 스스로 돕는 자를 돕는다는 자조(自助)의 정신으로, 넘어져도 일어서는 자립(自立)의 정신으로, 스스로 주도하는 자주(自主)의 정신으로, 자존(自存)의 품위를 스스로 지키는 자존(自尊)의 정신으로, 스스로를 사랑하는 자애(自愛)의 정신으로, 진정한 자유를 즐기는 자쾌(自快)의 정신으로, 애기애타의 자비(慈悲)의 마음으로 제주올레길을 걸었다. 그리고 자신(自身)을 만나고, 자신(自新)을 만났다. 달나라에 간 사람이 놀란 것은 달에서 바라보는 지구의 아름다움이었다고 하듯, 제주올레길에서 자신의 모습을 만나 행복했다. 온 우주가 자아의 신화를 이루며 살아가기를 축복하는 기운을 느꼈다.

제주올레길은 2007년에 1코스를 개장하고, 2012년 11월 24일 마지막 21코스를 개장하면서 제주도를 한 바퀴 돌아가는 총 26개 코스로 구성된 425㎞의 길이다. "희망이란 본래 있다고도 할 수 없고 없다고도 할 수 없다. 그것은 마치 땅 위의 길과 같다. 본래 땅에는 길이 없었다. 걸어가는 사람이 많아지면 그것이 곧 길이 되는 것이다."라는 중국의 사상가 루쉰의 말처럼, 희망은 현실이 되어 2007년 9월 8일 제주에 올레길이 탄생했고, 이제 10년의 세월이 지났다. 무모하게 여겨졌던 그 희망은 결국 이루어졌다. 서명숙 이사장과 탐사대장 서동철, 서동성 두 동생을 비롯한 많은 제주도민과 후견인들은 제주 최고의, 대한민국 최고의 힐링과 명상의 공간을 만들었다. 제주올레길 코스가 지나가는 마을은 모두 107개. 길을 유지하고 관리하는 데는 지역주민과 자원봉사자의 역할이 컸다. 주민들은 올레길을 수시로 청소하고, 1,000여 명의 자원봉사자들은 비바람에 훼손된 올레 리본을 수시로 교체하며 마을길을 복구하는 작업에 앞장섰다. 제주올레길의 탄생은 기적이었다. 기적 중의 기적이었다.

제주올레길은 2017년 현재 대한민국 도보여행 열풍의 진원지로 각광을 받으며 세계적인 히트상품으로 우뚝 올라섰다. 첫해 3,000여 명에 그쳤던 탐방객은 어느새 770만 명이 되었고, 국민 7명 중 1명이 다녀간 대표적인 걷기 여행길이 되었다. 올레길 코스를 전 구간 완주한 올레꾼은 약 1,600여 명으로 집계됐다. 그리고 제주올레길은 세계적인 도보여행 코스로 일본 규슈와 몽골 울란바토르에 '자매의 길'이 생겨났고, 캐나다·영국·스위스·호주·이탈리아·그리스 등 8개국의 9개 코스와도 '우정의 길'을 맺어 연계사업을 추진 중이다. 제주올레길은 해외 올레길 개발에 직접 나서는 한편 글로벌 홍보마케팅 프로젝트를 진행하고 있다.

필자는 2017년 6~7월, 31일간의 여정으로 '산티아고 순례길'을 걸었다.

(...중략...)

그리고 돌아와서 여러 차례 질문을 받았다. '산티아고 순례길'과 한라산을 비롯한 오름과 곶자왈, 아름다운 바다와 자연경관, 설문대할망과 만덕할망, 살아있는 여신 제주 해녀, 갖가지 신화와 전설이 있는 '제주올레', 그 중 어느 길이 더 뛰어난가 하는 이야기였다. 나는 지극히 객관적인 시각으로 정리했다. '산티아고 순례길'보다는 '제주올레길'이 훌륭하다고. 역시 팔은 안으로 굽는 걸까. 천 년 역사의 '산티아고 순례길'이 십 년 역사의 '제주올레길'에게 희망의 박수를 보낸다. 재미와 힐링, 명상의 제주올레길이 신명나는 놀이판으로 다가온다.

(...중략...)

모든 길은 첫걸음으로 시작된다. 천 리 길도 한 걸음부터다. 길을 걸으면 첫 한 걸음과 다음 한 걸음은 다르다. 첫날의 한 걸음과 다음날의 한 걸음은 다르다. 한 걸음 사이에 이전 것은 지나가고 새로운 것이 다가온다. 하늘이 다르고, 바다가 다르고, 산이 다르고, 나무가 다르고, 꽃이 다르고, 풀이 다르고, 사람이 다르고... 무엇보다 자신이 다르다. 한 걸음의 변화가 자신에게 이른다는 사실을 깨닫는 순간 절로 짜릿한 쾌감이 스쳐 간다. 걷고자 의도했던 상태로 점점 변해가고 있다는 것을 느끼며 한 걸음에 취해 스스로 즐거워한다. 자신도 모르는 사이에 한 걸음 한 걸음마다 한 꺼풀 한 꺼풀씩 영혼과 육체의 껍질을 벗는다. 마지막 한 걸음의 순간이 기다려지고, 진화한 자신을 미리 즐긴다. 제주올레길의 한 걸음, 한라산 산행과 한라산둘레길의 한 걸음은 '나' 자신을 찾아가는 신성한 의식이었다.

(...중략...)

신의 위대함이 자연의 창조에 있다면, 인간의 위대함은 길 위에 만든 역사의 창조에 있다. 신의 창조물인 대자연 앞에서 인간은 길을 만들고, 그 길을 통해 자신의 역사를 써 내려간다. 모든 것이 합력하여 선을 이룬다. 길을 걷고 글을 쓸 수 있는 것은 고마운 조력자들이 있었기 때문이다. 특히 다섯 형제 가운데 이제 이 세상에 둘만 남은 우리 형제, 형의 회갑을 축하하면서 20주년을 맞이한 광교세무법인 용인의 가족들, 특히 20년을 함께한 예쁜 사무장의 건강을 기원하면서 깊은 감사의 인사를 전한다.

호모 루덴스여, 카르페 디엠!

2020년 1월 15일, 잠비아와 짐바브웨의 빅토리아폭포, 보츠와나의 초베 국립공원, 나미비아의 나미브사막, 남아공의 희망봉 등 아프리카 5개국 여행을 마치고 인천공항에 내려 휴대폰을 켜자 제주올레길 첫 탐사대장이자 친구인 가파도 서동철의 전화가 와 있었다. 전화를 하니 아내인 해녀대장 강수자가 "오라버니, 그이가 죽었어!"라며 친구의 죽음을 전했다.

2016년 1월 15일 가파도 올레길에서 서동철을 만난 지 정확히 4년이 되는 날이었다. 다음 날 제주도에 가서 서동철의 죽음 앞에 섰다. 짧은 만남, 영원한 이별이었다. 눈물이 하염없이 흘러내렸다. 수자 씨는 그런 나를 오히려 위로했다. 갑작스런 죽음을 앞두고 동철은, "가파도 집 근처에서 한라산이 보이고 산방산이 보이는 곳에 자신을 묻어 달라."라는 말을 남기고 사흘 동안 침묵으로 있다가 레테의 강을 건너갔다.

청보리 익어가는 계절이 오면 제주올레길을 찾는 많은 사람들이 가파도에서 흙으로 돌아간 첫 탐사대장 동철을 만나리라.

파도를 더하는 가파도(加派島)의 거친 파도에 〈허무〉가 밀려온다.

흐르는 세월 속에
나무가 자란다.
명성도 자란다.

나무에 이름을 새기면
나무가 자라면서
새겨놓은 이름도 자란다.

그 이름을
명돌에다 새기랴
나무에다 새기랴

헛되고 헛되니
헛되고 헛되도다.
친구, 잘 가시게!

36. 인생은 독창이 아니라 합창이다

옛날 옛적에 고갯길을 나란히 넘어가고 있는 두 사람이 있었다. 앉은뱅이 여인과 장님 사내였다. 날이 어둡기 전에 고개 너머 마을까지 가야 했지만, 앉은뱅이 여인도 장님 사내도 빨리 갈 수가 없어서 걱정이었다. 이윽고 앉은뱅이 여인의 뇌리에 지혜로운 생각이 스쳐갔다. 여인이 말했다.

"여보시오, 앞 못 보는 양반. 우리 서로 도우면 어떻겠소?"

장님 사내가 말했다.

"돕다니? 어떻게 말이오?"

"나는 앞을 볼 수 있으되 걸음을 걸을 수가 없으니, 당신이 나를 업으면 당신은 눈을 갖게 되는 것이요, 나는 업힘으로써 두 다리를 갖게 되는 것이 아니요."

"그것 참 그럴 듯한 생각이군요."

장님 사내는 앉은뱅이 여인을 등에 업었다. 그러자 앉은뱅이 여인은 장님 사내의 두 귀를 잡고 방향을 알려주니, 두 사람은 금방 산을 넘어 마을에 도착했다. 주막집에 앉은 두 사람은 서로에게 말했다.

"세상을 혼자 살아가기에는 너무 외롭고 힘들어요. 서로서로 돕고 도움을 받으며 살아야지요."

그 후 두 사람은 서로의 눈과 다리가 되어 행복하게 살았다.

기러기는 암컷과 수컷의 사이가 좋다. 그래서 전통 혼례에는 나무 기러기가 등장한다. 삼국사기에 기러기는 하늘과 지상을 왕래하는 신의 사자다. 규합총서에서 기러기는 신예절지덕을 상징한다. 기러기는 V자 대형으로 줄을 지어 날아간다. V자 모형은 서열과 질서를 나타낸다. 모든 기러기가 V자 모형으로 날개를 퍼덕이면 혼자 날아갈 때보다 71% 정도 더 멀리 날 수 있다. 선두의 기러기가 지치면 V자 대형 안으로 들어오고 다른 기러기가 선두에 선다. 리더는 수시로 바뀐다. 기러기 유형의 리더는 모든 구성원이 리더가 되는 자질을 갖추고 경험을 한다. 언제나 그 뒤를 이을 능력과 에너지를 갖춘 다른 기러기가 있다. 날아가는 도중에 한 기러기가 아파서 낙오하면, 두 마리가 대열에서 함께 이탈하여 지친 동료가 다시 회복해 날 수 있을 때까지 돕고 보호하다가 다시 합류한다. 더 이상 날 수 없을 때에는 죽음으로 생을 마감할 때까지 함께 지키다가 무리로 돌아온다. 이처럼 기러기는 죽을 때까지 함께 한다.

기러기들은 먼 길을 날아가는 동안 '콩콩콩콩' 하는 끊임없는 울음소리를 낸다. 그 울음소리, 기러기의 합창은 앞에서 거센 바람을 가르며 힘들게 날아가는 리더에게 기운 내라고 격려하는 응원의 소리이자 자신의 힘을 북돋는 소리이다. 기러기의 독창은 아름다운 합창으로 승화된다.

우리네 인생도 기러기처럼 아주 멀고 험한 길을 날아가고 있다. 폭풍이 불어오고 비바람이 몰아치는 곳을 뚫고 날아가는 힘든 여정이다. 내가 만나는 사람들은 모두 한세상에서 함께 이동하는 소중한 인연의 기러기들이다. 더불어 사는 인생, 인생은 독창이 아닌 합창이다. 모든 것이 합력하여 선을 이룬다.

사람 인(人)자는 두 사람이 서로 기대고 있는 모습이다. 떨어지면 넘어지고 마는 형국이니, 사람은 서로 의지하고 살아야 한다는 의미이다. 어질 인(仁)자는 두(二) 사람(人)이 동행하는 모습이다. 곧 서로 서로 도와주면서 사랑과 이해를 나누고 아름다운 동행을 하라는 의미이다. 쌀 미(米)자는 88(八+八) 가지의 수고가 필요하다는 의미다. 쌀 한 톨 속에는 햇빛이 있고, 비가 있고, 구름이 있고, 바람이 있고, 천둥이 있고, 시간이 있고, 공간이 있고, 농부가 있고, 농부의 땀이 있고, 농부를 낳아준 부모가 있고, 그 부모의 부모가 있고, 농기구가 있고, 농기구를 만드는 쇠붙이가 있고… 결국 쌀 한 톨 속에는 온 우주가 다 있다. 쌀 한 톨도 결코 독립적인 존재일 수 없다. 시인이 〈인간〉을 노래한다.

인간은

홀로 울면서
이 세상에 와서

관계 속에 속삭이다가

홀로
웃으면서 떠나간다.

지금의 처가(妻家)인 고등학교 시절 찾아갔던 친구의 집은 이 땅의 천국, 하늘나라였다. 친구가 부러웠다. 훗날 결혼하면 그런 가정을 만들리라 생각했다. 7남매인 처가에는 세 처남과 세 동서가 있다. 장모님은 "효자 사위 두면 딸 고생한다."는 옛 말씀도 하시면서 사위들이 모두 효자라고 자랑하신다.

국토종주를 하는 어느 날, 도중에 전화가 울렸다. 하나밖에 없는 아랫동서, 일명 맥아더 장군인 고세홍이었다.

"형님, 어디까지 걸어갔어요?"

"충북 영동에서 보은으로 가는 길이야."

"건강 조심하세요. 오늘은 예배당에 가서 특히 형님 위해 기도할게요."

고마운 이야기였다. 결혼하면서 아내 따라 교회에 다니더니 이제는 신앙생활에 열심이었다.

어느 해 설날 저녁, 고향을 지키는 큰 처남과 동서들이 오랜 추억이 있는 예고개의 허름한 닭발집에서 정담을 나누며 술자리를 하고 즐거운 시간을 보냈다. 처갓집으로 돌아와서 술 한잔 마신 고세홍이 감정에 북받쳐 "일가친척 없는 외로운 몸이 형제 많은 처가에 장가들어 행복하다!"라며 장모님의 품에 안겨 눈물을 흘리는 그때의 모습은 모두를 가슴 찡하게 했다. 즐거운 명절이었다. 예쁜 두 딸을 낳은 권사인 처제의 기도와 인도로 고 서방은 안수집사가 되었다.

얼마 후 큰처남은 교통사고로 57세의 나이로 소천(所天)했다. 시골에서 부모님 모시고 땀 흘려 농사지으면서 좋은 옷 한 벌 사 입지 않고 고생하며 외아들을 사법고시 합격시킨 큰처남은 참된 모습의 아들이자 아버지였다. 큰처남을 보내고 모두 슬픔에 젖었고, 그가 떠난 빈자리는 너무나 컸다. 신은 왜 좋은 사람들을 이 땅에서 그렇게 일찍 데려가는 걸까? 신의 섭리는 도대체 알 수가 없다.

2014년 어느 날, 부산에서 울산으로 오는 승용차 안에서 장모님(80세)은 대중가요를 부르시고, 처 이모님(72세)은 하모니카를 연주하셨다. 일평생 교회 다니시며 '꽃 중의 꽃' 외에는 대중가요를 부르지 않으시던 장모님이었다. 노인대학에 다니며 배우신 "내 나이가 어때서 사랑하기 딱 좋은 나인데!"라고 노래하시며 박수를 치시는 모습, 처 이모님의 하모니카 연주에 막내처남과 함께한 승용차 안은 온통 웃음바다가 되었다.

며칠 후, 분당의 집 거실에서 또 다른 처 이모님(85세)과 함께 세 분이 곤히 주무시고 계셨다. 전날 분당의 친척 결혼식에 참석하시고 오신 세 분은 밤새 노래와 옛이야기로 꽃을 피우셨다.

2019년 장모님의 생신날 처가의 거실에 둘러앉은 후손들, 장모님은 다시 '내 나이가 어때서'를 부르시고 모두 박수 치고 춤을 추며 천국의 향연이 펼쳐졌다.

"아내를 보고 결혼을 한 것이 아니라 그 어머니를 보고 결혼했다."라고 나는 가끔 이야기한다. 자애로운 장모님은 비가 오나 눈이 오나 새벽마다 옹천교회에 나가셔서 후손들을 위해 기도하신다. 오늘날 내가 '내가 된 데에는' 장모님의 기도와 사랑의 힘이 있었음을 믿는다.

세상을 구성하는 3대 요인인 공간(空間), 시간(時間), 인간(人間)에 고루 '사이 간(間)' 자가 들어간 것은 결코 우연이 아니다. 철학공약수라고 한 인간 속의 사이 간(間)을 두고 노신은 "사람은 사람과 사이 때문에 인간이며, 겸허하고 사양하는 윤리 도덕의 사이를 두어야지, 욕망이나 이해타산만으로 밀착되어 사이가 없으면 인간이 못 된다."라고 말한다. 된장은 그 자체로는 요리의 반열에 끼지 못하지만, 많은 요리에서 사랑을 받는 양념으로서 훌륭한 역할을 해낸다. 그래서 된장은 예로부터 다섯 가지 덕이 있다고 칭송받았다. 첫째, 다른 맛과 섞여도 제맛을 잃지 않는다는 단심(丹心)이다. 둘째는 오래 두어도 변질되지 않는다는 항심(恒心), 셋째는 기름진 냄새를 제거해주는 불심(佛心), 넷째는 매운맛을 부드럽게 해주는 선심(善心), 다섯째는 어떤 음식과도 잘 어울리는 화심(和心)이다. 된장처럼 잘 숙성되고 어디에나 어울리는 인생이 되어야 한다.

제주에서 올레를 걸으며 산방산 인근에서 생애 처음 게스트하우스에 숙소를 잡았다. 새벽 시간, 준비된 토스트와 우유로 아침 식사를 먹기 위해 주방에 들어갔을 때 주방의 벽에 붙여놓은 글귀가 인상적으로 다가왔다.

> "당신이 사람들에게 위로받는 건 지금의 눈물 때문이 아니라 지금까지 나눈 웃음 때문일지 모릅니다. 힘들 때 결국 힘이 되는 것은 당신이 살아온 모습입니다."

그때 어제의 내가 오늘의 나를 껴안고 미소 지으며 따뜻하게 위로를 해 주었다.

"너, 열심히 살았다! 잘했어!"

오늘의 내가 나인 것은 수많은 인연이 어우러져서 이루어진 것이다. 아버지와 어머니로 비롯된 출생에서부터 형제들, 친구들, 고향에서의 추억, 힘들고 고달팠던 수많은 역경, 즐겁고 행복했던 시절이 있어 만들어진 것이 지금의 나 자신이다. 청산의 구름이, 바람이, 새들이, 나무가, 시냇물이 모두 모여 나를 만든 것이다.

하늘은 스스로 돕는 자를 돕는다. 하느님은 스스로 돕는 자를 도우신다. 입술이 없으면 이가 시리다. 순망치한, 공명지조다. 독불장군은 없다. 나는 외로운 길을 걸으며 "당신이 내 옆에 있기에 내 인생이 따뜻합니다!"라고 소리친다. 그러면 세찬 바람결에 노자의 소리가 들려온다.

> 나에게 잘하는 사람에게 잘하라!
> 나에게 잘못하는 사람에게도 잘하라!
> 나를 신뢰하는 사람을 신뢰하라!
> 나를 신뢰하지 않는 사람도 신뢰하라!

'친구에게는 친절하게 잘해주어야 한다. 적에게는 더 잘해주어야 한다.'는 영화 대부의 대사처럼, 강물은 청탁을 가리지 않고 모든 실개천의 물을 받아들인다. 바다는 낮은 곳에 임하여 자신에게 흘러드는 모든 강물을 받아들여 바다가 되고 대양을 이룬다. 다른 사람을 받아들일 수 있는 열린 마음이 있어야 대인(大人)이다.

생존철학에는 네 가지 기본모형이 있으니, 먼저 '너 죽고 나 살자'다. 그다음은 '너 죽고 나 죽고'다. 한국형 부부싸움의 전형이다. 다음은 '너 살고 나 죽고'다. 예수 같은 이야기다. 마지막으로 '너 살고 나 살고'다. 아름다운 동행이다. 공자의 인(仁)이고 꽃과 벌이다. 벌은 꽃에서 꿀을 따지만 꽃에게 상처를 남기지 않는다. 오히려 꽃이 열매를 맺을 수 있도록 도와준다. 꽃은 벌에게 꿀을 주지만 아끼지 않는다. 벌은 착취자가 아닌 조력자이기 때문이다. 사람과 사람 사이에 꽃과 벌 같은 관계가 이루어지면 아름다운 삶의 향기가 온 세상에 가득해질 것이다.

이제 내 나이 61세, 90세까지 산다면 30:30:30으로 나누어 3막 중 마지막 3막이 시작되는 시기다. 생의 연한을 80세라고 한다면 20:20:20:20으로 마지막 4막의 시작점에 해당한다. 흔히 말하는 백세시대라고 한다면 아직 4막과 5막이 남아 있다. '인명은 재천이라, 이제 나의 남은 날의 얼마나 될까? 남은 날의 꿈은 무엇인가? 남은 인생을 어떻게 살아야 하나?' 자문해 본다. 그리고 '인생의 능선에서 관조하는 삶을 살자. 작은 것에 화내거나 쩨쩨하게 굴지 말자. 혼자 외로워하지 말자. 친밀감은 행복한 삶을 위한 중요한 요소이니, 매일 친절하고 다정한 미소를 짓자. 항상 감사하며 자족하며 살자. 사랑은 이해하고 용서하고 베푸는 것, 더불어 서로 사랑하며 살자.'고 다짐을 해본다.

인생은 독창이 아니라 관계 속에서 살아가는 합창이다.

37. 산티아고 가는 길

유라시아 대륙의 서쪽 끝 이베리아반도에 자리 잡고 있는 산티아고 순례길. 대륙의 동쪽 끝 한반도에 살고 있는 순례자가 여행을 떠났다. 프랑스의 생장 피드포르에서 피레네산맥을 넘어 산티아고로 향하는 27일간의 800㎞ 순례여행이었다.

산티아고 데 콤포스텔라의 오브라도이로 광장에 도착했을 때, 광장은 순례자들로 가득 차 있었다. 그들의 배낭에는 가리비가 달려 있었고, 손에는 지팡이가 들려 있었다. 햇볕에 그을린 얼굴들에는 기쁨의 눈물이 흘러내렸다. 어떤 이들은 서로 껴안고 오열했고, 어떤 이들은 박수를 치며 신나게 노래를 불렀고, 어떤 이들은 누워서 하늘을 바라보며 자신 속에 침잠했고, 어떤 이들은 무릎을 꿇고 기도했다. 순례자들이 연출하는 살아 움직이는 광장의 풍경은 한 폭의 감동, 그 자체였다. 중세부터 시작된 지난 천 년 동안의 순례가 현대에도 재현되고 있는 현장이었다. 나도 그들과 하나였다.

산티아고 대성당 내부에는 긴 행렬이 줄을 잇고 있었다. 성 야고보의 어깨를 안고 그의 등에 키스를 하며 마침내 순례를 끝내기 위한 순례자들이었다. 모두가 엄숙하고 경건했다. 이윽고 계단을 올라 야고보를 껴안는 순간 대성당의 천장에서, 마음 저 깊은 곳에서 동시에 소리가 들려왔다.

'왔노라, 보았노라, 안았노라!'

성 야고보가 순례자를 안고 칭찬했다.

'순례자여, 장하다! 그대는 영웅이다!'

순례길의 끝에서 선물로 받은 산티아고 대성당 사무소의 '완주증명서'는 고행을 증명하는 공식적인 훈장이었다. 하지만 가장 큰 선물은 위대한 자신이었다. 800㎞를 걸어 몸도 마음도 정결하게 다이어트를 한 순수한 영혼을 지닌 자신이었다. 감사와 희열이 밀려오고 세상은 새 예루살렘처럼 달라 보였다.

AD 33년, 로마의 지배를 받던 유대에서 빌라도 총독에 의해 예수가 십자가에서 처형되었다. 열두 제자들은 "유대와 사마리아와 땅끝까지 전파하라."라는 예수의 지상명령에 따라 각기 흩어졌다. 그 가운데 최초의 순교자는 BC 44년 헤롯 아그리파에 의해 참수당한 세배대의 아들 야고보였다. 야고보가 스페인으로 와서 7년간 머물며 7명의 제자를 만들고 다시 예루살렘으로 돌아갔을 때였다. 야고보의 죽음에 대해 성경에는 딱 한 줄, "그때 헤롯왕이 손을 들어 교회 중에서 몇 사람을 해하려 하여 요한의 형제 야고보를 칼로 죽이니"라고만 언급되어 있다. 야고보가 처형된 이후에는 그에 대한 역사적 사실 대신 전설이 퍼졌다. 복음서 어디에도 이베리아반도나 야고보 사후에 대한 언급은 없다. 그러나 8~9세기 문헌에는 예수가 전도를 위해 야고보를 서쪽 지방, 세계의 땅끝인 피스테라로 보냈다는 내용이 나온다.

야고보는 참수당한 뒤 이베리아반도로 돌아왔다. 이 귀환은 처음 이베리아반도로 갔던 것보다 훨씬 더 중요하다. 두 제자가 수습

한 야고보의 유해, 참수당한 몸과 머리는 돛도, 노도 없는 석조 배에 담겨 기적처럼 이베리아반도 북서부 해안 페드론 근처에 도착했다. 야고보의 유해는 지중해 바다를 건너 대서양을 통해 다시 스페인으로 돌아왔고, 제자들은 그 지역 이교도 여왕 루파(Lupa)에게 야고보의 유해를 묻어도 좋다는 허락을 힘겹게 얻어냈다. 그 후 야고보의 유해는 오늘날 산티아고 데 콤포스텔라가 위치한 내륙 언덕으로 운반되어 묻혔다. '별이 빛나는 들판'에 묻힌 야고보의 무덤은 800년 가까이 잊혔다가 813년에 발견되었고, 그 무덤 위에 산티아고 대성당이 건립되었다.

예수의 총애를 받던 사도 산티아고의 무덤이 발견되었다는 소식이 사방으로 퍼지면서 스페인은 물론 유럽 각지에서 순례자들이 몰려들기 시작했다. 천년 순례의 역사가 시작된 것이다. 9세기 후반부터 순례자들의 발길이 끊임없이 이어지고, 이들을 맞이하기 위한 숙박업소 등이 생기면서 산티아고 가는 길의 종착지에 '산티아고 데 콤포스텔라'라는 도시가 형성되었다. 이제 산티아고 가는 길은 걷기만 해도 교황청에서 평생 지은 죄를 다 사면해줄 정도로 성스러운 길이 되었다. 괴테는 "유럽은 산티아고의 길 위에서 태어났다."라고 했다.

스페인 북부 지역에 위치해 '순례자의 도시'라고 불리는 산티아고 데 콤포스텔라는 아름다운 도시이다. 산티아고는 도시 전체가 1993년 유네스코 세계문화유산에 등재되었으며, 중세시대를 오롯이 보존하고 있다.

대표적인 유적이 성 야고보의 무덤 발견을 기념하기 위해 12세기

에 지은 산티아고 대성당이다. 산티아고 대성당은 기독교 세계에서 예루살렘과 로마 바티칸 성당과 더불어 가톨릭 순례자를 위한 3대 순례지 중 하나다. 산티아고 대성당에는 야고보의 무덤이 있다. "이성적 사고를 지닌 근대인이라면 아무리 가톨릭 신자라 하더라도 산티아고의 유해가 콤포스텔라에 안장되어 있다는 것을 인정하지 않을 것이다."라는 스페인의 미겔 데 우나무노 교수의 말처럼 산티아고는 신화적인 내용으로 점철되어 있다. 또한 '산티아고에 산티아고는 없다.'는 말이 있다. 야고보는 이베리아반도에서 복음을 전파했을 가능성이 없으며, 야고보의 시신이 담긴 배가 예루살렘에서 지중해를 거쳐 대서양의 스페인 해안 마을까지 옮겨왔다는 이야기도 허구일 가능성이 높다는 것. 당시의 항해 기술로 가능했겠냐는 것이다. 하지만 사실 여부나 산티아고 순례길의 전설을 떠나서, 산티아고로 가는 길은 그 자체로 최고최상의 매력적인 카미노이다.

콤포스텔라에 도착해서 야고보의 무덤이 실제는 비어있다는 사실을 알면서도 순례자들은 야고보를 찾아간다. 그리고는 빈 무덤에서 자신을 발견하고는 기뻐한다.

전 세계 사람들의 버킷 리스트 1위, 전 세계 사람들이 가장 걷고 싶어 하는 길로 꼽히는 산티아고 순례길을 통해 수많은 중세 유럽인이 산티아고로 순례를 떠났고, 삶의 마지막을 그 길 위에서 보냈다. 그리고 지금도 수많은 사람, 특히 신을 찾고 자신을 찾는 사람들, 꿈을 찾는 사람들이 카미노를 걷고 있다. 전 세계 트레커들의 성지인 카미노의 초국가적 명성 덕분에 산티아고 순례는 말 그대로 유럽과 대한민국의 희망 목록이 되었다. 2018년 작년 한 해만 해도 32만 명이 다녀갔다.

산티아고(Santiago)는 '성 야고보'를 칭하는 스페인식 이름이며, 영어로는 '세인트 제임스(St James)'이다. 성경에는 예수의 제자인 세배대의 아들 야고보(큰 야고보)와 알패오의 아들 야고보(작은 야고보), 예수의 형제인 야고보, 세 야고보가 나온다. 산티아고 순례길의 주인공인 큰 야고보는 베드로, 요한과 함께 예수가 특별히 사랑한 제자로, 불같은 성격으로 인해 '우레의 아들'이라 불리며 예수께 책망을 많이 받았다.

스페인에서는 야고보를 '무어인의 학살자 야고보', '산티아고 마타모로스(Santiago Matamoros)'로 불렀다. 야고보는 국토회복운동에서 수호신의 역할을 했다. 844년 클라비호 전투에서부터 결정적인 순간마다 나타나 승리를 예언하면서 전세를 역전시켜 승리했고, 빛나는 갑옷을 두르고 백마 위에 올라탄 채 칼을 휘두르며 무어인의 목을 베는 용감한 기사 야고보의 이미지를 본 이슬람교도들은 싸우기 전에 기가 꺾였다. 가톨릭교도들은 산티아고가 자신들의 편에 있다면 하느님 역시 자신들과 함께 있으며, 자신들의 전쟁 또한 성전(聖戰)이 될 것이라고 믿었다. 이에 야고보는 성인의 반열에 오르며 스페인의 수호성인이 되었다. 산티아고 순례길의 역사에 관한 최초의 기록이 이 시기에 이루어졌다.

산티아고 가는 길은 한 순교자의 무덤으로 가는 길이면서, 동시에 세상에서 가장 아름다운 자연의 풍광을 즐길 수 있는 길이다. 산티아고 순례길은 일생에 한 번은 꼭 걸어야 할 고행과 성찰의 기쁨이 교차하는 순례길이다. 지나온 삶을 돌아보고 내일을 정립하는 길, 삶의 진정한 가치를 관찰하고 성찰하고 통찰하기 위해 걷는 길이다. 누구나 꿈꾸지만 걸을 수 있는 사람은 축복받은 사람이며, 진정 용기 있는 사람이다. 그 길은 돈이 있다고 갈 수 있는 길이 아니요, 시간이 있다고 갈 수 있는 길도 아니다. 돈과 시간, 그리고 튼튼한 육체는 물론 신을 향한 마음, 자신의 내면을 성찰하려는 깊은 의지와 열정이 있어야 한다.

산티아고 가는 길은 영성을 향한 순례길이다. 자아 속의 무엇인가를 발견하고자 하는 길이다. 지는 해를 따라 서쪽으로 걸어가면서 명상하고 고행하고 인내하고 금욕하며 기도하는 길이다. 산티아고 가는 길은 아름다운 순례자의 길이며, 별들의 길, 바람의 길, 태양의 길, 고독의 길, 슬픔의 길, 고통의 길, 성찰의 길, 눈물의 길, 영광의 길이다.

2017년 6월, 나는 산티아고 가는 길 위에 섰다. 시도했고, 마침내 도착했다. '영혼은 천사의 몫이고 육신은 악마의 몫'이라고 하던가,

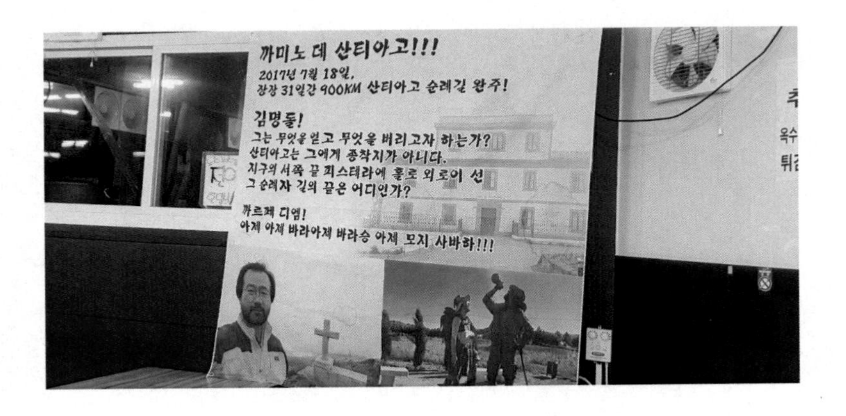

27일간의 산티아고 순례길 위에서 악마가 육신의 평안으로 유혹했지만 영혼은 너무나 행복했다. 길은 길에 연하여 묵시아와 땅끝 피스테라를 향해 다시 걸었다. 예전에는 피스테라가 세상의 끝이라고 믿었다. 그래서 야고보가 '땅끝까지 전파하라.'는 예수의 지상명령에 따라 왔지만, 피스테라는 스페인의 땅끝이지 유럽의 땅끝, 세상의 땅끝은 아니었다. 그래도 포르투갈의 호카곶(Cabo da Roca)이 공식적으로 유라시아 대륙의 최서단으로 인정받기 전까지는 세상의 끝이었다. 31일 간의 트레킹을 포함한 43일 간의 스페인과 포르투갈 여정은 인생 최고의 아름다운 소풍이었다. 이후 집필을 위해 다시 걸은 피레네산맥과 순례길, 스페인의 곳곳은 즐거움 그 자체였다.

길에서 존재했던 신비로운 순례자를 불멸의 미라로 남기는 글을 마치면서, 환상적이고 축복의 여정인 나의 산티아고, 나의 순례는 끝이 났지만, 순례는 삶에서 무한히 연장된다. 길 위에서 진정한 순례자였던 나는 이제 '지금 여기'를 카미노로 여기며 '카르페 디엠!'을 외치는 진실한 인생의 순례자로 살아간다.

멸망의 도시에서 수많은 고난을 헤치고 하늘나라에 도착한 순례자 크리스천은 한순간 퍼뜩 잠에서 깼다. 전부 한바탕 꿈이었다. 존 번연의 《천로역정》은, '나의 산티아고 순례'는 모두 한바탕 꿈이었다. 회갑을 맞이하며 돌아본 지난 60년은 전부 신명 나는 한바탕 꿈이었다. 나는 산티아고 가는 길에서 외로운 순례자가 되어 〈자화상〉을 노래했다.

> 황혼녘 카미노에서/ 하루의 끝을 바라본다.
> 인생의 황혼의 길목에서/ 지나온 날들을 돌아본다.
> 다시 아침이 밝아오고/ 숲의 새가 지저귄다.
> 해가 왕관을 쓴 듯/ 힘차게 솟아오르고
> 순례자는/ 펼쳐지는 또 하루의
> 순백의 도화지 위에/ 즐겁게 자화상 그린다.
> 그리고는 노래한다.
> 나는 자유롭게/ 방랑하다 죽으리라.
> 자쾌하며 행복하게 평원을/ 방랑하다 죽으리라.
> 나의 태양이 지고/ 나의 낮이 저물면
> 죽어서/ 이 평원과 하나가 되리라.

감동의 시간도, 고통의 시간도, 마법의 시간도 끝이 나고 '별빛이 반짝이는 들판' 산티아고 데 콤포스텔라의 밤하늘에 수많은 별이 반짝인다. 영광의 길을 걸어온 천로역정의 크리스천이, 세르반테스의 돈키호테가, 동방의 순례자가 두 손을 모으고, 온 마음을 모은다.

"하느님!"

"예수님!"

"성모 마리아님!"

"성 야고보님! 고맙습니다."

"지난 천년의 순례자들이여! 길에서 만난 모든 인연이여! 사랑합니다."

38. 나는 자유인이다!

장자가 복수에서 낚시질을 하고 있을 때, 초나라의 위왕이 대부 두 사람을 보내어 재상을 삼으려는 뜻을 전했다. 장자는 낚싯대를 드리운 채 돌아보지도 않고 웃으며 말하였다.

"내가 듣건대, 초나라에는 신령스런 거북이 있는데 죽은 지 이미 삼천 년이나 되었다고 합니다. 임금은 그것을 비단으로 싸서 상자에 넣어 묘당 위에 보관한다 합니다. 그 거북의 입장이라면, 그가 죽어서 뼈만 남기어 존귀하게 되고 싶겠습니까, 아니면 살아서 진흙 속에 꼬리를 끌고 다니고 싶겠습니까?"

두 대부는 대답했다.

"그야 살아서 진흙 속에 꼬리를 끌고 다니려 할 것입니다."

장자는 말했다.

"그러면 돌아가시오. 나는 진흙 속에 꼬리를 끌고 다니며 살려는 것입니다."

부귀를 누리는 대신 속박 받는 삶보다, 가난하지만 자유로운 삶이 좋다는 예미도중(曳尾塗中)의 일화다. 사람들은 자유를 추구하면서 자유를 잃어버린다. 돈을 벌기 위해 억지로 미소를 보이고, 승진하기 위해 굽실거리며, 자신의 본성을 억누르고 내키지 않는 행동을 한다. 얼굴을 꾸미고 옷차림으로 포장하며 거짓된 걸음을 걷는다. 장자는 이런 삶을 묘당 위에 놓인 신령스러운 거북의 박제에 비유한다.

장자는 완전한 자유를 추구한다. '장자' 제1편은 소요유(逍遙遊)로 시작한다. 어슬렁거리며 노닌다는 뜻인데, 장자가 추구하는 삶의 방식은 어슬렁거리듯 유유자적 노닐며 세상을 사는 것이다. 그러나 장자의 소요유는 절망의 그림자 속에서 패배의 미학, 부정의 철학을 곱씹는 게 아니라 고차원적인 사회철학이다. 부정적이기는커녕 낙천적인 세계관이다. "자기의 생계를 남에게 맡기면 자유로울 수 없다."라고 하며, 철저하게 자유를 중시했던 장자의 신념은 '자기 생활은 자기가 꾸려 나가야 한다.'는 것이었다.

사람들은 가끔 나에게 "그렇게 도보여행을 장기간 다니면 소는 누가 키우느냐?"라고 질문한다. 그러면 나는 이렇게 대답한다.

어느 날 한 부자가 해변에서 한가로이 쉬는 어부를 만나서 물었다.

"왜 일하러 안 나갔소?"

"오늘 몫은 다 잡았으니까."

"금쪽같은 시간 더 열심히 일해서 돈 많이 벌면 좋지 않소?"

"많이 벌어 뭘 하려고?"

"나처럼 편안하고 자유롭게 삶을 즐기려고."

"지금 내가 한가로이 자유를 누리고 있는데?"

그리스의 철학자이자 정치가인 페리클레스는 "사람이 행복하려면 자유가 있어야 하고, 자유를 갖게 되려면 용기가 있어야 한다."라고 말한다. 자유에는 용기가 필요하다. 자유란 내 마음대로 할 수 있다는 것. 결국 마음대로 하는 것이 자유의 본질이다. 자유에는 무엇인가를 할 수 있는 자유가 있는가 하면, 무엇인가를 하지 않아도 되는 자유도 있다. 하지만 사람은 사회적 동물이기에 자유의 일정 부분은 제한되어 있다. 그래서 자유는 모순적인, 너무나 모순적인 것이다.

사람들이 자유를 얻기 위해 현실에서 추구하는 것은 돈이다. 사람들은 자유를 위해 돈을 모은다. 하지만 자유를 위해서 돈을 모으는 동안 자유를 잃어버린다. 자유를 위해서 자유를 희생한다. 자유로우면 행복하다. 하지만 행복한 사람이 꼭 자유로운 것은 아니다. 자유를 지향해서 행복할 수 있지만, 행복을 지향하면 자유를 얻는다는 보장이 없다. 노예의 상태는 전형적인 비자유의 조건이다. 기원전 1세기 로마의 노예 검투사 스파르타쿠스는 자유를 쟁취하기 위해 반란을 일으켰다. 검투사들로 조직된 반란군을 이끌고 로마로 진격할 때, 애인 바리니아가 지금 무슨 생각을 하고 있느냐고 묻는다. 이때 미소 짓는 스파르타쿠스의 답은 간단했다.

"내가 자유롭다는 것!"

진정한 자유란 경제적인 자유, 정치적인 자유보다는 마음이 한가롭고 자유로운 것이다. 자유에는 소극적 자유와 적극적 자유가 있다. 공허하고 허무한 소극적 자유가 아니라 새로운 가치, 새로운 목적, 새로운 의미로의 변화를 추구하는 적극적 자유를 지향해야 한다. 자유는 속박에서 벗어나는 것, 인간이 얽매이는 굴레인 돈, 명예, 권력 등 욕망에서 벗어났을 때 진정으로 자유인이 될 수 있다.

불교에서는 인간의 욕망을 다섯 가지로 나눈다. 재물욕, 성욕, 식욕, 명예욕, 수면욕이다. 유가에서는 식욕과 성욕을 지적해서 경계

한다. 자신이 자기 삶의 주인으로서 자유롭게 사는 길은 무엇일까. 자연의 이치를 따라 운명을 거스르지 않고 몸과 마음이 자유로운 사람이야말로 노예가 아닌 주인으로 살아갈 수 있다. 지나치게 물질을 추구해서 자유와 평화를 깨트리는 일은 어리석은 일이다. 소유의 목적이 자유라면, 과욕은 자유를 저해한다.

하이네는 "영국인은 자유를 법률상의 처와 같이 사랑하고, 프랑스인은 자유를 신부처럼 사랑하며, 독일인은 자유를 늙은 할머니처럼 사랑한다."라고 했다. 가슴을 열고, 마음을 비우고, 너와 내가 따로 없고, 천지자연과 하나가 되어 공간과 시간의 구속을 받지 않는, 그 어디에도 의지함과 걸림이 없이 유유자적하게 살아가는 진정한 자유인이 되어, 자유인으로서 자유롭게 누구나 살고 싶다. 무작정 사회적 자아를 버리고 자유를 만끽하며 살 수는 없다. 어디에도 매이지 않는 자유는 얼마 지나지 않아 짐이 되고 마는 것이 자유의 역설이다. 《그리스인 조르바》에서 조르바는 '자유'를 추구했다. 니코스 카잔자키스의 묘비명에는 "나는 아무것도 바라지 않는다. 나는 아무것도 두려워하지 않는다. 나는 자유다."라고 적혀있다. 시인이 〈자유인〉을 노래한다.

갈매기라면 좋겠다.
걸림 없이
바다 위를 날 수 있기에

바다라면 좋겠다.
파도 위로

구름 되어 날 수 있기에

구름이라면 좋겠다.

부는 대로

바람 따라 흘러다니기에

바람이라면 좋겠다.

머물렀다 떠나고

떠났다 머물 수 있기에

내가

바다와 구름과 바람과

하나가 되어

훨훨

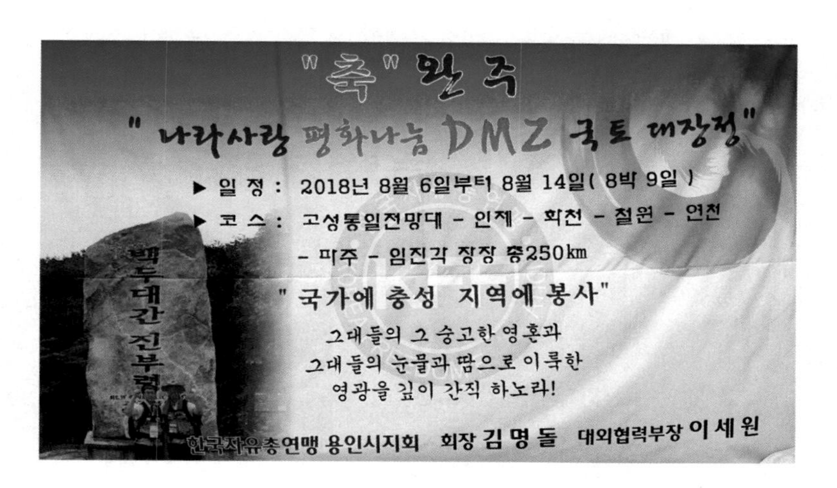

날아다니는
자유인이라면 좋겠다.

용인에서 세무사업을 시작하여 10주년 행사와 출판기념회를 한 지 다시 10년이 지나 20주년이 되는 2017년 12월 27일, 나는 한국자유총연맹 용인시 회장에 취임했다. 당시 취임사의 일부분이다.

(…전략…)

저는 20년 전 오늘 12월 27일에 세무사로 용인과 인연을 맺었습니다. 당시만 해도 소박한 농촌이었던 용인이 제 고향 안동처럼 느껴져서 자리를 잡았습니다. 그랬던 용인이 급팽창을 하면서 이제는 100만 인구, 예산 2조를 넘는 대도시로 탈바꿈하였습니다. 생거용인 사거용인, 용인은 제게 있어 기회의 땅이었고, 축복의 땅이었습니다. 언제나 용인이 자랑스러웠고 용인이 고마웠습니다.

저는 중국의 장자를 좋아해서 어슬렁어슬렁 거리는 소요유를 배우고 흉내 내고 싶었습니다. 그래서 길 떠나는 나그네가 되어 자유를 만끽하고 싶었고, 때로는 그런 삶을 실제로 추구했습니다. 양복과 넥타이를 내던지고 등산복에 등산화, 괴나리봇짐을 둘러메고 장자와 이태백, 김삿갓을 흉내 내면서 대한민국의 산하를, 히말라야를, 산티아고 순례길을, 그리고 수많은 길을 걷고 또 걸었습니다. 그럴 때면 살아있다는 사실이, 자유롭다는 사실이 그렇게 행복할 수가 없었습니다.

요즘 많은 사람이 저에게 직·간접적으로 물어옵니다. '그렇게 자유로운 삶을 포기하고 자유총연맹, 그거 왜 하냐?'라고. 혹자는

'정치할 거냐?'라고.

여러분, 저는 오늘 '보다 높은 가치의 자유'를 위해 '길 위에서의 자유'를 제한하는 선택을 하였습니다. 오늘 저는 회장에 취임하면서 '자랑스러운 용인'을 위해, '자랑스러운 한국자유총연맹 용인시지회를 위해' 열심히 일하겠다는 각오와 다짐을 드립니다. 저는 엄마 말 잘 듣는 '마마보이'입니다. 작고하신 제 어머니는 가끔 말씀하셨습니다. '정치하지 말라'고. 저는 정치할 능력도 없지만, 하고 싶은 생각도 없습니다. 제가 정치를 할 일은 절대로, 절대로 없을 것입니다. 저에 대한 불필요한 오해로 조직의 발전에 누가 될까 싶어 말씀드렸습니다.

저는 임기 중에 '국가에 충성, 지역에 봉사'라는 슬로건으로 조직을 재건하고 회원 확장운동을 펼치면서 내실을 다지는데 힘을 쏟을 계획입니다. 그리하여 100만 용인시대에 걸맞은 '용인 자총'으로 만들어 갈 것입니다.

어느 뜨거운 여름날 도보여행에서 해수욕장 화장실 벽에 붙어있는 글귀가 지친 저의 눈길을 사로잡았습니다. '나는 천천히 가는 사람입니다. 하지만 뒤로 가지는 않습니다.'라는 링컨의 명언이었습니다. 저의 좌우명은 '일신우일신'입니다. 날로 새롭고 또 날로 새롭게 한 걸음 한 걸음 앞으로 나아갈 것입니다.

해불양수라, 바다는 물을 사양하지 않습니다. 바다는 모든 물을 받아들입니다. 깨끗한 물이든 더러운 물이든, 강물이든 실개천이든 물이란 물은 겸손히 모두 받아들여서 바다입니다. 저는 대한민국의 자유 민주체제를 수호하고, 자유 평화통일을 실현하려는 뜻이 있는 사람이라면 누구라도 받아들일 것입니다. 자유를 수호하고 평화통일을 실현하려는데 좌가 어디 있고 우가 어디 있겠습니까? 보수가 어디 있고 진보가 어디 있겠습니까? 우리의 행복과 번영은 왼쪽으로 가는 길도, 오른쪽으로 가는 길도 아닌, 자유와 평화로 가는 길에 있습니다. 인간의 가장 소중한 자유 중 하나가 사상의 자유입니다. 자유총연맹의 이념에 맞는 사상을 가진 사람이라면 누구도 사양하지 않고 모두 받아들일 것입니다.

흔히 사상의 자유보다 더 중요한 자유는 떠나는 자유라고 합니다. 사상의 자유는 내심의 자유요, 표현의 자유입니다. 그것이 거부당할 때 할 수 있는 자유가 떠나는 자유입니다. 하지만 떠날 자유조차 없는 노예 같은 북한 주민들은 죽음을 무릅쓰고 자유를 찾아 사선을 넘어야 합니다. 이것이 우리가 살아가는 이 시대 한반도의 현실입니다.

자유를 사랑하고 용인을 사랑하는 존경하는 여러분!

여행을 떠날 때는 마음이 떨려야지, 다리가 떨리면 걸을 수가 없습니다. 저는 오늘 떨리는 마음으로 새로운 세계를 향해 여행을 떠납니다.

모든 것은 꿈에서 시작됩니다. 희망이란 깨어있는 사람의 꿈입니다. 한겨울의 추위가 심할수록 매화는 더욱 진한 향기를 내뿜습니다. 매화는 그렇게 얻은 향기를 결코 팔지 않습니다.

저는 오직 순수한 마음으로 한국자유총연맹의 이념에 따라 우리의 자유, 우리 용인시민의 자유, 나아가 대한민국의 자유를 수호하고, 자유로 하나 된 통일 대한민국을 건설하는데 미력이나마 혼신의 힘을 다하겠습니다.

(...후략...)

자유인이 자유를 누리며 자유롭게 나아간다. 자유(自由)는 스스로(自) 말미암은(由) 길을 걸어가는 것, 주어진 소명을 따라 사는 것이다. 자유로우려면 자족하고 욕심을 줄여야 한다. 욕심을 줄이면 일이 줄어든다. 생사사생(生事事生) 생사사생(省事事省)이다. 만들면 자꾸 생기고 줄이면 저절로 없어진다. 생각을 줄이고, 걱정을 줄이고, 욕심을 줄이고, 일을 줄이고, 말을 줄이고, 근심을 줄이고, 즐거움을 줄이고, 기쁨을 줄이고, 노여움을 줄이고, 좋아하고 싫어함을 줄이면 자유가 다가온다. 모든 것을 받아주는 바다에 헛된 욕망의 사슬을 던져버리고 큰소리로 외친다.

"나는 자유인이다!"

39. 용인의 찬가

나는 1997년 12월 27일 세무사 사무소를 개업하면서 용인과 인연을 맺었다. 고향 안동을 가는 길목이요, 시골 정취가 남아있다는 것이 용인을 선택한 이유였다. 하지만 이후 용인은 급성장하는 도시로 발전하여 1998년 인구 28만여 명에서 20년이 지난 지금 107만을 넘어서서 수원시 다음으로 전국에서 가장 인구가 많은 기초자치단체가 되었다.

서른아홉의 나이에 용인에 와서 22년이 지난 지금 61세가 되었고, 흐르는 세월 속에 나는 용인에서 한 맺힌 학업을 마치고 경제적 자유를 얻었다. 누구보다 열심히 일하고 공부하고 사회에 봉사한 세월이었다. 이제 내 고향 안동도 청산이요, 생업의 터전인 용인도 청산이 되었다. 용인은 나에게 기회의 땅이요 축복의 땅이니 나는 기회가 있으면 용인의 찬가를 부르며 용인을 예찬한다. 〈용인애향가〉는 용인의 위인들과 자연경관을 소재로 한 가사에 민요조의 가락으로 부른다.

1. 동방에 정기모여 수려한 조국/ 그 중에도 산수 좋은 용인 내 고향
   무성한 봉이 봉이 아름다운 들/ 흐르는 시내조차 수정 같고나
   (후렴) 대대로 살아온 정든 내 고향/ 천만대 펴져나갈 복지 여기다.

2. 포은과 충정의 충의의 피와/ 조정암과 이죽창에 고결한 정신 천추에 장렬하다 학사에 순국/ 모두 다 내 고향의 수호신이다.

포은은 정몽주, 충정은 민영환, 조정암은 조광조, 이죽창은 이시직, 학사는 오달제를 말한다. 용인문화원이 선정한 용인의 향토 7위인은 포은 정몽주, 충정공 민영환, 정암 조광조, 죽창 이시직, 추담 오달제, 이한응 열사, 반계 유형원이다.

용인의 모현면에는 정몽주의 묘소가 있으며, 매년 10월에는 포은 문화제가 열린다. 정몽주는 1337년 경북 영천에서 출생했으며 1360년 23세에 대과에 장원급제하여 벼슬길에 나섰다. 스승인 이색은 정몽주의 학문을 극찬하였고, 그의 학풍은 길재에게, 길재는 김숙자에게, 김숙자는 그의 아들 김종직에게, 김종직은 정여창과 김굉필에게, 김굉필은 조선 성리학의 거봉 조광조로 이어졌으니, 정몽주의 가르침은 조선에 와서 더욱 화려한 꽃을 피웠다.

1392년 4월 4일, 이성계가 사냥을 하다가 말에서 떨어져 중상을 입었다. 정몽주가 이성계의 병세를 탐지하기 위해 집을 나서자 팔순의 노모가 아들을 말렸다.

까마귀 싸우는 곳에 백로야 가지 마라
성낸 까마귀들이 너의 흰빛을 시샘하나니
맑은 물에 깨끗이 씻는 몸을 더럽힐까 하노라

어머니의 만류를 뒤로하고 고려왕조를 지키려는 정몽주는 이성계를 문병하고 이방원과 마주 앉았다.

이런들 어떠하리 저런들 어떠하리
만수산 드렁칡이 얽혀진들 어떠하리
우리도 이와 같이 얽혀 백 년까지 누리리라.

다 썩어서 무너져 가는 고려 왕실을 지키기 위해 고집부리지 말고 칡넝쿨처럼 얽혀서 사이좋게 사는 것이 어떻겠는가 하고 이방원이 〈하여가〉로 묻는다.

이 몸이 죽고 죽어 일백 번 고쳐 죽어
백골이 진토 되어 넋이라도 입고 없고
임 향한 일편단심이야 가실 줄이 있으랴

그에 〈단심가〉로 답을 하고 돌아오는 길, 정몽주는 주막 마루에 걸터앉아 지는 해를 바라보며 일배일배부일배(一杯一杯復一杯) 연거푸 석 잔을 마시고 눈시울이 젖는다. 저녁노을이 지기 시작한 선지교, 이방원이 보낸 자객 조영무의 철퇴가 바람을 날리니 만고의 충신 정몽주가 무참하게 쓰러졌다. 그해 7월 17일, 고려의 공양왕은 이성계에게 공손히 양위했다. 마침내 고려는 제34대 475년 만에 멸망하고 이성계가 즉위하니, 이성계는 고려의 마지막 왕이자 1393년 2월 15일 국호를 조선으로 바꿔 조선의 첫 국왕이 되었다. 정몽주는 무너지는 고려의 마지막 기둥이었다. 대하여경요양동(大廈如傾要梁凍, 큰 집이 기울 적엔 기둥 들보가 필요하다)이라지만, 정몽주도 넘어

가는 고려를 혼자서 버틸 수는 없었다.

한 시대를 지탱한 고려의 마지막 불꽃이 이렇게 꺼지니 정몽주의 나이 56세였다. 그 후 선지교에는 비가 와도 핏자국이 씻기지 않았다. 다리 아래에서는 돌 틈으로 새파란 대나무가 솟아 나와 대처럼 꼿꼿하고 푸른 정몽주의 절개를 뜻하는 것만 같았다. 그 후 사람들은 그 다리를 선지교가 아닌 '선죽교(善竹橋)'라고 불렀다.

정몽주가 순절한 후 개성의 풍덕군에 묘를 썼다가 후에 영천으로 이장을 할 때 용인의 수지구 풍덕천동에 이르자 앞의 명정이 심한 바람에 날아가 지금의 묘소에 떨어져 이곳 모현면 능원리에 묘를 쓰게 되었다. 묘비에는 고려의 벼슬만 쓰고 조선의 시호를 쓰지 않아 두 왕조를 섬기지 않는다는 뜻을 분명히 하였다.

기흥구 마북동의 구성초등학교 뒤편 산기슭에는 충정공 민영환의 묘소가 있다. 명성황후의 조카인 민영환은 을사보호조약이 체결되자 스스로 목숨을 끊어 조국의 자주독립을 일깨운 구한말의 순국지사이다.

1905년 11월 30일, 민영환은 고종과 2천만 동포에게 보내는 유서를 남기고 할복 자결을 결행했다.

결고동포(決告同胞): 동포에게 고함

오호라!

나라와 민족의 치욕이 여기까지 이르렀으니 백성들이 장차 생존경쟁의 가운데서 죽어 없어지리라. 대저 살기를 바라는 자는 반드시 죽고 죽기를 기약하는 자는 삶을 얻을 것이니 여러분들은 어찌 이를 헤아려보지 않으리오?

영환은 다만 한 번 죽음으로써 우러러 황제의 은혜에 보답하고 그것으로써 우리 이천만 동포들에게 사과하노라. 영환은 죽으나 죽지 아니하고 구천의 아래에서 여러분을 남몰래 도울 것이니 우리 동포형제는 더욱 분투노력하고 그 뜻과 기개를 굳건히 하여 학문에 부지런히 힘쓰며 마음을 굳게 가지고 죽을힘을 다하여 우리의 자주독립을 회복한다면 곧 죽은 나도 지하에서 당연히 기쁘게 웃으리라.

오호라!

조금도 실망하지 말지니 우리 대한제국 이천만 동포에게 이별을 고하노라.

구한말의 지사이자 절의의 시인인 매천 황현은 민영환의 순국 모습을 "칼이 워낙 작아서 한 번 찔러서 뜻을 이루지 못하자 피가 칼자루에 묻어 잘 쥐어지지 않으므로 배에 닦고 또 닦고 하여 남은 흔적이 있었다."라고 기록하고 있다.

민영환이 순국한 지 8개월 뒤인 1906년 7월, 그의 집에는 푸른 대나무, 이른바 혈죽이 솟아올랐다. 이 대나무는 그의 순절 당시 입었던 혈의(血衣)를 봉안해 둔 마루 틈에서 자란 것으로, 민영환의 피를 먹고 대나무가 솟았다 하여 이른바 혈죽사건으로 화제가 되었다. 대나무의 45개 잎사귀는 민영환이 순국할 때의 나이와 같은 숫자여서 더욱 신기하게 여겨졌다. 당황한 일제는 혈죽이 조작된 것처럼 만들기 위해 집주변에 대나무가 있는지를 면밀히 조사했으나 찾지 못했다. 일제는 혈죽을 뽑아버렸고, 옷을 고이 보관한 충정공의 부인이 1962년 고려대 박물관에 기증했다. 사람들은 그 사건을 충신 정몽주가 순절한 개성 선죽교의 대나무에 얽힌 전설과 비교하여 혈죽(血竹)이라 불렀다.

'생거진천 사거용인', 풀어서 말하자면 '살아서는 진천 죽어서는 용인'이라는 뜻인데 이 말은 추천석이라는 사람의 전설에서 기원하는 말이다. 하지만 지금은 '살아서도 용인 죽어서도 용인'이라는 의미로 '생거용인 사거용인'이라 말한다.

나는 용인에 와서 1998년 6월 '재용인영남향우회'에 가입하면서 용인의 사회단체에 처음으로 입회했다. 그리고 7월에는 '용인라이온스클럽'에 입회했고, 이후 지역사회의 많은 단체에 가입하였다.

세무사이면서 나는 용인대학교에서 겸임교수로 10여 년간 강의를 하였으며, 지역사회에서 지난 20여 년간 수많은 직책을 맡았다.

용인에서 만난 가장 존경하는 20세 많은 친구 박양학 이사장님과 함께 창립한 용인YMCA 부이사장, 용인신문사 회장, 용인시 특공무술협회 회장, 용인라이온스클럽 회장, 용인카네기 초대 총동문회장, 용인시시세심의 위원장, 용인지역세무사회 회장, 용인시 인재육성재단 이사, 용인대학교 경영대학원동문회장, 용인동부경찰서 보안협력위원회 위원장, 재용인영남향우회 회장, 용인의 자유총연맹 회장 외에도 여러 기관단체에서 여러 직책을 두루두루 역임하였거나 현재도 직책을 맡고 있다. 그러니 자연스럽게 정치를 할 거냐는 얘기도 들려오고, 심지어는 정치를 하라고 권유하는 사람들도 여전히 있다. 하지만 나는 나에게 많은 것을 안겨준 지역사회에 순수한 의미로 봉사하는 모습을 보여주고 싶다.

현재 '국가에 충성 지역에 봉사'라는 슬로건으로 용인의 자유총연맹 회장으로서 용인시계종주 탐사대를 조직하여 대략 240㎞ 거리의 가칭 '용인愛둘레길'을 조성하면서, 매월 시민들과 산행하고 있다. 역사적인 길이 완성되는 그 날을 생각하면 벅찬 감동과 희열이 밀려온다.

다음은 아름다운 용인의 미래를 꿈꾸며 2018년 봄 용인문화원에서 발간하는 〈용인의 창〉에 기고한 글이다.

계절의 변화는 인생의 선생입니다. 유난히도 추웠던 겨울이 가고 따스한 봄이 왔습니다. 벌과 나비처럼 사랑의 꽃을 찾아 나래를 펼치는 봄의 길목에서 이제는 겨울과 이별을 해야 합니다. 달력의 시간과 계절의 시간은 다릅니다. 달력의 한 해는 1월에 시작해서 12월로 끝나지만, 계절의 한 해는 봄에서 시작해 겨울로 끝이 납니다. 인디언의 달력으로 3월은 '어린 봄의 달', '죽은 나뭇가지에 새순 돋는 달'입니다. 봄의 정령이 다정하게 속삭이며 다가옵니다.

3월은 봄이 시작되는 달이고, 우리 민족의 3·1절은 봄의 첫날입니다. 1919년 3월 1일, 서울과 평양을 중심으로 6개 도시에서 대한독립 만세 운동이 시작되었고, 이어서 전국적으로 전개되어 삼천리금수강산을 뒤흔들었습니다. 용인에서는 3월 21일 원삼면의 좌전고개에서 만세운동이 들불처럼 타올랐습니다. 충절의 고장, 애국의 고장 용인에도 태극기 휘날리며 뜨거운 함성이 울려 퍼졌습니다.

3·1절에 원삼면의 '3대 독립운동가' 오희옥 지사의 보금자리 준공식에 다녀왔습니다. 가슴이 뭉클한 감동의 시간이었습니다. 용인에는 오희옥 지사 외에도 조국의 독립운동에 참여했던 수많은 자랑스러운 인사가 있었으니, 의열단에 가입해 항일 무장투쟁을 벌인 오산 남정각을 비롯하여 이한응, 여준, 김혁, 정철수 등입니다. 우리 용인은 독립운동가들의 항일 민족운동을 기리고 조명하여 호국 충절의 고장으로 창조적으로 계승·발전시켜 가야겠지요.

지난해 연말 저는 용인의 자유총연맹 회장에 취임하였습니다. 1969년에 창립된 용인의 자유총연맹이 50주년을 목전에 두고 와해된 현실에, 임기 중 100만 용인에 걸맞은 조직을 목표로, 이제 새로이 조직을 정비하고 힘차게 출범하였습니다. 배는 항구에 있을 때 가장 안전하지만, 항구에 머물기 위해 만들어진 게 아니기에 '국가에 충성! 지역에 봉사!'라는 슬로건으로 대 항해를 시작했습니다.

용인의 자유총연맹은 좌도 아니고 우도 아니고, 진보도 아니고 보수도 아닌, 오직 국가의 안보와 국민의 자유로 하나 되어 평화 통일을 지향하는 순수한 이념단체입니다. 저는 자유총연맹의 키워드를 안보, 통일, 국가의 번영과 자유, 행복, 국민의 통합이라는 6개로 정리해 보았습니다. 이를 위한 사업으로 안보교육, 안보견학, 통일선봉대 활동, 자유포럼, 자유수호 전진대회를 비롯한 각종 교육과 행사를 하고, 지역사회의 그늘진 곳을 찾아 봉사하는 사업을 해나갈 것입니다. 독자들께서는 지켜봐 주시고 참여해주시고 사랑해주시면 고맙겠습니다.

신념을 가진 사람들은 행복합니다. 용인애향가에서 우리는 포은 정몽주와 정암 조광조, 죽창 이시직, 학사 오달제, 충정공 민영환 등 청사에 길이 빛날 애국 충절의 화신들을 만납니다. 용인의 역사는 용인의 오늘을 비추는 용인의 창(窓)입니다. 단재 신채호는 〈조선혁명선언문〉에서 "자신의 진정한 역사를 모르는 민족에겐 미래는 없다."라고 외칩니다.

한 해의 계절이 열리는 봄의 문턱에서 '용인의 창'을 통하여 용인의 오늘을 비춰보고, 애국가와 용인애향가를 부르면서 아름다운 용인의 미래를 꿈꿔봅니다.

감사합니다.

한국자유총연맹 용인시지회

회장 김명돌

40. 필사즉생 필생즉사

내 인생에서 가장 후회하는 일이 하나 있다면, 30대의 어느 날 그때까지 써온 젊은 날의 일기를 찢어버린 일이다. 나는 수많은 불면의 밤에 눈물 젖은 일기를 썼다. 나의 일기는 사모곡이었고, 젊은 날의 슬픔과 번민의 기록이었다. 일기를 쓰면서 자기를 객관화하고, 때로는 내면의 깊이를 더하면서 정신적 괴로움을 극복하고자 했지만 때로는 일기를 보고 눈물 흘리며 아픈 기억을 더욱 더듬게 되었고 인생이 허무하게 다가오기도 했다.

그러던 어느 날 나는 일기에 마음을 담는 것이 두려워졌고, 결국 써왔던 20대부터의 일기를 모두 찢어버리고 말았다. 하지만 많은 세월이 지난 지금, 너무나 후회스럽다. 잘나고 즐거운 것이 내 인생이면, 못나고 아픈 것도 내 인생인데, 라는 아쉬움이 밀려온다.

세월이 흘러 요즘은 기록하기를 좋아한다. 특별한 일이 있거나 단상이 떠오를 때면 메모를 하고 기록을 한다. 다산 정약용은 강진 유배지에서 아들에게 보낸 편지에 "동트기 전에 일어나라. 기록하기를 좋아하라."라고 가르쳤다.

국보 제76호이며 2013년 유네스코 세계기록유산으로 등재된 충무공 이순신의 《난중일기》는 임진왜란 중에 충무공이 써 내려간 고난과 결단의 기록이다. 난중일기에 그려진 인간 이순신은 무패의 장수가 아닌 아들의 죽음에 오열하고 부하들의 궁핍한 사정에 기꺼이 옷을 벗어주는 평범한 한 인간이었다. 그 어렵고 힘든 전쟁 와중에도 난중일기를 남긴 충무공의 정신을 존경하면서 나는 글쓰기를 하는 중에 자신을 돌아보고 새로운 미래를 꿈꾸는 시간을 가지곤 했다.

《난중일기》는 충무공이 직접 초서로 작성한 것으로, 임진년(1592) 1월 1일부터 무술년(1598)년 11월 17일 최후의 죽음을 맞이할 때까지 7년 동안 임진왜란 당시에 몸소 전쟁을 체험하며 기록한 진중(陣中)일기다. 부득이 기록하지 못한 날도 있지만, 날짜마다 간지 및 날씨를 빠뜨리지 않고 틈나는 대로 적었다. 일기에는 충무공의 전반적인 활약상이 담겨 있는데, 가족과 관계된 일은 물론 상관과 장수 및 부하들 간의 갈등 문제를 비롯하여, 당시의 정치, 경제, 사회, 군사 등에 이르기까지 폭넓게 기록하고 있다. 또한 전쟁을 수행하며 느낀 심중의 변화와 무능한 조정에 대한 탄식과 민중에 대한 사랑, 국난 극복에 대한 염원 등을 서슴없이 드러내었다.

충무공이 무관 출신의 장수임에도 이러한 일기를 남길 수 있었던 것은 어려서부터 유학을 배워 문인적 기질도 뛰어났기 때문이다. 후대인들이 일기 문학작품 중에서 특히 《난중일기》를 세계기록유산으로 선정하면서까지 대표작으로 손꼽는 이유는 임진왜란 연구에서 빼놓을 수 없는 이순신의 유일한 저작이라는 사실에 더해, 작자 자신이 7년 동안 전쟁을 직접 체험하며 남긴 기록이라는 점을 더욱 중요하게 인식하기 때문이다. 임진년(1592) 1월 1일의 기록이다.

1일 맑음. 새벽에 아우 여필과 조카 봉, 맏아들 회가 와서 이야기했다. 다만 어머니를 떠나 두 번이나 남쪽에서 설을 쇠니 간절한 회한을 이길 수 없다. 병사(兵使)의 군관 이경신이 병마사의 편지와 설 선물, 그리고 장전(長箭), 편전(片箭) 등 여러 가지 선물을 가지고 와서 바쳤다.

그리고 난중일기 최후의 기록인 무술년(1598) 11월 17일의 기록이다.

17일. 어제 복병장 발포 만호 소계남과 당진포 만호 조효열 등이 왜의 중간 배 한 척이 군량을 가득 싣고 남해에서 바다를 건너는 것을 한산도 앞바다까지 추격하였다. 왜적은 한산도 기슭을 타고 육지로 올라가 달아났고, 포획한 왜선과 군량은 명나라 군사에게 빼앗기고 빈손으로 와서 보고했다.

난중일기가 여기에서 멈추는 것은 11월 18일 이순신 장군이 노량해전으로 출전했고 11월 19일 아침에 전사했기 때문이다. 그리고 11월 19일, 그날은 공교롭게도 이순신을 정읍 현감에서 전라좌수사로 파격적으로 천거한 서애 유성룡이 영의정에서 파직되어 고향 안동으로 낙향하는 날이기도 하다.

이순신은 고니시 유키나가가 주둔하고 있는 "순천의 왜교성을 치겠다."라면서 18일 조카 완에게 일기를 넘겨주며 "다시는 이 같은 것을 기록하는 자가 없었으면 좋겠구나."라고 했다. 그리고 "우리는 모두 죄인이다. 저 바다에 우리 전우를 묻었다. 우리는 죄인의 마음으로 전장으로 간다. 단 한 척의 배도, 단 한 명의 왜군도 살려 보내지 말라." 하고 배를 타고 가면서, "천지신명이시여, 적을 무찌른다면 저 노을 따라 오늘 죽는다 하더라도 여한이 없겠나이다.", "보이는가! 저 원혼들의 목소리가. 그들의 피가!"라고 외쳤다.

뇌물을 받고 일본으로 철군하는 왜군들에게 길을 내주자는 명나라 도독 진린에게 이순신은, "황명이 아니라 하늘의 명이라 해도 적에게 길을 내 줄 수는 없소."라고 했고, 그러한 이순신을 향해 진린은 "이순신은 장수 중의 장수다!"라고 했다. 진린은 "나는 불세출의 영웅 통제사 이순신을 살리고 싶다."라고도 했다. 400년이 지난 지금도 이순신과 진린의 후손들의 정은 여전히 이어지고 있다.

이순신은 1545년 3월 8일(양력 4월 28일) 서울 건천동에서 덕수 이씨 이정의 희신, 요신, 순신, 우신 4형제의 셋째 아들로 태어났다. 이순신이라는 그의 이름에서 '태평성대 요순시절을 만드는 데 일조하는 신하가 되라.'라는 아버지 이정의 꿈과 기대를 읽을 수 있다.

이순신은 8세 때 가난으로 궁핍해서 외가가 있는 아산으로 이사했고, 20세가 지날 무렵 보성군수 방진의 딸과 결혼했다. 22세에 무예수련을 시작했고 28세에 훈련원에서 무과를 치르다가 말에서 떨어져 다리를 다쳐 낙마했고, 32세에 무과에 급제하여 함경도의 동구비보에 권관으로 첫 벼슬을 시작했다. 1587년 43세에 녹둔도 둔전관을 겸하였으나 이일의 모함으로 파직, 백의종군했다. 1588년 44세에 집으로 돌아와 한거했다. 1589년 45세에 전라도 순찰사 이광의 군관이 되었고, 12월에 정읍 현감에 올랐다. 그리고 1591년 47세 2월에 류성룡의 천거를 통해 파격적으로 전라좌도수군절도사에 올라서 임진왜란을 준비했고, 다음 해인 1592년 4월, 48세에 임진왜란이 일어났다.

이순신은 23전 23승으로 전승을 했다. 이길 수 없는 싸움은 하지 않았다. 옥포해전은 임진왜란 최초의 해전이었고, 최초의 승전이었다. 옥포해전 이전의 이순신과 수군 장졸들은 해전 경험이 없었다. 적을 향해 돌격할 때 이순신은 실전 경험이 없는 장졸들을 향해 이렇게 말했다.

"너희는 경거망동하지 마라. 너희는 태산과 같이 진중하라."

이순신은 1593년 49세 8월에 삼도수군통제사가 되었다가 1597년 2월에 파직되었다. 1597년 2월 26일, 53세의 이순신은 한산도 통제영에서 체포되었고, 원균이 후임으로 임명되었다. 이순신은 서울로 압송되었으니, 죄목은 군공을 날조해서 임금을 기만하고 가토 기요마사의 머리를 잘라 오라는 조정의 기동 출격 명령에 응하지 않았다는 것이었다. 선조는 이렇게 말했다.

"이순신이 부산에 있는 왜적의 진영을 불태웠다고 조정에 허위보고를 하니, 이제 가토의 대가리를 들고 와도 이순신을 용서할 수 없다."

"이순신이 글자는 아는가? 이순신을 용서할 수 없다. 무장으로서 어찌 조정을 경멸히 여기는 마음을 품을 수 있는가?"

"이순신을 털끝만치도 용서해 줄 수 없다."

이순신을 압송하는 함거는 2월 26일 한산도를 떠나 3월 4일에 서울에 도착했다. 3월 13일, 선조는 비망기를 내려 일렀다.

"이순신의 죄는 용서할 수 없다. 마땅히 사형에 처할 것이로되, 이제 고문을 가하여 그 죄상을 알고자 하니 어떻게 처리함이 좋을

지 대신들에게 물어보라."

하지만 조정은 이순신의 혐의를 입증하지 못했고 정탁의 '신구차'로 이순신은 살아났다. 이순신은 한 차례 고문을 받고 4월 1일 출옥해서 백의종군을 시작했다. 4월 13일, 이순신은 백의종군의 남행길에 모친상을 당했다. 아들이 잡혀가자 여수에 살던 모친이 이순신을 만나러 오다가 배에서 사망한 것이다. 이 무렵, 1597년 4월 16일의 난중일기다.

영구를 상여에 싣고 집으로 돌아왔다. 비가 억수같이 쏟아졌다. 나는 기진맥진했다. 남쪽길이 바쁘니, 다만 부르짖으며 울었다. 어서 죽기를 바랐다.

7월 16일, 원균의 함대는 칠천량에서 참패했다. 조선 전함 3백 척 이상이 깨졌고, 삼도 수군은 전멸했다. 경상 해안 일대가 다시 적의 수중으로 들어갔다. 원균은 전사했다. 7월 23일, 조정은 백의종군하는 상중의 이순신을 다시 삼도수군통제사로 임명했다.

이순신은 다시 삼도수군통제사가 되었다. 12척의 배, 120여 명의 병사가 있었다. 선조는 다시 수군을 없애라 명했고, 이순신은 '미신불사 금신전선 상유십이(微臣不死 今臣戰船 尙有十二)'라는 글귀를 올리며 "미천한 신은 죽지 않았고 신에게는 아직 12척의 배가 있나이다."라고 상소했다. 그리고 9월 16일, 이순신은 명량해전에서 크게 이겼다. 이순신의 전선은 12척, 적은 330척의 대함대였다. 이 싸움은 정유재란의 국면 전체를 결정적으로 바꾸어 놓았다. 적은 더 이상 서해를 우회할 수 없게 되었다.

1598년 8월 도요토미 히데요시가 병으로 죽자 왜군에게 철군 명령이 내려졌다. 서둘러 돌아가려는 왜군은 이순신의 수군을 두려워하여, 명나라 장수들에게 뇌물을 주고 도망갈 길을 열어달라고 애원했다. 명나라 장수들은 싸움을 피하려고 하였지만 이순신은 달랐다.

1598년 11월 18일 밤 노량해전, 500여 척의 배가 노량 앞바다로 몰려들었다. 이순신과 진린이 이끄는 연합함대가 기습을 했고, 그때 달아나는 왜군의 함대에서 날아온 총알이 이순신의 왼쪽 가슴을 꿰뚫었다. 이순신의 맏아들 회와 조카 완, 장수들이 놀라 달려왔다. 이순신은 깃발을 조카 완에게 내밀며 조용히 말했다.

"자, 이것은 네가 맡아라. 그리고 방패로 내 앞을 가려라. 싸움이 끝날 때까지 내가 죽었다는 말을 하면 안 된다."

그 말을 끝으로, 이순신은 힘없이 머리를 떨어뜨렸다. 쉰네 살의 나이로 실로 위대한 생애를 마쳤다. 왜선은 겨우 50척만 살아서 돌아갔다. 전쟁 후 '죽어도 죽지 못하고 살아도 살 수 없다.'라고 생각한 이순신은 갑옷을 벗고 싸움으로써 결국 죽음을 택했다. 이순신의 죽음은 전투가 끝난 뒤에 알려졌다. 통곡이 바다를 덮었다. 이날 전쟁은 끝났다.

백성들은 "조선에는 나라를 호령하는 두 이 씨가 있다. 하나는 임금이요, 또 하나는 신하다. 전자는 백성들이 원망하고 후자는 백성들의 영웅이다."라고 했다.

대한민국 국민은 모두 성웅 이순신을 존경하고 사랑한다. 나 또한 그렇다. 이순신이 없었다면 오늘의 대한민국은 결코 존재할 수 없다. 이순신은 우리 민족에게 보내준 신의 축복이었다. 아버지 이정은 '이순신(李舜臣)'이라는 그 이름을 통해 이루고자 했던 소원을 이루었다.

나는 힘들고 어려울 때면 아산 현충사로 충무공을 만나러 갔다. 비가 오고 울적할 때면 현충사와 충무공의 무덤을 찾아가서 위로와 힘을 받고 돌아왔다. 때로는 충무공의 발자취를 찾아 한산도를 찾아가고, 거제도를 비롯한 전적지를 찾아갔다. 구례에서 하동, 순천에 이르는 100㎞가 넘는 '백의종군로'를 나 홀로 걷기도 했다. 자유총연맹 용인시 회장으로서 회원들을 인솔하여 '충무공의 발자취를 찾아' 한산도와 거제도 일대를 탐방하면서 충무공 해설사 역할을 하기도 했다. 한산도에서는 나라를 지키려는 장군의 애끓는 노래 〈한산도가〉가 들려왔다.

> 한산섬 달 밝은 밤에 수루에 홀로 앉아
> 큰 칼 옆에 차고 깊은 시름 하는 적에
> 어디서 일성호가는 남의 애를 끊나니

나에게는 꿈이 있다. 나는 2017년 시인으로, 수필가로 등단했으니, 이제 소설가로 등단하는 것. 나의 꿈은 존경하는 충무공을 주

인공으로 하는 대하 역사소설을 쓰는 것이다. 필사즉생 필생즉사(必死卽生 必生卽死)의 각오로 충무공의 발자취를 따라갈 결심이다.

41. 동트기 전에 일어나라!

2000년 여름, 막내 진교가 두 살 때인 그해 남해의 섬으로 여행을 떠났다. 가족과 함께 하는 일주일간의 여름 휴가였다. 땅끝마을 해남에서 첫날밤을 묵고, 다음 날 배를 타고 보길도를 들어갔다. 그리고 완도로 가서 다시 강진으로, 여수로, 거문도와 백도로 갔다. 그리고 고흥에서 배를 타고 소록도로 갔다. 마지막으로 가야산에 있는 합천 해인사에서 신선이 되어 사라진 고운 최치원을 만났다. 비가 억수같이 쏟아지는 날, 가야산 해인사 인근의 호텔에서 여행의 마지막 밤을 보내고 엄마가 계시는 안동으로 갔다.

막내아들 진교는 이제 막 돌이 지났음에도 장거리 자동차, 뱃길 여행을 아무 탈 없이 소화했다. 대단한 녀석이었다. 세 아들이 아직 어리고 즐거웠던 그때가 주마등처럼 스쳐 지나간다. 낭만이 있고 추억이 있던 우리 가족의 아름다운 섬 여행이었다.

당시 인기리에 방송을 마친 드라마 '허준'의 유배지 세트장을 둘러보았다. 초등학교 3학년이었던 진세는 드라마 허준의 주제곡을 좋아해서 여행 내내 테이프의 그 노래를 들려달라고 했다. 드라마 주제곡이 우리 가족의 섬 여행 주제곡이 되어버렸다.

그때 다산 정약용의 18년 유배지인 강진을 지나고 다산초당을 찾아갔다. 다산과의 인연이 시작되는 순간이었다. 강진만을 한눈에 굽어보는 만덕산 기슭에 자리한 다산초당은 다산 정약용이 강진 유배 18년 중 10여 년을 생활하며 《목민심서》, 《경세유표》 등

500여 권에 달하는 저술을 하고 제자들을 가르치면서 조선조 후기 실학을 집대성한, 위대한 업적을 이룬 곳이었다. 이후 다산은 이순신 장군과 더불어 내가 가장 존경하는 인물이 되었다.

다산 정약용(1762~1836)은 한자가 생긴 이래 가장 많은 저술을 남긴 대학자다. 산문이 15권, 여유당집 250권과 다산총서 246권 등 590권의 책을 썼으며 2,500여 수의 시를 남긴 탁월한 시인이고 애국·애민의 사상가였다. 한없이 외롭고 철저한 고독 속에서 헐벗고 굶주린 백성들을 위한 최고의 학자, 저술가로서 대작을 완성하였다.

서포 김만중이 남해로 유배를 가서 많은 저술을 남기고, 송강 정철이나 고산 윤선도가 그러했던 것처럼, 다산 정약용이 강진으로 유배를 가지 않고 벼슬자리에 있었다면 바쁜 공무로 인해 어찌 《목민심서》 등 불후의 명작을 기록할 수 있었을까.

정약용의 호인 '다산'은 유배지였던 귤동의 뒷산 이름이고, 당호인 여유당은 '겨울 냇물을 건너듯이 네 이웃을 두려워하라.'라는 뜻이다. 평균 한 달에 한 권 이상 저술을 하였는데, 오랜 저술 활동으로 엉덩이에 종창이 걷잡을 수 없이 번지자 그는 선 채로 선반 위에 필묵을 올려 두고 집필을 했다. 그래서 나는 독서를 할 때면 가끔 서서 독서를 하는 습관을 들였다. 다산은 제자들에게 항상 말했다.

"동트기 전에 일어나라! 기록하기를 좋아해라!"

정조의 총애를 한 몸에 받던 다산 정약용은 임금의 급작스런 죽음과 함께 나락의 길로 접어들었다. 순조 원년인 1801년 대비 김씨는 천주교 탄압을 위한 사학금령을 선포하였고, 300여 명이 죽어간 신유사옥이 일어났다. 형인 정약종, 매형인 이승훈 등 천주교 주축 인사들이 서소문 밖에서 목이 잘려 죽었고, 큰형인 정약전은 신지도로, 다산은 장기현으로 유배되었다. 8개월에 걸쳐 장기에서 고난의 유배 생활을 하던 중, 그해 가을에 조카인 황사영의 백서사건(帛書事件)이 일어났다. 제천의 배론 토굴에 도피 중이던 황사영이 중국에 있는 프랑스 선교사에게 비단에 써서 보내려던 편지가 발각되어 빚어진 옥사였다. 청국 황제가 조선 국왕에게 천주교도 박해 중지의 압력을 가하도록 선교사들이 개입해 달라는 청원이었다. 황사영은 체포되어 능지처참을 당하였고, 정약용과 정약전은 다시 체포되어 정약용은 강진으로, 정약전은 흑산도로 유배되었다.

당시 천주교를 박해한 가장 큰 이유는 부모의 제사를 지내지 않는 점과 사당을 없애기 때문에 인륜에 어긋난다는 점이었다. 유교가 뿌리박고 있던 사회통념으로는 너무나 타당한 이유였다. 가톨릭에서 오늘날 제사를 허용하는 것이나, 불교가 토착 민간신앙을 수용하면서 포교한 것을 비춰보면 안타까운 희생이라 할 수 있다.

이는 젊은 시절 나의 신앙생활에 있어서도 언제나 갈등의 뿌리가 되었다.

청나라 신부 주문모가 자수하여 천주교에 대한 교리를 설명하며 모든 죄가 자기에게 있으니, 자신에게 죄를 주고 나머지 신도들은 석방해 달라고 했으나 허사였다.

이때 오늘날 제천의 배론 성지에 숨어있던 황사영은 흰 비단에 백반으로 글씨를 써서(이것을 물에 넣으면 글씨가 나타난다) 청나라에 알려 도움을 청하려고 하다가 발각되었다. '황사영 백서사건'을 계기로 조정에서는 천주교도들이 서양 오랑캐의 힘을 끌어들여 나라를 망치려 한다고 해서 천주교에 대한 박해를 더욱 가중시켰다. 다산은 이때 천주교도로서 유배를 오게 된 것이다. 정약용은 동문 밖 밥집 노파의 호의로 골방을 하나 얻어 기거하며 처음 이삼 년 동안은 비극과 절망감 속에 술로 세월을 보냈다.

청년 시절 다산에게 가장 영향을 준 사람은 큰형수의 동생으로 사돈 관계인 8년 연상의 이벽이었다. 뛰어난 담론으로 천주교를 전파하던 이벽은 1785년 을사박해 때 15일간 방 안에서 기도와 명상을 하다가 탈진해서 죽었다. 중국에 가서 최초로 세례를 받은 이승훈은 다산의 매형이고, 최초의 천주교 교리 연구회장으로 순교한 정약종은 셋째 형이다. 정약용은 강진으로, 정약전은 흑산도로 귀양을 가는데 나주 율정점에서 눈물로 헤어진 두 형제는 살아생전에 다시 만나지 못하였다.

강진에서 해배되어 다시 율정을 지나던 정약용은 "살아서는 증오한 율정점이여! 문 앞에는 갈림길이 놓여 있었네."라는 시를 읊으며 형과 이별을 하고 다시 만나지 못하는 아픔의 눈물을 뿌렸다. 다산은 18년간의 긴 유배 생활을 하였고, 정약전은 유배지에서 한 많은 죽음을 맞이하였다.

18년간의 유배에서 풀려 마재로 돌아온 다산은 17년을 더 살다가 75세를 일기로 세상을 떠났으며 여유당 뒷산에 묻혔다. 다산의 생가에는 자택인 여유당과 다산기념관이 있다.

다산이 유배를 떠날 때 그의 두 아들 학연과 학유는 18세와 15세였다. 다산은 아들에게 편지를 보낼 때마다 '우리 같은 폐족일수록 책을 많이 읽어야 한다.'고 하며 '독서'와 '폐족'을 강조했다. 아버지의 유배로 벼슬길이 막힌 아들에게 훗날 기회가 왔을 때 잡을 수 있도록 미리 준비를 해두어야 한다는 절절함과 안타까움이었다. 다산이 유배를 와 있을 때 막내아들 농아가 홍역을 앓다가 마마로 죽었다. 그 이전에 자식 다섯을 이미 언 땅에 묻은 다산은 눈물로 어린 아들을 위해 글을 지었다.

"네가 세상에 왔다가 세상을 떠난 것이 겨우 세 해였는데, 나와 헤어져 지낸 것이 두 해가 된다. 사람이 60년을 산다 치면 40년을 아비와 헤어져 지낸 셈이니 슬퍼할 만하다. 네가 태어났을 때 내 근심이 깊었기에 네 이름을 '농(農)'으로 지었다만, 뒤에 집 형편이 나아지면 어찌 너를 농사나 지으며 살게 했겠느냐? 그래도 죽는 것보단 나았겠지. 내가 죽었더라면 장차 기쁘게 황령을 넘어 열소를 건넜을 테니. 나는 죽는 것이 사는 것보다 낫다. 그런데도 나는 멀쩡히 살아 있고, 사는 것이 죽는 것보다 나은 너는 죽었으니 내 마음대로 할 수 있는 것이 아니로구나. 내가 네 곁에 있었다 해도 꼭 살지는 못했을 것이다."

다산은 농아가 태어난 뒤 자신을 참소하고 시기하는 사람이 많은 것을 알고 칼날을 피하기 위해 처자식을 이끌고 은거했다. 아들 이름을 농(農)이라 지은 것은 어지러운 세상에서 글을 배워 우환을 만들지 말고 그저 농사꾼으로 사는 것이 좋겠다고 생각해서였다. 자식이 아비를 찾다 죽어도 가볼 수조차 없는 아비의 처지가 참담했던지, 죽었어야 할 사람은 자신이라고 했다. 고작 세 해를 살고 제 생일날 죽은 아들이 못내 가슴이 아팠던 아버지는, 뒤에 천연두 치료 방법을 정리한 《마과회통》이란 책을 지어 안타까움을 달래니 정말 절망을 극복하는 다산다운 방법이었다.

다산은 강진에서 병든 아내가 부친 시집올 때 입었던 낡은 치마 다섯 폭을 가위로 잘라 작은 첩을 만들어 두 아들에게 보내는 글을 썼다.

> "입에 들어가기만 하면 더러운 똥이 되고 말 음식을 위해 정력과 지혜를 소모하지 마라. 그것은 화장실에 충성을 바치는 일이다. 근면과 검소, 그리고 성실, 이것은 선비가 어떤 처지에 있더라도 결코 잊어서는 안 될 것이니라."

〈두 아들에게 보내는 훈계〉 중 일부이다. 아들에게 글을 쓴 다산은 시집간 외동딸에게도 그림을 그리고 글을 써서 보냈다. 다산은 자녀 교육에 가장 힘써야 할 시기(39세-57세)를 유배지에서 보냈다. 유배된 다산이 할 수 있는 자녀 교육은 편지였다. 다산이 자녀들에게 훈계한 내용은 먼저 문명세계(한양)를 떠나지 말 것, 독서에 힘쓸 것, 재물은 나눠 줄 것, 근(勤)과 검(儉) 이 두 글자를 유산으로 삼을 것 등이었다. 자녀들이 교육환경이나 정보습득에 유리한 서울을 떠나는 것은 가문의 재기를 도모할 기회조차 잃을 수 있다는 의미였다. 또한 "공부를 게을리하면 좋은 여자를 만날 수 없다. 혼삿길이 막혀 비천한 집안과 결혼해 물고기의 입술이나 강아지의 이마 몰골을 한 자식들이 태어난다면 집안은 끝장나고 만다. 이래도 학문을 게을리할 작정이냐."라고 한 직설적인 표현은 웃음과 함께

아버지로서의 인간적인 정을 느끼게 한다.

한때 '아침형 인간'이란 표현이 유행처럼 일어났던 때가 있었다. 나는 '동트기 전에 일어나라.'라는 다산의 명언이 습관이 되어, 날마다 홀로 맞이하는 새벽 시간이 매일 매일 황홀하게 다가온다. 어쩌다가 늦잠을 자면 서운해지기까지 한다. 아내는 그런 나에게 "좀 더 자요!"라고 하면서 잔소리를 한다. 시인이 〈동트기 전에 일어나라〉

고 노래한다.

새로운 생명이 잉태하듯
하루가 잉태하는
여명의 시각

동쪽 하늘이 밝아오고
하늘과 바다, 산하가
드디어 잠에서 깨어난다.

새로운 생명을 얻은 만물들이
또 하루를 시작하는 시각
동트는 아침은 아름답다

새벽은 신의 축복
아이들아
동트기 전에 일어나라

아리스토텔레스는 2,300년여 전에 이미 '동트기 전에 일어나는 게 좋다. 그런 버릇은 건강과 부, 지혜를 얻게 해준다.'라고 했으니, 이는 2천 년이 넘는 오래된 성공 비결이다. 동트기 전에 일어나면 시간의 축복이 다가오고, 그렇지 않으면 시간의 보복이 다가온다.

"아들들아, 동트기 전에 일어나라. 기록하기를 좋아해라."

42. 아버지의 편지 (1)

《내 아들아 너는 인생을 이렇게 살아라》는 18세기 영국의 정치가이자 문필가인 필립 체스터필드가 아들에게 보낸 편지를 엮은 세계적인 명저다. 우리 역사에도 퇴계 이황을 비롯하여 조선의 많은 선비들이 아들이나 손자들에게 편지를 썼다.

오래전, 새벽에 일어나면 계속해서 책을 읽을 것인지, 탄천에 나가서 달리기 등 아침 운동을 할 것인지, 회사가 있는 용인에서 골프 연습을 할 것인지를 두고 수시로 갈등을 겪었다. 그래서 10여 년 전 많은 시간을 필요로 하는 골프를 그만두었다. 퇴근하면 항상 아이들이 잠을 자고 있었기에 새벽에 용인으로 가면 세 아이들의 눈뜬 모습을 볼 수가 없었다. 그때 아이들에게 아침마다 쪽지로 편지를 쓰기 시작했다. 편지에는 사랑과 우정, 낭만이 있으며, 누군가에게 손으로 편지 쓰기는 오랫동안 해오던 습관이었다.

2012년의 가을, 아우 류경희의 아내가 경영하는 커피숍 '해밀'에서 옛 선비들이 시회(詩會)를 갖는 것처럼 친구들과 각자의 자녀들에게 편지를 써서 낭송하는 자리를 가졌다. 자녀들에게 공개 편지를 쓴다는 것, 이는 신선한 발상이었다. 인생의 무게가 더욱 느껴지는 깊어가는 가을밤, 딸 바보 류경희는 딸 수빈이에게 쓴 편지를 읽어갔다. 수빈이는 청산으로 가는 길(2), 안동에서 용인으로 가는 첫날 함께 걸은 기웅이의 동생이다.

사랑하는 딸 수빈에게.

'아빠 어디양? 아 빵? 어디냐고! 됐어. 흥이야. 앞으로 아빠하고 안 놀아줄 거야!'

이렇게 문자를 보내건만 대답 없는 아빠. 서운할 만도 한데도 금방 달려와 웃으며 조잘대는 우리 딸의 모습. 술 깨고 다음 날 문자를 보고 또 보며 한없이 미소 짓는 딸 바보인 아빠. 때론 의견이 다르다 하여 삐치고 토라지지만 5분도 안 돼 달려와 매달리고 웃으며 장난치는 나의 딸 수빈이. 수빈아! 아빠는 그런 네가 좋아서 오늘은 한 번도 해보지 않은 중요한 말 한마디를 할게.

수빈아, 사랑해. 나는 너의 그런 모습이 좋아. 수빈아! 가족의 구성원으로서 각자 해야 할 일이 무엇인지는 수빈이도 알지?

너는 꿈 많은 소녀. 먹고 싶은 것도 많고, 하고 싶은 것도 많은 소녀.

운동하자며 6시에 일어나 아빠를 깨우고, 같이 책 보자며 다가와 5분도 안 돼 코 고는 너의 모습에서 아빠는 한없는 기쁨과 내일의 희망을 발견하곤 한단다.

수빈아!

매사에 적극적이고 열심히 노력하는 수빈이의 모습을 보면 아빠는 하루 종일 힘이 난단다. 회사에서 힘들고 짜증 나는 일이 있으면 아빠는 너의 사진을 보며 마음을 가라앉히고 다시 생각하며 다짐한단다.

'우리에게는 가족이 있으니 더욱 더 열심히 웃으며 생활하자고.'

수빈아! 오늘 아빠가 수빈이에게 긍정적인 생각에 대해 이야기해볼까 한다. 아빠는 항상 모든 사물을 긍정적으로 바라보면 세상에 못 이룰 일이 없다고 생각한단다. 항상 긍정적으로 바라보면 남을 헐뜯고 짜증 내는 일이 없으므로 친구가 많아지고, 하루하루가 즐거우며, 나를 좋아하는 친구와 이웃이 많기에 내 꿈을 이루는데 많은 도움이 된다고 생각한단다. 그럼 수빈이의 긍정 점수는 몇 점일까?

아빠가 바라보는 수빈이의 긍정 점수는 당연 100점이지(아빠는 딸 바보니까).

긍정적인 사고는 다시 이야기하기로 하고, 아빠가 해야 할 일이 있어 이만 줄여야겠다.

수빈아!

우리가 하루하루를 살아가면서 목표를 세우고 열심히 살아가다 보면, 결과도 중요하지만 노력하고 땀 흘리는 과정도 중요하다는 거 잊지 말고 건강하고 즐겁게 생활하자.

사랑한다. 류수빈 회이팅!

그때 아이들에게 쓴 나의 공개 편지다.

아들들에게.

새벽 5시, 안동에서 칠흑 같은 어둠 속을 달려 분당 집에 도착했다. 어머니가 그리워 청산에 다녀오는 길이다. 어머니가 돌아가신 지도 벌써 두 달이 지나간다. 하지만 불쑥 생각이 나면 곁에 계시는 것만 같고, 이 세상에 안 계시다 생각하면 가슴이 아려온다. 새벽에는 가끔 눈물에 젖는다. 어머니와 아들의 정이니 누가 탓

하라. 어머니가 없는 하늘 아래 이제 우리가 가장 소중한 가족이 다. 가족은 인생의 가장 소중한 울타리다. 아무리 초라하고 허름할지라도 가족이 있는 그곳은 천국이다. 손때가 묻어나고, 추억이 묻어나고, 정을 나누는 그곳이 그립지 않을 이가 있을까.

먼저 진혁이, 진세, 진교에게 고맙다는 말부터 하고 싶다. 아버지의 아들로 이 세상에 태어나줘서. 그리고 오늘에 이르기까지 모두 대견하고 자랑스럽게 성장해줘서 참으로 고맙다.

불가에서는 사람으로 태어나는 것이 하늘의 별 따기만큼이나 어려운 '맹귀우목의 확률'이라고 한다. 전생의 인연인지는 모르겠지만, 사람으로 태어나면서도 아버지의 아들로 태어나 주었으니 얼마나 고마우냐. 사람으로 태어나는 것이 어려운데 사람으로 태어났으니 인생을 소중히 여겨야 할 것은 당연하고, 하물며 인연 중에도 최고의 인연인 부자지간의 인연이니 그보다 더 귀할 수가 없다. 신의 뜻이든 인간의 의지이든 우리 맺어진 인연, 이 세상 떠나는 날까지 소중히 여기고 사랑해야겠지. 그리고 이는 엄마와 너희 형제들 간에도 마찬가지다. 그래서 우리는 1촌이다! 먼저 큰아들 진혁이에게 주는 메시지다.

너는 내 장자다. 네가 이 세상에 태어나는 날부터 오늘에 이르기까지 항상 든든하고 흐뭇하다. 그래서 세 아들 중 너와의 추억이 가장 많다. '내리사랑'이라는 옛말은 막내와는 함께 산 날이 적으니까 사랑의 추억이 그만큼 적어서 더 많이 사랑한다는 말이겠지. 아들, 요즘 많이 힘이 들겠지. 하지만 20대에 열심히 공부해서 평생 좀 더 나은 생활을 할 수 있다면 투자할 만한 가치가 있는 것 아니겠느냐. 전쟁터에 나가자면 충분한 전투 훈련이 필요하듯이, 생의 정글에서 살아남으려면 보다 강한 힘을 가져야 한다. 이제 시작이다. 네 지경을 조금씩 확장해가면서 보다 큰 야망을 가지고 달려가라. 단순히 먹고 사는 문제가 아니라 이 세상에 태어나 한 시대를 살면서 보다 의미 있는 인생을 보내야 하지 않겠느냐? 피와 땀과 눈물이란 3대 액체 없이 무엇을 이룰 수 있겠는가. 아버지가 아들에게 하는 기대, 그것은 아버지의 품을 떠난 아들의 행복이다. 누군가에게 도움을 받는 자가 아닌 누군가에게 도움을 주는 인생을 살아야 한다. 많은 것을 가질수록 더 많이 베풀 수 있기에 힘을 기르고 유·무형의 소유를 늘려야 한다.

이태백은 인생은 소풍이라 하고, 신선이 하늘에서 귀양 와서 쉬어가는 한바탕 꿈이라고 한다. '아는 것보다는 좋아하는 것이 좋고, 좋아하는 것보다는 즐기는 것이 좋다.'는 공자의 '지호락'처럼, 좇아가거나 끌려가는 인생이기보다는 내 마음의 길을 가면서 보다 넓은 세상을 자유롭게 누비고 즐기며 날아다니는 멋이 남자다운 삶이 아니겠느냐. 가장 먼저 너 자신을 사랑하고, 족한 줄 아는 가운데 너에게 속한 사람들을 기쁘게 해주고, 생이 끝나는 날까지 사랑하고 지켜주어라. 머지않아 거친 세상에 나가서 땀 흘리며 열심히 살아갈 테지. 지치고 힘들면 언제라도 돌아오너라. 가족은 언제나 안식처이니 와서 편안히 휴식을 하고 재충전을 한 후 다시 생의 전선에 나가도록 해라. 사랑한다. 나의 큰아들!

(…중략…)

다음은 아버지로서 세 아들에게 당부의 말을 해야겠다. 이는 너희들과 생각의 차이가 있을 수 있겠지만, 아버지가 아들에게 인생의 가르침을 주는 것이니만큼 진지하게 들어라. 너희들에게 그런 아버지가 있다는 사실이 얼마나 고마우냐.

먼저, 인간관계를 소중히 여겨라. 부처는 '천상천하 유아독존'이라 하였지만, 인생에 있어서 독불장군은 없다. 사람들은 누구나 얽히고설킨 인간관계에서 사랑과 행복, 꿈과 야망을 이루며 살아간다. 그러니 인간관계를 소중히 여겨라. 인생 성공의 비결로 85%는 인간관계, 15%는 지식이라는 하버드대학의 조사도 있지만, 인간관계는 성공 여부를 떠나서 행복의 근간이다. 친구는 천 명도 부족하지만, 적은 한 명도 많다. 손톱 밑에 가시 하나만 있어도 불편하다. 이해관계가 다른 사람들 간에 적이 없을 수는 없지만, 노력해라. 그러기 위해서는 누구에게나 친절해야 한다. 친절은 예수의 사랑, 부처의 자비, 공자의 인을 한마디로 표현한 것이다. 특히 강한 자에게는 지나친 친절로 비굴하게 보이지 않도록 하고, 약한 자에게는 더욱 진심으로 친절해라. 친구는 가깝게, 적은 더 가깝게 친절해라.

좋은 친구를 사귀고 친구를 사귐에 있어 의리를 중히 여겨라. 약속은 지키고 믿음을 져버리지 마라. 깊은 사귐을 신중히 하고, 한 번 의를 맺으면 손해를 보더라도 변치 마라. 쉽게 사귀면 쉽게 헤어진다. 시간을 두고 관계를 가지면서 서로를 이해하는 가운데 의기가 투합되면 비로소 마음을 열고 깊은 뜻을 나누어라.

좋은 친구를 사귀자면 먼저 좋은 친구가 되어야 한다. 높은 산에 오르면 먼 곳의 높은 산을 볼 수 있다. 유유상종이라 하듯이 먼저 자신의 내공을 길러야 내공이 깊은 친구를 만날 수 있다. 그러니 젊은 날 안팎의 힘을 길러야 한다. 산고수장이라 했으니, 높은 산은 많은 흙을 품고, 긴 강물은 많은 지천을 받아들인다. 한 줌의 흙을 버리고 한 방울의 물을 무시해서는 높은 산을, 긴 강을 이룰 수 없다. 삼천식객을 거느린 맹상군의 계명구도의 고사를 기억해라.

특별한 인연을 특별하게 여겨라. 인간은 광활한 공간과 영원한 시간 속 한 점에 서 있는 존재다. 70억이 넘는 세계 인구 중에 만나고 스치는 인연이 얼마나 될까. 그중에서도 사람들은 일반적으로 혈연이나 학연, 지연이나 사연(社緣)을 소중히 여긴다. 세상 모두를 친구로 삼되 진정한 우정을 나눌 수 있는 특별한 친구를 가져라. 친구는 뜻이 통하고 마음이 통하고 꿈이 통하는 사람이다. 그래서 넓은 의미로 부모도, 형제도, 연인도, 그 누구도 친구가 될 수 있다. 그 가운데 부모와 형제, 그리고 배우자와 자녀는 가족이자 피로 맺어진 친구이니 특별히 더욱 소중히 여겨라. 가까운 사람과 우호적인 관계를 나누는 것은 타인과 좋은 관계를 맺는 출발점이다.

뭉치면 살고 흩어지면 죽는다는 시대 상황에 형제간의 우애를 소중히 생각했던 고대 스키타이의 왕이나, 세계 최대의 갑부 로스차일드 가문에 전해오는 화살 이야기가 있다. 형제를 모아놓고 각각 하나의 활을 부러뜨리게 하고, 점점 나아가 여러 개의 화살 뭉치를 한 번에 부러뜨리도록 했다. 하나의 화살은 쉽게 부러뜨리지만 화살 뭉치는 부러뜨릴 수 없다는 의미에서 형제의 단합을 강조하였다. 스키타이는 중앙아시아를 지배하며 번영하였고, 로스차일드 가문은 오늘날 전 세계를 쥐락펴락 할 수 있는 돈과 힘을 가지고 있다.

아버지 인생의 가장 아프고 충격적인 일은 너희의 작은 아버지가 갑자기 세상을 떠난 것이었다. 가장 사랑했던 할머니와의 슬픈 이별은 자연의 섭리이지만, 예기치 못했던 아우와의 이별은 준비되지 않았기에 회한이 많았다. 너희들은 형제간, 사촌 간에도, 특히 나현이와 진철이에게 마음을 많이 쓰도록 해라.

시간을 소중히 여겨라. 인생이 얼마나 되겠느냐. 젊은 시절은 황금 같은 날들이다. 나는 스물한 살에 공무원 생활을 시작하여 지금 너희 나이에는 이미 사회인이었다. 그때가 엊그제같이 기억에 생경한데, 너희들이 장성하여 벌써 그 나이가 되었다. 그리고 다시 그 시간만큼 지나면 내 나이는 80세가 넘어서 노인이 되어 있겠지.

세월은 흐르는 물과 같고 활시위를 떠난 쏜 화살처럼 지나간다는 말이 실감이 난다. 살인범의 누명을 쓴 빠삐용의 죄는 '인생을 허비한 죄'라는 유명한 말이 있지 않느냐. 피터 드러커의 말처럼 시간을 관리해라. 산다는 것은 생을 마감하고 죽음으로 간다는 것을 의미한다. 특히 자투리 시간을 허비하지 말고 아껴라.

책을 많이 읽고 여행을 많이 해라. 중국 격언에 '독만권서 행만리로 교만인우'라고 했다. '군자는 삼만 권의 책을 읽고 삼만 리를 여행해야 한다.'고도 했다. 여행이 직접적인 체험을 통해 지식을 얻는다면, 독서는 간접적인 방법이다. "세상은 넓고 할 일은 많은데 언제 책을 읽고 언제 여행을 다니는가?" 할 수도 있겠지만, 주어진 여건에서 우선순위를 조절해서라도 실천해야 한다. 다산 정약용은 제자 황상에게 삼근계를 주었다. 공부에 있어 황상이 자신이 아둔하다고 하자 다산은 '부지런하고, 부지런하고, 또 부지런하라.'라고 가르쳤다. '큰 부자는 하늘이 내고 작은 부자는 부지런함이 낸다.'는 옛말처럼, 결국 그만큼 부지런하고 또 부지런해야 가능한 일이 아니겠느냐.

독서는 어떤 책을 읽느냐가 중요한 만큼, 책을 선택하는데도 신중해야 한다. 역사책은 반드시 읽도록 해라. 역사는 많은 것을 가르쳐준다. 국사는 물론 세계사를 읽어서 세계를 보는 안목을 넓히고 시대의 흐름을 이해할 수 있어야 한다. 또한 문학 서적을 가까이하되 동서양의 시와 고전을 읽도록 해라. 책을 읽지 않고 지성인으로 한 시대를 산다는 것은 어불성설이다. 우물 안 개구리나 요동의 흰 돼지가 되지 않도록 해라.

백문이 불여일견이라고 했다. 여행은 세상의 학교요, 몸으로 배우는 책이다. 국내는 물론 세계를 다녀보아야 한다. 시간이 주어지지 않으면 먼저 국내의 문화유산, 자연유산을 먼저 다니도록 해라. 특히 산과 강과 바다는 우리 민족의 젖줄이자 혈맥이니만큼 체득해라. 국토를 아는 것이 곧 애국하는 길이요, 향토를 아는 길이 애향하는 길이다. 또한 여행은 일상에서 벗어나 뿌리와 존재의 의미를 깊이 사색할 수 있는 기회이니 만큼, 단순히 지식이나 유희가 아닌 테마를 갖도록 해라.

규칙적으로 운동해라. 마하트마 간디는 "인간의 첫째 의무는 자기의 심신을 강건하게 하는 것이다."라고 했다. 몸은 정신의 그릇이다. 건전한 육체에 건전한 정신이 깃든다. 땀을 흘리면 육체도, 정신도, 인생도 맑고 건강해진다. 때로는 육체적인 한계를 경험하도록 치열하게 해라. 특히 마라톤 인생을 달리려면 지구력이 있어야 한다. 마라톤이나 등산 등 심폐기능을 강화하는 운동을 해라. 건강한 몸은 부모가 준 최고의 선물이다. 헛되이 상하게 하지 마라. 아버지는 20대 초반부터 아침 조깅을 하고 등산을 다녔는데, 인생의 최고의 습관이 되었다. 당시에는 조깅을 하고 등산을 하는 사람이 많지 않았다. 아버지의 좋은 습관을 아들에게 유산으로 물려주고 싶다. 어스름한 새벽 미명, 아침의 태양이 세상을 밝혀주고 만물에게 생명의 기운을 불어넣을 때 이마에 땀을 흘리며 육신을 단련시키고 영혼을 세척하면서 달리기와 빠른 걸음으로 몸과 마음의 근육을 만들어가는 자신을 상상해봐라.

이제는 마무리를 해야겠다. 눈보라 비바람이 몰아치는 험한 세상으로 나아가는 아들들아.

때로는 따뜻한 햇살이 너를 비추겠지만, 세상은 끊임없이 너희들을 외롭고 지치게 만들 것이요, 네 뜻을 저버릴 것이다. 하지만 그 때, 너희들은 기억해라. 너의 가족과 너의 집은 네가 언제라도 돌아와 다시 세상으로 나아가기 위해 충전할 수 있는 안식처라는 것을.

노벨상을 받은 사람들의 공통점 두 가지는 독서와 긍정적인 사고라고 한다. 그러니 언제나 좋은 생각을 해라. 좋은 생각은 좋은 말을 낳고 좋은 말은 좋은 행동을 낳고 이는 좋은 습관이 되어 좋은 신념을 갖게 한다. 좋은 신념은 좋은 인격을 낳고 좋은 인격은 좋은 운명을 만들어 준다. 결국 운명은 좋은 생각에서 창조되는 우주의 기운이다. 하늘은 스스로 돕는 자를 돕는다. 좋은 생각은 너희들을 도울 것이다.

아들아, 우리 모두에게 보이지 않는 손길, 신의 가호가 있기를. 그래서 행복하기를 빌며 이만 마친다.

2012년 10월 20일 토요일 새벽

서재에서 아버지가.

43. 아버지의 편지 (2)

여름날 해 질 무렵 분당의 탄천에서 운동을 할 때면 하루살이들이 군무를 이루며 날아다니는 것을 자주 볼 수 있다. 사람들이 그 속을 휘젓고 다녀도 그 떼가 흩어지지 않는다. 하루살이가 떼를 지어 하늘을 나는 이유는 짝짓기를 위해서다. 오랜 세월 동안 땅속이나 물속에서 포식자를 피할 수 없었던 하루살이는 하늘을 택했다. 공중에서는 짝짓기 상대도 쉽게 만날 수 있었다.

수컷 하루살이는 입이 없다. 짧은 생애 동안 암컷을 찾고 자식을 이어가기 위해 먹는 것도 포기했기 때문에 퇴화한 것이다. 그렇게 하루살이들은 3억 3천만 년을 살아왔다. 보잘것없는 하루살이가 지구상에서 가장 오래된 날개 구조를 갖춘 장수 곤충이 된 것은 두 가지 때문이다. 하나는 떼를 이루고 살았기 때문이요, 다음으로 하늘이라는 번식장소를 찾았기 때문이다. '가족'은 하늘에서 번식하며 떼를 이루어 살아가는 소중한 인연들을 일컫는 아름다운 이름이다.

2003년 겨울방학 때 캐나다로 어학연수를 가는 큰아들 진혁이(14세)와 진세(12세)에게 쓴 편지다.

걸봉-비행기 이륙 후 한숨 잔 뒤에 읽기

잠시 곁을 떠나가는 진혁이, 진세에게.

우선 너희들이 많이, 그리고 건강하게 자랐다는 사실이 너무나 고맙다. 아빠의 관심 밖에서는 스스로 일어설 수 없을 것만 같았던 큰아들. 그러나 너무나, 너무나 멋있게 잘 자라 주었다. 꼴통 같이 고집스러우면서 자기 신념을 보여주던 둘째 아들. 이제는 너무 의젓하다. 오늘을 있게 해주신 하느님께 감사한다.

이제 너희들은 너희들의 넓은 세계를 찾아 잠시 모험을 떠난다. 처음으로 맞는 이국의 여러 환경, 언어, 문화, 사람들과의 관계, 미지에 대한 두려움, 이러한 것들이 가깝게 다가올 것이고, 너희들은 적응하고 극복해야 할 것이다.

도전하는 자만이 승리의 기쁨을 맛볼 수 있다. 성공도 실패도, 기쁨도 슬픔도, 사랑도 미움도, 모두 삶의 한 부분이다. 오늘 앞에 있는 현실 또한 너희들에게 소중한 경험과 지식을 줄 수 있는 삶의 한 부분인 것이다. 어려움도 두려움도, 외로움도, 그리움도 슬기롭게 헤쳐나가야지. 형제애를 나누면서.

어릴 적 아빠는 가슴속 깊은 곳에 꿈이 많았다. 꿈을 이루면서 살아가고픈 것이 희망이지만, 어른이 되어가면서 변하고 대부분 포기하는 것이 인생이다. 때로는 더 멋있게, 때로는 서글프게 말이야. 아빠 역시 이룬 것도 있고 포기한 것도 있다. 그리고 아직까지도 어른으로서의 소박한 꿈을 가지고 행복을 추구하며 살아간다.

두 아들은 부모님의 옛이야기를 많이 들었을 것이다. 그것은 너희에게 한 인간의 역사를 통하여 너희의 미래를 바라보라는 아빠의 마음이었다. 이제 넓은 하늘, 새로운 하늘, 신세계 북아메리카 대륙을 향해 날아가면서, 처음으로 부모의 품을 떠나 멀리멀리 여행을 하면서, 과거 가난에서 벗어나기 위해 이민을 떠난 사람들의 마음을 생각해 보면서, 시골 마을을 떠나 도시에 정착하는 도시의 촌놈들을 생각해 보면서, 너희의 내일을 잠시나마 생각해 보기 바란다.

이 글을 쓰고 있는 지금 거실에서 너희 세 아들이 장난을 치는구나. 엄마의 잔소리 나기 전에 빨리 목욕 가자.

우리 네 남자와 너희 엄마 파이팅!
형과 동생, 진혁이 진세, 형제애를 느끼는...

가는 날 아침 아빠가
2003년 1월 9일

2013년 군 복무 중인 둘째 아들 진세의 편지에 보내는 아버지의 답장이다.

아들 진세에게.

어스름한 새벽 미명, 오늘도 율동공원으로 가서 달리기로 하루를 시작한다. 날이 밝아오고 저수지에는 산 그림자, 예배당의 그림자, 새들의 울음소리, 가벼운 바람결에 사람들도 하나둘 밀려온다. 세상을 밝혀주고 만물에게 생명의 기운을 불어넣어 주는 태양이 동쪽 산 너머에서 떠오르면 몸이 불편한데도 매일같이 나오는 할아버지, 할머니, 남녀노소 인간군상이 역동적인 하루를 맞이하기 위해 운동을 나온다. 나 역시 그중 한 사람으로 육신의 건강은 물론 경건히 기도하는 마음으로 묵상을 하며 이마에 땀을 흘린다. 마라톤과 빠른 걸음이 몸을 단련시키는 순간 또 한날의 삶에 감사하며 소중한 사람들, 해야 할 일들을 생각하며 마음을 정화시킨다. 그러면 집으로 돌아오는 발걸음은 참으로 가볍다.

어제는 늦은 밤 책상 위에 놓여 있는 진세에게서 온 편지를 읽어보고 몹시 기뻤다. 너무나 대견하고 의젓한 내 아들. 모두 나를 닮았다고 하는 네가 진정 이제 나를 닮은 마음의 이야기를 하는구나, 하는 미묘한 희열을 느꼈다. '사회를 배울 수 있는 장', '인생의 축소판', '새옹지마의 교훈', '가족은 고향' 등 사용하는 편지의 단어가 멋있게 장성한 네 모습을 보여준다. 그리고 "어떠한 상황에서도 웃고 지내며, 그래서 세상이 절 보고 함박웃음을 짓는 모습을 보여 드리겠습니다. (…중략…) 건강한 군 생활 만들어 가겠습니다."라는 너의 말에 아버지는 감동했다.

진세야, 군 생활하는 아들에게 오늘은 평소 내 생각과 철학을 잠시 얘기해볼게. 세무법인 靑山의 사훈은 '日新又日新'이다. 끊임없이 향하가 아닌 향상하는 새로운 변화를 추구하는 것이다. 바깥 세상의 도전과 나의 응전, 나의 도전과 외부세계의 응전 속에 나날이 새롭고, 나날이 강성하고, 나날이 성숙하자는 다짐이요 결의다.

'나는 생각한다. 그래서 나는 존재한다.'는 데카르트의 말이 아니더라도 나는 생각한다. 내가 무슨 생각을 하느냐가 내 인생을, 내 운명을 좌우한다고 믿기 때문에 나는 생각한다. 내가 생각하면서 살지 않으면 남의 생각대로 살아야 한다. 부정적인 생각을 하면서 슬퍼할 때도 있지만, 가능한 한 긍정적인 생각을 한다. 그리고 나는 선택한다. 물론 그 선택이 최선이 아닌 때도 있다. 하지만 그 길 또한 나의 길이요, 내 마음이 깃든 길이요, 나의 삶의 길이다.

살다 보면 내 의지와 관계없이 주어진 환경에 적응하며 살아야 할 때도 있다. 인생이란 것 자체가 내 의지와 상관없이 이 땅에 태어나서 살아가는 것이 아닌가. 환경에 적응하는 자만이 살아남는다. 그래서 적자생존이라 한다. 인생에도 보이지 않는, 때로는 눈에 보이는 약육강식이란 정글의 법칙이 존재한다. 그래서 적응하고 또 강해져야 한다. 그러나 내가 아무리 강하고 선하고 완벽하게 예비한다고 할지라도 '보이지 않는 운명의 손'이 삶을 흔들고 예기치 못한 방향으로 끌고 갈 때도 있다. 그래서 인생은 겸손해야 한다. 특히 어려운 일, 고난과 역경 앞에서 침묵하며 겸허히 자신을 돌아보고 삶의 진수를 배우고 깨닫는다.

세월은 기다려주지 않지만, 그렇기에 오히려 세월은 기다림의 지혜를 준다. '이것 또한 지나가리라.' 하는 어느 페르시아 왕의 이야기처럼 기쁨도 슬픔도 모든 것은 지나가고 길흉화복, 흥망성쇠는 순환한다. 그러므로 좋다고 너무 좋아하지 말고, 힘들다고 너무 힘들어하지 말아야 한다. 역경이 지나면 순경이, 순경이 지나면 역경이 오는 법. 역경과 고난은 더욱 더 큰 그릇을 만들어 주는 도구다. 마치 1,300도의 불구덩이에서 흙이 훌륭한 도자기가 되듯이 말이야.

때를 기다리면 언젠가는 자신의 꿈을 펼칠 수 있는 그 날이 오는 법이니 성급하지 않게 기다리는 것 또한 열심히 달리는 것만큼 소중하다. 항우와 유방의 초한전에 나오는 '배수진', '토사구팽'의 고사로 유명한 한나라의 대장군 한신이 젊은 날 장터에서 불량배의 가랑이 사이를 기어간 '과하지욕', '한신출과하'의 고사는 후세에게 많은 교훈을 준다. 체격이 크다고 체력이 좋은 것은 아니듯이 지식이 많다고 해서 지혜가 뛰어난 것은 아니다. 지혜는 경험과 지식의 적절한 활용이라 할 수 있는 만큼, 인생에 있어서 경험은 참으로 소중하다. 그래서 '집안에 노인이 없으면 빌리라.'라는 속담이 있을 정도니 인생의 경륜은 아름답다.

진세야, 엄마가 너를 걱정하며 이따금 "진세가 힘들어하는 것 같다."라고 하면 나는 "군 생활 다 그렇지 뭐. 힘 안 드는 게 어디 있어?"라고 한다. 그러면 엄마는 나를 흘긴다. 너를 훈련소 입소시키고 강당에서 돌아 나오며 "둘째라서 괜찮지?"라고 했더니 "둘째라고 괜찮은 게 어디 있어요." 하면서 결국 울고 말더라. 한없이 약해 보이는 여자인데도 너희들 일에는 제 몸도 아끼지 않는 것을 보면 '여자는 약해도 어머니는 강하다.'라는 말이 그르지는 않는가보다. 살아가는 날 동안 엄마에게 잘해드려라.

진혁이와 진세, 진교 너희 삼 형제가 함께 있는 것을 보면 언제나 흐뭇하다. 모두 대견하고 자랑스럽게 성장해줘서 참으로 고맙다. 모두 자신의 인생을 잘 가꾸어 갔으면 하는 바람으로 기도한다. 한편, 네 방에 있는 책들을 보니 내 모르는 지식의 세계를 너는 공부하고 있다. 너희들이 어릴 때는 내가 커 보였을 텐데, 장성하면서 내가 작아 보일까 염려된다. 하지만 그것이 세상 이치이니 너무 무시하지 마라.

사랑하는 내 아들 진세야.

이제 산에도 거리에도 낙엽이 지고 설악산에는 눈이 왔다는 뉴스도 들려오는 겨울의 문턱이다. 건강 조심해라. '피할 수 없는 고통은 즐겨라.'라는 말처럼 추위에 움츠리지 말고 당당히 맞서라. 옷 껴입고 추운 겨울밤에 서는 경계 근무를 상상의 나래를 펼치는, 과거와 미래, 그 위에 존재하는 현재의 시간여행이라 생각하고 만끽해라. 백두대간 종주를 하면서 한겨울의 눈보라와 추위가 있어서 더욱 추억이 있고 우정이 있고 감동이 있었다. 고통에도 모두 신의 섭리가 있고 뜻이 있다. 모두 너를 단련시키는 귀한 선물이라 여기고 잘 지내라. 아버지도 이제 출근해야겠다.

아들 진세, 안녕.

막내아들 수능 시험 전날 밤의 메모다.

수능을 앞둔 막내아들, 그리고 오늘 나에게.

2017년 11월 13일, 지금이 밤 11시니까 금방 12시가 넘어 날이 바뀌리라. 12시 40분까지 습관적으로 공부하던 수험생 막내가 10시가 갓 넘었는데 불을 끄고 누웠다. 긴장하는가 보다. 걱정? 일상?

"아들아! 먼 길 고생하고 애썼다. 네 꿈이 이루어지길 바란다!"

비가 온다. 빗소리가 운율을 맞춘다. 내 아들 잘 자라라고. 하늘이 평온한 기운을 쏟아붓는다. 운칠기삼이라, 내가 기도하고 운명의 신이 도와주지 않으면 먼 길 돌아가야 하는데, 백척간두에서 덕분에 살아남았다.

2019년 4월 논산 훈련소에서 입소하는 막내에게 현장에서 쓴 아버지의 편지다.

사랑하는 막내아들 진교!

국토방위의 명을 받고 방금 입영한 너에게 먼저 축하의 말을 전한다. 유년 시절 허약했던 아들이 늠름하게 성장하여 체육대학에 입학하고, 나아가 국토 최동단 독도경비대로 군 복무를 위해 입영하니 아버지는 네가 자랑스럽고 기쁜 마음을 금할 수가 없다. 엊그제, "자랑스러운 독도경비대의 자긍심을 가지고 인생의 멋지고 유익한 추억의 시간을 보내고 건강하게 돌아오라."라고 했지. 그 말 잊지 마라.

너의 독도 경비대 생활은 다케시마라 부르며 영토 야욕을 버리지 않는 일본과 미국, 중국, 러시아 등 주변 강대국들과의 국제관계를 주시하면서 조국 대한민국에 대한 애국심과 충성심을 함양하고, 동해바다의 외로운 섬에서 부모 형제, 친지들과의 사랑과 정을 다시 한번 깨닫고 느끼며 성숙한 한 인간으로 세상을 살아가기 위한 역사적인 새로운 시작이다. 언제나 즐거운 마음으로, 함께하는 선후배 동료들과는 물론 낮에 태양과 밤에는 달과 별들, 하늘과 바다와 파도와 갈매기 등 많은 친구와 더불어 울릉도에서, 독도에서 항상 건강하기를 바란다.

세 아들을 군대에 보내며 자랑스러워하는 아버지가!
- 진교 파이팅! 엄마, 울었다!

2019년 4월 18일

44. 나는 아버지다

유대인들에게 있어 지식을 전하는 스승은 대단히 중요시된다. 유대 가정에서는 아이들에게 아버지가 탈무드를 가르친다. 그래서 아버지는 아이들에게 최초의 스승이기도 하다. 헤브라이어로 아버지는 스승이라는 의미다.

황희 정승의 둘째 아들 수신은 기생에게 반해 밤낮없이 술에 취해 살았다. 하루는 황희가 점잖게 타일렀다.

"요즘 학문을 멀리하고 지나치게 술을 마시는 것 같구나. 그만 자제하거라."

그러나 수신은 변함없이 매일 술에 취해 들어왔다. 그러던 어느 날, 비틀거리며 대문을 들어서던 수신은 깜짝 놀랐다.

"이제 오십니까?"

대문간에서 황희가 관복을 입고 절을 하며 맞이했다. 수신은 어쩔 바를 몰랐다.

"아이쿠! 아버님, 왜 이러십니까?"

"손님이 오면 주인이 의당 의관을 반듯하게 하고 맞이해야지요."

수신은 펄쩍 뛰었다.

"아이고! 자식더러 손님이라니요?"

"아비의 도리로서 방탕한 자식을 타일렀으나 자식이 받아주지 않으니 이는 아비로 여기지 않음이다. 그러니 내 마땅히 손님으로 예우할밖에."

수신은 무릎을 꿇었다.

"제가 잘못했습니다, 아버님. 다시는 기방에 가지 않고 술에 취하지도 않겠습니다."

그 후 수신은 학문에 정진하여 대를 이어 정승에 올랐다. 자식 교육에 있어 회초리나 몽둥이보다 무엇이 효과적인지를 몸으로 보여준 이야기다. '세종 같은 임금에 황희 같은 정승'이라며 칭송을 받는 황희 정승의 멋있는 자녀 교육은 시대를 초월해 오늘날의 아버지들이 배워야 할 귀감이다.

새벽 세 시가 넘은 시간, 인터폰이 울린다. 잠결에 일어나 인터폰을 받으니 고장인지 연결이 안 된다. '경비실일 텐데 이 시간 웬일일까?' 생각하며 둘째 진세의 방을 열어보니 아직 들어오지 않았다. 순간 스쳐 가는 직감이 있어 돈을 들고 경비실로 내려가니 택시 안에서 아들은 술에 취해 기대고 앉아 있었다. 택시 기사에게 잘 데려다주어 고맙다고 인사를 하고 아들을 집으로 데리고 올라갔다. 걸음이 비틀비틀, 몸도 제대로 가누지 못했다.

다음 날,

"너 어제 일 기억나니?"

"예. 서울에서 친척 형들하고 한잔하고 택시를 탄 기억은 나는데 그 뒤로는 잘 모르겠고, 도착해서 아버지가 저와 함께 들어온 기억은 희미하게 나요."

"너를 맞이하는 내 모습이 어떠했을 것 같나?"

"아마, 한심해하셨을 것 같아요."

"아니야, 웃음이 났어. 드디어 너도 다 커서 술 먹고 택시 타고 집에 와서 부모한테 택시비 가지고 내려오라 하는구나, 생각하니 한편으론 대견했어. 그래서 택시 기사에게도, 경비아저씨에게도 고맙다고 웃으며 인사했지."

"…사실 주머니에 돈은 있었는데 정신이 없었어요."

"너도, 군에 간 네 형도 멀리 서울까지 학교에 다니니 내가 너희들에게 가장 강조한 말이 무엇인지 기억하나?"

"예. 안전이요. 그런데 술이 많이 취했으면 형들이 다른 조치를 했을 텐데 차를 탈 때까지는 괜찮았어요."

"술은 한순간에 취할 수도 있는 거야. 핸드폰도 잃어버리고, 지금 기분은 어때?"

"쑥스럽지요. 다시는 이런 일이 없도록 조심하겠습니다."

"그래, 술 먹고 취할 수 있다. 하지만 정신을 잃어버리면 안 되는 거야. 조심해라."

"예."

대학 일학년생 아들과 아버지, 우리는 웃으며 따뜻한 눈길을 주고받았다. '옥불탁(玉不琢)이면 불성기(不成器)'라 했다. 자식을 두고서 잘 가르치지 않으면 버리는 것과 같고, 제아무리 귀한 옥이라도 다듬지 않으면 쓸모가 없다.

진혁이가 교환학생으로 미국을 다녀온 후 둘째 진세도 교환학생으로 가기를 원했다. 매사가 치밀하고 적극적인 진세는 불편한 상황을 타개하기 위해 스스로 해결 방안을 모색하고 치유하면서 잘 적응했다. 진혁이가 상황을 받아들이고 적응하는 자세라면, 진세는 적극적으로 개선하려는 모습이었다. 자연히 아내는 진혁이보다는 진세의 뒷바라지에 더 많은 노력을 기울여야 했다.

두 아들을 낯선 이국땅에 보내 언어에서부터 공부는 물론 살아남기 위해 생각하고 행동해야 하는 적자생존의 법칙을 경험하게 한 것이 교환학생으로 보낸 유익이었다. 아이들은 스스로도 영어를 극복한 것은 물론 선진 세계에서 보고 느낀 시간을 긍정적으로 평가한다. 염려스런 마음이 있었지만, 어차피 그늘을 떠나야 할 아이들에게 자립심을 키워주고, 떨어져 있음으로 해서 가족을 그리워하는 애틋한 마음을 느낄 수 있도록 했다는데 또 다른 의미가 있었다. 보고 싶은 사람은 언제나 곁에 두고 보고 싶을 때 실컷 보아야 한다는 게 평소 지론이었지만, '자식 이기는 부모 없다.'는 말이 틀리지 않다는 것을 깨달았다.

나는 아들들에게 글을 가르치기보다는 대화를 많이 했다. 우리는 친구였다. 하지만 야단을 아끼지 않았다. 제 새끼 귀엽지 않은 부모가 누가 있겠는가마는 '고운 놈 매 하나 더한다.'고 했다. '나무도 크게 자라려면 잔가지를 친다'는데, 사람도 다를 게 없다. 친구처럼 다정하게 지내다가도 한 번 화를 낼 때는 엄한 아버지가 되었다. 체벌은 주로 '엎드려뻗쳐'와 '무릎 꿇고 팔 들기'였다. '원산폭격'은 가혹하다는 생각이 들어 폐지했다. 벌을 줄 때면 아버지로서 잘못 가르쳤다며 나도 함께 벌을 섰다. 중학생이 된 이후에는 아이들도 스스로 제 할 일을 했고, 훈계를 할 일이 있어도 체벌은 중지했다.

돌아보면, 아이들의 어린 시절이 아버지로서 가장 행복한 한 때였다. 진혁이, 진세와는 어릴 때부터 함께 이웃의 학교 운동장에 가서 축구하고 많이 뛰어놀았다. 주말이면 아이들의 친구들까지 모아서 함께 축구 시합을 하고, 때로는 운동장에서 자장면을 주문해 먹고는 했다. 아이 친구들에게도 나는 인기 있는 동네 아저씨였기에 가끔 찾는 전화가 온다.

"네 아빠 집에 계시니?"

"네 아빠랑 오늘 축구할 수 있니?"

그러던 어느 날, 초등학교 일학년이던 진세의 친구가 운동장에서 다가오며 말한다.

"아저씨, 오늘 저 돈 있어요. 엄마가 아저씨 맛있는 거 사 드리라고 이천 원 주셨어요."

흐뭇했다. 내 아이들의 친구는 내게도 소중했다. 그들이 내 아이들에게 영향을 미칠 것이기에 그들과도 친구가 되었다.

그 무렵 안동으로 1박 2일 여행을 갔다. 전세버스를 빌려서 내 아이들과 그 친구들, 내 아내와 아이 친구들의 엄마들이 함께 가는 여행이었다. 나는 여행 안내원이 되었다. 하회마을, 도산서원 등을 돌아보고 청산의 시골집에서 하룻밤을 묵었다. 청산의 서치라이트를 켠 인조 잔디 족구장에서 야간경기를 하고, 그 불빛 아래 족구장에 엎드린 아이들에게 이 세상에서 가장 사랑하는 사람에게 편지를 쓰게 했다. 그리고 아침에는 태양이 솟는 청산의 마당바위로 데려가서 명상하는 시간을 가졌다. 아이들도, 아이들의 어머니도 모두 추억하는 즐거운 한때였다. 퇴계 이황이 자녀들이 훌륭한 제자들과 교류를 하며 인맥을 쌓을 수 있도록 많은 관심을 가졌듯이 내 아이들이 친구들과 우정을 맺으며 살아가길 기대하는 마음에서였다.

어느 겨울에는 용인의 한화콘도에서 초등학생인 아이들의 친구

10여 명을 초대했다. 눈썰매를 태워주고 즐거운 시간을 만들어주는 대신, '내 아들아, 너는 인생을 이렇게 살아라.'라는 주제로 강의를 하며 우정의 후원자가 되었다.

세월이 흘러 이제는 모두 대학생이 된 아이들. 친구들은 대부분 다른 곳으로 이사를 갔다. 대견하게 커버린 아이들은 제 갈 길을 가고, 지금은 그 자리에 늦둥이 막내아들 진교가 귀여움을 독차지하고 있다. 진교와 나누는 사랑의 몸싸움을 보여주며 형들에게, "너희들도 아버지가 진교에게 하는 만큼 사랑과 귀여움을 받고 자랐다는 사실을 미루어 알 수 있지?"라고 물으면 "예."라고 대답한다.

아이들은 자신들의 의지와 상관없이 이 땅에 와서 나와 부자지간의 인연을 맺었다. 세상 끝날까지 좋은 아버지, 좋은 친구로서 동행하는 삶이 되었으면 하지만, 이는 욕심이라는 사실을 안다. 신이

준 최고의 선물은 자녀요, 건강하게 살아가는 자녀의 모습은 부모에게 주는 최고의 선물이다. 그래서 키우는 재미라고 하던가.

아이를 키울 땐 책 읽는 모습을 보여주는 것, 책을 읽어주는 것과 책을 많이 비치하는 것은 중요하다. 그중 부모가 책 읽는 모습을 보여주는 것이 최상의 교육이라고 한다. 아내는 가끔 나에게 재미없는 남편이라고 투정을 한다. 일 때문에 늦게 오다가 일찍 집에 들어오는 날도 책을 보며 자기 서재에만 있다며 눈에 쌍심지를 돋운다. 휴일에도 운동을 하지 않으면 서재에서 독서를 한다. 집에는 책이 많다. 이사하거나 집안 정리를 할 때면 정든 책들과 이별을 한다. 평소 책을 좋아하기도 했지만, 항상 책과 함께하는 데는 서점을 경영한 형의 도움이 있었다.

형은 서울의 국제빌딩 지하에서 20년간 서점을 경영했다. 형은 거의 매월 책을 박스에 넣어 보내주었다. “내 동생은 이 정도 책은 읽어야 돼.” 하며 내가 읽을 책은 물론 조카들의 책도 보내 주었다. 책 박스를 들고 집에 들어가면 마치 굶은 사람이 책을 뜯어 먹으려는 듯이 아이들과 나는 서로 자기 책을 찾았다. 서점을 경영한 형 덕분에 나 자신은 물론 아이들까지 쉽게 좋은 책과 접할 수 있었고, 이것은 분명 최고의 행운이었다.

형의 사랑으로 큰아들은 고려대학교 신입생 입학 장학금을 받았고, 둘째는 전 과목 수능 일등급으로 고려대 경영학부 4년 국가장학생이 되었다. 최선을 다한 아이들이 사랑스럽고 자랑스럽다. 대학에 진학하지 못하고 사회로 진출해야 했던 나의 한을 풀어주었다는 생각이 들어 대리만족을 느꼈다. 세 아이를 키우면서 책을 많이 읽으라고는 해도 공부하라고 한 적은 없었다. 아내는 분당의 이

윗집 아저씨들의 자식에 대한 열성을 예로 들며 아이들 공부에 관심을 가지라고 했지만, 아이들을 믿고 자율적으로 하도록 했다. 진혁이가 고2 때의 일이다.

"진혁아, 엄마가 자꾸 아빠보고 너 공부에 신경 쓰라고 하는데, 너 아빠가 무관심해서 서운하니? 그러면 아빠하고 같이 공부할까?" 하니 아들은 펄떡 놀란다.

"아니요, 괜찮아요."

"그래. 그럼 너는 스스로 열심히 하고, 혹시 공부하는데 아빠 도움이 필요하면 이야기해라." 하며 눈을 찡긋했다. 어떤 아들이 아버지하고 함께 공부하고 싶겠는가. 공자도 자기 자식은 직접 가르치지 말라고 했는데, 아들 또한 눈치가 있는지라 진혁이는 "네." 하고 밝게 웃는다. 우리는 서로 마음이 통한 것이다.

흔히 "고기를 잡아 줄 것이 아니라 고기 잡는 법을 가르쳐 주라." 라고 한다. 수험생 아들이 밤이 늦도록 공부할 때, 은연중에 경쟁심리로 '누가 더 늦게까지 하는가 보자.' 하며 새벽까지 각자의 방에서 공부를 했다. 아들이 잠이 들면 '오늘은 내가 이겼구나.' 하고, 내가 피곤한 날은 '너무 늦게까지 하지 말라.' 하며 어깨를 두드려 준다. 아버지로서 무언의 후원이었다고 생각했다. 아이들의 미래는 알 수 없다. 하지만 현재까지 각자의 위치에서 대견하게 자라주는 것이 고맙다.

책을 보내준 형과 책 읽는 나의 모습이 아이들을 키우는데 중요한 역할을 했다고 하면, 아내는 "물론이지요." 하며 인정한다. 진교에게 "우리 집에서 누가 제일 공부 많이 하느냐."라고 물으면 "아빠가요." 한다. 나는 나의 길을 갔지만, 나의 길은 아이들에게 영향을 미쳤다. 나는 아이들의 거울, 아이들은 나의 거울이니까.

세 아들을 키우며 각자의 개성을 느낀다. 장남은 역시 정이 많고 마음을 쓰는 것이 듬직한 게 장남이고, 차남은 열정과 집념이 있고 날카로운 면모가 있어 차남이란 실감을 한다. 늦둥이는 천연덕스러우며 장난꾸러기라 역시 귀여운 늦둥이다.

막내 진교는 "나의 꿈은 멋있는 경찰관."이라며 "경찰대학을 가고 싶은데 하다가 안 되면 고려대학교나 가지 뭐."라고 했다. 두 형이 간 고려대학교가 쉽게 갈 수 있는 곳인 줄 알고 이야기하면 형들은 막내의 실력을 거론하며 놀렸다. 막내는 초등학교 입학할 때 한글도 제대로 깨우치지 못해서 받아쓰기 등 시험성적을 보면 50점을 넘긴 적이 거의 없었다. 5학년이 되면서 평균 70점대(학급 평균보다 낮다)를 받아 왔다. 그러면 "진세 형은 어릴 때 너보다 더 못했다."라며 위로해 준다. 단원평가에서 처음으로 수학을 100점 받아 왔기에 잔치라도 벌리려는 듯이 기뻐하자 아내는 "제발 그만 하세요."라며 말린다. 막내는 5학년 때도 나와의 몸싸움에서 자신이 이기는 줄 알았다. 내가 "항복!"이라고 해야 그만둔다. 진세는 초등학교 3학년 때까지 자신이 나보다 씨름을 잘하는 줄 알았다. 아버지가 일부러 져준다는 사실을 그때서야 알았다. 아이들이 크는 것을 보면 뿌듯하면서도 한편으론 허전했다. "아들 셋이 아닌 쑥쑥 더 낳았어야 했는데"라고 하면 아내는 웃으며 큰소리친다.

"요즘 시대에 아들 셋이나 낳아준 여자가 어디 있어요!"

세무사를 개업하면서 조용했던 시절이 지나고, 일거리가 많아지고 활동 범위가 넓어지면서 아이들과 어울리는 시간이 점점 줄어들었다. 그래서 매주 수요일을 '가정의 날'로 정해서 그날만큼은 다른 약속을 하지 않고 일찍 집으로 들어갔다. 그리고 토요일은 가족 모두 '거실에서 함께 자는 날'로 정했다. 세 아들을 끼고 장난을 치면서 거실에서 함께 시간을 가진 그 나날은 지상의 천국이었다. 아내는 4부자가 누워있는 모습을 보면서 "오늘도 한 송이 아름다운 꽃(아내의 이름은 '美花'다)이 고추밭(?)에서 외롭게 피어 있네."라며 웃었다. 세월은 아이들을 자라게 하고, 나의 삶에도 변화를 가져왔기에 이제는 아름다운 추억이 되었다. 이후 매 주일 저녁을 '외식하는 날'로 정해서 모두가 함께하는 시간을 가졌다. 서로를 향한 사랑과 신뢰의 표현 방법은 달라졌지만 세 아들을 보는 아버지의 마음은 언제나 흐뭇하다.

성경의 시편에서는 "자식은 여호와의 주신 기업이요 태의 열매는 그의 상급이로다. 젊은 자의 자식은 장사의 수중의 화살 같으니 이것이 그 전통(箭筒)에 가득한 자는 복되도다. 저희가 성문에서 그 원수와 말할 때에 수치를 당치 아니하리로다."라고 한다. 우리는 피를 나눈 혈연적인 동반자다. 인생이란 먼 길을 여행하는데 가족이란 한 베이스캠프 안에서 살아가는 운명공동체다. 가족은 피와 살, 몸과 마음을 나누는 영혼의 안식처다. 자녀를 적게 가지는 세태에 진혁, 진세, 진교 세 아들을 생각하면 왠지 흐뭇하다.

"자신과 가족을 위해 일하는 것은 아버지 하나로 족하고, 너희는 사회를 위하고 국가를 위해 일하는 멋있는 사나이가 되어라."라고 하면 욕심 많은 나쁜 아버지일까?

나는 아버지다. 나는 세 아들의 아버지로서 성실하게 의무를 다

하고 이 세상을 떠날 것이다. 아이들과 함께 하는 삶의 인연이 고맙게 다가온다. 나는 자랑스럽게 외친다.

"나는 아버지다!"라고.

45. 내리사랑

2007년, 막내가 아홉 살 때의 일이다.

"나 안 아퍼. 집에 가! 집에 가고 싶단 말이야! 빨리 집에 가!"

"아빠, 바보! 바보!"

아직 완전하지 않은 발음이었다.

"진교야, 자자. 잠을 자면 아픈 것도 잊고, 다 잊을 수가 있단다. 아빠가 옆에 있을게."

어렵게 재우면 이내 깨어서 같은 이야기가 반복되었다. 그러다가 하루가 지나자 완전히 의식이 돌아오고 발음도 좋아졌다.

"여기 어디야? 여기서 우리 집이 멀어?"

"아니, 가까워. 아주 가까워. 그래. 저 산 너머가 이마트야. 너 이마트 알지? 그러니까 우리 집이 아주 가까워. 퇴원하면 금방 집에 가. 여기 우리 동네야. 우리 탄천에서 달리기하고 롤러스케이트 탈 때 이 병원 옆으로 지나다녔어. 너 생각나지?"

집에서 멀리 떨어진 낯선 곳이 아니라는 사실에 진교는 조금 안심하는 듯했다. 그래도 하루빨리 집에 가고 싶어서 계속해서 졸랐다.

분당 서울대학교병원 병동 411호실 새벽 4시. 곤히 잠든 아들 진교를 내려다본다. 잠든 아이는 천사의 미소를 지으며 평온하다. 내일이면 퇴원한다는 사실이 기뻐서인가, 아니면 무슨 즐거운 꿈을 꾸는 것일까.

일주일 전, 아내는 고3 수험생인 큰아들과 밤 11시경 외출에서 돌아왔다. 방문을 연 아내는 비명을 질렀다. 혼자 잠들었던 막내가 일그러진 얼굴로 거품을 내뿜으며 불규칙한 호흡을 하고 있는 것을 본 것이다. 퇴근해서 일찍 잠이든 나 역시 너무나 놀랍고 당황스러웠다. 119 구급대의 도움으로 집에서 가까운 분당 서울대병원 응급실을 거쳐 곧장 중환자실로 옮겨졌다. 의사는 "현재 아이의 상태가 매우 좋지 않으며 이대로 못 깨어날 수도 있다."라고 했다.

아내의 울음소리가 끊이지 않고 내 눈에서도 계속 눈물이 흘러내렸다. 창밖에 어둠이 가고 서서히 날이 밝아왔다. 중환자실 밖에서 기다리다가 아이를 보게 해달라 사정해서 들어가니 아이는 눈을 감고 있었다. 담당 간호사가 다가와 "조금 전 의식이 돌아왔다."라며 깨워 보라고 한다.

'의식이 돌아왔다!'

순간, 너무나 기뻤다.

간호사가 흔드니 진교는 눈을 떴다. 그리고는 이내 자꾸 눈을 감았다. 여전히 나를 알아볼 수도, 말을 할 수도 없었다. 한 손으로 진교를 흔들며 아내에게 전화를 했다. 밤새 잠 못 이루고 기다리던 아내는 의식이 돌아왔다는 말에 또 눈물 바다이다.

아침이 되자 각종 검사가 바쁘게 진행되었다. 1차 검사 결과는 충격적이었다. 의사는 암이나 악성종양을 의심했다. 그리고 나온 2차 정밀검사 결과는 자가면역성 뇌염. 재발하면 큰일이니 한 열흘 입원한 후 통원치료를 하라고 했다.

불행 중 다행이라 생각하며 마음을 안정시키는 사이, 진교는 서서히 의식을 되찾았다. 의식은 돌아와도 제대로 말을 할 수가 없었다. 진교는 계속해서 울었다. 채혈을 할 때면 가슴을 찢는 비명소리가 중환자실 밖까지 들려왔다. 중환자실에 혼자 있다는 불안감에 진교는 더욱 크게 울부짖었다. 간호사는 부득이 진교 곁에 있도록 허락했다. 간호사의 배려와 친절은 여러 가지로 위로와 힘이 되었다.

4일이 지난 후 일반병실로 옮겨졌다. 진교는 밝아지고 예전의 모습을 되찾았다. 힘든 시간이 지났다. 장난을 치고 먹는 것도 배가 볼록 나오도록 먹었다. 밤이면 옆에서 책을 읽고 글을 쓰다가 아이를 위해 마음을 모아 기도했다. 급할 때만 찾는 마음씨 좋은 주님에게 아이 마냥 생떼를 쓰며 기도했다. 진교를 위해서, 모두를 위해서.

퇴원 전날, 진혁이가 왔다. 병원 식당에서 네 식구가 오랜만에 함께 자리를 했다. 진교는 형을 보자 장난을 치고 요란스럽다. 우리는 다시 평화를 찾았다. 행복했다. 중환자실에 있을 때 교환학생으로 미국에 가 있는 둘째 진세에게 전화가 왔다. 버지니아 공대 총격 사건으로 집에서 걱정할까 봐 전화했다고 한다. 진교가 입원했다는 이야기는 하지 않았다.

평범한 하루의 일상이 감사하다는 느낌이 새삼스럽다. 더 큰 무엇을 바라기보다는 건강하고 화목하게 사는 것. 잃어버리기 전에는 결코 마음으로 이해할 수 없다. 세 아이를 키우며 겪은 가장 큰 일이었다. 이제 태풍은 지나갔다. 아이들을 어떻게 키워야 하나 하는 의미가 강하게 다가왔다.

한때, “공부는 못해도 좋다. 튼튼하게만 자라다오.”라고 하는 TV

광고가 세인들의 주목을 받았고, 나 자신도 지금까지 아이들에게 공부하라고 한 적이 없었다. 평소 아이들이 건강하게 자라주는 것이 제일 소중하다는 생각을 했다. 공부는 학생의 본분이니까 최선을 다해야겠지만, 건강보다 우선할 수는 없었다.

퇴원하는 날, 창문 밖으로 여명이 밝아오고 불곡산이 모습을 드러냈다. 막내와의 일주일간 외출은 이제 막을 내렸다. 힘들고 고통스러운 지난 일주일이 앞으로 우리를 더욱 깊은 우정으로 맺어주는 소중한 계기가 될 것이라고 다짐을 했다.

"진교야! 진세야! 진혁아! 아프지 말고 튼튼하게 자라다오!"

진교는 완치 판정을 받았다. 그리고 겨울 한라산 정상, 태백산 정상을 산행하는 등, 체육교육대학교에 입학하는 건강한 청년이 되었고, 독도경비대로 군 복무를 하고 있다.

어릴 적 진교는 우리 집의 행복 바이러스였다. 세무사 시험공부를 시작하며 아내에게 합격하면 선물로 아이를 낳아줄 것을 부탁했고 약속까지 했다. 그다음 해인 1998년, 결혼 10주년 기념으로 첫 해외여행을 갔다. 베이징을 거쳐 백두산으로 갔다. 국민대학교 교수 부부 일행과 함께였다. 한 교수가 어떤 계기로 여행을 오게 되었는지를 물어서 "이곳 백두산에서 아이를 낳으러 왔다."라고 하자 모두 웃었다. 백두산에서 가진 아이라 '백두산 정기를 타고난 아이'라 했다. 당시 묵었던 대우호텔이 2010년 7월 백두산 등정 시 철거 중임을 확인하고는 아쉽다는 생각이 들었다. 늦둥이를 갖게 된 것은 큰 행운이었다. 이전보다 더욱 화기애애한 가정의 평화의 원천이었다.

회사의 직원들을 데리고 인도네시아 발리 여행을 다녀온 직후인 2009년 7월 20일, 진교와 둘이서 배낭을 메고 수원역으로 갔다. 부산으로 가는 둘만의 여행, 기차여행을 가기 위해서였다. 새마을호를 타고 천안아산역에 내려 KTX로 갈아탔다. 열차가 시속 300㎞로 달리자 진교는 신기해하며 굉음에 귀를 막았다. 부산역에는 '아름다운 대한민국'의 아버지이자 입양 전도사인 황수섭 목사님이 기다리고 있었다. 《우리는 3대 3가족》의 저자인 황 목사님은 원래 아름이와 다운이 두 딸의 아버지였다. 11년 전 대한이와 민국이 쌍둥이를 입양하면서 남자 대 여자의 비율이 3대3이 되었다. 진교는 대한민국 두 형과 밤늦도록 집안에서 요란스럽게 뛰어다니며 난리를 쳤다. 친형제처럼 지나온 황 목사님과 예쁜 형수님, 부산항 부두의 불빛, 간간이 지나가는 열차 소리, 즐겁게 놀고 있는 아이들의 모습이 어우러져 천국의 평화가 지상의 낙원으로 내려와서 기쁨이 되어 다가왔다.

다음 날 새벽, 목사님과 나는 빗속의 노천탕을 즐기고, 아침 식사를 위해 '원조할매재첩국'집으로 갔다. 자상한 목사님이 "김 집사, 막걸리 한잔해야지."라고 해서 아침부터 목사님이 권하는 막걸리를 한잔했다. 집사에게 술 권하는 목사는 대한민국에서 유일무이(唯一無二)할 것인데, 그러한 편협하지 않고 너그러운 성직자이기에 주변에서도 인기가 많다.

진교와 예약해 놓은 해운대 한화콘도로 갔다. 해운대 해수욕장은 비 온 뒤라서 한산했다. 제법 파도도 있었지만 진교는 튜브를 들고 바다로 들어갔다. 파도에 튜브가 뒤집어져 바닷물을 마시며 추위에 몸을 떨면서도 좋아서 어쩔 줄 몰라 하며 앉아 있는 내게 "아빠! 아빠!" 하며 달려와 야단이었다. 콘도로 돌아와서 몸을 씻고 32층 레스토랑으로 갔다. 불빛 찬란한 해운대와 광안리의 야경이 한눈에 보이는 자리에 앉아 음식을 주문했다. 진교가 주문한 스파게티의 양이 많은 것 같아 "아빠도 먹어보자." 하니, "안 돼! 스파게티 너무 맛있어!" 하며 거절한다. 혼자 다 먹고는, "아빠, 최고로 맛있었어." 한다.

"짜슥!"

엎드려 책을 보던 진교는 이내 깊은 잠에 빠졌다. 즐겁고 행복한 해운대의 밤이 파도 소리에 출렁이며 춤을 추었다.

다음날 8시, 못 일어나는 진교를 깨워 콘도의 사우나에 갔다.

"진교야, 너는 바다를 보며 이렇게 사우나 한 적 있어?"

"아니."

"바다를 보며 사우나를 하니 신기하지, 그지?"

"응."

"세상에는 네가 경험하지 못한 것이 너무너무 많아. 아빠랑 많이 다녀보자!"

"그래, 아빠!"

아침 식사 후 영화 '해운대'의 무대인 미포항으로 갔다. 손을 잡고 갈매기 울음소리를 들으며 해변을 거닐었다. 고깃배들이 떠 있고, 어부들은 그물을 손질하느라 바빴다. 1시간 30분이 소요되는 부산항으로 가는 배를 탔다. 배는 선착장을 떠나 바다로 향했다. 해운대가 멀어지고 오륙도가 가까워졌다. 서서히 하늘이, 온 세상이 어두워졌다. 금세기 최고의 개기일식이 진행되었다. 우리는 달리는 배 위에서 목이 아프도록 하늘을 쳐다보며 신기해했다. 달에 의해 태양이 가려지는 것을 보고, 흘러가는 구름이 태양을 가리는 것을 보았다. 달이 가린다고, 구름이 가린다고 태양이 없어지지는 않는다. 태양은 다시 밝게 빛나는 것. 우리네 삶에도 고통과 절망 뒤에 기쁨과 소망이 찾아오는 것과 같다.

배는 태종대를 지나고 부산대교를 지나 부산항에 정박했다. 우리는 손을 잡고 자갈치시장으로 걸어갔다. 항구가 보이는 2층에서 회를 안주 삼아 소주잔과 환타 잔을 높이 들고 건배했다.

"진교와 아빠, 우리 가정의 건강과 행복을 위하여!"

초등학생 아들과의 주연(酒宴)을 바라보는 주인도, 손님들도 신기한 듯이 웃는다. 다시 남포동, 광복동을 지나 용두산 공원으로 올라갔다. 부산타워에 오르기 전 타워가 몇 층인지, 더 가깝게 맞추는 사람의 소원을 들어주는 내기를 했다.

나는 50층. 진교는 53층.

내 소원은 '진교가 일주일에 책 일곱 권 읽기', 진교 소원은 '돌아가는 열차의 창가 자리에 자기가 앉기'(사실은 부산에 올 때도 자기가 앉았다)였다.

부산타워 승강기 안내원에게 물으니 40층이란다. 내가 환호하자 내기가 걸린 사실을 들은 아가씨는 높이가 189m로 53층보다 높다고 하며 진교가 이겼다고 했다. 나는 게임에서 그렇게 억울하게(?) 졌다. 시원한 바람을 느끼면서 용두산공원 광장에서 비둘기 떼에게 모이를 주며 아들과 추억을 쌓아갔다.

오후 3시 30분 부산역, KTX는 서울을 향해 출발했다. 막내아들과 처음 떠난 둘만의 여행. 열차는 낙동강 하구를 빠르게 달리고 있었다. 광명역에 내려 분당으로 돌아오는 버스 안에서 엄마에게 전화를 하면서 하는 첫 마디, 이는 아침마다 눈을 뜨면 하는 첫마디이기도 하다.

"엄마, 밥 줘! 배고파!"

진교는 어느새 의젓한 아빠의 동무에서 천진난만한 어린아이로 돌아갔다. 늦둥이에 대한 내리사랑! 진교가 있어서 우리 집에는 늘 웃음이 있었다.

산티아고 순례길을 걷고 있던 2017년 7월 6일, 막내아들의 생일날 기록이다.

오늘은 막내아들의 생일이다. 1997년 세무사 시험 준비를 하면서 아내와 약속했다. 합격하면 아이를 한 명 더 낳아주기로. 합격한 이듬해 여름, 생애 첫 해외여행으로 백두산을 갔다. 백두산 아래 호텔에서 식사를 하던 중 동행한 교수가 물었다.

"어떻게 백두산 여행을 오시게 됐죠?"

"늦둥이 아이를 낳아 주기로 아내가 약속했는데, 백두산 정기를 받아서 낳기 위해 왔습니다."

그렇게 태어난 늦둥이의 생일이다. 첫째 아들, 둘째 머시마, 셋째 고추다. 금메달, 은메달도 아닌 '목메달'이라던가. 2019년 4월, 늦둥이는 치열한 경쟁(?)을 뚫고 '독도 경비대'에 자원입대했다. 그래서 자랑한다.

"21세기에 아들 셋 군에 입대시킨 아버지가 있으면 나와 보라!"고.

사업하랴, 늦은 공부하랴, 한참 바쁜 시절인 40대. 가정에 두 가지 원칙을 세웠다. 하나는 수요일은 '가정의 날'로 해서 일찍 퇴근하여 아이들과 어울리는 것. 다른 하나는 토요일에는 거실에서 모두 함께 잠을 자는 것이었다. 자리를 펴고 모두 누우면 세 아이는 장난을 쳤다. 두 형은 막내를 끔찍이도 사랑했고, 지금도 그렇다. 세 아이의 우애를 보면 항상 흐뭇했다. 토요일 밤, 4부자가 거실에 누워 있는 모습을 보면 아내는 약방의 감초처럼 꼭 한마디 곁들였다.

"오늘도 나는 고추밭에서 잠을 자네!"

아버지와 아들로 만난 인연, 천륜이 참으로 고맙다.

"막내아들, 생일 축하해!"

46. 나의 슬픔을 지고 가는 자!

유비와 관우, 장비는 비록 성은 다르다 할지라도 이미 의형제가 되었으니, 곧 마음을 하나로 하고 힘을 합쳐 곤란함을 구원하고 위태로움을 도와 위로는 나라에 보답하고 아래로는 만민을 편안케 할 것이다. 비록 같은 해, 같은 달, 같은 날에 태어나지는 않았으나 한 해, 한 달, 한 날에 죽기를 원하니 하늘과 땅의 신령께서는 이 뜻을 굽어살피소서. 만일 우리 중에 의리를 배반하고 은혜를 저버린 자가 있다면 하늘과 사람이 함께 죽여주소서.

유비와 관우, 장비는 도원결의를 하였고, 관우가 오나라의 여몽에 의하여 죽임을 당하자 장비가 원정을 나섰다가 죽고, 유비 또한 이내 죽는다. 비록 한날한시는 아니지만 관우의 죽음 이후 짧은 기간 내에 모두 죽었고, 죽는 날까지 의리를 배반하지 않았다. 도원결의는 물론 유비와 제갈량의 수어지교, 관중과 포숙의 관포지교, 염파와 인상여의 문경지교, 한유와 유종원의 간담상조 등은 모두 변치 않는 사나이들의 의리를 보여주는 귀감이다. 장자는 "군자의 친교는 물처럼 담담하고 소인의 친교는 감주처럼 달콤하다. 군자는 맑고 담담하게 친분을 심화시키고, 소인은 달콤하게 그 친분을 끊는다."라고 한다. 연암 박지원은 "사람들이란 각각 제 처지에 맞추어 버릇이 든다."라고 하면서, 군자라고 떠드는 사람치고 매일 입만 벌리면 '신의'요 '도리'를 내세우지만 실상은 그렇지 못하다고

《말거간전》에서 말한다. 박지원의 소설 《예덕선생전》에 나오는 이야기다.

> 대학자인 선귤자가 인분(人糞)을 나르는 일을 하는 엄행수와 깊이 교유하자 제자 자목이 스승을 떠나겠다고 인사하러 왔다.
>
> "스승님은 '벗이란 동거생활을 하지 않는 아내요, 한 탯줄에서 나오지 않은 형제'라고 했습니다. 그렇게 소중한 것인데 스승님께서는 인분을 나르는 천한 사람과 교유를 하시니 저는 창피해서 견딜 수가 없어 떠나겠습니다."
>
> 제자의 말을 들은 선귤자는 말한다.
>
> "장사치는 잇속으로 벗을 사귀고, 체면을 차리는 양반네는 아첨으로 벗을 사귄다. 아무리 친한 사이라 하더라도 세 번 달라고 해서 멀어지지 않을 사람이 없고, 아무리 원수같이 여기는 사람이라 하더라도 세 번 주면 친해지지 않을 사람이 없지. 그러니 잇속으로 사귀면 지속되기 어렵고, 아첨으로 사귀면 오래가지 못하는 법이다. 오직 마음으로 벗을 사귀며 인격으로 벗을 찾아야만 도의지교를 이룰 수 있다."

몇 해 전 어느 날 새벽 2시, 가장 친한 친구 가운데 한 명이 얼큰히 취한 목소리로 전화를 해서는 다짜고짜 엄숙하게 투정을 한다.

"명돌아, 우리 이렇게 살면 뭐 하노. 우리가 살면 얼마나 산다고 서로 얼굴도 못 보고 그라노."

"그래, 니 말이 맞다. 내가 바빠서 연락도 못하고 미안하다."

며칠 후 친구는 다시 꿈에 나타났고, 우리는 꿈속에서 정겨운 시간을 보냈다. 그리고 며칠 후 친구에게 전화를 했다.

"자네가 꿈속에까지 나를 찾아왔네. 혹시 술 한잔하고 전화한 그 때 나한테 무슨 이야기 했는지 기억하는가?"

친구는 겸연쩍은 듯이 웃으며 말한다.

"전화를 한 기억은 있는데 무슨 이야기 했는지는 몰라."

취중진담이라, 보고 싶어 하는 친구의 마음과 보고 싶어 꿈속에서 만나는 나의 마음이 어우러져 며칠 후 친구들이 함께 자리를 했다. 육송회(六松會), 고등학교 친구들 모임이었다. 그리고 그 가운데는 처의 오라비도 있으니, 참으로 소중한 인연이다. 그리고 2019년 12월 24일, 서울의 호텔 뷔페에서 부부 동반으로 즐거운 합동 환갑잔치(?)를 하였다.

2019년 11월 29일, 재경 안동고등학교 동창생 송년 모임에 70여 명이 참석했다. 친구를 그리워할 나이이기 때문일까. 가장 많은 인원이 모였다. 그리고 지난 11월 2일에는 졸업 후 처음으로 고등학교 3학년 때 담임선생님을 모시고 대구에서 반창회를 하였다. 1959년생 돼지띠. 나이는 61세. 모두 옛 생각에 친구들이 그리워지는 시기이다.

2019년 2월에는 고향의 어릴 적 친구들이 부부 동반으로 필리핀 세부에 환갑여행을 다녀왔다. 20명이나 되는 대군이었다. 어느새 세월이 흘러 환갑이 된 불알친구들. 이제는 고향을 떠나고 세상을 떠난 친구들이 하나둘 늘어나면서 세월의 무상함을 느낀다. 고향의 친구들은 매년 설날과 추석 명절 때 모임을 한다. 갈수록 인원이 줄어드는 것을 보면 슬퍼진다. 농촌에 사는 친구들이 도시에 사는 고등학교 친구들에 비하면 건강관리를 덜 한다는 느낌이 든다. 이 시각 죽마고우 하나하나의 얼굴을 떠올리며 웃음 짓는다.

예전에 회사인 '세무법인 靑山'의 출입구 상단에는 '인생성공단십백(人生成功單十百)'이라는 현판이 있었다. 한 세상 살다가 죽음에 이르렀을 때 '한 분의 진정한 스승과 열 명의 진실한 친구, 백 권의 좋은 책이 있다면 성공한 인생'이란 의미다. 가르침을 주는 선생은 많지만 진정한 스승은 많지 않다. 사는 동안 많은 친구를 만나지만 진정한 친구는 얼마나 될까. 사람에 따라 독서의 양은 다르지만, 살아가면서 인생에 영향을 끼치고 감동과 교훈을 주는 잊지 못할 백 권의 책을 기억하는 것은 쉽지 않다. 함석헌 선생은 "탔던 배 꺼지는 시간 구명대 서로 사양하며 '너만은 제발 살아다오' 할 그 사람을 그대는 가졌는가."라고 노래한다.

나는 '독만권서 행만리로 교만인우(만 권의 책을 읽고, 만 리 길 여행을 하고, 만 명의 벗을 사귀라)'라는 격언을 좋아한다. 우정이란 성장이 더딘 식물이다. 우정이라고 불릴만한 가치가 있게 되기에는 몇 번이고 심한 충격을 받고, 또 그것을 견뎌내지 않으면 안 된다. 사회생활을 하면서도 나이를 떠나서 인간적으로 교류하는 친구들을 많이 만난다. 이해관계에 따라 친구를 사귀거나 배신하는 현대인의 이기적인 모습을 보면 진정한 친구를 사귀는 것은 쉽지 않다. 좋은 친구를 만나려면 자신이 먼저 좋은 친구가 되어야 한다. 친구를 사귐에 있어서 신의는 소중하다. 깊은 사귐을 신중히 하고, 한 번 신의를 맺으면 손해를 보더라도 변치 말아야 한다. 쉽게 사귀면 쉽게 헤어진다. '나이 들어 이제는 새로운 인연을 맺기보다는 소중한 전날의 인연을 잘 가꾸며 살아야지. 바쁜 일상을 내려놓고 소중한 뿌리를 찾아야지.' 하는 생각을 자주 한다.

우정도 산길과 같아서 서로 오고가지 않으면 잡풀만 무성해진다. 가까운 친구일수록 자주 만나야 한다. 하지만 고슴도치의 사랑을 잊어서는 안 된다. 적정한 거리가 유지되어야 한다. 너무 멀면 춥고, 너무 가까우면 아프다. 우정을 지켜가는 데는 적당한 간격, 적당한 거리가 필요하다. 멀리 있으면 온기를 느낄 수 없고, 가까이 있으면 뜨거운 열기에 다칠 수 있다. 두 사람 사이에 바람이 쉬어가고 출렁이는 바다를 두어야 한다. 함께 노래하고 춤추되 구속하지는 말아야 한다. 현악기의 줄들이 하나의 음악을 연주할지라도 각각의 줄은 혼자이듯이, 함께 있되 너무 가까이는 말아야 한다. 사람은 모두 각인각색, 나름대로 개성이 있어 하나 같이 같을 수는 없다. 둘이면서 하나이고 하나이면서 둘로 자유롭게 소통하는 사람들이 친구다.

인디언들은 친구를 '나의 슬픔을 대신 지고 가는 자'라고 한다. 진정한 친구는 '두 개의 육체에 깃든 하나의 영혼'이라고도 한다. 친구 사이의 만남에는 서로의 영혼을 울리는 울림을 주고받을 수 있어야 한다. 떨어져 있으면 그리워하고, 만나서는 더욱 목말라 하는 애틋함이 있어야 한다. 만남에는 그리움이 따라야 한다. 영혼의 울림이 없는 만남은 만남이 아닌 마주침이다. 이익이나 이해관계를 떠나 진정으로 마음이 통하는 만남이 친구다. 얼굴 아는 사람이야 천하에 가득하다. 하지만 마음 아는 사람은 과연 몇이나 될까. "술 마시고 밥 먹을 때는 천 사람이나 있더니만, 위급할 때 벗은 하나도 없다."라는 말이 있다. 마음은 술로 보고 얼굴은 거울로 본다.

친구는 소중하다. 나라를 들어 올릴 힘을 가진 장사라 할지라도 스스로를 들어 올릴 수는 없다. 힘이 모자라서가 아니라 잡고 힘쓸 데가 없기 때문이다. '혼자 노는 백로보다 함께 노는 까마귀가 낫다.'고 하듯 독불장군은 없다. 높은 산에 오르면 먼 곳의 높은 산을 볼 수 있다. 자신이 내공을 길러야 내공이 깊은 친구를 만날 수 있다. 젊은 날 몸과 마음과 영혼의 힘을 길러야 한다.

다산은 15명의 회원을 모아 죽란시회라는 모임을 열었다. 이들은 살구꽃 필 때 만나고, 복사꽃 피고 참외가 익을 때, 연꽃이 필 때, 국화 필 때, 첫눈이 내릴 때, 자식이 과거급제했을 때, 벼슬길로 지방 갈 때 만나는 소중한 벗이었다. 마음 맞는 계절에 마음 맞는 친구와 마음 맞는 말을 나누고 마음에 맞는 시문을 나누는 것이 최상의 즐거움이다. 청나라 때 장조는 《유몽영(幽夢影)》에서 "학식이 많은 벗과 대화를 나누는 것은 희귀한 책을 읽는 것과 같고, 시취를 아는 벗과 대화를 나누는 것은 훌륭한 작가의 시문을 읽는 것과 같고, 사려 깊은 벗과 대화를 나누는 것은 성현의 경서를 읽음과 진배없고, 재치 있는 벗과 대화를 나누는 것은 소설 전기를 읽는 것과 같다."라고 하며 "시를 지을 수 있는 벗이 첫 번째, 대화를 잘하는 사람이 두 번째, 그림을 잘 그리는 사람이 세 번째, 노래를 잘 부르는 벗이 네 번째, 그리고 주도(酒道)에 통한 사람이 다섯 번째."라고 벗의 종류를 말한다.

데이비드 소로는 "친구를 찾아 헤매는 사람은 불쌍하다."라고 했다. 그 이유는, 가장 충실한 친구는 오직 그 자신뿐이기 때문이다. 소로는 "친구를 찾아 헤매는 사람은 자기 자신에게도 충실한 친구가 될 수 없다. 그렇기에 자신을 아는 것이 좋은 친구를 만나는 첩경."이라고 역설적인 말을 한다.

인생에는 동반자가 필요하다. 동반자가 있어야 외롭지 않다. 홀로 수행하는 삶이 아니라면 누군가와 관계를 맺고 살아야 한다. 인간관계는 삶의 필수요소다. 덕불고 필유린(德不孤 必有隣)이다. 고립되거나 소외되면 외롭다. 불행함마저 느낀다. 그래서 깊은 유대 속에 관계를 맺고 활력을 얻으며, 때로는 사랑하고 때로는 미워하면서 실타래를 풀어가며 살아간다.

인생의 가장 소중한 동반자는 바로 자기 자신이다. 내 안에는 나만이 있는 것이 아니라 나를 지켜보는 '또 다른 나'가 있다. 그 친구와 친해져야 한다. 사람들은 주관적인 자신, 객관화된 자신의 모습과 동행하면서 살아간다. 나는 나 자신의 친구다. 내 안의 자신과 거울에 비친 자신을 벗 삼아 간다. 하루하루 살아가며 드러나는 자신과 또 다른 내면의 모습 속에 때로는 혼돈을 느끼면서 살아간다.

자신을 사랑하고 공경하는 것은 중요하다. 그것은 살아가기 위한 힘의 원천이다. 애기애타(愛己愛他)다. 내가 나를 사랑하고 공경하지 않는다면 남들 또한 그러할 것은 명약관화하다.

나는 아들들에게 가끔 "우리는 친구지?" 하고 묻는다. 이 험한 세상을 살아가면서 부자지간으로서 뿐만이 아니라 진실로 마음을 나누는 친구가 되고 싶어서다. 처음엔 아이들이 당황하지만 이내 그 뜻을 안다. '친구(親舊)'는 가깝게 오래 사귄 사람이라는 의미다. 한자의 '친(親)'자는 어버이 친, 친할 친 자로 나무(木) 위에 서서(立) 바라보는(見) 어버이와 친구를 말한다. 마음이 통하는 내 아들들, 진혁이, 진세, 진교. 우리는 영원히 변치 않는 한 핏줄의 가족이자 정겨운 친구다.

2006년, 고등학교 2학년 진혁이가 아버지에게 쓴 편지다.

이 못난 아들이 아버지께.

편지를 써보겠다고 결심하고서도 막상 쓰려고 하니 잘 안 되네요. 쑥스럽기도 하고 무슨 말부터 시작해야 할지 모르겠고. 일단, 지금까지 저를 이렇게 키워주시고 사랑해 주신 아버지,

'생신 축하드립니다!'

아버지가 지금과 같이 열심히 공부하시고 활동하시고, 도전하셨기에 지금 많은 사람이 좋다고 하는 분당에서 제가 살고 있습니다. 제가 이와 같이 좋은 데서 살고 공부할 수 있게 하여 주신 데 대해 감사합니다. 아버지는 밤늦게 들어오셔서 저를 부르시고 이야기를 한 적이 몇 번 있었습니다. 저에게 "우리 친구 맞지?" 하

고 물으셨던 말, 저는 이 말을 가지고 많이 생각해 봤지만 어떻게 해야 아버지와 친구가 될 수 있을지를 모르겠습니다. 지금까지 제가 항상 이렇게 대해 왔기에 고치기가 힘든 가 봅니다. 저를 정말 사랑하신다는 것을 알지만 저는 그 사랑에 실망만 많이 드린 것 같아 죄송합니다. 이제부터라도 저 자신을 어떻게 하면 바꿀 수 있을까 생각해 보고 실천해 보겠습니다. 언제나 건강하게 오래오래 사세요.

진심으로 생신 축하드립니다.

진혁 드림

인생의 가치는 얼마나 오래 살았느냐는 길이에 있기보다는 그 삶을 무엇으로 채웠느냐로 결정된다. 인생의 매 순간은 무덤으로 가는 한 걸음 한 걸음의 여행이다. 내가 떠돌기를 좋아해서 하늘이 이 땅에 귀양을 보내 산길, 바닷길, 들길, 초원의 길, 사막의 길을 친구로 삼아 가게 하고, 나의 슬픔을 대신 지고 갈 수 있고 외롭지 않도록 변치 않는 우정을 나눌 수 있는 친구들로 축복을 주었으니, 신이여! 고맙습니다.

47. 일일부독서 구중생형극

나는 새벽잠이 없다. 언제나 조간신문이 오는 것보다 먼저 일어나 책을 본다. 신문이 현관에 떨어지는 소리를 들으면 잠시 생각에 잠긴다. 신문에 나타나는 세상을 볼까, 아니면 자신의 세계 속에서 계속 길을 걸어갈까. 그러고는 애써 못 들은 척 외면하고 만다. 한참 독서를 하다가 머리를 식힐 때가 되면 현관으로 나선다.

좋은 책은 인생의 귀중한 안내서다. 사람이 책을 만들지만, 책은 사람을 만든다. 한 권의 책이 한 인간의 운명을 변화시킬 수도 있다. 결정적인 때 만난 결정적인 책은 결정적인 감동과 영향을 주어 인생을 변화시킨다. 양서(良書)를 읽는 것은 마음 밭을 경작하는 것이고 영혼을 세탁하는 것이다. 잡스런 책을 남독하기에는 인생이 너무나 짧다. '책을 읽으면 어디나 정토(淨土) 같다.'는 말이 있다. 책 속에는 삶의 보배가 있고, 위로가 있고, 즐거움이 있다. 책은 시대와 공간을 초월해서 경험할 수 있는 지식을 제공해준다. 짧은 인생을 알차고 지혜롭게 살아갈 수 있는 생의 비밀을 가르쳐 준다. 용인의 회사에 출근해서 사무실에 들어서면 만나는 글귀들이 있다.

'일신우일신'

'네 시작은 미약했으나 나중은 심히 창대하리라'

'日新又日新'

'山高水長'

'一日不讀書口中生荊棘'

'나의 힘이 되신 여호와여 내가 주를 사랑하나이다'

일일부독서구중생형극(一日不讀書 口中生荊棘), '하루만 책을 읽지 않으면 입에 가시가 돋는다.' 라는 이 말은 안중근 의사의 좌우명이다.

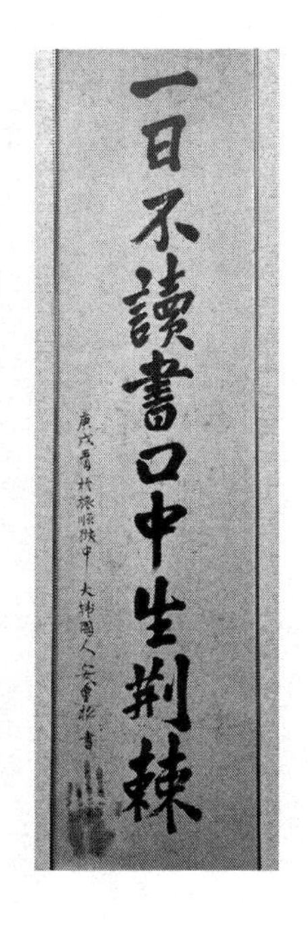

책과 산과 술은 괴롭고 번민이 많았던 젊은 날, 나의 가장 친근한 벗이었다. 밤이면 밤마다 잠 못 이루는 불면의 밤. 책을 읽으며 이리저리 뒤척이다가 뜬눈으로 밤을 지새운 날이 부지기수였다. 집 주변 예배당에서 새벽기도를 알리는 종소리가 울릴 때까지 잠을 이루지 못할 때면 교회를 갔다. 평소 다니지도 않던 낯선 교회의 한쪽 구석에 앉아서 눈물을 흘렸다. 그리고 기도했다.

"주님, 나는 어떻게 해야 합니까?"

그리고 돌아 나왔다. 그러면 새벽하늘의 별들이 반짝이며 위로를 해주었다.

스무 살 무렵, 번민과 방황이 시작된 그때부터 수면과는 별로 친하지 못했던 나날. 지금까지도 하루에 4~5시간 이상은 잠을 자지 않는다. '신이 사랑하는 자에게는 잠을 준다.'라는 성경 시편의 구절을 떠올리며 신의 사랑을 받지 못하는 자신을 슬퍼했다. 당시 긴긴 밤을 지새울 수 있는 벗은 책과 술이었다. 그리고 주말에는 산으로 갔다.

나는 21세에 세무공무원을 시작하면서 술을 마셨다. 유전적으로, 체질적으로 술이 맞았다. 마셔도 쉽게 취하지 않았다. 그래서 마시고 또 마셨다. 그래야 잠을 잘 수 있었다. 잠을 자기 위해서는 상대방보다 더 많은 술을 마셔야 했다. 그렇지 않은 날은 술을 마시고 귀가해서 책을 보았다. 술을 마시지 않는 날도 책을 보았다. 잠을 자기 위해서 책을 보았고, 인생을 배우기 위해서 책을 보았다. 가장 특별한 수면제는 성경이었다. 요즘과는 달리, 1980년대 당시의 성경책은 읽으면 매우 졸리도록 편집이 되어 있었다. 내용도 쉽게 이해할 수 없어서 더욱 졸렸다. 책을 보다가 졸음이 오면 살며시 일어나서 불을 끄고 잠이 들었다. 때로는 이대로 영원히 깨지 않았으면 좋겠다는 생각도 했다. 그럴 때면 엄마 생각을 하면서 눈물을 흘렸다.

세무공무원으로 생활을 하면서 세법이나 회계학 공부는 기본이고 그 밖에 관련된 책을 가까이 할 수밖에 없었지만, 특히 대학 진학을 하지 못한 자신의 내적 성장을 위해 책을 읽었다. 역사나 고전은 좋아하는 분야였고, 특히 대하 역사소설은 재미가 있어 책을 들면 놓을 줄 모르고 깊이 몰입할 수 있었다. 나아가 세계 명작전집을 구입해서 읽었다. 책은 맛이 있었고 멋이 있었다. 책을 통해서 세상을 보는 안목이 넓어졌다. 언뜻 기억나는 소설책만 해도 벽초 홍명희의 《임꺽정》을 비롯하여 《장길산》, 《대망》, 《아리랑》, 《태백산맥》, 《한강》, 《삼국지》, 《초한지》, 《수호전》 등 이루 헤아릴 수 없이 많다.

책의 유혹, 달콤함, 마음의 유랑은 온 우주를 활보하며 자유를 만끽하게 했다. 역사 속의 위인들을 만나면서 인생의 꿈을 키웠다. 책은 세상을 보는 눈, 시야를 넓혀 주었다. 이전에는 자신이 세상에서 가장 불행하고 불쌍한 존재인줄 알았다. 하지만 깨달았다. 나이가 들어 경험이 세상을 직접 가르쳐준 것도 있지만, 책을 통해서 시간과 공간을 알게 되고 인간을 공부하게 되었다. 대학에 진학하지 못한 아픔을 책을 통해 위로를 받았다. 그리고 비록 학문을 공부할 수는 없지만 책을 통해서 인생을, 세상을 공부한다는 자부심이 들었다.

미국 100달러 지폐에는 독립선언서를 기초한 벤자민 플랭클린(1706~1790)의 초상이 들어있다. 가난한 집안에서 태어난 그는 정규교육을 거의 받지 못했으나, 독서를 통해 지식을 쌓은 덕에 문필가, 교육자, 발명가, 정치인으로 이름을 떨쳤다. 책을 통해서 퇴계 이황을 비롯해서 동서고금 스승 없이 독학으로 공부한 위인이 많다는 것을 알게 되었다. 책은 집과 같아서, 책에는 꿈이 있고 희망이 있고, 사랑이 있고, 이별이 있었다. 책을 통해서 새로운 세계를 꿈꿨다. 그리고 높이 날아야겠다는 결심을 했다. 드디어 갈매기 조나단이 다시 찾아왔다. 이후 오늘날까지 책은 내 인생의 가장 좋은 벗이 되고 위로가 되었다.

세월이 흘러 두 아들이 초등학교에 입학했다. 아이들에게 책을 읽히고 싶다는 생각이 들었다. 거실 TV 아래에 지난 일주일간 읽은 책을 기록하게 했다. 아이들은 책 읽기를 싫어했기에 억지로 읽었다. 생각 끝에 나 자신의 경험을 적용하기로 했다.

1960년대, 시골의 아이들은 부모님 따라 들판에 일하러 가지 공부와는 거리가 멀었다. 콩나물시루 같은 교실에 친구들과 어울리는 재미로 학교에 다녔다. 나와 책의 첫 번째 인연은 부잣집 아이들이 보는 만화책이었다. 초등학교 2~3학년 무렵, 만화책을 보면서 책에 흥미를 갖게 되었다. 만화방에서 만화를 빌려 보려면 돈이 있어야 했다. 어쩌다 용돈을 얻으면 만화방으로 달려갔다. 아버지의 심부름으로 양조장에 막걸리를 사러 갔다. 100원에 한 주전자였지만, 95원어치만 사고 물을 부었다. 그리고 만화방으로 달려갔다. 한 번은 엄마에게 참기름 심부름으로 100원을 받으면 95원어치만 사고 만화방으로 달려갔다. 엄마에게 야단을 맞았던 유일한 기억이 그때였다.

만화는 너무나 재미있었다. 당시 만화에는 권선징악이 있었고, 언제나 해피엔딩이었다. 만화를 보면서 슬퍼서, 때로는 감동해서 눈물을 흘렸고, 만화를 보면서 전혀 다른 세상을 배웠다. 불굴의 의지로 성공하는 주인공을 통해 나 자신의 꿈을 키웠다. 꿈이 있어서 꿈이 힘을 주었다. 나도 행복해질 거라는 기대가 나를 행복하게 했다. 무엇보다, 한글을 제대로 깨우쳤다. 초등학교 시절, 누구보다 책을 정확하게 읽었고 빨리 읽었고 이해가 빨랐다. 머리가 깨치기 시작했다. 부모님은 "명돌이는 머리가 늦게 깨우쳤다."라고 하셨다.

고등학교 1학년 때는 시골 이웃에서 정미소를 하는 부유한 가정의 일 년 선배와 안동 시내에서 자취생활을 함께했다. 당시 형의 꿈은 여자고등학교 국어선생이었고, 훗날 형은 꿈을 이루고 국어선생으로 재직하다가 명예퇴직을 했다. 부유한 형의 집에는 세계명작 등 책이 많았다. 그때 형의 집에서 책을 빌려서 읽은 것은 내 인생에 있어 커다란 행운이었다.

나는 아이들을 키우면서 단 한 번도 "공부 열심히 해라."라고 한 적이 없다. 하지만 "책 많이 읽어라."라는 말만큼은 잔소리처럼 하였다. 하지만 아이들은 책 읽기를 좋아하지 않았다.

아이들이 어렸던 그 시절, 당시 형은 서울의 국제빌딩에서 서점을 경영하고 있었다. 나는 형에게 부탁해서 만화 삼국지 60권, 만화 초한지 30권 등 만화책을 아이들에게 읽도록 하였다. 성공이었다. 두 아들은 만화책만 붙들고 산다고 할 정도로 읽고 또 읽었다. 아이들은 책에 취미를 가지게 되었고, 책과 친구가 되었다. 형은 매월 정기적으로 우리 가족이 읽을 책을 보내주었다. 형이 보내 준 박스를 개봉할 때면 아이들과 나는 배고픈 사람들이 무슨 맛있는 음식이나 찾는 것처럼 허겁지겁 자기 책을 찾았다. 나는 항상 책을 읽는 모습을 아이들에게 보여주었다. 그것은 아이들에게 주는 최고의 교육 방법이었다. 나를 위하는 애기(愛己)의 길이 아이들에게 선한 영향을 미치는 애타(愛他)의 길이 되었다.

인생은 유한하다. 시간을 사랑하는 것은 인생을 사랑하는 것이다. 하루에 새벽이 다시 올 수는 없다. 봄에 씨앗을 뿌려야 여름에 일을 하고, 가을에 추수해서 겨울에 편히 쉴 수 있다. 청소년기에 책을 읽는 것은 인생의 유익한 씨앗을 뿌리는 것이다. 링컨은 말한다.

"책을 한 권 읽는 사람은 결코 두 권 읽는 사람을 이길 수 없다."

리더(Leader)는 리더(Reader)다. 책략이 뛰어난 나폴레옹은 독서광이었다. 어딜 가든지 책을 손에서 놓지 않았으며, 전쟁터에 갈 때도 책을 싣고 갔고 문관들을 데리고 다녔다. 말 등에서도 책을 읽었을 정도다. 권위보다 박학다식하고 교양 있는 풍모로 인기를 누렸다. 주거공간은 의외로 소박했으며, 늘 책에 묻혀 지냈다. 누군가 그를 천재라고 말했을 때 그는, "천재가 아니라 늘 책을 읽고, 생각하며, 지혜를 구하고, 다가올 일에 대한 준비를 미리 해둬서 그렇다."라고 했다. 책이 주는 가르침이다.

노벨상을 받은 사람들의 공통점이 두 가지 있으니 하나는 긍정적이고 적극적인 사고방식이요, 둘은 독서광이라는 것이다. 르네 데카르트는 "좋은 책을 읽는 것은 과거 몇 세기의 가장 훌륭한 사람들과 이야기를 나누는 여행과 같다. 그것은 바로 빛나는 행운이다."라고 말한다. 리처드 스틸은 "독서가 정신에 미치는 효과는 운동이 신체에 미치는 효과와 같다."라고 말한다. 산이 삶의 지혜와 의미를 깨우쳐 주듯, 책을 읽는 것은 슬기와 올곧은 삶의 방향을 가르쳐준다. 그래서 책 중의 책은 '산책'이다.

CEO 중에도 독서광이 많다. 빌 게이츠는 "컴퓨터가 책을 완전히 대체할 수 없다. 오늘의 나를 있게 한 것은 우리 마을의 도서관이다. 하버드대 졸업장보다 소중한 것이 독서하는 습관이다."라고 말한다. 소프트뱅크 손정의 회장은 자신의 미래에 대한 통찰력과 비전이 방대한 독서에서 비롯되었다고 한다. 인터넷 사업으로 잘 나가다가 만성간염으로 3년간 병원 신세를 지면서 4,000여 권의 책을 읽었다고 한다. 이때의 독서량과 사색이 경영의 바탕이 되었다.

독서는 통찰력의 원천으로, 이것의 중요성을 간파해 경영에 도입한 임금은 세종대왕이다. 세종대왕은 휴가를 주고 책을 읽게 하는 '사가독서(賜暇讀書)'를 1424년 시행하여 신숙주, 성삼문 등 성장 가능성이 높은 인재들이 일에서 벗어나 온전히 독서에 전념하여 나라를 이끌어 갈 대안을 내도록 했다.

모택동 역시 독서를 좋아했다. 그는 나이 들어 눈이 불편해서 글을 읽을 수 없게 되자 글씨를 크게 해서 책을 읽었다.

사상의학의 창시자로 조선 후기의 한의학자 이제마(1837~1900)는 인간의 다섯 가지 행복으로 '오래 사는 것', '마음 씀씀이가 고운 것', '재산을 일구는 것', '세상에서 사람 도리를 하는 것', '독서를 즐기는 것'을 들었다. 이제마가 독서를 강조한 것은 선비를 위해 한 말이 아니라 농부를 위해 한 말이었다. 생각 없이 몸만 움직이면 건강에 좋지 않으니 평소 독서를 게을리하지 말아야 한다는 것이다. 그와 반대로 늘 책을 읽는 선비는 짬을 내어 몸을 움직여 밭을 가는 농사를 지어야 한다고 했다. 이제마는 일하면서 생각하고, 생각하면서 일하는 지식경영을 촉구한 것이다.

책은 사람을 사람답게 살게 한다. 책은 시대에 맞게 사람들의 가슴속에 살아 움직이는 등대의 빛이다. 책이 그 어떤 유혹보다 달콤하고 더 좋은 것을 안다면 옛 선비의 고고함이 부럽지 않으며, 책을 통한 마음의 유랑이 광활한 온 우주를 활보하며 자유를 만끽한다. 작가 어슐러 르귄은 "우리는 자신의 본질을 발견하고자 책을 읽는다. 현실이든 상상이든 다른 사람의 활동과 생각과 느낌은 현재 자신의 모습과 앞으로의 모습을 이해하도록 도와주는 필수적인 지표다."라고 말한다. 에덴동산의 금단의 열매는 지식의 나무에 열렸다. 책 속에는 인류의 역사가 있고, 모든 시대의 축적된 경험과 지식이 있다. 책은 슬픔과 고통을 겪을 때 위로해 주고, 자연의 아름다움과 경이로움을 보여준다. 때로는 지루한 시간을 즐거운 순간으로 바꿔준다.

좋은 책은 좋은 친구다. 가장 훌륭하고 총명한 친구다. 책은 마음 밭을 가꾸는 쟁기다. 책 아닌 책도 많다. 그런 책을 읽는 것은 시간 낭비일 뿐만 아니라 마음이 오염되어 설사를 할 수도 있다. 책을 선택하는 것은 친구를 선택하는 것만큼 중요하다. 자신의 행동에 대한 책임을 져야 하듯이, 책을 선택한 책임도 스스로 져야 한다. 책은 오락으로 읽는 것도 필요하지만, 자기 발전을 위해 읽어야 한다.

남아수독오거서(男兒須讀五車書). '사내라면 모름지기 다섯 수레에 가득 차고도 넘칠 만한 부피의 책을 읽어야 한다.'라는 뜻이다. 60년을 살아오면서 몇 권의 책을 읽었을까. 대충 생각해도 독만권서, 만 권 이상의 책은 읽었을 것 같다. 그러나 알고 있는 지식이라고는 구우일모(九牛一毛), 아홉 마리 소의 터럭 한 오라기에도 미치지 못한다. 책은 소중한 친구였다. 책이 있어서 외롭지 않았다. 함께 웃고 함께 울었으며, 함께 기뻐하고 슬퍼했다. 의기소침해 있을 때 용기를 주었고, 절망 속에서 희망을 주었다. 지치고 힘들 때 위로와 격려를 해주었다. 이 험한 세상을 살아가는데 등불이었고 뗏목이었다. 책이 있어서 행복했다.

세월을 헛되이 보내지 말지니, 아름다운 봄날이 흘러감에 오직 책 읽는 즐거움이 있을 뿐. 긴 여름날 책 읽은 뒤에 매미 소리 그치니 즐거움은 끝이 없어라. 지난밤 앞뜰에 잎 지는 소리 들리더니 가을 품은 모든 소리 적막한 가운데 책 읽는 즐거움 비길 데가 없구나. 깊은 밤 큰 눈 쌓이고 화로에 찻주전자 끓어오르니, 책 읽는 즐거움 어찌 다른 데서 찾을까. 사시사철 글 읽고 글 쓰는 이 새벽의 즐거움을 그 누가 알겠는가.

일일부독서 구중생형극. 하루라도 책을 읽지 않으면 입에 가시가 돋는다. 하지만 이른 새벽 책을 읽고 하루를 시작하면 입에 꿀이 생기고 하루의 삶에 향기가 돈다. 이것이 책의 힘이다.

48. 성자의 눈물인가, 악마의 유혹인가

세계에서 가장 좋은 음식은 세계인들이 가장 즐겨 먹는 음식이다. 그것이 무엇일까? 술은 동서고금을 막론하고 세계인이 가장 즐겨 먹는 음식이다. 술은 근심을 없애주는 망우물(忘憂物)의 역할을 하고, 자연의 도(道)와 합일을 이끌어내는 매개물(媒介物) 역할도 한다. 인위적 세계, 이성적 세계가 아닌 비이성적 세계, 초월적 세계로 이끌어 주어 마시는 사람들로 하여금 자연을 예찬하고 인생을 노래할 수 있게 한다. 20세기 영국 시의 거장 예이츠는 '음주가'를 부르며 너무나 아름다워 실눈 뜨고 봐야 하는 이 세상을 노래한다.

> 사랑은 눈으로 들어오고/ 술은 입으로 들어오네.
>
> 우리가 늙어서 죽기 전에/ 알게 될 진실은 이것뿐
>
> 잔 들어 입에 가져가며/ 그대 보고 한숨짓네.

두 눈을 크게 뜨고 한 잔 술을 마시며 아름다운 이 세상을 마음껏 호흡한다. 채근담 후편에서는 "꽃은 반 만 핀 것이 좋고 술은 조금 취하도록 마시면 이 가운데 무한한 가취(佳趣)가 있다."라고 하였다. "술을 마시지 않고 여자와 노래를 사랑하지 않는 자는 일생을 바보로 사는 것이다."라는 말처럼 영웅호걸, 시인묵객에게 술은 생명수였다. 술 주(酒)자는 삼 '수(水)' 변에 닭 '유(酉)'를 쓴다. 닭이 물을 한 모금 마시고 하늘을 향하여 고개를 드는 것처럼 천천히 술을 마시라는 의미이건만, 주당(酒黨)들은 브레이크가 없어서 비난을 받는다.

러시아의 톨스토이, 미국의 헤밍웨이를 비롯하여 시저, 괴테, 폭군 네로 등 수많은 정치가와 예술가들이 술을 사랑하다 요절하거나 자살, 지병 등으로 죽어갔다.

삼국지의 술꾼 중 가장 호탕한 인물은 장비일 것이다. 그러나 장비는 관우가 형주에서 죽자 원수를 갚는다고 서두르다 대취(大醉)하여 수하 장졸들에게 살해당했다. 간웅(奸雄) 조조는 평소 시문(詩文)과 술에도 능했다. 조조는 "술잔은 노래로 마주해야 하리 우리 인생이 길어야 얼마나 되나."라며 단행가를 부르면서 천하의 인재를 얻고자 했다.

'사랑과 죽음'이 서양 문학의 양대 주제라면, 중국 문학은 단연 그 위에 '술'이 있었다. 모든 술꾼이 다 문인은 아니지만, 모든 문인은 다 술꾼이라 해도 지나치지 않을 정도였다. 서양철학의 시조이자 그리스 철학자인 소크라테스는 술을 즐긴 세계적인 대주호로, 사형을 언도받고 죽으면서까지 독이 들긴 하였지만 술을 마시면서 죽는 행복한 순간을 맞이하였다.

이백이나 백낙천, 소동파는 혼자 마시는 독작을 좋아했다. 이백은 〈월하독작〉에서 "하늘에 주성(酒星)이 있고 땅에 주천(酒泉)이 있으니 술 좋아함이 하늘에 부끄럽지 않노라"라고 노래하며 달과 그림자를 벗하여 독작을 하였다. 이백에게 있어 술은 자신을 저 하늘의 은하수로 초월시켜 주는 매개물이 되는 동시에, 도와의 합일을 이루게 해주는 역할도 수행한다. 소동파는 "만약 푸른 산을 마주하고 세상사를 이야기한다면 반드시 술잔을 들어 그대에게 벌주를 내리겠노라."라고 하며, 술을 마시면서 세상사를 거론하지 않기로 약속하고 지키지 못하는 사람은 벌주를 한 잔 마시기로 했다. 푸른 산을 배경으로 술이나 마시자는 이 달관한 듯한 거동에는 깊고 깊은 좌절과 실망이 숨어 있었다. 도연명은 술을 통하여 자연과 나를 이분법적으로 구분하던 '이성적 사고' 방식에서 벗어나 자연과 내가 하나가 되는 '감성적' 일체화를 이루어낸다. 도연명이 귀거래사를 부르며 자기의 고향인 전원으로 돌아가듯, 이백은 하늘에서 귀양 온 신선이 술을 마시고 자기의 고향인 하늘의 세계로 돌아갔다.

옛사람들은 술 마시는 데에도 원칙과 법도가 있었다. 논어에서는 '마시더라도 난잡해지지 말아야 한다.'라고 가르친다. 전통 주법에는 세 가지 계명이 있었으니, '술은 유시(오후 5~7시) 이후에 마시라.'는 유시계와 '술을 마시고는 물을 마셔 입안과 식도를 씻으라.'는 현주계, '석 잔 이상 마시지 말라.'는 삼배계가 그것이다. 즉 술을 마시되 때를 구별할 줄 알며, 깨끗하게 마시고, 과음하지 말라는 교훈이다. 그러나 주당들은 술잔 석 잔 대신 양푼이 석 잔에 술을 부어 마셨다. 또한 전통적인 주도(酒道)에서는 술을 마시는 단계를 입이 풀리는 해구(解口), 미운 것도 예뻐 보이는 해색(解色), 억눌려 있던 분통이나 원한이 풀리는 해원(解寃), 인사불성이 되는 해망(解妄)의 4단계로 보았는데, 이때 해구나 해색에서 넘어서지 않을 것을 중요하게 꼽았다.

마음은 술로 보고 외모는 거울로 본다. 진정한 음주의 풍류는 '취하더라도 몸가짐이나 마음가짐을 결코 흐트러뜨리지 않으며, 남에게 절대로 무례를 저지르지 않는 예절', 즉 주도(酒道)를 지키는 데서 비롯된다. 《명심보감》에는 '술과 색과 재물과 울분의 네 담장, 수많은 잘나고 못난 사람들 그 안 행랑에 들어 있네. 그 누가 이곳을 뛰쳐나오기만 한다면 그것이 곧 신선(神仙)이 되는 불사(不死)의 방법이 되는 것을.'이라 하고, 또 '술이 사람을 취하게 하는 것이 아니라 사람이 저 스스로 취하는 것이요, 미색이 사람을 현혹하는 것이 아니라 사람이 저 스스로 미색에 빠지는 것이다.'라고 하며 술과 색을 경계한다. 술은 과연 악마의 유혹인가, 아니면 성자의 눈물인가.

한문학 사상 가장 뛰어난 문장가로서 시성(詩聖)으로 평가받는 이규보는 만년에 시와 거문고, 술을 좋아하여 삼혹호(三酷好) 선생이라 불렸다. 어려서부터 술을 좋아했던 그는 평생을 시와 술을 벗 삼아 지냈다. 그 자신이 그렇게 술을 좋아했기에, 시선(詩仙)이자 주선(酒仙)인 이백이 하루에 술을 삼백 잔을 마셨다는 이유로 아들의 이름을 '이삼백'이라 지었다. 하지만 아들이 술을 많이 마시자 일말의 불안감으로 〈아들 삼백(三百)이 술을 마시다〉라는 시를 남기는 안타까운 아버지였다.

정철은 권주가에서 "한 잔 먹새 그려/ 또 한 잔 먹새 그려/ 꽃 꺾어 산(算) 놓고/ 무진 무진 먹새 그려"라고 읊조린다. 얼핏 보면 주량에 관계없이 무진장 마시자는 것 같지만, 자기가 얼마나 마시는지 '꽃 꺾어 산 놓고', 곧 잔을 세면서 주량의 한도 내에서 마신다. 정철과 더불어 조선의 양대 시인인 윤선도는 "술을 먹으려니와/ 덕 없으면 문란하고/ 춤도 추려니와/ 예 없으면 난잡하니/ 아마도 덕예를 지키면/ 만수무강하리라."라고 노래한다.

해학과 풍자의 시심(詩心)으로 방랑하며 한평생 살다간 김삿갓의 애환에도 술이 있고 시가 있었다.

청춘이 기생을 안고 노니 천금도 검불 같고
백일하에 술잔을 드니 만사가 구름 같구나.
기러기 먼 하늘을 날 때 물을 따르기 쉽고
나비가 청산을 지날 때 꽃을 보고 피하기 어렵도다.

나는 이태백을 좋아하고 김삿갓을 좋아한다. 방랑을 좋아하고, 술을 좋아하고, 시를 좋아하고, 풍류를 즐기는, 이 땅을 좋아하고 인간들을 좋아해서 하늘에서 귀양을 온 신선 같은 그들이 좋았다. 그래서 그들을 흉내 내며 살아간다. 방랑과 풍자의 시심으로 한평생을 살아간 김삿갓, 그날의 김삿갓이 오늘의 김삿갓과 함께 인생길에서 만난 주막에서 한 잔의 술을 나눈다.

나는 비 오는 날이면 술 생각이 난다. 슬픈 추억이란 상처를 안

주 삼아 한 잔의 술을 마신다. 그러면 잊혀지고 지워졌던 한(恨)이 슬슬 기어 나온다. 땀 흘리며 산길을 걷다가 빗속에서 마시는 술 한 잔은 신선놀음이다. 내리는 비는 온몸을 적시고, 한 잔의 술은 마음을 적신다. 땀과 눈물이 술잔 속으로 떨어지면 '아름답다 인생이여! 아침 이슬같이 스러져 버릴 인생이여!'라고 하며 무상한 마음으로 마시면서 홍취가 더욱 깊어진다. '무엇을 그리 아등바등하며 애태우는가. 맑으면 맑은 대로, 비가 오면 비가 오는 대로 운치 있는 소풍을 즐기려무나!' 노래하면 신선이 따로 없고 내가 영락없는 신선이다.

나는 어릴 적 술에 취한 아버지의 모습을 보면서 자랐다. 매일처럼 술 마시고 노래하고 엄마를 괴롭히던 아버지를 보면서 결심했다. 술을 마시더라도 결코 아버지처럼 되지 말자고. 어느 날, 평소 알고 지내던 정신의학과 교수에게 아버지의 알코올중독 상태를 상담했고, 교수는 아버지의 입원을 권유하면서 "자녀 중에도 한두 명은 유전적으로 닮을 수 있다."라고 했다. 나는 그 말이 섬뜩하게 다가왔다.

나는 20대 중반, 대구에서 세무공무원을 하면서 아껴주는 직장의 좋은 형님들에게 술을 배우고 산을 배우고 인생을 배웠다. 내 인생에 있어 커다란 행운이었다. 당시 아홉 살이 많았던 대구의 한성대 형님은 가장 훌륭한 스승이었다. 단골 술집에 가면 술을 마시기 전에 지난 일주일, 혹은 지난 술자리 이후 나의 생활에 대해 잘한 것과 잘못한 것, 칭찬과 지적을 먼저 했다. 그리고 이어지는 술자리에서 술과 인생을 가르쳐 주었다. 나는 한 번도 애주가인 그 형님의 술 취한 모습을 보지 못했다.

내가 가장 싫어하는 사람은 술을 마시고 주정을 하는 사람들이었다. 그런 사람들과는 술을 마시지 않았고, 지금까지도 술을 마시고 술주정을 하는 사람은 기피한다.

나는 세무공무원 생활을 시작한 스물한 살에 술과 담배를 배우면서 교회와는 차츰 멀어지기 시작했다. 술은 점차 마음의 위안을 주었고, 나는 점점 세상 속으로 들어갔다. 모든 것이 변해가고 있었다. 경제적으로 부모님을 도와드릴 수 있었고, 빚 없이 살아보는 어머니의 한을 풀어드릴 수 있었지만, 초라한 자신의 삶이 싫어서 방황했다. 결국 교회는 나가지 않게 되었다. 그러다가 가끔씩 밤새 잠 못 이뤄 뒤척이다가 새벽 종소리에 이끌려 교회에 나가 무릎 꿇고 울고 또 울었다. 세상이 왜 이렇게 슬프냐고, 당신이 살아 계시다면 이제 이 슬픔을 가져가시라고 떼를 썼다. 그러나 아무것도 나아지지 않았다. 오히려 삶은 더욱 힘들고 캄캄한 어둠 속으로 밀려들어 갔다. 아버지와 어머니의 한과 눈물을 맛보며 그럭저럭 살아가는 의미 없는 나날이 지나갔다. 만사가 허무했고 술은 기쁨이고 피난처였다. 술은 망각의 효과를 주는 명약이자 광약(光藥)이고, 광약(狂藥)이었다. 인생의 거친 들판 위에서 나를 구해준 친구였다. 술은 달콤한 유혹이었다.

그러다가 주말이면 산으로 갔다. 땀을 흘렸다. 한 발자국씩 내딛을 때마다 땀방울이 떨어졌다. 그것은 술이었고, 한(恨)이었으며, 아픔의 눈물이었다. 외로운 투혼이었다. 그렇게 자신을 학대하고 위로하는 가운데 또 다른 탈출구는 책이었다.

내가 장가를 들 때만 해도 처가에서 술을 마신다는 것은 상상할 수조차 없었다. 술을 드시지 않는 엄격한 장인어른의 통제 아래 술 반입금지는 물론, 처남들도 간혹 술을 마시면 조심했다. 하지만 셋째 사위인 내가 장가들면서 서서히 처가에 술 문화가 도입되었다.

흔히 "전쟁터에서 죽은 사람보다 술잔에 빠져 죽은 사람이 많다."라고 한다. 또 "세월에 장사 없고, 매에 장사 없고, 술에 장사 없다."라고 한다. 이제는 예전처럼 술을 많이 마시지 않는다. 지난 세월, 술은 내게 있어 성자의 눈물이었고 동시에 악마의 유혹이었다. 내 마음의 한풀이가 끝난 지금, 건강을 생각하고 아름다운 인생을 누리기 위해 술을 가볍게 즐기려 한다. 술을 사랑하고 인생을 사랑하며 방랑의 나그네길, 이 아름다운 소풍을 오래오래 즐기고 싶다.

'산티아고 가는 길'에서 매일 레드 와인을 마신 순례자가 시인이 되고 풍류가객이 되어 〈취하자〉를 노래했다.

> 늘 취해 있으리.
> 시간의 무게
> 인생의 무게를 느끼지 않으려면
> 늘 취해 있으리.
> 술에든 책에든 산에든 흥에든
> 나는 늘 취해 있으리.

이제 다시 취할 시간이다.
시간의 노예
삶의 노예가 되지 않으려면
늘 취해 있으리.
예수든 자연이든 여인이든
나는 늘 취해 있으리.

자신의 인생에 주인이 되려면
내 마음의 길을 가리.
취하면 그뿐 취해서 가리
취하자 늘 취하자.
사랑으로 미소로 친절로
영혼의 카미노에서

49. 나는 산이 되고 싶다!

공자는 논어에서, "지자요수(知者樂水), 인자요산(仁者樂山), 지자동(知者動), 인자정(仁者靜), 지자락(知者樂) 인자수(仁者壽)"라고 했다. '어진 자는 산을 좋아하고, 지혜로운 자는 물을 좋아한다. 지자는 쉬지 않고 흐르는 물을 좋아하고, 인자는 만고부동(萬古不動)의 산을 좋아한다. 지자는 움직이고 인자는 조용하다. 지자는 생을 즐기고 인자는 수분지족 하여 장수한다.'라는 뜻이다.

그러자 제자가 묻는다.

"어진 자는 어찌하여 산을 좋아합니까?"

"산이란 만민이 우러러보는 대상이다. 초목이 그곳에서 나서 자라고, 만물이 뿌리를 내리고 자라며, 새들이 모여들고 짐승이 쉬어간다. 사방의 사람들은 그곳에 가서 이익을 취하며, 구름과 바람이 불어일고, 천지의 중간에 우뚝 서 있다. 천지는 이로써 이루어지고, 국가는 이로써 안녕을 얻는다. 그래서 어진 사람은 산을 좋아한다."

"지혜로운 자는 어찌하여 물을 좋아하는 것입니까?"

"물이란 순리를 따라 흐르되 작은 빈틈도 놓치지 않고 적셔드니 이는 마치 지혜를 갖춘 자와 같고, 움직이면서 아래로 흘러가니 이는 예를 갖춘 자와 같으며, 어떤 깊은 곳도 머뭇거림 없이 밟고 들어가니 이는 용기를 가진 자와 같고, 막혀서 갇히게 되면 고요히 맑아지니 이는 천명을 아는 자와 같으며, 험하고 먼 길을 거쳐 흐르면서도 마침내 남을 허물어뜨리는 법이 없으니 이는 덕을 가진 자와 같다. 천지는 이를 통해 이루어지고, 만물은 이로써 살아가며, 나라는 이로써 안녕을 얻고, 만사는 이로써 평안해지며, 풍물은 이로써 바르게 되는 것이다. 이 때문에 지혜로운 자는 물을 좋아한다."

산과 물은 정다운 형제자매다. 산은 물을 그리워하고 물은 산을 사랑한다. 산과 물이 조화를 이루면 자연의 극치를 이룬다. 배산임수(背山臨水)는 인간이 살고 싶어 하는 명당의 상징이다. 하늘을 향해 우뚝 솟은 침묵의 고산준령은 엄숙하고 경이롭다. 산은 으뜸가는 신의 창조물이다.

백두대간의 높은 봉우리에서 바라보는 산들의 모습은 울퉁불퉁 우람한 근육 같다. 봉우리가 능선을 허리삼아 줄기줄기 병풍처럼 뻗쳐나간 장관은 탄성을 자아내게 한다. 그것은 자연의 장엄무비(莊嚴無比)한 아름다움과 힘의 파노라마다. 물이 움직이는 변화와 부드러움의 천재라면 산은 움직이지 않는 굳셈의 상징이다. 산은 늠름한 대장부의 기상을 상징한다. 산은 장엄함을 가르친다. 쩨쩨하게 살지 말라 한다. 그러나 들을 귀가 있는 자만 듣는다.

새벽의 어둠을 뚫고 산 정상에서 만나는 아침의 태양은 벅찬 감격의 진동을 일으킨다. 산 위에서 바라보는 일몰의 광경은 엄숙하고 경건하며 때로는 그 아름다움에 눈물이 난다. 니체는 "나는 방랑하는 자이자 산을 오르는 자다. 내 어떤 숙명을 맞이하게 되던, 내 무엇을 체험하게 되던 그 속에는 반드시 방랑과 산 오르기가 있으리라. 사람은 결국 자기 자신을 체험하기 마련이니."라고 말한다.

나 또한 방랑하고 산에 오르기를 기꺼이 고마워한다. 등산의 기쁨은 정상에 올랐을 때 가장 크다. 그러나 내게 있어 최상의 기쁨은 험악한 산을 올라가는 순간에 있다. 길이 험하면 험할수록 가슴이 뛴다. 인생에 모든 고난이 자취를 감추었을 때를 생각해 보면 그 이상 삭막한 것이 없다. 삶이 있는 곳에 의지가 있다.

우리 국토의 65%는 산이다. 산은 우리 삶의 터전이자 생명보존의 원천이다. 언제나 맑은 물과 깨끗한 공기, 아름다운 경관을 제공하고 녹색댐의 역할을 하면서 새와 짐승들의 보금자리가 된다. 대한민국에서 태어나 대한민국의 산을 사랑하고 산을 찾는다는 것, 그리고 산에 추억이 있다는 것은 얼마나 아름다운가.

옛사람들은 '독서여유산'이라, 독서는 산을 유람하는 것과 같다고 했다. 산은 산대로 책은 책대로 제각기 형상이 있고 깨우침이 있다. 술 또한 독하고 약한 술이 있고, 강하고 약한 사람이 있어 산과 책과 비슷하다고 선비들은 말했다. 퇴계 이황은 "산을 유람하는 것이 책 읽는 것과 같구나. 낮은 데서부터 공력을 다할 것이며 깊이를 얻는 것도 자신에 달렸어라."라며 낮은 데서 차근차근 정성껏 밟아 오르는 착실한 독서로 높고 깊은 지혜에 스스로 도달하라고 했다.

청나라 기효람(1724~1805)은 독서의 즐거움을 "책 읽는 것, 마치 산에서 노니는 듯, 눈길 닿는 곳, 즐겁지 않을 것 없어라. 바위와 골짜기 거니는 것, 어찌 힘들다 하리오. 안개와 노을이 씻어주며 또한 깨우쳐주니 이내 가슴 시원해라. 사립문 종일 닫고 소리 내어 책 읽는 뜻이 여기에 있다네."라고 했다.

목은 이색도 "글 읽기란 산을 오르는 것과 같아서 깊고 얕음이 모두 스스로 깨쳐 얻음에 달려있다."라고 했다. 한강 정구는 "독서는 산을 유람하는 것과 같아서 두루 돌아다녀도 그 뜻을 모르는 이가 있으니, 산수의 정취를 알아야 유람했다 할 수 있으리."라고 하며, 이것저것 섭렵하는데 치중하기보단 책의 뜻을 정확히 이해하는데 주력하라고 했다.

조운도(1718~1796)는 《유청량산기》에서 "산을 언뜻 보고 지나가기를 욕심내거나 힘들여 오르다 지치면 빼어난 경치를 구경할 수 없거늘, 내가 예전 읽었던 책은 이 산을 처음 볼 때와 마찬가지였으니, 산을 유람하는 것이 독서와 비슷하다는 것을 깨달았다."라고 했다.

성리학자 어유봉(1672~1744)은 《동유기》에서 "산을 유람하는 것은 독서하는 것과 같다. 보지 못한 것을 보는 것도 좋지만, 실은 충분히 익히고 또 익히는데 핵심이 있다."라고 했다. 독서와 마찬가지로 산을 설렁설렁 보아서는 산의 오묘한 깊이를 알 수 없다. 또 비슷한 시기의 장서가 이하곤은 "산을 유람하는 것은 술을 마시는 것과 같다. 그 깊이는 각자의 국량에 따라 정해지는데, 그 아취(雅趣)를 이해하지 못한다면 얻는 것은 고작 산의 겉모양에 지나지 않는다."라고 했다.

산과 책과 술, 내가 가장 좋아하는 벗들이 이렇게 어울리는 줄을 알았으니, 내 어찌 이들을 좋아하지 않을 손가. 책과 술을 넣고, 산에 가서 읽고 마시면 환상의 조합이다. 신선이 어디 따로 있는가. 산길을 걷는 내가 신선이요 선인(仙人)이다. 사람(人이) 산(山) 속에 살면 선인(仙人)이 된다. 선인은 도를 닦는 사람이다. 산을 좋아하는 선인이 정상에 올라 하늘을 바라보며 엄숙하게 〈건배〉를 제의한다.

산봉우리에서
술잔에 막걸리를 따르고
여백에 푸른 하늘을 채운다.
그리고 눈 아래 세상을 바라보며
호연지기 가득한 건배를 제의한다.
"위하여!"

하늘과 산의 기운을 들이키며
흐르는 바람과 구름을 안주 삼아
술술
선인이 젖은 영혼을 세척한다.

산은 명상의 장소요 수행의 도장이다. 산은 인간의 위대한 스승이다. 산의 맑고 싱싱한 공기는 심신을 강화하고 영혼을 정화한다. 깊은 산의 봉우리에는 호연지기(浩然之氣)가 있고, 산은 호연지기를 가르쳐준다. 맹자는 '인간이 가질 수 있는 최고의 경지, 탁 트이고 완전한 자유인의 경지'를 호연지기라고 했다. 산에는 기기괴괴(奇奇怪怪)한 바위가 있고 울울창창(鬱鬱蒼蒼)한 숲이 있다. 온갖 나무와 풀이 있고, 온갖 새와 짐승들이 있다. 숲이 우거진 산에 있으면 "숲 속에서 대지를 잘 돌보라. 우리는 대지를 조상들로부터 물려받은 것이 아니다. 우리의 아이들로부터 잠시 빌린 것이다."라고 하는 오래된 인디언 격언이 들려온다. '숲'은 글자 모양도 숲처럼 생겼다. 성(聖) 베르나르는 "너는 책에서보다 숲에서 더 많은 것을 발견할 수 있을 것이다. 숲 속의 나무와 풀은 네가 학교에서는 결코 배울 수 없는 것들을 너에게 가르쳐 줄 것이다."라고 했다. 숲은 학교요, 스승이다.

1980년대 초중반, 아직 산으로 가는 사람들이 많지 않았던 그 시절. 나는 산을 좋아해서 주말이면 산으로 갔다. 산으로 가는 길은 내 삶의 특별한 여행의 시작이었다. 산을 좋아하는 공무원 선배님들을 따라 산을 다니게 되고 산을 좋아하게 되었다. 어릴 적 부모님 따라 산에 땔감을 구하러 가고, 고향의 청산에 오르고, 추석 성묘길에 아버지조차 얼굴을 모르는 의성에 있는 증조부와 증조모의 산소에 오르는 산길 외에는 산을 오르는 일이 없었다.

등산을 좋아하면서 대구의 비슬산과 팔공산은 주말이면 동네 뒷산 가듯 자주 갔고, 산악회에 가입하면서 전국의 명산을 누비게 되었다. 그때부터 나 홀로 산행을 하는 습관이 생겼다. 나 홀로 산행은 외로움의 극치를 누리는 기쁨이었다.

완행버스를 타고, 비둘기호 기차를 타고 전국의 산을 찾아다니던 그때의 산행. 무거운 배낭을 메고 느릿느릿 걸어가는 그 시절은 참으로 산행다웠다. 산행은 미지의 세계, 새로운 세계로 나아가고자 하는 나그네의 끼를 발산하는 것이요, 대학 진학을 하지 못하고 방황하는 암울한 마음의 감옥에서 탈출구를 찾고 싶어 하는 몸부림에서 벗어나는 길이었다. 그렇게 인연이 된 산은 오늘날까지 내 삶과 항상 도전하고 끊임없이 변화를 추구하는 습관에 큰 영향을 미쳤다.

산은 특별한 의미로 내게 다가왔고, 나는 산을 사랑했다. 정상에서 느끼는 모든 감정도 좋았지만, 오르는 과정에 흘리는 땀은 아주 특별한 의미가 있었다. 어디론가 떠나는 것도 새로웠지만, 배낭을 둘러매고 땀을 흘리며 산 위를 향해 내딛는 고행의 발걸음은 차라리 즐거움이었다. 육체적인 한계를 맛보면서 정신적인 단련을 하는 새로운 기쁨이었다. 나는 땀을 아주 많이 흘리는 체질이었고, 산에서 흘리는 땀은 내 몸과 마음의 모든 한과 찌꺼기를 배출하는 통로였다. 한 걸음 한 걸음 내디딜 때마다 땀이 뚝뚝 떨어질 때면 묘한 카타르시스를 느꼈다.

나는 멀리 보기 위해 높이 나는 새가 되고 싶었고, 낙타와 사자를 뛰어넘어 어린아이 같은 초인이 되고 싶었다. 정상에 오르면 나는 큰소리로 고함을 쳤다. 지금은 사라져버린, "야호!"라는 외침은 물론 신을 향한 저항, "신이여, 당신이 정녕 존재한다면 세상이 이렇게 불공평할 수 있습니까?"라며 큰 소리로 신을 원망했다.

우회하는 길이 가장 빠른 길이라고 하던가. 세월이 지나 돌이켜 보면 그렇게 멀리 떠나는 방랑의 길이 결국 고향의 어머니에게로 가고, 마음으로 소원하며 몸부림치던 배움의 길로 가는 지름길이었다.

나는 역마살(驛馬煞)이 생겨났고, 역마살은 자신을 더욱 성숙하게 해주었다. 산을 가르쳐준 선배들은 "너는 산을 좋아해서 결혼 못 할 것이다."라고 말했다. 공무원 생활을 하면서도 자신의 처지를 슬프게 여기며 돌파구를 찾으면서 방황하던 나는 산을 좋아해서 드디어 산 사나이, 산의 방랑자가 되었다. 산과의 인연은 그렇게 시작되었다.

1988년 제주도로 신혼여행을 가면서 배낭을 메고 등산화를 신고 갔다. 그리고 한라산 등반을 했다. 한라산 분화구를 한 바퀴 돌고 백록담에 내려가서 손을 씻고 세수를 했다. 지금은 상상도 할 수 없지만, 그 시절에는 그게 가능했다. 우리를 태우고 다니던 택시 기사는 "신혼여행을 이렇게 오시는 분은 처음."이라고 했다. 그리고 그해 10월, 덕유산 정상인 향적봉에서 아내와 처음이자 마지막으로 산장에서 밤을 보냈다. 향적봉에서 바라보는 석양과 저녁노을은 신비로웠다. 지금은 동네 뒷산도 올라가지 못하는 아내의 체력. 당시에는 어떻게 산에 다닐 수 있었는지 가끔 아내에게 놀리듯 말한다.

"나와 결혼하고 싶어서 초인적인 힘으로 따라다니다가 '잡은 고기에는 먹이를 주지 않는다.'는 말처럼 이제는 안 따라다니는 건가?"

나는 백두대간을 종주하고 대한민국 100대 명산을 걸었다. 그리고 수많은 산을 가고 또 갔다. 승용차를 타고 지나다가 멋있는 산을 보면 생각에 잠긴다. 그 산에서의 추억이 뇌리에 스쳐 간다. 국내의 산을 어느 정도 다녔으니 요즘은 해마다 해외로 트레킹을 간다. 히말라야, 캐나다 로키, 알프스 3대 미봉, 뉴질랜드의 밀 포드와 4대 트랙, 페루의 마추픽추, 일본의 후지산, 중국의 오악(五岳) 등을 다녀왔고, 그 길은 길에 연하여 있다. 할 수 있는 한 조롱박처럼 한 곳에 머물지 않고 시련과 역경 속에 천하를 주유하려고 한다.

인간은 위험을 무릅쓰고 높은 산을 오른다. 시련은 영혼을 세척하고 육체와 정신을 단련시킨다. 카프카는 "세상은 도처에 위험이 깔려 있다."라고 말한다. 누군가는 거대한 산을 오르고 그 산을 정복했다고 할지 모르지만, 그는 수많은 방문객 중 하나에 불과하다. 산은 결코 정복을 당한 적도 없고 당했다고 생각하지도 않는다.

나는 나 홀로 산행을 많이 했다. 지금도 나 홀로 산행을 좋아한다. 아침이면 훌쩍 집이 있는 분당의 불곡산에서 남한산성까지 24㎞ 거리를 홀로 걸어간다. 걸어가는 산길, 산과 나, 둘이 하나가 되면 두려움도 고통도 없다. 눈앞에 펼쳐진 하늘과 바람과 산과 숲이 넉넉한 벗이 된다. 인간이란 결국 혼자가 아닌가. 어디를 둘러보아도 또 다른 나는 없다. 나 홀로 낯선 산길을, 낯선 시간을 달려가는 그 멋을 그 누가 알 수 있겠는가. 산아일여, 산이 내가 되고 내가 산이 된다. 겨울날 얼어붙었다가 땀에 녹은 신선한 붉은 얼굴을 바라보면 자아도취에 취해 미소 지으며 독백을 하던 추억이 스쳐 간다.

“나는 산이 되고 싶다!”

50. 여행

인생은 그 자체로 여행이다. 탄생과 죽음 사이의 여정이다. 하루하루, 한 해 한 해는 여행 중의 여행, 삶 속의 삶이다. 하루가, 한해가 즐거워야 일생이 행복하다.

인생이라는 여정에서 인간은 누구나 여행을 필요로 한다. 여행은 재충전과 자기발전의 계기가 되고, 현실에서 쌓인 부정적인 감정을 상쇄할 긍정적인 감정을 찾는데 도움이 된다. 집 떠나면 개고생이라지만, 여행은 현재의 불편함을 회피할 수 있고 놀이에서 오는 재미도 있다. '일상의 나'가 아닌 다른 사람으로 잠시 사는 재미도 있고, 자신의 삶을 객관적으로 관조하고 측정할 수 있는 계기도 되고, 새로운 가치의 발견으로 자신이 향상되는 느낌도 있다. 자연과의 새로운 만남을 통한 신세계의 발견도 가능하다. 여행지의 역사와 문화에 대한 책을 읽고 여행을 하면 재미가 배가된다. 아는 만큼 보이고 느껴지고 즐겁다.

여행의 묘미는 자신을 가두고 있는 마음의 감옥에서 벗어나서 자유롭게 날아다니는 것. 바쁘게 살면서 간과해버린 일이 떠오르고, 자신을 좀 더 객관적으로 바라볼 수 있다. 또한 미시적인 안목으로 보았던 일들을 더욱 멀리 볼 수도 있다. 때로는 현미경으로, 때로는 확대경, 망원경으로 자신을 돌아볼 수 있다.

여행은 일상의 굴레에서 벗어나 자신의 삶을 돌아보는 시간이요, 자신을 들여다보는 시간이다. 특히 나 홀로 여행은 오롯이 나에게

만 집중하는 여행이다. 자신의 내면 깊은 곳으로 여행하려면 끈기와 대담함이 있어야 한다. 자신이 걷고 있는 방향을 모르면 겁이 난다. 옛말에 "낯선 곳은 익숙하게 하고, 익숙한 곳은 낯설게 하라." 라고 했다. 생각이 어지러이 일어나는 곳은 익숙한 곳에서이고, 집지전일(執持專一), 즉 온전히 한 가지만을 붙들어 지키는 것은 낯선 곳에서이다. 익숙한 곳은 타성에 젖어들게 하고, 낯선 곳은 설익어 긴장하게 한다. 가끔은 익숙한 것들과 결별하여 낯선 곳에서 백지 상태로 되돌아보는 성찰의 시간이 필요하다. 각성은 노력 없이는 안 된다. 방하착(放下着)! 꽉 쥐고 있던 것들을 툭 내려놓아야 자신이 보인다.

인생에는 수많은 길이 있고, 사람들은 그중 한 길을 선택하여 길을 간다. 낯선 길을 가는 유랑은 삶에 새로운 생기를 불어넣고 삶의 등급을 높인다. 2017년에 지은 〈길〉이다.

길 밖에서 길을 보면
길 아닌 길이 없다.
비바람에 눈보라에
슬퍼 절망하지만

지나온 이길 저길
그 길 또한 길이었으니
걸어온 세월
백척간두의 길

생애의 팔 할이
어머니였으면
생애의 이 할은
희망이었다.

괴나리봇짐 둘러메고
톱날 같은 눈물 끊어내며
황량하게 방랑했던
광야의 길

이제
자유와 안식 누리리.

T.S. 엘리엇은 "우리는 탐험을 중단하면 안 된다. 그리하여 탐험이 끝나면 처음 출발했던 장소로 돌아오게 되리라. 그리고 그 장소를 처음으로 알게 되리라."라고 말한다. 여행은 자신이 있어야 할 진정한 자리를 알려준다. 하지만 그 자리에 도달하기란 쉽지 않다. 여행은 삶을 풍요롭게 한다. 자연 속에서 배우는 여행의 묘미는 삶을 보다 성숙하게 한다. 여행은 과거에서 현재로 이어지는 고리와 미래로 가는 열쇠를 보여주고, 행운의 네 잎 클로버를 찾기 위해 행복의 세 잎 클로버를 짓밟는 어리석음을 범치 않게 하는, 보다 지혜로운 길을 가게 한다.

나는 여행을 좋아하는 지구별 여행자다. 여행에는 낭만이 있다.

내 인생은 여행의 낭만을 통해 무럭무럭 익어간다. 여행은 학교다. 여행에서 만나는 세상, 그곳에서 만나는 과거와 현재의 삶이 스승이다. 세상은 책이다. 책장을 넘기면 언제나 새로운 길이 나타난다. 여행은 내가 아직 살아있음을 증명해준다. 여행은 하늘, 구름, 바람, 공기, 햇살, 달과 별 등 소중하지만 잊어버리고 사는 것에 대한 감사함을 느끼게 해준다. 그래서 여행은 세상의 학교요, 몸으로 체득하는 책이다. 여행에서 만나는 모든 인연은 세상을 가르쳐 보여주는 스승이다. 강단의 지식과 거리의 지식은 다르다. 직접적인 경험과 간접적인 경험은 다르다. 모든 것을 몸으로 경험할 수 없기에 책을 통해 경험한다. '독만권서 행만리로'라는 경구는 여행과 책의 소중함을 가르친다.

여행은 내게 축복이었으며 여행을 통해서 행복의 조건, 곧 평범한 것에 대한 고마움을 가질 수 있었다. 새롭고 낯선 길에 얼굴을 묻고 잠이 들면 행복하다. 하지만 때로는 '내가 왜 이곳에 홀로 있지?'라는 처절한 고독감에 흐느껴 울었다.

나는 나 홀로 여행을 통해 진정한 홀로 있음을 알았고, 세상과 연결되는 법을 배웠다.

게오르크 짐멜은 "인생은 방랑에 대한 동경과 고향에 대한 동경을 동시에 가지고 있다."라고 했다. 고향을 떠나 방랑을 하고 싶은 유혹과 방랑을 하며 고향으로 돌아가고 싶은 유혹을 동시에 느끼게 되는 것이다.

처음 대구에서 공무원 생활을 시작한 20대 초반이 지나고, 매월 엄마가 계시는 안동의 시골집을 찾았다. 고향에 대한 동경으로 시작된 여행이었다. 주말에 기차를 타고 고향역에 내려 엄마를 만나는 것은 뿌리를 찾는, 자신의 존재를 확인하는 작업이었으며, 이는 다시 어디론가 멀리 방랑하는 것을 동경하는 계기가 되었다. 고향으로 가고 오는 길은 방랑길의 시작이었다.

여행은 비움과 채움의 지혜를 가르쳐준다. 노자는 "그릇에 텅 빈 공간이 있기 때문에 그릇의 쓸모가 생기는 것.", "수레바퀴도 바퀴살 사이에 텅 빈 공간이 있기 때문에 수레가 굴러가는 것."이라고 비움의 지혜를 말한다. 방도 그 안에 빈 공간이 있어야 하고, 항아리도, 바구니도 그 속에 빈공간이 있어야 제 기능을 발휘한다. 사람도 몸과 마음에 비움의 지혜가 필요하다. 위장도 창자도 적당히 가난해야 한다. 생각이 많으면 번뇌가 끓는다. 갈등과 집착, 근심 걱정의 마음 찌꺼기를 버리고 또 버려야 새로운 것으로 채울 수 있다. 여행은 비움과 채움의 기쁨을 맛볼 수 있다. 무엇을 채워야 할까? 바람이 없는 날 바람개비를 돌리는 방법은 앞으로 달려가는 것. 여행에서 인생의 바람개비를 돌리려 힘차게 나아간다.

나는 나 홀로 여행을 떠날 때 비로소 자신의 정체라고 믿었던 조건들에서 벗어날 수 있고, 마음껏 길을 잃을 자유를 얻는다. 생업의 터전 용인을 떠나 안식처인 분당에서 용인에서의 삶을 바라보고, 분당과 용인을 떠나 고향 안동에서 분당과 용인에서의 삶을 바라본다. 그리고 다른 여행지에서, 국내를 떠난 국외에서 대한민국에서 자신이 살아가는 모습을 바라본다. 백문이 불여일견이라 했다. 주자는 "견문이 넓은 사람일수록 안목이 좁은 사람을 본 적이 없다."라고 말한다. 여행은 일상에서 벗어난 비움의 시간이요 침묵의 시간이다. 그래서 여행은 자신을 객관화시켜준다. 나무가 아니라 전 생애적 관점에서 숲을 보게 한다. 여행은 낯선 곳에서 자신을 되돌아보는 것이다. 물속에 있는 물고기는 물속에 노는 자신의 모습을 볼 수 없다. 물 밖으로 나와야 볼 수 있다.

여행은 일상에서 벗어나 사물을 관찰하며 기쁨을 찾고 침묵 속에서 자신을 바라보게 한다. 하지만 대부분의 여행자는 객체는 관찰하면서 자신은 잘 성찰하지 않는다. 나 홀로 여행 속에는 침묵이 살아있다. 자발적 침묵이 자신을 지켜보고 있다. 침묵으로도 관찰되지 않는 뭔가가 있으니, 바로 자신의 감정과 이성이다. 생각을 성찰해야 한다. 감정과 이성은 자신이 아니다. 그것을 바라보는 자신이 따로 있다. 여행을 통한 관찰과 성찰, 성찰과 관찰을 통과한 삶은 통찰로 흘러간다. 찰찰찰, 인생의 중심부를 관통하며 통찰로 흘러간다. 〈여행〉이 시가 되어 흘러나온다.

여행은 찰나
관찰이 흐르고
성찰이 흘러
통찰로 간다.

여행은 찰나
성찰이 흐르고
관찰이 흘러
통찰로 간다.

여행은
관찰
성찰
통찰이

찰
찰
찰
흘러내린다.

마크 트웨인은 "즐길 힘이 있는 데도 기회가 오지 않는 것이 인생의 전반이고, 기회가 많은데도 즐길 힘이 없는 것이 인생 후반이다."라고 말한다. 여가를 이용하지 못하는 사람은 항상 여가 시간이 없다. 가슴이 떨릴 때 다녀야지, 다리가 떨릴 때는 여행을 다닐 수가 없다. 취미가 삶이 되면 삶은 즐겁고 행복하다. 취미로서 여행은 인생에서 최고의 취미, 취할 아름다움이다.

나에게는 특별한 추억이 있는 여행이 있다. 지금도 돌아보면 아름다워, 너무나 아름다워서 눈시울이 붉어지는 두 번의 여행이다.

첫 번째는 1991년, 부모님과 우리 4형제가 다녀온 제주도 여행이다. 가족들과 함께 어머니가 건강한 모습으로 여행한 마지막 시간이었다. 1년 후 어머니는 뇌출혈로 쓰러져 반신불수가 되셨다. 그리고 더 이상 여행을 하실 수가 없었다. 시골에서 부산의 큰형님 댁으로, 서울의 형님 댁으로, 분당으로 어쩌다가 나들이 하는 것이 전부였다. 그때 건강한 어머니를 모시고 여행을 할 수 있었던 것은 신이 내린 축복이었다. 평생 고생만 하신 어머니에게 드린 탁월한 선물이었다.

10여 년 전 어느 날, 신문기사에 중국의 80대 노인이 100세가 넘는 어머니를 모시고 장례 준비까지 해서 손수레를 끌고 중국 전역을 여행을 한다는 내용이 실렸다. 갑자기 온몸에 전율을 느꼈다. 몸이 불편한 어머니와의 여행을 심각하게 고려했다. 거동을 제대로 하시지 못하는 반신불수의 몸. 화장실과 여러 가지 난관이 있었기에 쉽게 결정하지 못했다. 생각 끝에 어머니께 여행 계획을 말씀드렸다. 어머니는 예상 밖으로 선뜻 수락했다.

두 번째 여행, 우리는 벚꽃이 만발한 진해로 여행을 떠났다. 어머니와 제수씨, 조카 진철이까지 넷이서 하는 여행이었다. 진해군항제를 구경하고, 진해에서 배를 타고 거제도로 갔다. 바다를 바라보는 어머니는 마냥 즐거워했다. 그리고 우리는 다시 벚꽃이 아름답게 피어 있는 경주 보문단지로 가서 아주 특별한 행복을 맛보았다. 생전 처음 묵어보는 보문단지의 특급 호텔로 어머니를 등에 업고 들어서는데 제수씨가 말했다.

"어머니, 어머니. 너무너무 좋은데, 값이 아주아주 비쌀 것 같아요."

그러자 어머니는 말씀하셨다.

"괜찮다. 셋째 아들과 함께 아니면 언제 와보겠니."

평생을 한 푼 한 푼 아끼시며 검소하게 살아오신 어머니의 화통한 배포에 갑자기 웃음이 났다. 어머니는 아들의 넓은 어깨를 사랑했다. 어머니는 그때 여행 이후 멀리 가지 않으셨다. 그리고 말씀하셨다.

"너무 좋았다. 하지만 호텔에서, 화장실에서, 볼만한 경치만 있으며 차 세워놓고 무거운 나를 업고 다니는 니가 너무 힘들어 보여서 이제는 멀리 안 갈란다!"

평생 해외여행을 한 번도 못해 보신 어머니이시기에 여행사 대표인 친구 김영일과 의논했다. 하지만 '불편한 어머니를 모시고 해외여행을 안 가는 것이 효도'라는 결론을 내렸다. 그리고 어머니께 말씀드렸다.

"엄마! 다음 생에는 모시고 여행을 더 많이 다닐게요. 세계를, 우주를 여행하면서 엄마와의 기쁨과 행복을 만끽하겠습니다."

51. 나는 걷는다!

인간을 이해하려면 먼저 신화를 이해해야 한다. 고대 그리스 신화에는 괴물 스핑크스가 등장한다. 테베 왕국을 들어가기 위해서는 반드시 통과해야 하는 계곡이 있는데, 그 계곡에는 수수께끼를 내고 그것을 맞춘 사람만이 지나갈 수 있도록 지키는 스핑크스가 살고 있었다. 스핑크스는 매혹적인 여자의 얼굴에 사자의 몸통을 하고 새의 날개로 날아다니는 괴물이었다. 많은 사람이 그곳을 통과하기 위해 갔지만, 모두 스핑크스의 먹이가 되어버렸다. 하지만 젊은 오이디푸스는 무시무시한 스핑크스의 질문에 막힘없이 대답했다.

"아침에는 네 발로 다니고 낮에는 두 발로, 저녁에는 세 발로 다니는 짐승이 무엇이냐?"

"그것은 사람이다. 아침은 어린 시절을 뜻하는 것으로 네 발로 기어 다니는 어린아이를 말한다. 낮은 젊은 시절을 뜻하는 것으로 두 발로 걸어 다니는 젊은이다. 저녁은 노년 시절을 뜻하며, 지팡이를 짚고 다니는 노인의 고단한 삶을 말하는 것이다."

괴물 스핑크스의 유일한 수수께끼를 푼 오이디푸스는 테베 왕국으로 들어가 왕이 되었고, 스핑크스는 화가 나서 죽었다. 아름다운 왕비를 얻은 오이디푸스는 그 왕비가 자신을 낳아준 어머니라는 사실을 알고 아주 고통스러워했다.

현대의 스핑크스 수수께끼 패러디 버전은 '아침에는 네 발, 점심에도 네 발, 저녁에는 여섯 발로 걷는 짐승은 무엇인가?'라는 질문이다. 정답은 역시 사람이다. 아침에 네 발은 유모차에 타고 다니는 어린아이, 낮에 네 발은 자동차를 타고 다니는 성인, 저녁에 여섯 발은 유모차를 밀고 다니는 노인의 모습이다.

걷는다는 것은 존재의 확인이다. 인간은 태어나면서 몸을 뒤집고, 기고, 일어나 앉고, 걷는 과정을 거쳐 자연스레 성장한다. 두 발로 걷기 시작한 최초 인류는 300만 년 전의 오스트랄로피테쿠스이다. 사람이 동물과 다른 점은 꼿꼿이 서서 두 발로 걷는다는 것이다. 두 발로 걷자 두 손이 해방되어 유능한 도구가 되었고, 그 손은 믿을 수 없을 만큼 풍부한 3,000여 개의 표현을 할 수 있는 표현력을 가졌고, 이는 네 발을 사용하는 다른 동물들과는 비교할 수가 없는 장점이었다. 그렇게 손을 사용하면서 더욱 지적능력이 향상된 인류는 오늘날 문명을 이뤄냈다. 직립보행은 인간에게 큰 축복이 되었다. 직립보행은 불의 발견과 더불어 인류 문명 발전의 신기원을 이루었다. 마르쿠스 아우렐리우스는 "육체가 밖으로 나간다는 것은, 밖으로 나간다는 단순한 사실이 고결함, 성실함, 강건한 위엄을 보여주는 확실한 지표."라고 말한다.

두 발로 서서 걷기 시작하면서 사람들은 고개를 들어 자연을 바라보기 시작했다. 걷기는 자신과 자연이 직접 마주하는 일. 나무 한 그루와 풀 한 포기, 돌멩이 하나까지도 눈에 들어온다. 걸어가는 사람은 전신의 감각을 열어놓고 매 순간 주위와 발밑에서 벌어지는 상황을 살핀다. 두 발을 번갈아 내디디면서 자신이 거쳐 가는 땅 위의 숱한 이야기를 두루두루 기억한다.

길 위에서 만나는 숱한 사연은 도보여행의 멋이요 맛이다. 평탄한 길, 질곡의 길 위에서 살아가는 삶은 또 다른 여행이다. 정신은 여행길 위에서 풍성한 열매처럼 익어간다.

길에서 만나는 모든 체험은 스승이다. 사람도, 숲도, 새소리도, 흐르는 강물도 모두 훌륭한 책 속의 주인공이다. 순간순간은 시간과 공간으로 인쇄된 책장이며, 새로운 길을 걸어가는 것은 책장을 넘기는 일이다.

나는 그 책을 읽는 것이 좋다. 도보여행을 하면서 진정 홀로임을 알고, 내가 살아있음을 느낀다. 육신의 두 발로 산천을 유람하는 것, 방랑자의 기쁨을 누릴 수 있는 것은 얼마나 커다란 축복인가.

독일의 하이델베르크에는 '철학자의 길'이 있다. 괴테와 하이데거는 물론, 헤겔과 야스퍼스 등 수많은 문인과 사상가가 자주 찾았던 길이다. 칸트는 날이면 날마다 같은 시간에 산책을 했다. 얼마나 규칙적으로 다녔던지 칸트가 지나가는 모습을 보고 그 동네 사람들은 시계를 맞추었다.

대단한 걷기 예찬론자인 아리스토텔레스는 틈만 나면 제자들과 걸으면서 토론하는 방식으로 철학을 가르쳤다. 그는 걷기가 자연과 세상의 변화를 몸으로 느끼게 하는 가장 좋은 방법이라 믿었다. 걸으면 발이 자극되어 몸속 신경과 두뇌를 깨우고, 사고와 철학의 깊이를 더해 준다고 생각했다. 그래서 아리스토텔레스학파를 산책길이라는 뜻의 페리파토스학파, 소요학파라고도 불렀다. 산책을 통해 깨달음을 얻는다는 것이다.

헨리 데이비드 소로는 "나는 하루에 최소한 네 시간 동안, 대개는 그보다 더 오랫동안 일체의 근심·걱정을 완전히 떨쳐버린 채 숲으로, 산으로, 들로 한가로이 걷지 않으면 건강과 온전한 정신을 유지하지 못한다고 믿는다."라고 말한다. 니체는 "진정으로 위대한 생각은 걷기로부터 나온다."라고 말한다. 모든 사람은 자신의 습관과 관성에 의해 사유(思惟)가 좌우된다. 경험을 믿고 변화를 두려워하기 때문이다.

걷기는 새로운 사유를 창조한다. 눈으로 보는 풍경은 마음의 세계를 관찰하도록 이끌어준다. 새롭게 떠오르는 생각은 걷기를 통한 외부 존재의 도움으로 창조되고, 발견된다. 내가 나를 만나고, 사물들이 나와 소통하면서 성숙하고 팽창한다. 걸어가면서 만나는 모든 것은 생명체가 되어 가슴속을 밀고 들어와 자리를 잡는다. 물감이 되어 혈관으로 퍼져나간다. 걷기를 통해 모험을 배우고, 임기응변을 배우고, 고정관념을 부수고, 자유롭게 사고한다.

낙타는 걸으면서 깊은 생각에 잠기는 동물이다. 걸을 때는 낙타처럼 걸어야 한다. 몸이 자연에 있으면 마음도 자연에 있어야 한다. 몸은 숲에 있으면서 마음이 숲에 없으면 몸은 위할지라도 마음은 서럽다. 숲에 있을 때는 몸과 마음이 온전히 깨어있어야 한다. 맑고 고운 풍경을 보면서 자신의 내면을 돌아보고, 잡념을 베어버리고, 삶의 무게를 가볍게 해야 한다. 도보여행은 그러한 힘을 부여한다. 걷는 자의 특권이다. 느릿느릿 길을 걸으면서 한 번도 본 적 없는 경치를 처음 맛본다는 것은 커다란 행복이다. 그런 행복을 누릴 수 있어야 한다. 낯선 자연의 풍경을 접하는 건 얼마나 큰 즐거움인가. 그러면 인생도 늘 새롭다.

하나라의 창시자 우임금의 우보(禹步), 소걸음 우보(牛步)로 나는 묵묵히 걸어간다. 우보천리(牛步千里)를 넘어 우보만리, 우보이만리, 우보삼만리를 걸어간다. 우보(又步)는 '걷고 또 걷는다.'는 의미다. 《여씨춘추》에서 이르길 '흐르는 물은 썩지 않고, 문의 지도리는 녹슬지 않는다.'라고 했다. 쉴 새 없이 걷는 것은 마치 파도의 움직임과도 같다. 파도는 멈추지 않는다. 물러나는 것처럼 보이다가도 이내 세찬 기세로 달려든다. 두 발로 걷고 또 걷는 것은 흐르는 물과 같다. 쉴 새 없이 흐르는 물은 썩을 틈이 없다. 우보는 흐르는 물이 썩지 않듯이, 끝없이 일하고 탐구하고 도전한다는 의미이다. 나는 오늘도 일신우일신의 발걸음으로 걷고 또 걸어간다. 걷는다는 것은 자신이 걸어온 길을 다지며, 자신이 나아갈 길을 꿈꾸는 일이다.

남은 인생의 멋과 낭만, 풍류를 즐기기 위해서는 무엇보다 육체가 건강해야 한다. 건강하게 오래 살면 금상첨화지만, 오래 사는 것보다 건강하게 살기 위해 운동한다. 정신 또한 건강해야 한다. 정신적인 건강은 육체적인 건강에 크게 좌우된다. 육체는 쾌락의 도구가 아니다. 사람들은 자기가 소유한 육체에 너무 소홀하다. 유일한 육체에 감사하고 육체를 소중히 해야 한다.

나는 분당 탄천에서 하루에 10㎞, 일주일에는 대략 50㎞가량 걷고 뛴 세월이 10여 년이 넘는다. 아직 조깅이라는 단어가 생소한 시절, 세무공무원으로 대구의 독신자 아파트에 살았던 20대 중반의 나이에, 나는 아침이면 두류산으로 달려갔다. 그때 당시에는 건강한 사람이 운동하기보다는 대개 비만이거나 노인들이 운동을 했다. 아침에 일찍 일어나서 걷고 달리며 운동을 하면서 자연과 하나가 되는 오랜 습관을 들인 것은 내 인생에 있어서 참으로 탁월한 선택이었다. 나는 가끔 나의 지체에게 감사한다.

'발아! 무릎아! 그리고 다리야, 어깨야, 고맙다. 정말 고맙다. 내 친구 평발아! 그리고 내 발을 감싸 안고 한 발 한 발 걸음을 걸어 온 신발, 운동화, 등산화야! 너는 국토종단의 도보여행과 백두대간 종주 등을 이룬 위대한 신발이니만큼 두고두고 너를 기리며 곁에 있게 할게. 고맙다. 나의 신발아!'

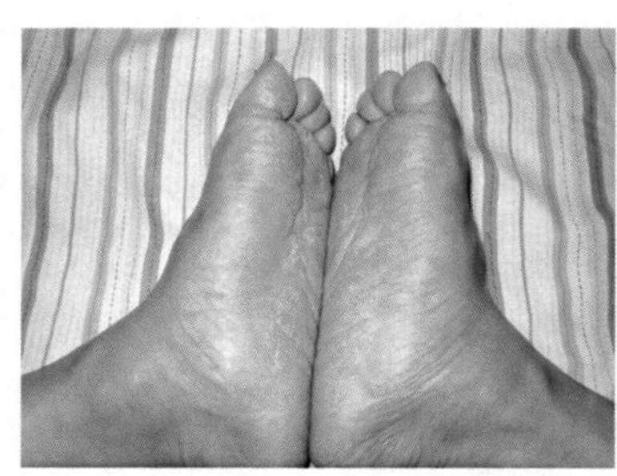

그리고 청산의 집에는 은퇴한 신발들이 나만의 박물관에 전시되어 있다.

900㎞ 거리의 산티아고 순례길을 마치고 세상의 땅끝 피스테라에서 발에게 키스했던 장면이 스쳐 간다. 대학 강의실에서 가끔 학생들에게 농담을 했다. "이봉주와 박지성, 그리고 김명돌은 세 가지 공통점이 있다. 첫째 잘 달린다는 것, 둘째 평발이라는 것, 셋째 잘 생겼다는 것." 그러면 학생들은 웃음을 터트린다. "평발은 오래 못 달리고, 오래 못 걷는다."라는 말은 만고불변의 진리는 아니었다.

나는 대한민국의 근간을 등산화 한 켤레에 의지해 걸었다. 눈보라와 비바람을 맞으며 캄캄한 밤 고봉준령(高峯峻嶺)을 넘고, 태산준령(泰山峻嶺)을 넘었다. 비명을 지르며 강인한 생명력으로 견뎌내는 갈대밭 들판 길을 가로질러 걸었고, 비 오는 아스팔트 도로 위를 흠뻑 젖어서 걸었다. 뜨거운 한낮의 태양, 따사로운 햇살을 맞았고, 눈 덮인 설국을 지나며 스치는 다양한 인연과 조우했다. 그러면 떠날 수 있도록 빈자리를 지켜주는 이들이 고마웠고, 배낭을 멘 두 어깨와 두 다리, 그리고 평발과 등산화도 고마워서 키스를 했다.

대한민국에서 태어나 이 땅 위를 내 발로 걸어보는 일은 분명 소중하고 의미 있는 일이었다. 그것은 이 땅 위에 스쳐 갔고 현존하는 존재들에 대한 관심이고 사랑이다. 내 나라, 내 땅의 역사와 문화, 자랑거리를 알지 못하고 먼 나라부터 찾아가는 사람들이 많다. 별을 바라보느라 발밑의 꽃을 보지 못하는 처사이다. 자신의 정든 고향을 걸어서 찾아가고, 국토를 종단하면서 분단된 민족의 통일을 기원하고, 백두대간의 근골을 두 발로 걸으면서 그 발자국마다 사랑과 이해와 염원을 담아 걷는 일은 자신의 존재에 대한 확인이요 성찰인 동시에, 국가와 사회, 국토와 자연에 대한 사랑이고 관심이다.

새는 날기 위해 태어났고, 물고기는 헤엄치기 위해 태어났고, 인간은 걷기 위해 태어났다. 사람은 곧바로 날 수는 없다. 날기를 원하는 사람은 우선 기고, 서고, 걷고, 달리고, 오르고, 춤추는 것을 배워야 한다. 인간은 스스로 운명을 만든다. 변화무쌍하고 불안정한 세상에서 가장 튼튼한 발판은 자기 자신에 대한 믿음이다. 자신이 특별한 사람이라는 자신감만큼 자신에게 유익한 것은 없다. 진정한 용기란 눈앞에 어떤 불행이나 위험이 닥쳐도 조용히 자신을 추스르며 당황하지 않고 자신의 길을 가는 것이다. 홀로 걷는 길 위에서 자기 자신을 이해하기 위해 두려워해서는 안 된다. 탐험이 끝나면 재미있는 추억 속에 두고두고 행복에 젖게 된다.

나는 인생길을 걷는 나그네다. 나는 내 마음의 길을 걸어가는 인생길이 즐겁다. 걸어갈 수 있어 너무나 행복하다.

나는 걷는다. "운명아! 비켜라!" 하며 용기 있게 걸어간다. 고독한 방랑자가 되어 '아무도 걸어가 본 적이 없는 길', 〈그런 길은 없더라!〉라고 노래하며 나는 오늘도 걷는다.

그런 길은 없더라!

이 길도 나의 길 저 길도 나의 길
길 있는 길을 가고 길 없는 길을 갔다.
태양의 길 별 밤의 길 비바람길 눈보라길
쉽고 평탄한 길 가파르고 험난한 길

이 길 저 길
방랑하고 방황하였더니
길은 길에 연하여
모든 길은 하나로 이어지더라.

거칠고 힘든 길 나만의 길이라며
외롭고 슬퍼했더니
아뿔싸,
나 이전에 이미 누군가 다녀갔구나.

세상 사람들아,
너무 슬퍼하거나 노하지 말라.
세상에는 아무도 걸어가 본 적이 없는
그런 길은 없더라.

스티브 잡스는 "모험은 젊을 때, 곧 잃을 게 없을 때 하라."라고 말한다. 나이가 들면서 갖게 될 타인에 대한 의무가 없을 때 모험을 하라고 조언한다. 하지만 나이는 숫자에 불과한 것, 그래서 60대의 나그네가 인생의 보석을 찾아 여전히 모험의 길을 걸어간다. 봄을 찾아서, 파랑새를 찾아서, 다이아몬드를 찾아서 모험의 길을 간다. 아무것도 버릴 수 없는 자는 아무것도 느낄 수 없다. 얼마나 깊이 고뇌할 수 있는가가 인간의 위치를 결정한다. 선에도 강하고 악에도 강한 것이 가장 강력한 힘이다. 오늘 가장 즐겁게 걷는 자는 역시 최후에도 가장 즐겁게 걸을 것이다. 산다는 것은 호흡하는 것이 아니라 행동하는 것, 문명을 떠나서 걷기 여행으로 세상의 바람과 파도를 헤치며 나아가는 여유를 즐겨야 한다.

내 인생의 가장 좋은 취미, 취할 아름다움은 나 홀로 걷기이다. 책 중에서 최고의 책은 자연 속을 거니는 산책이다. 나 홀로 자연을 걷는다는 것은 새로운 세상을 향한 비상이다. 발로, 다리로, 온

몸으로 걸으면서 나는 스스로 몸의 주인임을 자각한다. 그래서 나는 오늘도 걷는다. 하늘을 바라보고 태양을, 구름을, 달과 별을, 대지를, 숲을, 나무를, 꽃들을, 새들을 바라보면서 감사의 노래를 부르며 걷는다. 생을 마감하는 그 날까지,

나는 걷는다!

52. 돈 버는 것은 기술, 돈 쓰는 것은 예술!

당나라 태종 이세민은 중국 역사상 '정관의 치'를 이룬 훌륭한 황제다. 어느 날 사랑하는 황후와 총애하는 신하 위징을 불러 자리를 함께하고 두 사람에게 제의했다.

"오늘 우리 셋이 모처럼 한가롭게 자리를 했으니 마음속에 있는 이야기를 허심탄회하게 한마디씩 하기로 하자."

그리고는 먼저 자신부터 말했다.

"나는 황제로서 천하가 모두 나의 것이니 무슨 욕심이 더 있겠는가마는, 그래도 담배 한 대 갖다 주는 사람이 좋지 달라는 사람은 싫소."

이어서 황후가 말했다.

"저는 황제의 아내가 되어 황후의 지위에 있으니 여기에 더 바랄 것이 무엇이 있겠습니까마는, 그래도 하나 욕심이 있다면 풍채가 훤칠한 신하를 보면 한 번 가서 껴안아 보고 싶은 욕심이 있습니다."

그러자 위징이 말했다.

"저는 일인지하 만인지상의 자리에 있으니 무엇을 더 바랄 것이 있겠습니까마는, 굳이 제 속마음을 얘기한다면 폐하의 자리에 올라보고 싶은 생각을 했던 적이 있습니다."

황후와 위징의 얘기를 들은 당 태종은 큰소리로 웃었다.

인간의 소유에 대한 집착은 끝이 없다. 욕심을 추구하는 소유의 노예가 인간이다. 하지만 인간이 소유한 모든 것, 심지어 자기 자신까지도 잠시 맡겨진 것이다. 인간은 빈손으로 왔다가 빈손으로 간다. 공수래공수거(空手來空手去)다. 흙에서 와서 흙으로 돌아간다. 마음으로는 그렇게 이해하면서도 머리로는 집착한다. 돈, 지위, 명예 등에 끝없이 집착하고 그것들을 추구한다.

농부는 돈 때문에 농사를 짓고, 어부는 돈 때문에 고기를 잡는다. 돈은 저주가 아닌 축복이다. 돈이 있어 행복하지는 않지만, 돈이 없어 불행한 경우는 많다. 돈은 소중하다. 탈무드에서는 "사람을 해치는 것이 세 가지가 있다. 근심과 말다툼, 그리고 빈 지갑이다. 그중에서 빈 지갑이 사람을 가장 많이 해친다. 몸의 모든 부분은 마음에 의지하고, 마음은 지갑에 의지한다. 돈은 나쁜 것도 저주받을 것도 아니다. 돈은 사람을 축복해주는 물건이다. 부는 요새이며, 빈곤은 폐허이다."라고 한다.

사마천은 《사기(史記)》에서, "서민들은 상대방의 재산이 자기보다 열 배가 넘으면 그를 무시하고 헐뜯으며, 백 배가 넘으면 그를 두려워하고, 천 배가 넘으면 그의 심부름을 달게 하고, 만 배가 넘으면 그의 하인이 되고 만다."라고 말한다.

'부자가 되고 싶은 사람?'이라는 설문조사에 95%가 '그렇다'고 대답했다. 하지만 '부자들은 정직하다고 생각하는가?'라는 물음에는 90% 이상이 부정적이었다. 사람들은 부자들이 대부분 부정한 방법을 통해 부자가 되었을 거라 생각한다. 그러면서 자신들은 부자가 되고 싶어 하는 모순이 있다. 그래서 부자에 대한 존경심이나 이미지를 바꾸려는 사회적 노력이 필요하다.

"돈을 버는 것은 기술이요, 돈을 쓰는 것은 예술."이라고 한다. 정당하게 돈을 벌어 아름답게 돈을 쓰는 사회, 그래서 가진 자들이 존경받는 사회가 와야 그 사회가 건강해진다. 부자들은 노블리스 오블리 제를 실천하여 부자가 존경받는 사회를 함께 만들어야 한다.

고대 그리스에서는 기부를 얼마나 하는가에 따라 사회적인 평판이 정해졌다. 그래서 경쟁적으로 기부를 했고, 때로는 기부를 정적(政敵)을 제거하는 수단으로 사용했다.

성경에서는 "왼손이 하는 일을 오른손이 모르게 하라."라고 한다. 선행을 하는 순간 이미 하늘의 상급을 받았으니 자랑하지 말라는 의미다. 오늘날에는 "왼손이 하는 일을 오른손이 알게 하라."라는 말이 유행한다. 드러내놓고 해야 남이 보고 배우고 따라한다는 것이다. 또한 말하지 않으면 남이 선행을, 기부를 하는지 안 하는지 알 수가 없다. 물론 비밀리에 착한 일을 할 수도 있기에 함부로 인색하다고 해서는 안 된다. 강요되고 과시하기 위한 고대 그리스의 기부문화는 그리스 발전의 발목을 잡았고, 수많은 부유한 자들을 망하게 했다.

부는 자랑이 아니며, 부의 선행이 자랑이 되어야 한다. 좌익 성향의 농사꾼 전우익이란 사람은 "제 혼자만 잘살면 뭐하는 겨."라고 했다. 많이 벌어야 나눌 수 있다고 생각하면 평생 나누지 못한다. "아흔아홉 마리의 양을 가진 자가 백 마리의 양을 갖기 위해 가난한 자의 양 한 마리를 빼앗는다."라는 다윗을 향한 나단 선지자의 성경 이야기가 있지 않은가.

혹자는 "아무개는 주고 자랑하고 뽐낸다."라고 흉을 본다. 연말연시나 명절 때 양로원이나 고아원을 찾아 약간의 기부를 하고는 사진을 찍고 우월감을 나타낸다고 조롱한다. 하지만 받는 입장에서는 먹고 사는 일이 궁핍해 힘이 든다면, 말로만 "배불러라.", "행복해라." 하는 것보다는 그런 사람들이 더 고마울 수도 있다. 남의 선행을 사시로 바라볼 것이 아니라 칭찬하며 더욱 많은 기부를 할 수 있도록 박수를 쳐준다면 거짓이 동기가 되어 순수한 진실이 될 수도 있다.

불가에서는 남에게 무엇을 베푸는 것을 보시(布施)라 하는데, 이를 법시(法施), 재시(財施), 무외시(無畏施)로 구분한다. 그리고 재산이 없어도 나눌 수 있는 일곱 가지 보시, 곧 무재칠시(無財七施)가 있으니 안시(眼施), 화안열색시(和顔悅色施), 언사시(言辭施), 신시(身施), 심시(心施), 상좌시(床座施), 방사시(房舍施)가 그것이다.

미국의 경제학자 사무엘슨은 "행복은 소유와 비례하고 욕망과 반비례한다."라고 한다. 소유가 행복의 전제조건이라는 것이다. 괴테는 "지갑이 가벼우면 마음이 무겁다."라고 했다. 맹자 역시 무항산무항심(無恒産無恒心)을 말했다.

부자와 가난한 자. 과연 누가 부자이고 누가 가난한 사람인가. 비교는 불행의 함정이다. 모든 불행은 비교에서 시작된다. 그러면 부자와 가난한 자의 기준은 과연 얼마일까? 부자는 얼마를 가져야 부자인가. 이는 다분히 생각하기 나름, 즉 주관적이다. 그래서 부자는 만족하는 자다. 많이 가진 자가 아니라 자족할 줄 아는 자다. 자족하는 자는 나눌 줄도 안다. 재물뿐만 아니라 재능도 나눈다.

가진 것은 무엇이라도 나눈다.

가진 부를 자랑할 것이 아니라 가진 부를 멋있게 쓸 줄 알아야 진정한 부자다. 진정으로 가난한 사람은 가진 것이 적은 사람이 아니라 너무 많은 것을 원하는 사람이다. "가난한 사람은 많은 것을 원하지만, 욕심쟁이는 전부를 원한다."라고 세네카는 말한다.

톨스토이는 《사람에게는 얼마나 많은 땅이 필요할까》에서 인간의 끝없는 욕심에 대해 이야기한다. 예수는 목수였으며, 공자는 곡식 창고 관리인이었다. 모세도, 다윗도, 마호메트도 양치기였고, 석가는 곧 망할 운명에 처한 왕국의 왕자였다. 이들은 모두 비록 가난해서 이승의 왕국은 가질 수는 없어도 하늘의 왕국은 가질 수 있다는 사실을 보여준다.

어린 시절, 모두가 가난했던 그 시절, 나도 가난했다. 엄마의 소원은 '빚 없이 살아보는 것'이었고, 나의 소원은 '가난에서의 탈출'이었다. 초등학교 3학년 때 학교에 가져갈 육성회비를 달라고 아침에 학교에 가지 않고 엄마에게 떼를 썼다. 엄마는 돈을 주지 못하고 "나중에 줄게. 오늘은 그냥 가라."라며 아들을 달래고 달래다가 결국은 눈물을 흘리셨다. 엄마의 눈물을 본 어린 나는 마음이 아파서 울다가 그냥 학교로 뛰어갔다.

철이 드는 시절, 중학교 3학년에 올라가면서 '가난에서 탈출하는 길은 공부'라고 생각해서 열심히 공부했다. 코피가 터지도록 공부했다. 중3 때는 장학생이 되었고, 1등으로 졸업하면서 안동고등학교로 진학했다. 고등학교 2학년 때는 초등학생 가정교사를 하면서 학교에 다녔고, 3학년으로 올라갈 때 30만 원의 장학금을 받았다.

그때가 1977년이었다. 그리고 세월이 흘러 2005년 10월 28일 안동고등학교에 3천만 원 상당을 들여 '청산학습실'을 개소하면서 장학금에 복리 이자(?)를 가산하여 빚을 갚았다. 그리고 2007년 '청산으로 가는 길' 도보여행을 하면서 전교생 600명을 대상으로 학생 1인당 책 한 권을 기증하였다. 그리고 2010년 학교에 7천만 원을 기부하면서 총 1억 원 이상의 금액을 기부했다. 그리고 이제 모교에 하는 기부는 그만하자고 생각을 했다. 하지만 모교에 대한 관심과 사랑은 계속 이어져 이후 안동고등학교 장학회 이사로서 다시 수천만 원을 기부했다.

1억 원을 채우자는 생각으로 7천만 원을 기부할 당시, 교장 선생님은 내가 얼굴을 나타내지 않으니 직접 용인까지 오셔서 감사패를 전달해주셨다. 특히 "학교에 기증자 金明乭이라는 이름을 남기는 것이 옳다고 생각했다."며 운동장의 조회대를 교체하여 새롭게 설치하고, 나의 명패를 붙여놓은 사진을 전달해 주셨다.

몇 해 전 추석에 세 아들을 데리고 안동 시내에 나들이를 나갔다. 아이들을 데리고 학교에 가서 아버지의 이름이 붙은 운동장 조회대에 올라 명패를 보여주었다. 나는 아이들에게 안동고등학교와의 인연을 얘기하며 자랑스러워했다.

어느 해에는 시골의 형님과 학교에 갔을 때 운동장 조회대에서 학생들 여럿이 놀고 있어서 질문을 했다.

"저기 붙어 있는 명패의 한자 이름 '金明乭'을 읽을 줄 알아?"

아이들은 '乭' 자를 몰랐다. 가르쳐주며 다시 물었다.

"저 사람이 누군지 알아?"

아이들은 당황했다. 그때 센스 있는 한 명이 대답했다.

"아저씨?"

"그래, 반갑다."

경북 북부지방의 명문 고등학교였던 자랑스러운 모교 안동고등학교에는 그렇게 '청산학습실'과 '조회대' 두 곳에 내 이름이 남아있다. '청산으로 가는 길' 도보여행 당시 학교신문에도 실렸다.

부산의 가덕도에 있는 보육원 소양무지개동산에는 '靑山훌'이 있다. 나는 이곳에도 7천만 원을 기부하여 기존에 있던 건물을 리모델링해서 쾌적한 도서관을 만들었다. 이곳 갈보리 교회에는 '아름다운 대한민국'의 아버지 황수섭 목사님이 주일이면 봉사를 하러 다니시다가, 2018년 고신의대 교목을 퇴직하시고 아예 담임목사로 임직하여 시무한다.

2019년 12월 8일, 나는 황수섭 목사님의 초청을 받아서 이곳 갈보리 교회에서 신학교를 졸업한 이후 생애 최초의 강연을 했다. 역사적이고 특별한 의미가 있었다.

경제적 자유는 용인에서 세무사업을 하면서 이루었다. 더 이상 돈이 없어서 불편을 겪지는 않을 정도로 가졌다고 생각했다. 세상에는 나보다 훨씬 더, 더, 더, 더 부자가 많다. 욕심에는 끝이 없는 법. 나는 이 정도면 됐다고 자족하는 마음을 가졌다. 그리고 금의

환향(?)하는 마음으로 2007년 '청산으로 가는 길' 도보여행을 하였다. 나는 2014년 해파랑길 770㎞를 걸으면서 1㎞당 일만 원씩 총 770만 원을 용인시 인재육성재단에 장학금으로 기부하였다. 2017년에는 용인에 정착한지 20년, 세무사로 개업한 20주년을 자축하면서 용인을 사랑하고 용인에 대한 고마운 마음을 담아 저소득층 장학금으로 용인시에 1억 원을 기탁하며 1억 원 기탁자 클럽인 '아너 소사이어티' 회원이 되었다.

2019년, 이 글을 쓰고 있는 10월의 마지막 날에는《산티아고 가는 길, 나는 순례자다!》출판기념회를 하면서 산티아고까지 가는 800㎞ 거리를 1㎞당 일만 원씩으로 환산해 총 800만 원을 인재육성재단에 기부하고, 도서판매대금 5백만 원을 새터민 지원금으로 기부하였다. 그 외에도 용인에서 기독교청년회, 각종 봉사단체, 경찰서 협력단체 등 다양한 기관단체에서 봉사를 했고, 현재도 하고 있다.

나눔에는 멋이 있고 낭만이 있다. 진정한 사회적, 개인적 성공은 사회적 약자에 대한 베풂의 실행이다. 봉사에는 타인의 만족보다 먼저 자신의 만족이 존재한다. 베풂은 향내 나는 자기만족의 결과이다. 나의 만족이 타인의 만족이 된다면, 나의 즐거움이 타인에게 전염된다면 얼마나 좋은가. 애기애타의 삶, 인생은 즐거워야 한다.

돈을 버는 것은 기술이요, 돈을 쓰는 것은 예술이다. 나는 죽는 날까지 기술자이고 예술가이고 싶다. 나의 인생은 〈나는 과연 어느 쪽인가?〉라고 스스로에게 물어본다.

세상에는 두 부류의 사람이 있다.

힘이 강한 자와 약한 자
용기가 있는 자와 없는 자
겸손한 자와 거만한 자
행복한 자와 불행한 자
열복을 추구하는 자와 청복을 추구하는 자
긍정적인 자와 부정적인 자
적극적인 자와 소극적인 자
자족하는 자와 불만족하는 자
기적을 믿는 자와 믿지 않는 자
감사하는 자와 불평하는 자
부자와 가난한 자
나눌 줄 아는 자와 이기주의자
……
나는 과연 어느 쪽인가?

53. 애기애타

동양의 마키아벨리 한비자(?~B.C.233)는 "의원이 환자의 상처를 빨아 그 고름을 입에 담는 것은, 환자에게 혈육의 정을 느껴서가 아니라 이익을 보고 하는 일이다. 그렇게 병을 고쳐주면 사례를 받고 많은 사람을 단골로 삼을 수 있기 때문에 싫지만 하는 짓이다. 수레 제조자는 많은 사람이 부자가 되길, 장의사는 사람이 많이 죽길 바란다. 이는 수레 제조자가 인자하고 장의사가 잔인하기 때문이 아니다. 사람이 부유하지 않으면 수레가 팔리지 않고, 사람이 죽지 않으면 관이 팔리지 않기 때문이다. 장의사는 결코 사람을 미워하는 것이 아니지만, 사람이 죽어야만 그에게 이익이 있기 때문에 사람이 죽길 바라는 것이다."라고 말한다.

경제학의 아버지라 불리는 애덤 스미스는 '경제학의 바이블'이라 불리는 그의 《국부론》에서 "우리가 식사를 할 수 있는 것은 푸줏간, 술집 또는 빵집 주인의 이타심 덕택이 아니라, 그들의 이기심(利己心) 때문이다. 거지 외에는 아무도 시민의 이타심(利他心)에만 의존하지 않는다.", "그가 국내 산업의 생산물의 가치를 극대화하려는 것도 오직 자신의 이익을 증대하기 위한 것이다. 그리하여 그는 다른 많은 경우처럼 '보이지 않는 손'에 이끌려 그가 전혀 의도하지 않았던 목적을 추구하게 되는 것이다."라고 말한다.

한비자와 애덤 스미스는 인간의 이기적 본성을 토대로 경제를 분석하고 현실을 있는 그대로 본 현실주의자다. 사람들이 모두 자신의 이익을 위해 일을 하면 '보이지 않는 손'에 의해 공익이 증진된다는 것이다.

자신의 이익만을 추구하여 받기만 하고 주지 않는 것은 이기주의(利己主義)다. 주지도 않고 받지도 않는 것은 개인주의(個人主義), 주는 만큼 받고 받는 만큼 주는 것은 합리주의(合理主義), 받겠다는 생각 없이 주는 것은 봉사주의(奉仕主義)다. 이중 봉사는 인생 최고의 고귀한 행위다. 하지만 더 큰 봉사를 위해서는 먼저 자신을 사랑해야 한다.

2천여 년 전 전국시대 초기 묵자는 "이웃을 네 몸과 같이 사랑하라(愛人若愛其身)."라고 하며 겸애설(兼愛說)을 주장하면서 "사회의 혼란은 모두 서로 사랑하지 않기 때문에 일어난다."라고 역설했다. 묵자의 하느님 사상(天志)은 기독교의 하느님 사상과 조금도 다르지 않다. 묵자가 중국에서 자취를 감춘 때가 기원전 100년경이었기에, 아기 예수가 태어날 때 찾아온 동방박사가 망명(亡命)한 묵자라는 주장까지 나오고 있다. 묵자는 말한다. "만약 천하로 하여금 서로 겸애하게 하여 '이웃을 네 몸과 같이 사랑한다면' 어찌 불효가 있을 수 있겠는가?" 이는 예수의 말과 똑같다.

장자는 겸애설(兼愛說)을 주장하는 묵자를 향해 "진심으로 자기를 사랑할 줄 아는 사람만이 비로소 남을 사랑할 수 있다."라며 애기애타(愛己愛他)를 역설했고, 도산 안창호는 "이기(利己)가 아닌 애기(愛己)로서 애타(愛他)보다 우선하라."라고 말하며 '愛己愛他'라고 쓴 친필 유묵을 가족에게 남겼다.

십여 년 전 중국 상해 임시정부를 방문하였을 때, 도산 안창호가 쓴 '愛己愛他'라는 액자가 벽에 걸려 있었다. 도산 안창호는 "나는 여러분을 섬기려 합니다."라며 '섬기는 리더십'을 실천하는 한편, 책임감을 강조하는 '주인의식 리더십', 나아가 나를 사랑하고, 나를 사랑하듯 남을 사랑하라는 '애기애타 리더십'을 설파했다.

자기 사랑이 자기에 대한 냉철한 성찰에서 시작하여 원대한 뜻을 세우고 이를 실현하기 위해 부단히 수양하고 훈련해야 하듯, 타인 사랑 역시 섬기고 사랑으로 대하는 수양과 훈련이 필요하다는 가르침이다. 현자들의 가르침이 모두 다르니 세상에는 참으로 〈의문〉이 가득하다.

겸애와 애기애타 중
어느 것이 먼저일까
사막의 모래와 밤하늘의 별 중
어느 것이 많을까
오늘과 내일 중
어느 날이 짧을까
바다와 슬픔 중
어느 것이 깊을까
청춘과 황혼 중
어느 것이 아름다울까
사랑과 죽음 중
어느 것이 강할까

세상에는 참으로
의문이 가득하다.

누에는 뽕잎을 먹으며 일생에 네 번 잠을 잔다. 그리고 고치가 되어 실(실크)을 만든다. 누에의 꿈은 무엇일까? 누에의 꿈은 나방이 되어 훨훨 날아가는 것이다.

누에는 자신의 길을 갔다. 누에는 누에의 길을 갔지만, 그것이 인간에게 유익을 끼친다. 누에는 인간을 위하여 실을 만들지 않았고, 비단을 만들지도 않았고, 실크로드를 만들지도 않았다. 누군가를 위해 자신을 희생하기보다는 자신의 길을 가는 삶이 타인에게 유익을 끼친다면 정말 좋지 않겠는가. 자신을 위하여 사랑하고 베푼 것이 타인에게 기쁨을 준다면 그것으로 좋다.

엠마뉘엘 수녀는 《나는 100살, 당신에게 할 말이 있어요》에서 "타인의 행복을 위해 자기 삶을 희생해서는 안 됩니다. 탄탄하고 오래 지속되는 참된 사랑은 자기 자신의 행복과 타인의 행복을 동시에 추구하는 사랑입니다. 우리는 함께 행복해야 합니다."라고 말한다. 니체는 "자신의 길을 걷는 사람은 영웅이다. 자기가 할 수 있는 일을 하면서 사는 사람은 누구나 영웅이다."라고 말함과 동시에 "자기를 사랑하는 것처럼 항상 그대들의 이웃을 사랑하라. 그러나 먼저 자기 자신을 사랑하는 자가 되라. 인간은 건전한 사랑으로 자기 자신을 사랑하는 법을 배워야 한다."라고 역설한다. 오스카 와일드는 "평생 지속될 로맨스는 오직 자신과의 사랑뿐이다."라고 말했다.

나는 자신과의 로맨스를 즐기며, 누군가를 위해 사는 것이 아니라 누구도 대신할 수 없는 자신의 삶을 찾아간다. 구름이 흘러가고 물이 흐르듯 삶의 흐름을 따라가는 그 흐름을 사랑한다.

'남'이라는 글자에 점 하나만 지우면 '님'이 되고, '남'이라는 글자에서 받침을 없애면 '나'가 된다. 남과 님, 남과 나를 생각하고, 나를 사랑하듯 남을 사랑하고, 남을 사랑하듯 나를 사랑하며, 마음을 활짝 열고 미소 지으면서 자신에게 너그럽고 세상에 너그러운 유랑의 길을 간다.

인생은 자기(自己)를 사랑하고(自愛), 자기를 믿고(自信), 자기를 도와서(自助), 스스로 힘써 가다듬고(自强), 스스로 반성하고(自省), 스스로 깨닫고(自敬), 스스로 일어서서(自立), 스스로 주인이 되어(自主), 스스로 즐기고(自樂), 스스로 만족하며(自足), 스스로를 존중하고(自尊), 자기 힘으로 생존(自存)해 가야 하는 자신(自身)과의 여행, 애기애타의 길을 가는 나 홀로 여행이다.

자긍심은 자존심과 자신감에서 비롯된다. 삶에 있어 스스로에게 긍지를 느끼는 것은 소중하다. 자신이 스스로를 존귀하게 여기지 않는데 타인이 자신을 존귀하게 여겨줄 리가 없다. 자신에 대한 믿음이 없으면 타인에게도 인정받을 수 없다.

명나라 말기의 사상가 손기봉은 "한 사람이 진정한 남자가 되려 한다면 반드시 힘겨운 단련을 거쳐야 한다. 환난 속에는 환난의 이치가 있는 법이므로 '자득(自得)'이란 두 글자에서 답을 찾아야 한다."라고 말한다. 자득은 스스로 깨달아 얻는 것이다. 맹자는 "군자가 원칙과 목표를 가지고 앞으로 나아가는 것은 자득의 경지에 이르기 위함이다. 자득의 경지에 이르면 사는 것이 안정되고 편안해진다."라고 말했다.

노자는 "다른 사람을 아는 자는 지(知), 스스로를 아는 자는 명(明)."이라 했다. 다른 사람을 아는 자는 지자(知者)에 지나지 않으나, 자기 자신을 아는 자는 현명한 사람(賢者)이란 뜻이다. 소크라테스는 "너 자신을 알라."라고 했고, 괴테는 "인생은 자기 자신을 찾는 여행."이라 했다. 삶의 성찰은 참다운 자기 인식에서 출발한다. 몸과 마음으로 덮인 표피적 자아가 아니라 더 깊이 숨어있는 '참나'를 발견하고, 실현하고, 사랑하여 참사람으로 사는 것이 인생 최고의 행복이다.

나는 나 홀로 여행을 좋아한다. 누군가와 함께 가도 마음은 홀로 걷는다. 나 홀로 여행은 특별한 자기 성찰의 시간이다. 사람들은 저마다 자신의 길을 간다. 잔잔한 파도의 해변길, 굽이쳐 흐르는 호젓한 강변길, 울창한 숲이 신선한 공기를 내뿜는 산길, 강한 생명력의 갈대가 우거진 들판길, 골목골목 돌아가는 돌담길을 걸으며 저마다 나직하게 세상과 대화를 한다. 그리고 자신을 찾고, 참 행복이 무엇인지를 찾는다. 유토피아! 어디에도 없는 이상향을 찾아 이리저리 헤매며 미지의 길을 간다. 그리고 홀로서기를 배운다. 홀로 와서 홀로 걷다가 홀로 가는 법을 배운다. 흐르는 강물 따라 흘러가는 자신을 바라본다. 당국자미 방관자청(當局者迷 傍觀者靑)이다. 바둑을 두는 사람은 미혹에 빠지기 쉽고, 곁에서 보는 사람은 맑은 정신으로 대세를 읽는다. 사람은 누구나 이 세상에 다니러 온 고독한 여행자다.

나 홀로 도보여행을 할 때마다 느끼는 진정한 깨달음은 천상천하 유아독존이라는 부처의 말씀이다. 싯다르타는 태어나자마자 일곱 발자국을 걸으며 "천상천하 유아독존."이라고 외쳤다. 아무도 내 발걸음을 대신 걸어줄 수 없다. 아무도 내 인생을 대신 살아줄 수 없다. 마지막 한 걸음까지 내 발로 걸어가야 하는 길. 그것이 나 홀로 여행이고, 내가 살아가는 나의 인생이다. 우주의 주인공은 나 자신이다. 모든 것은 나로부터 시작된다. 자기를 사랑하고 남을 사랑할지니, 자기를 사랑하는 것이 곧 남을 사랑하는 것이다. 나를 버려두고 어찌 남을 사랑하겠는가. 나를 더욱 크게 사랑하고 힘을 길러 가족과 이웃과 사회와 나라를 사랑할 일이다.

하늘은 스스로를 돕는 자를 돕는다. 내가 나 자신에게도 주지 않는 사랑을 어떻게 남에게 준단 말인가? 내 가족에게도 주지 않는 사랑을 어떻게 타인에게 준단 말인가? 내 눈에서 흐르는 눈물도 닦지 못하면서 어떻게 이웃의 눈물을 닦아줄 수 있겠는가? 바로 옆에 있는 사람의 눈물도 닦아주지 못하면서 누구를 위한단 말인가?

니코스 카잔자키스는 "내 마음에 평화가 있어야 남에게 평화를 나누어 줄 수 있다."라고 말한다. 그러니 이기주의가 아닌 애기애타의 마음으로 먼저 자신을 사랑해야 한다.

나 홀로 걷는 길은 온전히 자신에게 집중하고 자신의 삶을 돌아보게 한다. 그러면 자신을 사랑하고 자신의 삶을 더욱 사랑하리라는 깨달음이 밀려온다. 타인을 사랑하기 위해, 이웃 사랑을 실천하기 위해, 먼저 자기 자신을 사랑해야 한다.

대한민국을 세계만방에 빛내고 있는 방탄소년단은 "Love Myself, 나 자신을 사랑하라!"라고 노래한다. '나 자신'은 우주의 중심이다. 나 자신은 이 세상 그 무엇보다 소중한 존재다. 애기애타를 부르짖은 장자는 방탄소년단의 노래를 들으며 지하세계에서 춤을 추고 있으리라.

외롭고 힘든 지난 60년의 여정이었다. 군중 속에 있어도 고독했고, 나 홀로 있어도 고독했다. "홀로 길을 떠나면 외롭지 않느냐?"라는 질문을 받으면 "나 자신과 동행하는데 무엇이 외롭냐."라고 반문했다. 하지만 그것은 억지였다. 나는 고독했다. 걸을 때도 고독했고, 글을 쓸 때도 고독했다. 세상의 모든 위대한 작품은 처절한 고독 위에서 탄생한다. 영웅은 고독하다고 하지 않는가. 고독해서 영웅이 아니라, 영웅이 되려면 철저하게 고독해야 한다. 나는 고독을 사랑한다. 고로 나는 오늘도 고독하다. 나는 나 자신을 사랑한다. 나의 존재를 바탕으로 가족이 있고, 이웃이 있고, 사회가 있고, 국가가 있다. 나 자신을 사랑하여 쟁취한 나 자신의 힘으로 가족을, 이웃을, 사회를, 국가를 사랑하고 살아간다. 헤르만 헤세가 《차라투스트라의 복귀》에서 〈고독〉을 노래한다.

> 지상에는/ 많은 길이 통하고 있다.
> 하지만 그 길이 닿는 곳은/ 하나밖에 없다.
> 너는 말을 타고 가건 차를 타고 가건/ 둘이서 가건 셋이서 가건
> 마지막 한 걸음은/ 혼자서 자기 발로 가야 한다.
> 그러니까 무엇을 알고 있건/ 무엇을 할 수 있건
> 마침내/ 괴로운 일은 모두 혼자서 해야 한다.

54. 인생삼락

인생은 지금도 현재진행형으로 흐르고, 즐거운 사람의 귀에는 언제나 현재의 멋진 배경 음악이 흐르고 있다. 과거는 히스토리(history), 미래는 미스터리(mystery), 현재는 선물(present)이다. 시간은 과거에서 미래로, 미래에서 과거로 매 순간 즐거움의 선물을 주고 간다. 삶에 의미 같은 것은 없다. 내가 의미를 부여하는 것이다. 삶은 즐거움, 하루하루 즐겁게 사는 것이다. 내가 일으키고 싶은 기적은 하늘을 나는 것도 물 위를 걷는 것도 아니다. 오늘은 동쪽으로, 내일은 서쪽으로, 그리고 남쪽과 북쪽으로, 동가식서가숙하며 바람이 부는 대로 하루하루 유유자적 길 위를 걸어갈 수 있다면 그것이 바라는 것이며, 기적이다.

슈바이처는 말한다. “낙천주의자는 모든 장소에서 청신호만 보는 사람이다. 반면 비관주의자는 붉은 정지신호만을 본다. 그러나 정말 현명한 사람은 색맹이다.”라고.

오늘 또 하루 멋진 기적이 시작된다. 즐거운 인생이다.

어느 날, 장자와 혜시가 호수의 다리 위를 거닐었다. 이때 물속에서 물고기가 꼬리를 흔들며 헤엄치는 것을 보고 “피라미들이 물속에서 자유롭게 헤엄치고 있으니 분명 물고기들이 즐거워하고 있는 것이오.”라고 장자가 말했다. 이에 혜시는 “당신은 물고기가 아닌데, 어떻게 물고기가 즐거운지 안단 말이오?”라고 물었다. 그러자 장자는 "당신은 내가 아닌데 내가 물고기의 즐거움을 아는지 모르는지 어떻게 안단 말이오?"라고 반문했다. 이에 혜시는 "물론 나는 당신이 아니기 때문에 당신을 알지 못하오. 그러나 당신 역시 근본이 물고기가 아니니 물고기가 즐거운지 아닌지 절대 알 수 없소."라고 말했다. 장자는 혜시의 말에 수긍하면서 "우리 다시 본래의 질문으로 돌아가 봅시다. 당신은 내가 어떻게 물고기의 즐거움을 알 수 있겠느냐고 물었소. 이것은 당신이 내가 물고기의 즐거움을 안다는 것을 이미 알고 있으면서 나에게 한 질문이오. 나는 호수의 다리 위에서 매우 즐겁기 때문에 물고기가 즐겁다는 것을 알 수 있소."

장자의 작호간상(作濠間想)이다. 인간은 길에서 길을 잊고, 물고기는 물에서 물을 잊고, 새는 바람을 타고 날건만 바람이 있음을 모른다. 자연은 모든 생명체에게 삶의 즐거움을 준다. 즐거움은 인간에게 모든 감정을 잊게 만들고, 속세의 피곤함을 멀리하게 해주며, 물욕을 버릴 수 있게 해준다. 물아일여(物我一如)! 사물과 내가 하나가 되면 모든 물욕에 얽매이지 않고 마음의 자유를 얻어 즐거움이 저절로 일어난다.

인류의 스승 공자가 태산 기슭을 지나다가 비파를 들고 한없이 즐거운 표정으로 앉아 있는 노인을 만났다. 공자가 뭐가 그리 즐거우냐고 묻자 노인은 "사람으로 태어난 것, 남자로 태어난 것, 95세가 됐을 만큼 장수한 것."이라고 대답했다. 그리스의 플라톤은 자신에게 주어진 세 가지 축복을 "남자로 태어난 것, 야만국가가 아닌 문명국가 그리스에서 태어난 것, 스승 소크라테스를 만난 것."이라고 했다.

공자는 논어의 첫 줄에 "배우고 익히니 기쁘지 아니한가. 벗이 멀리서 찾아오니 또한 기쁘지 아니한가. 사람들이 알아주지 않아도 성내지 아니하면 군자 아니겠는가."라며 세 가지 즐거움을 얘기했다. 공자는 또한 배움에 있어서 "아는 것보다 좋아하는 것이 좋고, 좋아하는 것보다 즐기는 것이 좋다."라며 지호락(知好樂)을 말했다.

맹자의 군자삼락은 "첫째는 부모가 살아있고 형제에게 아무 탈이 없는 것이고, 둘째는 우러러 하늘에 부끄러움이 없고 아래로 굽어 사람에게 부끄러움이 없는 것이고, 셋째는 천하의 인재를 얻어 교육하는 것."이었다.

상촌 신흠(1566-1628)은 "문 닫고 마음에 드는 책을 읽는 것, 문 열고 마음 맞는 손님을 맞아 술 한잔 나누는 것, 문을 나서면 마음에 드는 경치를 찾아가는 것."이 인생의 세 가지 즐거움이라고 했다. 다산 정약용의 삼락은 "어렸을 때 뛰놀던 곳에 어른이 돼서 오는 것, 가난하고 궁색할 때 지내던 곳을 출세해서 오는 것, 나 혼자 외롭게 찾던 곳을 마음 맞는 좋은 벗들과 어울려 오는 것."이었고, 추사 김정희의 삼락은 "일 독서, 이 호색, 삼 음주."였으니, 책 읽고 글 쓰는 선비정신, 사랑하는 이와의 변함없는 애정, 좋은 벗과 함께 나누는 술 한잔의 풍류였다. 이규보는 평생 시와 술과 거문고를 좋아하여 삼혹호 선생이라 불렸다.

인생은 누리는 자의 것. 지루하게 살기에는 인생이 너무나 짧다. 고통이나 번민에 젖어 있기에는 지구라는 별 위에서 살아갈 날이 그리 많지 않다. 이제는 살아온 날보다 살아갈 날이 짧다. 몇 해만 지나면 기억에서 사라질 일에 얽매여 시간과 정열을 낭비하지 말고, 오래오래 기억에 남을 낭만의 여행을 즐겨야 할 시간이다. 그래야 이 세상 소풍 끝나는 날 지구별에서의 삶이 아름다웠다고 말하지 않겠는가.

죽는 날까지 재미있게 살아야 한다. 즐거워하기 위해서는 자족(自足)하고 지족(知足)해야 한다. 노자는 지족지족상족(知足之足常足)이라고 말했고, 공자는 안분지족(安分知足)이라고 말하지 않았는가.

홀로코스트로 죽음을 목전에 둔 감옥에서조차 "인생은 아름다워!"라고 말하는 영화처럼 인생을 즐겁게 살아야 한다. 즐거움의 제조원가는 '0'이다. 즐거운 사람은 언제나 지금 눈앞에 있는 모든 것을 즐길 준비가 되어 있다. 인생을 즐기는 데에 왕도(王道)가 없다는 것을 깨달으면 무엇이든 즐길 수 있다. 인생을 즐길 줄 아는 성

격은 수억 원의 돈보다도 더 귀한 가치가 있다. 즐거운 일을 찾으려 하면 너무 늦다. 즐거워할 줄 아는 마음이 필요하다. 특별한 즐거움을 찾으려는 노력을 그만둘 때, 아주 많은 특별한 즐거움이 다가온다. 천상의 꽃인 밤하늘의 별을 보기 위해서 지상의 보석인 꽃을 짓밟지는 말아야 한다.

새해가 오면 사람들은 "새해 복 많이 받으세요!"라고 인사한다. 이때 복(福)은 행운(幸運)이라는 의미로 쓰인다. 가난하고 힘든 인생살이에 행운이 내리기를 바라는 민초들의 애잔한 마음이 담겨 있다. 행운과 행복(幸福)은 다르다. 행운은 일시적인 것, 행복은 지속적인 것이다. 새해를 맞이하여 일시적인 복도 좋지만 일 년 내내 행복하면 더욱 좋다. 행운의 네 잎 클로버를 찾기 위해 행복의 세 잎 클로버를 짓밟는 어리석음은 즐거움에 방해가 된다.

바다와 바닷가는 모든 사람의 소유이니 누구나 마음 놓고 바닷가에 나갈 수 있다. 아무도 "여긴 내 땅이야, 나가!"라고 말할 수 없다. 그러나 푸른 하늘도 푸른 바다도 즐길 수 있는 사람만이 소유한다. 경제재가 아닌 자유재다. 돈이 아닌 마음만으로도 소유할 수 있다. 즐기려면 좋아해야 하고, 좋아하려면 알아야 한다. 지성, 덕성, 야성의 그릇을 키워야 한다. 그리고 이를 좋아하고 즐기는 것이 행복하게 사는 길이다.

목숨은 태어날 때부터 죽음의 기저귀를 차고 나온다. 죽음이란 의식 없이는 생명을 느낄 수 없는 것이 인간의 조건이다. 우리 인생은 몇 시간이나 주어질까. 80년을 산다고 하면 하루는 24시간, 일주일은 168시간, 한 달은 720시간, 일 년은 8,760시간, 80년은 무려 70만

800시간이다. 분으로는 42,048,000분, 초로 환산하면 2,522,880,000초다. 80년을 산다면 대략 30억 번이나 심장이 뛰는 시간. 이렇게 많은 시간을 가지고도 현대인은 시간에 쫓기며 산다.

주어진 생의 여로에서 인간은 누구나 한두 개의 문제, 아니 수십 개, 수백 개의 문제를 지니고 살아간다. 문제없는 사람이 오히려 문제가 있다. 문제와 더불어 즐거움 또한 언제나 함께 있다. 문제를 밖으로 꺼내 이리저리 요리조리 쌓고 허물다 보면 즐거움이 안으로 찾아온다. 문제는 밖으로, 즐거움은 안으로.

지금 이 순간을 즐기면 내일은 분명 오늘보다 더 즐겁게 다가온다. 만일 불쾌해지고 싶다면 집착하면 된다. 허공에 맴도는 돈이나 명예나 권력에의 집착은 즐거움을 앗아간다. 미래에서 온 편지에는 "그때마다 할 수 있는 최고의 선택은 즐거움을 찾는 것."이라 적혀 있다. 여명의 순간을 호흡하고, 계절의 변화를 느끼고, 바람의 향기를 맛보고, 밤하늘의 별들을 바라볼 여유가 있다면, 아무리 많은 문제를 안고 있어도 전혀 문제가 없다. 최고의 즐거움은 지금 자신이 살아있다는 사실을 느끼는 것, 지금 이 순간에도 즐거움은 앞에, 옆에, 뒤에, 위에, 아래에 함께 있다는 것을 느끼는 것이다. 즐거움에 이유 따위는 없다. 새들은 창공을 즐겁게 날아가고, 물고기는 냇가에서 즐겁게 헤엄치고, 인간은 땅 위를 즐겁게 걸어가는 것. 이는 신이 준 특별한 선물이다.

여명의 아침이 나를 위해 신선하게 다가오고, 한낮의 태양이 자신을 위해 비추고, 저녁노을이 내 인생의 벗이라고 생각한다면 정녕 삶이 즐겁지 않겠는가. 중년에는 쉼표(,)가 필요하다. 꽁지에 불붙인 듯 바쁘게 살다가 동가식서가숙하며 한가로운 시간을 즐기는 나 홀로 쉼표의 여행은 독락(獨樂)이다. 독락은 '함께 더불어 즐거워함이 진정한 즐거움'이라는 맹자의 여민동락(與民同樂)에 반(反)하는 것이 아니라, 여민락으로 가는 길 위에서 쉼표를 찍는 것이다. 류시화 시인은 〈신이 쉼표를 넣은 곳에 마침표를 찍지 마라〉라고 한다. 내가 쉼표를 찍으며 즐거워야 더불어 즐거울 수 있다.

즐거움은 걸음걸이로 나타난다. 기분이란, 넣는 그릇에 따라 바뀌는 것. 고개를 숙이고 걸어봤자 길에는 아무것도 떨어져 있지 않다. 푸른 하늘에 코끼리가 날아가고 멀리 숲 속에 고래가 뛰어가는 장면들을 바라보라. 그러면 발걸음은 신명 나고 기분은 즐거움으로 가득 찬다. 즐거움은 여기, 저기, 거기 어디에든 있다. 즐거움은 노력해서 얻는 것이 아니라 깨닫는 것. 나는 지금의 인생을 즐기겠다.

위대한 발견은 새로운 대지를 찾는 것이 아니라 새로운 눈으로 바라보는 것이다. 세계를 바꾸고, 나라를 바꾸고, 사회를 바꾸고, 가족을 바꾸기 전에 지금 자신이 쓰고 있는 안경을 바꾸면 인생은 즐거워진다. 창문이 더러우면 창문 밖의 빨래는 더럽게 보인다.

지금 내가 죽더라도 세계는 변하지 않는다. 하지만 내가 살아있으면 세계는 반드시 변한다. 지금 이렇게 살아있다는 그 기적에 감사한다. 그리고 자식으로, 부모로, 남편으로, 친구로 선택해준 사람들에게 감사한다.

나는 오늘 하루를, 지금 이 순간을 즐겁게 보내길 원한다. 그리고 그것은 자신에게도, 타인에게도 할 수 있는 최상의 공헌이다. 내가 즐거워야 한다. 만약 그렇지 않다면 즐거움에 감염되어야 한다.

즐거워지고 싶으면 즐거운 사람 곁으로, 불쾌해지고 싶으면 불쾌한 사람 곁으로 가면 된다. 즐거움은 전염된다. 근묵자흑이다. 동병상련이다. 천재는 노력하는 자를 이길 수 없고, 노력하는 자는 즐기는 자를 이길 수 없다. 인생을 즐겨야 한다. 그러자면 이미 지나가 버린 아픈 과거조차도 즐겨야 하고, 주어진 현재를 즐겨야 하고, 다가올 신비로운 미래를 즐겨야 한다.

100세의 김형석 교수는 "행복이 미래에만 있다면 인간은 행복해질 수가 없다. 행복이 머무르는 곳은 언제나 현재뿐이다. (…중략…) 미래를 위해 현재를 공허하게 만들 수는 없으며, 과거 때문에 현재를 잃는 어리석음을 범해서도 안 된다."라며 행복론을 말한다. 나는 자유를 즐기는, 모든 굴레에서 벗어나 자유인으로 거듭난 자유자재인(自由自在人)이 되어 살고 싶다. 나는 인생을 놀이처럼 즐겁게 살아가고 싶다. 그래서 다짐한다.

"나는 내 인생의 주인공이다. 나는 내 운명의 주인이며 내 영혼의 선장이다. 그러니 나는 내 시간의 주인이다. 시간에 쫓겨 살지 말고 시간의 주인이 되자. 어제보다는 오늘, 오늘보다는 내일이 더 새로운 '구일신일일신우일신(苟日新日日新又日新)'의 도전적이고 창조적인 내 인생의 시간을 가지자. 시간을 소중히 여기고 세월을 아끼자. 바쁘게만 살 것이 아니라 의미 있는 일로 바쁘자. 세월을 헛되이 소비하지 말자. 경중완급(輕重緩急)을 따져 가며 남은 세월에 충실하자."라고.

이미 지나간 삶에서는 무엇도 되돌릴 수는 없지만, 앞으로의 삶을 바꿀 수는 있다. 자꾸만 뒤돌아보면 앞을 제대로 볼 수 없다. 다른 이들의 발자취를 따르면 자신만의 발자취를 따를 수 없다. 오늘도 내일도 새로운 길, 나는 내 마음의 길을 걸어간다. 걷는 그 자체를, 사는 그 자체를 놀이처럼 즐기며 살아가고자 한다. '진작 내가 이런 깨달음을 가졌다면 좋았을걸. 하지만 지금부터 시작이야!' 하면서 즐겁게 살아간다.

지나온 세월, 치열하게 살아왔다. 기해년 돼지들이 줄줄이 은퇴하고 있는 2019년, 인생의 길목에서 이제는 싫은 것은 하지 않아도 될 연륜을 지녀 기쁘고 즐겁고 건강하고 행복한 일만 해도 될 나이이다. 스스로 일상에서 즐거움을 찾아 하루하루 즐겨도 되는 때가 왔다. 이슬람교의 코란과 유대교의 탈무드는 "자신에게 주어진 기쁨을 즐기지 않은 사람은 책임을 추궁받을 것."이라고 가르친다. 자신에게 주어진 기쁨을 즐기지 않는 것은 죄악이다. 홀로 가는 인생길, 기쁨을 즐기고 한가로움과 여유를 즐긴다. 누구나 자기 인생의 주인공. 나는 네가 아니라 나이기에 나의 길을 기쁨으로 간다. 시인이 '카르페 디엠!'을 외치면서 〈지랄하고 자빠졌네!〉를 노래한다.

세상에 빛을 준다고
나라를 구한다고
사회를 개혁한다고
집안을 다스린다고 하는
개 같은 소리 하지 말고

오직 자기 한 사람

즐겁게

잘 먹고 잘 살게

그러면 가정은, 사회는, 나라는, 세상은

평안할 것이네.

그렇게 하지 않으면 아마도

지랄하고 자빠졌네 하고

해와 달과 별이

즐겁게

깔깔대며 웃을 것이네.

55. 나의 특별한 회갑연

나의 생일은 11월 1일(음력 10월 5일)이다. 하루 전날인 2019년 10월의 마지막 날, 나의 특별한 회갑연이 있었다. 잔칫상은 '영 써틴(Young thirteen)'이라는 모임의 이름으로 13명의 형제가 베풀어 주었다. 두목은 '광섭 형'이고, 회장은 '정안 아우'다.

옛사람들은 태어난 지 60년이 지난 회갑, 결혼한 지 60년이 지난 회혼(回婚), 과거에 급제한 지 60년이 지난 회방(回榜)을 인생의 가장 큰 경사로 여겼다. 하지만 평균 수명이 길어진 오늘날, 회갑 잔치를 여는 사람은 극히 드물다. 그래서 잔치를 하기에 쑥스러웠다. 아이디어의 산실인 탄천에서 아침 운동을 하면서 좋은 생각이 스쳐 갔다. 용인 지역사회에 나눔을 실천하는 이벤트를 겸하자는 생각이었다. 그래서 환갑잔치와 더불어 《산티아고 가는 길, 나는 순례자다!》 출판기념회를 열었다. 당초 단지 100명만 초청하자고 계획하였는데, 120여 명이 찾아왔다.

식전행사로 6시부터 '영 써틴'의 멤버인 아우 황봉현이 색소폰을 연주했고, 단경예술단 송주현 단장이 현대무용을 선보였다. 만찬 행사에서는 탈북가수 전향진이 열창했다. 6시 반부터 본 행사가 이루어졌다. 나는 '환영사'를 통한 인사로 용인에서 지나온 22년을 회고하고 함께 한 인연에 감사했다.

안녕하십니까? 여러분, 반갑습니다. 그리고 고맙습니다. 오늘은 세무사가 아닌 여행 작가로서 김명돌, 인사드립니다. 오늘 저의 출판기념회와 59년 생 친구들의 회갑을 축하하는 자리에, 바쁘신 중에도 불구하고 참석해 주신, 함께해주신 모든 분, 정말 고맙습니다. 귀한 시간 내주셔서 감사드립니다.

철학자 플라톤은 인생을 살면서 남자로 태어나고, 문명국가 그리스에서 태어나고, 소크라테스를 만나 제자가 된 것, 이 세 가지를 가장 큰 축복이라고 했습니다. 저는 한강의 기적을 이룬 아름다운 대한민국이 저의 조국이고, 저에게 뼈와 살을 준 정신문화의 수도 안동이 저의 고향이고, 저에게 경제적 자유를 주고 작은 꿈을 이루게 한 생거용인 사거용인, 용인과의 만남을 가장 큰 세 가지 축복으로 생각합니다.

저는 IMF 한파가 몰아치던 1997년 12월 용인에 와서 1998년 7월, 나이 40에 처음으로 용인라이온스클럽에 입회하였습니다. 그것이 오늘 행사를 이곳 라이온스클럽에서 개최하는 이유입니다. 용인라이온스클럽 역대 회장님들, 회원 여러분들, 오늘의 제가 있기까지 이끌어주시고 가르침을 베풀어주신 점 진심으로 감사의 인사를 드립니다.

용인에서 지내온 지 22년. 39살에 용인에 와서 어느덧 61살이 되었습니다. 용인은 저에게 기회의 땅이었고 축복의 땅이었습니다. 경제적 자유도 주었고, 배움에 대한 한을 풀 수 있도록 해주었고, 무엇보다도 여러분과 같은 좋은 분들을 만나게 해주었습니다.

저는 49살인 2007년 1월 2일 한파주의보가 내린 추운 겨울, 이 정도면 성공했다는, 과거에 급제한 영남 선비의 마음으로 고향인

안동까지 첫 번째 도보여행을 감행했습니다. 저의 책 《청산으로 가는 길》이었습니다. 청산은 제 시골집 뒷산 이름이기도 하지만, 옛날 선비들이 그리던 이상향이고 무릉도원이기도 합니다. 그리고 이듬해 1월 1일 새해 첫날, 안동에서 용인을 향해 걸어가는 '청산으로 가는 길2'를 실행했습니다. 제가 살고 있는 용인도 청산이라, 그때 카네기의 윤대혁 회장님 등 많은 분이 먼 길 찾아오셔서 위로와 격려를 해주셨고, 저의 도착을 반기며 축하해 주었습니다. (...중략...) 길 위에서 일신우일신, 마침내 오늘 《산티아고 가는 길, 나는 순례자다!》, 이 책이 탄생했습니다. 산티아고 가는 길을 걸는 사람들은 이유가 다양합니다. 예전에는 종교적인 동기나 죄 사함을 받기 위해 걸었습니다만, 네덜란드나 벨기에에서는 청소년 범죄자들을 교화하기 위해 걷게 하고, 영국인들은 걸은 거리에 따라 기부금을 내기도 합니다.

저는 용인시 인재육성재단 이사로서 2014년 해파랑길 770㎞를 걷고 1㎞당 만 원씩 총 770만 원을 인재육성재단에 장학금으로 기부한 적이 있습니다. 그리고 2017년 저소득층 장학금으로 경기사회복지공동모금회를 통해 용인시에 1억 원을 기부하고 1억 원 이상 기부자 클럽인 '아너 소사이어티(Honor Society)'에 가입한 적이 있습니다. 그리고 오늘 출판기념회에 즈음하여 산티아고 800㎞ 거리를 1㎞당 만 원씩 계산해 총 800만 원을 용인시 인재육성재단에 기부하고, 또한 오늘 도서판매대금 전액을 북한 이탈주민지원금으로 기부하기 위해 준비하고 있습니다. 책 많이 팔아주시면 고맙겠습니다.

칼릴 지브란은 《예언자》에서 "단 하나의 잎새도 나무 전체의 묵인 없이 혼자 노랗게 될 수는 없다."라고 하였습니다. 인생은 독창이 아니라 합창입니다. 모든 것이 합력하여 선을 이룬다고 하였습니다. 저의 모든 성취는 이 자리에 함께해주신 여러분의 도움 덕분이라 생각합니다. 특히 오늘 회갑을 맞이하는 저희 6명의 돼지띠 친구들을 많이 축하해 주시고 용인 지역사회를 위하여, 이웃을 위하여, 자신을 위하여 더욱 열심히, 건강하게 봉사하며 살아갈 수 있도록 축복해 주시길 부탁드립니다. 그리고 오늘 이 자리를 만들어주신 '영 써틴'의 큰형님이신 최광섭 고문님, 서정안

회장과 윤상열 준비위원장 등 형제들에게 깊은 감사의 인사를 드립니다. 함께 해주신 모든 분께 다시 한 번 깊은 감사의 말씀드리면서 인사를 마치겠습니다. 감사합니다.

이어서 나는 《산티아고 가는 길, 나는 순례자다!》의 책 소개를 하였다.

《산티아고 가는 길, 나는 순례자다!》라는 이 책은 프랑스 생장에서 피레네산맥을 넘어 스페인 북부 갈리시아 지방의 '산티아고 데 콤포스텔라', 즉 '별이 빛나는 들판의 야고보'라는 도시까지 걸어가는 800㎞ 순례길입니다. 매년 30만 명 이상의 세계인이 걷고 대한민국 순례자들도 매년 증가하는데, 특히 금년에는 TV 종편에서 '스페인 하숙'을 방영하여 더 많은 사람이 찾고 있습니다. 작년에는 한 해 5천 명을 넘어섰는데, 아시아에서는 우리나라 순례자의 수가 단연 1위입니다.

종교적인 이유로 가톨릭 신자들이 이 길을 걸으면 살인이든 무슨 죄든 간에 모든 죄를 사하여 준다고 오래전 교황청에서 발표하였습니다. 그러나 지금은 종교적인 이유보다는 자신의 영성을 찾아, 문화체험으로, 극기훈련 등 다양한 이유로 많은 순례자가 걷고 있습니다.

이 책에는 산티아고 순례길의 탄생과 역사, 그리고 수많은 전설이 있고, 예수와 성모 마리아, 야고보와 길 위의 성인들, 그리고 스페인의 영웅들이 있고, 스페인의 부흥과 몰락, 재부흥을 향한 역사의 여정이 있고, 스페인의 자연과 문화가 있고, 가톨릭과 이슬람, 유대교가 있고, 중세 순례자들의 이야기가 있습니다.

저는 산티아고 가는 길을 걸으면서 만난 순례자들에게 적지 않은 당혹감을 느꼈습니다. 순례자들은 의외로 이 길에 얽힌 것에 문외한이었습니다. 카미노를 걸어야 할 때 가장 중요한 준비물은 무엇이겠습니까? 개인마다 다르겠지만, 아리스토텔레스는 '시작이 반'이라고 했습니다. 이는 '시작하기 전에 준비하는 게 반'이라는 의미로, 준비에 실패하는 것은 실패를 준비하는 것입니다. 인생의 특별한 선물인 산티아고 순례길을 떠나면서 준비 없는 순례자의 어리석음을 범치 않기를 바라는 마음을 이 책에 담았습니다. 이 책이 종교의 길, 영성의 길, 지성의 길을 가는 지친 영혼들에게 위로가 되고 좋은 길잡이가 되면 좋겠다는 마음입니다.

길을 걷는 황홀했던 순간들에 이어 글을 쓰는 순간 또한 행복한 순례였습니다. 육체는 비록 고통스러웠지만, 정신은 너무나 자유롭고 행복했습니다.

여행을 마친 후 얻게 된 커다란 한 가지 깨달음은, 당시 43일간을 용인에서 떠나 있었는데, 제가 없어도 대한민국은 아무 일 없었고, 용인도, 안동도, 저의 회사도, 가정도, 모두가 아무런 이상 없이 흘러가고 있었다는 것입니다. 그래서 '내가 없어도 세상은 잘 굴러가는구나.' 하는 생각을 겸허한 마음으로 해보았습니다.

길에 존재했던 신비로운 순례자를 불멸의 미라로 남기는 이 책을 출간하면서 이제 '나의 산티아고 순례'는 끝이 났습니다. 하지만 순례는 삶에서 무한히 연장되어, '그때 거기'는 떠났지만 이제 '지금 여기'의 삶을 카미노로 여기며 항상 '카르페 디엠!'을 외치는 진실한 인생의 순례자로 살아갈 것입니다.

산티아고 순례길을 걷는 것은 한바탕 신명 나는 꿈이었습니다. 그리고 그 꿈은 오늘 이 자리에서 여러분들과 함께 지속됩니다.

존경하는 선후배, 친구 여러분, 여러분 덕분에 저는 이 길을 걸을 수 있었고, 여러분 덕분에 이 글을 쓸 수 있었습니다. 어제도 오늘도 항상 함께해주신 여러분께 고마운 마음을 담아 이 책을 바칩니다. 감사합니다.

그리고 이어진 순서로 회갑연 인사를 하였다. 회갑연의 주인공은 나를 비롯하여 김영섭, 나광덕, 남동발, 박인혁, 사석윤 등 모두 여섯 명이었다. 서석윤은 '영 써틴'의 형제이고 친구였다. 특별출연으로 안동고등학교 동기동창인 서울 동부지검의 강신엽 부장검사가 서울에서 찾아왔다. 고마웠다.

오늘 이렇게 축하 행사에 참여해주셔서 정말 감사합니다. 오늘 저희 여섯 명 말고도 이 자리에 환갑인 친구가 더 있습니다. 조금 전 소개해드린 특별 손님으로 고등학교 동창생인 서울 동부지검의 강신엽 부장검사입니다. 앞으로 나오세요. 여러분, 우리 일곱 돼지에게 따뜻한 축하의 박수를 부탁드립니다.

여러분, 먼저 200년 전 방랑 시인 김삿갓이 회갑연에 가서 밥과 술을 얻어먹기 위해 지었던 수연시(壽宴詩) 한 수를 읊겠습니다. 거지꼴의 김삿갓이 회갑 잔칫집에 들어가니 몰골이 말이 아닌지라 사람대접을 안 해줍니다. 그러자 김삿갓이 옆에 있는 지필묵을 들고, '인도인가불사인(人到人家不待人) 주인인사난위인(主人人事難爲人)'이라 쓰고는 자리에서 일어납니다. '사람이 사람 집에 왔는데 사람대접 안 하니 이 집 주인의 인사가 사람답지 못하다.'라고 나무란 것입니다. 그러자 아들들이 나서서 암행어사나 되는 대단한 사람인줄 알고 얼른 자리를 마련하고 음식을 챙겨주면서 아버지를 위한 수연시 한 수를 부탁합니다. 그때의 시입니다.

저기 앉은 저 노인 사람 꼴이 아니구나.
어느 날 어느 때 신선께서 내려오셨나.
슬하에 일곱 아들이 모두 도적놈이구나.
불로장생의 천도복숭아를 훔쳐 아버님을 잘 봉양하는구나.

처음 '저기 앉은 저 노인 사람 꼴이 아니구나.'라고 했을 때 자식들의 얼굴이 붉으락푸르락 했습니다. 그런데 '어느 날 어느 때 신선께서 내려오셨나.'라고 하자 기분이 좋아졌습니다. 그런데 다시 '슬하에 일곱 아들이 모두 도적놈이구나.'라고 하자 자식들이 자리를 박차고 일어납니다. 마지막으로 김삿갓이 '불로장생의 천도복숭아를 훔쳐 아버님을 잘 봉양하는구나.'라고 하자 김삿갓에게 크게 인사를 합니다.

임진왜란 때 승병장이었던 서산대사는 85세에 입적을 하면서 "태어남은 한 조각구름이 일어나는 것. 삶은 한 조각구름이 흘러가는 것. 죽음은 한 조각구름이 스러지는 것."이라는 임종게를 남깁니다. 그러면서 "80년 전에는 내가 너였는데, 80년 후에는 네가 내가 되었구나."라고 하였습니다. 그리고 사명대사와 처영에게 후사를 부탁했습니다.

60년 전 제가 태어날 때 대한민국도 가난했고, 용인도 가난했고, 저도 가난했습니다. 60년이 지난 지금 세상은 완전히 달라졌습니다. 특히 60년 전에는 내가 갓난아이인 너였는데, 60년이 지나 어린 네가 중년의 내가 되었습니다. 엄청난 변화가 일어났습니다. 세상에는 법도가 있고 하늘에는 천도가 있습니다. 하늘의 천도는 '지성이면 감천'입니다. '하늘이 감동할 정도로 정말 열심히 해보았는가?' 자문하면서 항상 '하늘은 스스로 돕는 자를 돕는다.'라고 생각했습니다.

여러분, 오늘 이렇게 축하해주셔서 정말 감사드리며, 기회가 되시면 다음 저의 환갑인 60년 후 2079년, 제가 121세가 되었을 때 다시 찾아주시면 고맙겠습니다. 그때까지 건강하시고 행복하십시오. 감사합니다.

황혼의 해가 느릿느릿 서쪽으로 걸어간다. 나그네가 능선에 서서 지나온 골짜기와 비탈길을 내려다본다. 이때 전설처럼 멀어져 간 청춘의 초상이 묻는다.

"지나온 길 후회하지 않느냐?"

나는 대답한다.

"번민도 좌절도 많았지만, 나는 나의 길을 성실히 걸어왔기에 결코 후회하지 않는다."

그리고 다시 말을 잇는다.

"하지만 다시 그 길을 걷고 싶지는 않다!"

56. 나의 힘이 되신 여호와여!

- 가덕도 갈보리교회 설교 전문 -

서론부

안녕하세요, 여러분. 반갑습니다.

소양무지개동산에 오랜만에 왔습니다. 통통 배 타고 찾아올 때 왔으니까, 십 년 정도는 되는 것 같습니다. 그 중간에 분당 샘물교회에서, 용인 에버랜드에서 만난 분은 있을 것입니다.

2018년 12월 1일, 황수섭 목사님 위임 예배에는 제가 게을러서 못 왔습니다. 1년이 지난 지금, 늦었지만 이제야 찾아왔습니다. 목사님 축하드립니다. 그리고 여러분, 반갑습니다.

저의 고향은 목사님과 같은 안동이고, 현재는 경기도 분당에 살고 있으며, 직업은 세무사로 용인에서 세금을 계산해주고 억울하게 세금을 내게 된 분들을 구제하는 일로 생업을 삼고 있으며, 도보여행을 좋아하는 여행 작가입니다.

오늘 소양무지개동산에 와서 둘러보는 동안 설교 내용과 관련이 있는 세 가지를 발견했습니다. 먼저 2대 원장이신 '우리 아빠' 고(故) 지형식 장로님이 성경의 인물 가운데 특히 다윗을 좋아하였다는 사실과 '바울의 방'에 오늘 성경 본문인 '나의 힘이 되신 여호와여 내가 주를 사랑하나이다.'라는 성구가 액자로 걸려 있다는 사실, 그리고 2019년 교회 표어가 '새롭게. 새롭게.'라는 사실인데, 이는 제 좌우명이 '일신우일신'입니다. 그러니 우연치고는 참으로 특이한 우연입니다.

제 회사의 사무실에는 액자가 몇 개 걸려 있습니다. 사무실에 들어서면 제일 먼저 '일신우일신'이 입구에서 맞이하고, '네 시작은 미약하나 나중은 심히 창대하리라.'라는 액자가 눈에 들어옵니다. 그리고 '일신우일신', '산고수장', '일일부독서구중생형극', '나의 힘이 되신 여호와여 내가 주를 사랑하나이다.'가 걸려 있습니다.

저의 집 거실에도 '나의 힘이 되신 여호와여 내가 주를 사랑하나이다.'라는 성구의 액자가 걸려있습니다. 그래서 오늘 설교의 본문도 '나의 힘이 되신 여호와여 내가 주를 사랑하나이다.'입니다. 그러니 마치 사전에 교감이 있는 듯한 참으로 특이한 느낌입니다.

본론부

여러분은 성경에 나오는 인물 중 누구를 가장 좋아하십니까? 나는 다윗을 좋아합니다. 요셉도 좋아합니다. 세리 마태도, 세리장 삭개오도 좋아합니다. 예수님은 단연코 제일 좋아합니다. 저는 오늘 성경의 다윗과 저 자신, 그리고 갈매기 한 마리를 등장시켜 말씀을 전하고자 합니다. 성경에 대해서는 평소에 목사님에게 많이 들으실 테니, 오늘은 성경보다는 저의 삶에 대한 간증 형식으로 말씀을 드리도록 하겠습니다.

우리가 성경을 통해서 아는 바와 같이, 다윗은 파란만장한 삶을 살았습니다. 죽을 고비도 수없이 넘겼습니다. 그러나 다윗은 마침내 통일 이스라엘 왕국의 위대한 왕이 되었습니다. 그리고 원수들의 손에서, 사울의 손에서 벗어난 다윗은 마침내, "나의 힘이 되신 여호와여 내가 주를 사랑하나이다. 여호와는 나의 반석이시오, 요새시오, 나를 건지시는 이시오, 나의 하나님이시오, 내가 그 안에 피할 나의 바위시오, 나의 방패시오, 나의 구원의 뿔이시오, 나의 산성이시로다."라고 시편 구절(18편 1~2절)을 통해 하나님께 감사의 고백을 드립니다.

오늘 저는 먼저 '일신우일신', 두 번째 '높이 나는 새가 멀리 본다.'는 갈매기의 꿈, 그리고 마지막으로 '꿈 너머 꿈'이라는 세 가지 대목으로 말씀을 전해 드리겠습니다.

먼저 일신우일신입니다.

저의 좌우명은 '일신우일신'입니다. 날로 새롭고, 나날이 새롭고, 또 날로 새롭다는 '구일신일일신우일신'을 줄인 말입니다. 퇴보가 아닌 나날이 진보를, 향하가 아닌 향상을 하자는 의미입니다. 일신우일신은 중국 은나라를 세운 탕왕의 고사에 나오는 이야기입니다. 유교에서는 '요순우탕문무주공'이라며 탕왕을 성인의 반열에 올리고 추앙하는데, 탕왕은 세수를 하는 그릇에 '구일신일일신우일신'이라 새겨놓고 아침마다 오늘도 백성들을 위해 새로운 무엇을 할지 생각을 하고, 새롭게 다짐을 했습니다.

저에게 있어 '일신우일신'은 인생의 등불이었습니다. 인생을 대하는 선언이고 각오이고 다짐이었습니다. 깊은 골짜기에서 산 능선으로 올라가려는 몸부림이었습니다.

10여 년 전 어느 해, 경기도 수원에서 경기마라톤 대회 21.0975 ㎞ 하프 마라톤에 출전한 적이 있었습니다. 대회장에 늦게 도착해서 제일 꼴찌로 출발을 했습니다. 그리고 한 사람 한 사람 추월했습니다. 2,600명이 뛰었는데, 260등을 하였습니다. 2,300여 명을 추월한 것입니다. 추월할 때, 그때의 기분이 어떠했겠습니까? 지금 생각해도 기분이 좋습니다.

1997년 용인에서 세무사를 처음 시작할 때 저의 학력은 고졸이었는데, 20년이 지난 2017년에는 학사, 석사, 경영학박사를 모두 마쳤고 신학교를 졸업하여 목회학석사까지 공부했습니다. 일신우일신으로 지난 20년 동안 정말 열심히 공부했고, 돈을 벌기 위해 열심히 일해서 경제적으로 일신우일신 했고, 사회 봉사활동에 있어서도 열심히 일신우일신 했고, 두 발로 걸어서 여행을 하는데도 열심히 일신우일신을 했습니다. 그래서 저를 아는 제 주변 사람들은 저보고 "성공했다."라고 말합니다. 저 자신도 이 정도면 성공했다는 생각을 했습니다. 그래서 과거에 급제하여 금의환향하는 조선의 영남 선비의 마음으로, 2007년 1월 2일부터 9일간 한파주의보가 내린 한겨울에 용인에서 고향인 안동의 집까지 문경새재를 넘어 260㎞를 걸어갔습니다. 그리고 2008년, 다음 해에는 안동의 집에서 용인까지 죽령고개를 넘어 다시 8일간 걸어갔습니다. 2010년 2월에는 한 달 가까이 걸려 우리나라의 최남단 제주도의 마라도에서 시작해 최북단 강원도 고성의 통일전망대까지 국토종주 790㎞를 걸어갔습니다. 그리고 그해, 지리산에서 강원도 진부령까지 총 680㎞

의 백두대간 종주를 마쳤습니다.

2012년에는 자전거로 997㎞의 4대강 종주를 하였고, 2014년에는 동해안 해파랑길, 부산의 오륙도공원에서 통일전망대까지 770㎞를 25일간 걸었습니다. 그리고 2016년에는 제주 올레길과 한라산, 오름 등 제주도를 1,000㎞ 걸었습니다.

국내의 장거리 트레킹 코스를 거의 모두 걸었다는 생각으로 2016년부터는 해외로 원정 트레킹을 나갔습니다. 히말라야, 캐나다 로키, 스위스와 프랑스의 알프스, 뉴질랜드의 밀 포드, 중국의 태산 등 오악을 트레킹하였고, 2017년에는 스페인 산티아고 순례길 900㎞를 걸었습니다. '천 리 길도 내 집 앞의 한 걸음부터'라는 만고의 진리를, 만 리 길을 걸으면서 실제로 증명했습니다. 시작은 미약했으나 나중은 심히 창대했습니다. 그리고 그동안 여러 권의 도보여행기를 책으로 출간했고, 지난달 드디어 《산티아고 가는 길, 나는 순례자다!》라는 책이 탄생했습니다.

20년 전 세무사를 개업할 때 제가 다니는 교회의 목사님이신, 제가 가장 존경했던 고 이송신 목사님께서 액자를 가지고 오셔서 개업 축하 예배를 인도하셨습니다. 그 액자에는 '네 시작은 미약하나 나중은 심히 창대하리라'라고 하는 성경 구절이 있었습니다. 지금도 사무실에 걸려 있습니다. 나의 시작은 미약했지만, 일신우일신하여 지금은 심히 창대해졌습니다.

두 번째, 갈매기의 꿈입니다. "높이 나는 새가 멀리 본다!"라고 한 조나단 리빙스턴, 바로 그 갈매기입니다. 부산 갈매기, 우리가 바닷가에서 자주 보는, 바로 그 갈매기 말입니다.

저는 이 세상에서 성경 다음으로 가장 좋아하고 가장 많이 읽은 책, 스무 살에 만나서 40년이 넘는 동안 아직도 우정을 나누고 있는 책이 있습니다. 그 책은 바로 리처드 바크의 《갈매기의 꿈》입니다.

세상에는 문자가 발명된 이래 수많은 책이 있습니다. 여러분이 좋아하고 읽은 책은 어떤 것이 있습니까? 내가 가장 많이 읽은 책이 성경입니다. 그다음이 《갈매기의 꿈》입니다. 미국 공군 조종사 출신의 리처드 바크가 쓴 《갈매기의 꿈》을 지금도 수시로 읽습니다. 혹시 읽어보신 분이 있으십니까? 나는 고등학교 다닐 때 이 책을 우연히 만났고, 이 책은 나의 의식세계에 커다란 영향을 미쳤습니다. 힘들고 어렵고 좌절하고 싶을 때마다 《갈매기의 꿈》은 나의 꿈이 되어 다시 일어나서 힘차게 나아가도록, 날갯짓하도록 격려하고 위로해 주었습니다.

나는 삼면이 바다인 우리나라, 나아가 세계를 여행하면서 갈매기를 볼 때마다 특별한 갈매기를 떠올립니다. 나에게 힘과 용기를 주었던 그 갈매기, 그 갈매기의 이름은 '조나단 리빙스턴'입니다. 갈매기 조나단은 "가장 높이 나는 새가 가장 멀리 본다."라고 하면서, 높이 날기 위해, 자유롭게 날기 위해, 빠르게 혹은 느리게 날기 위해 훈련을 하였습니다. 먹기 위해 나는 보통 갈매기와는 달리 특별한 이상을 위해 치열하게 날았습니다. 조나단은 보통 갈매기와 다른 행동을 했기에 부모님에게 야단을 많이 맞았고, 결국 마을 회의 결과 갈매기 마을에서 추방을 당했습니다. 하지만 외로운 조나단은 자기의 신념을 포기하지 않고 치열하게, 다치고 터지고 깨지면서도 날았습니다. 그리고 마침내 창공을 자유롭게 나는, 새로운 하늘, 새로운 땅을 마음껏 날아다니는 위대한 갈매기가 되었습니다.

저는 여기에서 황수섭 목사님과의 인연을 말씀드려야겠습니다. 저는 황수섭 목사님과 같은 곳, 안동이 고향입니다. 목사님은 제 안동고등학교 선배님이십니다. 목사님의 동생은 저하고 같은 학교 동창이었고, 가장 친한 친구였습니다. 그 동생은 어릴 적 중이염을 앓아서 수영을 할 줄 몰랐는데, 고등학교 1학년에 다닐 때 저를 만나 저에게 시골 냇가에서 수영을 배웠습니다. 그리고 고등학교 3학년 방학이 시작되는 주일 오후, 친구는 교회 동무들과 함께 수영을 하러 가서 이 세상을 떠났습니다.

친구는 수영을 하러 가면서 제가 자취생활 하는 집을 찾아왔습니다. 하지만 저는 시골 교회 학생회 회장으로서 헌신예배를 드리기 위해 시골에 있었습니다. 나중에 저의 자취방 주인아주머니는 말했습니다.

"학생이 그날 집에 없기를 잘했다. 둘이 그렇게 친하게 지냈는데… 친구가 물에 빠졌으니, 분명히 구한다고 들어갔을 테고, 구하러 들어가서 안 죽은 게 다행이지."

그날 오후, 저는 시골 냇가에서 수영을 하고 있었는데 맑은 하늘에 갑자기 비가 왔습니다. 이상하다고 생각했는데 우연의 일치인지 친구는 그 시간에 수영을 하다가 익사했고, 우리는 다음 날 산 자와 죽은 자로 강가에서 만났습니다.

월요일 아침, 학교에 가서 친구가 죽었다는 말을 들은 저는 믿을 수가 없어서 교무실에 가서 친구의 집에 전화를 했습니다. 장로님이신 아버님은 "우리 완섭이 먼저 하늘나라로 갔다."라고 말씀하셨습니다. 저는 학교 뒤편 한쪽에서 혼자 슬피 울었습니다. 그리고 강변에 있는 친구의 시신 앞에서 오열했습니다. 친구를 고등학교 인근 산에 묻고서 달구지를 하고 울었습니다. 그리고 대구에서 공무원 생활을 하는 몇 해 동안 그날이 오면 친구의 무덤을 찾아갔습니다. 그리고 어느 해, 친구에게 말했습니다.

"완섭아, 이제 그만 올 테니 잘 있어."

그리고 한참 세월이 흘러 다시 친구를 찾아갔습니다. 그때는 친구에게 담담할 수 있었습니다. 친구가 죽던 그해, 경북 북부지역 학생회 수련회에서 저는 간증을 하고 서원을 했습니다.

"내 친구 완섭이가 목사가 되겠다고 했는데 이제 천국으로 갔으니, 내가 대신 신학교에 가서 목사가 되겠다!"라고. 그런데 세상은 거칠고 험했고, 저는 그 서원을 지키지 못하고 방황하고 살았습니다. 저는 21살에 대구시 지방직 공무원에 합격하여 근무하다가 다시 국가공무원인 세무공무원에 합격하여 79년부터 공무원으로, 그리고 97년부터 세무사라는 직업으로 살아가고 있습니다. 그러는 중에 저는 신학교에 가지 못했다는 죄책감으로 신학교 학생에게 황수섭 목사님을 통해서 장학금을 보내기도 했습니다. 하지만 나의 맹세는 나의 맹세인 것. 결국은 나이 60세가 다 되어서 2018년인 작년에 신학대학원 목회학과를 졸업하고 목사고시에도 합격했습니다. 하지만 목사 안수를 받고 교회를 창립할 그럴 계획은 아니었습니다. 젊은 날의 나의 꿈, 신학교에 가겠다는 나의 꿈을 이루고 싶었습니다.

나는 고등학교를 졸업하면서 가정형편으로 대학진학을 못하고 시골에서 부잣집 아이들 가정교사를 하였습니다. 그때 제 시골집 뒷산, 청산(靑山)에 올라가서 많이 울었습니다. 어떻게 살아가야 할지 캄캄했습니다. 그때 리처드 바크의 《갈매기의 꿈》을 통해서 갈매기 조나단을 통해서 위로를 받고 각오를 다짐했습니다.

청산의 절벽 아래에는 강이 흐릅니다. 나는 상상했습니다. 저 절벽 아래 강가에 한 마리 갈매기가 있습니다. 그 갈매기는 날개가 없어 걸어서 여기 산 위에까지 올라와야 합니다. 올라오면서 다치기도 하고 떨어져 죽기도 합니다. 포기하고 중간에서 머무르는 갈매기도 있습니다. 올라오다가 스스로 뛰어내려 생을 마치는 갈매기도 있습니다. 나는 생각했습니다.

'나는 끝까지 이 산 위에까지 걸어서 올라오는 갈매기가 되겠다!' 라고.

'나는 절대 포기하지 않겠다!'라고.

그리고 이후 살면서 등산을 할 때면 중간에 그만두는 법이 없었습니다. 반드시 정상까지 올라가는 습관이 생겼습니다. 절대로 포기하지 않았습니다. 세계 2차 대전이 끝나고 얼마 되지 않은 1948년, 영국의 처칠 수상은 옥스퍼드대학교 졸업식에서 명연설을 합니다. 그 연설은 딱 세 마디였습니다.

"포기하지 마라."

"절대로 포기하지 마라."

"절대로, 절대로 포기하지 마라."

나는 포기하지 않았습니다. 갈매기 조나단은 포기하지 않았습니다. 다윗은 포기하지 않았습니다. 저는 열심히 공부하고 일했습니다. 갈매기 조나단은 끊임없이 비행하는 연습을 하였습니다. 다윗은 기도하면서 인내하였습니다. 가난에서 탈출하겠다는 꿈을 이루고 배움의 한을 푼 저는, 그래서 성공했다고 생각한 저는, 2007년 고향 안동으로 도보여행을 한 것입니다. 저는 꿈을 이루었다고 자족했습니다. 그래서 과거에 급제한 옛 영남 선비가 되어 금의환향하였습니다. 갈매기 조나단 리빙스턴에게는 꿈이 있었습니다.

'가장 높이 나는 새가 가장 멀리 본다!'

가장 높이 나는 갈매기, 갈매기 조나단의 꿈입니다. 높이 나는 새가 멀리 봅니다. 조나단은 추방당하여 외로웠지만, 혼자서 열심히 비행하는 훈련을 하였습니다. 그러다가 스승 설리번을 만나고 챙을 만나서 새로운 경지에 이르게 됩니다.

세 번째, '꿈 너머 꿈'을 가져야 합니다. 꿈을 일신우일신 해야 합니다.

폭풍우가 스치고 간 해변에 갈매기들이 먹을 것을 찾아 해변을 서성거립니다. 그때 한 갈매기가 죽은 물고기를 입에 물고 하늘로 날아갑니다. 옆에 있던 배고픈 갈매기들이 그 물고기를 뺏으려고 구름 떼 같이 달려들어 하늘 높이 함께 날아갑니다. 하늘 높이 날아간 뒤, 물고기를 문 갈매기가 한순간, 입에 물고 있던 물고기를 떨어뜨립니다. 그때 모든 갈매기가 물고기를 따라가고, 창공은 푸른 하늘만 남습니다. 갈매기는 깨닫습니다. 썩은 물고기를 버리는 순간, 이 푸른 하늘, 아름다운 하늘은 나의 것이라고.

여러분, 이 얼마나 멋진 장면입니까? 한 번 상상해 보십시오. 마음먹은 대로 자유롭게 날 수 있는 꿈을 이룬 조나단은 꿈 너머 꿈, 새로운 꿈을 가지게 됩니다. 자신이 떠나온 고향에 자신처럼 외로운 갈매기가 있다면 자신이 돌아가서 그들을 인도하고 도와주는 꿈이었습니다. 스승 설리번의 만류를 물리치고 조나단은 결국 돌아가서 혼자 외롭게 비행하는 '플래처'를 만나서 수제자를 삼고, 이후 많은 갈매기의 스승이 됩니다. 그리고 모든 것을 이룬 조나단 리빙스턴은 어느 날 홀연히 새로운 하늘로 사라집니다.

가난에서 탈출하고 배움의 한을 푸는 꿈을 이룬 저는 꿈 너머 꿈으로 이제 받은 은혜를 갚아야 했습니다. 그래서 먼저 고등학교 3학년 때 학교에서 장학금 30만 원을 받은 빚을 30년이 지나서 1억 원으로 갚았습니다. 제 모교에 가면 저의 호를 딴 '청산학습실'이 있고, 운동장의 조회대에는 '세무법인 청산 대표 세무사 김명돌'이라는 글씨도 새겨져 있습니다. 저는 제가 성공할 수 있도록 기회를 준 용인시에 있는 저소득 학생들을 위해 사회복지공동모금회에 장학금 1억 원을 기탁하였습니다. 그리고 1억 원 이상 기부자 모임인 아너 소사이어티에 100만 용인인 중 24번째로 가입하였습니다.

이후 해파랑길 770㎞를 걸었기에 ㎞당 1만 원씩, 총 770만 원을 기부하였고, 산티아고 가는 길 800㎞를 걸었기에 ㎞당 1만 원씩 총 800만 원을 기부하였습니다. 그리고 황수섭 목사님을 통해서 알게 된 우리 소양보육원에도 2010년 7천만 원을 기부하였고, 그 결과 도서관 '청산홀'이 탄생했습니다. 고(故) 지형식 장로님께서는 저에게 감사패를 주셨습니다.

제가 부이사장 직책을 가진 용인YMCA에도 7천만 원이라는 거액을 기부하였고, 양으로 음으로 두루두루 자선을 행하였습니다. 소문이 나자 여기저기에서 도와달라고 하여, 마음이 아팠지만 거절을 한 적도 있었습니다. 돈을 버는 것은 기술이고 돈을 쓰는 것은 예술이라고 합니다. 돈이 아깝지 않은 사람은 없습니다. 도움을 받던 제가 도움을 줄 수 있는 사람이 되어서 얼마나 기쁜지 모릅니다.

꿈을 가져야 합니다. 꿈은 내가 가지는데, 꿈을 가지고 나면 그다음에는 꿈이 등대가 되어 자신을 이끕니다. 그리고 다시 다음 꿈으로 넘어갑니다. 꿈 너머 꿈을 찾아갑니다. 일신우일신합니다. 인생은 현실에서 이상으로, 꿈 너머 꿈을 찾아 가는 과정입니다. 사람들은 나에게 묻습니다. “당신의 도전의 끝은 어디까지이냐?”라고.

인생은 ‘B와 D 사이의 C, Birth와 Death 사이의 Choice, 또는 Challenge’입니다. 곧 탄생과 죽음 사이의 선택이고 도전입니다.

어린 시절, 나는 너무나 가난했고, 공부하고 싶은데 할 수 없어서 한이 맺혔습니다. 이제는 가난에서 탈출했고, 배움의 한을 풀었습니다. 깊은 골짜기에서 능선까지 올라왔습니다. 남은 세월, 남아있는 시간 동안 무엇을 할까, 주어진 시간 동안 어떻게 살아갈까 생각하면서 새로운 꿈을 가집니다. 때로는 상상해 봅니다. 나는 대한민국 5천만 인구의 상위 1%인 50만, 세계 74억 인구의 상위 1%인 7천4백만 명 이내에 들 수 있는 것을 몇 가지나 달성할 수 있는지. 예를 들면 경제력이라든가, 도보여행 기록이라든가, 자선을 행한다든가, 책을 쓴다든가, 장수한다든가 등등 말입니다. 그렇게 자신만의 목표를 세우고 도전합니다. 그 끝이 어디까지인지는 나 자신도 모르겠습니다. 살아있는 한, 꿈을 향하여 도전할 것이기 때문입니다.

결론부

이제 마무리 하겠습니다.

새는 하늘을 날고, 물고기는 물속을 헤엄치고, 사람은 대지를 걷고 달려갑니다. 나는 걷습니다. 나는 달립니다. 살아 있는 날 동안, 호흡하는 날 동안 아무리 힘들고 어려운 상황이 와도 이를 헤치고 끝없이 달리고 걷습니다.

젊은 날, 하나님은 내가 기도할 때 잘 들어주지 않으셨습니다. 오히려 더 힘든 곳으로 인도하셨습니다. 그럴 때마다 나는 하나님을 원망하고, 불평했습니다.

세월이 흘러 돌아보면, 그것은 하나님의 섭리, 보이지 않는 하나님의 손이 나를 인도하신 것이었습니다. 시련과 역경을 통해서 더욱 강인해지도록 하는, 그 길 또한 길었습니다. 우회하는 길 또한 길이었고, 역설적으로 그 길은 더 빠르고 행복한 여정이었습니다. 하나님은 나의 힘이셨고, 지금도, 앞으로도, 영원히 나의 힘이십니다.

'나의 힘이, 나의 도움이 어디서 올꼬?'

바로 하나님으로부터입니다.

우리가 성경을 통해서 아는 바와 같이, 다윗은 파란만장한 삶을 살았습니다. 죽을 고비도 수없이 넘겼습니다. 그러나 다윗은 마침내 통일 이스라엘 왕국의 위대한 왕이 되었습니다. 사람들은 골리앗이 덩치가 커서 다윗이 죽을 거라고 생각했습니다. 하지만 다윗은 골리앗이 덩치가 커서 돌팔매로 맞추기가 쉬울 거라고 생각했습니다. 생각의 차이입니다. 생각이 인생을 좌우합니다. 좋은 생각을 해야 합니다. 좋은 생각을 하면 좋은 말을 하게 되고, 좋은 말을 하면 좋은 행동을 하게 되고, 좋은 행동을 하게 되면 좋은 습관이 생깁니다. 좋은 습관은 좋은 신념을 갖게 되고 좋은 신념은 좋은 인격을, 좋은 인격은 인생을 행복하게 살아가게 합니다. 그러니 좋은 생각을 하고 좋은 말을 해야 합니다.

여러분.

여러분의 마음속에 일신우일신 하는 갈매기의 꿈이 있기를 기원합니다. 그리고 온갖 시련과 역경 끝에 꿈을 이루고, 꿈 너머 꿈을 이루고, 아름다운 인생의 꽃을 피운 다음 인생의 능선에서 모든 원수의 손에서, 사울의 손에서 벗어난 다윗이 "나의 힘이 되신 여호와여 내가 주를 사랑하나이다."라고 감사하며 고백하는 것처럼, 다윗과 같은 여러분의 고백이 있기를 기원합니다.

감사합니다.

57. 예수라면 어떻게 할까?

로마 교황청에 이상한 소문이 들려왔다. 예수가 다시 왔다는 이야기였다. 같은 이야기를 여러 번 들은 교황청은 조사단을 파견해 사실을 확인하기로 했다. 다녀온 사람들은 예수가 다시 왔다고 보고했다. 어떤 생활을 하시더냐고 물었더니 옛날과 똑같이 가난한 사람들을 찾아보고 병자들을 위로해주며, 기회가 있을 때마다 말씀을 나누어준단다. 교황청은 추기경 회의를 열었다. 예수께서 다시 오셨는데 어떻게 하면 좋겠냐며 토의했다. 토의 끝에 교황청은 두 대표자를 예수께 보냈다. 그리고 교황청의 입장을 설명했다.

"주님, 세상을 떠나신 지 얼마 후에 오시지 않고 2,000년이나 지난 지금에야 오시면 우리는 앞으로 무엇을 해먹으며 살겠습니까. 저희를 위해 돌아가 주십시오."

독실한 기독교인이었던 도스토옙스키의 《카라마조프가의 형제들》에 나오는 이야기다. 도스토옙스키는 당시의 교회를 사랑하는 마음에서 이런 비유를 했을 것이다.

모두가 그러하듯이 나에게도 살아오면서 숱한 고난과 역경이 있었다. 그 속에서 힘들고 어려울 때 간절한 기도로 하느님을 찾았으나, 그때마다 만날 수 없는 하느님, 위로의 음성을 들을 수 없는 하느님, 나는 그런 하느님을 원망하였다. 그래서 때로는 하느님을 떠나 방황하면서 세상을 사랑하며 살았다. 하지만 세월은 깨달음을 주었다. 나는 하느님을 사랑하고 있었으며, 하느님 또한 언제나 내 안에 함께 하신다는 것이었다. 그리고 나에게 주신 모든 시련과 고통은 나를 더욱 단련시켜 정금같이 하시려는 계획임을 깨달았다. 눈물로 씨를 뿌린 자는 기쁨으로 단을 거둔다는, 모든 것을 합력하여 선을 이루시려는 하느님의 뜻이었다는 사실이 감동으로 다가왔다.

2017년 2월, 나는 59세로 목회학 석사학위를 받으며 중앙총신대학원 대학교를 졸업했다. 고등학교 3학년 때 했던 하느님과의 약속을 지켰다. 40년 가까운 세월이 흘러 그때 행하지 못한 작은 소망을 이루었다.

도덕과 윤리를 소중히 여기는 사람들은 자신에 대한 확인을 좋아해서 맹세를 자주 한다. 특히 종교를 믿는 사람들은 신앙의 대상을 필요로 하며, 그 대상은 절대적이다. 그래서 그 믿음의 대상을 걸고 자신을 확인하기 때문에 맹세의 습관이 많아진다. 그래서 예수는 "너희는 '거짓 맹세를 하지 말고 네가 맹세한 것은 다 지키라.'라는 옛사람들의 말을 들어왔다. 그러나 나는 너희에게 말한다. 너희는 어떤 경우에도 맹세하지 마라. 다만 '네' 할 것은 '네' 하고, '아니오' 할 것은 '아니오'라고 하는데 그치라. 여기서 지나치는 것은 악에서 오는 것이다."라고 가르쳤다. 하늘, 땅, 예루살렘을 두고도 맹세하지 말며, 더욱이 하느님을 두고 맹세하는 것은 죄가 된다. 인간은 약하기 때문에 언제나 자신의 약속을 어길 수 있다. 하지만 목사는 결혼식 주례를 할 때 "…하기를 맹세하십니까?"라며 곧잘 맹세를 시킨다. 그러나 이것은 예수의 뜻이 아니다. 나 자신도 맹세를 해서는 안 되지만, 다른 사람에게 맹세를 시키는 일도 바람직하지 못하다. 그런 줄도 모르고 나는 맹세를 지키려고, 맹세를 지키지 않은 죄책감으로 지난 40년 동안 무거운 마음으로 살아왔다. 하지만 맹세는 꿈이 되었고, 등대가 되었기에 나는 더욱 분발할 수 있었다.

"신에게 가서는 울고 사람에게 가서는 웃어라."라는 유대 속담이 있다. 나는 속담처럼 신에게 가서 참으로 많이 울었다. 중학생 시절, 철이 들면서부터 교회에 가서 울었다. 슬퍼서 울었다. 간절한 마음으로 도와달라고 기도하면서 울었다. 그렇게 기원을 하였고, 소망을 가졌지만 응답은 없었다. 하지만 가끔은 마음에 위로와 평안을 느꼈다.

나는 어린 시절 시골교회 옆에서 자랐다. 크리스마스 때면 떡을 얻어먹기 위해 교회에 갔다. 그러다가 미션 스쿨인 일직중학교에 입학했고, 수업시간에, 경건회 시간에 예수를 만났다. 철이 들면서 가난을 알고 슬픔을 알면서 교회에 갔다. 밤에 홀로 교회에 가서 기도하며 울었다. 중학교 3학년 때 가난에서 탈출하는 꿈을 가졌고, 열심히 공부해서 장학금도 받았다. 시험만 보면 1등을 했고, 엄마는 더없이 기뻐하셨다. 상장으로 방의 벽을 도배했고, 장날이면 엄마의 국밥 손님들이 "이 집 아들 공부 잘하네!"라고 하면 엄마는 기뻐했다.

신은 나에게 기도하는 지혜를 주었고, 나는 열심히 공부하고 기도했다. 중학교를 졸업할 때는 1등으로 졸업했고, 가장 예수 잘 믿는 학생에게 주는 재단 이사장의 상도 받았다. 그리고 안동고등학교에 입학했고, 주일이면 교회에도 열심히 다녔다. 그 당시에는 주일에는 공부를 못하게 하였기에 오직 교회생활만 하였다. 안동 시내의 교회 친구들과도 사귀게 되었고, 그때 만난 가장 소중한 친구가 완섭이였다. 나는 완섭이의 가정이 부러웠다. 경제적으로는 그리 넉넉해 보이지 않았지만, 예수 믿는 가정의 모습이 천국처럼 느껴졌다. 나도 그렇게 살고 싶다는 꿈을 가졌다. 하지만 세상은 내 뜻대로 되지 않았다. 친구 완섭이의 죽음, 가난으로 인한 삶의 진로 변경. 그 결과 공무원으로 세상으로 나아가면서 나는 예수와 멀어지게 되었다.

전혀 몰랐던 세상살이는 너무나 매혹적으로 다가왔고, 믿음에 회의를 느끼면서 신은 더 이상 나의 기도를 들어주지 않는다고 생각했다. 이후 교회를 다니지 않게 되었지만, 잠 못 이루는 밤에는 낯선 교회에 들어가서 '신이여, 당신은 도대체 어디에 있는 거냐?'며 울면서 기도했다.

방황하는 불면의 밤에 성경을 펴들면 잠이 쏟아졌고, 때로는 성경을 베개 삼아 잠을 잤다. 신을 멀리하는 죄책감이 삶 속에서 떠나지 않아서 괴로웠다. 그런 중에 '만약에 믿음이 없는 여성과 결혼을 하게 되면 영원히 예수를 떠나게 될 것.'이라는 생각이 들었다. 독실한 기독교인 가정에서 자란 아내와의 결혼은 다시 예수와의 관계를 이어주었다. 의정부에 신혼살림을 차리고 아내를 따라 교회에 갔다. 그래도 예전처럼 순수한 영혼의 신앙인으로 돌아갈 수는 없었다. 하지만 그때 아내를 만나지 않았다면 내가 교회를 계속해서 다녔을까, 고등학교 시절의 하느님과 서원을 이행하기 위해 신학교를 졸업할 수 있었을까 하는 생각이 스쳐 간다.

내 인생의 가장 추운 겨울이었던 30대 중반, 성경통신대학에서 공부하고 신약, 구약성경을 십여 번 읽으면서 다시 신앙생활로 돌아갔다. '으뜸가는 가르침'인 종교(宗敎)와 다시 만났다. 신앙생활은 힘들고 어려울 때 위로와 평안을 주었고 절망적인 상황에서 희망의 빛을 주었다. 어디로 가야 할지, 어떻게 살아야 할지 막막한 때 보이지 않는 따스한 손길이 함께 했다. 울고 있는 나에게 신은 위로와 평안을 주었다. 사도 바울의 말처럼 어린아이일 적에는 어린아이의 믿음이 있고, 장성한 후에는 장성한 이의 믿음이 있기 때문이다.

그럭저럭 세월이 흘렀고, 1996년 분당에서 이송신 목사님을 만나면서 예전의 신앙을 회복했다. 하지만 내게 집사 안수를 주신 목사님은 불시에 소천하셨고, 후임 목사는 스타일이 달랐기에 교회는 분열되었으며, 나는 다시 교회 생활에 점차 싫증을 느꼈다. 나를 가장 자유롭게 해야 할 종교가 가장 무거운 짐이 되어버렸다. "너희는 먼저 하느님의 나라와 그 의를 구하라. 그리하면 이 모든 것을 너희에게 더하여 주실 것이다."라고 하셨으니 교회는 그 자체가 목적이 아니라 교회를 통해 하늘나라를 건설할 수 있어야 하건만, 후임 목사는 전임 목사님의 온기도 채 사라지기 전에 교회 이전과 확장에 관심을 가졌다.

나의 교회에 대한 인식의 폭이 이전과는 크게 변해갔다. 이후 훌륭한 새 목사님이 와서 다시 교회에 나갔지만, 나의 교회에 대한 인식은 이미 이전 같지 않았다.

대부분의 사람은 종교에 발을 들여놓으면서 경전을 읽거나 설교, 강론을 들으며 하나씩 배워간다. 그리고 자기 종교의 전통이나 상징에 대한 견문과 지식이 풍부해진다. 그런데 사람들은 상징을 절대화하고 숭배하며 거기에 집착하면서 그것을 신앙이라고 착각한다. 상징이 우상이 되어, 인간은 자신이 만든 상징의 노예, 전통의 노예, 종교의 노예가 된다. 사람들은 특정 종교의 상징을 배우고 접하며 그 종교의 의례를, 관습적으로 준수하는 행위를 신앙생활로 오해하면서 살아간다. 상징에 매달려 신을 놓쳐버린다.

"안식일이 사람을 위해 있지 사람이 안식일을 위해 있는 것이 아니다."라는 예수의 말씀은 어디 가고, 오늘의 제도에 끌려가면서 신앙생활을 한다. 달은 보지 못하고 손가락만 쳐다보듯, 성경을 읽으면서도 하느님과 예수님의 뜻은 깨닫지 못하고 문자에만 사로잡힌다.

신앙인들이 상징을 절대화하는 데는 근본적인 이유가 있다. 문자주의 때문이다. 경전이나 교리의 문자는 달을 가리키는 손가락이다. 근본주의자들은 경전의 문자를 하느님처럼 절대시하고 숭배한

다. 문자가 보편화되지 않았던 고대나 중세 사람들은 오히려 문자 이외의 의례나 예술, 순례 행위 등을 통해 하느님을 접했다.

예수는 기독교를 모른다. 예수는 유대교인이었지 기독교 신자가 아니다. 기독교는 바울의 종교다. 부처는 불교를 모른다. 부처는 힌두교인이었지 불교 신자가 아니다. 불교는 아난다와 제자들의 종교다. 공자는 유교를 모르고 노자는 도교를 모른다.

인생을 살아가는 우리는 모두 길 위의 여행자다. 다만 각기 선택하는 길이 다를 뿐이다. 그리고 모든 길은 정상을 향하고, 가는 길은 달라도 모두 정상에서 만난다. 길은 달라도 같은 산을 오른다. 교회에만 하느님이 계시는가? 아니다. 하느님이 어떻게 좁은 교회 안에만 갇혀 있겠는가. 하느님은 언제 어디서나 나와 함께 계신다. 무소불위하신 하느님은 풀리지 않는 암호다. 사도 바울은 말한다.

"우리가 지금은 거울 속 영상같이 희미하게 봅니다. 그러나 그때는 얼굴과 얼굴을 맞대고 볼 것입니다."라고. 하느님에 대한 확실한 앎은 사후의 희망이며, 지금 이 지상에서는 희미하게 보는 앎은 가능하다고. 신앙에 대한 올바른 태도는 지상의 순례자로서 신을 희미하게나마 볼 수 있는 것으로 족하다. 그 이상 어찌 바라겠는가?

사람들이 신에 대해 가지는 관념은 천차만별이다. 같은 기독교 신자라 해도 만 명이면 만 명이 모두 다른 관념을 가지고 믿는다. 말로는 오직 한 분뿐이라지만, 마음속에 존재하는 신은 무수하다. 확신도 위험하고 맹신도 위험하다. 확신에서 오는 독선, 맹신에서 오는 무지와 어리석음은 광신으로 이어져 위험하다.

예수는 의심하는 도마에게 "보지 않고 믿는 신앙이 더 위대하다."라고 하셨다. 살아있다는 사실 하나만으로도 기적으로 여기며 감사하는 것이 신앙의 힘이다. 신앙이 기적을 만들지, 기적이 신앙을 만들지 않는다. 신앙심이 깊으면 세상에 기적이 아닌 것은 없다. 지금 이 순간도 모든 현상이 기적의 선물이다. 눈 부신 가을 햇살, 이름 모를 들꽃, 모두 신의 아름다움을 찬미하는 기적의 증표다. 들에 핀 백합, 공중에 나는 새, 선한 사람 악한 사람 가리지 않고 내리는 비와 햇살, 모두 하느님의 무차별적 사랑을 보여주는 기적이다. 지구라는 우주의 오아시스에 살고 있다는 사실 하나만으로도 날마다 기적 중의 기적 속에 살고 있다.

예수 같은 위대한 분이 나보다 앞서 이 세상을 살고 나의 삶을 인도한다는 사실 자체가 위대한 기적이다. 나는 예수를 사랑한다. 나는 예수의 가르침을 사모한다. 나는 선택의 기로에 선 순간에 이렇게 물을 것이다.

"예수라면 어떻게 할까?"

세월이 흘러 산티아고 가는 길에서 드리는 〈나의 기도〉는 간절하고 절박했다.

인생의 카미노에
내 영혼의 집을 짓게 하소서.

아침에는 떠오르는 태양이 보이는
내 영혼의 집을 짓게 하소서.
낮에는 파란 하늘에 뭉게구름이 보이는
내 영혼의 집을 짓게 하소서.
밤에는 어두운 하늘에 별이 보이는
내 영혼의 집을 짓게 하소서.

인생의 카미노에
내 영혼의 집을 짓게 하소서.

하루의 놀이가 끝나면 돌아갈 수 있는

내 영혼의 집을 짓게 하소서.

온종일 오직 당신만을 사랑할 수 있는

내 영혼의 집을 짓게 하소서.

기쁠 때나 슬플 때 달려갈 수 있는

내 영혼의 집을

생의 카미노에 짓게 하소서.

58. 지금 아는 것을 그때 알았더라면

어느 날, 장자가 밤나무 숲에서 놀다가 까치가 나무 위에 앉는 것을 보고 빠른 걸음으로 달려가 화살로 새를 겨누었다. 그런데 그때 문득 바라보니, 매미 한 마리가 나뭇잎 아래에 앉아 제 몸도 잊어버린 채 아름다운 그늘을 즐기고 있었다. 그리고 그 곁에는 사마귀 한 마리가 나뭇잎 뒤에 숨어 매미를 잡는데 정신이 팔려 제 몸을 잊고 있었다. 까치 역시 그 기회를 타서 사마귀를 잡느라고 제 정신을 잃어버리고 있었다. 이를 본 장자는 "아, 슬픈 일이로다. 만물은 원래 서로 해치고, 이해는 서로 얽혀 있구나!"라고 하며 쏘려던 화살을 거두고 발걸음을 돌렸다. 이때 밤나무밭 관리인은 장자의 모습을 보고는 밤을 훔치러 온 도둑이라 생각해 뒤쫓으며 나무랐다.

장자는 집에 온 후 사흘 동안 뜰 앞에도 나가지 않았다. 눈앞의 현실적인 욕망 속에 진정한 자신을 잊어버렸다. 이는 흐린 물을 보느라 맑은 물을 잊어버린 것과 같았다.

'당랑포선(螳螂捕蟬).'

후한을 생각하지 않고 눈앞의 이익만을 따지는 고사성어다. 자신을 감싸고 스쳐 가는, 보이지 않는 운명의 그림자를 의식하며 삶을 더욱 겸허히 살아야 한다는 장자의 메시지다.

모든 사람은 자기 본위로 생각한다. 자신이 보고 듣고 생각한 것을 마치 진실인 것처럼 확신한다. 내가 눈으로 볼 수 있는 것은 가시광선뿐, 내가 들을 수 있는 소리도 한정적이다. 자외선과 적외선, 초음파는 보고 들을 수가 없다. 내가 아는 지식 또한 '구우일모(九牛一毛)', 즉 아홉 마리 소의 터럭 하나에 불과하다. 아인슈타인의 지식인들 얼마나 알겠는가. 지금 내가 보고 있는 서쪽 하늘의 태양도 내가 보는 순간 이미 8분 전에 지구 저편으로 넘어갔으며, 지금 보고 있는 반짝이는 저 별빛도 그 빛을 보낸 지 몇 광년을 거쳐 내가 보고 있다고 한다면, 어찌 내가 보고 있는 것이 사실이라고 단정할 수 있겠는가.

"너 자신을 알라!"라는 말은 자신의 무지를 자각하고 반성하라는 의미로 델포이 신전에 새겨진 글을 소크라테스가 인용하여 유명해진 말이다. 소크라테스는 "남들은 자신이 아무것도 모른다는 사실을 모르고 있는데 반해, 나는 내가 아무것도 모른다는 사실을 알고 있다."라고 했다. 또한 공자는 "내가 아는 것이 있는가. 나는 아무것도 아는 것이 없다."라고 했다. 광대한 우주 안에 인간이 가지고 있는 지식이란 한낱 티끌에 불과한 것이다. 그렇기에 인류 최고의 스승들도 지식 앞에 겸손한 태도로 임한다. 서푼어치도 안 되는 지식으로 자만하지 않았는지 겸허히 되돌아볼 일이다. 박지원의 《허생전》에 나온 이야기다.

아내: "그깟 책은 읽어 뭐하우. 밥이 나와 쌀이 나와?"

허생: "공부가 아직 부족해."

아내: "식구들 쫄쫄 굶기면서 책을 읽고 있으면 배가 부른가 보지? 물건을 만들던가, 장사를 하던가."

허생: “기술도 밑천도 없는 걸 어떡하나?”

아내: “밤낮 글 읽더니 못 한단 말만 배웠소? 차라리 도둑질이
나 하던지.”

견디다 못한 허생은 책을 탁 덮고 자리에서 벌떡 일어나
며 말한다.

“안타깝다. 내 십 년 독서가 이제 겨우 칠 년인데, 나머지
를 못 채우는구나.”

아내에게 떠밀린 허생은 장안의 변 부자에게 돈 만 냥을
빌려 큰돈을 벌게 된다.

십년독서(十年讀書), 십년한창(十年寒窓)은 옛 선비들의 꿈이었다. 눈앞에 만 권의 책을 쌓아놓고 한 10년간만 읽으면 세상 보는 안목이 훤히 열린다고 믿었다. 송나라 때 심유지가 만년에 독서에 빠져 손에서 책을 놓은 적이 없었다. 그가 늘 입에 달고 살았다는 말이다.

“진작 궁달에 정한 운명이 있음을 알아 십년독서를 못한 것이 안타깝다.”

‘젊어 십년독서를 했다면 인생을 안타깝게 허비하지는 않았으리라.’라는 말이다. 산전수전, 세상풍파 다 겪으면서 늘 길을 몰라 우왕좌왕 하다가 나이 들어 독서에 몰입하고 나니, 몰라서 헤매던 그 길이 그 속에 다 있더라는 이야기다. 이걸 왜 더 일찍 몰랐을꼬. 돌아보면 살아오면서 참으로 후회스러운 일들이 많다. 어느 신부가 〈그때 술을 마시지 않았더라면〉이라며 참회하는 시가 스쳐 간다.

가슴에 나비문신을 새겨 빠삐용(나비)이라는 별명이 붙은 한 사나이가 악덕 포주를 살해한 혐의로 종신형을 선고받고 절해고도(絶海孤島)의 수용소에 갇혀 있다. 단순 금고털이범이었던 그는 살인죄의 누명을 쓰고 억울하기 그지없었다. 수용소에서 비인간적인 구타와 굶주림으로 시달리다가 탈출을 시도한 끝에 아홉 번 만에 성공했다. 앙리 샤리에르는 62세 때인 1968년, 자전적 소설 《빠삐용》을 출간하였고, 이는 영화로 만들어져 불후의 명작이 되었다. 꿈속에서 빠삐용이 저승사자에게 심판을 받는 한 장면이다.

빠삐용 : 저는 결백합니다. 죽이지 않았어요. 증거도 없이 뒤집어씌운 거예요.

심판자 : 그건 사실이다. 너는 살인과는 상관없어.

빠삐용 : 그렇다면 무슨 죄로?

심판자 : 인간으로서의 가장 큰 죄, 인생을 낭비한 죄다!

빠삐용 : 그렇다면 유죄요. 유죄.... 유죄.... 유죄.... 유죄....

빠삐용은 살아온 자신의 젊은 날을 아무렇게나 허비하며 보낸 죄를 인정했다. 인생을 헛되이 낭비하는 중죄를 저지르고도 죄의식을 느끼지 못하는 것이 보통 사람들이기에, 이 이야기는 많은 공감과 깨우침을 주었다.

벤자민 프랭클린은 "흘러간 물은 다시 돌아오지 않는다. 슬프거나 분하거나 과거는 과거로 묻어버리고 오늘은 오늘로 생활해야 한다."고 말한다. 흘러간 물로는 손발을 씻을 수도, 물레방아를 돌릴

수도 없다. 이미 흘러간 물을 좇아갈 필요는 없다고 하더라도, 같은 일이 다시 반복되어서는 안 된다. 때로는 자신을 만든 모든 것을 이해하려면 먼저 뒤로 돌아가야, 진정으로 돌아가야 전진할 수 있다.

인간의 눈은 세상을 향해 있다. 외부환경을 인식하고 적응하는 것이 생존에 중요하기 때문이다. 그래서 자신의 내면보다는 외부세계에 더 많은 관심을 갖는다. 아이들은 외부세계에 더 열광하고 관심을 갖는다. 성숙하지 못한 어른들 또한 내면보다는 외면에 더 치중한다. 자기 존재에 대한 관심을 가지고 내면세계에 깊이 열중하는 것은 성숙한 인생의 모습이다. 외부환경을 잘 이해하는 것뿐만이 아니라 자신을 잘 이해하는 것도 중요하다. 그래서 손무는 《손자병법》에서 "지피지기 백전불태(知彼知己 百戰不殆)."라고 했다. '상대를 알고 나를 알면 백 번을 싸워도 위태롭지 않다.'라는 것이다. 옛 시인은 "바람을 노래하고 달빛을 희롱하며 술잔을 들고 자연에 묻히면 추위도 능히 견디고 근심·걱정도 잊는다."라고 노래한다. 하늘과 땅이 조화를 이루듯 내외부의 현상과 더불어 동행하는 지혜가 무엇인지를 배우는 것이 소중하다.

많이 먹으면 오래 사는 것이 나이다. 많이 먹으면 죽는 것도 나이다. 나이를 많이 먹으면 오래 산다. 나이를 많이 먹으면 죽는다. 나이를 많이 먹으면 오래 살고 나이를 많이 먹으면 죽는다. 이는 생각하기 나름이다. 오늘은 남은 인생의 가장 젊은 날이다. 오늘은 살아갈 날 중 나이가 가장 적은 날이다. 또한 오늘은 살아온 날 중 나이가 가장 많은 날이다. 오늘은 살아온 날 중 가장 늙은 날이다. 어떤 오늘을 선택하느냐 하는 것은 나 자신에게 달려있다.

스위스의 한 노인이 자신의 80년 동안의 삶을 돌아보았더니 잠자는데 26년, 식사하는데 6년, 세수하는데 228일, 넥타이 매는데 18일, 다른 사람이 약속을 안 지켜 기다리는데 5년, 혼자 멍하니 공상하는데 5년, 담배 불붙이는데 소비한 시간이 12일이었다고 한다. 의식하지 못하는 사이에 시간은 흘러간다. 똑딱똑딱 하는 소리는 죽음이 다가오는 소리, 남은 인생이 줄어드는 소리다. 소중한 인생을 낭비하지 않고 살아야 한다.

사마천은 "시호시호부재래(時乎時乎不再來)."라고 하고, 안중근은 "청춘부재래(青春不再來)."라고 말한다. 낮에는 태양이 낮의 길잡이로, 밤에는 북극성이 밤의 등불로 세월의 길을 안내한다. 세월은 사람을 기다려 주지 않는다. 세월을 아껴야 한다. 내 시간의 지배자는 자신이다. 평범한 일상, 느려터진 삶의 시간도 내 삶의 일부분이다. 매일같이 반복되는 삶이지만, 엄밀한 의미에서 반복은 없다. 어제는 어제의 삶을 살고 오늘은 오늘의 삶을 사는 것이다. 지나간 어제의 일로 삶을 허비하지 말고, 누려야 할 한 번뿐인 신비한 오늘을 좋은 것들로 채워야 한다. 느릿느릿 도보여행을 하면서 시간의 주인이 되어 쳐다보는 푸른 바다, 푸른 하늘은 이런저런 가르침을 준다. 대화의 상대가 없는 나그네에게 침묵이 주는 선물이다.

인생에서 목표를 이루기 위해서는 반드시 시간과 노력이 필요하다. 성공적인 삶과 여유 있는 삶, 두 마리 토끼를 다 잡을 수 있는 방법은 무엇일까. 그것은 결국 시간을 효과적으로 관리하는 것이다. 시간을 지배하는 것은 인생을 지배하는 것이다. 시간에 쫓기며 떠밀려 가는 삶이 아니라, 시간을 능동적으로 관리하고 정복하는 것이 인생의 가장 소중한 기술이다.

사람들은 누구나 '내가 지금 아는 것을 그때 알았더라면…'이라고 후회를 한다. 높이 올라가는 것은 멀리 바라보기 위해서다. 오늘 걸으면 내일 뛰지 않아도 된다. 후회 없는 삶을 위해 오늘 하루도 시인은 〈행복〉한 인생길을 걸어간다.

인생에 주어진
단 하나의 의무는
그저 행복하라는 것

그럼에도 사람들이
그다지 행복하지 않은 것은
스스로 행복을 만들지 않는 까닭

구하기 어려운 열복은
구하는 사람이 많아도
얻기 쉬운 청복은
찾는 사람이 적네.

지금 알고 있는 걸
그때도 알았더라면

더 즐겁게 살고

덜 고민했으리라.

더 사랑하고

덜 무심했으리라.

더 용서하고

덜 미워했으리라.

더 많이 놀고

덜 걱정했으리라.

더 용기를 가지고

덜 두려워했으리라.

행복한 인생은

결국 내 마음이 만듦을

지금 아는 것을

진작 알았더라면

59. 잘 살고 잘 죽기!

태양이 어둠의 초대를 받고 동굴에 들어갔다. 동굴에서 아무리 찾아도 어둠은 없었다. 밤과 낮이 한집에 살 수 없듯이, 삶과 죽음은 한집에 살 수 없다. 떠오르는 아침 태양에 새벽안개는 달아난다. 사람이 왔다가 가는 것은 파도와 같다. 밀려왔다 밀려갔다 하면서 한 차례의 눈물, 한 번의 이별 노래를 부르고는 서서히 잊혀진다. 그리워하는 이의 눈에서 영원히 떠나간다.

고대 이집트에서는 잔치를 베푸는 자리에 해골이나 미라를 갖다 놓는 관습이 있었다. 그리고 '그대는 흙이니 머지않아 흙으로 돌아가리라' 하는 노래와 함께 잔치를 시작했다. 기쁨의 잔치에 죽음의 모습을 초대하는 이유는 무엇일까. 삶과 죽음, 기쁨과 슬픔, 행복과 불행은 언제나 함께 한다는 진리를 말하는 것이 아니겠는가. 죽음을 멀리 두고 두려움과 공포의 대상으로 두기보다는 친숙하게 받아들이려는, 그래서 삶을 더욱 소중히 여기도록 해주는 풍습인 것이다.

장자가 초나라로 가는 길에 바싹 말라빠진 해골바가지 하나를 보았다. 장자는 말채찍으로 해골을 두드리며 물었다.

"그대는 삶을 탐내서 도리를 잃고 놀다가 이렇게 되었는가? 나라를 망친 큰 죄를 저질러 사형을 당하여 이렇게 되었는가? 자살을 하여 이렇게 되었는가? 헐벗고 굶주리다 이렇게 되었는가? 혹은 수

명이 다하여 살다가 이렇게 되었는가?"

그리고 장자는 해골바가지를 베고 누워 잠이 들었다. 그런데 꿈에 해골바가지가 나타나 말했다.

"그대의 가지가지 이야기는 모두 살아있을 때의 걱정거리라네. 한 번 죽고 나면 그런 일은 없지. 그대는 죽음의 이야기를 듣고 싶은가?"

"그렇다네."

"죽음의 세상에는 위로는 임금도 없고 아래로는 신하도 없으며 사계절의 변천도 없네. 그래서 그저 조용히 하늘과 땅과 함께 목숨을 같이 하는 것일세. 비록 임금 노릇 하는 즐거움이라도 이것을 능가하지 못하네."

그러나 장자는 그 말을 미더워하지 않았다.

"내가 만일 생명을 관장하는 신령으로 하여금 그대의 형상을 다시 만들고 뼈와 살과 살갗을 재생시켜 그대의 부모처자와 친구들이 있는 고향으로 돌려보내려 한다면, 그대는 그것을 원하겠는가?"

해골은 깊은 시름에 잠기어 말했다.

"내가 임금 노릇하는 것과 같은 즐거움을 버리고 어떻게 다시 인간 세상의 고통을 당하고자 하겠는가? 나는 환생을 바라지 않네."

해골은 환생을 바라지 않는다. '삶이 끝난 후에도 삶은 계속되는가? 죽은 다음에도 존재할까? 사후의 삶이 있을까? 죽음이란 무엇인가?'라는 질문에 공자는 "사람이 삶에 대해서도 알지 못하는데 어떻게 죽음을 알겠는가?"라고 말한다. 죽음은 그 나팔을 미리 불지 않는다. 삶을 준비하듯 죽음을 준비해야 한다. 먼저 간 사람들에게서 '잘 산 하루가 달콤한 잠을 주듯, 잘 산 인생은 달콤한 죽음을 예비한다.'는 사실을 본다. 삶을 노래하는 것이 죽음을 노래하는 것. 왕조의 흥망과 선현들의 죽음에서 삶의 의미를 되새긴다. 칼릴 지브란이 '살아남아 고뇌하는 이를 위하여' 노래를 부른다.

> 때때로 임종을 연습해 두게. 언제든 떠날 수 있어야 해.
> 돌아오지 않을 길을 떠나고 나면
> 슬픈 기색으로 보이던 이웃도 이내 평온을 찾는다네.
> 떠나고 나면 그뿐. 그림자만 남는 빈자리에는
> 타다 남은 불티들이 내리고 그대가 남긴 작은 공간마저도
> 누군가가 채워줄 것이네.
> 먼지 속에 흩날릴 몇 장의 사진, 읽히지 않던 몇 장의 시가
> 누군가의 가슴에 살아남은들 떠난 자에게 무슨 의미가 있나.
>
> 그대 무엇을 잡고 연연하는가.
> 무엇 때문에 서러워하는가.
> 그저 하늘이나 보게.

생자필멸이요, 회자정리다. 탄생이 만남이면 죽음은 이별이다. 이별의 극치는 죽음이다. 불러도 대답이 없는 영원한 헤어짐이 죽음이다. 죽음은 시간만이 치유해줄 수 있다. 죽음은 누구에게나 예외 없이, 예고 없이 찾아온다. 그러면 어느 날엔가 사랑하는 모든 것을 두고 떠나야 한다. 죽음은 '곱하기 제로'다. 아무리 큰 숫자라도 제로를 곱하면 제로가 된다. 인생의 모든 가치와 목적, 의미를

무효화시킨다.

기독교 전통에 따르면 하느님은 인간을 무(無)로부터 창조하셨다. 피조물은 허무로부터 왔기 때문에 항시 허무의 그림자를 안고 존재한다. 자신이나 주위 피조물들이 덧없음에도 존재한다는 사실은 허무주의로 몰아갈 수도 있지만, 한편 존재의 신비와 은총에 눈을 뜨게도 해준다. 진공묘유(眞空妙有)의 놀라운 세계를 발견하게 한다는 측면에서, 죽음은 유한한 존재들에게 감추어진 축복이 될 수도 있다.

하루하루 산다는 것은 하루하루 죽음에 가까워지는 것. 죽음은 언제나 삶의 뒤편에 따라다닌다. 삶은 살아가는 동시에 죽어가는 것이다. 피할 수 없고 벗어날 수 없는 죽음. 이왕 죽을 바에야 죽을 준비를 해서 깔끔하게 죽어야 한다. 죽음을 앞둔 최후의 순간, 최소한 죽음에게 당당해야 한다. 인디언이나 바이킹에게 죽음은 전혀 두려운 것이 아니었다. 그들은 단순하고 평온하게 죽음과 만났

으며, 명예로운 최후를 맞이하기를 원했다. 전투에서 죽기를 자청했으며, 개인적인 싸움에서 목숨을 잃는 것을 가장 큰 불명예로 여겼다. 인디언들은 집에서 죽음을 맞이할 때 마지막 순간 침상을 집 밖의 마당으로 내어갔다. 탁 트인 하늘 아래에서 영혼이 떠나갈 수 있게 하기 위해서였다.

생명(生命)은 '생(生)은 명령(命令)'이라는 의미이다. 삶은 선택이 아니라 사명이다. 단지 안락지대에 살 것인지, 끝없는 도전이 있는 불편지대에 살 것인지는 자신의 선택에 달려 있다. 신은 인간에게 일할 수 있는 기회를 주고 저마다의 일터를 주었다. 장자는 '불근자불식(不勤者不食)', 곧 "일하지 않는 자 먹지도 말라."라고 했다. 성철 스님은 '일일부작일일불식(一日不作一日不食)'을 강조했다. 사람들은 그 무대 위에서 저마다의 생을 살고 유산을 남기고 간다. 남이 내 인생을 살아줄 수 없고, 내가 남의 인생을 살아줄 수 없다.

살아 있다는 것은 움직이는 것이다. 삶은 따뜻한 것, 부드러운 것이고, 죽음은 조용한 것, 차가운 것, 굳은 것이다. 노자의 스승 상용은 임종 직전에 "내 이가 있느냐? 내 혀가 있느냐?"라는 질문으로 노자에게 가르침을 베풀었다. 노자는 딱딱한 것은 이내 사라지고 부드러운 것이 오래 가고 강한 것이라고 깨달았다. 살아 움직여야 한다. 따뜻한 마음을 지니고, 남을 위하고, 언제나 부드럽고 유연한 모습과 마음을 가져야 한다. 죽음은 인생의 종착역이다. 그때는 알 수 없지만, 문을 두드리는 그 순간 아름다운 인생을 마감해야 한다. 시인이 〈순간〉을 노래한다.

시간은
순간으로 시작하고
공간은
눈빛으로 시작한다.

인간은
시간과 공간 위의 여백에
한 발자국 한 발자국
길을 남긴다.

순간은
새로운 세상
충실해야 할
삶의 무대

여명은
희망의 길목에서
느릿느릿
하루 만에 밝아오고

보름달은
윙크 한 번 하는데
새색시 걸음마냥
한 달이 걸린다.

봄 여름 가을 겨울
흐르는 계절 속에
인간은
생의 찬가를 노래한다.

순간은
영원으로 가는 길목
필멸과 불멸의
아름다운 교차점

죽음은 돌아가는 것이다. 죽음은 흙으로, 지수화풍(地水火風)으로, 공수래공수거로, 무(無)의 세계로 회귀하는 것이다. 인간은 흙에서 나와서 흙에서 살다가 한 줌의 흙으로 돌아간다. 흙 속에는 생명의 원천이 있다. 흙은 존재의 고향이요, 어머니다. 성경에 나온 최초의 인간 '아담'의 이름은 히브리어로 흙이라는 뜻을 지닌 어원 '아담아'에서 나왔다. 영어의 'human'이라는 말의 어근이기도 한 라틴말 'homo'가 라틴어에서 흙을 의미하는 'humas'에서 나온 것과 같다. 인간은 흙에서 와서 흙으로 돌아간다는 동양사상과 같은 맥락이다. 아스팔트나 시멘트 포장도로가 아닌 흙길을 걷노라면 평안한 이유다.

인간은 새싹같이, 푸른 나뭇잎같이 대지의 은총으로 반짝이며 아름답고 탐스럽게 빛나고 번성하다가 한순간 변하여 덧없이 시들고 쇠하여 사멸(死滅)한다. 죽음의 시간이 오면 생자(生者)와 사자(死

者)는 각자의 길을 간다. 생자는 슬픔에 젖어 울다가 시간의 묘약을 먹고 망각의 세월을 가고, 사자는 먼 길 여행을 가며 이를 보고 즐거워한다.

부처는 "태어나는 모든 사물은 덧없으며 결국 죽는다."라는 가르침을 남기고 80세의 나이로 죽음에 이른다. 그리고 환생하지 않았다. 공자는 73세의 나이로 지팡이에 몸을 의지한 채 "지는 꽃잎처럼 그렇게 가는구나."라고 노래하며 죽음을 맞이했다.

예수는 33세의 나이로 십자가에서 신 포도주가 가득 찬 해융으로 목을 축이고 "다 이루었다."라는 말을 남기고 숨을 거두었다. 소크라테스는 71세의 나이에 독약을 마셔 일그러진 얼굴로 어린 학생 크리톤에게 마지막 임무를 내렸다. "크리톤, 우리는 아스클레피오스에게 수탉 한 마리를 빚졌네. 그에게 그것을 제물로 바치게."

마호메트는 63세의 나이에 죽음의 문턱에서 고열과 그에 따른 환상으로 고통받으며 "알라시여, 나의 사투에 함께 하소서."라고 신에게 마지막 청원을 했다.

죽음 앞에서 나는 무슨 말을 할까? 나의 소명, 일신우일신으로 거듭나는 체험 속에서 내 뜻이 여물어가고 어느 날 죽음이 왔을 때 나는 "경이!"를 토할 수 있어야 하리라. 그러면 죽음은 내 삶에 활력을 불어넣어 주기 위한 손님이 된다. 그러니 때로는 언제든 떠날 수 있게 임종을 연습해야 한다. 떠나고 나면 그뿐. 그림자만 남는다. 떠나는 이에게 무슨 의미가 있을까. 그저 하늘이나 보며 떠나가야지. 오늘은 이렇게 〈유언〉을 남긴다.

하늘아, 구름아, 바람아, 산하야, 바다야!

엄마 심부름 잘 하고 잘 놀다 간다.

고맙다!

하루가 평안하면 밤이 평안하다. 일생이 행복하면 죽음이 행복하다. 최고의 죽음은 최선의 삶에 있다. 웰빙(Well-Being)이 웰다잉(Well-Dying)이다. 웰다잉을 하려면 웰빙을 해야 한다. 인생은 아름다운 소풍이다. 잘 살고 잘 죽어야 한다. 즐거운 하루는 평온한 밤을 주고 보람된 일생은 평온한 죽음을 준다.

나는 인생의 길을 걸으면서 즐겁게 살다가 죽고 싶다. 몽테뉴의 말처럼 '양배추를 심다가, 죽음에 무심한 채 아직 할 일이 남아 있을 때' 죽고 싶다. 죽음의 강을 건너갈 때 저승으로 보내주는 뱃사공이 "인생살이 살만 했나요?"라고 물으면 미소 지으면서 답하고 싶다.

"그럼요. 이제는 어서 강 건너서 새 밭을 갈아야지요!"

60. 나는 순례자다!

화담 서경덕이 외출을 했다가 길에서 울고 있는 젊은이를 만나서 물었다.

“어찌하여 울고 있느냐?”

젊은이는 대답했다.

“제가 다섯 살에 눈이 멀어 스무 해가 지났습니다. 아침에 나와 길을 가는데, 갑자기 눈이 뜨이고 천지만물이 보여 기뻤습니다. 그런데 집에 돌아가려니 갈림길도 많고 비슷한 집들도 많아서 찾아가지 못하겠습니다. 그래서 울고 있습니다.”

화담이 말했다.

“도로 눈을 감아라. 네 집을 찾아갈 수 있을 것이다.”

도로 눈을 감은 젊은이는 발을 믿고 지팡이에 의지해서 바로 집에 닿을 수가 있었다.

화담 서경덕이 청년에게 ‘도로 눈을 감아라!’라고 한 것은 다시 장님으로 돌아가 살라는 말이 아니었다. 잃어버린 방향과 좌표를 찾은 후에 다시 눈을 뜨라는 말이었다. 빨리 가는 것보다 중요한 것이 제대로 방향을 알고 가는 것이다. 프랑스의 화가 고갱은 “나는 잘 보기 위해 눈을 감는다.”라고 말한다. 때로는 눈을 감을 때 진실과 본질을 더 잘 볼 수 있다.

도로 눈을 감고 지난 60년 인생을 돌아보면 어릴 적 20년, 고향을 떠나 20년, 그리고 용인에서 20년을 살았다. 앞의 인생 40년 슬프고 힘들었다. 뒤의 20년은 앞의 어려운 40년을 뛰어넘는 감사한 인생이었다. 골이 깊으면 산이 높다고, 앞의 40년간 깊은 골짜기가 있었기에 능선으로 올라가는 즐거움을 누릴 수 있었다.

이제 60을 맞은 인생의 능선에서 사방을 둘러보며 행복에 젖는다. 앞의 40년 동안 이어진 고난과 고통에는 숨은 뜻이 있었다. 그것은 자신을 정금 같이 단련할 수 있는 기회의 시간, 충전의 시간이었다.

인생을 살면서 누구나 세 권의 책을 쓴다. 이미 적은 과거의 책, 적고 있는 현재의 책, 그리고 적어야 할 미래의 책이다. 미래의 책을 쓰자면 과거의 책 위에서 현재의 책을 보며 어떻게 써야 할지 글쓰는 방향을 잡아야 한다.

속도보다는 방향이 중요하다. 도로 눈을 감고 어디로 갈지 방향을 가늠해 본다. 걸어온 발자취를 더듬어본다. 그리고 오늘을 바라본다. 오늘과 연결된 내일을 바라본다. '오늘의 나'는 '어제의 나'가 만든 역사적 산물. '내일의 나'는 '오늘의 나'가 만들 위대한 작품이다. 다시 눈을 감고 집을 찾아가는 길은 과거로 떠나는 아름다운 여행이다. 그리고 그 길은 희망찬 미래로 이어진다.

청산으로 가는 길은 도로 눈을 감고 고향 안동으로 걸어가면서 시작된다. 청산은 어머니이고, 고향이고, 이상향이다. 이제는 고향 안동과 생업의 터전인 용인뿐만이 아니라 내가 오고가는 모든 곳이 내 마음의 청산이다. 그래서 매일같이 조선 중기 퇴계 이황과 친했던 하서 김인후의 노래를 부른다.

청산도 절로 절로 녹수도 절로 절로
산 절로 수 절로 산수 간에 나도 절로
절로 난 몸이니 늙기도 절로 절로

사람들은 항상 거대한 의문부호의 그늘 밑에 살고 있다.

나는 누구인가?
나는 어디에서 왔는가?
나는 지금 어디에 있는가?
나는 어느 방향으로 가고 있는가?
어떻게 살아야 잘 사는가?

그 누구도, 그 어떤 학문도 답이 무엇인지 직접 알려주지 않는다. 답을 알려주지 않으니 스스로 찾아야 한다. 스스로 질문을 던지고 스스로 답을 찾아야 한다. 다행히 질문을 잘 던지면 답도 잘 찾을 수 있다.

세상에는 수많은 길이 있다. 사람들은 모두 태어나면서부터 각자 자신의 길을 걸어간다. 자신의 마음이 담긴 길에는 자유가 있고, 평안이 있고, 사랑이 있고, 희망이 있다. 중국의 사상가 루쉰은 〈고향〉에서 말한다.

희망이란 것은 있다고도 할 수 없고, 없다고도 할 수 없다. 그것은 마치 땅 위의 길이나 마찬가지다. 원래 땅 위에 길이란 게 없었다. 걸어가는 사람이 많아지면 그게 곧 길이 되는 것이다.

모든 길은 첫걸음으로 시작된다. 천 리 길도 집 앞에서 한 걸음부터다. 길을 걸으면 첫 한 걸음은 다음 한 걸음과 다르다. 첫날의 한 걸음과 다음날의 한 걸음은 다르다. 한 걸음 사이에 이전 것은 지나가고 새로운 것이 다가온다. 하늘이 다르고, 바다가 다르고, 산이 다르고, 나무가 다르고, 꽃이 다르고, 풀이 다르고, 사람이 다르고, 무엇보다 자신이 다르다. 60년 전에는 내가 너였는데 이제 네가 내가 되었다. 한 걸음의 변화가 자신에게 이른다는 사실을 깨닫는 순간 절로 짜릿한 쾌감이 스쳐 간다. 걷고자 의도했던 상태로 점점 변해가고 있다는 것을 느끼며 한 걸음에 취해 스스로 즐거워한다. 자신도 모르는 사이에 한 걸음 한 걸음마다 한 꺼풀씩 한 꺼풀씩 영혼과 육체의 껍질을 벗는다. 마지막 한 걸음의 순간이 기다려지고, 진화한 자신을 미리 즐긴다. 그리고 도보여행의 모든 한 걸음이 '나 자신을 찾아가는 신성한 의식'이 된다.

걷기는 스스로 철학을 갖게 한다. 장 자크 루소는 "나는 걸을 때만 명상에 잠길 수 있다. 걸음을 멈추면 생각도 멈춘다. 나의 마음은 언제나 나의 다리와 함께 작동한다."라고 말한다. 철학자 칸트가 걷고 헤겔이 걸었다. 독일의 하이델베르그 대학에는 '철학자의 길'이 있다. 그들은 홀로 그 길을 걸으면서 사색에 잠기고 질문을 던졌다.

신의 위대함이 자연의 창조에 있다면 인간의 위대함은 길 위에 만든 역사의 창조에 있다. 신의 창조물인 대자연 앞에서 인간은 길을 만들고, 그 길을 통해서 자신의 역사를 써 내려간다. 왼쪽 한 발이 나아가면 오른쪽 한 발이 나아가고, 두 다리가 위치를 바꾸며 한 걸음, 한 걸음, 또 한 걸음이 이어진다. 그렇게 두 발로 걸어간

길이 인생이 되고, 역사가 되고, 소풍이 되고, 즐거운 놀이가 된다.

사람은 누구나 태어나는 순간 길을 가는 순례자가 된다. 인생의 목표는 행복. 순례자는 행복의 길을 찾아간다. 아리스토텔레스는 "인간은 행복을 추구하는 존재이고 행복이 인생의 중요한 목적."이라며 철학사에서 최초로 개인의 행복에 관해 말한다. 사람들은 행복하기 위해 살고, 행복하게 살려고 노력한다. 그러나 행복이 무엇인지, 어떤 게 행복하게 사는 것인지 헷갈릴 때가 많다. 행복은 어느 누구도 빼앗아 갈 수 없는 자신의 창조물이며, 사람은 누구나 자기 행복을 두드려 만들어내는 대장장이이다. 행복이라는 말은 마치 태양과도 같아서 쾌적함, 쾌락, 만족, 즐거움, 기쁨, 안녕 등 한 무리의 말의 행성을 주변에 거느린다. 행복의 나무는 한 그루지만, 이를 지탱하는 뿌리와 열매는 수없이 많다. 행복은 순간적으로 느낄 수도 있고 지속가능할 수도 있다. '행복한'이란 뜻의 영어 'happy'는 'hap'에 그 뿌리를 두고 있는데, 'hap'는 '우연히 일어난 일 또는 요행'이라는 뜻으로 쓰이며 영어 'happen'의 어원이기도 하다. 이는 행복은 살아가면서 순간적으로 일어나는 일과 함께하는 것이라는 것을 보여준다.

행복은 삶의 느낌표(!)와 말줄임표(…)의 성격을 모두 갖고 있다. '순간의 커다란 행복(!)'과 '작지만 탄탄한 행복의 지속(…)'이 그것이다. 인생이라는 순례길은 '느낌표!'와 '말줄임표…'가 동행하는, 자신이 창조한 행복의 여정이다.

다산 정약용은 "세상에서 열복을 누리는 사람은 많지만, 청복을 누리는 사람은 많지 않다. 하늘이 청복을 아끼는 것을 알겠다."라고 말한다. 다산은 사람이 누리는 복을 열복(熱福)과 청복(清福)으로 나눴다. 열복은 부귀영화에서 찾는 복으로 떵떵거리며 잘 사는 복이고, 청복은 욕심 없이 청아하고 소박하게 살면서 만족할 줄 아는 복이다. 청복을 누리는 사람보다 열복을 누리는 사람이 더 많다. 부귀영화를 누리는 것도 어렵지만, 찾는 사람이 없어 청복을 누리는 사람이 아주 드물기 때문이다. 다산은 유배지에서 청복을 누리며 살았다.

나는 길을 걸으면서 청복을 만끽했다. 그 끝판왕은 산티아고 가는 길이었다. 산티아고 순례를 위해 인천에서 파리로, 파리에서 기차를 타고 생장 피드포르로 갔다. 순례의 첫날, 피레네산맥을 넘어 론세스바예스로 가고, 27일간의 순례의 끝 날 800㎞를 모두 걸어 산티아고 데 콤포스텔라로 들어갔다. 그리고 나는 수많은 '만남'을 가졌다.

새벽 미명에 반짝이는 들판에서 별빛을 만나고, 한낮에 불타는 태양을 만나고, 파란 하늘과 양 떼 같이 하얀 구름을 만나고, 한 폭의 그림 같은 푸른 산과 풍력발전기를 만나고, 끝없는 지평선과 메세타 고원을 만나고, 양 떼와 소 떼 말무리들을 만나고, 포도밭을 만나고, 붉은 와인을 만나고, 보리밭을 만나고, 목젖을 시원케 해는 맥주를 만나고, 마을마다 도시마다 수많은 고풍의 성당을 만나고, 국토회복운동의 크고 작은 성채들을 만나고, 스페인의 영웅 엘 시드와 세르반테스의 돈키호테를 만나고, 이세벨 여왕과 중세를 연 콜럼버스를 만나고, 카미노 데 산티아고의 숱한 전설을 만나고, 성지 순례를 나섰던 중세의 순례자들을 만나고, 길을 걸은 순례자들의 아름다운 전설을 만나고, 자신을 찾아 길을 나선 오늘날의 외로운 영혼들을 만나고, 십자가에 서려 있는 예수의 사랑과 용서를 만나고, 우레의 아들 산티아고의 사명과 죽음을 만나고, 기쁨의 산에서 멀리서 다가오는 눈물을 만나고, 드디어 산티아고 데 콤포스텔라를 만나고, 산티아고 대성당에서 신을 만나고, 자신을 만났다.

카미노 데 산티아고는 존재의 자각을 넘어가야 할 길을 가리켜 주는 밤하늘 들판에 반짝이는 별빛이었다. 그리고 나는 낯선 인생의 길 위에서 〈순례자〉를 노래했다.

밤하늘에 떠 있는
천상의 보석들
군상들 길 가는
세상을 내려다보네.

수고의 땀 흘린 사람들
평화와 안식 누리고
죄 위에 죄 쌓은 사람들
번민하는 밤

나 또한 길 위에서
평화와 안식

번민으로 뒤척였던 밤
이제는 모두가 추억의 힘!

밤이면 밤마다
그 시절 그 얼굴
그리움에 젖는
순례자는 떠도는 외로운 별.

나는 다시 땅끝, 세상의 끝 피스테라를 향해 걸어갔다. 대서양 바닷가 죽음의 해역 묵시아에 도착하자 오랜만에 느껴보는 바다가 아름다웠다. 갈매기들의 반가운 함성. 처얼썩 처얼썩 파도 소리. 해변에서 놀고 있는 아이들. 순례자는 모든 것이 기적이고 축복으로 여겨졌다.

묵시아의 산 정상으로 올라갔다. 바다가 붉게 물들고 이제 막 태양이 떠오르려는 찰나였다. 산티아고 순례길에서 처음 만나보는 바다에서 떠오르는 태양이었다. 거의 매일 아침 태양보다 먼저 일어나 길을 나섰고, 매일 같이 잠꾸러기 태양을 놀려주었는데, 오늘은 드디어 바다에서 떠오르는 일출을 맞이했다. 신기했다. 신비로웠다. 만감이 교차했다.

걸어온 산티아고 순례길이, 걸어온 인생길이 스쳐 갔다. 그리고 눈가에는 이슬이 맺혔다. 떠오르는 태양을 바라보며 눈물을 흘렸다. 흘리고 또 흘렸다. 흐느낌이 신음으로 바뀌다가 결국은 통곡을 하고 말았다. 가슴이 후련했다. 날아갈 것만 같았다. 어릴 적에는 "울다가 웃으면 똥구멍에 심지난다."라고 했는데, 절로 웃음이 나왔다. 혼자서 큰소리로 미친놈처럼 웃었다. 셰익스피어는 "끝이 좋아야 다 좋다."라고 말한다. 최후에 웃는 자가 진정한 승자 아닌가. 지금도 그 순간이, 그날 그 아침이 그리워진다.

순례길을 걷는 마지막 날, 땅끝 피스테라로 향했다. 마음은 가벼웠지만 길은 결코 만만하지 않았다. 남들은 대부분 산티아고까지 800㎞만 걷고 버스를 타고 묵시아나 피스테라를 가는데, 바보 같은 순례자는 보너스 100㎞를 사서 고생하고 있었다. 하지만 'no pain, no gain!'이라고, 고통 없이 얻을 수 있는 것은 없다.

드디어 땅끝이라는 의미의 피스테라, 땅끝의 등대가 보이고 '0.00㎞' 지점을 통과했다. 온몸에 전율이 흘렀다. 나는 걷고 또 걸어서, 드디어 걸어서 땅끝에 도착했다. 끝은 새로운 시작이었다. 땅끝은 땅의 끝이면서 바다의 시작이었다. 바다의 끝이자 땅의 시작이었다.

나는 순례자다. 나는 길 위의 순례자다. 나는 이제 0.00㎞ 땅끝에서 다시 시작한다. 순례자는 길을 나서도 순례자요, 하루하루 삶에서도 순례자다. 순례자는 시간의 모래 위에 발자취를 남기면서 생의 노래를 부른다. 바람처럼 왔다가 이슬처럼 가는 인생, 오늘도 지구별 위에서 살아있는 것을 감사하며 마음의 소리에 귀를 기울인다. 내가 이 세상에 태어날 때 나는 울고 세상은 웃었다. 이제는 세상의 끝에서 세상이 울고 나는 기쁘게 떠날 수 있기를 소망한다.

순례길에서는 다리의 근력도 중요하지만 마음의 근력도 중요하다. 순례가 깊어질수록 육체의 힘은 물론 좋은 생각의 힘, 좋은 습관의 힘이 점점 길러진다. 이는 순례의 길이 선물하는 기적 중 하나다.

순례길에서 세상에 기적이 아닌 것은 없다. 눈 부신 햇살, 이름 모를 들꽃, 모두가 신의 아름다움을 찬미하는 기적의 증표다. 살아서 하늘의 별을 보고, 지상의 꽃을 보고, 사람의 가슴에 사랑을 보는 것은 기적이다. 살아 있다는 것, 사랑한다는 것, 서로 마주 보며 오늘을 이야기한다는 것, 나무와 새들을 비롯한 신선한 우주 속에 하루를 보내고 있다는 것, 그것이 바로 기적이다. 지구라는 우주의 오아시스에 살고 있다는 사실 하나만으로도 기적이다. 예수와 부처 같은 위대한 분들이 이 세상에 살아서 삶을 인도한다는 사실이 위대한 기적이다.

매일 매일 신이 내려주는 기적 속에 살아가고 있으니, 그 기적을 거두어 가지 말기를 감사하며 기도한다.

나는 몸은 비록 대한민국에서 살고 있지만 마음은 지구촌 너머 우주를 유영하는, 저녁이면 사랑으로 가득 차고 밤이면 거대한 그림자 사이로 하늘이 내리는 축복 아래에서 영원히 행복한 노래를 부르며 영원한 세계로 향하는 순례자다. 60년 인생길을 걸어온 순례자가 허스키한 목소리로 우레 같은 탄성을 외친다.

"나는 순례자다!"

에필로그

황금 돼지의 해, 기해년이 저물어가고 2020년 1월 1일, 경자년(更子年) 새해가 밝았다. 회갑(回甲)을 맞이했던 기해년, 나의 해는 전날 이미 저물었고 새로운 해는 진갑(進甲), 다시 새로운 나의 60년을 향해 진격했다. 나는 청산의 마당바위에서 새해 일출을 맞이했다. 마당바위에서 일출을 함께 보았던 예전의 그 얼굴들은 아무도 없었고, 낯선 얼굴도 없었다. 나는 혼자였다. 매서운 찬바람 속에 수많은 추억이 아련하게 스쳐 갔고, 새로운 꿈과 희망이 신선하게 다가왔다. 이윽고 새해 새로운 태양이 떠올랐다. 어둠은 물러가고 세상은 빛으로 충만했다. 돌아서서 청산의 하얀 집에 들어섰을 때, 형님과 친구들이 모여 떡국을 끓이고 있었다.

"형님들, 형수님들 새해 복 많이 받으세요!"

그렇게 2020년 새해는 시작되었다. 1월 2일 저녁, 안동 시내에서 일직초등학교 100주년 기념 사업단 임원회의를 하고, 1월 3일 오전에는 일직초등학교 졸업식에 참석하였다. 15명의 졸업생을 위해 총동문회장으로서 축사를 하고 《갈매기의 꿈》을 한 권씩을 선물했다. 그리고 그날 밤, 인천공항에서 에티오피아 항공 비행기를 타고 아프리카 5개국 여행을 떠났다.

짐바브웨와 잠비아에서 무지개 찬란한 빅토리아 폭포를 감상했다. 일찍이 세계 3대 폭포에 속하는 나이아가라 폭포와 이과수 폭포를 다녀온 적이 있었기에, 그 의미는 특별했다. 그리고 보츠와나의 초베 국립공원에서 수많은 코끼리 떼를 만났고, 세계 유일의 해안 사막인 나미브 사막과 아프리카의 자연불가사의 중 하나로 꼽히는 소서스블레이의 붉은 사구를 만났다. 그리고 BBC가 선정한 '죽기 전에 꼭 가봐야 할 곳 100선' 중 한 곳인 데드블레이, 곧 죽은 습지를 걸었다. 뜨거운 태양 아래 붉은 사구를 걷는 환상적인 모험은 심장을 강하게 뛰게 했고, 호흡은 폭풍처럼 거칠어졌다. 걷기의 혁명이었다. 사막에서의 석양과 저녁노을, 이어서 떠오른 보름달이 비치는 사막 한가운데 롯지에서의 이틀 밤은 경이로운 경험이었다.

보름달이 은은하게 밝혀주는 사막에서 서늘한 새벽 공기를 마시며 나는 침묵하고 앉아 있었다. 한순간 눈물이, 감동이, 깨달음이 밀려왔다. 60년 전 나는 빈손으로 이 세상에 태어나서 가난한 순례자로 살아왔다. 그리고 지금은 가진 것이 많은 중년의 순례자가 되어 있었다. 나는 감사했다. 신에게 감사했고, 함께 했던 모든 인연에게 감사했다. 그리고 나는 어떻게 살아야 할지를 생각했다. 산티아고 가는 길에서 순례자로서의 깨달음, 새로운 깨달음이 그 위에 겹쳐졌다. 새로운 생명으로 새로운 인생을 시작하는 사막에서의 새벽. 나는 행복했다. 환상적인 사막의 나 홀로 달빛 기행이었다.

여행의 마지막 일정으로 남아프리카공화국의 국립공원이자 세계 7대 자연경관 중 하나인 테이블마운틴과 희망봉을 탐방했다. 테이블마운틴 정상에서 대서양과 인도양을 바라보고, 아프리카 대륙의 최남단 희망봉에서 인도로 가는 뱃길을 발견하고 희망을 보았던 바르톨로뮤 디아스와 바스코 다가마를 만났다. 내 인생의 숙제처럼 꼭 가보고 싶었던 희망봉, 그 희망봉을 트레킹하며 나는 앞으로 전개될 내 인생의 소중한 희망을 만났다. 희망 없는 절망은 없으니, 희망은 젊은 날 가난한 내 영혼의 양식이었다.

지구의 남반구 아프리카의 희망봉에서 나는 내 삶의 근원인 지구의 북반구 고향의 청산을 떠올렸다. 지구 아래 희망봉과 청산은 둘이 아닌 하나였다.

내 고향 청산에는 까치, 올빼미, 소쩍새, 다람쥐, 청설모, 토끼, 고라니, 참나무, 소나무, 진달래, 할미꽃 등등 많은 식구가 살고 있다. 하루는 평소 장난기 많은 소나무가 진달래를 놀렸다.

"가을날 앙상한 가지만 남은 네 모습, 몹시도 처량하구나."

그러자 코웃음을 치며 진달래가 말했다.

"눈에도 안 띄는 봄날의 네 꽃도 꽃이라고 피우냐?"

조그마한 진달래에게 무안을 당한 소나무는 몹시 기분이 나빴다. 이런저런 생각에 잠도 못 이룬 소나무는 이튿날 진달래에게 다시 말했다.

"봄에 온 산을 덮고 있는 울긋불긋 네 꽃은 정말이지 그렇게 아름다울 수가 없어."

진달래는 환히 웃으며 답했다.

"무슨 소리. 추운 겨울에도 늘 푸르게 청산을 지키는 꿋꿋한 네 모습이야말로 기개가 있지."

소나무는 기분이 좋았다. 진달래도 웃었다. 청산에는 다시금 평화가 찾아왔다.

소나무는 알고 있다. 봄에 피는 자신의 꽃은 비록 볼품이 없다 해도, 매서운 한파를 이겨내며 겨우내 푸름을 지키는 자신의 멋을. 진달래는 또한 알고 있다. 비록 가을바람에 힘없이 흔들리지만, 떠나기 싫어하는 꽃잎을 아픔으로 보내고 참고 기다리면 새봄에 더욱 아름다운 자신을 만날 수 있다는 사실을. 청산의 식구들은 그렇게 머무를 때와 떠날 때를 안다.

시원한 바람이 진달래와 소나무의 이야기를 청산의 가족들에게 알려주었다. 지나가던 흰 구름, 산새와 나무들, 이름 모를 풀잎까지 모두 뛰쳐나와 소리 내어 웃었다. 청산에는 어느덧 평화와 기쁨이 넘쳐흘렀다.

청산에는 까마득한 기억 속의 할아버지와 두 분의 할머니, 아버지와 어머니가 잠들어 계시고, 아우가 누워 있다. 아버지가, 어머니가 안 계시는 이 세상이 문득 가볍게 느껴진다. 부모님의 육신이 청산의 집 옆에 묻혀 있고, 함께 했던 기억이 무성하건만, 굴레를 벗어나 날아오를 것만 같은 자유로움이 스쳐 간다. 하지만 부모님은 여전히 생에 개입하며 길을 인도할 것이고, 아들은 기쁨으로 그 길을 걸어간다.

그리운 어머니, 어머니가 보고 싶다. 누구나 어머니가 있어 이 세상에 태어났다. 내 삶에 있어 신앙이고 종교였던 내 어머니는 결국 세상을 떠나셨다. 영원히 살아계실 것 같았던 내 어머니도 결국 모든 어머니처럼 한 줌 흙으로 돌아가셨다. 어머니의 심부름을 나름대로 열심히 했지만, 아직도 해야 할 심부름이 남아있다. 심부름을 마치고 돌아가는 날 다시 만나서 "엄마 심부름 잘 하고 왔습니다!" 라고 하면서 어리광부리며 자랑할 장면을 떠올리며 미소 짓는다. 그러면 어머니는 날 포옹하며 "잘 했다. 아들아!"라고 칭찬하실 것이다.

청산으로 가는 길은 무소유의 길이다. 달팽이 뿔 위에서 공명을 찾아다닌 지난날을 부끄러워하며 이제 탐욕의 세계를 벗어나 자유인의 길을 걸어간다. 게으른 늙은이 나옹(懶翁) 선사의 노래를 부르며 나는 오늘도 청산으로, 청산으로 걸어간다.

청산은 나를 보고 말없이 살라하고
창공은 나를 보고 티 없이 살라 하네
탐욕도 벗어놓고 성냄도 벗어놓고
물같이 바람같이 살다가 가라 하네

인생의 가장 큰 축복은 탄생과 만남, 그리고 죽음이다. 인생은 벌거숭이로 흙에서 와서 만남 속에 살다가 다시 벌거숭이가 되어 흙으로 돌아간다. 이 세상에 태어나는 것은 나의 의지와 상관없지만, 만남은 나의 선택이다. 그중에서도 결혼은 제2의 인생을 시작하는 것이다. 나는 '아들 둘에 딸 하나, 가난을 유산으로 물려주지 않을 것이며, 행복한 가정을 꾸리겠다!'라는 각오로 나이 서른에 결혼했다. 비록 딸은 낳지 못했지만 아들 셋도 멋있고 괜찮았다.

2020년 2월 1일 토요일, 아들 진혁이가 결혼했다. 대한민국은 물론, 온 세계가 중국 우한에서 시작된 신종 코로나바이러스로 인해

야단이고, 급기야 WHO에서는 비상사태를 선포했다. 결혼식을 앞두고 별다른 문제가 없기를 기도했다. 손님이 많이 오지 않으려니 생각했는데, 예식장에는 발 디딜 틈도 없이 많은 하객이 찾아왔다. 감사했다. 결혼식은 성황리에 잘 마쳤다. 나는 딸 하나를 얻었고, 사돈어른은 아들 하나를 얻었다. 행복한 날이었다.

이제 아들의 결혼 이야기로 60년 삶의 이야기를 모두 마치면서 새로운 인생을 시작하는 아들과 며느리에게 축복의 마음을 담아 기원한다.

"행복해라!"